Das Buch
Die Tarotkarten ihrer Großmutter haben Veronica ihren »Prinz der Kelche« prophezeit. Doch als sie ihm gegenübersteht, ist sie bereits in einer unglücklichen Ehe gebunden.
Italien Ende des 15. Jahrhunderts. In Florenz herrscht der strenge Mönch Savonarola, während die Papstfamilie Borgia in Rom wilden Ausschweifungen frönt. Antonio, der fälschlicherweise des Mordes an seiner jungen Ehefrau bezichtigt wird, kommt durch Zahlung einer großen Geldsumme aus dem Gefängnis frei und verstrickt sich sofort in gefährliche Liebeshändel. Lucrezia Borgia verführt ihn, und seine Geliebte, die schöne Bianca, will nicht von ihm lassen. Da begegnet Antonio im Atelier des Malers Daniele der bezaubernden Veronica, die ihm nicht mehr aus dem Kopf geht, doch seine Eltern haben beschlossen, ihn mit einem züchtigen jungen Mädchen zu verheiraten. Antonio unterwirft sich ihren Wünschen, aber als er feststellt, daß seine frischgebackene Ehefrau viel lieber im Kloster wäre, geht er nach Rom, um die Ehe auflösen zu lassen. Bianca folgt ihm, und währenddessen muß Veronica in Florenz um ihr Leben kämpfen.
Ein üppiger, farbiger historischer Roman voll Spannung, Liebe und Leidenschaft, der ein eindrucksvolles Bild der italienischen Renaissance malt.

Die Autorin
Gayle Feyrer ist verheiratet und lebt in Oakland, Kalifornien. Diesen ersten Roman hat sie während eines Aufenthalts in Indonesien geschrieben, zwei weitere Romane sind bereits fertiggestellt.

GAYLE FEYRER

PRINZ DER KELCHE

Roman

Aus dem Amerikanischen von
Brigitta Merschmann

WILHELM HEYNE VERLAG
MÜNCHEN

HEYNE ALLGEMEINE REIHE
NR. 01/10490

Titel der Originalausgabe
THE PRINCE OF CUPS

Umwelthinweis:
Das Buch wurde auf
chlor- und säurefreiem Papier gedruckt.

Redaktion: Werner Bauer

Printed in Germany 1997
Umschlagillustration: Archiv für Kunst und Geschichte, Berlin
Umschlaggestaltung: Atelier Ingrid Schütz, München,
unter Verwendung des Gemäldes »Paolo und Francesca«
von Anselm Feuerbach, 1864
Satz: Alinea GmbH, München
Druck und Bindung: Ebner Ulm

ISBN 3-453-13073-1

Richard, für seine endlose Geduld und Ermutigung.
Tashery, für ihre Kritik und Phantasie.

Prolog

DIE WEISSAGUNG

Lucia Danti wartete. Sie saß allein in der Dachkammer eines alten römischen Wachturms, den sie als Wohnstätte gewählt hatte. Dieser stand abseits am Rande des Guts der Danti, erhob sich streng und schutzbietend über dem offenen Land rings um Florenz. Sie hatte ihn seiner Abgeschiedenheit, seiner Geschichte wegen ausgewählt. Das Alter der Steine gab ihr Zuversicht; die in dem grauen Granit eingefangene Vergangenheit atmete tiefe Ruhe und Frieden. An diesem Tag jedoch war Lucia von Unruhe erfüllt, wenngleich sie sich in Geduld zu üben suchte. Über die Gabe des Zweiten Gesichts verfügte sie nicht; das war auch nicht nötig, um sie wissen zu lassen, daß Veronica sie aufsuchen würde. In weiser Voraussicht war über den runden Eichentisch ein Samttuch im tiefen Blau des Lapislazuli gebreitet, gesäumt von schweren Goldfransen. Während sie wartete, machten sich ihre im Laufe der Jahre arthritisch gewordenen Hände am *tarocco* zu schaffen, mischten langsam, immer wieder aufs neue die handbemalten Karten, und hin und wieder wurde ihr Blick von einer bunten, stilisierten Illustrationen angezogen. Jedes Bild enthielt eine tröstliche Botschaft; andernfalls hätte sie sich gehütet, den Rat zu erteilen, den zu geben sie im Begriff stand.
Lucia hob den Kopf und blickte auf das große Rundfenster, in dem ein Ausschnitt des bewölkten Himmels, sanft geschwungene Hügel und die flüchtig skizzierten, weichen Umrisse von Pinien, Zypressen und Olivenbäumen zu sehen waren. Zarte, grauschimmernde Grüntöne, von denen sich in dunklen Flecken die Maulbeerbaumhaine abhoben. Lucia betrachtete die Landschaft, doch es waren nicht ihre Augen, die ihr Veronicas Nahen ankündigten.

Von draußen waren Hufschläge zu hören, die rasch näher kamen und jäh abbrachen, dann eilige Schritte auf den schmalen Steinstufen des Turms. Lucia legte die Karten aus der Hand und wandte sich ihrer Urenkelin zu, die atemlos und mit gerötetem Gesicht in der Tür erschien. Veronica war sichtlich erregt und versuchte sich zu fassen.
»Mamma Lucia, weißt du es schon? Hat Onkel es dir gesagt?«
»Ja, Kind.«
Lucia beobachtete, wie Veronica in ihrem Gesicht nach einem Funken Hoffnung suchte, einem Strohhalm, nach dem sie greifen konnte, um sich ihrem Schicksal zu entziehen. Doch dort würde sie nichts finden, und wie sie Veronica kannte, würde diese leicht etwas Unbesonnenes tun, wenn sie kein Mittel fand, um ihren Gefühlsaufruhr zu bändigen. Hinter ihrer äußeren Ernsthaftigkeit verbarg sich ein ungestümes Temperament. Lucia breitete die Arme aus. Veronica zögerte nur einen Augenblick, dann warf sie sich in ihre Arme. Sie kniete vor der alten Frau auf dem Steinfußboden nieder und brach in Tränen aus.
Schweigend streichelte Lucia das wirre, über ihren Schoß gebreitete dunkelrote Haar. Es zu berühren war ein Genuß für ihre steifen alten Hände – dichte, weiche Locken von der Farbe ... ihr fielen nur die Blätter blühender Pflaumenbäume ein. So schön es war, daß Veronica mit ihrem Kummer zu ihr kam, es tat auch weh. Früher, als Kind, war Veronica offen und vertrauensvoll gewesen. Lucias glücklichste Zeit war der Sommer, wenn Veronica aus Siena zu Besuch kam. Aber seit einem Jahr, seit ihre Eltern ertrunken waren, verschloß Veronica sich vor ihr. War ihre Trauer größer geworden, seit sie in der Stadt lebte, in der das Unglück sich ereignet hatte? Nein, Lucia wußte, daß dies nicht die einzige Erklärung war. Veronica fürchtete sich vor dem *tarocco* – vor dem *tarocco* und vor ihrer Gabe.
Ah, jetzt beruhigte sie sich allmählich. Sie konnten reden. Lucia verließ sich auf die Macht der Karten, als sie begann: »Du malst es dir in zu düsteren Farben aus, Veronica.«
Vor Zorn blitzende graue Augen blickten in die ihren. Wut

und Verzweiflung rangen in Veronica miteinander. »Roberto della Montagna ist schwachsinnig!« rief sie. »Mein Onkel will mich mit einem Idioten verheiraten! Ich ertrage es nicht!«
Es war herzlos, einen zwanzig Jahre alten Einfaltspinsel zum Gatten eines Mädchen zu bestimmen, das einerseits dem stillen Zauber von Büchern, den Freuden des Verstandes erlegen war, ebenso gern jedoch in wilder Jagd über die Hügel draußen vor der Stadt galoppierte. Gewiß, nicht alle klugen Männer wünschten sich kluge Frauen, nicht einmal im aufgeklärten Florenz des Jahres 1493, doch dies sprach jeder vernünftigen Überlegung hohn. Veronicas Vormünder hatten nicht nach einem Gatten Ausschau gehalten, der ihrer Nichte zusagen mochte, sie schielten einzig und allein nach einer Verbindung, aus der ihnen selbst Vorteile erwuchsen. Lucia zog ein Tuch aus der Tasche ihrer *camorra* und reichte es Veronica, die sich die Tränen abwischte. Ihre helle Haut war fleckig vom Weinen. Lucia streichelte ihre Wange. »Ich kannte seine Mutter, und Roberto habe ich ebenfalls kennengelernt. Er hat den Verstand und das Herz eines Kindes, ohne die kindliche Bosheit. Von ihm hast du nichts zu befürchten.«
»Aber …« Veronica verstummte, sie war kurz davor, erneut in Tränen auszubrechen, deshalb biß sie sich auf ihre volle Unterlippe, um dagegen anzukämpfen. Entschlossen hob sie den Kopf, und Lucia sah sich selbst in ihrem Gesicht, ihren Mut, ihre Impulsivität und Beharrlichkeit. »Er wird mein Gemahl sein und das Bett mit mir teilen. Dann werden Kinder kommen …«
»Ein Geheimnis – das aber zwischen dir und mir bleiben muß, Kind«, sagte sie. Veronica nickte. »Ich bezweifle, daß er den Makel durch seinen Samen weitergeben kann. Robertos Mutter kam zu mir, als sie ihn in ihrem Schoß trug. Sie war von Angst und Bitterkeit erfüllt. Die Geburt des letzten Kindes, das sie Luigi della Montagna schenkte, hatte sie fast getötet. Das noch ungeborene Kind war ihr aufgezwungen worden. Sie und ihren Gatten verband keine Liebe. In seiner Jugend war Luigi ein schöner

Mann, aber mehr als seine äußeren Vorzüge hatte er nicht vorzuweisen. Herzensgüte hätte ihr weit mehr gedient. Sie fürchtete sich, war zornig und bat mich um gewisse Kräuter, um das Kind loszuwerden. Ich weigerte mich, ihr zu helfen.«

»Würdest du so etwas denn jemals tun, Mamma Lucia?«

»In manchen Fällen … eine Frau sollte nicht den Haß gebären oder ihr Leben aufs Spiel setzen müssen. Doch es war bereits zu spät für die Kräuter, die ich kannte, ohne daß sie Schaden nehmen würde, und das *tarocco* riet ebenfalls ab. Sie wollte nicht auf mich hören und ging zu einer anderen, weniger kenntnisreichen oder gewissenhaften Frau. Robertos Mutter war bereit, die gewünschte Arznei in Gold aufzuwiegen, also hat man sie ihr verkauft. Sie nahm ihren Trank ein und wurde schwer krank. Das Kind verlor sie nicht.«

»Dafür kam es mit einem Makel zur Welt«, sagte Veronica.

»Ja. Ein Jahr nach seiner Geburt suchte seine Mutter mich erneut auf und erzählte mir, was geschehen war. Sie war nicht dumm, sie wußte, warum sie kein gesundes Kind bekommen hatte.«

»Was wollte sie denn vor dir?«

»Vergebung. Inneren Frieden.«

»Konnte sie ihn finden, Mamma Lucia?«

»Ich befragte das *tarocco* für sie. Es war eine einfache Auslegung, die Zielkarte war das As der Kelche. Ich sagte ihr, alles, was das Kind jemals von ihr verlangen werde, sei Liebe. Das war der Schlüssel zu dem inneren Frieden, den sie sich wünschte, denn ihre Liebe vermochte sie ihm zu geben. Ihre letzten beiden Lebensjahre, in denen sie aufopfernd für ihren Roberto sorgte, waren glücklich.«

»Ich werde ihn nicht lieben können, Mamma Lucia.«

»Vielleicht nicht wie einen Gatten, aber wie ein Kind, ein großes, liebes, sanftes Kind. Du wirst seine Beschützerin sein, Veronica, so wie er dir Freiheit geben wird. Das Leben einer verheirateten Frau ist längst nicht so vielen Einschränkungen unterworfen wie das Leben eines Mädchens.«

»Tante sagt, ich soll dankbar sein, weil ich in eine alte, vornehme Familie einheiraten darf. Mama und Papa seien nicht einmal gebürtige Florentiner gewesen, und in meinen Adern fließe Zigeunerblut. Aber ich bin stolz, deine Urenkelin zu sein, Mamma Lucia, und in Siena war es schöner als hier. In Florenz kommt mir alles so traurig und glanzlos vor. Manchmal ist mir, als sei ich in einer dunklen Kiste eingesperrt, und die einzige Möglichkeit, ihr auf Augenblicke zu entkommen, sind meine Ausritte draußen vor der Stadt.« Veronica kniff die Augen zusammen. »Tante sagt, ganz Florenz halte mich für eine *selvaggia*, eine Wilde und Heidin, weil ich wie ein Mann reite.«
Lucia lächelte. »Es ist wahr, im Herzen bist du mehr Heidin als Christin. Aber niemand außer den Anhängern dieses dummen Mönchs Savonarola wird angesichts deiner Schönheit und der Mitgift, die du in eine Ehe einbringst, auch nur einen Deut auf solches Geschwätz geben.«
»Tante behauptet, einen anderen Mann würde ich niemals finden.«
»Unsinn. Aber im Herbst wirst du siebzehn, Veronica. Da wird es höchste Zeit zu heiraten.«
»Für mich noch viel zu früh«, sagte Veronica aufsässig und zog ihre auffallend dichten Brauen zusammen. »Das alles ist nur die Schuld von Onkel, weil er dumm und ein Emporkömmling ist. Die alten Familien sind sein goldenes Kalb.«
Lucia nickte. Zudem war die Unterwürfigkeit ihres Enkels dem Adel gegenüber kurzsichtig, seit Florenz an seine republikanische Vergangenheit anzuknüpfen suchte. Aber die Dummheit war ihm schon in die Wiege gelegt worden. Über das Ansehen eines Florentiners entschied sein ererbter oder erworbener Reichtum, sein Wirken zum Wohle der Stadt, nicht seine Abstammung.
»Noch vor einer Generation bestand unsere Familie aus kleinen Kaufleuten und Handwerkern, da sollte ich mich wohl glücklich schätzen, mit dem schwachsinnigen Abkömmling eines alten Hauses vermählt zu werden«, sag-

te Veronica sarkastisch. »Unser Geld scheint sie jedenfalls nicht zu stören. Wir sind ebenso reich wie sie.«

»Reicher noch. Deine Familie hat Großes geleistet. Du hast die gleiche Erziehung wie die vornehmsten Damen erhalten, und deine Mutter und dein Vater haben deinen unabhängigen Geist gefördert. Du bist um nichts geringer als sie, liebes Kind. Ja, sogar wertvoller. Luigi della Montagna mag aus einer einst edlen Familie stammen, ihm fehlt jedoch die edle Gesinnung. Er ist ein habgieriger Mensch, schwach, selbstsüchtig und grausam.«

Veronica fröstelte, und Lucia schob die Vorahnung, die sie plötzlich befiel, beiseite. »Du heiratest ja nicht den Vater, Kind.«

»Ich habe ihnen gesagt, daß ich lieber gar nicht heirate, als mich mit Roberto zu vermählen. Ich sagte, ich könne doch bei Vetter Daniele leben. Er liebt mich viel mehr als sie, aber sie wollen mich nicht zu ihm lassen.«

»Sie sind deine Vormünder, Veronica. Daniele hat schon nach dem Tod deiner Eltern angeboten, dich bei sich aufzunehmen, aber davon wollten sie nichts hören. Sie sind zu stolz auf ihren neuen Reichtum und ihre neue Stellung, um es nicht als Schande zu empfinden, daß ein Mitglied der Familie es vorzieht, als Künstler zu wirken, wenn er ein Mann von Stand sein könnte. Eine alte Wahrsagerin wie ich war Schande genug.«

»Mamma Lucia – ich kann weglaufen, wenn du mir hilfst. Ich werde mich den Zigeunern anschließen. Wenn du sie darum bittest, nehmen sie mich gewiß auf. Du hast mich viel über Kräuter gelehrt, sie werden mich respektieren. Ich kann auch anders nützlich sein, ich muß nicht heiraten.«

»Du hast ein großes Talent zu Heilerin, Kind. Die Berührung deiner Hände vermag Schmerzen zu lindern. Allerdings sind deine praktischen Kenntnisse zu gering. Du kannst zwar für Linderung sorgen, nicht aber auf Dauer kurieren.«

»Ich kenne mich mit den Karten aus«, begann Veronica, dann stockte sie. Bis zum Tod ihrer Eltern hatte sie bei jedem ihrer Besuche eifrig das *tarocco* studiert, seit jenem verhängnisvollen Tag aber rührte sie die Karten nicht mehr an. Statt dessen hatte sie ihre Heilkünste ausgebildet, Lucia geholfen, wenn diese sich um die Kranken im Spital des Klosters kümmerte.

»Bei den Zigeunern wäre deine Schönheit die Mitgift, nicht das Kräuterwissen einer Anfängerin, dessen du dich rühmst.« Lucia wartete, was Veronica ihr noch anbieten würde. Ihre Urenkelin verfügte über ein weiteres Talent, die Gabe des Sehens. Schon aus diesem Grund würden die Zigeuner sie in ihrer Mitte willkommen heißen. Doch trotz ihrer Verzweiflung erwähnte Veronica sie nicht; ihre Gabe war ein Quell ihres Kummers.

»Du mußt ...«, begann Veronica.

»Nein, ich muß nicht«, erwiderte Lucia und gab der Versuchung, ihrem bedrängten Volk dieses Talent zum Geschenk zu machen, nicht nach. Dieser Weg war Veronica nicht bestimmt. Lucia hatte dem Vagabundenleben in ihren Erzählungen zuviel Glanz verliehen, es zum Entzücken ihrer Urenkelin reich ausgeschmückt. Unter den Zigeunern aufzuwachsen mochte noch erträglich sein; wenn man von außen hinzustoßen wollte, selbst mit Veronicas Fähigkeiten, bot sich ein völlig anderes Bild. Es war ein hartes Los, da ihr Volk verfolgt wurde. Das Mädchen mochte eine Zeitlang durchaus glücklich sein, in vollen Zügen das Abenteuer genießen, doch sie würde weit mehr verlieren als gewinnen. Zu vieles, woran Veronicas Herz hing, galt unter den Zigeunern gar nichts, ihre Gelehrsamkeit, ihre vornehmen, kultivierten Umgangsformen. Das alles sollte sie nicht aufgeben. Es war das juwelenbesetzte Gefäß, das ihr ungestümes Wesen auffing und formte.

»Die Welt hat den Frauen ein Leben in Unterwerfung auferlegt, Veronica. Was für eine Flucht wäre das, wenn hier wie dort jederzeit ein beliebiger Mann Anspruch auf dich erheben könnte? Du kannst nicht weglaufen, Kind. Du kleine Heidin kannst auch keine Nonne aus dir machen, selbst wenn dein Onkel dir erlauben würde, in ein Kloster einzutreten. Das wäre das schlimmste Gefängnis überhaupt für dich. Hexe, Ehefrau, Nonne oder Hure – eine Frau hat nicht viel Auswahl, und jede Wahl ist mit Leid und Tränen verbunden.«

Die rauchgrauen Augen sprühten Funken. »Ich werde ihn nicht heiraten«, flüsterte Veronica. »Niemals.«

Mamma Lucia blickte forschend in ihr erhitztes Gesicht. Sie hatten nie darüber gesprochen, doch jetzt ließ es sich nicht mehr vermeiden. »Veronica, hast du eine Warnung vor dieser Heirat erhalten?«

Veronica hielt ihrem Blick nur kurz stand. »Nein, nein. Weder bevor Onkel es mir sagte noch danach. Ich hätte es dir erzählt, Mamma Lucia.«

»Ich weiß, daß du deine Gabe nicht wahrhaben willst, Kind, aber du besitzt sie dennoch. Sie zu verleugnen wird dir nichts nützen.«

»Ich kann mich ihrer ohnehin nicht erwehren. Sie läßt sich nicht verleugnen. Sie fordert nach Gutdünken ihr Recht, wenn auch selten, doch fast immer zeigt sie mir nur schlimme Dinge. Meine Gabe ist um so vieles bescheidener, als du glaubst, Mamma Lucia. Meine Kenntnis der Kräuter ist weit nützlicher als diese unberechenbaren Einbildungen.«

»Du sagst, du kannst dich ihrer nicht erwehren. Und doch hast du dich entschieden, das *tarocco* zu meiden, Veronica. Warum, wenn du nicht befürchtest, durch die Beschäftigung mit den Karten der Gabe des Sehens Tür und Tor zu öffnen?«

»Ja, du hast recht.« Unglücklich ergriff Veronica die Hände der alten Frau. »Als ich an dem Tag, an dem meine Eltern starben, zu dir kam, hatte ich furchtbare Angst. Ich wußte, daß sie sterben würden, nur nicht wie. Dann, als du die Karten legtest, sah ich alles vor mir, klarer als in jeder Vision zuvor. Die Brücke brach ein, überall breitete sich Wasser aus, erstickende Dunkelheit ...«

»Ja, Kind, ich weiß ...«

»Aber daß ich es sah, konnte nichts daran ändern, Mamma Lucia. Keine meiner Visionen hat mir jemals die Macht

verliehen, die Ereignisse zu beeinflussen, ich mußte tatenlos zusehen.«
»So weh es auch tut, du mußt dich wieder dem *tarocco* zuwenden«, drängte Lucia sie sanft. »Deine Talente gehören zusammen. Du mußt ihnen Herz und Verstand öffnen. Wenn dir das gelingt, werden sie dir vielleicht zu einer Quelle des Glücks.«
»Wenn ich ... die Macht erlangen könnte, das Unglück, das ich sehe, abzuwenden, würde ich es tun, allen Schwierigkeiten zum Trotz.« Veronica sah sie scharf, herausfordernd an. »Du solltest mich nicht beneiden, Mamma Lucia.«
Lucia stieg das Blut in die Wangen, sie wich dem Blick ihrer Urenkelin jedoch nicht aus. Veronica hatte sie durchschaut, doch im Grunde empfand sie ebensoviel – wenn nicht sogar mehr – Mitgefühl für Veronica. Das *tarocco* hatte eine dunkle und eine helle Seite. Die Karten sprachen zu Lucia von Schmerz und Angst, Gewalt und Entsetzen. Sie wußte ihre vorborgene Bedeutung zu entschlüsseln, spürte ihre Macht, doch unmittelbar sehen konnte sie nur die gemalten Bilder. Die kunstvollen Darstellungen offenbarten ihr die Wahrheit, waren jedoch auch ein Schutzwall. Nie war sie mittels der Symbole zur Wirklichkeit selbst vorgedrungen. Einerseits wünschte sie sich, über die Gabe zu verfügen, andererseits wußte sie, daß sie um nichts in der Welt wie Veronica den Tod geliebter Menschen vorhersehen wollte.
»Mag sein«, sagte Mamma Lucia und sah die Trauer, die Wut in den Augen ihrer Urenkelin. Trotz allem mußte Veronica ihre Kräfte annehmen.
»Ich hatte keine Vision, aber uns bleibt ja noch das *tarocco*. Befrage die Karten für mich, Mamma Lucia.«
»Ich hatte gehofft, daß du mich darum bitten würdest.« Sie reichte Veronica die Karten. »Du weißt, was du zu tun hast.«
Lucia sah zu, wie ihre Urenkelin erstaunlich unbeholfen mischte. Mit der linken Hand unterteilte Veronica den gemischten Packen in drei kleinere. Als Lucia die Karten mit

dem zweiten Stapel zuoberst aufeinanderschichtete, sagte sie: »Mamma Lucia, einmal, als kleines Mädchen ... du warst nicht hier ... habe ich die Karten befragt, wen ich heiraten würde. Ich wählte eine Karte aus.«

»Ja?« Lucia wartete, und das *tarocco* wartete mit ihr – ein gespanntes, lautloses Warten. Die Karten in ihren Händen waren warm, voller Möglichkeiten, sie vibrierten, als hätten sie einen feinen Pulsschlag.

»Die Karten sagten, ich würde den Narren heiraten. Ich dachte, sie wollten mich bestrafen, wei ich sie ohne Erlaubnis benutzt hatte. Ich habe sie nie wieder befragt.« Sie lachte bitter. »Ich hätte nie gedacht, daß ich es so wörtlich verstehen sollte.«

Lucia nickte nur. Sie nahm das *tarocco* und teilte sieben Karten mit dem Bild nach unten aus, eine schlichte Auslegung in Form eines Hufeisens. Dann deckte sie die Karten auf.

»Nur zwei Schwerter, eine einzige Münze und so viele Kelche«, rief Veronica bei ihrem Anblick. »Und nur Karten der Kleinen Arcana – keine der Großen Arcana. Was hat das zu bedeuten, Mamma Lucia?«

Auch Lucia war verwundert. Als die Karten in ihren Händen vibrierten, hatte sie erwartet, daß mehr Figuren der Großen Arcana auftauchen würden. Dennoch sprang ihr der Sinn der Auslegung sogleich ins Auge. »Du bist zu erregt, Veronica. Du hast etwas anderes erwartet, daher siehst du nicht richtig hin. Schau her, die erste Karte, die Fünf der Kelche, ist die Vergangenheit – der Kelch des Glücks ist umgefallen. Das versinnbildlicht deine Melancholie und Bitterkeit, deine Enttäuschung, deine Tränen. Und hier die sechste Karte, die Sechs der Kelche. Das größte Hindernis für dich ist deine Sehnsucht nach dem Vergangenen, Unwiederbringlichen. Seit dem Tode deiner Eltern ist Stillstand eingetreten, obgleich du, was für dich spricht, genutzt hast, was dir geblieben ist.«

»Sie fehlen mir sehr, aber dich habe ich immer ebenso geliebt wie sie, Mamma Lucia«, sagte Veronica leidenschaftlich. »Ohne dich hätte ich es nicht überstanden.«

Lucias Augen wurden feucht. Entschlossen wandte sie sich wieder den Karten zu. »Hier ist die unmittelbare Gegenwart. Die Acht der Schwerter ist eine Karte großer Konflikte. Die Umstände sind vom Schicksal bestimmt – du kannst dich ihnen nicht entziehen.«

»Erweise dich als stark, indem du dich unterwirfst«, sagte Veronica, und ihr ansonsten breiter, voller Mund war schmal vor Ärger.

»Du mußt die Karten aufmerksamer studieren, Kind! Du zitierst die Regel der Neun der Schwerter, nicht der Acht. Du brauchst nicht unnötig die Märtyrerin zu spielen«, wies Lucia sie zurecht. »Manchmal gilt es, sich schlicht zu ergeben, manchmal aber kann man auch die zu Gebote stehenden Mittel zu seinem Vorteil nutzen.«

»Ja, Mamma Lucia«, erwiderte sie. Ihre Stimme klang feindselig.

»Du hattest allerdings recht, so zuwider der Gedanke dir auch sein mag. Gegenwehr wird dir nicht das geringste nützen, auch nicht Flucht. Veränderung wirst du nur durch umsichtiges, planvolles Vorgehen erwirken, nicht durch Kampf und Trotz. Auch nicht durch Tränen. Dem Leid kann man nicht aus dem Weg gehen, daher wirst du all deinen Mut brauchen, um dich ihm zu stellen. Hier, die vierte Karte, die Fünf der Schwerter, sagt das gleiche. Du fühlst dich gedemütigt, vernichtet, aber am besten ist es, deinen Stolz zu vergesen und in die Zukunft zu blicken.«

Veronica tippte mit dem Finger auf die nächste Karte. »Die Zehn der Münzen. Sie steht für die Einstellung der Menschen in meiner Umgebung – Tante und Onkel, für die nur der Nutzen für die Familie und Herkunft zählen, sonst nichts.«

»Bist du entschlossen, nur das Schlechte zu sehen? Sieh dir die Vier der Stäbe an. Dieses Ereignis wird für dich zu einer Zeit des Wachstums führen, einer Blüte deiner Talente und Reize.«

»Wachstum, Blüte.« Veronica sprach matt und verächtlich. »Ich will diese Heirat nicht. Sie muß nicht stattfinden. Du hast mir immer wieder eingeschärft, daß die Karten von Möglichkeiten, Wahrscheinlichkeiten sprechen. Ich kann steuern, was geschehen wird, es beeinflussen.«

»Und diese herrliche Zielkarte verschleudern – die Neun, die verheißungsvollste aller Karten der Kelche? Zufriedenheit und Güte, Großherzigkeit und tiefe Zuneigung.«

»Ich kann nicht daran glauben«, rief Veronica wütend. »Wie sollte ich auch?«

»Du kannst vertrauen. Es steht alles hier vor dir.«

»Die Auslegung kann nicht stimmen. Hier sind nur Kleine Arcana, keine Großen Arcana, weder der Narr noch der Turm. Nichts. Es geht um eines der wichtigsten, der folgenschwersten Ereignisse in meinem Leben, danach wird nichts mehr sein, wie es einmal war.«

»Aber du siehst doch selbst, daß es kein solches Chaos ist, wie du glaubst«, erwiderte Lucia. »Haben die Karten dich jemals belogen?«

»Nein.« Ein heiseres Flüstern. »Nein. Nein. Nein.«

Lucia überlegte, ob dieses *Nein* ein Zeichen für weiteres Leugnen oder für beginnende Einsicht war. Veronica wußte es wohl selbst nicht. Lucia wäre ebenso verzweifelt gewesen, hätte ihre Familie sie gezwungen, einen Mann wie Roberto zu heiraten, trotz seines sanftmütigen und kindlichen Wesens. Aber Lucia vertraute auf das *tarocco,* und die Weissagung war keineswegs entmutigend. Sie spürte wieder den Pulsschlag in ihrer Hand. Die Karten hatten noch eine Botschaft.

»Gibt es noch etwas, über das du Klarheit gewinnen möchtest, Veronica?« fragte sie.

»Tausend Dinge«, sagte das Mädchen unglücklich.

Lucia legte eine weitere Karte auf die Zielkarte.

»Das Rad des Glücks.« Veronica war erleichtert, weil endlich eine Karte der Großen Arcana erschien, aber auch ratlos. »Veränderung, ein neuer Lebensabschnitt? Diese Karte hätte am Anfang stehen müssen, nicht am Ende.«

»Nein, deine Heirat ist nicht die Veränderung, von der sie spricht. Die Neun der Kelche ist das erste Ziel der Auslegung, das Rad des Glücks folgt auf diese Zeit.« Lucia legte die Hand auf die Karte und schloß die Augen. »Diese

Veränderung tritt in ferner, nicht in naher Zukunft ein. In Jahren, Veronica, nicht Tagen oder Monaten.« Sie öffnete die Augen wieder und blickte in das bekümmerte Gesicht ihrer Urenkelin. »Wie überwältigend dir das alles jetzt auch erscheinen mag, diese Ehe ist weniger ein Neubeginn als eine Zeit der Vorbereitung. Wachstum und Reife in Erwartung höherer Dinge. Eine Zeit der Entwicklung, des Wartens.«

Veronica betrachtete verwirrt die Karten. Der mächtige Trumpf, die Zielkarte, bot keine Auflösung, sondern stellte sie vor noch größere Rätsel. »Des Wartens?« fragte sie. »Warten worauf?«

Um diese Frage zu beantworten, deckte Lucia noch eine Karte auf und legte sie quer über das Rad des Glücks. Ein edles, dunkles männliches Gesicht blickte ihnen mit gebieterischer Arroganz von einer Hofkarte entgegen. »Auf wen, Kind? Auf den *Prinzen der Kelche.*«

»Oh«, sagte Veronica leise. »Ja.«

Ihre Stimme klang plötzlich verändert. Lucia hob den Kopf. Veronicas Blick hing wie gebannt an der Figur auf der Karte, als stünde der Prinz leibhaftig vor ihr. Ein Leuchten stieg in ihr Gesicht, das sich ausbreitete und sie einzuhüllen schien. Lucia hatte dieses Leuchten nur einmal an ihr gesehen, und damals glühte sie nicht vor Freude, sondern in ihr brannte der Schmerz. Das *tarocco* – nein, eine höhere macht als das *tarocco* hatte Veronica eine Antwort gegeben, die sie akzeptierte, die ihren Wünschen entsprach. Sie beobachtete, wie ihre Urenkelin die Karte leicht berührte. Veronica hatte wunderschöne Hände – lange Finger, kräftig und doch anmutig –, und die Berührung ihrer Fingerspitzen auf der gemalten Figur war wie eine Liebkosung. Die sinnliche Stimmung verschwand jedoch rasch wieder, und Veronica wirkte gelassener, gefaßter.

»Dann soll es so sein«, sagte sie und erhob sich. Ihr Gesicht und ihre Haltung drückten Entschlossenheit aus. Ihr Körper wirkte plötzlich nicht mehr mager und knochig, sondern biegsam und geschmeidig. Aus dem Mädchen wird allmählich eine Frau, dachte Lucia.

»Ich reite zurück, Mamma Lucia, und sage ihnen, daß ich Roberto della Montagna heiraten werde. Wenn es so sein soll, dann soll es rasch geschehen.«

»Ja, Kind. Das halte ich für das Beste.«

Veronica berührte ein letztes Mal das Bildnis des Prinzen der Kelche, liebevoll-versonnen, mit unterdrückter Leidenschaft. »Ich würde alles für ihn tun, Mamma Lucia. Ich liebe ihn, seit ich sein Bildnis zum ersten Mal sah, und er ist noch nie zuvor in einer Auslegung erschienen. Es war der Prinz der Kelche, auf den ich hoffte, als das *tarocco* mir sagte, ich würde den Narren heiraten. Wenn er nicht mein Gatte sein kann, dann werde ich mich eben damit begnügen, daß er mein Liebhaber ist. Ich hoffe nur, er läßt mich nicht zu lange warten.« Und dann war Veronica verschwunden, so schnell, wie sie gekommen war.

Lucia nahm die letzte Karte auf und betrachtete eingehend das gemalte, selbst in der Miniatur anziehende Gesicht. Die feinen, hochmütigen Züge spiegelten die in der Karte symbolisierte Herrschaft des Skorpions wider. »Der vollendete Höfling«, murmelte sie, »schön wie Satan und viel zu schlau.«

Wieder schienen die Karten zu pulsieren, und die Unruhe, die Lucia vor Veronicas Ankunft gequält hatte, ergriff erneut Besitz von ihr. Sie legte den Prinzen der Kelche in die Mitte des Tisches und schob die Karten der ersten Auslegung zur Seite, ohne sie erst neu zu mischen. Diese Auslegung sollte an die vorangegangene anknüpfen. »Du kannst leidenschaftlich sein, aber auch grausam. Welche Veränderungen kommen mit dir?« fragte sie den Prinzen. »Was bringst du meinem geliebten Kind?«

Lucia wählte eine neue Form der Auslegung, das Kreuz, und begann auszuteilen. Sie zögerte, die Karten aufzudecken, konnte sich ihnen auf Dauer jedoch nicht entziehen, und sogleich sprangen ihr die Großen Arcana zwischen den Kleinen Arcana ins Auge. Die Weissagung künftigen Schicksals, auf die ihre Urenkelin gehofft hatte. Natürlich waren die Liebenden dabei, unmittelbar im

Herzen der Auslegung. Unter ihnen lauerte die Gestalt des Teufels – Grausamkeit, Wollust und Herrschsucht. Und hier der Mond, unheilvoll, umhüllt vom Schleier der Illusion und Selbsttäuschung, der einen auf dunkle und verschlungene Abwege führte. Die Großen Arcana waren von wütenden Schwertern umringt, mächtigen Karten, die nicht nur Leid, sondern auch Gewalt und Verrat verhießen.

Einen Augenblick lang war Lucia schwindelig vor Angst, ein furchtbarer Sog schien sie in diese verworrene, turbulente Zukunft hinabzuziehen. Hätte sie für die Heirat gesprochen, wenn sie das alles gewußt hätte? Sie sah Gefahr, Todfeindschaft und die Möglichkeit des Scheiterns, draußen in der Welt wie in der Tiefe der Herzen. Kopfschüttelnd preßte sie die Lippen aufeinander. »Du bist nicht besser als Veronica, dieses halbe Kind, das hinter allem Tod und Verderben wittert. Sieh dir die Karten an. Es gibt keinen Grund, nur das Schlechte zu sehen.« Sie berührte die Zehn der Kelche, die Verheißung höchsten Liebesglücks. Und die letzte Karte, die Zielkarte, gehörte zu den Großen Arcana – die Herrlichkeit der Welt. Die Erfüllung des Schicksals.

Dennoch konnte Lucia die düsteren Vorahnungen nicht abschütteln. Angesichts so vieler Hindernisse rückte das Ziel in weite Ferne. Trotzdem waren die Karten zuversichtlich.

Zuversichtlicher als sie. Finster blickte sie auf die hochmütige Gestalt des Prinzen der Kelche mit seinen aufwendigen Kleidern und dem edelsteinbesetzten Kelch. »Mir scheint, du bringst mehr Unordnung, als sich um deinetwillen lohnt«, warf Lucia ihm vor. »Ich konnte grüblerischen, verschlossenen Männern wie dir, mit dieser schwelenden Sinnlichkeit und Überheblichkeit, noch nie etwas abgewinnen. Glaube mir, junger Mann, wenn du meine Veronica nicht wirklich liebst, wirst am Ende du der Narr sein.«

1. Kapitel

DIE EINLADUNG

Nacht. Er war in der Zelle. Fackelchein zuckte hinter dem vergitterten Fenster in der Tür; neben seiner Pritsche brannte flackernd ein Kerzenstummel. Es war kalt, eine feuchte, moderige Kälte, die einem bis ins Mark ging. Die klamme Luft roch nach altem Stroh, verdorbenem Essen und Schmutz, nach Eisen, Rost und Verzweiflung. Der Geruch der Verzweiflung war der schwächste, doch es war ein durchdringender Gifthauch, den die zahllosen Gefangenen vor ihm in den Stein geschwitzt und die gesättigten Mauern wieder ausgestoßen hatten. Wie den Geruch lernte Antonio auch die Farbe der Verzweiflung kennen. Es war die Farbe des Mauerwerks, ein stumpfes Grau mit schwarzen Flecken. Luft aus Stein, so dick, daß es einem die Kehle zuschnürte. Man atmete sie seufzend wieder aus, zu ermattet, um diese Last zu tragen. Die Dunkelheit ballte sich in der Lunge zusammen. Man hustete sie aus. Der Auswurf glänzte feucht im schwachen Kerzenschein. Nicht schwarz, sondern rot.

Geräuschlos schwang die Zellentür nach innen auf, ein goldenes Lichtrechteck öffnete sich in der Dunkelheit. Antonio kämpfte gegen seine Mattigkeit an und stand auf. Er starrte auf das Licht, wußte jedoch, daß er kein freier Mann war. Noch nicht. Er wartete. Eine Silhouette erschien, unheilschwanger vor dem von Fackeln erhellten Türeingang. Angst durchzuckte ihn, als sie langsam näher kam. Dann nahmen der schemenhafte Körper, das schattenhafte Gesicht feste Gestalt an, und Antonio erkannte seine Mutter. Er spürte, wie Hoffnung – süß, schwindelerregend – den eisernen Griff der Angst lockerte. Als sie dicht vor ihm stand, hob sie die Arme, um ihn zu umfangen. Edelsteine regneten von ihren Händen herab, all die

herrlichen Juwelen, die er sie schon als Kind hatte tragen sehen. Durch ihre Finger rieselten schimmernde Perlenschnüre, glitzernde Ringe aus Filigransilber, goldene Ketten, mit kostbaren funkelnden Steinen besetzt – Saphiren und Amethysten, Diamanten und Smaragden. Rubine tropften auf den Boden, rot wie Blut.
Er streckte die Hand nach dem Geschmeide aus, dem Preis für seine Freiheit. Es ergoß sich über ihn, ein glänzender Regen aus Edelsteinen und Metall, erst federleicht, dann schwerer und schwerer, es hüllte ihn ein, umschlang ihn mit kalten, scharfen Metallranken. Er spürte, wie es sich fest um seinen Hals zog, ihn würgte. Er riß an den Ketten, kämpfte gegen sie an. Derweil stand seine Mutter vor ihm, beobachtete ihn stumm, streckte die leeren Hände nach ihm aus. In ihren weit aufgerissenen Augen stand ein flehentlicher Ausdruck, ihre Brust hob und senkte sich im Rhythmus seiner qualvollen Atemzüge ...

Antonio wachte jäh auf. Er setzte sich im Bett auf und fröstelte, als er sich an seinen Traum erinnerte. Sein Kopf tat schauderhaft weh, und in seinem Bauch rumorte es. Das waren nicht nur die Nachwirkungen des Alptraums, sondern auch des Weins. Aber so elend er sich auch fühlte, zumindest war er in Rom, ein freier Mann, schmachtete nicht angekettet in einem englischen Kerker. Jene Monate der Hölle lagen lange zurück. Es war 1496, nahezu zwölf Jahre nach der Schlacht von Bosworth und dem Tode Richards III. Damals hatte es ihn nicht gekümmert, auf wessen Seite er kämpfte. In jenem fremden Land hatte er den Tod, nicht den Ruhm gesucht.
Jetzt erst nahm Antonio seine Umgebung wahr. Das prunkvolle Gemach, in dem er geschlafen hatte, erkannte er nicht wieder. Er mußte irgendwo im Palast der Borgia sein. Lavinias blondes Haar war über die Kissen gebreitet. Er legte sich wieder hin und schloß die Augen, versuchte sich zu beruhigen, um klar denken zu können. Es war viel Zeit vergangen, seit er das letzte Mal von dem feuchten, übelriechenden Kerker geträumt hatte. Der Tod hatte sei-

ner inbrünstigen Werbung verspätet nachgegeben. Um ein Haar wäre er auf der schmutzstarrenden Pritsche an seinem Bluthusten erstickt. Hätte der Tod sich ihm früher gezeigt, dann hätte er ihn und die qualvolle Auszehrung mit offenen Armen empfangen. Doch die schier endlose Zeit ohne menschliche Gesellschaft, seine Schwäche und Einsamkeit hatten ihn bis auf den Grund seiner Seele hinabsteigen lassen, wo unter Trauer und Schuld ein ungebrochener Lebenswille begraben lag. Im Sterben liegend stellte er fest, daß er weiterleben wollte. Bei voller Gesundheit hätte er sich durch sein Schwert freikaufen können; ein erprobter Soldat erzielte einen guten Preis. Doch er war krank und somit wertlos. Es war Giacomo, der seinen Kerkermeistern erzählt hatte, daß Antonio di Fabiani aus einer reichen Familie stammte. Ein königliches Lösegeld wurde auf seinen Kopf ausgesetzt, und man schickte einen Boten, um das Geld einzufordern.

Sein Vater hatte sich geweigert, auch nur einen Heller zu zahlen. Eher würde er zusehen, wie sein Sohn bei lebendigem Leibe im Gefängnis verfaulte.

Dann war Giacomo wiederaufgetaucht, mit dem Geschmeide, das seine Mutter schickte, um ihn auszulösen. Niemand außer ihr hätte es gewagt, sich dem Befehl seines Vaters zu widersetzen. Und Giacomo, der sich jederzeit mit dem Schatz aus dem Staub hätte machen und es sich hätte gutgehen lassen können, hatte das Lösegeld bezahlt und ihn gesund gepflegt. Antonio erinnerte sich noch an das Haus der mitfühlenden englischen Witwe, in dem Giacomo ihn untergebracht hatte. Er erinnerte sich, wie er sauber und gewärmt in einem Daunenbett erwachte und durch das Fenster auf einen sonnenbeschienenen Garten blickte, in dem purpurne Krokusse und gelbe Narzissen blühten, die ersten Lilien sich schneeweiß auf glatten grünen Stengeln emporreckten. Erinnerte sich an seiner Mutter Brosche aus Granaten und Perlen am üppigen schwarzseidenen Busen der Witwe, als diese sich bückte, um seine Kissen auszuschütteln.

Erinnerte sich schließlich, wie Giacomo, der den Busen

zweifellos mit der Brosche teilte, ihm heiße Brühe einflößte, während er aufgeregt von seinen Abenteuern berichtete. »... zu Wasser begegnete ich Piraten, zu Land Briganten. Ich habe mich, so möcht' ich wetten, hinter jedem Strauch und Baum zwischen Italien und England versteckt, und die ganze Zeit zitterte ich wie Espenlaub. Und das war erst ein Spaß, jedesmal einen sicheren Ort für die Juwelen finden zu müssen! Es mußte ja genug für das Lösegeld und für kleine Präsente übrigbleiben, von unserer Heimreise ganz zu schweigen. Ich wußte nicht, in welcher Verfassung Ihr sein würdet. Und ich hatte recht mit meiner Vorsicht. Ihr seid ungefähr so brauchbar wie ein neugeborenes Kätzchen.« Antonio hatte der Witwe die Brosche gegönnt – ihm war es lieber, die Juwelen schmückten ihren Busen, als daß sie in der Schatzkammer eines seiner Feinde verschwanden. Doch es hatte ihn in Wut versetzt, an seine Schwäche erinnert zu werden. »Schaut nicht so finster«, hatte Giacomo ihn ermahnt. »Ihr verschwendet nur Eure Kräfte.«
Im Traum war nicht Giacomo, sondern seine Mutter mit dem Lösegeld erschienen. Das sprach für sich. Er brauchte keine Zigeunerin, um die verborgene Bedeutung dieses Traums zu verstehen – die Schuld, in der er bei seiner Mutter stand, war erdrückend. Er kam sich vor wie eingesperrt, wie damals im Kerker. Doch diese Schuld zu begleichen konnte er sich nicht weigern. Seufzend rieb Antonio den Rubinring an seinem kleinen Finger – mehr war von dem Schatz, den sie aus Liebe zu ihm dahingegeben hatte, nicht geblieben.
Er öffnete die Augen. Die Trostlosigkeit des Kerkers aus dem Traum stand in lebhaftem Kontrast zu dem Luxus seines derzeitigen Aufenthaltsortes. Feiner Marmor, buntgemusterte Gobelins und reichgeschnitztes Holz schmückten Wände und Fußboden des verschwenderisch eingerichteten Gemachs. Die Stühle und Tische waren vergoldet und mit Elfenbein und Ebenholz eingelegt. Über das breite Bett waren scharlachrote Seide und goldgefranster Samt drapiert. Die Laken aus feinem Leinen

säumte eine Handbreit durchbrochener Stickerei. Das Zimmer, das er im Vatikan bewohnt hatte, war nicht halb so prächtig gewesen. Ein deutliches Warnzeichen, doch sein zweiter Versuch, sich aufzusetzen, wurde von seinen heftigen Kopfschmerzen durchkreuzt. Er konnte es kaum ertragen, auf das fiebrige Rot der Bettvorhänge zu blicken, und von dem Duftgemisch aus Räucherwerk und Parfüm wurde ihm übel. Seit Jahren hatte er nicht mehr so viel getrunken. Er liebte guten Wein, verlor jedoch ungern die Herrschaft über seine Sinne. An die Ereignisse der letzten Nacht erinnerte er sich kaum noch. Vorsichtig stützte Antonio sich auf einen Ellbogen und sah seine Gefährtin an.

Wie er bereits vermutet hatte, war es nicht Lavinia, die neben ihm lag. Die Kurtisane bleichte ihr Haar zwar zu dem gleichen Flachsblond, doch der mädchenhafte Körper und das feine Profil gehörten nicht Lavinia. Der süßliche Duft des Veilchenwassers gab den Ausschlag. Neben ihm lag Lucrezia Borgia. Antonio wandte sich stöhnend ab. Wochenlang hatte er all seine Geschicklichkeit und höfischen Tugenden aufgeboten, um dieser gefährlichen Situation zu entgehen. Und in einer einzigen Nacht leichtsinniger Ausschweifung hatte er, sinnlos betrunken, all diese Bemühungen zunichte gemacht. Er konnte von Glück sagen, wenn er mit heiler Haut davonkam. Aber das war nicht das Wichtigste. Er widerte sich selbst an.

Er spürte eine Bewegung, dann sagte eine helle, honigsüße Stimme: »Guten Morgen, Antonio.«

Lucrezia setzte sich im Bett auf. Sie hatte die Decke bis über den Busen hochgezogen, die durchbrochene Stickerei jedoch so geschickt drapiert, daß er ihre hellrosa Brustwarzen sehen konnte. Ein gerissenes Geschöpf, nach außen nachgiebig und fügsam, in Wahrheit jedoch die Hinterhältigkeit in Person. Allerdings mußte sie gerissen sein, um sich gegen Männer von der Herrschsucht der Borgias behaupten zu können. Und wie man sah, hatte sie auch bei ihm ihren Willen durchgesetzt. Ein gerechter Lohn, für sie beide. Lucrezia lachte leise und leckte sich über die Lippen, unschuldig wie ein junger Fuchs nach Erlegen seiner ersten Beute.

»Guten Morgen«, murmelte Antonio und schloß wieder die Augen.

Lucrezia schmiegte sich an ihn. »Seid mir nicht böse. Ihr seid so schön, Antonio. Es hat sich gelohnt, Euch wenigstens eine Nacht zu besitzen. Hin und wieder möchte ich selbst wählen, mir nicht immer nur von anderen sagen lassen, welchem Mann ich gehören soll.«

Antonio dachte darüber nach, wie er diese Worte auslegen sollte. Es gab Gerüchte, der Papst sei auf der Suche nach einem neuen Gatten für seine Tochter. Zweifellos verfügte er über die Macht, ihre erste, ebenfalls von ihm arrangierte Ehe zu annullieren, und es gab gewiß zahlreiche vielversprechende Bewerber. Daß die anderen Gerüchte über Lucrezia und ihren Vater der Wahrheit entsprachen, bezweifelte Antonio. Rodrigo Borgia, jetzt Papst Alexander VI., war lüstern und bestechlich, jedoch nicht verworfen genug, um Inzest zu begehen. Lucrezias Brüder boten ein anderes Bild. Juan, ein skrupelloser Wüstling und Blender, hatte Lucrezia bekanntlich in sein Bett gelockt. Der zweitälteste Sohn des Papstes liebte schöne Frauen fast ebenso wie hübsche junge Männer, und allein die Widernatürlichkeit eines Liebesverhältnisses mit Lucrezia war ein unwiderstehlicher Reiz für ihn. Es hätte Antonio nicht überrascht, wenn Juan ihm die Gunst seiner Schwester angeboten hätte. Der Sprößling des Kirchenoberhaupts liebte derlei perverse Machtspiele.

Und Cesare, der älteste? Antonio hielt es für unwahrscheinlich, daß die beiden Brüder sich Lucrezias Gunst teilten. Cesares Verhältnis zu seiner Schwester war von ähnlich erotischer Intensität, jedoch ohne die Aura geheimer Komplizenschaft. Skrupel hatte Cesare gewiß keine, zumal er gern unter Beweis stellte, daß er Juan jederzeit auszustechen vermochte. Die meisten Höflinge des Vatikans erkannten seine Überlegenheit auch fraglos an, nur der Papst

und seine Tocher bildeten eine Ausnahme. Ihr Liebling war Juan. Doch gestern nacht war Juan nicht erschienen, statt seiner hatte Antonio das Bett mit Lucrezia geteilt. Ob Cesare aber nun rein brüderliche Gefühle für seine Schwester hegte oder nicht, der junge Spanier war sehr besitzergreifend. Vermutlich würde er tödlich gekränkt sein, weil Antonio ihn vor der Liebesnacht mit seiner Schwester nicht um Erlaubnis gefragt hatte. Folglich war sein Leben in Gefahr; ungeachtet dessen, daß er Cesare einmal während einer Wirtshausprügelei das Leben gerettet hatte.
Diese Rettung war reinem Zufall zuzuschreiben, da sie im Umgang mit Waffen einander ebenbürtig waren. Zumindest glaubte er das. Denn ein Teil des Reizes ihrer Bekanntschaft bestand darin, daß sie ihre Kräfte nicht maßen, obwohl sie beide wußten, daß sie einander jederzeit töten würden. Bis gestern nacht hatte keiner dem anderen einen Vorwand geliefert. Antonio war vorsichtiger als Cesare, wenn er seinen Lastern frönte, er fing nicht so schnell Streit an, wie die Borgia es zu tun pflegten. Er gab sich damit zufrieden, die Versuchung auszukosten, ohne ihr gleich zu erliegen. Jetzt konnte er nur hoffen, daß Cesare die Nacht mit Lucrezia nicht als Herausforderung auffassen würde.
Dicht an seinem Ohr flüsterte Lucrezia: »Cesare ist bei Lavinia. Er hat uns nicht zusammen gesehen.«
Er betrachtete sie unter den Lidern hervor. Sie lächelte ihr Füchsinnenlächeln. Ihm ging die Ironie der Situation auf, und er erwiderte ihr Lächeln. Sie verstanden einander. Beide beherrschten sie die Kunst der instinktiven Selbsterhaltung. Was Lavinia betraf, konnte Cesare sie ruhig haben. Sie war geistlos, er langweilte sich bereits mit ihr.
»Es war doch eine schöne Nacht, oder?« fragte Lucrezia kokett und fuhr mit einem Fingernagel über seine Brust. »Ich mag Männer, die etwas Wildes haben.«
»Mm«, machte er nur. Seine Erinnerung an die Nacht war lückenhaft, wie er sich nur ungern eingestand. Was er getan hatte, war unverzeihlich dumm. Böse Träume und Ausschweifungen – dahinter steckte ein und derselbe Grund. Er wußte, was er zu tun hatte, seit ihm der Brief

überbracht worden war. Auch der Rausch, dem er sich hingab, änderte nichts daran; es hatte keinen Sinn, das Unvermeidliche noch länger hinauszuzögern. Eigentlich war es ein günstiger Zeitpunkt, um Rom zu verlassen. Der Zwist zwischen den Borgia-Brüdern spitzte sich zu, und er wäre klug beraten, sich nicht in ihre Machenschaften verwickeln zu lassen.

Lucrezia sog ihre Unterlippe ein, spielte an seinem Nabel und begutachtete eine Stelle unter der Bettdecke, die sich, wie Antonio wußte, ihren Wünschen nicht gewachsen zeigen würde. Gezwungen lächelnd setzte er sich auf und hielt Lucrezias Hände fest, damit sie nicht auf Entdeckungsreise gingen, küßte sie galant. »Ich werde dieses Erlebnis nie vergessen, *grandezza*«, sagte er, und es war keine Lüge. Dieser Morgen, wenn auch nicht die Nacht, hatte sich ihm unauslöschlich eingeprägt. »Aber jetzt muß ich gehen. Ich habe dringende Geschäfte zu erledigen, die sich nicht aufschieben lassen, nicht einmal für die reizvolle Aussicht, von Euch umarmt zu werden.«

Er stieg aus dem Bett und begann sich anzukleiden, schlüpfte in seine Hosen und befestigte die *braghetta* vor seinem Geschlecht. Sie war kein naives Kind, das schmeichelte, wo nichts zu gewinnen war. Kokett schmollend lehnte sie sich in die Kissen zurück, immer noch ungemein zufrieden mit sich, weil es ihr endlich gelungen war, ihn zu verführen. »Was für Geschäfte sind das?«

»Reisevorbereitungen«, erwiderte er und griff nach seinem Wams. »Ich verlasse Rom und kehre nach Florenz zurück.«

Lucrezias Augen weiteten sich vor Überraschung. Antonio sprach zwar nie darüber, doch seine Vorgeschichte war kein Geheimnis.

Er beantwortete ihre unausgesprochene Frage. »Der Verbannte kehrt aus dem Exil zurück. Auf ausdrückliche Einladung.«

»Wie schön für Euch«, bemerkte sie wenig begeistert.

»Ja.« Vorausgesetzt, daß er den Empfang in Florenz überlebte.

Giacomo stand beklommen vor dem Pult. Antonios Aufgewühltheit mußte mit dem Brief zu tun haben – er war schwärzester Stimmung, seit man ihn vor drei Tagen überbracht hatte. Sein Herr war sehr verschwiegen, und wenn Giacomo sich erwischen ließ, würde er auf Tage, vielleicht sogar Wochen in Ungnade fallen. Dennoch war die Gelegenheit, den Inhalt des Briefes in Erfahrung zu bringen, zu verlockend. Antonio hatte die Nacht bei dieser Hexe Lavinia verbracht und würde wahrscheinlich erst in ein, zwei Stunden zurück sein. Giacomo strich sein feines braunes Haar zurück, das ihm in die Augen gefallen war, und machte sich ans Werk. Vorsichtig schob er ein Stück Draht in das Schloß des Pults und bewegte es, bis er ein leises Einrasten hörte. Er hob sacht den Deckel und entdeckte die gefalteten Blätter in einem der Fächer.

Giacomo nahm den Brief an sich und erkannte die Handschrift von Antonios Mutter, wenngleich sie sehr klein und eng geschrieben hatte. Ihr würde es nichts ausmachen, wenn er ihn las, zumindest nicht sehr viel. Schließlich hatte Madonna di Fabiani selbst veranlaßt, daß er lesen lernte. Und sie hatte Antonio seiner Obhut anvertraut. Nach den ersten Zeilen stöhnte er laut auf. »O nein, das ist ja viel schlimmer, als ich dachte.« Er schluckte mühsam und fing noch einmal von vorn an.

12. Dezember, im Jahre des Herrn 1496
Antonio, mein geliebter Sohn,
ich muß Dir etwas mitteilen, das ich Dir bisher verschwiegen habe, um Dir Kummer zu ersparen. Ich liege im Sterben, Antonio. Es handelt sich um eine auszehrende Krankheit, von der ich mich hin und wieder scheinbar erhole, die jedoch unaufhaltsam fortschreitet. Mit dem Tod habe ich mich abgefunden, nicht jedoch mit dem Leben, das ich in den vergangenen zwölf Jahren geführt habe, seit Du Florenz verlassen hast. Aus Liebe und Respekt zu mir hat Dein Vater sich bereit erklärt, Deine Verbannung aus diesem Haus aufzuheben und Dich wieder in Dein Erbe einzusetzen. Ich kann nicht behaupten, daß ihm dies ein eben-

solches Herzensbedürfnis ist wie mir, doch er ist ein Ehrenmann und wird alles in seiner Macht Stehende tun, um die Kluft zwischen Euch zu überbrücken. Hättest Du wieder geheiratet und Kinder gezeugt, hätte er diesen Schritt vielleicht schon eher getan. Ich weiß, Du hast angenommen, der Besitz würde an Deinen Vetter Stefano fallen. Ich aber glaube, dein Vater hatte stets die Absicht, Dein Erbe an Deine Kinder übergehen zu lassen, auch als er es Dir selbst verweigerte.

Da Dein Vater mir diesen Wunsch erfüllt hat, Antonio, bitte ich auch Dich um einen Gefallen. Du hasts nicht wieder geheiratet. Ich bitte Dich, die Vergangenheit hinter Dir zu lassen und ein junges Mädchen aus Florenz zur Frau zu nehmen. Wir haben ein Mädchen aus ausgezeichneter Familie ausfindig gemacht, und Dein Vater hat erste vorsichtige Erkundigungen eingezogen, die mit Wohlwollen aufgenommen wurden. Natürlich wäre die Verbindung für beide Häuser von Vorteil, doch das Mädchen ist auch sehr hübsch, sanftmütig und außergewöhnlich religiös. Ich bin überzeugt, daß ein so frommes Geschöpf sowohl eine pflichtbewußte Ehefrau als auch eine gute Mutter für Deine Kinder wäre. Vielleicht lebe ich ja noch lange genug, um Deinen Sohn, meinen Enkel, in den Armen zu halten.

Es könnte keinen glücklicheren Zeitpunkt für Deine Rückkehr geben. Florenz, unter der Führung des göttlich inspirierten Savonarola, ist jetzt …

Von einer Bewegung aufgeschreckt, hob Giacomo den Kopf und erblickte Antonio. Seine gewöhnlich tadellosen Kleider waren zerknittert, sein glänzendes schwarzes Haar zerzaust. Und er schäumte vor Wut.

»Verzeih mir, wenn ich dich in deiner Lektüre störe, Giacomo.« Antonio sprach mit eiskalter Höflichkeit. Sein Gesicht war wutverzerrt, und die Duellnarbe an seinem Mund, ein weißlich schimmernder kleiner Halbmond, trat hervor. »Ich hoffe, du fandest meinen Brief aufschlußreich?«

Erschrocken sagte Giacomo das erste, was ihm in den

Sinn kam; wie so oft war es genau das Falsche. »Ihr solltet doch noch gar nicht zurück sein.«
»Nein? Ich gebe zu, meine Ankunft ist bedauerlich … für dich. Aber es sind mein Zimmer, mein Pult und mein Brief«, sagte Antonio, und dann lächelte er. Als Giacomo das letzte Mal dieses Lächeln gesehen hatte, klebte das Blut eines Mörders an Antonios Schwert. Natürlich würde sein Herr ihm niemals ein Haar krümmen, doch schon der Blick ließ ihn erstarren.
Giacomo hielt sich instinktiv zurück und verzichtete darauf, auf die Knie zu fallen und um Gnade zu flehen. In der Vergangenheit hatten derlei theatralische Gesten Antonio zwar manchmal besänftigt und sogar belustigt, jetzt jedoch, so spürte Giacomo, würde er eher seinen Abscheu erregen, kalte Unerbittlichkeit herausfordern. Giacomo konnte es einfach nicht ertragen, vierzehn Tage lang der Gegenstand von Antonios stummer Verachtung zu sein. Bei der Vorstellung fröstelte ihn. Er mußte also mit einer Erklärung aufwarten.
»Ich weiß, ich hätte es nicht tun dürfen. Aber was habt Ihr erwartet, was sollte ich machen, nachdem Ihr Euch schon drei Tage so eigenartig verhaltet, Herr?« sprudelte Giacomo mit halsbrecherischer Geschwindigkeit hervor. »Ich soll auf Euch achtgeben. Es ist mein Beruf, meine Pflicht, mein Vorrecht, Eure Wünsche zu erfüllen. Man merkt Euch an, daß etwas geschehen ist, und wenn Ihr mir nicht sagt, was Euch bedrückt, muß ich es auf eigene Faust herausfinden. Wie soll ich denn sonst wissen, was ich tun kann, um Abhilfe zu schaffen …«
Giacomo holte angestrengt Luft. Antonios Augen sprühten Funken. Sein Herr hatte eigentlich schöne Augen, Augen, die den Damen Seufzer entlockten, von dunklem, leuchtendem Mahagonibraun, gesäumt von ebenmäßigen schwarzen Wimpern. Jetzt jedoch waren sie schwarz wie das Unheil, und Lichtpunkte wie Dolchspitzen glühten in ihnen. Ohnehin groß, schien Antonio zu doppelter Größe angewachsen. Giacomo schluckte und blickte von seinem drohenden Gesicht verständnislos auf die Hand, die Antonio

ausgestreckt hatte. Den entwendeten Brief hatte er fast schon vergessen. Antonios Fingerspitzen zuckten, ein herrischer Befehl, der Giacomo zusammenfahren ließ. Vorsichtig strich er das zerknitterte Pergament glatt und reichte es seinem Herrn.

»Du bist mein Kammerdiener, nicht mein Arzt oder Beichtvater. Ist es zuviel verlangt, daß du dich aus meinen Angelegenheiten heraushältst?« fragte Antonio mit beißendem Spott.

»Ja, Herr. Viel zuviel. Da Ihr immer unglücklicher werdet statt glücklicher. Ihr seid jetzt drei Nächte hintereinander bei der Dame Lavinia gewesen. Das bedeutet, daß etwas geschehen ist ...« Er brach ab. Antonio musterte ihn erst erstaunt, dann mißtrauisch, kniff die Augen zusammen.

»Was sagst du da?«

Giacomo nutzte seine Verblüffung aus. »Ihr geht nur zu der Dame Lavinia, wenn Ihr sehr zornig seid, Herr. Und hinterher seid Ihr selten besserer Stimmung. Ich mußte um jeden Preis herausfinden, was Euch auf der Seele liegt.«

Giacomo war heilfroh, als sich auf Antonios Gesicht wieder Überraschung malte. Dann lächelte er sogar, offenbar erinnerte er sich an einen witzigen Vorfall oder ein neues erotisches Spiel Lavinias. Doch dieser Aufschub währte nur kurz, Giacomos Vergehen war keineswegs vergessen. Antonio musterte ihn abschätzig. »Man sollte dich an deiner Schnüffelnase aufhängen.«

»Und das wäre noch ein überaus großmütiger Urteilsspruch ...«

»Ach!« Antonio gab einen erstickten Laut von sich und hob drohend den Arm. »Du bist unmöglich. Du hast den Mut eines Kaninchens und die Prinzipienfestigkeit eines Wiesels. Ich würde dich davonjagen, aber dann müßte ich zum Ersatz einen Kammerdiener und einen Narren anstellen.«

»Ja, Herr. Ein ausgebildeter Kammerdiener kostet heutzutage einen Batzen Geld, und einen guten Narren findet man nicht so leicht. Selbst einen schlechten Narren findet man nicht so leicht.«

»Raus hier«, befahl Antonio, »und verschone mich für den Rest des Tages mit dem Anblick deines jämmerlichen Gesichts. Mach dich nützlich. Wir müssen das Haus schließen. Wie du dem Brief entnommen haben wirst, reisen wir Ende des Monats nach Florenz ab.«

»Ja, Herr.«

Giacomo huschte zur Tür hinaus und erklomm die Stufen zum Dienstbotenquartier. Zumindest hatte er Antonios Neugier geweckt. Eine gelungene Ablenkung vom Anlaß seiner Wut, wenn er auch die kostbare Beobachtung über die Besuche bei Lavinia hatte preisgeben müssen, was er lieber vermieden hätte. Antonio war sehr scharfblickend, was andere Menschen betraf, sich selbst gegenüber jedoch manchmal naiv. Dennoch war seine List nur zum Teil aufgegangen. Er wußte, daß Antonios Wut über den Vertrauensbruch nach wie vor in ihm schwelte – als könnten Herren irgend etwas vor ihren Dienern verbergen. Ein guter Diener mußte seinen Herrn in- und auswendig kennen. Antonio erwartete es nicht anders, war manches Mal sogar zutiefst dankbar dafür, er wollte nur nicht mit der Nase darauf gestoßen werden, wie diese Kenntnis zuweilen erworben wurde.

Giacomo mußte zugeben, daß er zerknirscht war, zumal die in dem Brief ausgedrückten Empfindungen keinen Dritten etwas angingen. Aber Madonna Leonora hatte ihm Antonio an jenem schlimmen Tag des Begräbnisses anvertraut, als Antonios Vater ihm verkündete, er sei verbannt, und er mit nichts als den Kleidern, die er am Leibe trug, davonritt. Sie hatte Giacomo gebeten, ihm zu folgen. Damals hatte sein Herr ihn das einzige Mal geschlagen, um ihn zur Rückkehr nach Florenz zu zwingen. Er hatte sich eine Woche lang an seine Fersen heften müssen, bis Antonio sich widerstrebend in das Unvermeidliche fügte, obgleich er kaum mit Giacomo sprach – es sei denn, um ihm den Mund zu verbieten. »Ich dachte, meine Strafe sei das Exil«, hatte sein Herr gesagt. »Muß ich mich auch noch der Folter unterziehen, langsam zu Tode geredet zu werden?«

Giacomo hatte unverdrossen weitergeplaudert, weil er nicht anders konnte und weil er Antonio helfen wollte. Er redete über Gott und die Welt, bis Antonio eines Abends am Lagerfeuer auf ihn einschrie und dann in Tränen ausbrach. Ein siebzehnjähriger Junge, der die Verzweiflung eines Mannes lernte. Da hatte Giacomo geschwiegen und ihn nur gehalten, während heftiges Schluchzen seinen Körper schüttelte, bis er vor Erschöpfung einschlief. Der Morgen kam, und sie sprachen nie wieder von jener Nacht. Giacomo kannte den Stolz der Fabiani nur allzu gut. Die Männer waren so stolz wie Luzifer. Aber nach diesem Gefühlsausbruch wurde es ein wenig besser. Die schwarzen Wolken seines Kummers lichteten sich, und Antonio konnte wenigstens vorgeben, kein unglücklicher Mann zu sein. Es fiel kein Wort mehr darüber, daß Giacomo allein nach Florenz zurückkehren sollte.
Giacomo schlich in sein Zimmer. Er hatte Glück – es war noch früh, die Holzscheite vom Morgen glühten noch im Kamin. Da Giacomo als Nachwirkung der Auseinandersetzung mit seinem Herrn fröstelte, gab er Stroh und Anmachholz hinzu und entfachte ein munteres Feuer. Heute sollte er Antonio nicht mehr unter die Augen kommen, also würde er damit beginnen, seine Habseligkeiten zusammenzupacken und sich in der Küche um die Reiseverpflegung zu kümmern. Sie brauchten Nahrungsmittel, die sich möglichst lange hielten: Brot, Trockenfleisch und Obst, etwas Naschwerk. Aber zuallererst brauchte er ein klärendes Gespräch.
Giacomo goß sich ein Glas Wein ein, dann rückte er seinen Stuhl und den Hocker an den Kamin. Er zog die Stiefel aus, streckte die Beine und bereitete sich innerlich auf das Gespräch mit seinen Füßen vor. Eine seiner selbsterdachten Lieblingssentenzen lautete, daß die Füße die edelsten Dienter des Lebens waren, bescheiden, gehorsam und duldsam. Nicht gerade seine Stärken, aber er wußte sie durchaus zu schätzen. Wenn er Zuspruch brauchte, beriet er sich oft mit ihnen wie mit zwei weisen alten Männern. Er legte seine Ratgeber auf den Hocker, zog seine

Strumpfhose bequem zurecht und ließ sich von dem Feuer die Fußsohlen wärmen.
»Füße«, teilte er ihnen mit, »wir sind in Schwierigkeiten.«
Am Ende eines langen Tages hatten sie häufig selbst etwas zu sagen. Sie zuckten bestürzt, pochten besorgt, seufzten zustimmend. Jetzt warteten sie nur, die Zehen streckten sich ihm gespannt entgegen.
»Es ist wirklich seltsam, Füße. Wieder in Gnaden aufgenommen zu werden und nach Florenz zurückzukehren zu dürfen, kam mir allmählich wie ein wunderschöner Traum vor. Ich habe mir die Heimkehr immer wie eine Feier vorgestellt – im Frühling, wenn alles grünt und blüht, oder während der Herbsternte, wenn an den Rebstöcken pralle, saftige purpurrote Traubensträuße hängen, die förmlich danach verlangen, zu Wein gekeltert zu werden.« Er seufzte. »Statt dessen kehren wir mitten im Winter nach Hause zurück, um zu trauern.
Aber auch abgesehen von der Trauer würde ich am liebsten hierbleiben. Wir sind in den letzten Jahren zu Wohlstand gelangt. Unser Herr ist ein besserer Kaufmann als Soldat, obwohl er, wenn es sein muß, kräftig mit dem Schwert draufhauen kann. Wißt ihr noch, als er damals in Neapel die drei gemeinen Diebe aufspießte und ich auf dem vierten saß? Wir haben viele Abenteuer zusammen erlebt und mehr von der Welt gesehen, als uns sonst beschieden gewesen wäre. Nur wenige meines Standes haben solch exotische Orte wie Konstantinopel und Damaskus gesehen – obwohl ich froh bin, daß der Herr sich dagegen entschieden hat, zur Neuen Welt zu segeln, von der jetzt alle sprechen. Wir sind zwar nicht so reich und mächtig, als stünden uns das Vermögen und der Einfluß der Familie zu Gebote, aber hier leben wir weit freier als in Florenz.«
Seine Füße hatten keinen Einwand vorzubringen – sie wollten an Ort und Stelle verharren. Sie wollten sogar, daß er noch Reisig auf die ersterbende Glut legte, aber er winkte ab. »Wir müssen uns an die Arbeit machen, die Reise vorbereiten. Läßt sich leider nicht ändern. Es geht

nach Hause, aber ich sage euch eins, Füße, dort warten auf den Herrn nur Enttäuschungen. Seine Mutter liegt im Sterben, und das wird ihm das Herz zerreißen. Sein Vater wird ihm niemals verzeihen, niemals, weil er ihn nie richtig geliebt hat, und das wird ihm das Herz zerreißen. Und es gibt noch andere, Füße, die ihm niemals verzeihen werden. Und die werden ihm kalten Stahl ins Herz bohren.«
Die Zehen rollten sich furchtbar zusammen. »Offen gesagt, die Schwerter und Messer sind die geringere Gefahr. Zumindest würde er mich die Wunden versorgen lassen, die sie schlagen. Aber den Schmerz, den seine Eltern ihm bereiten, wird er in sich verschließen, wird sich davon verzehren lassen und sich nach außen verhärten, noch kälter, finsterer und tödlicher werden denn je.
Und die Krönung ist, Füße, sie haben ein Mädchen ausgewählt, das er heiraten soll«, rief er empört. »Hoffentlich haben sie es sich reiflich überlegt. Religiosität allein ist nicht ausschlaggebend. Seht euch nur seine erste Frau an. Beatrice wurde im Kloster erzogen, sie hatte das Gesicht eines Engels und das Herz einer Hure. Ehrlich gesagt, Füße, ich glaube, sie war wahnsinnig und konnte nicht anders handeln. Ich habe es dem Herrn nie erzählt, aber ich habe mit eigenen Augen gesehen, wie sie jeden Mann, vom Stallburschen bis zu seinem Vater, mit Blicken verschlang. Ihrer Schönheit wegen erwiderten alle ihre Blicke, selbst jene, die keine Taten folgen ließen, aus Angst oder Ehrenhaftigkeit. Es war, als öffneten sich die Himmelstore vor dir – und dahinter wartete das Höllenfeuer. Ob wahnsinnig oder nicht, sie war sehr gerissen. Ich habe nie erlebt, daß sie jemanden behexte, wenn unser Herr in der Nähe war. Dann hatte sie nur Augen für ihn.«
Giacomo schüttelte den Kopf, und das Haar fiel ihm wieder in die Stirn. Ärgerlich, rastlos schob er es weg. »All die schönen Worte, wie fromm die zweite sei, geben mir zu denken. Gottesfurcht ist ja schön und gut, aber ein Mann braucht eine Frau mit innerem Feuer. Besonders unser Herr. Er braucht eine gute Frau, aber gut im Sinne von aufrichtig und freundlich, warmherzig und leidenschaft-

lich. Eine Frau, die den Schlüssel zu all den dunklen Sälen in seinem Herzen finden kann. Die ihn mehr liebt als die Sonne und die Sterne zusammen, damit er ihre Liebe erwidern kann.«

Er hatte gehofft, sein Herr werde finden, wonach er suchte, bevor familiäre Verpflichtungen ihm die Hände banden. Aber Antonio hatte vor einer Heirat zurückgescheut, hatte sogar vor der üblichen Herzensverbindung mit einer standesgemäßen verheirateten Frau zurückgescheut, den Frauen nie mehr als Freundschaft entgegengebracht. Um sinnliche Erfüllung zu finden, hatte er sich auf die Umarmungen erfahrener Kurtisanen beschränkt, hatte die erotischen Künste der berühmtesten Liebesgöttinen gekostet. Stets gab es irgendwo eine Lavinia, aber immer nur auf kurze Zeit. Derlei Frauen waren wie ein Fieber, das in seinem Blut brannte, ihn austrocknete und erschöpfte. Manchmal dachte Giacomo, daß sein Herr keine Herzensgeliebte finden konnte oder wollte, die seiner körperlichen Leidenschaft zu genügen vermochte. Manchmal, wenn er ärgerlich war, dachte er, daß Beatrice ihn unempfänglich für Frauen gemacht hatte, die keine läufigen Hündinnen waren.

»Und jetzt will die Familie ihn mit einer Fremden verheiraten. Was wäre wohl nötig, damit er sie ausschlägt? Vermutlich müßte sie ein Dämon mit zwei Köpfen und Hufen sein.« Das Feuer war fast niedergebrannt, und seine Füße, eiskalt geworden, verkrampften sich pikiert. Giacomo beugte sich vor, knetete an den steifen Zehen. »Zwecklos, sich zu beklagen, mir gefällt es auch nicht besser als euch. Ich sage euch eins, Füße, es wird eine Katastrophe werden.«

2. *Kapitel*

LUIGI

Roberto kauerte in einem Winkel des Zimmers und weinte immer noch, jedoch nicht mehr so bitterlich. Veronica kniete neben ihm nieder und strich ihm das Haar aus dem Gesicht, bändigte ihren eigenen Gefühlsaufruhr. Zitternd holte Roberto Luft, dann rieb er den Kopf an ihrer Hand. Erleichtert schlang sie die Arme um ihn, drückte ihn fest an sich. Oft dauerte es viel länger, ihn zu beruhigen, wenn sein Vater ihn kränkte. Veronica, die den ganzen Tag voll innerer Unruhe auf eine Katastrophe gewartet hatte, war froh, daß sein Schmerz nicht tiefer reichte. Benito öffnete die Tür und nickte. Es war niemand in der Nähe. Der Sturm hatte sich gelegt, jetzt konnte sie Roberto die vorbereitete Ablenkung präsentieren. Sie wiegte ihn leicht, küßte ihn tröstend auf die Wange. »Wir haben kleine Kätzchen gefunden, mit denen Ihr spielen könnt«, sagte sie leise.

»Kätzchen?« fragte er, hob sein verweintes Gesicht und schniefte laut.

»Draußen«, sagte Benito. »Ihr müßt nur aufhören zu weinen und aufstehen.«

Sofort wischte sich Roberto mit der Faust die Tränen ab und richtete sich auf, sah sich sehnsüchtig um. »Draußen?«

Benito lächelte Veronica zu und zwinkerte. Wieder einmal dachte sie, welch ein Segen er war, mit seiner schier grenzenlosen Geduld und seinem trockenen, gütigen Humor. Zum Zeitpunkt ihrer Heirat stand Benito bereits fünfzehn Jahre im Dienste Robertos, innig geliebt von seinem Herrn. Ohne seine Hilfe hätte sie sich niemals so rasch in ihr neues Leben eingefunden.

»Im Stall, Roberto«, sagte Benito. »Kommt mit.«

»Bombol ist draußen – kann er auch mitkommen? Ich sage ihm, daß er nicht bellen darf.«
»Ja, er darf in den Stall mitkommen, aber nicht zu nahe an die Kätzchen herangehen. Die Katzenmutter wird ihm sonst die Nase zerkratzen«, sagte Veronica.
»Autsch.« Roberto rieb seine eigene Nase.
»Ja, autsch. Ich helfe Euch in Eure Jacke. Es ist kalt draußen, und es sieht nach Schnee aus.«
»Schnee? Der Himmel sieht nach Schnee aus?« Roberto lachte. Er hob die Hände und spielte mit den Fingern, als rieselten Schneeflocken herab.
Veronica lachte mit ihm, freute sich an seiner Phantasie.
»Der Himmel ist weiß und glatt wie eine Schneewehe. Bald wird er aufreißen, und dann fallen Abertausende glitzernder Kristalle auf die Erde.«
Sie knöpfte seine gefütterte Wolljacke zu und setzte ihm seine dicke rote Lieblingsmütze auf, dann zog sie ihn mit sich zur Tür. Wie gewohnt, hatte Luigi della Montagna sie in den schäbigsten Räumen des schwarzen Turms einquartiert. Veronica störte es nicht, daß ihre Unterkunft schlicht war, nicht besser als ein Dienstbotenquartier. Morgen würden sie zu Daniele zurückfahren, wieder ihre eigenen, mit gemalten blühenden Ranken geschmückten Zimmer bewohnen. Im Grunde war sie froh darüber, daß sie vom Rest der Familie della Montagna getrennt im abgelegensten Flügel des Hauses untergebracht waren. Im Augenblick war es ihnen sehr nützlich. Sie öffnete die Tür und spähte in den Korridor. Niemand war zu sehen.
»Auf Zehenspitzen«, flüsterte sie, machte ein Spiel daraus. Gemeinsam schlichen die drei durch den Flur in die Küche. Ihr Schwiegervater hatte Roberto befohlen, sein Zimmer nicht zu verlassen, bis er mit »diesem elenden Gejammer« aufhörte. Inzwischen weinte Roberto nicht mehr, also durfte er guten Gewissens den Kätzchen einen Besuch abstatten. Veronica hatte nicht vor, zuvor Luigis Erlaubnis einzuholen. Nicht in seiner derzeitigen Stimmung.
Der Koch winkte sie mit einer Kelle durch seinen Herr-

schaftsbereich. Er bereitete den Lammbraten für die abendliche Mahlzeit zu und wollte nicht gestört werden. Er wandte den Blick ab, als Veronica vier noch warme *biscotti* stibitzte, die den Duft gerösteter Haselnüsse verströmten. Draußen im Hof schloß sich ihnen der große gelbe Hund an, bellte fröhlich und sprang mit heftig wedelndem Schwanz an ihnen hoch, bis er zurechtgewiesen wurde. Veronica verteilte das knusprige Gebäck, Roberto gab sie zwei von den *biscotti*, damit er Bombol füttern konnte. Roberto schlang seinen Anteil hinunter und deutete aufgeregt zum Stall. Veronica lächelte und ließ ihn vorauslaufen. Der Hund stürzte mit ihm davon, während sie und Benito langsamer gingen. Sie fröstelte leicht in der kalten Dezemberluft und wünschte, sie hätte ihren pelzgefütterten Mantel angezogen.

»Madonna Veronica?«

»Ja, Benito, was gibt's?«

»Ich glaube, ich sollte die Witwe Elisabetta heute abend doch nicht besuchen. Hier ist es so schwierig für Roberto.«

»Aber natürlich gehst du zu ihr«, widersprach Veronica rasch, obwohl sie in dem Durcheinander die Bitte, die er gestern bei ihrer Ankunft vorgetragen hatte, völlig vergessen hatte.

»Ich danke Euch, Herrin. Sie reist nach Siena, um Verwandte zu besuchen, und ich werde sie eine Zeitlang nicht sehen. Aber ich mache mir Sorgen um Roberto. Sein Vater hat ihn geängstigt.«

»Er wird sich schon beruhigen. Ich wünschte nur, wir könnten schon heute nach Hause fahren, aber ich möchte Luigis Zorn keine neue Nahrung geben.«

»Vielleicht wirft uns der Herr ja hinaus.« Benito lächelte ihr verschwörerisch zu. »Es wäre nicht das erste Mal.«

Veronica erwiderte sein Lächeln, dann seufzte sie. »Ich bezweifle, daß uns dieses Glück beschieden sein wird. Ich glaube, Luigi braucht diesmal ein Publikum für seine Wutausbrüche. Ich lasse seine Quälereien frohen Herzens über mich ergehen, wenn ihn das nur davon abhält, über Roberto herzufallen.«

Anlaß der heftigen Szene war Robertos Halbbruder Federigo gewesen, der im Habit eines Dominikanermönchs zu den Weihnachtsfeierlichkeiten erschienen war und seinem Vater mitteilte, er sei Savonarolas Orden beigetreten. Er hieß jetzt Fra Federigo. Luigi war außer sich. Federigo war neben Roberto sein einziger überlebender Stammhalter, und seinen geistig zurückgebliebenen Sohn verabscheute er. Obwohl Federigo der Jüngere war, sollte er seinen Besitz erben. Maria, seine Mutter, eine glühende Anhängerin Savonarolas, triumphierte, weil ihr Sohn sich der Gefolgschaft des frommen Mönchs angeschlossen hatte. Ihre hämische Freude trug noch zu Luigis Wut bei.

»Es ist schwierig«, fuhr Veronica fort, »aber morgen nachmittag fahren wir ja ab. Heute abend kann ich bei Roberto bleiben, wenn er sich einsam fühlt oder traurig ist. Im Augenblick mache ich mir eher Sorgen, daß er zu lange aufbleibt, um mit den Kätzchen zu spielen. Wir werden ihm eines geben müssen, weißt du. Die alte Katze fehlt ihm sehr.«

»Ja, daran habe ich auch schon gedacht. Ich habe darauf geachtet, daß die Kätzchen alt genug sind. Ich will nicht, daß er noch einmal weint.«

Sie betraten den schwach beleuchteten Stallbereich. Ein durchdringender Geruch nach Pferden und Heu, nach Öl, Leder und Dung lag in der Luft. Hin und wieder war gedämpftes Hufescharren, leises Wiehern und Schnauben zu hören, als Roberto nacheinander in die Verschläge der Pferde schaute. Selbst diese herrlichen Tiere konnten ihn nicht von seinem Ziel ablenken.

»Die Mamma und ihre *bambini* sind in der Sattelkammer«, erklärte Benito und lächelte, als Roberto losstürzte. »Seid vorsichtig«, rief er ihm nach.

»Er ist immer vorsichtig«, sagte Veronica.

»Ja, Herrin. Trotzdem ist es besser, es ihm noch einmal zu sagen. Er hat sich sehr aufgeregt.«

»Du hast recht.«

»Vergeßt nicht, Bombol muß draußen bleiben«, rief Benito, als Roberto die Tür zur Sattelkammer öffnete. Der Hund trottete hinter ihm her.

»Er wird den Kätzchen nichts tun«, wandte Roberto ein. »Bombol mag kleine Kätzchen.«
»Aber die Mamma wird Bombol nicht mögen.«
»Ihm die Nase zerkratzen.« Es fiel Roberto wieder ein.
»Autsch.« Er erklärte es dem Hund gewissenhaft. Bombol ließ sich enttäuscht vor der Tür nieder.
»Und fragt die Katzenmutter um Erlaubnis, bevor Ihr die Kätzchen nehmt«, rief Veronica, als Roberto verschwand. Bombol winselte leise und schlug mit dem Schwanz auf den Boden. Benito kniete nieder, um ihn zu streicheln. »Es würde dir nicht gefallen, wenn man dir die Nase zerkratzt, glaub mir, Bombol. Ich kraule deine Ohren, das fühlt sich viel besser an.«
In der Sattelkammer hockte Roberto glückselig an die Holzwand gelehnt da und hielt eine Schar maunzender Kätzchen im Schoß, die an ihm hochkletterten. Die Mutter saß neben ihm und behielt schnurrend ihre Jungen im Auge.
»Wie hübsch ... wie hübsch«, sagte Roberto immer wieder leise, während er ein Kätzchen nach dem anderen streichelte und sie an sein Gesicht hob, sich von den kleinen, rauhen rosaroten Zungen lecken ließ. Er hielt sie vorsichtig, lockte sie mit zärtlichen Lauten, schaukelte sacht vor und zurück. Ein schwarzweißes Kätzchen mit weißem Bart versuchte in seinen Kragen zu kriechen. Roberto lachte vergnügt. Veronica und Benito setzten sich auf eine Bank. Sie bestaunten und streichelten die Kätzchen ebenfalls. Ein flaumiges graues Kätzchen kämpfte mit Veronicas Schuhspitze, und das bärtige Kätzchen hangelte sich an Benitos Bein hoch. »Das sind meine besten Beinkleider, du Naseweis«, sagte er und nahm es herunter.
Veronica nahm es auf ihren Schoß. Sie sah, wie Benito besorgt sein Knie inspizierte. »Deine besten Beinkleider. Und ist das auch deine beste Jacke?« zog sie ihn auf.
»Elisabetta weiß noch nicht, wie lange sie fortbleiben wird. Ich möchte, daß sie mich in guter Erinnerung behält.« Er lächelte, dann zuckte er mit den Schultern.

»Hübsch bin ich nicht, aber dagegen kann man nichts machen.«
Benito hatte in der Tat ein eher häßliches, doch trotzdem einnehmendes Gesicht. Seine Augen waren groß und feucht, und er hatte ein breites, schiefes Lächeln. »Ich glaube, sie mag dich sehr gern.« Veronica lächelte.
»Ja, das glaube ich auch. Sie will mich aber erst im nächsten Jahr heiraten, wenn ihr letzter Sohn unter der Haube ist. Sie ist eine tatkräftige Frau, doch sehr besorgt um ihre Kinder, um ihr Geschäft, und ich will ihre Sorgen nicht vermehren, deshalb warte ich.«
Elisabetta hat großes Glück, dachte Veronica und lockte das schwarzweiße Kätzchen mit der Spitze ihres langen Zopfes. Benito würde ein liebevoller, fürsorglicher Gatte sein. Gatte. Obgleich sie verheiratet war, sah sie Roberto eigentlich nicht als ihren Gatten an. Sie führte ein eigenartiges Leben, war eher Mutter als Ehefrau, eine jungfräuliche Mutter. Die Ironie machte sie lächeln, obwohl Fra Federigo diesen Gedanken zweifellos als Blasphemie empfinden würde. Mamma Lucia hatte mit ihrer Einschätzung Robertos recht gehabt, sie ahnte nicht, wie sehr; er war sowohl körperlich als auch verstandesmäßig ein Kind geblieben. Und das *tarocco* hatte ebenfalls die Wahrheit gesagt. Seit ihrer Heirat hatte ihr Leben sich kaum und nur zum Besseren verändert.
Kaum einen Monat nach der Hochzeit hatte Veronica Roberto in das Haus ihres Vetters Daniele mitgenommen, das auf der anderen Seite des Arno lag. Roberto hatte sich auf Anhieb in die zwar baufällige, aber hübsche Villa verliebt, war im Obstgarten herumgetollt und hatte sich in den Zweigen der alten Trauerweide vor der hohen Steinmauer versteckt. Er weinte, als sie abfuhren, und bettelte tagelang, bei Daniele wohnen zu dürfen. Nach anfänglichen Bedenken hatte Daniele sie eingeladen, ihn ein paar Tage zu besuchen. Aus den Tagen waren Wochen geworden, aus den Wochen Monate, dann Jahre. Luigi, der froh war, Roberto nicht mehr um sich haben zu müssen, gab Daniele sogar Geld für ihren Unterhalt. Ihre Tante und ihr

Onkel waren natürlich entsetzt über diese Regelung, doch Veronica war jetzt eine verheiratete Frau und brauchte ihnen nicht mehr zu gehorchen, wenn sie dafür auch Luigi gehorchen mußte.
Also bewohnten Roberto, sie und Benito einen Flügel von Danieles Haus. Roberto war selig; endlich mußte er nicht mehr in dem Haus leben, in dem ihn seit dem Tod seiner Mutter – er war erst drei Jahre alt gewesen – niemand mehr geliebt hatte. Ausgenommen Benito natürlich. Die Villa Danieles erschien ihm wie ein Zauberschloß. Er achtete darauf, Daniele nicht bei der Arbeit zu stören, und Daniele, der verstand, wie fasziniert Roberto von seiner neuen Umgebung war, ließ eigens für ihn Farben anfertigen. Roberto brachte Stunden damit zu, verzückt mit seinen Farben herumzuspielen oder die Blumen in Danieles erlesenem Garten zu bestaunen. Veronica liebte die Natur, und Roberto brachte ihr bei, sie auf seine Weise zu sehen, den magischen Frieden zu empfinden, den ihm Tiere, Blumen, der helle Glanz des Sonnenlichts auf dem Wasser eingaben. Dieses Geschenk stiller Versunkenheit machte ihn ihr besonders teuer.
Doch trotz seines liebevollen Wesens war es manchmal schwierig, sich um ein großes Kind zu kümmern, und Danieles Haus war auch für Veronica eine Zuflucht. In Luigis Palazzo war ihr scharfer Verstand nur auf Verachtung gestoßen. Hier wurde er gefördert und erhielt reiche Nahrung. Daniele bestellte stets Abschriften der neuesten Folianten und ließ sich Bücher aus den Druckereien schicken, die es seit kurzem gab. Veronica verschlang diese Schätze begierig und führte angeregte Debatten mit ihrem Vetter. Überall an den Wänden hingen Danieles Bilder und die Gemälde, die er erwarb oder von seinen Freunden zum Geschenk erhielt. Die interessantesten Florentiner suchten ihn auf, um Bilder in Auftrag zu geben oder einfach den Nachmittag zu verplaudern, und obgleich Veronica sich für sehr unwissend hielt, bezogen Daniele und seine Freunde sie stets in ihre Gespräche ein. »Du hast einen heilsamen Einfluß auf uns«, sagte Danie-

le einmal zu ihr. »Wir schmücken unsere Ideen gern aus, verzieren sie mit feiner Stickerei, mit goldenen Tressen und bunten Federn und lassen sie eitel einherstolzieren. Du willst die Dinge unverhüllt sehen, willst jedem ins Herz blicken.«

Veronica würde niemals ein reiner Verstandesmensch sein können. Wenn ihre ungestillte körperliche Energie sie rastlos machte, ritt sie auf ihrer Stute in den Wald oder über die Felder draußen vor der Stadt, genoß die Schnelligkeit ihres Pferdes, das Brausen des Windes. Oft ritt sie zu einem abgelegenen Hügel, wo sie eine Stunde lang in völliger Einsamkeit saß und den Duft des Grases und der Bäume einsog. An manchen Tagen schlug sie auch den Weg zu Mamma Lucias Turm ein, nahm zur Stärkung Trockenobst, Weichkäse oder frischgebackenes Brot mit. Sie hatte ihr Kräuterwissen vertieft, doch ihr Hauptaugenmerk galt wieder dem *tarocco*.

Ihre Gabe, wenn man sie überhaupt als solche bezeichnen konnte, war ihr nach wie vor ein Rätsel. Mamma Lucias Hoffnung hatte sich nicht erfüllt; das *tarocco* hatte ihr keinen neuen Zugang zu ihrem wankelmütigen Talent eröffnet, und es hatten sich auch keine Vorahnungen mehr von der Kraft der Vision anläßlich des Todes ihrer Eltern eingestellt. Veronica war darüber nur froh. Sie hatte einen kleinen Brand vorausgesehen, ein harmloses Schiffsunglück, den traurigen Tod einer alten blinden Katze Danieles. Zumindest war das Tier nicht gestorben, ohne daß sie ihm Trost spenden konnte. Meist zeigten sich ihr keine Bilder, sondern die Vorahnung äußerte sich in intensiven, jedoch unbestimmten Gefühlen. Manchmal fiel es ihr schwer, ihre normalen Erwartungen und Ängste von einer Warnung zu unterscheiden. Sie hatte sich gefürchtet, das Haus der della Montagna zu betreten, da sie spürte, daß eine Auseinandersetzung mit ihrem Schweigervater bevorstand. Luigi hatte sich gemein verhalten, aber sein vom Wein gespeister Wutanfall rechtfertigte nicht die Panik, die sie an diesem Morgen ergriffen hatte. Veronica schüttelte diese Gedanken ab. Der

häßliche Auftritt war vorüber, und es war kein größeres Unheil daraus entstanden.
Alles in allem war sie froh über ihr neues, ruhiges Leben. Sie sehnte sich nicht mehr nach den steilen Straßen Sienas zurück, denn sie hatte wieder eine – wenn auch ungewöhnliche – Familie. Trotz der beschränkten Mittel hatten sie, was sie brauchten, seit Veronica den Haushalt führte. Gutes Essen, Harmonie, ein Überfluß an Büchern und Kunstwerken, um Herz und Verstand zu erfreuen – dies alles war weit wertvoller als die eifersüchtig gehüteten Reichtümer und die verschüchterte Dienerschaft in Luigis Palazzo. Sie hatte wenig Grund zur Klage, bis auf die Pflichtbesuche bei ihren mißgünstigen Verwandten. Gott sei Dank fanden diese nur zu besonderen Anlässen statt, großen Bällen oder üppigen Festessen, die eine unterhaltsame Abwechslung zu den Familienstreitigkeiten boten. Sie war glücklich, wenngleich nicht gänzlich.
Denn eines fehlte ihr. Der Prinz der Kelche.
Drei Jahre waren vergangen, seit das *tarocco* ihn ihr verheißen hatte, seit sie mit solch klarer Gewißheit gespürt hatte, daß er zu ihr kommen würde. Da ihr Herz seiner sicher war, hatte sie die Karten nie wieder über ihn befragt, nur zu den kleinen Kümmernissen des Alltags. Es konnte noch Jahre dauern, bis er kam. Dieser Gedanke erfüllte sie mit einem Gefühl der Einsamkeit und tiefer Enttäuschung. In letzter Zeit hungerte sie geradezu nach ihm, mit einer Intensität, die sie selbst nicht begriff. Der Gedanke an ihn erfüllte sie mit körperlichem Sehnen, einer fast schmerzhaften Spannung. Tagsüber suchte sie sein Gesicht unter den anziehenden jungen Männern von Florenz. Nachts beherrschte er ihre Träume, sie erkannte ihn jedesmal, in welcher Verkleidung er auch auftauchte.
Gestern nacht war er zu ihr gekommen, als sie im Halbschlaf lag. Sein Bild schien direkt dem Nachthimmel zu entsteigen, ein furchtbarer, wunderschöner nächtlicher Dämon auf den breiten Schwingen der Dunkelheit. Er stand als Schatten vor ihr, doch sein Gesicht und sein Körper schimmerten im Mondlicht, in seinen Augen glühte

unendliche Finsternis, die sich in ihr Herz bohrte. Seine Stimme, Samt und Stahl, flüsterte ihren Namen, als er sie in die Arme schloß. Sein Körper umfing sie, als umarme sie die Nacht selbst, und die alles umhüllende Dunkelheit entfachte in ihrem Körper das gleißende Feuer der Sonne.
»Madonna? Madonna Veronica?«
Veronica stieg das Blut in die Wangen. Sie riß sich aus ihren Träumereien. »Entschuldige, Benito. Ich dachte gerade an ein Versprechen, das mir das *tarocco* einmal gegeben hat.«
»Es wird sein Versprechen halten. Ich habe noch nie gehört, daß Mamma Lucia die Karten mißdeutet hätte.«
»Ich auch nicht«, erwiderte Veronica. Sie war immer noch traurig. Doch ihr Magen knurrte, eine prosaische Erinnerung daran, daß sie wegen Luigis Ausbruch ihr Essen am Mittag kaum angerührt hatte. Die Feiertage hatten ihr nichts als Furcht, keinerlei geistiges oder sinnliches Vergnügen beschert. »Du bleibst bei Roberto, Benito. Ich bettle in der Küche um Essen. Ich habe entsetzlichen Hunger.«
»Ja, Madonna, ich hätte gern einen Apfel, wenn einer übrig ist.«
»Ein Apfel!« rief Roberto. »Eine Nascherei!«
Veronicas Mission war nur zum Teil von Erfolg gekrönt. Sie mußte warten, bis der Koch die neue Küchenmagd ausgeschimpft hatte, weil sie die Hühnerbrühe ausgekippt und die Knochen aufbewahrt hatte. Dieser Katastrophe wegen war er in übler Laune und hatte Veronica weitere *biscotti* verweigert. Dafür gab er drei rotwangige Äpfel heraus und wickelte ein kleines Stück Käse und einen Kanten Brot in eine Serviette. Dankbar stopfte sie alles in ihre Tasche und ging nach draußen.
Veronica erblickte Fra Federigo am Tor, wo er mit seiner Mutter und seiner Schwester Dorotea sprach. Die beiden waren Marias einzige Kinder und sahen ihr ähnlicher als Luigi, waren wie sie von zierlichem Körperbau. Federigo hatte das dunkle Haar und die dunklen Augen Marias, Dorotea hingegen Luigis hellbraunes Haar und blaue Augen geerbt. Beide hatten die gerade Nase und die

schmalen Lippen ihrer Mutter, die Marias Gesicht einen verbissenen und grimmigen Ausdruck verliehen, an Federigo jedoch asketisch und an Dorotea zart wirkten, ihr die Frische einer Rosenknospe verliehen.
Veronica ging zu ihnen. Alle drei empfingen sie mit abschätzigen Blicken. Der Umgang mit ihnen war schwierig, weil sie stets Anstoß an ihren Worten nahmen, während sie sich nur gleichgültige Höflichkeit gewünscht hätte. Sie mißbilligten ihre Familie – ihren anrüchigen Vetter, den Künstler, und ihre weissagende Urgroßmutter. Mein Zigeunerblut und seine »spirituellen« Wirkungen, dachte Veronica und seufzte. Federigo hielt Mamma Lucia für eine Hexe, ihre Heilkräuter und ihre Kunst des *tarocco* für Werkzeuge der Schwarzen Magie. Veronica begegnete er ebenfalls mit Mißtrauen. Lange Zeit waren Astrologen und Menschen mit der Begabung Mamma Lucias ein wichtiger und willkommener, eng mit dem Christentum verwobener Bestandteil des Florentiner Lebens gewesen. Jedem größeren Ereignis mußte sowohl eine Weissagung als auch ein Gebet vorausgehen. Doch in jüngster Zeit hatte Savonarola flammende Predigten gegen den Aberglauben gehalten, ergo herrschte weniger Toleranz als früher.
»Ich wollte Euch Glück wünchen«, sagte Veronica zu Federigo.
Federigo blickte sie finster an, suchte nach einem verborgenen Sinn in ihren Worten. Sie hatte aufrichtig gesprochen, aber da er ihre Überzeugungen verabscheute, glaubte er, sie müssen auch die seinen verabscheuen. »Darf ich daraus entnehmen, daß Ihr meine Wahl billigt?«
»Ihr habt gewählt, Euren Überzeugungen gemäß zu leben, Federigo, das respektiere ich.« Sie verstand, was er suchte. Viele Elemente des kirchlichen Lebens rührten an ihr Herz. Feierlicher Psalmgesang, der Trost, den die Schrift in der Not bot, das Staunen und die Freude, die sich in den feierlichen Ritualen ausdrückten, inspirierten sie. Aber Veronica bewegte vor allem die ewige Wiederkehr des Frühlings nach dem Winter, der Kreislauf der

Natur – wie aus Samen und Knollen Blumen, Getreide und Bäume erblühten, all die unerschöpflichen Wunder des Lebens. Sie empfand es nicht als Ketzerei zu glauben, daß sich die göttliche Weisheit im *tarocco* oder in den Sternen offenbaen konnte. In ihren Augen waren die Grenzen, die Federigo seinem Glauben steckte, zu eng und grausam. Er schien stets das zu wählen, was sein Herz verschloß, nicht öffnete. »Ich hoffe, Ihr findet den Frieden, den Ihr sucht.«
»Es ist eine Ehre, Savonarola zu dienen«, erklärte Federigo. »Er ist ein Prophet Gottes, der in unserer Mitte wirkt. Auf der Kanzel ist er eine himmlische Lichtgestalt, von heiligem Feuer erfüllt, doch innerhalb der Mauern von San Marco ist er die Demut selbst. Seine Kleider sind aus härenem Stoff, und er nimmt nur das schlechteste Essen zu sich. Er ist so fromm, daß er die lästigsten Arbeiten übernimmt, sogar den Abtritt reinigt. Er ist unser Beispiel, unser Vorbild. Ich habe ihn nicht einmal die Stimme heben hören, und doch gehorchen ihm alle mit dem größten Eifer.« Frederigo stockte kurz, dann fuhr er fort: »Fra Girolamo ist ein Heiliger. Wir würden ihm in dem heiligen Krieg, den er ficht, bis ins Höllenfeuer folgen.«
Savonarolas Krieg richtete sich gegen den Borgia-Papst, Federigo hingegen, so dachte Veronica, kämpfte immer noch gegen seinen Vater. Sie mochte ihren Schwager nicht, aber er tat ihr auch leid. Luigi war herrisch und anmaßend. Federigo hatte seine Butalität oft in Worten und Taten ertragen müssen. Sie vermutete, daß die Rolle eines christlichen Märtyrers in seinen Augen der eines hilflosen Opfers Luigis vorzuziehen war.
Plötzlich brach furchtbarer Lärm aus. Bombols aufgeregtes Gebell vermischte sich mit lauten menschlichen Stimmen. Roberto übertönte alle anderen, er schrie vor Angst. Veronica raffte ihre Röcke hoch, rannte über den Hof zu den Ställen. Der Lärm wuchs, denn inzwischen ließen sich auch die Pferde von der Aufregung anstecken. Sie wieherten schrill, tänzelten, traten gegen die Holzwände der Verschläge. Vor der Sattelkammer sah sie mehrere Personen

miteinander ringen. Zwei von Luigis Wachleuten versuchten Roberto zur Stalltür zu schleifen. Von ihrer Grobheit verängstigt, wehrte er sich verzweifelt. Roberto war zwar unbeholfen, aber sehr kräftig.
Benito hatte sich mitten ins Gewühl gestürzt und den Arm des größeren Wachmanns gepackt. »Laß ihn los, du machst ihm angst!« brüllte er. »Er kommt freiwillig mit. Laß ihn los!« Der Mann versetzte ihm einen Stoß, so daß er zu Boden fiel. Schnell rappelte Benito sich wieder auf, packte den kleineren Wachmann, sagte etwas, das sie in dem Lärm nicht verstehen konnte. Ein kleiner älterer Mann, in die rosarote Tracht der Ärzte gekleidet, kam aus der Sattelkammer. Veronica kannte ihn nicht. Er lief zu der Gruppe und gestikulierte mit den Händen, versuchte augenscheinlich, die anderen zu beruhigen, blieb aber ebenso augenscheinlich erfolglos. Roberto kreischte auf, als dieser seltsame Mann ihn berührte, und Bombol, der wie von Sinnen war, sprang den kleinen Mann an und biß ihm in die Wade.
»Mein Bein! Seine Zähne! Mein Bein!« schrie der Arzt und trug noch zu dem Chaos bei.
Benito ließ den Wachmann los und riß Bombol am Halsband zurück, obgleich seine Miene seine Schadenfreude verriet. Er sperrte den wütend bellenden Hund in die Sattelkammer.
»Bombol!« schrie Roberto, als sei der Hund seine letzte Hoffnung.
Roberto war derart überreizt, daß Veronica nicht wußte, wie sie ihn besänftigen sollte. Zunächst mußte sie ihn von den Wachmännern befreien, aber sie hatte kaum größeren Einfluß auf sie als Benito. Als sie Stimmen hinter sich hörte, drehte sie sich um und sah, daß Maria und Dorotea die Auseinandersetzung beobachteten. Maria bedeutete ihrer Tochter, sie solle sich entfernen, unternahm jedoch nichts, um Luigis Männer zurückzurufen. Federigo war nirgends zu sehen. Veronica wandte sich wieder den Wachleuten zu. Während Roberto immer noch schrille Schreie ausstieß, forderte sie gebieterisch: »Ihr hört sofort damit auf.«

»Ich bitte um Verzeihung, Madonna Veronica«, sagte der größere der beiden Männer ungeduldig. Er war rothaarig und hatte eine narbige Gesichtshaut. »Der Herr hat befohlen, Roberto ins Haus zu bringen.«
»Ihn weinend und schreiend ins Haus zu zerren?« fragte sie kalt.
»Es sieht so aus, als wäre das der einzige Weg«, erwiderte er frech.
»Roberto kennt sie kaum, Madonna Veronica«, warf Benito ein. Sein ehrfürchtiger Ton ihr gegenüber war zugleich ein Vorwurf an die Wachleute. »Sie befahlen Roberto, mit ihnen zu kommen. Dann nahmen sie ihm die Kätzchen weg. Rissen sie ihm geradezu aus den Händen.«
»Was habt ihr erwartet, wenn ihr ihn derart grob behandelt?« stieß sie hervor, empört über ihre Herzlosigkeit.
Der Wachmann grinste spöttisch und deutete mit dem Kopf auf den Arzt, der in einer Ecke kauerte. »Der Blutegel war dabei, um ihn zu beruhigen.«
Kaum merkte er, daß man über ihn sprach, brach der kleine Mann in Gejammer aus. »Euer Hund hat mein Gewand zerrissen.«
Veronica wandte sich dem Wachmann zu. »Sag mir, was hier vor sich geht.«
»Das weiß ich nicht, Madonna, ich führe nur Befehle aus.«
Als Roberto sich verzweifelt wand, drehte ihm der Wachmann den Arm auf den Rücken, bis er aufschrie. Roberto gab jede Gegenwehr auf, brach jedoch in krampfhaftes Schluchzen aus. Veronica begriff, daß er Roberto nicht aus bloßer Hilflosigkeit mißhandelte. Er war ein roher, brutaler Mensch. Seine Augen, sein grausames Lächeln verrieten ihn. Veronica hätte sich ihn liebend gern mit der Reitpeitsche vorgenommen.
»Laß ihn los«, wiederholte sie.
»Das geht nicht, Madonna.«
»Er ist nur an Benito und mich gewöhnt ...«, begann sie.
»Luca, bring ihn ins Haus!« Luigis Stimme, rauh und schwerfällig vom Wein. Er wartete an der Stalltür, flankiert von zwei Wachen, und beobachtete mit blutunter-

laufenen Augen die Szene. »Ihr zwei helft ihnen. Los!« brüllte er.
Die beiden Männer gehorchten ihm aufs Wort. Mit vereinten Kräften trugen sie Roberto, der erneut schrie und sich wehrte, aus dem Stall. Der kleine Arzt drückte sich in den Schatten. Luigi warf ihm einen finsteren Blick zu. »Ihr auch«, befahl er. »Ich habe noch zwei von euch Blutegeln kommen lassen, und obendrein ein Frauenzimmer, falls Ihr eines braucht. Los, findet heraus, was ich wissen will.«
»Wenn ich kann, Herr, wenn ich kann«, piepste der Mann und eilte den Wachen nach. Benito wollte ihm folgen.
»Du da!« herrschte Luigi ihn an. »Bleib bei dem Hund. Sorg dafür, daß er aufhört zu jaulen, oder ich bringe ihn für immer zum Schweigen.«
Benito sah Veronica an, und sie nickte. Er gehorchte. Das Gebell verstummte schließlich.
»Ich gehe jetzt ins Haus«, erklärte Veronica fest. Roberto würde ihre Hilfe brauchen, und den Arzt konnte sie besser ausforschen als Luigi. Sie ging ein paar Schritte, doch ihr Schwiegervater packte roh ihren Arm.
»Ihr bleibt hier.«
»Laßt mich los!«
Er zerrte sie zu sich, und sie spürte seinen heißen Atem auf ihrem Gesicht. »Warum seid Ihr nicht schwanger?« zischte er. »Warum seid Ihr nie schwanger geworden?«
Veronica starrte ihn entsetzt an. Sie hatte Luigi nichts gesagt, weil sie glaubte, er wisse um die Zeugungsunfähigkeit seines Sohnes, als sie ihn heiratete. Damals war Roberto zwanzig. Wenn überhaupt, hatte man ihre Familie getäuscht. Sie wollte keine Kinder von Roberto. Die Entdeckung seiner Impotenz erschien ihr wie eine Belohnung des Schicksals, weil sie Mamma Lucias *tarocco*-Auslegung und ihre Bestimmung angenommen hatte. Ihre Erleichterung wurde von Mamma Lucia und Daniele geteilt. Sie hatte keinen Grund gesehen, es ihrer Tante und ihrem Onkel mitzuteilen, geschweige denn Luigi und Maria. Ihre Heirat hatte sich als Zuflucht, nicht als Falle erwiesen. Eine Annullierung der Ehe wollte sie nicht erwirken, denn das

bedeutete, Roberto schutzlos der Gewalttätigkeit seines Vaters auszuliefern.

»Es wird Euch nichts nützen«, höhnte Luigi. »Vielleicht habt Ihr ihn ja behext!«

Er stieß Veronica von sich und stapfte ins Haus. Maria blickte ihm verächtlich nach. Sie wandte sich Veronica zu, und auf ihrem Gesicht malte sich bitterer Neid. »Ich hätte es ihm auch nicht erzählt.«

Veronica sah sie überrascht an. Obwohl sie es ohne Wärme gesagt hatte, waren dies die ersten vertraulichen Worte, die Maria jemals an sie gerichtet hatte, ein geheimes Einvernehmen unter Frauen. Veronica schüttelte den Kopf. »Ich dachte, er wüßte es.«

»Er wußte es nicht, weil er es nicht wissen wollte. Ein zeugungsunfähiger Sohn war ihm noch verhaßter als ein einfältiger Sohn. Diese Lektion lernen die Menschen in seiner Umgebung sehr schnell. Ihm gewisse unangenehme Dinge zu verschweigen. Viele Jahre lang gab es andere Söhne, die seinen Namen weitergeben konnten, seinen Samen, und er war froh, daß Ihr nicht empfangen habt. Zu dankbar, um nach dem Grund zu fragen.« Ihre Augen funkelten triumphierend. »Jetzt sind die anderen ohne Nachkommenschaft gestorben, und keiner der beiden ihm noch verbliebenen Söhne wird jemals eigene Söhne zeugen. Gott hat bestimmt, daß Luigis Familie ausstirbt.«

»Ich muß ins Haus«, sagte Veronica rasch. Marias glühender Haß stieß sie ab, doch einen Mann wie Luigi zu hassen war nur allzu leicht. »Die Ärzte sollen Roberto nicht unnötig quälen.«

»Luigi will unbedingt ihr Urteil hören. Jetzt will er hinhören, zumal er reichlich dafür bezahlt hat. Geht ihm aus dem Weg, bis es vorüber ist. Er wird irgend jemanden bestrafen. Warum sollt Ihr es sein?«

»Lieber ich als Roberto.«

Sie lächelte dünn. »Roberto wird er ohnehin malträtieren. Die Ärzte werden ihn gründlich untersuchen, was Ihr

auch tun mögt, um es zu verhindern. Sie haben Ihre Instrumente bereits ausgepackt.«
Veronica überquerte den Hof, doch an der Tür hielt Luca, der pockennarbige Wachmann, sie auf. »Laß mich durch«, forderte sie.
»Ich habe den Befehl erhalten, Euch nicht ins Haus zu lassen.« Luca trat vor, lächelte gemein. Ihre Einmischung hatte ihn erzürnt, und er hoffte offenbar, daß sie sich ihm widersetzte. Veronica erkannte, daß sie weder durch Schmeichelei noch durch offenen Kampf etwas erreichen würde. Sie trat den Rückzug an, ging um den Palazzo herum, aber auch der Vordereingang war bewacht, und sie fand kein geöffnetes Fenster, durch das sie hätte einsteigen können. Hin- und hergerissen zwischen Wut und Enttäuschung ging sie zur Sattelkammer zurück. Dort ließ sie sich neben Benito nieder. Bombol lag zusammengerollt zu seinen Füßen. Die aufgebrachte Katzenmutter funkelte sie mißtrauisch an. Nach einer Weile wagte das schwarzweiße Kätzchen mutig den Vorstoß. Es schnupperte an Bombol und fauchte leise. Als der Hund nicht reagierte, kletterte es an Veronicas Röcken hoch und ließ sich auf ihrem Schoß nieder. Es schnurrte, als sie seinen Bauch kraulte.
»Benito«, sagte sie nach einer Weile.
»Ja, Herrin?«
»Es wird schon dunkel. Ich möchte, daß du jetzt zu deiner Elisabetta gehst.«
»Das kann ich nicht tun, Madonna Veronica.«
»O doch, das kannst du sehr wohl. Roberto wird nach alldem so außer sich sein, daß die Ärzte ihm einen Schlaftrunk verabreichen müssen. Wenn du morgen zeitig zurückkommst, können wir ihn trösten, bevor wir nach Hause fahren. Er kann herkommen und sich ein Kätzchen aussuchen – hoffentlich fällt seine Wahl auf dieses hier. Es scheint das zutraulichste, verspielteste zu sein.«
»Aber, Herrin ...«, protestierte er.
»Geh jetzt, Benito, ehe dir Luigi andere Aufgaben überträgt. Ich bleibe noch eine Weile hier bei Bombol und den

Kätzchen. Ich komme schon zurecht. Ich möchte lieber, daß du den Abend mit Elisabetta verbringst, statt bei mir zu bleiben. Warum soll noch jemand unglücklich sein?«
»Gut, Herrin. Ich danke Euch.«
Benito ging davon. Auf einem Regal entdeckte Veronica eine Lampe und zündete sie an. Der staubige Überzieher eines Knechts baumelte an einem Haken. Zitternd vor Kälte und Elend hüllte sie sich in den viel zu weiten Mantel und kauerte sich an die Wand. Nach einer Weile begann das bärtige Kätzchen mit Bombols Schwanz zu spielen. Aus einem kurzen Gerangel ging das Kätzchen als Sieger hervor, während Bombol einen winzig kleinen Kratzer an der Nase davontrug und sich winselnd auf dem Boden ausstreckte. Veronica erinnerte sich an die Eßsachen, die sie von dem Koch erbettelt hatte. Zwei Äpfel hatte sie verloren. Sie aß den dritten und teilte Brot und Käse mit Bombol. Nach zwei Stunden erschien der kleinere Wachmann und forderte sie auf, ins Haus zu kommen.
Von nagender Furcht erfüllt, eilte sie in Robertos Zimmer. Die Ärzte hatten sich bereits zurückgezogen, und er schlief tief und fest. Sacht wusch sie ihm das Gesicht, tupfte ihm den klebrigen Mohnsirup vom Mund und die Tränen aus den Augenwinkeln. Dann ging sie in ihr Zimmer und entkleidete sich vor dem Kamin. Das Feuer war heruntergebrannt. Als ihre Kleider zu Boden glitten, war Veronica eiskalt, und ihr wurde übel. Sie stützte sich am Kaminsims. Als der Anfall vorüber war, kauerte sie sich vor den Kamin und schürte die kalte Asche, in der vergeblichen Hoffnung, einen Funken Wärme zu entfachen. Schließlich ließ sie davon ab. Immer noch zitternd vor Kälte, ließ sie den Schürhaken auf den Boden fallen, kroch unter die Bettdecke und schlief erschöpft ein.

Veronica schreckte angstvoll aus dem Schlaf. Irgend etwas mußte geschehen sein. Jemand war in ihrem Zimmer; sie spürte es. Die Stille hatte Augen, die Luft war dick und abgestanden. Sie setzte sich auf, zog das Bettzeug um sich und starrte in die Dunkelheit, wollte ihre Augen zwingen, den Schatten zu sehen, den sie suchte. Es war ihr nicht in den Sinn gekommen, die Tür zu verriegeln. War es Roberto? Hatte er, verwirrt von dem Schlaftrunk, versehentlich ihr Zimmer betreten? Nein. Von Roberto ging nicht dieser üble Gestank von altem Schweiß und Wein aus, und auch nicht diese erstickende Angst. Sie hörte Geraschel, einen dumpfen Stoß, dann ein heiseres Fluchen.

»Signore Luigi?«

Die massige Gestalt stolperte zum Fuß des Bettes, spähte in der Dunkelheit zu ihr hinüber. »Tot«, sagte er mit erstickter Stimme. »Alle meine Söhne ... tot.«

»Nein«, erwiderte sie zitternd. Aus Luigis erster Ehe hatte nur Roberto überlebt. Ein Sohn war kurz nach Veronicas Heirat ertrunken, der andere ein Jahr zuvor bei einem Duell getötet worden. Die offizielle Trauerzeit war zwar beendet, Luigis Kummer aber offensichtlich noch nicht. Luigi schien auch Federigos Eintritt in die Kirche als eine Art Tod zu empfinden. Und Roberto hätte in seinen Augen niemals zur Welt kommen sollen. »Nein«, wiederholte Veronica. »Federigo lebt noch. Und Ihr habt Dorotea und Roberto, lebendige Kinder. Ihr habt Eure Frau und eine Familie.« Sie sagte nicht: eine Euch liebende Familie.

»Tot oder so gut wie tot. Wertlos. Der Rest ist wertlos. Wißt Ihr, was mir geblieben ist? Eine Frau, ein Narr und ein Mönch.« Er skandierte sie wieder und wieder, diese Litanei der Bitterkeit. »Eine Frau, ein Narr und ein Mönch. Von der ersten Frau ist nur der Narr übriggeblieben. Die zweite Frau hat den Mönch und das Mädchen geworfen, dann ist sie vor meinen Augen verdorrt. Keine Söhne mehr. Nicht mal ein Bastard. Die Hündinnen in der Küche haben nur Mädchen geworfen. Alle meine Bastarde sind Hündinnen.« Er lachte, als seien seine Worte ungemein komisch, dann wiederholte er ärgerlich und gekränkt: »Nicht mal einen männlichen Bastard. Ein Bastard wäre besser als nichts, aber ich will einen legitimen Erben. Meinen Erben.«

Er kam schwankend näher. Als er gegen das Fußende stieß, zog Veronica die Füße an. Inzwischen konnte sie ihn erkennen, seine weinfleckigen Kleider und sein übellau-

niges Gesicht sehen. Er schaute zu ihr hinunter, und sein trunkenes, selbstmitleidiges Gesicht wurde berechnend. Er musterte sie abschätzend. Ein lockendes Lächeln trat auf seine Lippen, verwandelte sich in ein anzügliches Grinsen. »Ihr nützt Roberto nichts. Roberto taugt zu nichts. Aber mir könntet Ihr von Nutzen sein.«
»Nein«, keuchte Veronica, die plötzlich begriff, warum er betrunken zu ihr gekommen war.
»Zwei Söhne übrig. Einer lebt im Zölibat, der andere ist zeugungsunfähig, nicht wahr? Die Ärzte sagen es. Ein Sohn will nicht, ein Sohn kann nicht. Dummköpfe, alle beide.« Er lachte hämisch. »Der eine, der nicht will, ist noch dümmer als der andere, der nicht kann. Was meint Ihr, Veronica?«
Ihr Herz schlug rasend schnell. Sie hatte Angst, wollte aber nur schreien, wenn es nicht anders ging. Und was würde es nützen, wenn sie schrie? Roberto war stark, aber ungeschickt. Er würde versuchen, sie zu beschützen, und sein Vater würde vielleicht sogar beschämt von ihr ablassen. Aber Roberto war betäubt von dem Mohntrank, er würde nicht aufwachen. Benito war bei Elisabetta, Bombol in den Stall verbannt. Es gab andere, die vielleicht kommen würden, doch die massive Tür und die dicken Steinmauern würden ihre Schreie verschlucken. Luigi mochte betrunken sein, doch er wußte, daß sie allein und schutzlos war.
Vielleicht konnte sie ihn überlisten, schneller sein als er. Er war ein kräftiger Mann, doch der Alkohol gewann immer mehr Macht über ihn, verdarb seinen Körper und seinen Charakter. Wenn sie aus diesem Raum entfliehen könnte, wäre sie in Sicherheit. Falls es ihr nicht gelang, brauchte sie eine Waffe. Der schwere Schürhaken, der vor dem Kamin lag. Vorsichtig glitt Veronica vom Bett hinunter, versuchte den Eindruck zu erwecken, als gehorche sie Luigi. Wenn sie sich geschickt anstellte, konnte sie ihn vielleicht aus dem Gleichgewicht bringen. Sie streckte ein Bein aus, um sich abzustützen, und erschrak, wie kalt der Steinfußboden war.

»So ist es richtig«, lockte Luigi sie. »Komm schön her zu mir.«
Er taumelte vorwärts, streckte die Hände nach ihr aus und stolperte gegen den Fuß des Bettes. Blitzschnell rollte Veronica über das Bett, sprang auf der anderen Seite herunter und rannte zur Tür. Doch Luigi fing sich wieder und stürzte sich auf sie, packte ihre Beine und warf sie zu Boden. Er zog sie an sich, lachte, als sie sich wehrte. Er mußte schon Dutzende solcher Ringkämpfe mit den hilflosen Dienstmädchen ausgefochten haben. Je heftiger sie sich wehrte, um so fester packte er zu, ließ es trotz seiner Trunkenheit nicht zu, daß seine Beute entkam. Veronica kämpfte ihre Panik nieder und zwang sich, still liegen zu bleiben. Sie hoffte, mit ihm reden, ihn zur Vernunft bringen zu können. Diesen Willensakt deutete er als Unterwerfung, und seine groben Hände zerrten an ihrem Hemd, betasteten ihren Körper. Als sie schreien, ihn bitten wollte aufzuhören, preßte er seinen Mund auf ihren und stieß seine geschwollene Zunge hinein. Sie biß zu. Mit einem lauten Schmerzensschrei fuhr er zurück.
»Miststück!« brüllte er. »Hinterhältige kleine Hexe!«
Sie zielte auf seinen entblößten Unterleib, trat mit aller Kraft zu, verfehlte ihn aber und traf statt dessen seinen Oberschenkel. Behende stieß sie Luigi von sich und kroch zum Kamin. Fast hatte sie den Schürhaken erreicht, da packte er ihre Knöchel und riß sie zurück; die Wut verdoppelte seine Kräfte. Sie sah seinen erhobenen Arm über sich. Seine Faust stieß herab, traf ihre Schläfe. Die Wucht des Schlages machte sie benommen. Obwohl sie um sich schlug, konnte sie nichts mehr gegen ihn ausrichten. Sie hatte das Gefühl, aus der Ferne zuzusehen, als er ihr Hemd zerriß. Ungeschickte Finger drückten ihre Brüste, dann tasteten sie zwischen ihren Oberschenkeln. Als die dicken Finger in ihren Körper stießen, durchfuhr sie ein stechender Schmerz. Sie schrie, riß sich von ihm los. Ihre Hand tastete nach dem Schürhaken, umfaßte den Griff. Luigi warf sich auf sie, zerrte brutal ihre Beine auseinander, und sie spürte sein hartes Geschlecht. Die Verzweif-

lung verlieh Veronica neue Kräfte, sie ließ den Schürhaken auf seinen Kopf niederkrachen. Luigi stöhnte und brach auf ihr zusammen.
Mühsam entwand sie sich seinem schweren Körper. Den Schürhaken fest an sich gedrückt, stolperte sie zur Tür und sank dort, zerschunden und halb betäubt, in die Knie. Warum war das geschehen? Er konnte nicht wirklich ein Kind von ihr wollen, ein Kind, das von der Kirche als Sprößling einer inzestuösen Verbindung eingestuft wurde. Federigos Priesterweihe und die Neuigkeiten über Roberto mußten diesen wahnwitzigen Überfall verursacht haben. Luigi schien sich in einer Mischung aus Wut, Trauer und Lust zu ihr hingezogen zu fühlen. Lust? Veronica wußte, daß er Geliebte hatte, daß er sich die Dienerinnen gefügig machte – manch eine war sogar beglückt über seine Aufmerksamkeit, weil er sie belohnte. Sie zitterte vor Übelkeit. Wie konnten sie ein solches Scheusal ertragen? Bisher hatte sie sich immer sicher gefühlt. So lüstern er war, Luigi hatte nie Interesse an ihr gezeigt. Roberto stieß ihn ab, und sie hatte geglaubt, ihm ebenso verhaßt zu sein, weil sie mit dem ihm verhaßten Sohn vermählt war. War diese Nacht eine Entgleisung, oder hatte sich alles verändert, seit er wußte, daß sie nur dem Namen nach Robertos Frau war? Mußte sie jedesmal, wenn sie herkam, eine Vergewaltigung befürchten?
Mit dem Schürhaken in der Hand näherte sich Veronica vorsichtig ihrem bewußtlosen Schwiegervater. Sie spürte das heftige Verlangen, noch einmal zuzuschlagen, seinen Schädel und all seine boshaften Gedanken zu zertrümmern. Niemand würde wissen, daß sie es erst nach dem Kampf getan hatte. Alle haßten ihn, aber solange er lebte, war er hier der Herr, und seine Familie würde ihn beschirmen. Sein Tod wäre ihre Rettung und die aller anderen. Veronica fröstelte, und sie ließ den Schürhaken sinken. Sie konnte es nicht. In ihr loderte die Wut, aber der Gedanke an Mord ließ ihre Seele gefrieren. Sie haßte Luigi, doch töten konnte sie ihn nicht.
Sie entfernte sich von ihm, zog ihren Morgenrock über

ihrem zerrissenen Hemd an, nahm den Krug, der auf der Kommode neben dem Bett stand, und goß Luigi Wasser ins Gesicht. Dann umklammerte sie fest den Schürhaken, als Luigi sich mühsam hochzog, stöhnte und prustete.
»Was …?« murmelte er, starrte sie aus verquollenen Augen an. Er schüttelte den Kopf, sah verwirrt an sich hinunter, rieb sein entblößtes Geschlechtsteil. Dann blickte er wieder auf, sah zuerst den Schürhaken in ihrer Hand, dann sie an. »Veronica?« krächzte er.
»Hinaus mit Euch«, zischte sie. »Hinaus aus meinem Zimmer, und kommt nie wieder her. Schwängert eine andere mit eurem Bastard. Es soll Huren geben, die sich sogar mit Tieren paaren, wenn der Preis stimmt.«
Er sah dumpf auf sein schlaffes Glied hinunter, dann verhüllte er es. Seine Finger ließen dunkle Spuren auf der hellen Strumpfhose zurück. Er starrte auf die Flecken, dann blickte er ihr verzweifelt in die Augen. »Eine Jungfrau? Ihr wart Jungfrau?« fragte er. In einem Anfall trunkener Reue fiel er vor ihr auf die Knie, rang die Hände und stöhnte. »Ich habe eine Jungfrau vergewaltigt.«
Er erinnerte sich nicht einmal daran, was geschehen war. Seine verlogene Reue widerte sie an. »Ich bin immer noch Jungfrau«, zischte sie, »auch wenn Ihr den Beweis dafür zerstört habt.«
Luigi verstummte. Er befeuchtete seine Lippen, sein Blick wanderte über ihren Körper. Ein bedauernder Ausdruck trat auf sein Gesicht. Er bedauerte nicht, was er ihr anzutun versucht hatte, sondern daß dieser Versuch mißlungen war. »Ich habe nicht …?«
Hätte sie ihn noch mehr hassen können, wenn er sein Ziel erreicht hätte? Ja, die Mißhandlungen, die Schändung ihres Körpers wären noch schlimmer gewesen. Die Erkenntnis, daß er Lust aus ihrem Schmerz gezogen hatte. »Nein, Ihr habt es nicht getan, und Ihr werdet es auch nie tun.«
»Eine Jungfrau«, wiederholte er verwirrt.
Wie konnte er das nicht gewußt oder vermutet haben, sobald er von Robertos Zeugungsunfähigkeit erfahren hat-

te? »Habt Ihr geglaubt, ich hätte mich mit den Stallburschen herumgetrieben, Luigi?«
Er schaute zu ihr auf, ein harter Zug lag um seinen Mund. »Liebhaber. Ihr solltet Liebhaber haben, heißblütige junge Galane, die Euch zu Füßen liegen. Glaubt Ihr, ich hätte gedacht, Ihr könntet bei diesem hirnlosen Riesen Befriedigung finden? Ihr brauchtet Euch nicht zu schützen. Wärt Ihr auf diese Weise schwanger geworden, hätte ich es nie in Zweifel gezogen. Hätte nie daran gedacht, Roberto untersuchen zu lassen.«
Seine perverse Logik entsetzte und empörte sie. Sein gemeiner Überfall war jetzt ihre Schuld. Es war grotesk. »Hinaus«, wiederholte sie mit harter, kalter Stimme. »Hinaus, bevor ich Euch töte.«
»Ich mußte mich schon betrinken, um einer mageren Hündin wie Euch nachzusteigen«, höhnte Luigi. Er stand mühsam auf und ging schwankend zur Tür. Dort sah er sich noch einmal um, seine Miene war hart und berechnend. »Wenn Ihr auch nur zu einem Menschen darüber sprecht, wird es Euch leid tun. Ich kann meine eigene Geschichte erzählen. Die Richter würden mir glauben. Diese Stadt wird von Männern beherrscht. Männer verstehen solche Dinge. Wie eine Frau einen Mann in Versuchung führen, ihn zu Schlechtigkeiten treiben kann.«
Veronica starrte ihn von Abscheu erfüllt an. Luigi war durchaus fähig, ihr die Schuld an seiner eigenen Grausamkeit zuzuschieben. Es gab viele, die ihm helfen würden, gleichgültig, ob sie die Geschichte glaubten, weil ihre korrupte Macht mit der seinen verflochten war. Aber es gab auch jene, die nach Wahrheit und Gerechtigkeit um ihrer selbst willen strebten …
»Beschuldigt mich, und ich werde sagen, Ihr hättet mich verhext – Ihr und Eure alte Zigeunerin. Ich werde sagen, ich sah Euch im Wald Blut trinken und mit Satan selbst Unzucht treiben. Federigo würde es sofort glauben. Er würde Sorge dafür tragen, daß Savonarola dem Fall seine besondere Aufmerksamkeit schenkt. Mit der Hilfe des Mönchs und meiner Freunde bei Gericht würdet Ihr bei-

de als Hexen verbrannt.« Er kam auf sie zu und grinste boshaft. »Sie haben Mittel und Wege, ein Geständnis zu erzwingen. Ein paar Drehungen auf dem Rad, und diese altersschwache Zigeunerin wäre tot, noch ehe sie auf dem Scheiterhaufen steht.«
»Nein!« schrie Veronica haßerfüllt, und der Schürhaken fuhr durch die Luft.
Luigi prallte zurück, brüllte vor Schmerz. Er lehnte sich gegen die Tür, bewegte vorsichtig seinen Arm. »Miststück«, keuchte er, »du hättest mir den Arm brechen können.«
»Ich werde Euch den Schädel zerschmettern, wenn Ihr mich noch einmal anrührt«, drohte sie. »Hinaus.«
»Vergeßt nicht, den Mund zu halten«, zischte Luigi ihr zu. Er öffnete die Tür, sah sich rasch im Korridor um und verschwand.
Mit einem wütenden Aufschrei fuhr Veronica herum und zertrümmerte mit einem Hieb den Porzellankrug. Dann warf sie den Schürhaken zu Boden und fiel zitternd und schluchzend aufs Bett. Einerseits wollte sie einfach nur vergessen, was geschehen war, andererseits brannte sie auf Rache. »Ich hätte ihn töten sollen, als ich die Gelegenheit hatte«, flüsterte sie verzweifelt.
Jetzt lag nicht nur ihre Sicherheit gegen Luigis Macht in der Waagschale, sondern auch Mamma Lucias Leben. Ihre Urgroßmutter würde lieber kämpfen, aber Veronica wollte sie beschützen. Ihr Schweigen war ein geringer Preis für Mamma Lucias Leben. Nachdem sie diese Entscheidung gefällt hatte, richtete Veronica sich auf. Sie zog das Hemd aus und riß es in kleine Fetzen. Sie würde es im Küchenherd verbrennen. Dann würde sie ein Bad nehmen, ein sehr heißes Bad, um jede Spur von ihm auf ihrer Haut zu tilgen. Sie fragte sich, ob sie sich wohl jemals wieder rein fühlen würde.

3. Kapitel

DIE HEIMKEHR

Elf Tore führten nach Florenz, die Stadt der roten Lilie mit ihren hunderttausend Einwohnern. Antonio betrat die Stadt durch die massiven eisenbeschlagenen Tore der Porta dell Romagna. Sobald er sich innerhalb der Stadtmauern befand, entließ er die für die Reise angeworbenen Wachen. Er lenkte seinen schwarzen Hengst durch die Vororte in die Innenstadt mit ihren gepflasterten Straßen, Läden und Häuserzeilen, während Giacomo neben ihm unablässig plauderte. Die Nachhut bildete seine eigene kleine Gefolgschaft. Sie passierten die strenge Fassade des Palazzo Pitti, der eher Festung als Palast war, und folgten der Straße bis an das träge dahinfließende Wasser des Arno. Ohne den Läden der Goldschmiede auf beiden Seiten der Brücke Beachtung zu schenken, überquerten sie die Ponte Vecchio und ritten weiter ins Herz der Stadt.

Die Fußwege waren von Menschen überfüllt, Arm und Reich gingen ihren Geschäften nach. Streng, sogar abweisend erhob sich die Stadt vor dem wolkigen grauen Himmel. Granit und Marmor, Ziegelstsein und Gips – die Mauern nahmen die Farben der winterlichen Toskana auf, ihre Grau- und Goldtöne, das gedämpfte Grün, verblaßte Rosarot, Rostrot und Umbra. Antonio betrachtete sich als Weltbürger, doch beim Anblick der Mauern seiner Geburtsstadt spürte er, wie tief er hier verwurzelt war. Florenz fehlte zwar die erlesene Grazie Venedigs, Roms faszinierendes Doppelgesicht aus verfallender antiker Pracht und roher, expansiver Energie, doch es sprach unmittelbar zu seinem Herzen.

Antonio erinnerte sich noch gut an den Weg zum großen Platz in der Mitte der Stadt, und der Duomo, ein Wunder

der Architektur, tauchte vor ihm auf. Seine große, geschwungene Kuppel konnte man bereits von der Stadtmauer aus sehen. Die riesige Kathedrale erhob sich wie ein pastellfarbenes Abbild des Himmels weit über seine erdgebundenen Nachbarn. Das dunstige Winterlicht verlieh den blaß rosaroten und weißen, durch einen dunkelgrünen Streifen abgesetzten Mosaikmauern einen weichen Schimmer. Als er diesen Marmor, den glanzvollen Mittelpunkt von Florenz, wiedersah, war Antonio zutiefst dankbar, daß sein Vater den Bann gegen ihn aufgehoben hatte.

Antonio stieg jedoch nicht ab, da er den Landsitz noch zur Mittagszeit erreichen wollte. Dafür ließ er Ombra langsam durch die von Menschen bevölkerten Straßen hinter dem Fluß traben. Vieles hatte sich verändert. Manche Neuerungen zeugten vom Reichtum der Stadt – Donatellos Statue von Judith und Holofernes hatte einen Ehrenplatz auf der Piazza della Signoria erhalten, das erhobene Schwert diente als Warnung an die Tyrannen. Doch obgleich man neue Häuser und Geschäfte errichtet hatte und die Stadt gewachsen war, schienen nicht alle am Wohlstand teilzuhaben. Ihm fielen diese Veränderungen gewiß stärker auf als anderen, da das Florenz seiner Erinnerung noch von dem strahlenden Glanz der Herrschaft Lorenzo de' Medicis erfüllt war. Manche der größeren Bauwerke wirkten vernachlässigt, die Anzahl der Armen auf den Straßen hatte sich offenbar vervielfacht. Wohin er sah, zwängten sich kleine strohgedeckte Hütten mit Fenstern aus Ölleinen zwischen die imposanten mehrstöckigen Gildenhäuser und Palazzi aus Granit, Schmiedeeisen und Glas. Diese Hütten gehörten den Armen, die es noch gut erwischt hatten. Die Stadt war voll von obdachlosen Bauern, die hier ihr Glück suchen wollten. An jeder Ecke wurde er entweder von Bettlern oder Gruppen eifernder Florentiner Jugendlicher angesprochen, die Almosen für die Armen einforderten. Letzteres war neu und beunruhigend. Ihm mißfiel der Zwang, der sich hinter ihrer streitbaren Mildtätigkeit verbarg. Manch einer war eingeschüchtert, trennte sich zögernd von seinem Geld. Dennoch schienen diese Jungen weitaus harmloser als die Banden seiner Jugendzeit, die sich einen Spaß daraus gemacht hatten, ahnungslose Passanten mit Steinen zu bewerfen.

Trotz ihrer Schäbigkeit hier und dort und der Atmosphäre von Spannung und Furcht blühte die Stadt. Es herrschte unermüdliche Geschäftigkeit, die Menschen gingen eifrig ihrer Arbeit nach. Händler und Straßenverkäufer machten gute Geschäfte. An den Marktständen mischte sich der köstliche Duft frichgebackenen Brots mit dem durchdringenden Geruch von Knoblauch und Zwiebeln, geräuchertem Fleisch, frischem Fisch und würzigem Rotwein. Hinzu kamen die Ausdünstungen der Handwerksläden, der scharfe Geruch der Gerbereien, der Rauch schmelzender Edelmetalle, der schwere, seifige Geruch feuchter Stoffe. Und überall wurde das Auge von leuchtenden Farben angelockt. Die Weber und Färber aus den Woll- und Seidenmanufakturen, dem Rückgrat der florentinischen Wirtschaft, transportierten ihre bunten Garnspulen. Antonio lächelte, als er an zwei erbittert streitenden Färbern vorbeiritt. Sie schrien, schüttelten die Fäuste, die Arme des ersten blau bis zu den Ellbogen, die des anderen mit grellem Flittergold gesprenkelt. Ein dritter, flammend rot, vermittelte zwischen ihnen. Giacomo grinste, seine braunen Augen funkelten spitzbübisch. Antonio erwiderte sein Lächeln. Das sah dem Florenz, das er kannte und liebte, schon ähnlicher.

»*Acorr'uomo*!« ertönte der Hilfe- und Warnruf. Sogleich wurden Türen und Fenster sämtlicher Läden geschlossen, die Straßenhändler rafften ihre Waren zusammen. Es würde eine Viertelstunde dauern, bis sie wie Schildkröten den Kopf wieder aus ihren hölzernen Panzern streckten, um nachzusehen, ob Ruhe auf den Straßen eingekehrt war.

»*Acorr'uomo*!« Mehrere Stimmen griffen den Ruf auf. In einiger Entfernung sah Antonio einen Menschenauflauf. Neugierig spornte er seinen Hengst an, schlängelte sich auf der schmalen Straße durch die Menge, bis er auf einen offenen Platz gelangte. Dort sah er den Grund des Tumults. Eine Gruppe Jugendlicher umringte johlend einen alten, auf der Straße kauernden Bettler. Als sie ihn mit verfaultem Gemüse und Unrat bewarfen, hielt er schützend die Arme über sich. Dann hob er den Kopf und stieß wieder seinen Hilfeschrei aus.

Als Antonio näher kam, eilten noch zwei Jungen herbei, die ihre Taschen mit Steinen gefüllt hatten. Die Zeiten hatten sich wohl doch nicht so sehr geändert, wie er zunächst gedacht hatte. Er blickte um sich, konnte jedoch keinen Wachmann entdecken, und keiner der Zuschauer mischte sich ein, als die Jugendlichen den hilflosen alten Mann mit den Steinen bewarfen. Antonio gab Ombra die Sporen, durchbrach den Kreis der Jungen und streckte dem verängstigten Bettler seine Hand entgegen, der so klug war zuzugreifen. Antonio zog ihn in den Sattel. Der Alte war federleicht. Dann hielt Antonio erneut auf die Gruppe zu, die Jungen sprangen erschrocken auseinander. Steine trafen seinen Rücken, aber das war ihm allemal lieber als verfaultes Gemüse. Fast bereute er seinen menschenfreundlichen Impuls, als er den Gestank des Bettlers nach Müll und Knoblauch wahrnahm. Doch er brachte den alten Mann von seinen Peinigern fort und steuerte auf die nächste Brücke zu. Giacomo folgte ihm, schrie den wutentbrannten Jugendlichen im Davonreiten Beleidigungen zu.

»Warum wollten Sie dich steinigen, Alter?« fragte Antonio, als sie über die Brücke polterten.

»Wegen Blasphemie, Exzellenz. Sie sagten, ich hätte eine Blasphemie begangen.«

Das Los dieses armen Kerls konnte ihn gewiß leicht dazu bewegen, mit dem Allmächtigen zu hadern, dachte Antonio. »Meint es Gott nicht gut mit dir?«

»Ich würde niemals eine Blasphemie gegen unseren Herrn über meine Lippen kommen lassen, niemals. Ich habe gegen den Mönch, diesen Savonarola, gesprochen, der den Papst herausfordert. Der Papst ist Gottes Stellvertreter auf Erden.«

»Diese Jungen haben dich angegriffen, weil du an Savonarola Kritik geübt hast?«
»O ja, Exzellenz. Es ist gefährlich, etwas gegen den Mönch zu sagen. Diese Jugendlichen sind seine Trabanten. Sie sind überall. Die Wachen fürchten sie und weigern sich, Hilfe zu leisten, wenn es zu Auseinandersetzungen mit ihnen kommt. Ob arm oder reich, niemand ist vor ihnen sicher. Sie würden ihre eigenen Eltern bespitzeln, um Savonarolas Segen zu bekommen.«
Antonio war beunruhigt. Seine Mutter hatte ihm von flammenden Predigten geschrieben, von Menschenmengen, die auf den Straßen tanzten und Gottes Lob sangen. Die Römer sprachen empört oder begeistert von den giftigen Attacken Fra Girolamo Savonarolas gegen den Papst, spekulierten darüber, wie lange der Mönch wohl noch zu leben habe. Trotz der Berichte aus zweiter Hand über die wachsende Macht des Dominikanermönchs in Florenz hätte Antonio sich niemals vorgestellt, daß seine Herrschaft sich sogar auf die Straßen ausgedehnt hatte. Er fand einen geschützten Winkel, setzte den alten Mann dort ab, nachdem er sich überzeugt hatte, daß dieser keinen Arzt brauchte, und gab ihm Geld, um ihn für das Vorgefallene zu entschädigen. Als der alte Mann ihm dankbar die Hand küssen wollte, entzog er sie ihm verlegen.
»Gott segne Euch, Exzellenz. Gott segne Euch.«
»Hüte deine Zunge, Alter«, warnte er ihn, dann wendete er sein Pferd und stieß wieder zu Giacomo.
»Er sollte lieber seine Zunge hüten«, sagte Giacomo. »Sonst durchbohrt man sie ihm mit einer eisernen Spitze. Einer von diesen jungen Rüpeln hat mich wissen lassen, daß dies die neue Strafe für Blasphemie ist.«
»Es ist unwahrscheinlich, daß die hiesigen Gerichte einen Mann auf diese Weise strafen, nur weil er seine Meinung geäußert hat. Dann wäre die Stadt voll von Stummen.« Florenz war berüchtigt für seine Gewaltausbrüche, aber würde die Stadt eine derart grausame Rache für solch geringe Vergehen verhängen? »Die Statuten sind voll mit Regeln und Vorschriften, die öfter mißachtet als befolgt werden.«

»Ich würde es diesem Haufen durchaus zutrauen, das Gesetz in die eigenen Hände zu nehmen«, erwiderte Giacomo bedrückt. Schweigend kehrten sie zur Brücke zurück und warteten, bis der Rest des Gefolges sie einholte. Als Giacomo sich seiner Pflichten entsann, klopfte er rasch Antonios staubigen Umhang ab. »Zum Glück haben die Eier Euch nicht getroffen«, sagte er mißbilligend. »Hoffentlich seid Ihr nicht voller Flöhe, weil Ihr den Barmherzigen Samariter gespielt habt.«
Antonio lachte kurz auf, doch der Vorfall hatte sein Bild von Florenz getrübt. »Genug von der Stadt«, sagte er. »Es ist Zeit, nach Hause zurückzukehren.«
Der Kiespfad, der unter Ombras Hufen knirschte, war neu, die dunkelgrünen Zypressen, die am Eingang zum Landgut der Fabiani Wache standen, gewachsen. Die Sonne war durch die Wolken gebrochen, eine kalte weiße Scheibe am trüben Winterhimmel, die Steinmauern und Marmorsäulen des Hauses in fahles Licht tauchte. Antonio hielt im Hof an, blickte sich um und fand alles unverändert ... und seltsam fremd. Daheim. Ein Wort wie aus einer fremden Sprache. Er empfand nichts, nur die kalte Stille ringsum. Er warf dem Stallknecht die Zügel zu und bedeutete Giacomo und dem Rest seines Gefolges abzusteigen. Giacomo hatte seit einiger Zeit geschwiegen. Dankbar für dieses kleine Wunder, lächelte Antonio seinem Kammerdiener aufmunternd zu. Dann wandte er sich dem Haus zu.
Auf der Treppe erschien sein Vater. Er wartete schweigend, während der Haushofmeister Antonio die Diener vorstellte. Er prägte sich ihre Namen und Gesichter rasch ein, doch sein Hauptaugenmerk galt dem Mann auf der Treppe. Giorgio di Fabiani war immer noch eine imposante Erscheinung. Sein Gewand war schmucklos, von schlichtem Florentiner Schnitt, doch aus reichem dunkelgrauem Samt mit Zobelbesatz. Sein Haar war inzwischen ergraut, der Bart wie früher kurz und rechteckig gestutzt. Das Silberhaar ließ seinen Vater noch edler erscheinen, betonte sein Patriziergesicht. Es schien, als sei er im Alter noch unbeugsamer geworden.

Antonio erklomm die Marmorstufen und beobachtete seinen Vater. Auf seinem Gesicht zeigte sich keinerlei Zeichen des Willkommens. Antonio war überrascht. Ohne es zu wissen, mußte er Hoffnungen in das Wiedersehen gesetzt haben, sonst hätte er nicht diese bittere Enttäuschung empfunden. Er verzog spöttisch die Lippen, und als er seinem Vater von Angesicht zu Angesicht gegenüberstand, war von seinen Gefühlen nichts geblieben als eine leise Verachtung für seine Schwäche. Nach der Miene seines Vaters zu urteilen, ging in ihm das gleiche vor.

»Antonio, du bist also zur Villa Fabiani zurückgekehrt.« Eine simple Feststellung, nicht mehr, und ein unnachgiebiges Gesicht. Jegliche Liebe, die sein Vater für ihn empfunden haben mochte, war mit Alessandro gestorben.

»Ja.«

»Die Zimmer für dich und deine Dienerschaft stehen bereit.«

»Danke«, erwiderte er trocken.

»Deine Mutter wünscht dich zu sehen. Später haben wir einiges zu besprechen.«

»Wie Ihr wünscht.«

Sein Vater nickte und wandte Antonio jäh den Rücken zu; ebenso hätte er einem Gegner den Handschuh ins Gesicht werfen können. Reglos sah Antonio zu, wie sein Vater langsam davonschritt, vornehm und aufrecht, im Säulengang vom Schatten ins Sonnenlicht trat.

»Herr?« Die Stimme des Dieners klang feindselig, obwohl sein Verhalten völlig korrekt war. Er ahmte seinen Herrn nach.

»Ja?«

»Wenn Ihr mir folgen wollt, führe ich Euch zu Madonna Leonoras Zimmer.«

Der Diener war in mittlerem Alter, aber Antonio erinnerte sich nicht an ihn. Zwölf Jahre. Er war gerade siebzehn gewesen in jenem Herbst, frisch verheiratet, hielt sich mit seiner Geschäftstüchtigkeit, seiner Geschicklichkeit mit Waffen, seiner feurigen Leidenschaft für einen erwachsenen Mann. Jetzt begriff er, daß er noch ein halbes Kind gewesen war. Ein blindes Kind.

»Ich kenne den Weg«, sagte Antonio kühl und entließ den Mann. Er betrat das Haus, stand allein in der schattigen Halle. Die Erinnerung hüllte ihn ein wie ein Leichentuch. Er wandte sich nach links und ging den Korridor entlang. Als er sich Leonora di Fabianis Zimmer näherte, kämpften Vorfreude und Furcht in ihm.

»Mutter?« flüsterte Antonio erstickt, fast unhörbar. »Mutter?« Diesmal klang seine Stimme zu laut in der drückenden Stille des Zimmers.

Wieder hatte er gedacht, er sei vorbereitet. Wieder durchfuhr ihn unerwartet ein heftiger Schmerz, doch stand ihm jetzt keine Ver-achtung oder müde Ironie zu Gebote, um ihn zu lindern. Er unterdrückte seine Gefühle, damit seine Trauer das Leid seiner entkräfteten Mutter nicht noch vergrößerte. Sie hatte geschrieben, daß sie lange genug zu leben hoffte, um sein Kind in den Armen zu halten. Aber konnte man das Leben nennen? Antonio trat zögernd an ihr Bett. Er kniete nieder, küßte die Hand, die matt nach der seinen griff. Ihre Finger fühlten sich kalt und mürbe wie Winteräste an. Als er den Kopf hob, lächelte er sie an, mit dem wärmsten Lächeln, das er aufzubieten vermochte.

»Hat er dir verziehen?«

»Ich bin hier, Mutter. Ich bin daheim.«

Sie betrachtet ihn. Ihre Augen wirkten riesengroß in dem ausgezehrten Gesicht, ihr Körper unter der zart bestickten Bettdecke wie zusammengeschrumpft. Er hoffte, daß seine Worte sie beschwichtigten. Sie hatte immer glauben wollen, daß die Dinge sich zum Guten fügten. Lange sah sie ihn an. »Ich habe ihn gebeten, dir zu verzeihen, dich um meinetwillen zu lieben und dir dein Erbe, deinen Platz in unserer Familie zurückzugeben.«

Antonio schloß die Augen und preßte wieder die Lippen auf ihre Hand, fühlte sich seinem Vater auf furchtbare Art verbunden. Er hatte wohl ebenso neben ihr gekniet,

während sie ihn um etwas bat, das er ihr nicht gewähren wollte; und doch erfüllte er ihre Wünsche. Aus Liebe zu ihr hielten sie es sogar miteinander aus.
»Ich habe eine Frau für dich gefunden. Ein gutes, frommes Mädchen. Sie ist noch sehr jung, also kannst du sie nach deinen Wünschen formen. Hier sollte es wieder Kinder geben, Antonio.«
»Ja, ja, Mutter«, erwiderte er. »Natürlich.«
Sie seufzte erleichtert und streichelte seine Hand Tiefe Niedergeschlagenheit ergriff Antonio. Er gab sein Leben in ihre Hände, um ihr den Tod zu erleichtern. Er würde mit dieser Entscheidung leben müssen, wenn sie längst nicht mehr da war. Aber er durfte es ihr nicht abschlagen. Es war das einzige Zugeständnis, um das sie ihn je gebeten hatte. Eines, das im übrigen von jedem Mann aus guter Familie erwartet wurde …
Sie ergriff wieder seine Hand, und er mußte sich zu ihr beugen, um sie zu verstehen. »Es war schrecklich, Antonio, ich durfte dir zwar schreiben, doch niemals mit dir sprechen, dich umarmen. Oft wünschte ich, dein Vater hätte mir nicht nur verboten, dich zu sehen, sondern auch jeden Briefwechsel unterbunden. Vielleicht hätte ich dann den Mut aufgebracht, mich gegen ihn aufzulehnen.«
»Ich habe Euch immer verstanden«, beteuerte er, denn er wußte, wie sehr sie seinen Vater liebte und achtete.
»Nur einmal habe ich ihm getrotzt«, sagte seine Mutter versonnen. »Er war außer sich, als er herausfand, daß ich Giacomo meine Juwelen übergeben hatte. Er weigerte sich tagelang, mit mir zu sprechen.«
Er kannte das eisige Schweigen seines Vaters nur zu gut. »Ihr habt mir das Leben gerettet, Mutter.«
Sie runzelte die Stirn und richtete wieder den Blick auf ihn. »Als du in Gefangenschaft gerietest, war der Schmerz über Alessandros Tod noch zu frisch. Wenn dein Leben jetzt auf dem Spiel stünde, würde dein Vater das Lösegeld gewiß zahlen.«
Er wußte keine Antwort. Die Bitterkeit seines Vaters, seine Weigerung, ihn auszulösen, hatten ihn tief getroffen.

Seine Verbannung aus Florenz war ihm letztlich wie eine gerechte Strafe erschienen, die schrecklichen Monate der Einsamkeit und des Dahinsiechens in dem englischen Kerker jedoch wie eine grausame Folter. Und es sah nicht so aus, als hätte sich für seinen Vater irgend etwas geändert. Oder doch? Sein Vater war jetzt immerhin bereit, ihn in seinem Haus zu dulden. Vielleicht würde ja seine schiere Anwesenheit mit der Zeit sein Herz erweichen.
»Das ist jetzt nicht mehr von Bedeutung«, murmelte sie. »Du bist wieder daheim, wo ich dich sehen, dich berühren kann. Wir haben nur noch so wenig Zeit, Antonio, und doch bin ich zu müde, um meine Augen offenzuhalten.«
»Dann schlaft ruhig«, sagte er und streichelte ihre Stirn, so wie sie es getan hatte, als er noch ein Kind war. Nach einer Weile stöhnte sie leise und schloß die Augen. Sein Herzschlag setzte aus, bis sie den nächsten Atemzug tat. Er wußte, daß es noch oft so sein würde, daß er sich jedesmal fragen würde, wann sie für immer zu atmen aufhörte.

Sein Vater und er wahrten die Höflichkeit, als sie gemeinsam ihre Mahlzeit einnahmen. Sie aßen eine Suppe aus Lauch und Pilzen, eine schmackhafte Hähnchenpastete mit Wintergemüse und feines Weißbrot mit Käse, gefolgt von einm köstlichen Kompott aus eingelegten Früchten. Sie redeten fast nüchtern über die Krankheit seiner Mutter, so als wäre sie ihnen beiden fremd. Als die Teller abgetragen wurden, zog bereits ein *tisane* in dem prächtigen Teegeschirr aus goldziseliertem Silber. Der warme Duft von Kräutern und Gewürzen erfüllte Antonio mit bittersüßer Sehnsucht nach der Vergangenheit. Es war der Lieblings*tisane* seines Vaters, mit Zitronenschale und Hagebutten verfeinert, nach kostbarem Zimt duftend. Die Heftigkeit seiner durch das Aroma geweckten Erinnerungen überraschte Antonio. Bilder aus seiner Kindheit, seiner verlorenen Jugend stürmten auf ihn ein.
Er merkte, daß sein Vater verstummt war. Es geschah selten, daß er den Faden eines Gesprächs verlor, zumal eines

so wichtigen Gesprächs. Er hoffte, daß sein Vater keine Frage an ihn gerichtet hatte, und sagte: »Ja?«

Sein Vater nickte und fuhr fort. »Als deine Mutter noch kräftig genug war, besuchte sie die Messe des Mönchs von San Marco, Girolamo Savonarola. In seinen Predigten verspricht er, Florenz zu einem Gottesstaat auf Erden zu machen.«

»In Rom sagt man, Savonarola habe unsere Stadt in ein Kloster verwandelt.«

»Hattest du diesen Eindruck?«

»Die rote Lilie ist ein wenig verwelkt, und Savonarolas Einfluß ist deutlicher zu spüren, als ich dachte, aber so schwerwiegend fand ich die Veränderungen nicht – noch nicht.« Antonio trank einen Schluck *tisane*. Vergangenheit und Gegenwart verwoben sich miteinander.

»Leider scheint Savonarolas politischer Ehrgeiz ebenso groß zu sein wie sein religiöser Eifer. Die Erfüllung seiner angeblichen Prophezeiungen verleiht jeder Erklärung, die er abzugeben beliebt, Glaubwürdigkeit, obgleich man kein Prophet sein mußte, um zu wissen, daß Lorenzo de' Medici sterben würde. Was den Einmarsch der Franzosen betrifft – wer weiß, über welche Quellen der Mönch am dortigen Hof verfügt. Er hat jedenfalls eine glühende Anhängerschaft um sich gesammelt, selbst in vornehmen Familien wie der unseren, vor allem aber in der Masse der ungebildeten Florentiner Bevölkerung. In den Duomo mußte er übersiedeln, um der Menge seiner Zuhörer gerecht zu werden; manchmal erscheinen bis zu fünfzehntausend Menschen.«

»Das wußte ich nicht. Eine überwältigende Zahl.«

»Offensichtlich ist er aufrichtig in seinem Glauben, völlig unbestechlich.«

Antonio zweifelte nicht daran, daß sein Vater persönliche Kenntnis von mehr als einem fehlgeschlagenen Bestechungsversuch hatte. Sein Vater respektierte Integrität, auch wenn sie ihn in diesem Fall außerordentlich reizte.

»Wie Ihr Euch vorstellen könnt, war sein aufwieglerischer

Eifer Tagesgespräch in Rom. Der Papst empfindet ihn als Stachel in seinem Fleisch.«

»Sein Amt ist heilig. Er sollte nicht zulassen, daß ein Angehöriger des niederen Klerus wie Savonarola derart beleidigende Angriffe gegen ihn richtet.«

»Alexander VI. möchte Savonarola nicht wahrnehmen, wie er alles ignoriert, was nicht seinem Geldbeutel oder seinem Vergnügen dient. Oder seine Macht bedroht – ob in Italien oder im Ausland.«

»Ich fürchte, der Mönch ist gegenwärtig die mächtigste Stimme in Florenz. Wir haben niemanden, den wir gegen ihn aufbieten könnten. Der Tod von Lorenzo dem Prächtigen hat eine große Lücke in der Florentiner Politik hinterlassen. Seinem Sohn Piero, diesem Narren, fehlen sämtliche Talente der Medici, dafür hat er all ihre Arroganz geerbt. Seine Familie hat drei Generationen über diese Stadt geherrscht. In weniger als drei Jahren hat er diese Macht verschleudert. Nach Pieros feigem Vertrag mit den Franzosen sind die Medici in Florenz geächtet, die drei Kugeln der *palle* wurden von ihren Häusern entfernt. Alles in allem«, höhnte sein Vater, »eine bemerkenswerte Leistung.«

»Ihr wißt sicher, daß Piero auf seine Rückkehr hofft. Trotz seiner zerrütteten Finanzen hat er begonnen, Söldner anzuwerben. Wegen der derzeitigen politischen Wirren in Florenz hofft er auf einen gewaltsamen Umsturz, der ihn wieder in sein Amt befördert.«

»Unmöglich«, sagte sein Vater hartnäckig. »Welche Schwierigkeiten uns auch plagen mögen, die Heimkehr des Verräters wird keine von ihnen sein.«

Antonio trank von seinem *tisane*. Sein Vater war in seinen Überzeugungen so starrsinnig wie eh und je. Die Florentiner waren in politischer Hinsicht zu wankelmütig, als daß man ein sicheres Urteil abgeben konnte. »Es überrascht mich, daß Piero die Stadt lebend verlassen konnte, nachdem er Pisa an die Franzosen abgetreten hatte.«

»Das Exil war nicht Strafe genug ...«, begann sein Vater, dann brach er jäh ab, und zwei rote Flecke erschienen auf seinen Wangen.

Exil ... Einen Herzschlag lang starrten sie einander an, stumm, reglos. Das Wort hatte die Kluft der Jahre aufgerissen, die zwischen ihnen lagen, sie mit einer Flut von Gefühlen überschwemmt. Antonio spürte, wie Wut in ihm aufwallte, die einen Beigeschmack von Schuld und Verzweiflung hatte. Eigenartig, ausgerechnet Mitgefühl mit der Not seines Vaters gab ihm die Stimme zurück. »In der politischen Führung von Florenz klafft eine Lücke«, nahm er den Faden wieder auf.

»Ja, eine Lücke«, wiederholte sein Vater, dann fuhr er fort, als hätte es nie eine Unterbrechung gegeben. »Seit Lorenzos Tod hat es niemanden seines Formats gegeben. Unsere eigene politische Bewegung hat an Macht verloren, während die des Mönchs an Ansehen gewann. Seine Gefolgschaft hat man die *piagnoni* getauft, ihrer frommen Seufzer wegen.«

»Und Euch nennt man ...?«

»Die *arrabbiati,* weil unsere Empörung grenzenlos ist.« Sein Vater reckte herrisch das Kinn. »Vor knapp zwei Jahren hat dieser Haufen eine neue Verfassung erzwungen. Unter der geistigen und weltlichen Führung Savonarolas vereint, haben sie ihre Leute in sämtliche Regierungskörperschaften eingeschleust, bis in die Signoria. Wenn man sie nicht kontrolliert, werden sie die Vorherrschaft von Klassen etablieren, die völlig unfähig sind, die Geschicke der Stadt zu lenken.«

Antonio verzog ironisch den Mund, als er fragte: »Die *piagnoni* wollen die Republik wiedereinführen, als Staatsform, nicht nur dem Namen nach?«

Die Augen seines Vaters verengten sich. »Machst du dich über mich lustig?«

»Nein, Vater«, antwortete Antonio, obwohl es nicht der Wahrheit entsprach. Er war nicht mehr siebzehn und hatte schon vor langer Zeit jede Unterwürfigkeit abgelegt. Die Selbstgerechtigkeit seines Vaters reizte ihn, und seine Wut hatte ihn unachtsam werden lassen. Er mußte seinen Sarkasmus zügeln.

»Diese vulgäre Demokratie ist wie eine Seuche, die Florenz in jedem Jahrhundert heimsucht«, sagte sein Vater abfällig. »Die vornehmen Familien müssen sich gegenseitig unterstützen. Die Macht sollte unter uns aufgeteilt werden. Florenz ist eine Republik. Wir, die wir die alten Traditionen ehren, müssen Allianzen schmieden und unsere Vorherrschaft in der Signoria behaupten. Niemand will, daß nur eine Familie die Stadt regiert, wie die Medici es so lange Zeit getan haben.«

Es sei denn, es ist die eigene Familie, dachte Antonio. Und das darf keine Allianz vergessen.

»Zu diesem Zweck habe ich Verhandlungen über deine Eheschließung aufgenommen. Das junge Mädchen ist von edler Herkunft. Ich kann mir nicht denken, daß du irgendwelche Einwände gegen sie hast, da sie eine angemessene Partie ist.«

Antonio sagte nichts. Er war überzeugt, daß die Wünsche seiner sterbenden Mutter entscheidend für die Absprache waren, doch kaum hatte er sein Einverständnis erklärt, hatte sein Vater Mittel und Wege gefunden, aus der Situation den größtmöglichen Nutzen für die Familie zu ziehen. Giorgio di Fabiani war nicht nur ein praktischer, sondern auch ein durch und durch politisch denkender Mann. Vor zweihundert Jahren hatte die neugeschaffene Republik es den Angehörigen des Adels untersagt, ein öffentliches Amt zu bekleiden. Im Gegensatz zu anderen Familien, die auf ihren Adel verzichteten und ihren Namen ablegten, hatten die di Fabiani den ihren stolz behauptet und dadurch jedes Recht auf Mitwirkung an der Lenkung der Geschicke von Florenz eingebüßt. Obwohl die Mitglieder der Familie nicht mehr wählen oder ein Amt bekleiden durften, verfügten sie doch über viele direkte und indirekte Mittel der Einflußnahme auf die Stadtpolitik. Antonios Heirat war eine Gelegenheit, diesen Einfluß zu vergrößern.

»Ihre familiäre Herkunft ist tadellos«, bekräftigte sein Vater. »Ihre Familie ist ebenso alt wie die unsere, obwohl sie es vorzogen, ihren angestammten Namen und Rang abzulegen. Ihre politischen Ansichten decken sich mit den unseren, und ihre Stimmen werden unseren Einfluß festigen. Die Mitgift des Mädchens ist beeindruckend, und es wird dich freuen zu erfahren, daß sie ebenso anziehend wie tugendhaft ist, wenn auch in zartem Alter.«

Antonio war froh, daß sie hübsch war, obgleich er auf ihren Charakter größeren Wert legte. In zartem Alter? »Wie alt ist sie denn?«

»Im September ist sie zwölf Jahre alt geworden.«

Antonio war erschüttert, obwohl seine Mutter ihm ja schon mitgeteilt hatte, das Mädchen sei sehr jung. Allein der Gedanke, daß er heiraten sollte, hatte ihn beunruhigt. Hinzu kam, daß er sich große Sorgen um den Zustand seiner Mutter machte, daher hatte er den Einzelheiten wenig Gewicht beigemessen. Jetzt mußte er sich ihnen stellen. Eine junge Braut erforderte mehr Aufmerksamkeit und Anleitung, als er zu geben bereit war. Viele seiner Altersgenossen würden eine so frische junge Knospe um so begehrenswerter finden, doch er dachte anders. Er war an die Gesellschaft kluger, raffinierter Frauen gewöhnt, deshalb wünschte er, sein Vater hätte eine wohlhabende Witwe ausfindig gemacht, schön und weltklug. Er erwartete keine treue Gattin mehr, nur eine diskrete. Aber er sagte: »Ich bin überzeugt, Eure Wahl ist geziemend.«

Sein Vater erhob sich, und Antonio tat es ihm nach. »Die Einzelheiten besprechen wir heute abend. Ich richte Grüße von dir aus und vereinbare eine Zusammenkunft mit der Familie und deiner zukünftigen Braut. Heute in einer Woche?«

»Sehr gut.«

»Deine Mutter wird heute nachmittag deine Gesellschaft brauchen«, sagte sein Vater. »Wir setzen heute abend unsere Unterhaltung fort.«

»Bis heute abend dann«, erwiderte er.

Wieder allein, verließ Antonio den Speiseraum und suchte die Wohngemächer auf, in dem sich Bogentüren auf die große Terrasse hinter dem Haus öffneten. Alles rings um ihn war erfüllt von der Vergangenheit, doch die Erinnerungen an seine Frau und seinen Bruder gingen ihm be-

sonders nahe. Er betrat die Balustrade und blickte auf die Marmortreppe. Zuerst sah er nur den geäderten goldenen Marmor, auf dem die Ereignisse keine sichtbaren Spuren hinterlassen hatten. Dann rief er sich willentlich vor Augen, was damals geschehen war. Schemenhafte Bilder erschienen am Fuß der Treppe.
»Beatrice«, flüsterte Antonio. Seit Jahren hatte er ihren Namen nicht laut ausgesprochen. »Beatrice?« Er sagte ihn wie eine Frage, wußte jedoch selbst nicht, welche Antwort er suchte.
Er war sechzehn, als er mit seinen Freunden auf die große Eiche kletterte, von der man auf den Ostgarten des Klosters sah, und Beatrice zum ersten Mal erblickte. Sie kletterte ebenfalls auf einen Baum, ihre Röcke rutschten hoch, als sie ihren Gefährtinnen Pfirsiche zuwarf. Antonio hatte sich auf Anhieb in ihre zarte, fast überirdische Schönheit verliebt. Sie war ein Feenkind mit hellen Haaren, ihre riesengroßen Augen glühten dunkel in ihrem weißen Gesicht. Die Mädchen merkten, daß sie beobachtet wurden, und stießen bestürzte und entzückte Schreie aus, bevor sie ins Kloster flüchteten. Beatrice hatte ihn über die Mauer hinweg angesehen. Nur ihn, niemanden sonst. Sie hob die Hand, wählte einen vollendeten Pfirsich aus und warf ihn ihm zu. Dann sprang sie vom Baum und lief den anderen Mädchen nach, zurück ins Kloster. Als sie fort war, hob er die rötliche Frucht an seine Lippen, biß in das weiche Fleisch, und der süße Saft, der herrliche Duft nahmen seine Sinne gefangen. Es war, als sei ein Engel vom Himmel herabgestiegen, um ihn mit Nektar und Ambrosia zu beschenken.
Antonio war nach Hause gegangen, unfähig, das Bild des Mädchens aus seinen Gedanken zu verbannen. Er wurde von Visionen ihrer schmelzenden braunen Augen, ihres zärtlichen Mundes, des wie aus Gold gesponnenen Haarschleiers, der sie im Laufen umwehte, heimgesucht. Obwohl er nichts über sie wußte, war er zu seinem Vater gegangen und hatte ihn angefleht, sie heiraten zu dürfen. Dann wartete er, fürchtete, daß sein Va-

ter ihre Herkunft als zu unbedeutend ansehen würde. Es kümmerte Antonio nicht mehr, ob er eine schlechtere Partie machte als sein älterer Bruder. Laudomia, dessen Frau, war zwar reich und verfügte über gute Verbindungen, war jedoch klein und unscheinbar. Sie vergötterte seinen Bruder, las die Brosamen seiner Zuneigung auf wie der Arme vom Tisch des Reichen. Obwohl sein Vater Name und Mitgift Beatrices als kaum angemessen bezeichnete, ließ er seinem vernarrten Sohn seinen Willen, und Antonio wurde mit ihr vermählt.

Vernarrt im wahrsten Sinne des Wortes. Seine Beatrice wirkte so vollkommen wie die unsterbliche Geliebte Dantes. Ihre verborgene urtümliche Wildheit schien die vollendet Illusion der Unschuld nur zu steigern. Antonio hatte die leisen Mißtöne des Gefühls, die sich in die süßen Harmonien der Sinnlichkeit einschlichen, mißachtet. Er war ihrem todbringenden Zauber erlegen, ihr Verhalten, das er jetzt als kopflos, ja grausam erkannte, hatte damals kindlich und reizvoll auf ihn gewirkt. Was ihre leidenschaftliche Hingabe betraf … er hatte noch immer nicht ihresgleichen gefunden. Vielleicht lag es nur daran, daß er seither keine Frau geliebt hatte, das sinnliche Vergnügen nicht durch wahre Zuneigung gesteigert wurde. Selbst als die Mißklänge immer vernehmlicher wurden und er sich langsam zu fürchten begann, redete Antonio sich ein, daß die Schwierigkeiten in ihm begründet lagen, nicht an Beatrice. Sie anzuzweifeln hieße, an der Liebe selbst zu zweifeln.

Liebe. Eine verlockende Frucht, von der man besser nicht kostete. Er wollte nie wieder diesen Wahnsinn, diesen Schmerz erleben. Seither hatte er sein Herz verschlossen. Jetzt fragte er sich, ob er überhaupt Beatrices erster Mann gewesen war. Mit ihrer Hinterlist einer Hure könnte sie hundertmal Unberührtheit vorgetäuscht haben, und man hätte ihr geglaubt. Wann hatte sie die Zeit gefunden, ihn zu hintergehen? Es schien, als hätte er ihr Bett kaum jemals verlassen.

Alessandro. Er formte den Namen mit den Lippen und sah seine riesenhafte Gestalt vor sich.

Antonio hatte seinen großen Bruder immer bewundert. Als er heranwuchs, änderte sich ihre Beziehung, sie wetteiferten miteinander, die Liebe war von erbitterter Rivalität gefärbt. Alessandro war immer der Liebling seines Vaters gewesen, Antonio der seiner Mutter, und sie hatten beide um die Zuneigung der Eltern gekämpft. Der Gipfel dieser Kraftprobe war erreicht, als Antonio sich mit Beatrice vermählte.
Er sah Alessandros Gesicht noch vor sich, von Schuld und Wut gerötet, als Antonio die beiden in flagranti im Garten erwischte. »Die kleine Hexe wollte es so«, zischte sein Bruder. »Sie beschnupperte mich wie eine läufige Hündin. Diese großen braunen Augen bettelten förmlich darum. Hättest du sie weggestoßen, Antonio, wenn sie mir gehörte?«
»Ja«, flüsterte er inbrünstig, »ja, das hätte ich.« Aber er war nicht sicher, weder damals noch jetzt. Er hätte gewußt, daß sie ein falsches Spiel trieb, jedoch ebenso wie Alessandro an ihre abenteuerlichen Lügen glauben wollen. Obwohl Alessandro sie verabscheute, begehrte er sie, beschützte sie vor dem Gatten, den sie betrogen hatte.
»Ist es etwa meine Schuld, daß du ihr nicht genug geben kannst, Antonio? Sie gehört jetzt mir!«
»Nein!«
Sie hatten mit bloßen Fäusten auf der Terrasse gekämpft. Die Erinnerung war bis auf wenige klare Bilder ein verschwommener Nebel. Er wußte noch genau, wie er sich gefühlt hatte, den Tod seines Bruders wünschte, ihn mit bloßen Händen töten wollte. Alessandro hatte als erster das Messer gezogen, sein Gesicht verzerrte sich, als sie miteinander rangen, stürzten und über das Pflaster rollten. Dann blitzte plötzlich die Klinge in der Sonne auf, stieß herab. Seine Wut war so groß, daß er den scharfen Schnitt an seinem Arm kaum spürte. Dann sah er das hellrote Blut an dem silbernen Metall, wußte, daß es sein Blut war, sah, wie das Messter sich erneut hob. Blitzschnell zog er die Beine an und trat zu. Antonio erinnerte sich an die Wucht, mit der Alessandros Körper zu Boden geschleudert wurde,

mit welcher Befriedigung es ihn erfüllt hatte. Er erinnerte sich an den Schrei, als sein Bruder von der Marmortreppe stürzte. Erinnerte sich, wie Alessandro mit verrenkten Gliedern am Fuß der Treppe lag. Erinnerte sich an das Gesicht seines Vaters, der auf den zerschundenen Körper hinunterblickte und dann ihn ansah.

Und dann kniete Beatrice vor ihm, hing an ihm, preßte die Wange an seine Lenden, ihr Atem warm an seinem Geschlecht, als sie ihm vor Alessandros Leichnam schwor: »Ich liebe dich, nur dich. Es gibt keinen anderen für mich.« Er stieß sie weg, ihm war übel vor Wut und Verlangen.

Die Diener fanden ihre Leiche am folgenden Tag, sie lag an der Stelle, an der Alessandro gestorben war, ihr Genick war gebrochen, geronnenes Blut verklebte ihr helles Haar. Antonio hockte neben ihr, starrte in ihre weitgeöffneten, glasigen Augen und sah zum zweiten Mal das Gesicht des Todes. Er wußte, daß sie tot war, wußte von ihrem Verrat und konnte nicht verstehen, warum es nicht vorüber war. Warum er sie weiterhin verzweifelt liebte, obwohl er sie zugleich aus tiefster Seele haßte. Wußte, daß es keine Erlösung von beiden Gefühlen geben würde.

Die Familie und die Öffentlichkeit von Florenz wurden mit einer abenteuerlichen Erklärung abgespeist, an die wenige glaubten und die doch alle als folgerichtig akzeptierten:

Alessandro war bei einem unglücklichen Sturz ums Leben gekommen. Seine gramgebeugte Schwägerin war auf ihren nächtlichen Wanderungen von der gleichen Treppe gefallen ...

Aber Antonio glaubte nicht, daß Beatrices Tod ein Unfall war. Es war zu glatt, ein Akt göttlicher Vergeltung – nur hatte er den Glauben an Gott verloren. Dann kam seine Mutter zu ihm, in Tränen aufgelöst, und sagte, es sei ihre Schuld. Sie hatte Beatrice gedroht, daß Antonio sie verstoßen würde, daß sie mit Schande bedeckt zu ihrer Familie zurückkehren müsse. Auf diese Weise öffentlich gebrandmarkt, würde man sie ächten, kein anderer Mann

würde sie mehr zur Frau nehmen. Beatrice hatte sich zu Recht gefürchtet. Sie hatte den Ekel und das Entsetzen in seinen Augen gesehen, als sie vor ihm kniete. Er hatte sich geweigert, sie zu empfangen, als sie wie eine Bittstellering an seiner Tür erschien. Die Lüge seiner Mutter war vermutlich nicht weit von der Wahrheit entfernt.
Und Beatrice konnte nicht leben, ohne angebetet zu werden.
Während des Begräbnisses kursierten Gerüchte, daß Beatrices Tod weder Unfall noch Selbstmord gewesen war, sondern eine Hinrichtung. Die meisten dachten, Antonio habe seiner untreuen Gattin das Genick gebrochen. Man warf ihm Seitenblicke zu, nachdenkliche, furchtsame, oft zustimmende Blicke. Es war sein Recht, seine Ehre zu verteidigen, und nur wenige verurteilten ihn für eine Tat, die er nicht begangen hatte. Einige von Alessandros Freunden legten bei seinem Anblick die Hand an ihr Schwert. Laudomia, von Sinnen vor Kummer und Wut, warf sich auf den Leichnam und schrie, eine Hure habe ihren Gatten verführt, und der Mann der Hure habe den ihren getötet. Sie schwor, Antonios Tod herbeizuführen.
Am gleichen Tag hatte sein Vater seine Verbannung verkündet …
»Herr?« Der Diener war zurückgekommen, dieses Mal redete er ihn respektvoll an. »Eure Mutter ist aufgewacht, Herr, und fragt nach Euch. Sie möchte, daß Ihr kommt und ihr aus der Bibel vorlest.«
»Ja«, sagte er. »Ja, natürlich.«

Über eine Woche blieb Antonio auf dem Landgut und teilte seine Zeit zwischen seinen Eltern. Das Essen mit seiner Braut war zugunsten einer prächtigen Verlobungsfeier aufgeschoben worden. Diese Feier sollte in nur vier Tagen stattfinden, doch er versuchte nicht daran zu denken. Diese Begegnung würde nicht so beschwerlich sein wie die ständigen Gespräche über die florentinische Politik und die Familienpolitik, bei denen Antonio sich nur mit Mühe zurückhalten konnte, um nicht offen die autokratischen

Ansichten seines Vaters in Frage zu stellen. Außerdem mußte er die Feinheiten der Gutsverwaltung und des Bankgeschäfts neu erlernen, und es wurde darüber verhandelt, ob seine eigenen Unternehmungen am besten mit den Geschäften der Familie verflochten werden oder getrennt bleiben sollten.

Wenn Antonio auch keinen herzlichen Empfang durch seinen Vater erwartet hatte, so hatte er doch zumindest Anerkennung für seine Leistungen erhofft. Statt dessen ging man davon aus, daß er sein erfolgreiches Handelsgeschäft einfach aufgab oder die Leitung an einen Mittelsmann der Familie übertrug. Die herablassende Haltung seines Vaters kränkte ihn, so daß er sich schließlich jeder Vereinnahmung widersetzte. Seine Weigerung bot den Anlaß für ihren ersten offenen Streit, wenngleich sie ihre Argumente auch kühl und beherrscht vortrugen. Antonio hatte seine Position hartnäckig behauptet. Statt dessen hatte sein Vater den Rückzug angetreten. Seine anhaltende Feindseligkeit war zwar unangenehm, doch zumindest zeigte er, wenn auch widerwillig, ein gewisses Maß an Respekt. Mit den Konzessionen, die Antonio sich wider seiner Natur und sein besseres Urteil abgerungen hatte, um seinem Vater entgegenzukommen, hatte er weit weniger erreicht.

Die langen Gespräche mit seinem Vater waren erschöpfend, doch bei weitem nicht so schwierig wie die Begegnungen mit seiner Mutter. Leonora di Fabiani war schon immer von wahrer christlicher Gesinnung gewesen, doch jetzt ließ sie einen missionarischen Eifer erkennen, der ihn abstieß. Antonio begriff, daß ihr nahender Tod der Auslöser war, führte es jedoch auch auf den fanatischen Einfluß Girolamo Savonarolas zurück. Ihre religiöse Obsession zehrte sie geistig auf, so wie die Krankheit sie körperlich auszehrte.

Die Augenblicke wirklicher Nähe waren selten, kostbar, und er war unsagbar enttäuscht, daß sie sich durch ihre frommen Gebetsformeln immer weiter von ihm entfernte. Er spürte, daß er die Mutter, die er liebte, bereits verloren

hatte. In ihr war keine Lebensfreude mehr. Kein Lachen, nicht einmal in ihren Augen. Nur ein verzweifeltes Flehen, auf das er keine Antwort wußte. Ihr war nur noch daran gelegen, sein Glück zu schaffen, und sie glaubte einen sicheren Weg dazu gefunden zu haben. Halb betäubt von den Arzneien, befangen in ihrem religiösen Fieber, lebte sie in seiner Zukunft, so wie er in seinen Erinnerungen an sie lebte. Seine Mutter war nicht naiv; in ihren klaren Momenten erkannte sie ihren und seinen Fehler. Er konnte ihr Liebe schenken, ihr Ehre, sogar Gehorsam erweisen, indem er die Ehe schloß, um die sie ihn gebeten hatte. Aber sein Glaube konnte nicht neu erstehen.
Als sie an diesem Nachmittg einschlief, hatte ihn der heftige Wunsch ergriffen, sich der unablässigen Mühe der Verstellung wenigstens auf kurze Zeit entziehen zu können. Er befahl Giacomo, die Pferde zu satteln. Im Stall fand er seinen Kammerdiener und zwei der besten Wachleute vor. Er erhob keine Einwände gegen Giacomos Vorsichtsmaßnahmen. Antonio wußte, daß die Witwe seines Bruders jederzeit irgendwo auf offener Straße einen Mordanschlag gegen ihn verüben konnte. Es wäre nicht das erste Mal. Er überprüfte die Waffen, befahl den Wachleuten, die Vor- und Nachhut zu bilden, dann bestieg er Ombra, und sie brachen in die Stadt auf. Die kurze Reise wurde von keinem Zwischenfall unterbrochen. Es war ein schöner Tag, die nach dem Regen klare Luft war von täuschender Frühlingswärme erfüllt. Florenz strahlte, und Antonio war entschlossen, seinen Ausflug in vollen Zügen zu genießen.
»Herr?« begann Giacomo, nachdem sie eine Zeitlang durch die Straßen geritten waren.
»Ja?«
»Haben wir ein bestimmtes Ziel?«
Er mußte in letzter Zeit abscheulicher Laune sein, wenn Giacomo in diesem unterwürfigen Ton mit ihm sprach. Der Umgang mit seiner Mutter und seinem Vater hatte seine Geduld restlos aufgezehrt. Die ganze Woche über hatte sich sein Kammerdiener sehr zurückgehalten. Gia-

como tat zweifellos sein Bestes, um ihm zur Seite zu stehen; seine übliche Mischung aus hektischem Geplauder und übertriebenen Klagen hätten Antonio gerade in dieser schwierigen Zeit um den Verstand gebracht. Seltsam, jetzt vermißte er Giacomos Lebhaftigkeit beinahe.

»Genießt du es nicht, dir die Stadt anzusehen, Giacomo?«

»Doch.« Wieder dieses Zögern.

»Was ist los, Giacomo?«

»Ich habe mich gefragt, ob mein Herr vielleicht auf der Suche … nach weiblicher Gesellschaft ist.«

Der Vorfall mit dem Brief seiner Mutter war noch nicht vergessen, und Antonio verspürte einen Anflug von Zorn. Er fuhr herum, doch Giacomo sah so zerknirscht aus, daß er sich die scharfe Bemerkung, die ihm auf der Zunge lag, verbiß. Er wäre ungerecht, weil er selbst bereits daran gedacht, es jedoch verworfen hatte. Angesichts des Todeskampfes seiner Mutter war ihm sein wachsendes Verlangen obszön erschienen.

Manchmal erregte ihn die Nähe des Todes. Weckte in ihm das Verlangen, das Leben zu erneuern – ein instinktiver Drang nach Selbsterhaltung. In der körperlichen Liebe begegneten sich Leben und Tod, paarten sich miteinander, gaben sich einander hin. Doch die Erleichteerung, die er in der Vergangenheit nach den Gefahren einer Schlacht oder einem tödlichen Duell gesucht hatte, war in seinen Augen ein akzeptableres Motiv als das Verlangen, der bedrückenden Atmosphäre des Hauses seiner Eltern, dem langsamen Sterben seiner Mutter zu entkommen. Das änderte nichts daran, daß seine körperlichen Begierden immer stärker wurden. Er vermochte sie zwar zu unterdrücken, doch würde in diesem Fall seine Stimmung sich noch weiter verschlechtern. Giacomo hatte bereits unter seiner Übellaunigkeit zu leiden. Er bezweifelte, daß er seiner Mutter gegenüber die Beherrschung verlor, sein Vater reizte ihn jedoch bis aufs äußerste. Es wäre wirklich das beste für alle Beteiligten, wenn er sich weibliche Gesellschaft suchte. Florenz war zwar längst nicht so berühmt für seine Kurtisanen wie

Venedig und Rom, aber es würde gewiß eine ganze Anzahl in den erotischen Künsten erfahrener Schönheiten geben.
»Was schlägst du vor?« Da Giacomo das Thema angeschnitten hatte, mußte er eine bestimmte Lösung im Sinn haben.
»Ich habe mir erlaubt, gewisse Erkundigungen einzuziehen, Herr.«
»Ach?« erwiderte er trocken. »Das erstaunt mich nicht.«
»Es ist nicht so leicht, wie Ihr vielleicht denkt. Der fanatische Mönch hat allen Lastern den Kampf angesagt«, klagte Giacomo. »Sehr euch um. Es ist nur noch eine Woche bis zum *carnevale*. Seht Ihr irgend jemanden, der sein Kostüm ausprobiert, spürt Ihr etwas von der alten Vorfreude in der Stadt? Savonarola hat den Karneval mit seinem Bann belegt. Zu heidnisch. Zu unanständig. Statt dessen will er eine Prozession anführen, Psalmengesang auf den Straßen und dergleichen. Der Höhepunkt wird ein großes Feuer sein. Die Leute sollen all ihre irdischen Besitztümer verbrennen, die keinen frommen Nutzen haben. Er nennt es das Feuer der Eitelkeiten.«
Antonio runzelte die Stirn. Der *carnevale* war eine der buntesten Zeiten in Florenz. Es gab ihm zu denken, daß es Savonarola gelungen war, diese ausgelassene, sinnenfrohe Feier des Lebens zu unterdrücken.
»Priester predigen natürlich immer gegen das Laster«, plapperte Giacomo weiter. »Aber gewöhnlich hören die Leute nicht so aufmerksam hin, ganz zu schweigen von den erzwungenen Almosen und angedrohten Strafen. Das Leben geht zwar seinen gewohnten Gang, jedoch eher hinter geschlossenen Türen. Ein guter Spieltisch ist nicht leicht zu finden, und was die käuflichen Damen anbelangt, gibt es hier keine Straße der Schönen wie in Rom. Es gibt keinen Ort, an dem man mit den anderen Herren trinken und plaudern kann, während man das vorhandene Angebot in Augenschein nimmt.«
»Die Lehren Savonarolas sind weiter verbreitet, als ich dachte«, sagte Antonio trocken. »Prinzipiell bedaure ich,

daß es hier keine Straße der Schönen gibt. Allerdings gehe ich selbst lieber etwas diskreter vor.«
Giacomo räusperte sich und setzte eine wichtige Miene auf. »Hier gibt es zwei schöne Damen, die ihrer Künste wegen gerühmt werden. Außerdem geht das Gerücht, daß bald eine sehr reizende, frische Dame aus Pisa eingeführt werden soll.«
»Pikant, zweifellos, aber ich ziehe eine Frau mit Erfahrung vor.« Er wartete, daß Giacomo sich über die ersten beiden Kurtisanen ausließ. Sein Diener schien zu zögern.
»Ja?« half er ihm auf die Sprünge. »Sag mir, was du in Erfahrung bringen konntest.«
Giacomo druckste herum, und Antonio sah ihn nachdenklich an. Was war los? Er gab sich doch alle Mühe, die Bemühungen seines Kammerdieners zu würdigen.
»Da gibt es eine Frau ... die etwas ganz Besonderes sein soll. Die berühmte Bianca.«
»Bianca aus Venedig?«
»Aus Venedig, Rom und jetzt Florenz.«
Antonio war sogleich Feuer und Flamme. Zweimal war er Bianca auf recht zügellosen Festlichkeiten in Venedig begegnet. Ihre außergewöhnliche Schönheit war ihm sofort aufgefallen, hatte ihn zu fiebrigen Phantasien veranlaßt. Er hatte sie unauffällig betrachtet, doch beide Male hatte sie seinen Blick erwidert, als ob er ihr seine lasziven Gedanken zugeflüstert hätte. Sie lächelte, teilte seine geheimen Phantasien mit ihm, ihr Blick glitt über seinen Körper. In ihren eisblauen Augen brannte ein Feuer, lag eine Herausforderung, die ihn erregte. Antonio hatte sich der blonden Kurtisane nähern wollen, doch dann hatten ihn seine Geschäfte nach Rom abberufen. Als sie in die Ewige Stadt übersiedelte und das Gerücht ging, sie schlafe mit einem oder beiden Borgia, hatte er jeden Gedanken an sie aufgegeben. Sie war es nicht wert, sich die Kehle durchschneiden zu lassen. Seine Vorsicht hatte sich nicht bewährt. Er war das gleiche tödliche Risiko eingegangen, als er betrunken in Lucrezias Bett fiel, obwohl ihn die Papsttochter längst nicht so faszinierte wie Bianca.

Nun, jetzt war sie in Florenz. Sie üwrde teuer sein, aber es hatte ihm nie etwas ausgemacht, für sinnliche Freuden viel Geld zu bezahlen. Trotz der Skandale und Gerüchte, die jede berühmte Schönheit ihres Gewerbes umgab, schien sie diskret und verschwiegen zu sein. Sie war klug, berühmt für ihre Konversation wie für ihren Erfindungsreichtum in Liebesdingen. Und trotz ihrer geschliffenen Umgangsformen, ihrer vollendeten, gepflegten Schönheit hatte Bianca die Ausstrahlung eines geschmeidigen Raubtiers. Etwas Wildes, Gefährliches ging von ihr aus. Was ihren erotischen Reiz nur steigerte. Antonio hatte einmal den gezähmten Geparden eines Sultans gestreichelt. Die mit einem Rubinhalsband geschmückte Wildkatze lag auf ihrem Seidenlager und fixierte ihn mit ihren großen goldenen Augen. Dann gähnte sie, entblößte ihre blitzenden Zähne und bot ihm ihren weichen, hellen Bauch dar. Soviel tödliche Kraft, die bei seiner Berührung schnurrte wie eine Katze.
Ja, so war Bianca. Antonio wollte andere Kurtisanen nicht einmal in Erwägung ziehen, bis er Bescheid von ihr erhalten hatte. Bei dem Gedanken an sie breitete sich Hitze in seinen Lenden aus, regte sich sein Geschlecht. Doch er mußte sich gedulden. Sogleich eine Verabredung vorzuschlagen wäre eine grobe Unhöflichkeit, eine Beleidigung für eine Kurtisane ihres Standes. Er würde Giacomo mit einem Brief zu ihr schicken, um ein Treffen bitten und sie die näheren Umstände bestimmen lassen. Er würde ein Einführungsgeschenk brauchen, luxuriös, aber nicht protzig. Keine Juwelen. Eine hübsche Schachtel mit Konfekt, Honigmandeln, kandierte Früchte oder *panforte.* Vielleicht auch eine Flasche Parfüm, einen Kristallflakon mit französischem Duftwasser in einem Bouquet aus Winterveilchen und Seidenbändern.
Als er aufblickte, musterte Giacomo ihn bedrückt. Was hatte der Bursche nur? Antonio hätte erwartet, daß er triumphierte. Er sollte eigentlich jubeln, vor Befriedigung über seine Gewitztheit in Entzückensschreie ausbrechen. Zumindest sollte er scheußlich selbstgefällig sein. Doch

sein Kammerdiener schmollte geradezu. Dann dachte Antonio an Rom, die Bemerkungen, die Giacomo über Lavinia gemacht hatte. Wieder eine Kurtisane, die ihn verschlingen würde. Antonio lächelte.
»Ich wußte es«, murmelte Giacomo niedergeschlagen. »Ich wußte, daß Ihr Euch für Bianca entscheiden würdet.« Er sah so betrübt aus, daß Antonio in Gelächter ausbrach. Wirklich, es war zuviel, wie Giacomo ihn bemutterte. Wie eine Henne. Das Bild belustigte ihn. »Deine Mutter war eine Bruthenne«, neckte er Giacomo, »und dein Vater ein Fuchs mit einer Vorliebe für Federvieh.«
»Hmpf«, machte sein Kammerdiener nur.
»Komm schon, Giacomo, sei nicht gekränkt. Ich muß einen Brief schreiben, den du überbringen wirst, und ein Parfüm für die Dame auswählen.« Antonio handelte selbst mit seltenen Ölen, Pelzen und anderen Luxusgütern. Dieser Kauf wäre ein einfacher und angenehmer Weg, mit den Florentiner Händlern ins Geschäft zu kommen. »Weiße Hyazinthe würde zu ihr passen, denke ich. Und Naschereien. Wenn du willst, darfst du sie aussuchen und deiner eigenen Schwäche für Süßigkeiten frönen.« Dieses Angebot würde Giacomo gewiß aufheitern. Und es mußte reichen. Er würde auf keinen Fall zulassen, daß sein Diener die Frau auswählte, mit der er die Nacht verbringen wollte!
»Wenn Ihr nach der Sperrstunde die Stadt verlassen wollt, am Nordtor steht immer noch der alte Leonardo Wache«, erklärte Giacomo, der sich mit diesem Hinweis geschlagen gab und zugleich seine Wichtigkeit demonstrieren wollte.
»Ich werde es mir für meine nächtlichen Unternehmungen merken.«
Antonio war von seinen Pflichten im Hause seiner Eltern so stark in Anspruch genommen, daß er sich über die Ablenkung freute. Als Geschenke und Brief endlich unterwegs waren, trank er im Vesuvio einen ausgezeichneten Rotwein, köstlich und trocken wie der Schirokko. Giacomo würde bald zurückkommen müssen, das Kaffeehaus

schloß um sechs Uhr. Noch eines von Savonarolas sinnenfeindlichen neuen Gesetzen. Entspannt beobachtete Antonio die anderen Gäste, die heftig gestikulierend typisch florentinische Gespräche führten.
Endlich erschien Giacomo in der Tür. Er schlängelte sich zwischen den Tischen hindurch und reichte Antonio einen versiegelten Brief auf dickem lila Papier, der nch seinem Hyazinthenparfüm duftete. Ein vielversprechendes Zeichen. Der Brief enthielt die Versicherung, Bianca würde Antonio sehr gern empfangen. Sie schlug vor, er solle sie am Freitag zu Daniele Danti begleiten. Der Maler habe eine sehr lustige Mappe aus den Arbeiten mehrerer geschätzter Künstler zusammengestellt, die er gewiß als anregend empfinden würde.
»Anregend«, murmelte Antonio und lächelte. Sicherlich erotische Bilder. Die Zeichnungen würden ihn befeuern und Bianca die Gelegenheit bieten, unauffällig seine Reaktionen zu beobachten. Ein ausgezeichnetes Mittel, um seine Vorlieben zu studieren. Oder auch die Perversionen, denen er möglicherweise erlegen war. Nun, sie brauchte sich nicht zu sorgen. Er war sicher, daß sie ihn als kühn, jedoch nicht verkommen einschätzen würde. Die Mappe würde zweifellos faszinierend sein. Er war jedoch auch neugierig, an welchem Gemälde Daniele Danti gerade arbeitete. Ja, es würde ein unterhaltsamer Tag werden. Vor allem, da die Dame zwischen den Zeilen versprach, am Abend alle Wünsche zu erfüllen, die sie im Laufe des Nachmittags in ihm zu wecken hoffte.

4. Kapitel

DIE BEGEGNUNG

»Komm herein, komm ins Atelier, Veronica, und sieh dir an, welche Fortschritte ich mit meinem Bild gemacht habe. Ich war wie besessen. Die Inspiration hat mich überwältigt, ich habe gearbeitet wie ein Verrückter. Seit zwei, drei Tagen habe ich mich mit nichts anderem mehr beschäftigt«, rief Daniele befriedigt, ja glücklich, und zeigte auf die Leinwand. »Siehst du, ich habe die Flügel völlig anders angeordnet. So wirkt das Flügelschlagen dramatischer.«

»Du hast recht, Daniele, die neue Darstellung der Engel bietet einen besseren Rahmen für die anderen Figuren.«

Daniele arbeitete für della Montagna an einer *Anbetung der Weisen*, ein beliebtes Thema für Auftragsarbeiten. Die Familie, auffällig im Vordergrund plaziert, ritt in der Gefolgschaft der drei Weisen und brachte dem Christuskind kostbare Gaben. Maria und Dorotea waren bereits in der Prozession zu erkennen, Luigis Gesicht fehlte noch. Veronica war froh darüber. Er war bisher nur in Umrissen gestaltet, ebenso Federigo. Auch Roberto und sie selbst waren erst mit flüchtigen Strichen angedeutet. Da sie dem Maler jederzeit zur Verfügung standen, jedoch sehr widerspenstige Modelle waren, hatte Daniele bisher nur einige kleinere Kohlestudien angefertigt. Die Skizzen lagen zusammengerollt unter der Staffelei, und Veronica, plötzlich neugierig, holte sie hervor und betrachtet sie.

»Ich sehe so jung aus«, sagte sie, erkannte sich in dem sorglosen Mädchen auf den Skizzen nicht wieder.

»Hat dich die Jugend denn so schnell geflohen?«

Sie schaute zu Daniele auf. Sein Ton war unbeschwert, doch er musterte sie besorgt, mehr Onkel als Vetter. Veronica senkte den Blick, schob die Skizzen zusammen und legte sie an ihren Platz zurück. Daniele spürte, daß etwas geschehen war, das über den Familienstreit um Fra Federigo und Roberto hinausging. Anfangs glaubte er den Grund für ihre Niedergeschlagenheit zu kennen, da Roberto nach ihrer Rückkehr von den della Montagna noch tagelang verstört war. In dieser Zeit war sie verständlicherweise in Sorge um ihn. Aber ihre Stimmung dauerte an. Aus den Tagen wurde eine Woche, aus der Woche ein Monat. Daniele, Benito und selbst Roberto hatten sich über ihre Gereiztheit, ihre Anfälle tiefster Melancholie gewundert, sich um sie bemüht. Daniele hatte sie schon zweimal gefragt, was denn geschehen sei. Ihre ausweichenden Antworten hatten ihn zwar verblüfft und gekränkt, doch er hatte sie akzeptiert. Veronica war ihm dankbar, daß er nicht weiter in sie drang. Sie schämte sich ihrer Verstellung, da sie Daniele sogar hinsichtlich der Verletzungen belog, die Luigi ihr zugefügt hatte. Sie behauptete, der arme Roberto habe sie versehentlich geschlagen, als er mit den Wachen kämpfte.

Ein Besuch bei Mamma Lucia stand noch immer aus. Sie wußte, daß ihre Urgroßmutter sich nicht mit behutsamen Fragen begnügen, sondern sie offen auffordern würde, ihr Herz auszuschütten. Und wenn Veronica sich weigerte, würde das *tarocco* an ihrer Stelle sprechen. Das umgedrehte As der Schwerter, dachte sie bitter, und auch die Zehn. Ich bin das Opfer einer Gewalttat geworden, habe mich jedoch für das Martyrium entschieden. Veronica sehnte sich danach, ihre Last abzuwerfen, Erlösung von der Wut zu finden, der quälenden Angst, die Luigi ihr eingeflößt hatte. Wie war überzeugt, daß er seine Drohung wahrmachen würde, wenn sie ihn bloßstellte. Das beste für alle Beteiligten schien tatsächlich Stillschweigen zu sein, daher verbiß sie es sich, bei anderen Trost zu suchen. Hinzu kam, daß sie sich schuldig fühlte. Sie kränkte die Menschen, die sie liebten, indem sie sich ihnen nicht anvertraute.

Ihr Vetter sah ein, daß sie nichts preisgeben würde, und

wandte sich wieder seinem Gemälde zu. »Federigo sollte ich unter diese Mönche einreihen. Da wäre er viel glücklicher. Ich stelle ihn in die Mitte, er soll das Kreuz tragen.« Daniele arbeitete gerade an einigen Figuren im Hintergrund der Geburtsszene, einer Gruppe von drei demütigen Mönchen, die von den neuen Engeln mit den herrlichen bunten Flügeln umrahmt wurden. Einer der Mönche hielt ein großes Kreuz quer über das Bild. Das Modell des Kreuzes stand an einen Bücherstapel gelehnt auf einem kleinen Tisch, in dem Winkel, in dem es in das Bild eingefügt werden sollte.

»Da, siehst du! Unmöglich! Die Wirkung der Engel hat sich verändert, daher muß die Figur in der Mitte auf den Knien liegen, und ich muß auch den Winkel des Kreuzes ändern.« Daniele wies auf den schwankenden Bücherstapel. »Cecco … du kennst doch meinen kleinen Cecco, der für die Engel Modell gestanden hat?« Daniele errötete.

»Ja«, erwiderte Veronica belustigt. Sie wußte alles über Danieles engelhaften kleinen Cecco. Der junge Mann war ausgesprochen hübsch, hatte dunkle lange Locken und einen spitzbübischen Charakter. Daniele war sehr angetan von ihm.

Als sie lächelte, vertiefte sich Danieles Röte noch, doch er küßte genießerisch seine Fingerspitzen.

»Er hat mir ausrichten lassen, daß er heute nicht posieren kann. Seine Mutter ist krank, und er muß Besorgungen für sie machen.«

»Ceccos Mutter ist in letzter Zeit aber häufig krank.« Veronica zog mitfühlend die Brauen hoch, doch ihr Vetter zuckte nur mit den Schultern und seufzte. Ceccos Mutter war eine glühende Anhängerin Savonarolas und mißbilligte die Beziehung ihres Sohnes zu Daniele aufs schärfste. Sie gab sich jede erdenkliche Mühe, ihn von dem Maler fernzuhalten, ohne ihn offen mit seinem sündigen Verhalten zu konfrontieren. Veronica bezweifelte, daß Ceccos Zuneigung der Sittenstrenge seiner Familie standhalten würde.

»Falls er morgen noch kommt, lohnt es sich nicht, ein anderes Modell zu suchen.« Daniele schob aufgeregt sein krauses kastanienbraunes Haar hinter die Ohren. »Es ist schrecklich, dieser Teil muß bald fertig sein. Die Diagonale des Kreuzes über der Gruppe ist wichtig, und auch die Hände des Mönchs, die die Aufmerksamkeit des Betrachters wieder aufs Bild lenken. Cecco hat wunderschöne Hände.«
Sie spürte die Bitte hinter seinen Worten. Die Arbeit würde sie von ihren Sorgen ablenken und Daniele von seinem abwesenden Freund »Ich kann das Kreuz für dich halten, Daniele.«
»Es ist aber eine langweilige Pose, Veronica«, wandte er zögernd ein.
»Ich habe nichts anderes zu tun. Benito geht mit Roberto, Bombol und dem neuen Kätzchen am Arno spazieren.«
»Deine Arme werden ermüden.«
»Du vergißt, daß ich eine gute Reiterin bin, Vetter. Meine Arme sind kräftig, und wenn ich das Kreuz halten muß, werde ich wenigstens stillhalten.« Sie betrachtete die flüchtige Skizze der Gruppe und fügte spontan hinzu: »Laß mich das Habit anziehen, Daniele.«
Sie lächelte ihn an. Die Idee sagte ihr aus schierem Mutwillen zu. Veronica hatte Kostümbälle und den *carnevale* schon immer geliebt. Sie trug oft ein Kostüm, wenn sie Modell stand. Die Mönchskutte in ihrer religiösen Strenge war allerdings ziemlich gewagt. Daniele erwiderte ihr Lächeln. Der harmlose Regelverstoß bereitete ihnen beiden Vergnügen, sie kamen sich vor wie zwei Verschwörer, die einen Streich ausheckten.
»Eure Sandalen, Bruder«, sagte er und hob sie vom Boden auf. »Die Kutte steckt in dem roten Koffer.«
Sie nahm die Sandalen, die Kutte fand sie unter einem bestickten Umhang. In einer Ecke des Koffers entdeckte sie eine Perücke und zwei falsche Bärte, der eine ein üppiger Wust grauer Locken, eines Propheten würdig, der andere klein, dunkelbraun und gepflegt. »Den hier nehme ich auch«, sagte sie und hielt den zweiten Bart in die Höhe.

»*Perfetto*«, schwärmte Daniele. »Ich bin gespannt auf Eure Verwandlung.«
Veronica raffte ihr Kostüm an sich und verließ das Atelier. Sie ging über den von Weinranken überwucherten Balkon, der sich an dem U-förmigen oberen Stockwerk des Hauses entlangzog, zu dem kleinen Umkleideraum, den Daniele für seine Modelle eingerichtet hatte. Es war ein schlichtes Zimmer, nur mit einer Spanischen Wand, Stuhl, Schreibtisch und einem kleinen Wandspiegel ausgestattet. Veronica zog ihr Kleid aus, legte es über den Schirm und betrachtete die Kutte. Plötzlich stand ihr ein lebhaftes Bild vor Augen. Sie sah sich in der Mönchskutte auf der Flucht aus Florenz, getrieben von Angst vor Luigi, ihrem Verfolger. Sie mußte sich gegen die Wand lehnen, ihr war plötzlich übel, und sie spürte, daß hinter ihrem spontanen Entschluß, die Kutte anzuziehen, mehr steckte als reine Spielerei oder der Wunsch, sich von ihrem Kummer abzulenken. In den letzten Wochen war die Furcht ihre ständige Begleiterin gewesen, hatte sie mit endlosen Fragen gequält. Wenn Luigi entschlossen war, ihr Gewalt anzutun, würde sie ihn aufhalten können? Und wenn er es sich anders überlegte und sie denunzierte? Wenn er ihren Körper als Preis für Mamma Lucias Freiheit verlangte? Wenn …?
»Genug«, flüsterte sie entschlossen. Sie würde sich nicht darauf einlassen, das stand fest. Seine Drohung mochte ihr Schweigen erkaufen, nicht jedoch ihre völlige Unterwerfung. Luigis Macht war begrenzt. Nur die Angst vor Bloßstellung würde ihn das Risiko eines öffentlichen Skandals, in den seine Familie verwickelt war, eingehen lassen. Mit ihr zu schlafen lohnte dieses Risiko nicht. Ihre Ängste waren übertrieben. Luigi würde sie nicht noch einmal bedrängen; er fand sie nicht wirklich begehrenswert. Sie würde nie wieder allein mit ihm sein – und falls doch, würde sie sich zu schützen wissen. Da sie ihn einmal in die Flucht geschlagen hatte, würde es ihr auch ein zweites Mal gelingen. Dieses Mal würde sie ihn töten, wenn es nötig war. Manchmal wünschte sie

sich geradezu, noch einmal mit dem Schürhaken vor ihm zu stehen.
Veronica fröstelte, bestürzt über die extremen Gefühle, die der Gedanke an Luigis Überfall in ihr wachrief. Sie war hin- und hergerissen zwischen ohnmächtiger Angst und unterdrückter Wut, Fluchtphantasien wechselten mit Rachephantasien, in denen sie Luigi schlug oder seine Gewalttätigkeit öffentlich anprangerte und er vor den Augen von ganz Florenz gedemütigt wurde. Aber sie hatte das Schweigen gewählt und mußte das Beste aus ihrer Wahl machen. Sie würde nur etwas gegen ihn unternehmen, wenn er sich ihr noch einmal näherte, und das wollte sie um jeden Preis vermeiden.
Rasch streifte Veronica die Kutte über ihr Hemd, band den groben Hanfgürtel um ihre Taille und lockerte das Oberteil, um ihre Brüste zu verbergen. Da ihr aufgestecktes Haar unter der Kapuze sie verraten hätte, löste sie es und band es statt dessen im Nacken zusammen. Dann legte sie vor dem kleinen Spiegel den falschen Bart an. Er paßte recht gut, obwohl er einer genaueren Überprüfung natürlich nicht standhielt. Zumindest nicht ohne Leim, um zu verhindern, daß er verrutschte. Aber er verwandelte ihr Gesicht, betonte seine Ecken und Kanten, verbarg ihre weichen Lippen. Ihre Brauen waren von Natur aus buschig, und viele Männer hatten ebenso große Augen wie sie. Sehr gut, ihre Fluchtphantasie erwies sich als durchaus realistisch. Wenn die Lage sich zuspitzte, konnte sie Florenz in dieser Verkleidung verlassen. Doch trotz all dieser Vorteile war ein Mönchshabit keine sehr kluge Wahl. Mönche trugen keinen Bart, hatten ihr Haar zu einer Tonsur geschoren – und außerdem kannte Veronica die religiösen Rituale nicht, konnte und wollte sie nicht einmal zum Schein vollziehen. Vielleicht war ein falscher Bart, aber kombiniert mit Männerkleidern und einem Kapuzenumhang, die bessere Tarnung, um unerkannt zu fliehen.
Zufrieden mit ihrer Verwandlung, kehrte Veronica ins Atelier zurück und nahm die fromme Haltung eines

Mönchs auf dem Weg zum Gottesdienst ein. »Gott segne dich, mein Sohn«, deklamierte sie.
Daniele verschränkte die Arme vor der Brust und musterte sie gespielt anzüglich. »Welch ein hübscher kleiner Mönch!«
Sie lachte und war froh, daß sie über seine Scherze noch lachen konnte. Von Daniele hatte sie nichts zu befürchten. Nicht einmal diese Maskerade konnte ihn von seiner wahren Neigung abbringen. Nur die Tugend des engelhaften Cecco war in Gefahr, und der wünschte es so. Außerdem war ihr Vetter ein gutherziger Mensch, der sich niemals einem Menschen aufdrängen würde. Seine Neckerei belustigte sie, wärmte ihr Herz, und sie empfand keinen Widerwillen gegen seinen männlichen Körper. Sie war froh, daß der Ekel, die Übelkeit, die sich bei dem Gedanken an Luigi einstellte, die Furcht, die jetzt in ihr aufstieg, wenn irgendein Fremder ihr in den Straßen von Florenz zu nahe kam, ihr Vertrauen in diesen sanftmütigen Mann nicht zu mindern vermochte.
Daniele hatte bereits seine Palette vorbereitet. Sie räumten gemeinsam den Tisch weg, und Veronica kniete nieder. Sie nahm das Kreuz und hielt es vor ihre Brust, wie Daniele es ihr zeigte. Bevor er jedoch zum Pinsel greifen konnte, klopfte es an der Tür, und ein Dienter trat ein. »Herr, die Dame Bianca und ein Herr, Signore Antonio di Fabiani, warten unten«, verkündete er, dann senkte er nach einem Blick auf Danieles Gesicht die Stimme und flüsterte: »Sie sagt, sie hätte Euch geschrieben, um ihr Kommen anzukündigen.«
»Bianca!« Daniele eilte zu einem Schreibtisch im rückwärtigen Teil des Raums, auf dem sich Briefe stapelten. Oft vergaß er, seine Briefe zu öffnen, wenn er in die Arbeit an einem Gemälde vertieft war. Er griff nach einem zusammengefalteten Bogen aus lila Papier, erbrach das Siegel und überflog den Brief, fuhr sich mit den Fingern durchs Haar. Dann wandte er sich wieder dem Diener zu. »Ja, sie hat mir geschrieben. Führe sie herein, dann bring etwas Wein, den römischen Rotwein, und den besten

Weißen, den wir haben. Nimm die Silberkelche.« Sein Blick fiel auf Veronica, die unverändert vor dem Gemälde kniete. Er bedeutete ihr aufgeregt, sie solle sich in das kleine Umkleidezimmer zurückziehen. Dann glättete er sein zerrauftes Haar und ging seinen Gästen entgegen.

Veronica verharrte trotzig, aber auch belustigt an ihrem Platz. Sie konnte sich demaskieren, die Kapuze zurückschlagen, den kleinen Bart abnehmen und sich als die präsentieren, die sie war. Doch derlei Maskeraden ziemten sich nicht für die Dame des Hauses, und um so verlockender war es, damit fortzufahren. Sie war sehr neugierig auf Bianca, da sie wußte, daß Daniele die berühmte Schöne porträtieren wollte. Doch hatte Veronica sie nie gesehen, weder anläßlich ihrer früheren Besuche bei Daniele noch in den Straßen von Florenz. Letzteres war die wahrscheinlichere Möglichkeit gewesen, da sich Daniele bei dem Ansinnen, sie einer berüchtigten Kurtisane vorzustellen, plötzlich sehr sittenstreng gebärdet hatte. Jetzt war sie hier, und Veronica hatte die feste Absicht, sie unerkannt zu beobachten.

Die Tür ging auf, und die Frau, die eintrat, war tatsächlich wunderschön, atemberaubend schön; ihre Gesichtszüge waren vollendet, sie strahlte den hellen Glanz einer mythischen Schnee- oder Eiskönigin aus. Ihr weißblondes Haar schmückten Juwelen, und die makellose Haut hob sich schimmernd wie Alabaster gegen die violette Seide ihres Gewandes ab, das fast bis zu den Brustspitzen ausgeschnitten war.

»Venus, die Göttin der Liebe!« rief Daniele, nahm Biancas Hand und führte sie ins Zimmer. »Venus … und Mars«, fügte er hinzu und wandte sich dem Mann zu, der ihnen folgte. Veronica, die sich auf Bianca konzentrierte, nahm nur flüchtig sein schwarzes Haar und seine schwarzen Kleider, eine schwungvolle Verbeugung, eine anmutige Handbewegung wahr.

»Mars – der Gott des Krieges«, sagte der Mann, als er sich aufrichtete.

Die Stimme erkannte sie als erstes wieder. Sie floß durch

ihre Adern, ließ ihre Nerven vibrieren, flüsterte pochend seinen Namen in ihrem Herzen. Die Stimme klang flüssig wie Wein, weich und dicht wie Zobel, aber auch gebrochen von einer Härte, die, so spürte sie, den Klang von Schwerterklirren annehmen konnte, das Reiben von Metall auf Metall.
Innerhalb eines Augenblicks vollzog sich eine märchenhafte Alchimie der Welt, alltägliche Dinge verwandelten sich in reines Gold. Die Vergangenheit verblaßte zu einem fahlen Schatten gegen das strahlende Licht, das sie in ihrem Inneren und von außen blendete. Veronica konnte kaum mehr atmen. Sie sog nicht gewöhnliche Luft in ihre Lunge, sondern ein klareres, reineres Element, fast unerträglich in seiner Konzentration. Ihr Blick verschwamm, alles war von einer Aura goldenen Lichts umgeben. Zitternd, wie neugeboren, betrachtete Veronica das Wunder vor ihren Augen, betete, daß das Kreuz nicht ihren Händen entgleiten und krachend zu Boden fallen möge.
Daniele musterte den Fremden aufmerksam, ließ seine Phantasien spielen. »Noch besser … Pluto«, sagte er leise. »Pluto und die schöne Persephone.« Er wandte sich lächelnd Veronica zu. Seine Gäste waren verwirrt, da die Bemerkung nicht an sie gerichtet war und angesichts des Gemäldes und des Mönchs unverständlich blieb. Daniele wandte sich mit verlegenem Lächeln wieder seinen Gästen zu. »Verzeiht, in Gedanken male ich immerzu. Ein Dutzend Bilder gleichzeitig.«
»Ich empfände es als große Ehre, eines der Bilder sehen zu dürfen, an denen Ihr gerade arbeitet«, sagte der Mann, und Daniele winkte ihn zu einem Stuhl vor der Staffelei.
Geschützt durch ihre Kapuze, musterte Veronica die anziehende Gestalt des Fremden. Ja, Pluto, der Name des Herrn der Unterwelt, charakterisierte ihn besser als Mars, doch am besten paßte der Name *Prinz der Kelche*. Die faszinierende gemalte Figur auf der Karte war in diesem unbekannten Höfling Fleisch geworden. Er hatte sogar die Pose des Prinzen eingenommen, denn er saß auf dem Stuhl und hielt in der Hand den Weinkelch, den ihm der Diener

gereicht hatte. Das Bild ihrer Phantasie hatte vor ihren Augen erlesene Gestalt angenommen.
Sein üppiges schwarzes Haar, das im Sonnenlicht schimmerte wie der Flügel eines Raben, betonte die Helligkeit seiner leicht rauhen Haut. Die dunklen, grüblerischen Augen lagen tief unter gewölbten Brauen, gesäumt von ebenmäßigen Wimpern, spitzen kleinen Dolchen. Die Strenge seiner geschwungenen Oberlippe wurde durch die Sinnlichkeit der vollen Unterlippe gemildert. Um seinen Mund spielte ein feines Lächeln, belustigt und spöttisch zugleich. Ein Gesicht, das alles in sich vereinte: Kraft und Gefühl, Grausamkeit und Zärtlichkeit. Als er sich abwandte, um die Kurtisane zu betrachten, konnte sie seine ausgeprägten Wangenknochen und die hochmütig gebogene Nase, sein klassisches Profil bewundern. Er lächelte mit einer Spur Bosheit, trug eine teils echte, teils gespielte raffinierte Dekadenz zur Schau.
»Auf Venus«, sagte er und hob den Kelch. Die Hände waren sehnig und männlich, und doch war jede seiner Gesten die Eleganz selbst.
»Ich ziehe Venus Persephone vor«, erwiderte Bianca leichthin und hob ebenfalls ihren Kelch. »Der Reiz der Unschuld ist so flüchtig, meint Ihr nicht auch, Antonio?«
»Verglichen mit den himmlischen Freuden, die eine kenntnisreiche Venus gewährt, in der Tat.«
»Antonio«, flüsterte Veronica und erinnerte sich an die Worte des Dieners. »Antonio di Fabiani.«
Er erhob sich und ging zu Danieles Gemälde hinüber, warf einen Blick auf Veronica und verglich ihre Pose mit der umrißhaften Gestalt auf der Leinwand. Sie studierte ihn, während er das Bild studierte. Seine Kleider waren modisch, eine schmeichelnde Kombination aus Schwarz und Silber. Zu den schwarzen Seidenstrumpfhosen an seinen schlanken, muskulösen Beinen trug er ein Wams aus schimmerndem schwarzem Samt und gestepptem Satin, von silberner Stickerei eingefaßt. Die Ärmel waren mit silbernem Tuch ausgelassen, die Schultern mit weißen und schwarzen Perlen und winzigen, glitzernden Dia-

manten geschmückt. An seiner Seite hing das *estoc*, das Kurzschwert, und ein Dolch, beide versilbert. Die Waffen vervollkommneten dieses wandelnde Abbild des italienischen Edelmanns, eine in reiche Stoffe gehüllte und mit geschliffenen Umgangsformen versehene tödliche Bedrohung, jederzeit bereit, eine Herausforderung anzunehmen. Nein, dieser Mann konnte warten. Da war Feuer, aber es brannte verborgen unter einer Eisdecke.

Sie starrte ihn hilflos an. Als spürte er ihren Blick, wandte Antonio sich ihr zu und musterte sie. Sie wich seinem Blick aus, schlug die Augen nieder. Nur ihre Großmutter hatte sie zuvor mit diesem Blick angesehen, der ihr jede Maske vom Gesicht riß. Sie hatte das unbestimmte Gefühl, daß er sie erkannte. Aber war es nicht unmöglich, da sie sich hinter einem falschen Bart und Mönchskleidern verbarg? Phantasierte sie, wenn sie ihm Vorahnungen unterstellte? Aber schließlich war er ihr *Prinz der Kelche*. Er war ihr versprochen, und endlich war er gekommen. Wie konnte er sie nicht erkennen, wenn sie ihn erkannte? Ihr Herz schlug heftig, und das Kreuz in ihren Händen schwankte.

»Ich glaube, Euer Modell ist ermattet«, sagte Antonio, und eine Spur von Sorge klang aus seiner tiefen Stimme.

Verstohlen blickte Veronica auf, doch seine Augen waren wieder verschleiert, seine Haltung zeugte von Langeweile. Er verbirgt sein Mitgefühl, dachte sie. Es muß ihn tief berühren, ihm Schmerz bereiten.

Daniele eilte zu ihr und nahm ihr das Kreuz ab. »Verono«, sagte er mahnend. »Hast du gestern nacht nicht geschlafen?«

Sie warf ihm einen Blick zu, in dem sich die verschiedensten Gefühle spiegelten: Verzweiflung, Sorge, vor allem aber Ärger und Schadenfreude.

»Nein, *maestro*«, murmelte sie heiser. Sie wollte fliehen, aber mehr noch wollte sie bleiben.

»Es ist meine Schuld, mein Engel. Ich halte dich zu sehr in Atem, bürde dir zuviel Arbeit auf.« Ihr Vetter setzte die Maskerade fort, nahm aber auch ein wenig Rache für ihren Ungehorsam.

Veronica lief dunkelrot an. Sie würden glauben, daß Daniele auf die Dienste anspielte, die der kleine Cecco ihm neben dem Modellstehen leistete. »Nein, *maestro*«, krächzte sie.
»Nein, natürlich nicht. Es ist ein Liebesdienst, oder? Nun, heute brauche ich dich nicht mehr. Wechsle deine Kleider und ruh dich aus. Du kannst morgen wiederkommen.«
»Aber ...«
»Ich bestehe darauf.«
»Ja, *maestro*«, erwiderte sie, da sie sich Danieles Befehl schlecht widersetzen konnte.
Ihre Beine trugen sie kaum, als sie über den Balkon ins Umkleidezimmer hastete. Dort ließ sie sich auf einen Stuhl sinken und wartete, bis sie nicht mehr zitterte. Dann öffnete sie schamerfüllt, aber unfähig, sich zu beherrschen, die Tür, um unbemerkt zurückzuschleichen und das Gespräch zu belauschen. Doch Daniele und seine Gäste hatten das Atelier bereits verlassen, ihr Vetter führte die beiden über den Balkon und die breite Freitreppe in seinen prächtigen Garten. Veronica verbarg sich rasch hinter einer weinbelaubten Säule.
»Bitte seht Euch meinen Garten an, während ich für Erfrischungen sorge«, forderte Daniele sie höflich auf. »Meine Köchin ist eine säuerliche Alte, aber ihr Gebäck ist köstlich. Ihr müßt einige ihrer Spezialitäten kosten.«
»Sehr aufmerksam von Euch«, sagte Antonio.
»Schon bei dem Gedanken läuft mir das Wasser im Munde zusammen«, verkündete Bianca und stieg die Stufen hinab.
»Nachdem wir die Erfrischungen zu uns genommen haben, zeige ich Euch meine berühmte Mappe. Könnt Ihr Euch vorstellen, Bianca, daß Botticelli mich bestürmt, sie in Savonarolas Feuer der Eitelkeiten zu verbrennen? Ich soll all diese herrlichen Zeichnungen den Flammen überantworten!«
»Das verstehe ich nicht«, meinte Antonio, der am Fuß der Treppe stand. »Ich habe Botticellis Arbeiten gesehen, und ich halte sie für sehr erotisch – fein, zartfühlend, aber den-

noch erotisch. Ich kann mir nicht denken, wie ein Mann, der mit solch erlesener Sinnlichkeit malt, dieses Ansinnen an Euch stellen, ein Künstler vom anderen Künstler so etwas verlangen kann.«
»Es ist dumm, den *carnevale* in eine öde religiöse Prozession zu verwandeln. Das Volk muß sich doch in einer ausgelassenen Orgie austoben können, um die Entbehrungen der Fastenzeit zu überstehen«, sagte Bianca unwillig.
Veronica begriff, daß sie gekommen waren, um sich mit der erotischen Mappe zu vergnügen. Sie selbst hatte nur einen Blick hineingeworfen. Daniele hielt sie in seinem Schreibtisch verschlossen, eine weitere seiner gelegentlichen Anwandlungen von Anstand. Entschlossen, ihre Neugierde zu stillen, hatte sie ihm schließlich den Schlüssel entwendet. Alle Skizzen waren meisterhaft ausgeführt, einige sehr hübsch und zartfühlend, andere so grob und eindeutig, daß sie in Verlegenheit geriet. Sie errötete bei der Vorstellung, wie Antonio sich gemeinsam mit Bianca die Mappe ansehen würde. Der Höfling würde nicht in Verlegenheit geraten. Jede Zeichnung würde ihm wie eine Aufforderung dargeboten werden.
»Es wird eine Weile dauern, bis ich unser kleines Festmahl arrangiert habe. Ich lasse Euch hier im Garten zurück. Meine Kamelien beginnen allmählich zu blühen, seht, welch anziehendes Rosarot. Bitte fühlt Euch wie zu Hause.« Daniele eilte ins Haus.
Um die zu dieser Jahreszeit ungewöhnliche Wärme zu nutzen, schlenderten die beiden, Höfling und Kurtisane, zwischen Sträuchern und blühenden Blumen dahin, hielten an dem kleinen Brunnen mit der Statue eines Fauns inne. Daniele hatte den großen Garten klug angelegt, er entfaltete in jeder Jahreszeit seinen Reiz. Teile des Gartens waren in romantischer Absicht bewußt den Blicken verborgen. Lächelnd führte Antonio Bianca in eine dieser intimen Nischen. Dort waren sie den Blicken Danieles und der Diener entzogen, nicht jedoch Veronicas, die sie von ihrem Versteck aus ungehindert beobachten konnte.
Als sie erkannte, was geschehen würde, wollte Veronica

sich abwenden, doch schon trat Antonio hinter Bianca und liebkoste ihren Hals. Diese Bewegung ließ sie ebenso innehalten sie die Kurtisane. Die hauchzarte Berührung seiner Fingerspitzen bannte sie. Die Frau existierte für sie kaum mehr. Ihre eigene Haut brannte, als seine Finger der Linie ihrer Schultern folgten, dann am Schlüsselbein entlang zur Biegung ihres Halses wanderten. Seine Hand glitt tiefer, zeichnete die Linie ihres Dekolletés nach. Veronica keuchte, spürte, wie ihre Brustspitzen sich aufrichteten, als Antonios Finger sich in das enge Mieder schoben. Mit dem freien Arm umfing er die Taille der Kurtisane, seine Hand umfaßte ihre Brüste.

Bianca lachte, ein leises, kehliges Lachen voller Verheißung. Dieses Lachen brach den Bann, der Veronica gefangenhielt. Mit wenigen geschickten Bewegungen öffnete Bianca die juwelenbesetzten Haken. Das Mieder sprang auf und entblößte ihre Brüste. Das raffinierte Kleid einer Hure, eigens zu solch leichter Handhabung entworfen. Jetzt spürte Veronica deutlich ihre Anwesenheit, hörte ihr dreistes Lachen, sah ihre großen, runden Brustspitzen, die sich von der hellen Haut ihrer Brüste abhoben. Gewiß waren sie mit Rouge geschminkt! Scham und Eifersucht wallten in ihr auf, vermischt mit einer überwältigenden Erregung. Die Intensität dieser Gefühle ängstigte sie. Sie wollte in das kleine Umkleidezimmer flüchten und sich verbergen, doch sie wollte auch den Kampf gegen diese hellhaarige Hexe aufnehmen, die es wagte, die Liebkosungen zu empfangen, die für ihren Körper bestimmt waren. In ihrer Verwirrung mußte sie achtlos gewesen sein, denn plötzlich hob Bianca den Kopf und entdeckte sie. Die Kurtisane dachte nicht daran, sich zu verhüllen, sondern lachte nur, blickte Veronica aufreizend in die Augen. Sie bog den Rücken, preßte ihre Brüste in Antonios Hände, dann warf sie den Kopf zurück und flüsterte ihm etwas zu.

Auch Antonio hob den Kopf, und einen unerträglichen Moment lang trafen sich ihre Blicke, bis Veronica sich umdrehte und vor seinen dunklen, blitzenden Augen in das

Umkleidezimmer floh. Ohne Biancas amüsierten Protest zu beachten, löste Antonio sich von ihr und überquerte hastig den Hof. Statt den Weg über den Balkon zu nehmen, erklomm er zielstrebig die stabile Säule. Gerade fiel die Tür, hinter der der Junge verschwunden war, ins Schloß. Antonio stemmte sich dagegen, verschaffte sich trotz der matten Gegenwehr Zutritt. Sobald er im Zimmer stand, verriegelte er die Tür, lehnte sich lässig gegen den Türrahmen und musterte den Jüngling, der sich verlegen in sein Kapuzenhabit zurückzog wie eine Schildkröte in ihren Panzer.
Antonio lächelte. Für Bianca hatte die Vorstellung, von einem lüsternen Mönch beim Liebesspiel beobachtet zu werden, zweifellos ihren Reiz, gleichgültig, ob es nur ein falscher Mönch war. Vermutlich würde sie eine pikante kleine Geschichte daraus spinnen, Namen und Schauplatz austauschen – und natürlich den Schluß. Ihr Talent für diese Art der Unterhaltung hatte sie bereits unter Beweis gestellt. Dennoch wollte er den Burschen daran hindern, die Geschichte seinerseits zu verbreiten. Der Gedanke, Gegenstand des neuesten saftigen Klatschs auf der Piazza zu sein, mißfiel ihm, mehr um seiner Familie als um seinetwillen.
»Zweifellos hast du die hübsche Aussicht vom Balkon genossen, mein Junge, ein schöner Anblick, um die sinnliche Glut anzufachen, wenn man jung ist. Aber ich möchte eines klarstellen, ganz unter uns. Das, was du gesehen hast, wird eine Phantasie bleiben und nicht zu einer Geschichte werden, die du überall feilbieten kannst.«
Der falsche Mönch zog sich noch tiefer in die Falten seines Habits zurück. Nur sein Bart war noch sichtbar. Ein unverständliches Murmeln drang aus der Kapuze.
»Was sagtest du, Junge?«
»Ja, Herr«, sagte Veronica krächzend.
Antonio trat vor, um seinen Worten Nachdruck zu verleihen. »Es ist niemandem etwas geschehen – und es wird auch niemandem etwas geschehen, wenn du Stillschweigen bewahrst. Aber eines verspreche ich dir. Sollte mir zu

Ohren kommen, daß du geplaudert hast, werde ich dir jedes Vergnügen an deiner Klatschgeschichte mit kräftigen Prügeln austreiben. Hast du mich verstanden?« fragte er drohend und packte den Jüngling bei den Schultern, um ihn kräftig zu schütteln.
Bei dieser wenn auch unsanften Berührung durchfuhr es Veronica heiß und kalt, und sie holte scharf Luft. Er ließ sie jäh los, stieß sie gegen die Wand, dann trat er zurück. Veronica hob den Kopf, fing Antonios Blick auf. Wilde Freude erfüllte sie. Er hatte sie auch gespürt, diese geheimnisvolle Anziehung zwischen ihnen. Es war nicht nur eine köstliche Phantasie, ein Traum. Wie der Jüngling, für den er sie hielt, von Bianca geträumt hätte. Der Zauber, der sie umfangen hielt, wirkte auch in ihm. Zwischen ihnen bestand eine Verbindung, lebendiger, als sie zu hoffen gewagt hatte, und keine Verkleidung konnte das verbergen. Um ein Haar hätte sie laut aufgelacht. Trunken vor Freude, las sie Erstaunen in seinem Gesicht, sah, wie er mit Verlangen und Ärger rang, sah ihn kämpfen, um all diese Gefühle hinter der kühlen Fassade des Höflings zu verbergen. Er hielt sie nach wie vor für einen Jungen, und seine Reaktion verwirrte ihn. Vielleicht war er sogar zornig, jedoch zu ehrlich, um ihr die Schuld zu geben.
Verblüfft starrte Antonio in die von innerem Feuer strahlenden grauen Augen. Der kleine Mönch wollte ihn, nicht die schöne Bianca! Seine eigene Reaktion brachte ihn völlig aus der Fassung. Sein Körper glühte von der flüchtigen Berührung, der Flamme, die plötzlich zwischen ihnen aufgelodert war. Sein Blick glitt über die schlanke Gestalt in der Kutte, dann zurück zu dem Gesicht. Plötzlich begriff er. Antonio lachte. Seine Erleichterung vertrieb die Beunruhigung über seine erste Reaktion. Er riß den falschen Bart herunter und warf ihn zu Boden. Dann schob er die Kapuze zurück und löste das Band, das ihren Haarwust bändigte, breitete das Haar über ihre Schultern. Es war wunderschön, üppig, von der Farbe eines schwelenden Feuers. Auch ihr Gesicht

war ungewöhnlich, die großen grauen Augen und dunklen Brauen, die schrägen Wangenknochen, der große, bewegliche Mund. Hübsch … und eindeutig weiblich.

»Du bist nicht ganz, was du scheinst«, sagte er, noch immer lächelnd. »Aber in dieser neuen Verkleidung gefällst du mir weit besser, trotz der Kohleflecken.« Er strich über ihre glatte Wange.

Veronica ließ ihn gewähren. Nein, sie ließ ihn nicht nur gewähren. Ihre Augen schlossen sich, und sie schmiegte ihre Wange in seine Hand. Eben noch hatte er sie für einen Jungen, vermutlich Danieles Gespielen gehalten. Jetzt hatte er zwar ihr wahres Geschlecht enthüllt, doch an ihrem Stand hatte sich nichts geändert. Ein kleines Modell, fasziniert von dem vornehmen Edelmann. Er war offenbar an derlei Bewunderung gewöhnt und dachte sich nichts dabei.

Antonio wußte nicht, welche Macht ihn dazu trieb, sie zu berühren. Er fühlte sich zu ihr hingezogen wie zu einem scheuen, wilden Geschöpf des Waldes, dem er Zutrauen einflößen, das er beruhigen, zähmen wollte. Sie wirkte immer noch verängstigt, glühte vor Verlegenheit und Verlangen, ganz und gar unwiderstehlich. Seltsam, seine Hand zitterte, als er ihr den reizenden Fleck von der Wange wischte.

Das Kostüm war absurd. Antonio löste das Band, das es am Hals verschlossen hielt. Das lose Gewand glitt von ihren Schultern und fiel zu Boden. Sie trug ein fein gewirktes Hemd, schieres Leinen, von Satinbändern und hauchzarter Spitze gesäumt. Ein Geschenk Danieles oder eines anderen Gönners? Trotz des keuschen Schnitts war der Stoff verlockend durchsichtig, ließ die runden Wölbungen ihrer Brüste und die rosigen Spitzen sehen, die langen, schlanken Beine, das dunkle Dreieck zwischen ihren Schenkeln. Das gelockte Haar war von einem noch tieferen Rot. Er betrachtete all diese umschleierte Schönheit, dann griff er nach den Spitzenträgern und streifte das Hemd von ihren Schultern. Ihr Körper hatte nicht die klassischen Proportionen des geltenden Schönheitsideals,

sie war auch nicht üppig, und doch fand er Gefallen an ihrer biegsamen Gestalt, den vornehmen weiblichen, sanft geschwungenen Linien.
Das Mädchen zitterte. Fürchtete sie sich etwa vor ihm? Sie schaute mit ihren großen Augen zu ihm auf, erfüllt von Erwartung und verwirrender Unschuld. Ihre Profession ließ auf viel Erfahrung schließen, aber vielleicht hatte sie noch nie einen so reichen und raffinierten Liebhaber gehabt. Liebhaber! Welcher Gedanke kam ihm da in den Sinn? Er hatte sie nur küssen und dann gehen wollen. Doch jetzt stand sie nackt vor ihm, ihre rosigen Brustspitzen hatten sich zusammengezogen, und von den geheimen, feuchten Winkeln ihres Körpers stieg ein verführerisch herber Duft auf. Er mußte aufhören. Es war eine unmögliche, absurde Situation. Im Garten wartete ungeduldig eine der berühmtesten Kurtisanen Italiens auf ihn, während er sich mit einem kleinen Künstlermodell abgab. Er mußte gehen. Aber vorher würde er sich noch seinen Kuß holen.
»Ein andermal vielleicht, *dolcezza*, jetzt wartet eine andere Dame auf mich.« Er beugte sich vor, um seine Lippen spielte ein bedauerndes Lächeln.
Veronica fröstelte wieder, als Antonio ihr Gesicht mit seinen Händen umschloß. Sie, ihre Leidenschaft für ihn belustigten ihn. Er ließ sich dazu herab, ihr ein Andenken zu hinterlassen, einen Kuß, von dem sie träumen konnte. Sie glaubte vor Scham sterben zu müssen – oder vielleicht auch vor Verlangen, denn sie wollte diesen Kuß so sehr, mehr als er es sich vorstellen konnte. Es schien, als hätte sie ihr Leben lang hier gestanden und auf seinen Kuß gewartet.
Antonio spürte ein seltsames Widerstreben, wachsendes Verlangen. Sein Mund berührte die Lippen des Mädchens. Ihr warmer Atem vermischte sich, eine Verheißung der köstlichen Feuchtigkeit ihres Mundes. Er wußte nicht, wie lange sie so dastanden, einander lautlose Fragen in der Geheimsprache der Sinne stellten. Fragen, die nur größere Nähe beantworten konnte. Er näherte sich ihr wieder, und sie küßten sich, erst sanft, dann mit wachsender Leidenschaft.

Veronica seufzte, als seine Lippen die ihren begierig in Besitz nahmen. Seine Zähne bohrten sich sacht in ihre Unterlippe, seine Zungenspitze liebkoste sie. Zögernd beantwortete sie den feuchten, lockenden Vorstoß mit ihrer Zunge. Er sog sie in seinen Mund und kostete ihre Süße. Dann ließ er zu, daß sie seine Zunge mit ihrem Mund umschloß. Ein berauschendes Delirium ergriff sie, als sie seinen Geschmack süßen Weins genoß. Diesen Durst würde sie niemals stillen können.
Sie schlang die Arme um ihn, und auch er umfing sie, preßte ihren Körper an sich. Sie strebte ihm entgegen, fühlte sich ihm fremd, doch zugleich mit ihm verschmolzen. Er war erregt, sein hartes Gechlecht glühte wie ein Brandeisen an ihrem Fleisch. Veronica bebte vor Verlangen und drückte sich an seinen Unterleib. Er riß sie an sich, rieb sich an ihrem Körper, dann hob er sie hoch. Sie war noch unschuldig, ahnte kaum, was er von ihr wollte, gehorchte jedoch blind seinen Händen, die ihre Hinterbacken umfaßten, ihre Schenkel streichelten und sie noch weiter anhoben. Sie umschlang ihn mit den Armen, den Beinen, krallte sich instinktiv an ihm fest. Seine weichen Kleider liebkosten ihre Brüste und ihren Bauch, doch der reiche Stoff war längst nicht so verlockend wie seine Haut, nach der sie sich sehnte, die sie auf der ihren spüren wollte.
Dann spürte sie inmitten der Hülle aus Seide und Samt sein Fleisch, fremd und unerträglich vertraut, sein Geschlecht, glatt und hart, das sich an ihre warme, feuchte Öffnung drängte. Sich hochschob, in sie eindrang. Sie stöhnte auf, als etwas in ihr riß, doch viel schmerzhafter war die bittersüße Sehnsucht, die sie verzehrte. Auch Antonio stöhnte, als teile er ihre Gefühle, und ihr Körper antwortete auf sein Verlangen, als er tiefer in sie eindrang, wiegte sich mit dem seinen im sanften Rhythmus der berückenden Melodie der Sinne. Gemeinsam tanzten sie einen langsamen, forschenden Tanz, bis er endlich ganz von ihr eingehüllt war.
»Ah … *dolcezza*«, flüsterte er.

Er begann sich heftiger in ihr zu bewegen, und das Feuer, mit dem er sie durchbohrte, vertrieb alle Dunkelheit, die sie umfangen hielt, bis die pulsierende Sonne der Leidenschaft ihr strahlendes Licht ungehindert verströmte. Die Zeit blieb stehen, als sie in das glühende Herz des Lichts vordrangen. Zunächst schien es unmöglich, das gleißende Zentrum zu erreichen, den erlesenen Gipfel zu erklimmen. Doch dann drang Antonio mit einer heftigen Bewegung noch tiefer in sie ein. Explodierendes Licht überflutete sie. Veronica schrie auf, als die Lust sie überwältigte, ein leiser, brüchiger Schrei des Erstaunens, des Wunders. Antonios Schrei war sein tieferes Echo, sein Körper bog sich, er warf wild den Kopf zurück. Sie spürte sein Zucken, seine Wärme in ihrem Inneren, spürte, wie ihr Körper ihn umschloß, als sie beide in Ekstase erbebten.

Später dann sahen sie einander in die Augen, hielten einander immer noch in den Armen. Seine Augen brannten dunkel, fast schwarz, seine Pupillen waren geweitet, als sehe er in sein Schicksal, erfüllt von Staunen und dem Wissen der Vergangenheit. Sie fühlte sich unendlich jung und zugleich alt wie die Zeit. Eine Ewigkeit lang sahen sie einander an, während er noch in ihr war. Die Umarmung einer Frau und eines Mannes, Veronica und Antonio, ein tiefes Erkennen des Fleisches und der Seele.
Dann flackerte etwas in seinem Blick auf, das sie nur als Furcht deuten konnte. Der Blick war schnell wieder verschwunden, aber er nahm alles andere mit sich fort. Antonio verschloß sich bewußt vor ihr. Sie erkannte es in seinen Augen, spürte es so deutlich, als schlage man eine Tür vor ihr zu und verriegle sie. Er verbannte sie aus sich. Sie sah ihn verwundert an, wollte etwas sagen, brachte jedoch kein Wort heraus. Unbeholfen machte er sich plötzlich von ihr los und mied ihren Blick. Sein Geschlecht löste sich von dem ihren, er stellte sie auf den Boden, trat zurück und ordnete geschickt seine Kleider. Als sie allein dastand, fröstelte sie plötzlich, kam sich verloren vor und war traurig. Antonio bückte sich und hob ihr Hemd auf,

hielt es ihr hin, als habe sie ihr Taschentuch fallen lassen. Die Umgangsformen des Höflings hüllten ihn ein wie eine schimmernde Rüstung, machten ihn undurchdringlich. Wogegen verteidigte er sich? Aber sie wußte es – er wehrte sich gegen die Vollkommenheit, die sie geteilt hatten.

Jetzt wirkte er fast gelangweilt, so verschlossen war sein Gesicht, obwohl seine Augen ihr auswichen, nicht in die ihren blicken wollten. »*Dolcezza*«, wiederholte er, und sein spöttischer Ton verdarb den süßen Klang des Kosenamens. »Ich nehme an, Ihr werdet mir meine ... Zudringlichkeit vergeben. Es schien mir, als hätten wir beide es gewollt.«

»Ja«, sagte sie schlicht, und einen Moment lang suchte er ihren Blick, mit dem unverstellten Ausdruck, der ihr Innerstes berührte.

Er runzelte die Stirn und gab einen Laut von sich, den Fetzen eines Wortes, der seine geöffneten Lippen weicher machte, so daß sie sich danach sehnte, ihn wieder zu küssen. Doch er fragte nicht, wer sie war, wie sie hieß. Die gewohnte Maske schob sich wieder über seine Züge. Er trat zurück, griff in seinen Geldbeutel, nahm zwei Golddukaten heraus und legte sie auf den Schreibtisch. »*Grazie, dolcezza*«, sagte er und ging, ließ sie allein zurück.

Veronica holte scharf Luft, als hätte er sie geschlagen. Sie wußte mit jeder Faser ihres Wesens, daß Antonio nicht nur reine Lust empfunden hatte. Und doch hatte er ihr Geld gegeben! Wie konnte er verkennen, daß sie ihm mehr geschenkt hatte als die Dienste einer Hure, zum Preis einer Hure? Und wenn er es wußte, wie konnte er sie derart erniedrigen? Ihre Glückseligkeit wich tiefem Entsetzen, beinahe Verzweiflung. Sie hatte kein einziges Mal an Luigi denken müssen, als Antonio sie berührte. Jetzt kehrte das furchtbare Gefühl gewaltsamer Inbesitznahme in ihren Körper und ihre Seele zurück. Sie fühlte sich gedemütigt und empfand tiefe Scham ob ihrer Hingabe, die bereitwillige Hingabe der Hure, die er in ihr sah. Sie hatte ihm gegeben, was Luigi mit Gewalt sich hatte nehmen wollen, und er hatte versucht, ihr dieses Geschenk abzukaufen. So brutal Luigis Überfall gewesen war, Antonios Entweihung ihrer Gefühle schien unendlich grausamer, der Schmerz reichte tiefer. Niemals hätte Luigi sie so stark verletzen können. Dann überdeckte Wut all die anderen Gefühle, die Antonio in ihr geweckt hatte. Ihm gebührte die Schande, nicht ihr.

Lügner, dachte sie, und Empörung über seinen Verrat wallte in ihr auf. Sie nahm die Münzen und flüsterte das Wort, immer und immer wieder: »Lügner … Lügner … Lügner!«

Erst Stunden später, als sie sicher war, daß Antonio und Bianca das Haus verlassen hatten, wagte Veronica sich in Danieles Atelier, nun wieder in ihren eigenen Kleidern. Sie fand ihn auf dem Fußboden sitzend vor, wo er wie besessen zeichnete. Rings um ihn lagen mehrere flüchtige Kohlezeichnungen ausgebreitet. Zwei stellten Bianca dar, die übrigen Antonio. Einen Augenblick lang befürchtete Veronica, ihr Vetter sei ebenfalls verliebt, doch als er redete, war ihm seine schiere künstlerische Lust anzumerken.

»Sein Gesicht ist herrlich, herrlich! Er muß mir gestatten, sein Porträt zu malen. Schau her … die Gesichtshälften sind nie gleich, in keiner einzigen Skizze. Und wenn man die eine Seite bedeckt, springen die vielfältigen unterschiedlichen Gefühle, die sich in seinen Zügen ausdrücken, noch deutlicher ins Auge. Hier siehst du Wut, Leidenschaft, da Zärtlichkeit, Kummer. Es ist so auffallend, wenn man jede Seite einzeln für sich betrachtet, aber sobald man das ganze Gesicht sieht, verdichtet sich all dies zu zynischer Reserviertheit. Seine Klugheit, sein Witz hauchen ihm soviel Leben ein. Ich muß ihn malen! Er mag meine Arbeit, ich glaube, er würde ein Porträt in Auftrag geben.«

Veronica, deren Gefühlsaufruhr sich noch nicht gelegt hatte, kniete neben ihm nieder. Sie streckte die Hand nach den schroffen Kohleflächen der Wangen aus, der geschwungenen Oberlippe, die dazu aufforderte, von Fingerspitzen, Lippen und Zunge nachgezeichnet zu werden. Schnell wies sie auf die anderen Zeichnungen. »Und Bianca? Ich dachte, du wolltest sie als Venus malen.«

»Ja, sie ist vollendet. Sehr erotisch, aber eiskalt. Ich würde sie als ausgesprochen eitle Venus malen, selbstsüchtig und grausam wie eine Katze. Und er würde einen wunderbaren Mars abgeben, obwohl er niemals mit einer Kurtisane posieren würde. Schade. Der Adel erlegt sich selbst die dümmsten Regeln auf.«

»Mars?« fragte sie, und ihr Mund wurde trocken. »Ich dachte, du ziehst Pluto vor?«

»Ja, Pluto.« Er lächelte sie an. »Mit dir als Persephone. Ich habe schon oft daran gedacht, daß du eine liebliche Persephone abgeben würdest, du hast ihre Sanftmut, die unschuldige Wildheit. Ich würde ihre Entführung malen, den schwarzen Wagen, die zertretenen Blumen. Nein, Persephone als strahlendes Licht in der Finsternis des Hades. Ach! Führe mich nicht in Versuchung, mein Kopf ist voll von Bildern, mehr, als ich in meinem ganzen Leben malen kann!«

Er sprang auf und ging zum Tisch, um sich und ihr Wein einzuschenken. Veronica nippte an ihrem Kelch, um ihre Kehle zu befeuchten. »Danke.«

»Jetzt hast du Bianca endlich gesehen. Hoffentlich hat es dir Freude gemacht, sie in deinem Kostüm an der Nase herumzuführen.« Daniele drohte ihr scherzhaft. »Ich bin froh, daß sie gekommen sind – es war ein sehr amüsanter Nachmittag. Doch jetzt muß ich meine Briefe öffnen, wer weiß, welche Überraschungen noch auf mich warten.«

Daniele ging wieder zum Tisch und nahm sich die Post von drei Tagen vor, die dort verstreut lag. »Eine Lieferung Lapislazuli-Farbe. Der Preis ist empörend, aber das Blau leuchtet wie kein anderes. Vellum. Goldblatt. Bah, Rechnungen sind so langweilig. Ah, mein neues Wams aus grünem Satindamast liegt bereit. Kann ich es mir denn überhaupt leisten?«

»Ja, aber keine passenden Strumpfhosen vor dem nächsten Monat. Zieh deine schwarzen Strumpfhosen dazu

an.« Sie brachte ein Lächeln zustande und streckte die Hand nach der Rechnung aus.
Daniele reichte ihr den Gegenstand seines Unwillens und fuhr fort: »Ein Auftrag, sechs Stühle zu entwerfen und zu bemalen? Nein. Sicherlich, jeder Gegenstand sollte schön sein, aber Stühle sind für mich keine Herausforderung. Ich werde eine hübsche Bank mit einer Lehne aus feinem weißen Pappelholz vorschlagen – oder eine *cassone*, eine Mitgifttruhe. Viel besser noch – hier ist ein Brief von den Aristi, sie bitten um zwei weitere Familienporträts. Sie sind Geizkragen, aber so kann ich mir meine neuen Seidenstrumpfhosen leisten und dazu noch Bücher bestellen. Sieh mich nicht so an, Veronica, du liest sie meist eher als ich.«
»Nur wenn du von deiner Malerei in Anspruch genommen bist.« Lächelnd fügte sie hinzu: »Oder von Monologen.«
Daniele sah sie an, ließ sich jedoch nicht in seinem Redeschwall beirren: »Ah, hier ganz unten liegt noch eine gebieterische Vorladung in den Palazzo della Montagna. Morgen abend. Ich soll kommen, und du mit Roberto. Vielleicht ein großes Fest, nach dem uns tagelang kreuzelend ist? Nein, mein Einfall mit der *cassone* war prophetisch, es ist ein Festmahl zur Feier von Doroteas Verlobung. Ein gutes Bankett lohnt sich immer, wenn ihre Köche es auch nicht mit meiner Köchin aufnehmen können. Ich werde das neue Wams tragen. Wann soll es beginnen?«
»Dorotea wird sich verloben?« fragte Veronica erschrocken, als Daniele innehielt, um den Brief noch einmal zu überfliegen. »Niemand hat etwas gesagt. Das halten sie nicht für nötig, wenn es sich eben vermeiden läßt. Hoffentlich haben sie einen verständnisvollen Mann ausgewählt. Sie ist noch sehr jung.«
Plötzlich brach Daniele in Lachen aus. »O nein! Ich kann es nicht fassen. Das ist der Gipfel! Nein, es ist furchtbar, entsetzlich! Er wird sie heiraten – Dorotea heiraten, diesen winzigen Zweig vom mächtigen Stamm ihrer Mutter. Das

ist doch lächerlich. Ein Mann von seinem Hunger – er wird sie mit einem einzigen Bissen zum Frühstück verspeisen!«
»Wovon redest du, Daniele? Wen meinst du?«
»Antonio!« rief er. »Antonio di Fabiani wird Dorotea heiraten.«

5. Kapitel

DIE KURTISANE

»Wacht auf, Herrin«, schmeichelte Dimitri. Bianca regte sich träge, als der Eunuch die schweren silbernen Satinvorhänge und die zarten weißen Seidenschleier rings um ihr Bett aufzog. Dann öffnete er die Samtvorhänge an den Fenstern und ließ die kühle Wintersonne herein. Sie atmete tief ein, genoß den süßen Duft des Pfefferminz*tisane,* den Dimitri bereits an ihr Bett gestellt hatte. Zum Frühstück wartete ein kleiner runder Mandelkuchen auf sie, außerdem ein in schmale Scheiben geschnittener, fester süßer Apfel. Drei weiße Kamelien steckten in einer Vase aus feinem venezianischen Glas. Der Eunuch legte noch ein Kissen auf das Bett und reichte Bianca ein heißes, dampfendes Tuch, mit dem sie sich Hände und Gesicht abwischen konnte.

»Bianca«, begann Dimitri mit leiser, eifriger Stimme, »ich war auf dem Markt und dann im Palazzo Villani. Dort habe ich ein interessantes Gespräch mit einigen Dienern geführt.«

Bianca gähnte, zog die glatte Bettdecke aus gestepptem, malvenfarbenem Satin bis ans Kinn hoch. »Ich bin müde, Dimitri, darüber reden wir später. Villani ist gestern nacht lange geblieben. Ich will jetzt noch eine Weile hier im Bett liegenbleiben und in Ruhe mein Frühstück verzehren. Woher hast du diese herrlichen weißen Kamelien?«

»Signore di Fabiani hat sie heute morgen geschickt. Einen ganzen Korb. Es müssen die ersten in Florenz sein«, fügte er schmollend hinzu.

Bianca lächelte. »Nein, ich habe neulich schon rosarote Kamelien gesehen. Geh, bereite mir ein Bad, Dimitri. Gieß ein wenig von dem Hyazinthenparfüm hinein, das Fabiani mir geschenkt hat.«

»Ja, Herrin, ich bereite heißes Wasser vor. Mit dem Parfüm.« Ihr Diener sprach beinahe feindselig.
»Nein, Dimitri, ich hab's mir anders überlegt. Gieß stattdessen das Rosenparfüm hinein.« Das Rosenöl war ein Weihnachtsgeschenk von Dimitri, neben einer kunstvollen Belladonna-Mischung. »Später, Dimitri, kannst du mir beim Baden helfen.«
»Ja, Bianca«, antwortete er, und sein molliges Gesicht eines griechischen Cherubim leuchtete unter seinen dunklen, öligen Ringellocken.
Bianca atmete tief das Aroma des *tisane* ein, der scharfe Pfefferminzduft machte ihren Kopf frei. Dann trank sie das Gebräu und aß von dem Mandelkuchen. Als sie sich wieder in die Kissen kuschelte, zuckte sie zusammen, so wund war sie zwischen den Beinen. Bianca hoffte, daß sie nicht verletzt war. Ugolino Villani ist doch wirklich ein Grobian, dachte sie bei sich. Sie war froh, daß sie endlich den Entschluß gefaßt hatte, ihn loszuwerden. Dimitri wäre ebenfalls erfreut.
Sie lächelte über die mürrische Reaktion des Eunuchen auf ihre Bitte um das Hyazinthenöl. Dimitri würde Antonio akzeptieren, wenn es nicht anders ging, und die Kamelien waren ein Zeichen für Antonios Interesse. Gewiß, es war kein Begleitbrief dabei, keine Gedichtzeile, um sie zu preisen. Dimitri hätte es nicht gewagt, sie ihr vorzuenthalten. Aber die Blumen waren akzeptabel, auch wenn sie nicht von der Leidenschaft zeugten, die Bianca sich gewünscht hätte. Sie war nicht einmal sicher gewesen, ob Antonio überhaupt noch von sich hören lassen würde. Doch ihr Gefühl hatte sie getrogen. Manche Männer waren nach der Liebe jedesmal melancholisch, welch erlesenes Vergnügen ihnen der Akt auch bereitet haben mochte. Es schien, als gehöre der schöne Antonio zu dieser Gruppe. Vielleicht würde er andere Frauen kosten, aber er würde wiederkommen. Sie kannte ihre professionellen Rivalinnen in Florenz, keine konnte es mit ihr aufnehmen, zumal bei einem Mann von seiner feurigen Leidenschaft. Wie oft hatte er sie genommen und befriedigt? Dreimal?

Einige wenige Augenblicke der Melancholie spielten gegenüber dieser anhaltenden Glut keine Rolle.
Er wäre eine interessante Abwechslung zu ihren sonstigen Machenschaften, ebenso nützlich wie angenehm. Florenz hatte seine Tugenden – gegenwärtig viel zuviel Tugend, seit Savonarolas Beliebtheit wuchs und eifernde Moral in der Bevölkerung in Mode kam. Zweimal war sie öffentlich wegen ihrer prächtigen Kleider gemaßregelt worden. Hätte Bianca nicht ihren Einfluß auf gewisse Männer kultiviert, hätte sich ihre Lage noch weit schwieriger gestaltet. Antonio war zwar erst kürzlich nach Florenz zurückgekehrt, aber seine Familie war reich und mächtig. Er konnte sich als mächtiger Beschützer erweisen, wenn sie in der Stadt blieb.
Als großzügiger Liebhaber hatte er sich bereits erwiesen. Nach dem Vorfall bei Daniele hatten sie den Laden eines Juweliers aufgesucht, und sie war von ihm mit einem Halsband beschenkt worden, einer langen Schnur grauviolett schimmernder barocker Perlen. Er hatte ihr geschmeichelt, der Schmuck sei eigens für sie, passend zu ihrem Kleid, angefertigt worden, und ihre helle Haut erhöhe noch den Glanz der Perlen. Bianca probierte sie an und stellte erfreut fest, daß seine Komplimente der Wahrheit entsprachen. Es langweilte sie, ein teures, jedoch wenig schmeichelhaftes Geschenk zu erhalten. Er hatte sie überdies ganz reizend gebeten, ihr die Perlen schenken zu dürfen, als brauche er ihre Erlaubnis. Als sie gnädig zustimmte, hatte er ein wunderschönes Schmuckkästchen aus Filigransilber, eingelegt mit Mondsteinen und blassen, oszillierenden Opalen, hinzugefügt. Offensichtlich plagten ihn Gewissensbisse.
Zuerst war sie erzürnt, als er von Danieles kleinem Spielzeug zurückkam, das er angeblich nur hatte ausschelten wollen. Er hatte sich dreist für die »dumme Verschwendung kostbarer Zeit« entschuldigt, während der Geruch körperlicher Liebe von ihm ausging. Bianca verspürte große Lust, ihn auf der Stelle fortzuschicken, weil er sie hatte warten lassen, um mit diesem neugierigen Jüngling

herumzuspielen. Aber da war Daniele mit einem Diener zurückgekehrt, der *tisane* und Gebäck brachte, und sie wollte keine Szene machen. Als sie sich dann im Atelier über die Mappe unterhielten, war ihre Neugier stärker als ihr Ärger, und sie hatte beschlossen, zu schweigen. Später hatte er den Ausrutscher mehr als wettgemacht.

»Schäm dich«, schalt Bianca sich, nahm eine der Kamelien aus der Vase und strich damit über ihre Wange. »Wenn er nicht so schön wäre ... und so talentiert ... hättest du ihm niemals verziehen.«

Ihr Bettgenossen in Florenz hatte sie aus rein politischen und finanziellen Erwägungen ausgewählt. Im Falle Antonios würde sie nichts verlieren, wenn sie sich ihm auch aus frivoleren Gründen zuwandte. Antonio di Fabiani war ihr bereits in Venedig aufgefallen, und wie es ihrer Gewohnheit entsprach, hatte Bianca sogleich Nachforschungen über ihn angestellt. Damals hatte sich nichts daraus ergeben, doch sie hatte ihre Informationen noch einmal überprüft, als er ihr vor ein paar Tagen geschrieben hatte, und Dimitri ausgeschickt, sich nach dem neuesten Klatsch umzuhören. Bianca kannte mehrere Versionen des alten Skandals, der seine Verbannung nach sich gezogen hatte, und sie wußte, daß er seiner kranken Mutter wegen zurückgekehrt war. Noch wichtiger, sie hatte von seiner Vorliebe für Damen ihrer Profession erfahren, Kurtisanen, die sich durch Schönheit, Intelligenz und Erfahrung auszeichneten. Er hatte viel Sinn für Schönheit, aber immer war es weibliche Schönheit gewesen. Es gab keinen Hinweis auf andere Neigungen seinerseits, und nachdem sie den Abend mit Antonio verbracht hatte, beschloß sie, der Episode mit Danieles Modell keine große Bedeutung beizumessen.

Bianca strich mit den kühlen Blütenblättern der Kamelie über ihre Brustspitzen, erinnerte sich an die Stunden mit Antonio. Es war kalt geworden, als die Sonne unterging, und er war nackt aus dem Bett gestiegen, hatte selbst Feuer im Kamin gemacht. Dann hatte er die dicke Bettdecke auf dem Boden ausgebreitet und sie zum Feuer getragen.

Sie erinnerte sich an das rötliche Schattenspiel der Flammen auf seiner hellen Haut, als er sich auf ihr bewegte. Er hatte die Geschmeidigkeit einer Raubkatze, war gewandt und sehr muskulös. Sie hatte oft genüßlich mit dem Gedanken gespielt, nachts einen gezähmten Panther an ihrem Bett wachen zu lassen. Der Gedanke, Antonio zu versklaven, war noch viel reizvoller.
Ja, sie wollte, daß er wiederkam. Schon der Gedanke an ihn erregte sie. Bianca warf die Blume fort, ihre Hand glitt über ihren Bauch und tiefer hinab, umfing den samtenen Hügel zwischen ihren Schenkeln. Sie verharrte kurz dort, zog sich dann jedoch zurück. Sie wollte sich nicht selbst befriedigen. Ihre Finger waren geschickt, aber sie wollte, daß ein Mund, ein heißer, feuchter Mund sie bedeckte. Und darauf würde sie nicht lange warten müssen.
Dimitri kam bald zurück. Sie hatte natürlich noch andere Diener, wie es ihrer Stellung geziemte, aber nachts wurden sie entlassen. Nur Dimitri hatte Zutritt zum Tempel ihres Schlafzimmers. Als er eintrat, erhob Bianca sich vom Bett und reckte sich. »Komm, erzähle mir, was du herausgefunden hast, während du mich fürs Bad bereit machst.«
Dimitri zog Bianca vorsichtig das zarte Seidenhemd aus und schimpfte leise, weil der Stoff zerrissen war. »Villani hat es beschädigt, dieses Schwein.«
»Besser das Hemd als ich.«
»Hat er es versucht?«
»Seine Impulse wurden geschickt abgelenkt. Allerdings hat das Hemd darunter gelitten.«
»Es ist nicht irreparabel beschädigt, nur die Naht ist eingerissen. Eine Näherin kann es leicht mit einer Stickerei ausbessern.«
»Ich dachte mir, daß der Schaden behoben werden könnte. Natürlich hat er auch versprochen, für ein neues, noch feineres Hemd zu bezahlen.«
»Das wird er ebenfalls zerreißen wollen.«
»Vielleicht wird er dazu nicht mehr die Gelegenheit haben«, sagte Bianca träge und sah, daß Dimitri schneller atmete, ein hoffnungsvolles Funkeln in seine Augen trat.

»Ja?« flüsterte er, sprach den Rest der Frage nicht aus.
»Vielleicht«, wiederholte Bianca, hielt ihn hin. »Mein Kleid hat er ebenfalls zerrissen. Ich mag es nicht, wenn meine schönen Sachen verdorben werden.«
»Das Schwein«, zischte der Eunuch. »Das erbärmliche Schwein!«
»Ich glaube, er wird die Verbindung mit mir weit kostspieliger finden, als er geplant hat.«
»Ein hoher Preis«, sagte Dimitri. »Der höchste.«
Wären Villanis Neigungen weniger zerstörerisch gewesen, hätte Bianca sie ebenso unterhaltsam gefunden wie andere kleine erotische Absonderlichkeiten. Sie sah an ihrem Körper hinunter und lächelte in sich hinein, streichelte erst ihre großen runden Brustwarzen, dann das helle Vlies, das sich auf ihrem Venushügel lockte. Die Helligkeit ihres Haars war schon für viele ihrer Beschützer zur Besessenheit geworden. Die meisten Kurtisanen gaben sich neue, meist klassische oder sentimentale Namen. Ihren Namen hatte sie als Zeichen für ihr weißblondes Haar gewählt.
»Ah ... Bianca«, murmelte Dimitri. Er stand hinter ihr, und seine Finger verflochten sich mit denen seiner Herrin, fuhren zart durch den Flaum.
Nicht nur ihre Beschützer waren fasziniert von ihrer hellen Haut und ihrem hellen Haar, ihrer winterlichen Schönheit, und niemand war so treu, so fiebrig in seinen Aufmerksamkeiten wie ihr ergebener Sklave Dimitri. Und auch nicht so nützlich. Bianca lehnte sich an seinen molligen Körper, spürte, wie die kenntnisreichen Finger tiefer glitten, ihre zarten Lippen trennten und in ihre Feuchtigkeit eintauchten. Sie stieß einen zustimmenden Laut aus, als die Fingerspitzen über die sich versteifende Knospe kreisten.
»Er war nicht gut für Euch, dieses Schwein Villani«, sagte Dimitri mit einschmeichelnder Stimme.
»Nein«, flüsterte Bianca. »Überhaupt nicht gut.«
»Ein schmutziger Kerl. Ein ungeschickter Tölpel. Männer haben keine Raffinesse«, beharrte Dimitri.

»Nicht so wie du, Dimitri«, versicherte Bianca ihm. Das stimmte nicht ganz, aber nur wenige Männer verfügten über das Feingefühl ihres Eunuchen, machten es sich zur Aufgabe, ihr ebensoviel Lust zu schenken, wie sie ihnen gewährte. Und es wäre unklug, Ausnahmen wie Antonio zu erwähnen.
»Sie behaupten, daß Sie Eure Schönheit anbeten, aber sie wollen sie nur benutzen.«
»Trage mich aufs Bett, Dimitri. Bete mich an.«
Dimitri, der ebenso stark war wie viele der Männer, die Bianca gekannt hatte, hob sie auf, trug sie zum Bett und legte sie nieder, ihre Hüften ruhten auf der Bettkante. Sie wußte, daß sie begehrenswert aussah, ihr Körper hell auf der malvenfarbenen Seide schimmerte.
»Öffnet Euch mir«, murmelte Dimitri heiser und streichelte die seidige Haut ihrer Oberschenkel.
Bianca zog ihre Beine an und hob die Hüften, bot sich Dimitris Blicken, seiner Berührung, dar. »So?«
»Ja ... weiter ... weiter. Ihr seid wunderschön, Herrin. Weich und rosarot wie eine Rose, auf der Tautropfen glänzen«, flüsterte Dimitri und fuhr mit den Lippen über die rosigen Wölbungen.
Bianca lächelte erwartungsvoll, spürte den heißen Atem des Eunuchen auf ihrem zarten Fleisch.
»Bitte, Herrin«, bat Dimitri. »Ugolino Villani – wir werden ihn töten, ja?«
»Ja, ja, ich glaube schon.« Bianca lachte, dann keuchte sie vor Erregung, als Dimitris Mund, seine Zunge, seine Zähne sich an dem weideten, was ihm dargeboten wurde.

Der köstliche, schwere Duft von Rosen erfüllte das Zimmer. Bianca räkelte sich genußvoll in ihrer Wanne aus weißem Marmor, duftende Dampfwolken wallten rings um sie auf, als Dimitri sanft ihren Körper badete. Sie erörterten die Ermordung Villanis, und der Diener teilte seiner Herrin die Neuigkeiten mit, die er auf dem Marktplatz und von den Dienern der Villani erfahren hatte. Dimitri hatte seinerseits stets den neuesten Klatsch auf Lager, und er war ein Meister darin, geschickte Fragen zu stellen, die seinen Gesprächspartnern wichtige Informationen entlockten.

»Dimitri, du bist unschätzbar. Ich weiß nicht, was ich ohne dich anfangen würde.«

»Ich will nur Euch dienen, Herrin. Ihr wißt, daß Ihr mein Leben seid.« Er küßte ihre Fußsohlen.

Bianca lächelte. Sie hatte Dimitri vor zehn Jahren auf einem Sklavenmarkt gekauft. Vor kurzem hatte sie ihn freigelassen, doch der formale Akt schien bedeutungslos – er war auch so mit Leib und Seele ihr Sklave. Wegen seiner verzehrenden Leidenschaft konnte sie ihm bedingungslos vertrauen, solange seine Verehrung angemessen belohnt wurde. Im Gegenzug hatte er ihr wertvolle Informationen verschafft. Der Grieche war als Jüngling gefangengenommen und kastriert worden, um in einem türkischen Harem zu dienen. In diesem streng bewachten Tempel der Erotik hatte er viele Geheimnisse der Liebeskunst und der Kunst des Tötens erlernt. Er hatte ihr erotisches Repertoire erweitert, und in seiner Kenntnis der Gifte übertraf er jeden Apotheker, den sie kannte. Bianca besaß mehr Kraft, als es auf den ersten Blick schien, ging geschickt mit Schwert und Dolch um. Dimitri war noch stärker als sie, sein schwerfälliger Körper beinahe so kräftig wie der eines richtigen Mannes. Bianca benutzte einen Seidenschal, ein täuschend gewirktes Halsband oder eine Drahtgarotte, um ihre Opfer zu töten. Dimitri hatte sie diese Methode gelehrt, obwohl er selbst es vorzog, seine Opfer mit den bloßen Händen oder mit dem Druck seines Unterarms zu erdrosseln.

Gemeinsam waren sie fast unschlagbar. Gelegentlich jedoch hatte Bianca das Verlangen nach einem männlichen Partner. Es gab gewisse Dinge, die ein Mann nur einer Frau anvertraute, aber es gab auch Dinge, die Männer nur untereinander besprachen, für die ein Eunuch als Vertrauter ebensowenig geeignet schien wie eine Frau. Bianca verfügte über raffinierte Verkleidungen, die durchaus näherer, jedoch nicht allernächster Überprüfung standhielten. Außerdem könnte ein anziehender Mann den Frauen zu Diensten sein, die sie nicht selbst verführen konnte. Das würde Dimitri jedoch niemals zulassen, und Bianca bezweifelte, ob sie jemals einen Mann finden würde, dem sie vertrauen könnte. Wenn ein Mann sie nicht ebenso anbetete wie der Eunuch, würde er versuchen, sie zu beherrschen, und wenn er sie verehrte, würde Dimitri ihn vermutlich beseitigen. Der Eunuch mochte Männer ihrer Unbeholfenheit wegen verachten, doch er war rasend eifersüchtig, haßte alle Männer, weil sie besaßen, was man ihm genommen hatte.

»Ihr hattet ein Treffen mit Madonna Villani?« fragte Dimitri.

»Ja, ein geheimes Treffen. Wir haben eine Übereinkunft geschlossen.«

»Habt Ihr Euer Gesicht gezeigt?«

»Ja. Ich glaube, wir können ihr trauen. Obwohl Villani sie mit seinen Mißhandlungen demütigt, ist sie nicht feige. Der älteste Sohn, ihr Liebling, erbt den Besitz, aber sie besitzt Juwelen, die das Unternehmen einträglich für uns machen würden. Es lohnt sich schon allein der Übung halber.« Bianca lachte. »Ich will nicht, daß wir unsere Künste verlernen, nur weil wir sie nicht anwenden.«

»Nein, die Klinge eines Dolchs muß immer geschliffen sein. Scharf, sehr scharf.«

Bianca wählte ihre Unternehmungen stets sehr sorgfältig aus. Einige ihrer Aufträge hatte sie inkognito ausgeführt, ihre Kunden hatten nie erfahren, wer sie war. Wenn sie sie kannten, mußte sie nicht nur um jeden Preis erfolgreich sein, sie mußte sich auch ihres Schweigens versichern. Das gleiche Feingefühl, das sie die Wünsche ihrer Liebhaber erspüren ließ, von den einfachsten und gewöhnlichsten bis zu den perversesten Wünschen, ermöglichte es ihr, einzuschätzen, wem von ihren anderen Kunden sie trauen konnte. Sie merkte rasch, wer später überheblich werden und sich des erfolgreichen Verbrechens rühmen oder wer zusammenbrechen und seine Schuld bekennen würde. Beide Schwächen konnten sie vernichten. Inzwi-

schen hatte sie ein Dutzend Mordaufträge ausgeführt und sich nur zweimal in ihren Kunden verschätzt, und beide Male war es ihr gelungen, schnelle und tödliche Abhilfe zu schaffen, bevor sie in ernstliche Gefahr geraten konnte.
»Ja, wir werden diesen Auftrag annehmen. Ich brauche die Zerstreuung«, gestand sie. »Welchen Sinn haben Intrigen, wenn es nichts zu entdecken gibt? Cesare Borgias Auftrag bezüglich Savonarola fortzuführen ist fast eine Buße für die Sünde des Mißerfolges.«
Bianca war auf Bitten des Kardinals von Valencia nach Florenz gekommen. Cesare hatte ursprünglich gehofft, daß der Mönch verführbar sei und man ihn auf diese Weise ruinieren könne. Er stand in dem Ruf, heilig zu sein, und einen Ruf konnte man zerstören. Es schien ein einfacher Auftrag zu sein.
Als Bianca in Florenz eintraf, stellte sie sich Savonarola als reuige Magdalena vor. Eine reizvolle Rolle, mit der sie in der Vergangenheit große Wirkung beim Klerus erzielt hatte. Bianca erwartete nicht, daß sie auf Anhieb Erfolg haben würde, glaubte jedoch, eine todsichere Strategie entwickelt zu haben. Sie näherte sich ihm zögernd, tastend, die Scham über ihr begehrliches Fleisch verbarg sich hinter einer zerbrechlichen Maske des Stolzes. Keinerlei Wort oder Tat verriet ihre wahre Absicht. Nur die verführerische Aura der Sünde ging von ihr aus, ein feines, heimtückisches Parfüm.
Zu ihrem Ärger erwies sich dies im Falle Savonarolas als wirkungslos. Obgleich der Mönch bei seiner Ankunft empfänglich schien, hatte er nur wenige Minuten mit ihr geredet, dann sprang er jäh auf, und seine Augen blitzten in seinem wutverzerrten Gesicht. Dieses Feuer ließ seine kalte, ruhige Stimme noch eisiger erscheinen, als er sie eine gemeine, hinterlistige Hure nannte und sie beschuldigte, ein Werkzeug des Teufels zu sein. Er hatte sie aus seiner Nähe verbannt, weigerte sich trotz tränenreicher Bitten, sie noch einmal zu empfangen, und warnte die anderen Mönche vor ihr. Ein junger Novize jedoch ignorierte diese Warnungen und versorgte sie hin und wieder mit

Informationen. Doch hatte sie den Versuch, den Mönch zu verführen, letztlich aufgeben müssen. Hinter seiner Wut hatte sich keinerlei heimliche Lust verborgen. Bianca sagte sich, daß die Spione des Mönchs vielleicht Kenntnis von ihrer Verbindung mit den Borgia erhalten und ihm davon berichtet hatten. So konnte er erraten haben, daß sie ihn hatte zu Fall bringen wollen. Aber dieser Gedanke war gleich wieder verflogen. Er hatte sie nur eindringlich angesehen, bis seine seltsam brennenden Augen ihr die Maske einer Büßerin vom Gesicht rissen.

»Es ist nicht Eure Schuld, daß der Auftrag des Kardinals mißglückt ist«, tröstete Dimitri sie. »Savonarola empfindet keine Leidenschaft. Wie könnt Ihr einen Mann verführen, der keine Leidenschaft hat?«

»Oh, er hat Leidenschaft, aber nur für seine Lehren.«

»Das ist keine fleischliche Lust.«

»Nein, wenn er irgend etwas begehrt, dann das Märtyrertum. Offen gestanden hoffe ich, daß der Papst ihm dieses Verlangen erfüllt.«

Bianca ärgerte sich über den Fehlschlag, aucah wenn sie ihren Part fehlerlos gespielt hatte. Mit einem Mann, der Frauen ihres Gewerbes als Teufelsbuhlschaft betrachtete, konnte man nichts anfangen. Wirklich, Savonarola war abscheulich. Sie hatte ein Attentat vorgeschlagen, doch Cesare sagte, es lohne die Mühe nicht. Die Verführung wäre ein Coup gewesen, mit dem er vor seinem Vater hätte prahlen können, ein Mord hingegen müßte geheimgehalten werden. Trotz Dimitris Drängen hielt Bianca es für unprofessionell, nur zum Vergnügen zu töten.

Nach diesem Debakel wäre sie gern nach Rom zurückgekehrt oder hätte lieber noch ihr verschwenderisches Leben in Venedig wiederaufgenommen. Statt dessen hatte Cesare sie gebeten, noch zu bleiben und auszuspionieren, wer in Florenz außer Savonarola über Einfluß verfügte. Es war riskant, ihm etwas abzuschlagen.

Bianca saß in der Falle und hatte sich nach anderen Aufgaben umgesehen, um sich abzulenken. Die Beseitigung Ugolino Villanis verhieß ein Ende der Langeweile. Die

Aussicht auf diese gefährliche Unternehmung war prickelnd. Sie zog aus ihren geglückten Morden eine Befriedigung, die es mit den vollendetsten Verführungen aufnehmen konnte, sie sogar übertraf. Beide waren eine Demonstration der Macht, und sie war der Ansicht, daß sie sich auf faszinierende Art ergänzten. Es war ihr sogar gelungen, gestern nacht eine gewisse Befriedigung aus dem Zusammensein mit Villani zu ziehen, weil sie wußte, daß sie ihn töten würde.

Bianca erhob sich aus dem Wasser, das an ihrem nackten Körper herabströmte. Sie wartete, bis Dimitri ein Tuch brachte, um sie abzutrocknen, dann entstieg sie der Wanne, sonnte sich in den fortgesetzten Komplimenten ihres Dieners, genoß es, das rauhe Tuch an ihrer Haut zu spüren. Dimitri salbte sie mit dem Rosenöl und puderte ihren Körper mit feinem Talkum.

»Gift, nicht wahr?« fragte Dimitri und musterte den Eckschrank, in dessen doppeltem Boden sich Phiolen mit destillierten Tränken und tödlichen Mineralen, ein Sortiment aus getrockneten Kräutern, Rinden und Beeren verbargen. Wolfskraut und Schierling, Dornapfel und Mandragorawurzeln, Fingerhut und tödlicher Nachtschatten.

»Vielleicht«, erwiderte Bianca und runzelte die Stirn. Dimitri massierte die Falte zwischen ihren Brauen, und Bianca glättete ihr Gesicht zu ihrer gewohnt sorglos-kühlen Miene. Eine Göttin, aus weißem Marmor geschnitzt. Dimitri streifte ihr ein feines Leinenhemd über, dann setzte sie sich an ihren Schminktisch, wo Dimitri ihr Haar kämmte.

»Gift«, murmelte Dimitri wieder. »Ein langsames, schleichendes Gift, das ihn von innen zerfrißt. Sein Koch sagt, er hat furchtbare Gase in seinen Eingeweiden. Gift ist ideal, wenn er bereits unter einem solchen Übel leidet.«

»Ja«, antwortete Bianca. Ihre Miene verfinsterte sich jedoch wieder. Es war nötig gewesen, sich in Florenz unter die Leute zu mischen, daher war sie ein wenig beunruhigt. Ein Hieb mit einem Stilett in einer dunklen Gasse

entsprach eher ihrer derzeitigen Stimmung. Heimlichkeit, Dunkel und der süße Rausch der Blutgier. »Ein Raubüberfall wäre noch besser – es würde keinerlei Verdacht auf seine Frau oder mich fallen. Es wird zuviel darüber geredet, wie er sie mißhandelt.« Sie lächelte Dimitri zu. »Wenn wir sicher sind, daß er uns nicht erkannt hat, gibt es keinen Grund, warum es schnell gehen sollte.«
»Ein Knebel«, sagte Dimitri. »Ein Messer im Bauch.«
»Es sollte nicht nach einem Besuch bei mir geschehen. Wir müssen vermeiden, daß ich verhört werde.«
Dimitri begann sie anzukleiden, zuerst das lilafarbene Untergewand, dann die flaschengrüne *camorra* aus Seide. »Das Wichtigste, was ich erfahren habe, ist folgendes: Dienstags sucht er ein Haus am jenseitigen Ufer des Arno auf, wo er sich mit einigen älteren Männern, Romolino und della Montagna, und mehreren jungen *compagnacci*, den »üblen Gesellen«, die Savonarola von ganzem Herzen hassen, dem Glücksspiel hingibt. Das Haus ist nicht sehr bekannt, da Savonarola das Glücksspiel haßt.«
»Ideal«, sagte Bianca und spürte, wie ihr Pulsschlag sich bei dem Gedanken an die Jagd beschleunigte. »Hoffen wir, daß er einen dicken Batzen Gold gewinnt, damit die Börse, die wir seinem Leichnam stehlen, prall gefüllt ist.«

6. Kapitel

DIE VERLOBUNG

Hast du Signore di Fabiani schon gesehen, Pippa?« fragte Veronica die Zofe, die ihre Tante geschickt hatte, um ihr beim Frisieren zu helfen.
»Nein, Madonna Veronica, aber wie ich höre, ist er sehr anziehend, sehr kühn«, erwiderte das Mädchen, während sie ihr geschickt goldene Bänder ins Haar flocht.
»Sprechen alle Zofen über die Verlobung? Ich kann es mir gut vorstellen.«
Pippa kicherte. »Natürlich, Madonna! Eine Verlobung, eine Hochzeit sind immer sehr aufregend. Wir werden uns ausgiebig in der Küche unterhalten, wenn das Fest erst im Gange ist. Dann kann ich den anderen davon erzählen, wenn ich wieder in den Palazzo Farentino zurückkehre.«
»Den Palazzo Farentino?«
»Ja. Eure Tante hat mich von meiner Herrin ausgeliehen, weil ich diese spezielle Flechtkunst beherrsche.«
»Ich verstehe«, sagte Veronica und hoffte, daß man ihrer Stimme nicht die Enttäuschung anmerkte.
Offenbar nicht, denn die Zofe plauderte munter weiter. »Die kleine Madonna hat Glück, einen so jungen und schönen Gatten zu bekommen, oder? Ich bin sicher, die Familie des Signore muß sehr bedeutend sein.«
»Ja, ich glaube schon.« Veronica seufzte. Die fröhliche kleine Pippa würde nichts lieber tun, als mit ihr zu klatschen, aber sie wußte rein gar nichts. Es schien, als würde der gehimnisvolle Antonio noch eine Weile länger sein Geheimnis bewahren.
Veronica wünschte, sie wären beide nicht so schlecht auf ihre Begegnung vorbereitet. Da sie sich verletzt fühlte, war sie mit Danieles Spott über die Neuigkeit der Verlo-

bung Doroteas nicht fertig geworden. Er hatte mit ihr darüber reden wollen, doch sie hatte Kopfschmerzen vorgeschützt und war zu Bett gegangen. Veronica hatte stundenlang wach gelegen, bevor sie endlich einschlafen konnte. Sie wünschte, sie hätte eigene *tarocco*-Karten. In diesem seltsamen Zustand der Gefühlsverwirrung wollte sie Mamma Lucia nicht aufsuchen. Noch nicht. Ihr Verlangen quälte sie, fachte erneut ihre Wut an. Die Wut verwandelte sich in Scham, und die Scham wich wiederum dem Verlangen, der süßen, ängstlichen Erwartung, Antonio wiederzusehen, ihn wieder zu berühren. Ihre Gefühle drehten sich im Kreis, einem endlosen Kreis …

Nachdem sie aus dem kurzen Schlaf erwacht war, hatte sie den Morgen allein verbracht, immer noch in ihren quälenden Gefühlen befangen. Sie versuchte vergeblich, Antonio einen Brief zu schreiben, ihm zu offenbaren, wer sie war, bevor sie ihm begegnete. Ihre Verwirrung führte dazu, daß sie sich mit den schlichten Tatsachen schließlich selbst nicht mehr auskannte. Wer war sie denn nun in Wahrheit? Und wer war er? Veronica grübelte stundenlang über Antonios finsteres, kompliziertes Wesen nach. Seit ihrer Heirat hatte sie viel über die Familien erfahren, die die florentinische Politik lenkten. Veronica hatte bereits von den Fabiani gehört, doch trotz ihrer Macht und ihres Reichtums lebte die Familie sehr zurückgezogen. Sie wußte wenig über sie, und von Antonio hatte sie noch nie gehört.

Da sie darauf brannte, mehr zu erfahren, eilte Veronica in Danieles Atelier. Ihr Vetter schien über jeden und alles Bescheid zu wissen, an diesem Nachmittag war er jedoch ausgegangen. Sie wußte, daß Daniele zum Verlobungsfest erscheinen würde, aber als sie aufbrach, war er noch nicht wieder zu Hause. Ihren übrigen Bemühungen war auch nicht mehr Erfolg beschieden. Als sie Benito fragte, was er über die Familie wisse, erwiderte er: »Fabiani? Ich dachte, die Söhne hätten sich in einem Duell um eine Frau gegenseitig getötet.« Er konnte sich weder an die Frau noch an die Söhne oder den Zeitpunkt erinnern und war über-

rascht, als sie ihn aufklärte, daß Antonio di Fabiani noch am Leben sei.
Sie hatte sogar versucht, die grimmige, mürrische Köchin Simona auszufragen, die in der Küche Törtchen buk. Simona hatte nur die Augen zusammengekniffen und mit der Zunge geschnalzt, als sie von der Verlobung hörte. Als Veronica sie fragte, warum sie die Verlobung mißbilligte, erwiderte sie lediglich, sie sei Christin und weigere sich, Schmutz zu verbreiten. Dann schwieg sie beharrlich. Es war schlimmer, als hätte sie gar nichts gesagt, dachte Veronica verärgert. Jeder Keller in Florenz war voller Leichen, und jeder Florentiner tat sein Bestes, um seine eigenen zu verbergen, während er über die der anderen klatschte. Jeder außer Simona, der sie nicht die winzigste Kleinigkeit entlocken konnte. Sie gehörte zu denen, die überzeugt waren, Herren wie Diener sollten sich ihrem Stand gemäß verhalten, und wenn Daniele sie nicht so großzügig entlohnt hätte, wäre sie gewiß in den Dienst einer Familie getreten, die mehr Sinn für Schicklichkeit hatten. Veronica hatte den Verdacht, daß die Köchin in Wahrheit zu säuerlich und selbstgerecht war, um auch nur mit den anderen Dienern zu klatschen, von ihren Herren ganz zu schweigen. Schließlich stieß Veronica sie auch noch vor den Kopf, weil sie keinen Appetit auf ihre Vanilletörtchen hatte.
»Haltet bitte noch einen Augenblick still, Madonna Veronica«, bat Pippa sie. »Ich weiß, Ihr habt Euch verspätet, aber Euer Haar ist fast fertig. Ich versprche Euch, es wird ganz besonders schön aussehen.«
Um sich von ihrem Gefühlschaos abzulenken, zwang Verinca sich, stillzusitzen, während Pippa ihr Haar flocht und aufsteckte. Sie glättete ihren Rock, strich mit den Fingern über den weichen Stoff. Die Robe aus gefälteltem Samt, die sie für das Verlobungsfest ausgewählt hatte, war von einem kräftigen Granatrot, das fast violett schimmerte. Die Ärmel und das Mieder mit dem tiefen, viereckigen Ausschnitt waren mit dunklen Granatsteinen besetzt, deren Glanz mit dem strahlenden

Violett von Amethysten und dem hellen Feuer blitzender roter Rubine konkurrierte. Die Farbe der Robe wirkte so intensiv, so auffällig, daß es stets Mut erfordert hatte, sie zu tragen. Bisher hatte sie sich wie ein junges Mädchen gefühlt, das die elegante Hülle einer Frau trug. Heute abend hingegen kam Veronica sich sinnlich und aufreizend vor. Das Kleid flößte ihr Selbstvertrauen ein, wie eine erlesene weiche Rüstung, die ihre Kraft betonte und ihre Schwäche verhüllte.

»So«, verkündete Pippa, offenbar zufrieden mit ihrer Arbeit.

Veronica hob den Spiegel aus versilbertem venezianischen Glas und betrachtete Pippas Kunstwerk. Ihr dichtes Haar war locker aufgesteckt, kleine Strähnen waren mit schmalen Goldketten verwoben, an denen die gleichen Steine funkelten wie an ihrem Kleid. Mit ihrer kunstvollen Frisur und den geschminkten Augen und Lippen wirkte sie erfahren und raffiniert, genau wie sie es wollte. »Es ist vollkommen, Pippa.«

»Ihr seid wunderschön heute abend, Madonna Veronica. Niemand wird schöner sein, nicht einmal Madonna Dorotea.«

»Danke, Pippa«, sagte sie zu der Zofe.

»Wo sind die Schuhe zu dem Kleid, Herrin? Ich kann sie hier nicht finden.«

»Alle Schuhe sind in dem grünen Kotter in Robertos Zimmer.«

»Ich hole sie.«

Als Veronica wieder allein war, schaute sie in den Spiegel. Ihr Blick war offen, ihre Augen leuchteten. Ihre blasse, durchscheinende Haut hob sich schimmernd von dem Dunkelrot der Robe ab. Trotz Pippas Versicherungen wußte Veronica, daß sie nicht wirklich schön war. Ihre Züge entsprachen nicht dem klassischen Ideal, Augen und Mund waren zu groß, Wangen und Kinn zu eckig. Aber heute abend fühlte sie sich schön. Die Liebe verlieh ihr ein Strahlen, das Gefühl, herrlich lebendig zu sein. Nur die Liebe erfüllte sie mit diesem Licht, das von ihren

Augen, ihrer Haut ausging. Antonio. Antonio di Fabiani ... ihr Liebster. Erhoffte sie sich zuviel? So viele florentinische Ehefrauen hatten Liebhaber; er würde gewiß der ihre werden. Es wäre nicht schwierig, Treffen an einsamen, stillen Orten zu arrangieren. Sie hatte so lange Zeit nur von Träumen und für ihre Pflichten gelebt, jetzt war endlich die Leidenschaft zum Greifen nahe. War es möglich, daß sie sich endlich das Recht nehmen konnte, als Frau glücklich zu sein? Die Mysterien des Verlangens mit diesem Mann zu erkunden, der sie mit solch süßem Feuer erfüllte?
Veronica lachte erregt, hingerissen von Sehnsucht und Furcht. Aber sie eilte weit voraus, hatte nicht einmal ein Mittel ausfindig gemacht, Antonio zu warnen, bevor er heute abend hier eintraf. Noch nie hatte sie einen Brief an einen Liebhaber geschickt. Wie stellte man das diskret an? Etwas so Einfaches, und es schien unmöglich. Sie hatte versucht, einen Brief zu schreiben, um ihn vorzubereiten, doch ihre Worte waren ihr dreist, kokett oder abweisend vorgekommen. Da jeder Versuch noch ungeschickter ausfiel als der vorangegangene, hatte sie schließlich aufgegeben. Die ganze Situation war so kompliziert, so verdrießlich. Er sollte Dorotea heiraten, doch bei diesem Gedanken empfand sie einzig Bestürzung und Mitleid. Nicht Dorotea, sondern Bianca war ihre wahre Rivalin. Sie mußte es mit der erfahrensten Kurtisane von Florenz aufnehmen.
Doch sie mußte Zurückhaltung üben, vor allem weil sie sich ihm bereits so willig hingegeben hatte. Was würde er von ihr denken, wenn er merkte, daß sie nicht irgendein armes Mädchen von der Straße war, das Daniele aufgelesen hatte, um ihm Modell zu stehen? Ihr Gesicht rötete sich vor Scham, dann Wut, als ihr die Goldmünzen einfielen, die er hinterlassen hatte. Doch er hatte ja nicht gewußt, wer sie war, hatte angenommen, daß sie von niedrigem Stand sei. Wenn er sie für ein Modell hielt, war es nur natürlich, daß er ihr Geld gab. Ein armes Mädchen würde eine Belohnung erwarten, selbst wenn ihre Leidenschaft

nicht geheuchelt war, und Danieles Modell war reichlich entlohnt worden. Zwei Dukaten waren für die meisten der Lohn mehrerer Monate. Warum mußte sie eine Beleidigung dahinter wittern?

Nein, das Gold war ein bewußter Affront. Sie hatte gesehen, wie sich sein Gesicht veränderte, sich vor ihr verschloß. Sie zurückwies. Er hatte das Geld benutzt, um sie zu entwürdigen, sich der Leidenschaft zu entziehen, die sie gemeinsam erlebt hatten. Wie konnte sie einen Mann wollen, der sie gedemütigt hatte? Und würde er sie überhaupt noch wollen? Aber Antonio hatte die gleiche Leidenschaft empfunden wie sie, da war sie sicher. Wie sollte es auch anders sein? Es war ihnen vorherbestimmt – war er nicht ihr *Prinz der Kelche*? Er mußte sie immer noch wollen. Sie könnte es nicht ertragen, wenn es anders wäre!

Veronica legte keuchend den Spiegel aus der Hand, schwindelig von dem Ansturm widerstreitender Gefühle. Sie biß sich auf die Lippen, um die aufsteigenden Tränen zu unterdrücken. Sie hatte nicht gewußt, daß die Liebe dieses Doppelgesicht hatte. Einmal fühlte sie sich lebendig, jubelte, dann wieder zitterte sie vor Furcht und Wut. Jetzt hatte sie Angst, den Festsaal zu betreten. Sie würde sich völlig lächerlich machen, wenn sie in Wut oder in Tränen ausbrach. Die Liebe war furchterregend. Die Leidenschaft machte ein verlorenes Kind aus einer Frau, und doch hatte sie sich als Kind niemals derart furchtsam und unsicher gefühlt.

»Hier sind die Schuhe«, verkündete Pippa, die wieder in der Tür erschien. »Der grüne Koffer war nicht so leicht zu finden. Er lag unter einem Tuch verborgen, und obendrauf schlief das kleine Kätzchen. Wie heißt es?«

»Marco Polo, wie der venezianische Kaufmann«, sagte Veronica, überrascht, wie ruhig ihre Stimme klang. Sie stand schwankend auf, schob ihre Füße in die goldbestickten Satinschuhe.

»Vollkommen«, sagte Pippa. »Jetzt seid Ihr bereit.«

»Ja«, erwiderte Veronica, richtete sich auf und wandte sich zur Tür. Sie war nicht bereit, nicht im mindesten bereit, aber sie konnte es nicht ertragen, auch nur einen Augenblick länger zu zögern.

Der Festsaal war prächtig hergerichtet, dachte Antonio, als er sich umsah. Er wirkte prunkvoll und festlich mit den in dunklem Rosarot gehaltenen Wänden, die mit vergoldeten Schnörkeln abgesetzt waren und den Mosaikfußboden harmonisch ergänzten. Die Mosaiksteine aus feinstem dunkelgrünen Marmor aus Prato, reinem weißen Marmor aus Carrara und rosarotem Marmor aus Maremma bildeten ein kompliziertes geometrisches Muster. Es war der gleiche Marmor, der auch die Fassade des Duomo schmückte, und zweifellos aus diesem Grund verwendet worden.
Antonio wandte sich wieder den Anwesenden zu und hielt nach Neuankömmlingen unter den Gästen Ausschau. Er hatte bereits alle begrüßt und machte sich nicht mehr die Mühe, auf jemanden zuzugehen. Gewiß würde sich ihm bald jemand anschließen. Er war des eintönigen höflichen Geplauders müde. Er hoffte, daß bald das Essen serviert wurde. Noch zwei Stunden – nein, eher drei –, dann konnte er sich endlich zurückziehen. Zu schlafen wäre amüsanter, als an diesem Fest teilzunehmen. Morgen mußte er Luigi begleiten und sich die Ländereien ansehen, die zu Doroteas Mitgift gehörten.
Die üppige Brünette in bernsteinfarbenem Satin musterte ihn erneut. Er mied ihren Blick, denn er hatte kein Interesse an derlei Verwicklungen, nicht einmal ihres herrlichen Ausschnitts wegen. Plötzlich herrschte ein Überfluß an Frauen in seinem Leben, die alle auf die eine oder andere Art seine Aufmerksamkeit in Anspruch nahmen. Hinzu kamen die Schwierigkeiten mit Dorotea und all die Pflichten, die damit verbunden waren. Um ein Haar hätte er vergessen, an diesem Morgen die Kamelien an Bianca zu schicken, und das nur wegen des Modells mit dem rotbraunen Haar. Er hatte sich verflucht, weil er die kleine Hexe nicht einmal nach ihrem Namen gefragt hatte. Es könnte ihre Macht über ihn verringern, wenn er einfach

an »Sophia« oder »Diana« denken könnte, statt stets ihr Bild vor Augen zu haben. Immer wieder erinnerte er sich daran, wie ernst sie ihn angesehen hatte, ihre schlanken weißen Beine ihn umschlungen hatten. Als er in sie eindrang, schienen sie miteinander zu verschmelzen ...
Der Anblick Danieles, der gerade den Festsaal betrat, riß Antonio aus seinen Träumereien. Sogleich mußte er das Verlangen unterdrücken, den Künstler über sein Modell auszufragen. Unter den jetzigen Umständen wäre das unverzeihlich. Wenn seine Besessenheit anhielt, konnte er ihn ja noch einmal in seinem Atelier aufsuchen. Er runzelte die Stirn, verärgert über sich und seine Lage. Eine erfahrene Kurtisane entsprach seinen Bedürfnissen viel eher, doch weder die bewußt heraufbeschworenen Erinnerungen an seine glutvollen Stunden mit Bianca noch die Vorbereitungen auf dieses Fest hatten ihn lange von dem Gedanken an die reizende, hingebungsvolle Rothaarige ablenken können. Sie hatte ein solch auffallendes Gesicht mit ihren dicht bewimperten Augen und dunklen Brauen, dem vollen, leidenschaftlichen Mund.
Ja, ihr Mund war zweifellos sinnlich, aber wenn sie nun über keinerlei Redekunst verfügte? Eine flüchtige Begegnung konnte allein der Sinnlichkeit wegen ausgekostet werden, ein angenehmer Zeitvertreib von Mann und Frau. Wenn er längere Zeit mit einer Frau verbringen wollte, mußte er jedoch mit ihr reden können. Die Kurtisanen suchte er nicht allein wegen ihrer Liebeskünste auf. Dennoch könnte er schwören, daß das Mädchen zumindest klug war – in ihren Augen lag dieses lebendige Funkeln. Vielleicht befeuerte sie der Umgang mit den Künstlern. Er erinnerte sich noch deutlich an ihre tiefe, heisere Stimme, obwohl sie kaum etwas gesagt hatte. Ihre Sprache war beinahe kultiviert ... Unsinn, als ob man derartige Dinge nach einem so kurzen Gespräch sagen konnte. Wenn er besessen von dem Mädchen war, sollte er sie suchen und seine Leidenschaft ausleben, die Flamme heiß und schnell ausbrennen lassen.
Er hoffte, daß Daniele nicht ihr Liebhaber war oder daß

sie ihm wenigstens nicht viel bedeutete. Das Kostüm gab ihm nach wie vor zu denken. Gewiß, Daniele hatte einen Mönch gemalt, aber wozu der alberne Bart? Es schien, als hätten sie eine Art erotisches Spiel getrieben. Hatten Savonarolas Predigten ihn erschreckt, versuchte er, gegen seine Natur anzukämpfen, nahm zu dem bizarren Kunstgriff Zuflucht, eine Frau in die Kleider eines Jungen zu hüllen? Vielleicht gab er sich auch hin und wieder mit Frauen ab, und das Mönchskostüm diente nur als kleine pikante Rache an dem Prediger. Danieles Eigenheiten gingen ihn natürlich nichts an. Er wollte gewiß nicht den einzigen Verwandten Doroteas, den er bisher mochte, vor den Kopf stoßen, indem er mit ihm über dieses Straßenmädchen in Streit geriet. Daß er sich über die vermutliche Geliebte seines Gastgebers hergemacht hatte, war günstigenfalls unhöflich zu nennen. Er sollte das Mädchen einfach vergessen, aber das war leichter gesagt als getan. Da, Daniele hatte ihn bemerkt und winkte ihm zur Begrüßung zu. Antonio lächelte und bedeutete ihm näher zu kommen.
»Also werden wir Verwandte?« sagte Daniele und lächelte ihm spitzbübisch zu.
Antonios Lächeln war bedauernd. »Bis zu meinem Besuch war mir das leider selbst unbekannt. Mein Vater war äußerst peinlich berührt, als ich erwähnte, daß ich Euch in Eurem Atelier besucht habe.« In dieser kurzen Unterredung waren ihm noch andere pikante Dinge zu Ohren gekommen. Außer dem anrüchigen Künstler, so hatte sein Vater gestanden, gehörten seiner neuen Familie ebenso ein schwachsinniger Sohn, eine wahrsagende Zigeunerin und die *selvaggia*, das wilde Mädchen Veronica, an. »*Selvaggia*?« hatte Antonio belustigt gefragt. »Eine unverbesserliche kleine Wilde. Sie reitet wie ein Mann«, hatte sein Vater mit solcher Verachtung erklärt, daß Antonio sich fragte, ob es sich wirklich um Pferde handelte oder eher um Männer, die das Mädchen ritt. Er versuchte Näheres über diese bizarre Verwandte zu erfahren, doch sein Vater hatte nur Interesse für den politischen Einfluß Luigi della Montagnas.

Daniele stieß einen übertriebenen Seufzer aus. »Ich bin eines der schwarzen Schafe der Familie. Ein bescheidener Künstler.«

»Dann haltet Ihr nichts von der neuen Theorie, daß Malerei der Poesie und Musik ebenbürtig ist, und nicht eine rein mechanische Leistung?«

»Natürlich ist sie den anderen Künsten ebenbürtig und auch eine angemessene Beschäftigung für jeden Ehrenmann, der über das nötige Talent verfügt«, rief Daniele aus. »Plato, dessen Philosophie so hoch geschätzt wird, hat die Maler zu Unrecht als schlechte Nachahmer der Wirklichkeit verächtlich gemacht. Selbst die größten Geister können sich irren, und in diesem Punkt hat er sich geirrt. Wir sind keine reinen Handwerker, ebensowenig wie die Poeten, die Feder und Papier benutzen, um die Bilder ihrer Phantasie auszudrücken. Unsere Arbeit erfordert neben den manuellen Fertigkeiten einen wachen Verstand. Die Perspektive hängt eng mit der Mathematik zusammen, und was wäre reiner als diese Wissenschaft?«

»Ja, was?« fragte Antonio, belustigt von Danieles leidenschaftlichem Redeschwall.

»Ah, ich sehe ein hinterhältiges Funkeln in Euren Augen. In Zukunft werde ich vorsichtiger sein, wenn Ihr mit solch einstudierter Unschuld bewußt provozierende Fragen stellt!« Er lächelte boshaft. »Ich werde Euch eines meiner tiefsten Geheimnisse verraten, Antonio.«

»Ja?« Antonio erwiderte sein Lächeln, obwohl er einen lächerlichen Anflug von Furcht verspürte, daß Daniele etwas über sein Modell sagen würde.

»Die geometrische Berechnung der Perspektive verursacht mir die furchtbarsten Kopfschmerzen«, stöhnte Daniele. »Ich liebe die Farbe, das Material, liebe es, die Essenz des Gefühls einzufangen – aber nicht diese proportional verjüngten Landschaften, die im Augenblick so gefragt sind!«

Antonio lachte laut, dann hustete er, um seine Reaktion abzuschwächen.

»Ich beherrsche es sehr gut, müßt Ihr wissen. Ich mache es nur nicht gern! Ah, da sind Mamma Lucia und Roberto«,

rief Daniele plötzlich und zeigte auf eine dunkelhäutige kleine Frau mit faltigem Gesicht, die ganz in Schwarz gekleidet war. »Verzeiht, ich muß sie begrüßen.«
»Die Zigeunerin, die ebenfalls zu meiner Verwandtschaft gehört, wie ich erst kürzlich erfahren habe?« fragte Antonio interessiert. Die alte Dame wirkte zerbrechlich und stark zugleich. Sie musterte ihn kühn vom anderen Ende des Saals aus. Niemals zuvor hatte er so durchdringende Augen gesehen.
»Das schwärzeste der schwarzen Schafe, mit dem Ihr es zu tun haben werdet, wenn Ihr in diese Familie einheiratet. Ihr werdet Euch von ihr die Zukunft vorhersagen lassen müssen. Es wird eine Offenbarung, das kann ich Euch versichern.«
»Ja, Ihr müßt mich ihr vorstellen. Und die blonde Dame, die neben ihr am Fenster steht, ist das Veronica?« Sie sah nicht gerade nach einer Wilden aus.
»Nein, wie kommt Ihr darauf ...«, begann Daniele verblüfft, dann lächelte er steif. »Natürlich, Ihr seid Veronica nicht offiziell vorgestellt worden, oder?«
»Nein«, sagte Antonio, nun seinerseits verblüfft wegen Danieles seltsamer Miene. »Zählt sie Eurer Meinung nach ebenfalls zu den schwarzen Schafen?«
»Natürlich. Veronica ist das schwarze Lamm. Kommt, ich führe Euch zu Mamma Lucia.«
In diesem Augenblick erschien Luigi mit einem Geschäftspartner, den er ihm unbedingt vorstellen wollte. Daniele hob die Augenbrauen und entfernte sich. Antonio begrüßte den neuen Gast, Ugolino Villani, einen plumpen, rotgesichtigen Mann, unvorteilhaft in einen langen, gefältelten *houppelande* aus rosarotem Brokat gekleidet, der mit goldenen Tressen verziert war. Seine große, hagere Frau, ganz in Grau, hielt sich in seinem erdrückenden Schatten. Luigi überließ sie einander, was Ugolino zum Anlaß nahm, Antonio laut über seine persönlichen Vorlieben für Handelsrouten zu belehren. Der Mann gab ausschließlich Wissen aus zweiter Hand zum besten, das er als seine eigene Erfahrung ausgab, war aufgeblasen,

streitlustig und dumm. Er mißfiel Antonio noch mehr als Luigi, wenn das überhaupt möglich war, und er war erleichtert, als das gegensätzliche Paar wieder ging.
Als er zu Dorotea hinübersah, wünschte Antonio erneut, sein Vater hätte eine andere Braut für ihn ausgesucht. Zwischen ihnen existierte nicht der kleinste Funke von Anziehung, weder geistig noch körperlich. Er hatte keine Leidenschaft erwartet, aber seine Ehe versprach überaus langweilig zu werden. Gewiß, das Mädchen war hübsch, von zarter, schüchterner Anmut, jedoch sehr verschlossen. Und sie hatte nur sehr wenig Bildung genossen. Die meisten florentinischen Mädchen aus guter Familie wurden in den klassischen Wissenschaften unterwiesen. Dorotea jedoch hatte außer Schreiben und Sticken wenig vorzuweisen. Er hatte eine halbe Stunde lang ein bemühtes Gespräch mit dem Mädchen und ihrer mißtrauischen, überbehütenden Mutter geführt und war froh, als er sich wieder unter die übrigen Gäste mischen konnte. Er würde wieder zu ihnen stoßen müssen, wenn das Essen aufgetragen wurde. Maria fing seinen Blick auf, und er verneigte sich vor ihr. Sie wandte sich ab und flüsterte Dorotea etwas zu, die ihm daraufhin einen kurzen, erschrockenen Blick zuwarf, dann die Augen senkte und einen Knicks machte. Ihre scheue Reaktion sprach eher von Angst als von Sittsamkeit. Fürchtete sie sich vor der Hochzeitsnacht – oder ängstigten sie vielleicht die Geschichten über seine skandalöse Vergangenheit?
»Habt Ihr vor, auch diese Gattin zu töten?« nahm eine brüchige Stimme seine Gedanken auf. »Madonna Dorotea wirkt unschuldig, aber man weiß nie, welche Schlechtigkeit sich hinter diesem kindlichen Äußeren verbergen mag.«
Antonio versteifte sich, dann wandte er sich der Witwe seines Bruders zu. »Laudomia.«
»Ihr habt meine Frage nicht beantwortet, Antonio.« Laudomia reichte ihm kaum bis ans Kinn. Sie funkelte ihn an, ihre hellblauen Augen waren verschleiert von Bosheit. Die Zwergin hatte sich in eine Giftschlange verwandelt. Ihre zweite Ehe mußte ihr kein Glück geschenkt haben, da

sie ihre Feindschaft so viele Jahre hatte aufrechterhalten können. Ja, ihr Haß schien sogar noch gewachsen zu sein.

»Ich habe Beatrice nicht getötet«, sagte Antonio leise.

»Sie stolperte und fiel, ja? Brach sich passenderweise ihren hübschen kleinen Hals? Erwartet Ihr, daß ich das glaube?«

»Ich erwarte gar nichts, Laudomia«, erwiderte er kalt. »Ich beantworte lediglich Eure Frage. Ich habe Beatrice nicht getötet. Ich töte keine Frauen.«

»Nicht einmal, wenn sie Euch töten wollen, Antonio?«

»Ich habe erwogen, in diesem Falle eine Ausnahme zu machen. Bisher mußte ich nur die gedungenen Mörder töten, die Ihr auf mich angesetzt hattet.«

»Jemand hat versucht, Euch zu töten? Es bereitet mir großes Vergnügen, das zu hören. Aber warum glaubt Ihr, daß ich den Befehl dazu gab? Es muß doch viele andere geben, die Euch ebensosehr hassen wie ich.«

»Ein Freund Alessandros hätte vielleicht einen oder zwei Männer mitgenommen, aber er wäre selbst dabeigewesen. Der erste Mörder kam allein. Als er mich töten wollte, sagte er: ›Eure Familie schickt Euch Grüße, Antonio di Fabiani.‹« Nur Ihr würdet eine solch melodramatische Botschaft überbringen lassen. Jedem anderen hätte die Tat selbst genügt.«

»Ihr haltet Euch für sehr klug!«

»Das zweite Mal waren es vier gedungene Mörder. Es war weit schwieriger, mit Ihnen fertig zu werden, aber nicht unmöglich, wie Ihr seht.« Weil Giacomo ihm rechtzeitig zu Hilfe geeilt war, aber das verriet Antonio ihr nicht. »Ich nahm an, daß Ihr dieses Mal ganz sichergehen wolltet, weil Ihr das erste Mal den Irrtum begangen hattet, nur einen Mann zu schicken. Ich muß bekennen, daß ich nicht weiß, ob Ihr weitere Anschläge in Auftrag gegeben habt. Wir hatten es immer mit irgendwelchen Briganten zu tun, aber ein Überfall hat einen anderen Geschmack, wenn es nicht nur um deine Geldbörse, sondern um dein Leben geht.«

»Ihr seid weit gereist. Ich konnte meine Grüße nur schicken, wenn ich wußte, wo Ihr Euch aufhieltet.«

»Und das muß Euch vor gewisse Schwierigkeiten gestellt

haben. Gedungene Mörder verkehren gewöhnlich nicht in Euren Kreisen.«
»Es hielt sich in Grenzen«, erwiderte sie und ließ nicht erkennen, ob ihr jemand geholfen hatte. »Und ich bin auch noch nicht fertig. Ihr werdet mich schon töten müssen, Antonio, um sicher vor mir zu sein. Aber ich gewähre Euch Aufschub, um Eurer Mutter willen. Sie liegt im Sterben. Ich will ihr die letzten Wochen nicht mit dem Wissen verbittern, daß ihr einziger Sohn noch vor ihr den Tod gefunden hat. Kostet den Rest ihrer Tage aus, denn es werden auch Eure letzten sein.«
»Ich werde es nicht vergessen.«
»Ich wünsche Euch Glück zu Eurer zweiten Heirat, Antonio. Dasselbe Glück, das mir beschieden war. Vielleicht werdet Ihr ja dankbar sein, daß sie von so kurzer Dauer ist.« In ihren Augen glitzerte wilde Erregung. Antonio wußte nicht, ob es Tränen waren oder schiere Mordlust. Ihre Stimme war nur noch ein haßerfülltes Zischen, als sie flüsterte: »Ich habe mein Herz zusammen mit Alessandro begraben, lebendig begraben. Aber es ist nicht tot, Antonio. Mein Haß erhält es am Leben, es schlägt in der Dunkelheit des Grabes. Es wird erst sterben, wenn Ihr tot seid. Erst dann wird es in Frieden ruhen.«
Laudomia drehte sich um und ließ ihn allein. Antonio winkte einen Diener herbei, nahm einen Weinkelch von seinem Tablett und trank, während er sich zu fassen suchte. Er fühlte sich, als hätte Laudomia ihm ins Gesicht gespien, und er mußte an sich halten, um nicht den unsichtbaren Speichel abzuwischen. Bislang hatte er sich noch nicht entschieden, wie er mit Laudomia verfahren sollte. Es war schwierig, es mit einer so bemitleidenswerten Feindin zu tun zu haben.
»War Laudomia wieder einmal unerträglich?« fragte eine andere, ihm unbekannte Stimme. Er runzelte die Stirn und wandte sich seinem neuen Widersacher zu, einem blonden jungen Mann. Seine Züge waren anziehend, der breite Mund und die grünen Augen flüchtig vertraut. Er dachte rasch nach. »Stefano?« fragte er.

»Ihr erinnert Euch also an mich, Vetter Antonio. Ich fühle mich geehrt. Ich war noch ein Kind, als Ihr … Florenz verlassen mußtet.«
Die Haltung des jungen Mannes war liebenswürdig, doch seine Worte wirkten heuchlerisch. Stefano hätte Antonios Erbe angetreten, wenn er nicht zurückgekehrt wäre. Vielleicht setzte ihm der Verlust zu? Oder war Antonio nach Laudomias Drohungen zu empfindlich? Er hatte erwartet, von Doroteas Verwandten begutachtet zu werden, nicht jedoch von seinen eigenen.
»Ich freue mich, daß Ihr zurückgekehrt seid, wirklich«, versicherte Stefano gutmütig.
Luigi erschien erneut, um ihm mitzuteilen, daß das Essen serviert sei. Antonio stellte ihn seinem Vetter vor. Stefano verabschiedete sich rasch, was für ihn sprach. Antonio war geneigt, jeden zu mögen, der seinen zukünftigen Schwiegervater ablehnte. Wenn er nicht trank, war Luigi ein gewiefter Geschäftsmann und Politiker. Nur das interessierte seinen Vater, und seine einst edle Herkunft, obgleich Luigi wenig Vornehmes hatte. Bereits jetzt trank er zuviel, sprach zu laut. In seiner Jugend war Luigi vermutlich ein äußerst anziehender Mann gewesen. Spuren seiner einstigen Erscheinung waren noch zu sehen, obgleich sein Körper trotz seiner reichen Kleider unförmig und aufgedunsen wirkte.
»Was haltet Ihr von meiner kleinen Dorotea?« fragte Luigi anzüglich und stieß ihn gegen den Arm.
»Sie ist lieblich«, antwortete Antonio aufrichtig.
»Züchtiges kleines Ding, aber sie wird Euch zu Willen sein, wenn Ihr sie in Besitz nehmt. Wenn Ihr Glück habt, wird sie nicht so schnell vertrocknen wie ihre Mutter.«
Mit einem Anflug von Bitterkeit dachte Antonio, daß sein Vater diese Familie einzig zu dem Zweck ausgewählt hatte, ihn für seine Verfehlung zu bestrafen.
Plötzlich verspürte er den heftigen Drang, sich von Luigi abzuwenden, nicht weil er ihn abstieß, sondern weil ihn etwas anderes anzog. Es war ein seltsames Gefühl, glich

der instinktiven Warnung vor einer Gefahr. Doch zugleich war es feiner, sanfter, ein Wiederkennen, eine unsichtbare Berührung.
Luigi wandte sich gleichfalls um, kniff die Augen zusammen und sagte: »Da kommt Veronica.«

Sie erkannte Antonio sofort, obgleich er ihr den Rücken zuwandte. Seine Kleider waren silbergrau, der Rauch zu den dunkelroten Flammen ihrer Juwelen. Antonio spürte ihren Blick, wandte sich um und erkannte sie ebenfalls. Er richtete sich auf, wich ein wenig zurück, eine körperliche Geste der Verweigerung. Einen flüchtigen Moment lang weiteten sich seine Augen in ungläubigem Staunen. Dann schob sich wieder die glatte Maske über seine Züge, obwohl er sie nicht aus den Augen ließ. Als Veronica auf ihn zuschritt, schien der Saal, die ganze Welt nur noch aus ihnen beiden zu bestehen. Die Luft war ein Herzschlag, der sich mit jedem Schritt beschleunigte. Als sie ihm gegenüberstand, schaute sie hinter die Fassade höflicher Neugier und geheuchelter Langeweile, sah in sein Herz ... sah Staunen, kaum unterdrückten Zorn, die Hitze des Verlangens und, noch tiefer, die Glut vergangenen Schmerzes.
»Die Gattin meines ältesten Sohnes«, stellte Luigi sie vor. »Veronica, dies ist Antonio di Fabiani.«
Veronica registrierte ein flüchtiges Aufflackern in Antonios Augen. Also hatte man ihm von Roberto erzählt. Während sie im stillen Luigis lästige Anwesenheit verwünschte, machte sie einen Knicks und sagte höflich: »Signore Antonio.«
»Madonna, mit dieser Überraschung hätte ich nicht gerechnet. Es ist mir eine Ehre. Eure Gegenwart erstaunt mich ... erfreut mich.« Seine Stimme klang kalt, als er ihr dieses höfliche Kompliment machte, doch sein Blick glitt fast beleidigend über ihren Körper.
»Ich erinnere mich nicht an dieses Kleid.« Nur Luigis heisere Stimme und die Gefühle, die sich auf seinem Gesicht spiegelten, vermochten Veronica von Antonio abzulen-

ken. Diese Gefühle hatte sie dort niemals wiederzusehen gehofft. Begierde. Instinktiv erkannte sie den Grund für sein neuerwachtes Interesse. Luigis Zudringlichkeit hatte nur ihren Abscheu erregt, Antonio hingegen ihre Sinnlichkeit geweckt. Sie war jetzt eine Frau. Luigi erspürte diese Veränderung, sie weckte das Tier in ihm. Er war wieder einmal betrunken, zu betrunken, um sich an seine abstoßende Reue und ihre entschlossene Gegenwehr zu erinnern.
»Euch fehlt feines Geschmeide, ein Halsband für diesen weißen Hals. Rubine, blutrote Rubine.« Seine entstellte Stimme verhieß ihr, deutete an, was sie dafür zu bezahlen hatte. Er trat vor, wollte ihren Hals berühren, doch Veronica kam ihm zuvor, wehrte ihn ab. Luigi hielt in seiner Bewegung inne, fixierte sie lüstern, hinterhältig. Er beugte sich zu ihr und flüsterte so leise, daß nur sie es verstehen konnte: »Tragen Hexen … Rubine?«
Die angedeutete Drohung ließ sie erstarren. Luigi ließ seine Hand sinken, und Veronica keuchte, als seine Finger über ihre Brust strichen. Ein kalkulierter Zufall. Er lachte leise und rieb die Finger an seinen Lippen.
»Entschuldigt mich, meine Braut erwartet mich«, sagte Antonio. Seine Stimme und seine Miene waren voller Verachtung. Er wandte sich um und ließ sie allein mit Luigi zurück. Veronica stand verlassen da, wollte ihn verfluchen, wollte weinen, bis ihr Herz von der Demütigung reingewaschen war. Von fern hörte sie einen Diener das Essen ankündigen, sah, daß die Gäste langsam in den benachbarten Speisesaal schritten.
»Setzt Euch zu mir. Ich werde Euch einen Platz neben mir freihalten«, hauchte Luigi an ihrem Ohr, als sei dieses Angebot eine Ehre für sie. Veronica sah, daß Maria sie beobachtete, ebenso verächtlich wie zuvor Antonio. Luigi schlang den Arm um ihre Taille, seine Finger berührten eine ihrer Brüste. Schaudernd machte sie sich von ihm los.
»Ich sitze bei meiner Familie«, erwiderte Veronica kurz angebunden und ging allein in den vergoldeten, von zahllosen Kerzen erleuchteten Speisesaal.

Die Tafel war mit einem üppigen Festschmaus bedeckt. Es wurden Ente in Honig mit Orangen, Lammbraten und mit Wurst, Äpfeln und Haselnüssen gefüllte Hähnchen gereicht; auf dem Tisch standen Platten mit Ravioli, die auf der Zunge zergingen, mit Ziegenkäse gefüllt und mit Olivenöl und Kräutern abgeschmeckt, Teller mit in Butter und süßem Anis gedünstetem Kohl und eine Pyramide aus gebackenen Zwiebeln in goldbraunem Blätterteig. Zum Nachtisch wurden Schüsseln aus feiner *maiolica* mit gezuckerten Mandeln, getrockneten Feigen, würzigen Birnentörtchen und eine mit Aprikosenmarmelade gefüllte Mandeltorte aufgetragen. Luigi spielte wieder den stolzen Vater, den großzügigen Gastgeber, brachte Trinksprüche auf das glückliche Paar aus. Es gelang Veronica kaum, den Kelch an ihre Lippen zu führen, geschweige denn von dem Wein zu kosten. Sie saß zwischen Mamma Lucia und Roberto, schob mißmutig das Essen auf ihrem Teller hin und her, beobachtete Antonio verstohlen unter gesenkten Lidern. Er sah nicht ein einziges Mal zu ihr herüber.

Sie mußte zugeben, seine Manieren waren vollendet. Hin und wieder sprach er mit den Gästen in seiner unmittelbaren Nähe, überschüttete Dorotea mit Aufmerksamkeiten. Ihre Schwägerin sah bezaubernd aus in ihrem Kleid aus cremefarbenem und goldenem Brokat, ihr braunes Haar war zu kunstvollen Zöpfen geflochten und mit winzigen Perlen geschmückt. Sie war hübsch und zart, wirkte wie ein Kind, war kaum zur Frau herangereift. Sie gab sich zurückhaltend, wagte ihren künftigen Gatten kaum anzusehen, musterte ihn nur kurz, wenn er ihre Aufmerksamkeit auf verlockendes Gebäck lenkte oder sie anredete. Antonio gelang es, die peinlichen Gesprächspausen zwischen ihren einsilbigen Antworten mit Anekdoten aus seinem Leben eines Höflings zu überspielen. Dorotea hatte nicht mehr Sinn für Humor als Maria, daher gab Antonio sich im Umgang mit ihr gesetzter.

Schließlich gelang es ihm, ihr Interesse zu wecken. Es mußte sich um Savonarola handeln. Der Mönch und sei-

ne Predigten waren Doroteas einzige Leidenschaft. Sie und Maria besuchten jede seiner Messen, denen Dorotea, da war Veronica sicher, mit größerer Spannung entgegenfieberte, als dieses Fest jemals in ihr erregen konnte. Als Doroteas Begeisterung wuchs, ließ Antonios Aufmerksamkeit nach. Veronica konnte es spüren, erkannte es an seiner leicht veränderten Haltung und Miene. Er war höflich, aber ihr Eifer machte offenbar wenig Eindruck auf ihn. Dorotea bemerkte seine Zurückhaltung nicht. Sie beugte sich zu ihm und legte ihre kleine, helle Hand auf seinen Arm.
Veronicas Herzschlag setzte aus. Sie wußte nicht, ob Eifersucht das richtige Wort für das tiefe Elend war, das sie empfand. Neulich war sie eifersüchtig gewesen, glühend eifersüchtig auf die schöne Kurtisane, die Antonio liebkost hatte. Sie konnte an seiner Haltung keinerlei Verlangen für Dorotea ausmachen – aber er würde sich mit ihr vermählen und sein Bett mit ihr teilen. Sie würde seine Zärtlichkeiten empfangen. Selbst jetzt durfte Dorotea einfach die Hand ausstrecken und seinen Arm berühren. Veronica empfand ein Gefühl der Hoffnungslosigkeit und Vergeblichkeit angesichts der geltenden Gepflogenheit, Ehen zu arrangieren; so war sie an Roberto gebunden worden, und so würde Antonio an Dorotea gebunden. Sie verstand, für wie wichtig Vermögen und Ansehen gehalten wurden, doch ihr bedeutete beides nur wenig. Die Verknüpfung dieser beiden Menschen war ein Hohn. Die Ehe sollte ein Sakrament sein, Fleisch zu Geist werden und Geist zu Fleisch. Sie war weltlichem Nutzen untergeordnet worden. Wie traurig.
Gatte, dachte sie. Nein, niemals Gatte, obleich ihr Herz ihn dazu erwählt hatte. Aber vielleicht Liebhaber, wenn sie ihn nicht bereits verloren hatte. Er hatte sie mit solch großer Wut und Verachtung angesehen. Aber sie hatte ebenfalls sein Verlangen erkannt. Nein, sie hatte ihn noch nicht verloren, und sie würde um ihn kämpfen. Veronica wünschte nur, sie wäre in den Waffen der Liebe besser unterwiesen.

Neben ihr sagte Mamma Lucia: »Also ist er derjenige, auf den du gewartet hast, nicht wahr? Dein *Prinz der Kelche.*« Erschrocken wandte Veronica sich ihr zu. Sie war naiv. Was hatte sie denn erwartet? Mamma Lucia durchschaute sie stets. Nur Mamma Lucia? Veronica hoffte inständig, daß sie sich nicht zum Gespött gemacht hatte. Sie war noch nie verliebt gewesen. Wie schaffte man es, so zu tun, als gehe alles seinen gewöhnlichen, normalen Gang?

»Keine Sorge, du verschlingst ihn recht diskret mit den Blicken. Deine hübschen langen Wimpern sind eine große Hilfe, um unbemerkt zu spionieren. Es wäre allerdings klug von dir, wenn du ein, zwei Worte mit den anderen Gästen wechseln könntest. Und iß etwas, spiele nicht nur mit deinem Essen herum.« Sie musterte Antonio kühn und rümpfte die Nase. »Nicht nach meinem Geschmack, aber er ist anziehend, das gebe ich zu. Allein schon um der Augen willen lohnt es sich zu sündigen, und das weiß er sehr gut, der eingebildete Teufel. Bei dieser von Frost befallenen Mädchenknospe wird es ihm allerdings nicht das geringste nützen. Sie wird niemals aufblühen. Ich kann mir denken, daß er es sehr gut weiß. Er spürt, wo er erwünscht ist, dieser Mann.« Sie blickte Veronica an. »Er hat dich bereits in Fesseln gelegt, wie? Wie lange geht es schon so? Ist er der Grund, warum du mich in letzter Zeit nicht besucht hast?«

Veronica senkte den Blick und errötete. Es gab zwei verschiedene Antworten auf Mamma Lucias Fragen, und sie wußte nicht, wie sie sich erklären sollte. Nicht hier und nicht jetzt.

»Laß nur, sag es mir nicht. Ich sehe auf den ersten Blick, daß er viel zu viele Schwierigkeiten machen wird. Aber warum sage ich das, mit den Männern ist es immer so. Nun, niemand, der liebt, hört auf gute Ratschläge. Nicht einmal auf die eigenen, von denen anderer ganz zu schweigen. Aber du weißt, wo du mich findest, wenn du mich brauchst, Kind. Oder die Karten.« Ihre schwarzen Augen funkelten, und sie flüsterte verschwörerisch: »Wenn er dir weh tut, wird er es bereuen. Ich habe einen

Fluch für Herzensbrecher. Ich habe ihn nie benutzt, aber er wird wirken.«

Veronica mußte lachen, sie konnte nicht anders. Sie beugte sich vor und küßte Mamma Lucia auf die Wange. Dann zwang sie sich zu essen. Zum Glück, denn Luigi brachte wieder einen Trinkspruch aus, verlangte, daß alle mittranken, und dann noch einen, und diesmal gehorchte sie, hoffte, daß der Wein sie auflockern würde. Ein süßer Dessertwein wurde serviert. Roberto trank sein kleines Glas leer und stibitzte auch ihren Kelch, als sie nicht hinsah. Sie hatte nicht das Herz, ihn auszuschelten, da sie ihm so wenig Aufmerksamkeit geschenkt hatte. Er freute sich an den herrlichen Speisen, die Benito für ihn kleinschnitt, obgleich er wegen des Weins bald über seinem Teller einnickte. Sie ließ ihn von Benito zu Bett bringen, bevor er fest einschlief und fortgetragen werden mußte.

In einem letzten Trinkspruch verkündete Luigi, im Festsaal werde jetzt aufgespielt und getanzt. Die Gäste erhoben sich von der Tafel, manche mit Ausrufen des Entzückens, manche mit bestürzten Seufzern, je nach der Menge des Essens, die sie vertilgt hatten. Luigi fuhr Maria, die an seinem Ärmel hing, scharf an. Er schob ihre Hand weg und steuerte zielstrebig auf Veronica zu. Aufgebracht eilte Maria ihm nach. »Es ist empörend. Du wußtest, daß ich so kurz vor der Fastenzeit kein rauschendes Fest geben wollte. Ebensowenig Dorotea. Dieser beleidigende Luxus sollte auf dem Feuer der Eitelkeiten vernichtet werden. Savonarola billigt solch verschwenderische Unterhaltung nicht, und er duldet auch keine profane Musik oder Tanz.«

»Ich kann ja wohl kaum das *Tedeum* auf einem Verlobungsfest spielen lassen, oder?« zischte Luigi seiner Gattin zu. »Geh zur Beichte, wenn du nicht anders kannst, und faste einen Monat lang zur Buße für deine eigenen Sünden und die aller anderen obendrein. Aber leide im stillen, Frau. Meine Gäste sollen sich erfreuen und wohlgenährt nach Hause gehen.«

Maria blickte ihn finster an, sagte jedoch nichts mehr,

preßte ihre ohnehin schmalen Lippen zusammen, so daß sie aussahen wie eine blasse Narbe, dann wandte sie ihm den Rücken zu und marschierte davon. Während Luigi seiner Gattin nachblickte, erhob Veronica sich leise und versuchte unbemerkt zu entkommen. Doch Luigi fuhr zu ihr herum und packte ihren Arm. Seines Stimme klang klebrigsüß. »Ihr seid wunderschön heute abend, Veronica. Diese Farbe paßt ausgezeichnet zu Euch. Rot steht für Leidenschaft.«

»Laßt meinen Arm los«, zischte sie ihm zu. Er griff nur fester zu, drehte ihren Arm, daß sie vor Schmerz fast aufschrie. Der fiebrige Glanz in seinen Augen machte ihr angst.

»Warum tanzt Ihr nicht mit mir, Veronica? Ich war früher ein guter Tänzer.« Luigi beugte sich zu ihr und flüsterte ihr zu: »Ihr könnt noch ein, zwei Dinge lernen.« Er musterte sie gierig, als sei sie eine seiner Huren. Wenn er sie nicht sofort losließ, würde sie einen Weinkelch nehmen und ihm ins Gesicht schleudern.

»Madonna Veronica«, unterbrach Antonio gelassen, »Ihr habt versprochen, mit mir zu tanzen.«

»Ihr solltet mit Dorotea tanzen«, fuhr Luigi ihn an.

»Sie findet keinen Gefallen an solch frivolen Vergnügungen.«

»Dann leistet ihr Gesellschaft«, schrie Luigi.

»Ich möchte nicht den Eindruck bei ihr erwecken, daß es in unserem Haus keine Musik und keinen Tanz geben wird, wenn sie sich auch nicht daran beteiligen muß. Ich bin sicher, Ihr könnt meine Haltung verstehen«, entgegnete Antonio und nahm Veronicas freie Hand. »Statt ihrer wird diese Dame den Tanz eröffnen.«

Einen Augenblick standen sie da wie ein lebendes Bild, das auf Veronica absurd und gefährlich zugleich wirkte. Die Musik setzte ein – ein lebhafter Gegensatz zu der Spannung –, und Luigi gab ihren Arm frei. Unvorhersehbar wie stets, wenn er trank, schien er plötzlich verstört, seine Wut verwandelte sich in Mißmut. Antonio führte sie in den Festsaal und auf die Tanzfläche zu den anderen Paaren, die sich erhoben hatten, als aufgespielt wurde. Sie war erleichtert über sein Eingreifen. »Ich danke Euch.«

»Ihr solltet Eure Liebhaber mit mehr Vorsicht wählen, Madonna, und die meiden, die Euch unangenehme Szenen machen.«

»Wie könnt Ihr es wagen!« keuchte Veronica, und der Schock vertrieb jedwede Dankbarkeit oder auch nur den Wunsch, es abzustreiten. Sie hielt kurz inne, doch Antonio schleuste sie mit geübter Geschicklichkeit durch die kunstvollen Tanzschritte zu *La Spanga*.

»Ihr wißt Empörung gut darzustellen, Madonna. Allerdings blickt ein Mann, der eine Frau bereits gekostet hat, sie ganz anders an als eine Frau, an der er sich noch zu erfreuen hofft. In solchen Blicken liegt Wahrheit.«

Gekostet vielleicht, dachte sie voller Wut, aber er hatte sich nicht an ihr erfreuen können. Er lachte lautlos über ihren Zorn, in seinen Augen blitzte boshafter Spott. Sie funkelte ihn böse an, verletzter Stolz und erlittenes Unrecht spiegelten sich in ihrem Blick. Wie konnte sie ihm die Wahrheit sagen, wenn er all ihre Worte so grausam mißdeutete? Warum rettet er sie vor Luigis schmerzhaftem Griff, um ihr eine noch schlimmere Verletzung zuzufügen? Oh, es tat weh, es tat weh, seine Verachtung zu spüren, ob zu Unrecht oder nicht! Sie mußte an ihrem Zorn festhalten, er war ihr einziger Schutzschild gegen seine Grausamkeit. Wenn es nicht anders ging, konnte sie dieses zynische Spiel ebensogut spielen wie er.

»Derselbe Blick wie der Eurige?« forderte sie ihn kühn heraus, als sie einander umkreisten.

»Das hängt davon ab, wie mein Blick beschaffen ist, Madonna.«

»Selbstgefällig und herablassend.«

»Und voller Begierde?« fragte er und hob eine Braue. Aber seine Stimme war tief und heiser.

»Gierig zumindest.«

Er lächelte, das Lächeln eines Wolfs. »Heißhungrig. Unersättlich.«

»Das habe ich anders erfahren«, entgegnete sie scharf. »Ihr habt Euch kaum die Zeit genommen, zu kosten, was Euch dargeboten wurde.«
»Ihr vergeßt, daß ich an jenem Abend noch zu einem anderen Bankett geladen war.« Den vorgeschriebenen Tanzschritten gemäß wirbelte er sie unter seinem Arm hindurch und zog sie wieder an sich. »Das nächste Mal, das verspreche ich Euch … werde ich Eurem Angebot … meine ungeteilte Aufmerksamkeit widmen.«
»Ihr habt keine zweite Einladung erhalten.«
»Aber ich weiß, daß Ihr großzügig seid mit Euren Gaben. Ihr würdet mich nicht abweisen, wenn ich hungrig vor Eurer Tür erschiene.«
»Wenn ich von den anderen Banketten weiß, die Ihr jederzeit besuchen könntet, um Euren Hunger zu stillen? Was sollte mir daran liegen?«
»Was Euch daran liegt? Euch liegt an mir, Madonna, wie mir an Euch liegt. Und wie ich Euch kenne, würdet Ihr mich nicht abweisen.«
»Ach nein?« erwiderte sie herausfordernd, ihre Augen schleuderten Blitze. Er kannte sie nicht im mindesten.
»Nein, Ihr werdet mich nicht abweisen«, sagte er drohend. Verheißungsvoll.
Die Musik brach ab, und Daniele kam zu ihnen, um Veronica um den nächsten Tanz zu bitten. Antonio verbeugte sich und ging. Veronica war froh über das Geplauder ihres Vetters. Im Augenblick hatte sie nicht den Mut, ihn über die Fabianis auszufragen. Als sie die letzten Tanzschritte ausführten, sah sie Antonio mit einer schönen Brünetten in einem Kleid aus sattgoldenem Satin tanzen; ein funkelndes Topashalsband betonte ihren schwellenden weißen Busen. Das war der falsche Stein, dachte Veronica. Topase trug man, um unreine Liebe abzuwehren. Daniele ging, und Veronica zwang sich, im Festsaal zu verharren, mit einem jungen Mann namens Stefano Simonetta, der sich als Antonios Vetter entpuppte, *Il Canario* zu tanzen. Er machte ihr Komplimente, zu denen sie höflich lächelte, dann tanzte sie mit einem alten Herrn, der den

Abstieg der Medici-Dynastie beklagte. Ihr nächster Partner war ein Freund von Federigo, der Savonarola für inspirierend hielt – doch nicht inspirierend genug, um als Mönch im Zölibat zu leben, Gott behüte. Sie war dankbar, daß Luigi sie jetzt ignorierte, da er eine üppige Witwe gefunden hatte, die empfänglicher für seine Aufmerksamkeiten war.

Sie tanzte noch einmal mit Daniele und stellte beunruhigt fest, daß Antonio gleichzeitig zu der Brünetten zurückgefunden hatte. Die scharfen Klauen der Eifersucht schlossen sich um ihr Herz. Schmerz und Wut vermischten sich. Dann forderte Stefano sie noch einmal auf, reizvoll und anziehend mit seinem wirren blonden Haar und dem offenherzigen Gesicht. Sie willigte in den Tanz ein, überlegte, ob sie Antonio wohl eifersüchtig machen konnte. Sie zwang sich, mit Stefano zu kokettieren, aber die Mühe lohnte sich nicht. Der Fußboden hätte ebensogut mit Glassplittern bestreut sein können. Jeder Schritt war eine Qual, und doch mußte sie lächeln, lächeln, lächeln.

7. *Kapitel*

DIE KONFRONTATION

Nach zwei weiteren Tänzen verließ Veronica den Festsaal. Sie wollte nachsehen, wie es Roberto ging, doch zuerst erklomm sie die Treppe zum Turm in der Nähe ihres Zimmers und ließ ihre fiebrigen Wangen von der kalten Nachtluft kühlen. Der scharfe Schmerz war wieder da, schärfer noch als die Wut oder die Eifersucht. Antonios Verachtung verletzte sie. Er hatte kein Recht, sie zu verurteilen. Schlimmer noch, er verabscheute sie für etwas, das nicht ihre Schuld war. Er hielt sie für schamlos. Und wie viele Frauen hatte er selbst zum Vergnügen, sogar gegen Geld besessen? Welch bittere Ironie. Er war ihr erster Liebhaber, doch Luigis brutaler Überfall hatte den Beweis dafür zerstört. Wäre er nur einen Monat früher gekommen, hätte sie ihm neben ihrer Leidenschaft noch dieses Geschenk machen können.

Aber was spielte das für eine Rolle? Sie liebte Antonio. Es war Zufall, daß sie ihre körperliche Unschuld behalten hatte. Sie hätte ihr von dem Gatten genommen werden können, den sie nicht wollte, sie hätte sie einem anderen aus Neugier, Zuneigung oder Einsamkeit schenken können. Sie hätte sogar einen anderen begehren können. Doch Veronica wußte, daß sie niemals einen anderen als Antonio gewollt hatte. Sie hatte gewartet, und ihr *Prinz der Kelche* war gekommen. Die letzte Karte der *tarocco*-Auslegung, die sagte: »Dies ist dein Schicksal.« Aber ihr Schicksal verleugnete sie, verhöhnte sie.

Auch andere Menschen liebten verzweifelt und ernteten nur Verachtung. Der Schmerz unerwiderter Liebe wurde in Liedern und Gedichten besungen. War es ihr Stolz, der sie glauben machte, daß er ebenso empfinden mußte? Oder lag es daran, daß sie liebte und in ihrer Naivität überzeugt war, daß ihre Liebe erwidert werden müsse? Nun, vielleicht bedeutete sie ihm ja wirklich etwas. Jetzt aber würde sie sich erst einmal um Roberto kümmern. Wenn sie auch kaum an etwas anderes als an Antonio denken konnte, sie hatte noch andere Aufgaben.

Veronica stieg die Treppe hinab, öffnete die Tür zu Robertos Zimmer und fand sich inmitten der nächsten kleinen Krise. Marco Polo war wieder auf Erkundungstour gegangen und unauffindbar. Roberto war in Tränen aufgelöst, Bombol trottete fast ebenso mitleiderregend winselnd auf und ab. Benito schien mit seiner Weisheit am Ende.

»Entschuldigt, Madonna Veronica. Ich weiß nicht, was geschehen ist.«

»Es ist nicht deine Schuld, Benito. Vielleicht hat die Zofe die Tür offenstehen lassen. Du suchst das Kätzchen, und ich bleibe bei Roberto.«

»Hoffentlich finde ich es bald.«

»Ja. Aber Roberto wird ohnehin bald einschlafen, vom Wein und den Tränen, ob das Kätzchen wieder da ist oder nicht.«

»Vielleicht kann ich Hilfe holen. Ich kann nicht allein in allen Zimmern nachsehen.«

»Ich weiß. Tu dein Bestes. Und bitte Pippa oder eine der anderen Zofen, mir beim Auskleiden zu helfen, wenn sie frei sind.« Sie setzte sich aufs Bett und legte die Arme um Roberto, der seinen Kopf in ihrem Schoß vergrub.

»Und was ist mit dem Fest, Herrin?« flüsterte Benito eindringlich. »Wollt Ihr denn nicht tanzen?«

»Ist schon gut. Ich will nicht wieder zurückgehen. Nicht jetzt. Bring das Kätzchen zurück, wenn du es findest. Wenn nicht, geh und amüsiere dich.«

»Danke, Madonna Veronica. Ich mache mich jetzt auf die Suche nach Marco Polo. Später … heute abend findet im Stall ein Glücksspiel statt. Wenn Ihr mich braucht, könnt Ihr dort nach mir schicken.«

»Viel Glück«, sagte sie. Sie wandte sich wieder Roberto zu, streichelte seinen Rücken, fand Trost darin, ihn zu trö-

sten. Sie wünschte, sie könnte sich ihren Kummer ebenso schlicht von der Seele weinen und am kommenden Tag ebenso leicht vergessen.
Doch sie wußte, daß sie keine einzige ihrer bittersüßen Erinnerungen an Antonio aufgeben konnte.

Antonio betrat sein Zimmer und zog sein juwelenbesetztes Wams aus. Wo zum Teufel blieb Giacomo? Vermutlich fiel er gerade über eine der Küchenmägde her. Nun, er wünschte ihm viel Glück. Nein, er hurte nicht herum – er spielte. Giacomo hatte sich heute abend freigenommen, um an einem Würfelspiel teilzunehmen. Antonio hängte das Wams selbst in den Schrank. Der Raum, den man ihm zugewiesen hatte, war einer der prunkvollsten des ganzen Hauses. Die Möbel aus Walnußholz waren mit reichen Schnitzereien verziert, das Himmelbett und die Wände mit Gobelins behängt, auf denen in gedämpften Blau- und Goldtönen Jagdszenen dargestellt waren. Der Schmuck, die Bequemlichkeit hätten herzerwärmend sein sollen, aber das Feuer war heruntergebrannt, und es war kalt im Zimmer. Da er in seinem Hemd aus dünner weißer Seide fröstelte, legte er Reisig und Holz auf die Glut und griff nach einer ärmellosen Weste aus geprägtem Leder, mit grauem Fuchspelz gefüttert. Ein leiser, empörter Aufschrei war zu hören, und ein schwarzweißes Kätzchen fiel auf den Fußboden. Antonio nahm das Kätzchen am Nacken und betrachtete es. Es starrte ihn aus großen grünen Augen an und schlug dann mit seiner zierlichen rosigen Pfote nach seiner Nase.
»Dein Glück, daß du gelernt hast, deine Krallen einzuziehen«, sagte Antonio. »Und du hast auch Glück, ein Männchen zu sein. Ich bin nicht in der Stimmung für weibliche Gesellschaft. So darfst du bleiben und für meine Unterhaltung sorgen.«
Antonio setzte das Kätzchen auf den Boden. Er zog die warme Weste über, ging wieder zum Schrank und förderte einen seiner befransten Reithandschuhe zutage. Darauf setzte er sich auf den Läufer vor dem Kamin und

verwickelte das Kätzchen in ein hitziges Spiel mit dem Handschuh. Es war ein lebhaftes kleines Tier, und seine Kunststücke hoben seine Laune beträchtlich. Er drehte es auf den Rücken und kitzelte seinen pelzigen Bauch, jagte es mit seiner Hand. Nach einem letzten, vergeblichen Angriff ergab sich das Kätzchen in die Liebkosungen und schnurrte laut, als Antonio es hinter den Ohren kraulte.

»Ich bin ein Lügner«, teilte Antonio seinem Gefährten mit. »In Wahrheit bin ich ganz und gar in der Stimmung für weibliche Gesellschaft.« Dabei gab es eine einfache Lösung, einen direkten und unkomplizierten Weg, die Spannung zu vertreiben, die seinen Geist und seinen Körper ergriffen hatte. Die Brünette in dem bernsteinfarbenen Satin war eine ungebundene, lebenslustige Witwe, und sie hatte hinreichend klargestellt, daß sie mit Freuden für seine Entspannung sorgen würde. Es war nicht so, als stünden ihm keine Möglichkeiten offen.

»Ich bin in der Stimmung«, erklärte er dem Kätzchen, »für ganz spezielle weibliche Gesellschaft.« Für die *selvaggia,* das wilde Mädchen. Viel wilder, so schien es, als er ursprünglich gedacht hatte.

Antonio mußte zugeben, daß er immer noch aufgebracht war, seinetwegen und wegen der Dame Veronica. Jetzt hatte die rothaarige Hexe wenigstens einen Namen. Warum waren Frauen von so tiefer Falschheit? Sie hätte ihn leicht vorwarnen können. Ein kurzer, diskreter Brief hätte genügt. Aber nein, sie mußte einen großen Auftritt inszenieren, damit er sie anstarrte wie ein verliebter Jüngling. Er kam sich vor wie ein Narr. Wie hätte er auf den Gedanken verfallen sollen, daß Danieles kohleverschmiertes »Modell« die Herrin des Hauses war? Warum verbarg sie sich? Es war ein bizarres Kostüm, aber der Künstler hätte sie dennoch vorstellen können, statt ihn an der Nase herumzuführen. Daniele war wohl kaum ein Mann, der streng auf Schicklichkeit hielt. Aber man konnte nie wissen, es konnte eine einfache, harmlose Erklärung geben. Vielleicht wollte er sie vor Fremden nicht in ein ungünstiges Licht setzen. Es sei denn, das alles gehörte zu einem alles andere als unschuldigen Spiel. Vielleicht war Veronica nicht nur die Herrin des Hauses, sondern auch seine Mätresse. Wieso auch nicht, wenn sie bei Daniele lebte und mit diesem einfältigen Kind verheiratet war?

Und dann war da noch Luigi. Was hatte er zu ihr gesagt, daß sie ihm gestattete, sie derart zu berühren? Antonio hatte den Mann erdrosseln wollen, als er sah, wie seine Finger über ihre Brüste strichen. Das wäre eine herrliche Szene geworden, seinen künftigen Schwiegervater auf der Verlobungsfeier anzugreifen. Er hatte sich nicht getraut, schon beim ersten Mal einzugreifen, und hätte es sich auch beim zweiten Mal versagen sollen, aber Veronica bereute offenbar die Liebschaft. Konnte Luigi sie gezwungen haben? Doch hatte sie nicht männliche Verwandte, die sie ohne Zweifel beschützen würden, falls sie es wünschte? War sie derart empfänglich, daß sie einfach nicht anders konnte? Ließ sie sich mit jedem ein, dem Sohn, dem Vater und mit ihrem Vetter? Sein Vetter Stefano schien der nächste Anwärter zu sein. Sie paarte sich vielleicht mit halb Florenz. Warum konnte er eine Frau nicht aus seinen Gedanken verbannen, die so offensichtlich nur für Schwierigkeiten sorgte?

Das Kätzchen maunzte und wand sich in seiner Hand. Er mußte das arme Tier zu fest gedrückt haben. Antonio legte sich auf den Rücken und setzte das Kätzchen auf seine Brust. »Entschuldige«, sagte er und streichelte es sanfter. Es sah ihn kurz mißtrauisch an, ließ es sich schließlich jedoch gefallen, am Kinn gekrault zu werden.

Als es an der Tür klopfte, setzte Antonio sich auf und rief: »Tretet ein.«

Giacomo streckte den Kopf ins Zimmer. Er machte große Augen, als er das Kätzchen sah. »Benito, schau her«, rief er über seine Schulter, und ein zweiter Kopf von liebenswerter Häßlichkeit, wie ein runzliger Frosch, erschien in der Tür. Im Vergleich wirkte sein Kammerdiener fast hübsch. Giacomo zeigte auf Antonios Gast. »Herr, ich habe Benito dabei geholfen, im ganzen Palazzo dieses kleine Fellknäuel zu suchen, und es ist ausgerechnet hier, in Eurem Zimmer. Ich muß es selbst hereingelassen haben.«

»Wem gehört es?« fragte Antonio und nahm das Kätzchen auf. »Ein hübsches Knäuel für die hübsche Dorotea?«

»Nein, Herr, von Kätzchen muß Madonna Dorotea niesen«, sagte Benito. »Es gehört meinem Herrn Roberto. Entschuldigt, wenn es Euch gestört hat. Ich werde es zurückbringen.«

Antonio stand auf und drückte das Kätzchen an die Brust. »Bemüh dich nicht, das mache ich selbst.«

»Aber Herr …« Benito war verblüfft.

»Ist schon gut. Ich mag das Tier. Es amüsiert mich, es seinem rechtmäßigen Eigentümer zurückzubringen.«

»Das ist äußerst liebenswürdig von Euch. Die Räume liegen im unteren Stockwerk, auf der Rückseite des Turms. Roberto wohnt linker Hand. Und … Herr?« Er zögerte.

»Ja?«

»Das Kätzchen, Marco Polo, reitet am liebsten auf der Schulter.«

»So ungefähr?« Antonio lächelte und setzte Marco Polo an die angegebene Stelle, wo sich das Kätzchen augenscheinlich wohl fühlte. Benito erwiderte, offenbar beruhigt, das Lächeln.

Laternen aus Buntglas warfen zuckende farbige Schatten an die Wände, als Antonio durch den Korridor ging und sich fragte, warum er sich diesen unsinnigen Botengang aufgehalst hatte. Nun, die Antwort war ganz einfach. Er spürte sie in seinem beschleunigten Herzschlag, der Hitze, der Spannung in seinen Lenden. Trotz seines Zorns, seiner Bedenken wollte er Veronica wiedersehen, wenn möglich allein. Es war ein Risiko, aber wenn sich die Gelegenheit ergab, mußte er sie wieder besitzen. Das einzige Mittel, einer körperlichen Besessenheit Herr zu werden, war, sie auszuleben.

Antonio blieb am Treppenaufgang zum Turm stehen und streichelte die Ohren des Kätzchens. Eine innere Stimme

warnte ihn, umzukehren, während eine andere über sein Zögern staunte. Gewiß, er brach seine eigenen Regeln über Liebschaften, aber sie waren ja nicht in Stein gemeißelt. Seine Vorliebe für professionelle Damen ersparte ihm Schwierigkeiten, das war alles. Warum zögerte er dann noch? Vielleicht fürchtete er, eine weitere Begegnung würde den Zauber zerstören? Veronica mochte jetzt vielleicht unbeholfen wirken, nachdem er einen Abend lang Biancas geschickte und leidenschaftliche Umarmungen genossen hatte. Vielleicht hatte sich die erste Erfahrung in seiner Erinnerung bereits verklärt, hatte mehr Zauber erhalten, als tatsächlich dagewesen war. Oder es war nur die pikante Situation gewesen, die solch ein Feuer entzündet hatte. Die köstliche Überraschung, jenen lieblichen, geschmeidigen Körper unter der groben Mönchskutte zu enthüllen, und ihr offensichtliches Entzücken, das solch ein Übermaß an Zärtlichkeit in ihm geweckt hatte. Und er hatte gedacht, das kleine »Modell« sei von dem Edelmann fasziniert gewesen.
Wie anmaßend von ihm! Es geschah ihm recht, daß ihr staunender, süßer Blick ihn verhext hatte. Sie wirkte so vertrauensvoll, so unschuldig. Antonio lächelte verächtlich ob seiner Leichtgläubigkeit. Was bewies das Aussehen? Nichts. So jung Lucrezia Borgia sein mochte, ihre scheinbare Unschuld war nichts weiter als ein Zufall der Gesichtsbildung, kombiniert mit sorgfältig einstudierten Gesten. Wenn sie auch nicht so skrupellos wie ihr Vater und ihre Brüder war, war sie doch ebenso verdorben. Aber wenn man sie ansah, dachte man, daß ihr nichts anderes am Herzen lag als Psalmen und Naschereien.
Und natürlich Beatrice, die so engelsgleich ausgesehen hatte. Besonders als sie vor ihm kniete, in Tränen aufgelöst, mit wirrem Haar, und ihm hingebungsvoll geschworen hatte, sie liebe nur ihn, während Alessandros Leichnam am Fuß der Treppe lag. Antonio fröstelte und verbannte das Bild aus seinen Gedanken.
Die Liebe zwischen den Geschlechtern war ein ständiger Kampf. Der bittersüße Frieden, den man zu erlangen hoff-

te, war eine Illusion, eine kurze Verschaufpause in diesem ewigen Konflikt. Frauen lernten ebenso wie Männer, wie man am besten seine Waffen gebrauchte. Zweifellos übte Veronica jeden Tag diesen seelenvollen Blick vor dem Spiegel. Er wußte, daß er ihr nicht trauen konnte, aber was bedeutete das schon? Sie brauchten einander ausschließlich um des Vergnügens willen. Warum wehrte er sich noch immer gegen sein Verlangen? Er glaubte nicht, daß sie sich ihm verweigern würde, trotz seiner Dreistigkeit im Festsaal. Vielleicht wäre sie noch unnahbarer, würde ihm verletzte Blicke zuwerfen, einen Temperamentsausbruch bekommen, der heiß genug war, um sie beide in Glut zu versetzen. Sie war ebenso für ihn entflammt wie er für sie. Oder vielleicht schmeichelte er sich, und sie wollte nur einen bestimmten Teil seiner Anatomie. Daß dieser mit seiner Person verbunden war, hatte möglicherweise nur wenig Bedeutung.

Als Veronica auf das leise Klopfen die Tür öffnete, stand Antonio vor ihr. All ihre Wut und ihr Elend lösten sich angesichts seiner Gegenwart in Luft auf. Die rohe, sinnliche Kraft, die von ihm ausströmte, nahm ihr den Atem. Das bärtige Kätzchen, das auf seiner Schulter hockte wie das Maskottchen eines Zauberers, brach den Zauber. Es begrüßte sie mit einem Maunzen.

»Das hier gehört zu Eurem Haushalt, Madonna?« fragte er und wies mit dem Kopf auf seinen Gefährten.

»Ja. Kommt herein«, antwortete sie, dann fügte sie mit kaum hörbarer Stimme hinzu. »Einen Augenblick.«

Antonio hatte seine Drohung wahr gemacht, war auf ihrer Schwelle erschienen, und sie hatte ihn nicht abgewiesen.

Antonio lächtelte ironisch und trat ein. Wie im Festsaal hüllte ihn ein Feld magnetischer Anziehung ein, die Luft rings um ihn vibrierte. Sein Benehmen war höflich, doch seine Augen glitzerten hell und unnachgiebig wie die eines Raubtiers, eines Falken, Wolfs oder Panthers. Veronica fühlte sich gebannt von seinem Blick wie ein gestelltes

Wild, wartete, nein, wartete nicht nur, wollte verschlungen werden. Der Drang, eins mit ihm zu werden, war unwiderstehlich.
Antonio überreichte ihr Marco Polo. Er achtete darauf, sie nicht zu berühren, doch allein seine bewußte Zurückhaltung wirkte wie eine Liebkosung, und mehr hätte Veronica in diesem Augenblick nicht ertragen. Sie ging mechanisch durchs Zimmer, spürte seinen wartenden Blick, und setzte Marco Polo neben Roberto aufs Bett. Sofort gähnte das Kätzchen herzhaft, streckte sich und rollte sich zusammen. Veronica streichelte es, dann strich sie Roberto das feuchte Haar aus der Stirn.
»Er hat beim Essen einen ganzen Kelch Wein getrunken. Eigentlich verträgt er es nicht.«
Antonio beobachtete sie, verwundert über die kleinen, eher schäbigen Räume, die man Veronica und ihrem Gatten zugeteilt hatte. Das große Kind auf dem schmalen Bett konnte er kaum als ernsthaften Rivalen betrachten. Ihre mütterlichen Gesten rührten ihn, änderten jedoch nichts an den Wünschen, die ihr Anblick ihm eingab. Er wollte Veronica gegenüber keine Schwäche zeigen – sie lenkte ihn ohnehin viel zu leicht mit ihrem forschenden Blick und ihrer leisen, heiseren Stimme. Sie hatte so viele Verkleidungen: Straßenmädchen, erfahrene Frau, sanfte Pflegerin. Sie wirkte jetzt viel jünger als in ihrem juwelenbesetzten Ballkleid. Ihr Haar war offen, die wilden, dunkelroten Locken ergossen sich über ihre Schultern. Unter dem waldgrünen Samt ihres Morgenmantels sah er den Zipfel eines feinen Hemdes, dem ähnlich, das sie unter dem Mönchshabit getragen hatte. Darunter lockte ihr zarter nackter Körper.
»Er schläft jetzt tief?« fragte er leise. Sein Interesse war offensichtlich.
Veronica wandte sich Antonio zu, und ihr Atem ging schneller, als sich ihre Blicke erneut begegneten. Sie sah, wie auch seine Brust sich heftiger hob und senkte. Ob man ihren Herzschlag hören konnte? Er war ein beharrliches Pochen, das ihren Körper in Schwingungen versetzte.
»Ja«, flüsterte sie.

»Und wo schlaft Ihr, Madonna?« fragte er unverblümt.
Schweigend führte Veronica ihn durch den Korridor in ihr Schlafgemach. *Er dürfte nicht hiersein. Ich darf ihn nicht einlassen.* Es war Wahnsinn, der reine Wahnsinn, und doch erfüllte es sie mit wilder Freude. Er wollte sie unbedingt besitzen, sein brennender Hunger spiegelte sich in seinem Gesicht. Er konnte ihr nicht fernbleiben, ebensowenig wie sie sich ihm verweigern konnte. Sie öffnete die Tür und ging hinein, hörte, wie hinter ihr die Tür ins Schloß fiel und der Riegel vorgeschoben wurde. Zitternd vor Furcht und Verlangen wandte sie sich zu Antonio um. Er umarmte sie nicht sofort, blickte sie nur mit seinen brennenden, verschleierten Raubtieraugen an. Augen, die sie bebend innehalten ließen, obgleich sie sich am liebsten in seine Arme gestürzt hätte. Sie konnte sich nicht rühren, spürte einen Hitzestrom zwischen den Beinen, einen Feuerstoß in ihren Adern.
»Also«, sagte er, und sein Lächeln war das Lächeln eines Raubtiers, »Mein kleines Künstlermodell.«
Er streifte die Weste ab, warf sie beiseite, tastete sich zögernd vor. Sein blütenweißes Hemd schimmerte. Die enganliegenden Seidenstrumpfhosen enthüllten die modellierten Muskeln seiner Beine. Die schützende *braghetta* verbarg kaum die Anzeichen seiner Erregung. Als er vor ihr stand, streckte Antonio die Hand aus und öffnete ihren Morgenmantel, schob ihn von ihren Schultern wie zuvor das Mönchshabit. Dann streifte er ihr das dünne, durchsichtige Hemd herunter, so daß sie nackt vor ihm stand. Er küßte sie nicht, betrachtete nur ihr Gesicht, während seine Hände zu ihren Brüsten wanderten. Er drückte leicht ihre Brustwarzen, bis sie fest und hart wurden. Veronica seufzte. Antonios Finger preßten sie fester, härter, bis sie von dem sanften, süßen Schmerz wimmerte. Dann umschloß er eine ihrer Brüste, liebkoste sie, während seine andere Hand über ihren Körper glitt, zu ihrem heißen Mittelpunkt vordrang. Seine Finger fuhren durch die dunkle Haarflamme zwischen ihren Beinen, preßten sich an ihre Lippen und öffneten sie.

Endlich fanden seine Fingerspitzen die feuchte, heiße Knospe ihres Verlangens. Sie schrie auf, ihre Arme umschlangen ihn, ihr Körper schmolz vor Begehren, ihr Herz zerfloß vor Liebe.
»So«, flüsterte Antonio, und sein leidenschaftliches Keuchen war ein Echo ihres leisen Aufschreis. »So«, wiederholte er, seine Stimme, sein heißer Atem liebkosten sie, während seine Fingerspitzen beharrlich über die empfindliche Stelle kreisten, bis Veronica dachte, daß ihre Beine unter ihr nachgeben würden. Sie klammerte sich an ihn und stöhnte, als seine Finger tiefer glitten, in das heiße, feuchte Zentrum ihres Körpers eindrangen.
Antonio ließ ihre Brust los, strich mit der anderen Hand über ihre Hüfte, über ihren Rücken, umfaßte ihre Hinterbacken. Er zog sie fester an sich, seine kräftigen Finger kneteten das weiche Fleisch ihrer Hinterbacken, drückten sich in einer zweideutigen Liebkosung in die Spalte. Veronica erzitterte. Ein Teil von ihr schämte sich, daß sie sich so leicht von ihm nehmen, ihn tun ließ, was immer er wollte. Ein anderer Teil sehnte sich verzweifelt nach seiner Berührung, wollte genau das, was er wollte.
»Findet Ihr solch süße Perversionen verlockend, *dolcezza?*« Seine Stimme klang einschmeichelnd, schwül und aufreizend, doch in seine Erregung mischte sich ein scharfer Unterton der Wut. »Savonarola macht es Männern mit den Neigungen Eures Vetters in Florenz sehr schwer. Vielleicht ist eine Frau, die sich als Junge verkleidet, die zweitbeste Wahl?«
Seine Unterstellungen stürzten sie in ein hoffnungsloses Gefühlschaos. Das Verlangen, das jede seiner verlockenden Berührungen in ihr erregte, mischte sich mit Wut und Schmerz, weil er sie aufgrund von Vermutungen verurteilte und ihr da Verachtung entgegenbrachte, wo er Leidenschaft forderte. Und sie war erheitert bei dem Gedanken, wie sehr ein solches Ansinnen Daniele schockieren würde. Ihr Vetter hatte sie mit einem matten Abglanz dieser Phantasie geneckt, als sie in dem Mönchskostüm erschienen war, jedoch keine Sekunde

lang daran gedacht, sie in die Tat umzusetzen. Antonio wollte sie nur demütigen.
»So etwas ist niemals vorgefallen«, sagte Veronica kühl, staunte, weil ihre Stimme sich ebenso ruhig anhörte wie die seine, obwohl seine Hände sie erkundeten, in die geheimsten Winkel ihres Körpers vordrangen. »Ihr seid es, Signore, der derlei Dinge gern tut. Vielleicht sind Eure Neigungen verdächtig.«
Diese Unterstellung traf ihn, er ließ sie los und trat zurück, kniff empört die Augen zusammen. Ein Mann, der seiner selbst weniger sicher war, hätte sie vielleicht geschlagen, auch wenn er die Situation selbst heraufbeschworen hatte. Er sah das Lachen, das sie kaum unterdrücken konnte, und Wut blitzte in seinen Augen auf, dann ein Funke von Belustigung. Er lächelte sie an, mit seinem Wolfslächeln, erkannte an, daß die Runde an sie ging. Er war ein Mann, der seinen Gegnern Respekt entgegenbrachte, und Veronica wurde bewußt, daß sie genau das für ihn war, ein Gegner. Für Antonio war dies keine Liebesaffäre. Es war ein Krieg.
Plötzlich erfüllte sie rasende Wut, Wut darüber, daß er ihr seinen Krieg aufzwang. Sie hatte ihm die ehrenhafteste Unterwerfung angeboten, die es gab, die völlige Unterwerfung der Liebe, und er hatte sie zurückgewiesen. Er hatte all diese Süße genommen und umgeformt, sie zu einer gemeinen Waffe zurechtgeschliffen. Nun, wenn der Eroberer weniger ehrenvoll war als die Eroberte, dann würde sie lernen, ihn zu bekämpfen. Sie sah seine Augen ebenfalls aufflammen, wie er ihre Wut genoß, wollte, daß diese heiße Flamme der Raserei ihre Leidenschaft schürte. Antonio zog sie an sich, hob sie hoch. Seine Arme umschlangen sie, er preßte ihren Körper an sich, so daß sie die festen Muskeln an seinen Armen und Beinen, die Härte seines Geschlechts an ihrem Oberschenkel spürte. Er küßte sie, biß in ihre Lippen, bedeckte sie mit seinen Zähnen und seinen Lippen, stieß die Zunge heiß in ihren Mund. Sie versuchte sich loszumachen, doch er verstärkte seinen Griff, bog sie zurück. Er näherte sich ihren Brüsten,

sein Mund hinterließ eine brennende Spur auf ihrer Haut. Mit den Zähnen umfaßte er eine ihrer Brustwarzen. Den fast schmerzhaften Biß milderte er mit den weichen Berührungen seiner Zunge, dann biß er erneut in das zarte Fleisch.

Hin- und hergerissen zwischen Schmerz und Lust, wollte Veronica ihn ebenso verletzen. Sie flüsterte Verwünschungen, und er antwortete, grob und keuchend. Sie kämpfte, nicht um sich zu befreien, sondern gegen seine Grausamkeit. Er war stark, doch sie wurde von fiebriger Wut ergriffen, als sie miteinander rangen. Dann lag er auf ihr, sein Mund, seine Zähne wanderten an ihrem Körper entlang, als sie sich unter ihm wand und zuckte, bis ihr wütender Protest dem Zauber seiner Berührungen erlag. Trotz seiner Erbarmungslosigkeit verrieten seine geschickten Hände seine instinktive Kenntnis ihres Körpers. Sie war nackt und er noch angezogen, wie beim ersten Mal. Es war eine weitere Demütigung, daß er seine »Rüstung« anbehielt, während er sie ganz und gar entblößte, Körper wie Seele. Veronica wollte seine Kleider zerreißen, ihm diesen falschen Schutzpanzer vom Leib reißen, so wie er sie jeder Kleidung beraubt hatte. Sie mußte irgendwie zu seinem Herzen gelangen, und sein Körper war das einzige Mittel, das sich ihr bot. Deshalb erhob sie sich vom Bett, zerrte an der feinen Seide seines Hemdes. Er stieß ihre Hände weg und streifte *braghetta* und Strumpfhose ab, entblößte sein erregtes Geschlecht, nicht mehr.

Irgendwie war das die schlimmste Beleidigung. Veronica schlug ihn, kämpfte, suchte ihm ernsthaft zu entkommen. Er packte sie, drückte ihr Gesicht aufs Bett, kniete sich zwischen ihre Oberschenkel. Mit der einen Hand hielt er ihren Kopf fest, seine Finger in ihrem Haar verflochten, wähend er sie mit der anderen streichelte, die Finger in ihre Feuchtigkeit tauchte, entdeckte, daß sie trotz ihrer Wut bereit war. Sie erschauerte, ihre Hüften hoben sich instinktiv, als sie sein Geschlecht spürte. Sie stöhnte, reckte sich ihm entgegen, wollte ihn in sich aufnehmen. Dann fand er ihre weiche Öffnung und drang in sie ein, zog sich zurück, drang wieder ein, mit harten Bewegungen, die sie wehrlos machten. Er preßte sie an sich, eine Hand um ihre Taille. Seine Hand glitt tiefer, über ihren Bauch hinweg zwischen ihre Beine. Mit der Handfläche rieb er den empflindlichen Venushügel, während seine Finger ihre Lippen öffneten und die dort eingebettete geschwollene Perle fanden, sie im Rhythmus seiner Stöße rieben. Veronica spürte die Berechnung in seinen Berührungen, sie waren grob, um ihre Gefühle zu verletzen, jedoch nicht so brutal, daß sie ihre Lust zerstörten. Seine Grausamkeit erfüllte sie mit Wut, mit Furcht, aber ihr Verlangen nach ihm war ein Fieber, ein qualvoller Hunger, der alles andere überdeckte. Ihr Körper bewegte sich gegen ihren Willen, bat um Erfüllung, verriet sie.

»Nein!« keuchte sie, wand sich unter ihm. »Nein!«

Antonio ließ sie los. Zog sich von ihr zurück. Benommen blickte sie ihn über die Schulter hinweg an. »Nein?« Seine Augen waren dunkel vor Leidenschaft, sein Geschlecht glitzerte feucht. Er lachte sie aus. »Nein? Sagt nicht nein, *selvaggia,* wenn Ihr eigentlich ja meint.«

Schluchzend vor Wut drehte Veronica sich um. Ihr Geliebter war endlich bei ihr, sie konnte ihn umarmen, aber gleichzeitig haßte sie ihn. Sein Spott trieb sie in den Wahnsinn. Sie begriff nicht, warum alles so verworren war. Warum quälte er sie, erregte sie skrupellos und verhöhnte dann ihr Begehren? Aber sie wollte ihn auch, wollte ihn lieben. Es war unerträglich für sie, ihn nicht mehr in sich zu spüren. Sie konnte sich ihm ebensowenig verweigern, wie sie sich dem Leben verweigern konnte, trotz seiner Grausamkeit.

Ihr war inzwischen gleichgültig, was Antonio dachte, sie zog ihn an sich und brachte ihn mit ihrem Mund zum Schweigen. Mit Lippen, Zunge, Zähnen fiel sie über ihn her. Er umfaßte ihre Hüften, drückte sie an sich, drang tief und fest in sie ein. Sie umschlang ihn, zerkratzte ihn in wildem Verlangen mit ihren Nägeln, während er wieder und wieder in sie stieß. Ihr Körper warf sich wütend gegen ihn. Ihre Vereinigung war wild, hemmungslos. Eine furchtbare Dunkelheit umfing sie, verschlang sie, riß sie in einen schwarzen Abgrund. Sie hörte ihn schreien, ein Schrei, der zu qualvoll für reine Lust war, zu süß für reinen Schmerz, als die Dunkelheit in tausend glitzernde Splitter zersprang.

Sie lagen schweißnaß nebeneinander und holten gierig Luft. Veronica war völlig erschöpft, doch nur ihr körperlicher Hunger war gestillt. Ihr Körper glühte noch von den Freuden ihrer Umarmung. Doch auf ihrem Herzen lasteten unvergossene Tränen und bittere Wut. Langsam richtete Antonio sich auf, zuckte leicht zusammen, als er sich von ihr löste. Sein Hemd war zerrissen, und sie sah die blutenden Kratzer auf seinen Armen, die Bißspuren an seiner Brust und seinem Nacken. Sie erinnerte sich plötzlich, wie seine Haut unter ihren Nägeln nachgegeben hatte, an den metallenen Geschmack von Blut auf ihrer Zunge. Sie konnte nicht fassen, daß sie sich so wild gebärdet hatte. Sie legte eine Hand auf ihre Brust, bedeckte die brennende Bißspur an ihrer Brustwarze. Ihr fiel ein, wie sanft er sie zuerst berührt hatte. Sie wandte das Gesicht ab, hätte am liebsten geweint, war jedoch selbst für Tränen zu müde.
Er beugte sich zu ihr und flüsterte ihr heiser ins Ohr: »Hexe. Ihr seid eine Hexe.«
Sie zuckte bei diesem Wort zusammen. »Macht Euch das zu einem Zauberer?« fragte sie bitter. »Oder seid Ihr der Teufel selbst?« Es war seine Entscheidung gewesen, sie zu dieser Gewalttätigkeit zu treiben. Aber sie war ihm ebenbürtig. Es schien, als kenne er sie letztlich doch besser, als sie sich selbst kannte. Selbst jetzt brachte seine tiefe Stimme etwas in ihr zum Klingen, weckte Sehnsucht in ihr.
»Sagen wir, wir haben einander verdient.« Und damit stand er auf, ordnete sein zerrissenes Hemd, seine Strumpfhosen und hob seine Weste auf. Er zog sie an und ging zur Tür. Dort zögerte er, wandte sich noch einmal um. Er lächelte zynisch, nahm zwei Goldmünzen aus der

Tasche, warf sie aufs Bett. »*Grazie, dolcezza*. Ihr habt meine Erwartungen erfüllt – und noch mehr.«

Der Korridor war verlassen. Antonio schloß die Tür und lehnte sich dagegen. Er seufzte tief, schloß die Augen. Ihn überkam die Niedergeschlagenheit, die auf die körperliche Liebe folgte. Vergnügungen hatten stets ihren Preis, und er hatte schon vor langer Zeit akzeptiert, daß er seine Lust mit Kummer bezahlen mußte. Seit Beatrice. Wenn es vorbei war, wollte er nur noch allein sein, einsam, bis die Leere in ihm sich wieder füllte. Natürlich war er nie allein, und seine Manieren hinderten ihn daran, sich seiner Melancholie allzulange hinzugeben. Nein, diesmal war es anders. Jetzt wollte er in das schäbige kleine Zimmer zurückgehen und Veronica im Arm halten, sie einfach halten, bis das Gefühl der Leere nachließ.
Der Wunsch war so stark, daß er erschauerte, dagegen ankämpfen mußte. Sein Zorn hatte ihn übers Ziel hinausschießen lassen, aber jetzt Zärtlichkeit zu zeigen würde ihr Macht über ihn verleihen. Er würde sich geschlagen geben, nachdem er alles aufgeboten hatte, um Veronica zu zeigen, daß sie ihn nicht beherrschen konnte. Es war gefährlich, wenn sie merkte, wie sehr sie ihn bezauberte. Wenn er klug war, bereitete er diesem Wahnsinn ein Ende und kehrte zu der Kurtisane zurück. Doch Biancas kunstvolle Umarmungen erschienen ihm jetzt unecht. Antonio zuckt erneut zusammen, als er sich von der Tür abstieß. Die Kratzer auf seinem Rücken brannten. Sie hatte ihn gezeichnet, seine *selvaggia*.
»Verdammt«, fluchte Antonio leise. Wenn Giacomo seine Kleider und seinen Rücken sah, würde ihm seine Neugier keine Ruhe lassen. Das hatte ihm gerade noch gefehlt. Er wollte nicht, daß Giacomo sich in diese Affäre einmischte, ihn kritisierte oder ihm seinen Segen gab. Zum Glück würde sein Kammerdiener vermutlich bis zum kommenden Morgen spielen. Antonio kehrte in sein Zimmer zurück und entkleidete sich. Auf der Weste waren nur wenige Blutflecken, doch das Hemd war unbrauchbar ge-

worden. Er warf es in den Kamin und sah zu, wie es verbrannte. Giacomo würde auffallen, daß es verschwunden war, und für seinen Rücken gab es keine andere Erklärung als die Nägel einer Frau. Antonio lachte auf. Er würde Giacomos Gedanken einfach auf die laszive Brünette lenken.

Sein Kammerdiener erschien am Morgen, nachdem er es trotz seiner angeborenen Feigheit geschafft hatte, sich in einem Faustkampf beim Würfelspiel eine Kopfwunde zuzuziehen. Erschrocken sprang Antonio auf und führte ihn zu einem Stuhl. Giacomo war bleich wie ein Gespenst und unsicher auf den Beinen, doch sein übertriebenes Stöhnen überzeugte Antonio bald davon, daß der dumme Kerl viel mehr unter den Nachwirkungen des Rausches litt als unter seiner Verletzung. Wenigstens ging ihm so im Augenblick jedes Interesse an den Feinheiten des Liebeslebens seines Herrn ab.

8. Kapitel

DAS FEUER

Die Kinder kamen in Scharen, als Engel verkleidet. Die reichsten trugen weiße Seide, die ärmsten mit Kreide gefärbtes Sackleinen, ihre Köpfe waren mit Kränzen aus getrockneten Blumen oder Frühlingsblüten geschmückt, duftenden Heiligenscheinen. Der Mönch hatte sie aus ganz Florenz und vom umliegenden Land herbeigerufen. Er rief, und sie kamen, marschierten durch die Straßen, sangen mit süßen, himmlischen Stimmen Kirchenlieder. Für Savonarola und die Menge verzückter Gläubiger waren diese jungen Sänger ein Symbol der Reinheit, das den *carnevale* mit seinem ursprünglich irdischen Charakter in eine heilige Feier verwandelte. Auch viele der zusehenden Männer und Frauen waren mit Kränzen geschmückt, und der Blumenduft mischte sich mit dem Aroma von Rauchwerk, übertönte die Ausdünstungen der Menge. Als die Sonne durch die dunstigen Wolken brach, faßte die Menge dies als gutes Omen auf und jubelte, und die Kinder in der Prozession sangen noch lauter.

Inmitten der Zuschauer standen Veronica, Daniele, Roberto und Benito. Bombol, der sie begleitet hatte, stieß einen Seufzer aus, ließ sich neben ihnen nieder und kratzte sein Ohr. Gemeinsam sahen sie zu, wie die Parade an ihnen vorbei auf die Piazza strömte, die singenden Kinder den Jünglingen, die als Fahnenträger mitmarschierten, Platz machten. Die bunten Banner flatterten im Wind, sie zeigten die Embleme der sechzehn Gonfaloni, aus denen sich die vier Teile von Florenz zusammensetzten. Veronica zählte sie Roberto auf: der Goldene Löwe, die Schlange, das Einhorn, die Muschel …

»Schau, schau, der Drache!« rief Roberto und zeigte auf

sein Lieblingsbild, als der Gonfalone vorbeimarschierte. Er stellte sich vor Veronica, versperrte ihr die Sicht, und ihr fiel plötzlich seine Ähnlichkeit mit Luigi auf, der massige Körper und das krause dunkelblonde Haar. Sie schloß die Augen, kämpfte gegen Furcht und Ekel an. Dann drehte Roberto sich um und lächelte sein rührendes Kinderlächeln, und jede abstoßende Ähnlichkeit mit Luigi verschwand. Robertos Gesicht war rund und weich, wies keine Spur von Grausamkeit auf. Veronica erwiderte sein Lächeln und schüttelte die bedrückende Vision ab. Ihre Reaktion auf Luigi schien schlimmer, nicht besser zu werden. Die erniedrigende Begegnung mit Antonio hatte sie verwirrt, Scham mit Wut, Schuld mit Verlangen vermischt. Diese Verwirrung riß den Schutzwall nieder, den sie gegen die Erinnerung an Luigis brutalen Überfall errichtet hatte. Oder war es nur einfacher, Luigi mehr zu fürchten als Antonio? Luigi zu hassen statt sich selbst?

Veronica fröstelte und zwang sich, den Rest der vorbeiziehenden Parade anzuschauen. Verglichen mit dem alten *carnevale* gab es hier wenig, was ihr Zerstreuung bot. Der Gesang war wirklich schön, aber sie fürchtete sich zu sehr vor Savonarola, um von diesem religiösen Schauspiel tief berührt zu werden. Sie hätte die Prozession weit mehr genossen, wenn er sie nicht dazu benutzt hätte, die Ausgelassenheit des *carnevale* zu ersetzen. »Mir fehlen all die herrlichen Kostüme und Masken«, klagte sie, an Daniele gewandt. »Und alle auf der Straße lachen und schäkern zu sehen. Es mag gewöhnlich und grob gewesen sein, aber der *carnevale* war immer voller Leben.«

»Es ist dumm, ihn abschaffen zu wollen«, murmelte Daniele neben ihr. »Er hat die Wintermonate mit Leben erfüllt, und die Menschen brauchen die Katharsis. Ohne das Fest werden sie in der Fastenzeit weniger Sünden zu beichten haben.«

Veronica erinnerte sich, daß Bianca etwas ganz Ähnliches gesagt hatte. Sie spürte, wie ihr Körper sich versteifte. Selbst diese winzige Erinnerung an die Kurtisane erfüllte sie mit Eifersucht. Veronica seufzte. Ihr wurde schwindlig von ihren wechselnden Stimmungen, denn sie haßte es, so uneins mit sich zu sein. Sie hob den Kopf und sagte steif: »Alle anderen scheinen Gefallen an Savonarolas Feier zu finden.«

»Selbstgerechtigkeit kann ebenso zu Kopf steigen wie Sünde«, erwiderte Daniele leise. »Die Menge ist jetzt noch berauscht, weil es eine Neuheit ist und weil Savonarola ihnen das Schauspiel des Feuers der Eitelkeiten bietet. Wie oft kann er das noch tun? Irgendwann ist nichts mehr da, was die Leute aus freien Stücken den Flammen überantworten können, oder sie lassen sich nicht mehr dazu überreden, Opfer zu bringen. Wird er ihnen ihren Besitz dann zwangsweise abnehmen? Oder anfangen, Menschen zu verbrennen?«

»Daniele«, sagte sie beschwichtigend. Sie hörte die Furcht hinter seiner Wut, und seine schmerzlichen Gefühle ließen ihre eigenen im Augenblick zurücktreten.

»Wie gern er Leviticus zitiert. Dasselbe Buch, das mich als ›Abirrung‹ bezeichnet, verbietet den Männern, ihre Bärte zu stutzen. Als nächstes köpfen sie die Bartlosen.« Daniele wies angewidert auf den wartenden Scheiterhaufen. »Dort oben würde Savonarola gern meinesgleichen sehen, ganz oben auf dieser Scheußlichkeit. Er würde das Feuer mit eigenen Händen anzünden und zusehen, wie wir zu Asche verbrennen.«

Sie blickten auf die große Holzpyramide in der Mitte der Piazza della Signoria. Der Stoß hatte mehrere Schichten, die sich stufenförmig zum Gipfel erhoben, und jede dieser Stufen war überhäuft mit den Luxusgegenständen, die Savonarola verdammt hatte. Gruppen der glühendsten jugendlichen Anhänger des Mönchs waren von Haus zu Haus gegangen und hatten diese Eitelkeiten des Körpers und des Geistes eingesammelt. Veronica tat es leid um all die schönen Schätze, die zusammen mit dem frivolen Beiwerk verbrannt werden sollten. Ganz unten stapelten sich Kostüme des *carnevale* und andere prächtige Kleidung, die Farben der reichen Stoffe glänzten wie Juwelen. Eingebettet in Samt und Satin, starrten Masken mit ihren

dunklen, leeren Augenhöhlen auf die Menge. Über den ausgefallenen Kleidern stapelten sich die Spieltische und all die anderen Gerätschaften von Spiel und Vergnügung. Veronica fragte sich, ob wohl auch *tarocco*-Karten darunter waren. Eine andere Schicht enthielt gebannte Bücher und Bilder, die als zu weltlich oder gar lasziv eingeschätzt wurden, um die Wände geziemend religiöser Häuser zu schmücken. Der Stapel aus den Lauten und den Kinderpuppen mit ihren baumelnden Armen und Beinen bot einen besonders traurigen Anblick. Das Gewirr aus Kosmetika und falschen Haarteilen wirkte einfach nur bizarr. Kaskaden rosa und weißen Puders ergossen sich über Klumpen aus falschen Locken und Zöpfen, die Perücken waren mit Parfümflaschen, Salbentöpfchen und Spiegeln verflochten, die in der Sonne blitzten. In achtzehn Meter Höhe umringten Figuren der olympischen Götter und Göttinnen aus Wachs und Holz die Statue des ziegenköpfigen Pan, des alten Königs *carnevale*, der auf der Spitze des Scheiterhaufens saß und geduldig auf seine Verbrennung wartete.
»Ihr seid hier, wie ich inständig gehofft hatte«, sagte eine tiefe, knarrende Stimme hinter ihnen. Veronica und Daniele drehten sich um und erblickten die gebeugte Gestalt Sandro Botticellis, der verloren zu ihnen hinunterblickte. Die Faszination für Savonarola hatte den von jeher empfindsamen, sanftmütigen Künstler mißmutig werden lassen. Dieser scheue, unbeholfene Mann, der solch anmutige und elegante Gemälde geschaffen hatte, schien die schwere Last der Melancholie zu tragen. »Habt Ihr Eure Meinung geändert, Daniele, und die sündige Mappe mitgebracht, um sie auf dem Scheiterhaufen zu verbrennen?«
»Wie Ihr seht, nein«, sagte Daniele scharf.
Ihr Vetter ging selten ohne seine Ledermappe mit Papier und Kohlestift für rasche Skizzen aus dem Haus. Der heutige Tag bildete da keine Ausnahme, doch den abgenutzten Deckel, den er unter dem Arm trug, konnte man nicht mit der großen Mappe verwechseln. »Ihr wißt genau, daß

Daniele weder jene Zeichnungen noch andere verbrennen würde, Sandro«, wies Veronica ihn sanft zurecht.
»Ich hatte die Hoffnung nicht aufgegeben«, erwiderte der Maler freudlos. Er rollte eine Auswahl von Kohlezeichnungen auf, Studien klassischer männlicher und weiblicher Akte. »Ich habe die hier mitgebracht. Je eine Studie für Merkur und Mars, zwei Studien für die Venus. Heidnische Gottheiten.«
»Nein«, flüsterte Veronica, blickte auf die herrlichen Zeichnungen und dann in Sandros kummervolles Gesicht. Sie schwankte zwischen Mitleid und Wut. Warum hatte er einen Weg erwählt, der ihm so wenig Frieden brachte, der alles entweihte, woran er einst geglaubt hatte? »Sandro, Ihr dürft diese wunderschönen Bilder nicht zerstören.«
»Oh, ich muß es sogar«, sagte Botticelli ernst. Er strich sacht mit den Fingerspitzen über die Blätter, dann verschnürte er sie wieder sorgfältig zu einem Bündel. »Ich hatte gehofft, Ihr würdet es verstehen.«
»Wie konntet Ihr hoffen, daß ich etwas anderes tun würde, als Euch davon abzubringen?« fragte Daniele erbittert. »Alles andere würde unserer Freundschaft spotten. Euer Talent ist ein Geschenk Gottes, und Ihr würdigt es im Namen dieses frommen Philisters herab.«
»Ihr beurteilt ihn falsch. Der heilige Mönch hält die Kunst für eine wichtige Quelle der Inspiration, vor allem für die Armen. Nur die unbedeutende Kunst muß vernichtet werden. Oder religiöse Bilder, die so schlecht ausgeführt sind, daß sie das Erhabene lächerlich erscheinen lassen.«
»Savonarolas Verachtung der Mittelmäßigkeit ist das einzige, was für ihn spricht.«
Diese Bemerkung war unzutreffend, da Savonarola seines unermüdlichen Einsatzes für die Armen wegen geliebt wurde. Botticelli schüttelte traurig den Kopf und wandte sich ab. Sie sahen ihm nach, als er auf den Scheiterhaufen zuging. Daniele wandte sich jäh zu Veronica um. »Ich kann es nicht ertragen. Ich werde nicht zusehen, wie sie Kunst zusammen mit irgendwelchem Flitterkram verbrennen.«

»Es ist schrecklich«, sagte Veronica. »Es ist ein Sakrileg.«
»Ja, genau. Sieh dir nur an, was aus Botticelli geworden ist, seit er Savonarola folgt. Es hat ihn als Künstler vernichtet. Er malt kaum noch, versinkt in religiöser Melancholie. Es macht mich krank.« Danieles hochgewchsene, schlanke Gestalt schien in sich zusammenzusinken, und er fuhr sich mit der Hand durchs Haar, zog an den krausen Strähnen.
»Quäl dich nicht selbst, indem du hierbleibst, Daniele. Benito und ich werden gut allein mit Roberto fertig. Er versteht nicht, was dort zerstört wird, er sieht nur gern den Flammen zu. Roberto findet das Feuer schöner als all die hübschen Dinge, die man verbrennt.«
»Ich weiß.« Er seufzte.
Trotzdem blieb Daniele, und Veronica sah ihn fragend an, sah den Widerstreit in seinen Augen. »Der Künstler in dir will die Zerstörung der Schönheit nicht sehen. Aber der Künstler will auch bleiben, sich die Bilder einprägen und dann malen.«
Er zuckte wehmütig mit den Schultern. »Es ist dramatisch, auch wenn es abscheulich ist.«
»Still«, zischte eine Stimme hinter ihnen.
Eine gespannte Stille senkte sich über die Menge, als der Gesang verstummte und schließlich Savonarola erschien. Er bestieg das Podest und hob die Arme, um die Menge zu segnen. Wie stets staunte Veronica über seine Ausstrahlung. Der Mönch hatte eine gewaltige Präsenz für einen so kleinen, unscheinbaren Mann mit eingesunkener Brust und magerem, durch Fasten geschwächtem Körper. Sein Gesicht war beherrscht von einer großen Hakennase und wulstigen Lippen, anziehend in seiner Häßlichkeit. In seinen grünen Augen glühte das Feuer des Fanatismus, und seine fahle Haut war vor Erregung gerötet. Savonarola war von eifernder Leidenschaft getrieben, und sein feuriger Glaube riß andere mit.
Veronica war gegen ihren Willen von Furcht und Faszination ergriffen, die ihr dieser Mann, der sich eine prophetische Gabe zuschrieb, einflößte. Anfangs, als er noch von

der Liebe Gottes predigte, hatte seine Beredtsamkeit sie gerührt. Diese Empfindung war jedoch von kurzer Dauer gewesen. Die helle Seite seiner Vision war schnell der Dunkelheit gewichen, und Savonarola sprach öfter von Höllenfeuer und Verdammnis als von Liebe und Schönheit. Doch jene erste Erfahrung hatte ihr einen Begriff von seiner Macht vermittelt. Jetzt dienten all seine Predigten nur noch einem obsessiven Anliegen. Zuerst klagte er den verkommenen Papst an, dann die korrupte Kirche, drohte all jenen, die sich weigerten, seiner strengen Doktrin zu folgen, oder es wagten, seinen erleuchteten Zustand in Frage zu stellen.

»Ihr wolltet keinen Propheten«, rief er aus, seine Stimme hallte über den ganzen Platz. »Aber es ist Gott selbst, der seine Propheten erwählt, und Gottes Propheten wählen eher den Tod, als diese himmlische Gnade zu leugnen. Ich spreche die Wahrheit nur aus. Eure eigenen Sünden prophezeien euch Schlimmes. Die Erde ist der Garten des Herrn, und ihr habt ihn entweiht. Die wahre Kirche leitet die Menschen zu einem Leben in Einfachheit und Demut an. Sie mahnt die Frauen zu Keuschheit und Reinheit. Aber ihr, ihr laßt die Herde vom rechten Weg abweichen. Ihr führt sie in Versuchung. Ihr habt die Welt entweiht und Männer wie Frauen durch Geiz, Stolz und Lust verdorben.«

Trotz dieser Anklagen herrschte Feststimmung. Savonarola spürte die Atmosphäre und beendete seine Ansprache, indem er den herrlichen Tag pries und das erhabene Opfer segnete, das sie zu Ehren Gottes darbrachten. »Diese Welt ist nur eine Probe für die nächste. Schleudert die Versuchung von euch. Alles ist eitel, nichts als eitel. Werft eure weltlichen Güter ab, dann werdet ihr euer weltliches Begehren abwerfen, die Last, die eure Seele niederdrückt. Sucht die ewigen Freuden des Geistes, nicht die flüchtigen Schönheiten des Fleisches. Laßt alles fahren außer Gott, und Gott wird euch umfangen. Ich sage euch, Florenz wird sein heiliges Reich auf Erden sein, und ich werde euch, sein erwähltes Volk, führen.«

Gab es größere Eitelkeit als diese Worte? dachte Veronica. Schließlich gab Savonarola ein Zeichen, und Flöten und Trompeten spielten auf. Glockenläuten schallte über den Platz. Der Chor der Engelskinder stimmte das Tedeum an. Roberto, der neben Veronica stand, hielt den Atem an, als die Fackelträger nach vorn traten und ihre Fackeln auf den Scheiterhaufen warfen. Da er mit Brennholz, Stroh und Schießpulver überhäuft war, entzündete er sich sofort, das Knistern und Fauchen mischte sich unter die Känge der Instrumente und den Gesang. Gelbe, orangefarbene und scharlachrote Flammen schossen in die Höhe, breiteten sich über die einzelnen Stufen aus, bis die Pyramide völlig in Flammen aufgegangen war. Die Menge stand gebannt da, als das große Freudenfeuer zum Himmel aufloderte. Dann brach lauter Jubel aus. Roberto sprang hin und her und schrie vor Aufregung. Binnen kurzem herrschte große Hitze, der vibrierende Atem des Feuers fegte über den Platz, mischte sein Gebrüll mit dem Stimmengewirr der Zuschauermenge. Als alle Stufen der Eitelkeiten brannten, erhoben sich die leichtesten Gegenstände in die Luft, wehten wie Feuerblüten über das Publikum hinweg.
»Da ziehen all ihre albernen kleinen Sünden dahin«, sagte Daniele verächtlich. »Zu Asche verbrannt, wehen sie im Wind davon.«
Das Feuer brannte noch lange Zeit, verzehrte sein Opfer der Schönheit und erstarb dann allmählich. Als der Scheiterhaufen schließlich nur noch aus Asche und Glut bestand, gab Savonarola erneut ein Zeichen, und ein riesengroßes Holzkreuz wurde an seiner Stelle aufgerichtet. Er hob die Hand, befahl den Musikern, andere Musik zu spielen. Savonarolas engster Freund und glühendster Gefolgsmann unter den Mönchen, Fra Domenico da Pescia, trat vor, gefolgt von Gruppen aus Kindern und älteren Jugendlichen. Da Pescia wurde von vielen gelobt, weil er die wilde Jugend von Florenz gebessert und sie Savonarolas heiligen Lehren zugeführt hatte. Manche Jungen waren aufrichtig, folgen ihm mit dem ganzen Überschwang

der Jugend. Doch Veronica glaubte, daß zu viele unter ihnen einfach nur einen sanktionierten Weg gefunden hatten, um die Hilflosen zu schikanieren, diejenigen zu quälen, die der Mönch von der Kanzel aus anklagte.
Sie sah, wie Savonarola mit den Kindern und anderen Mönchen vortrat, die sich bei den Händen hielten und den ersten von drei Kreisen rings um das massive Holzkreuz bildeten. In der Mitte des Kreises standen nur die Dominikaner und die kleinsten Kinder. Im zweiten Kreis standen die älteren Jungen, junge Laien und Kleriker, und im dritten alte Männer, Priester anderer Orden und Bürger. Mit Kränzen geschmückt, sangen sie Savonarolas geistliche Lieder und tanzten um das Kreuz. Veronica befand sich mit den anderen Frauen außerhalb dieses bevorzugten Mittelpunkts der Feier. Viele sahen den Männern nur zu, anderen sangen und tanzten selbst zur Musik. Sie fragte sich, wie vielen anderen Frauen dieser bewußte Ausschluß wohl mißfiel und wie viele das Urteil akzeptierten. Savonarola pries häufig die moralische Stärke der Frauen, die der der Männer überlegen sei, aber meist behandelte er sie wie Menschen von geringerem Wert. Ihre Gegenwart hätte wohl kaum einen schlichten Tanz entweiht.
Roberto hingegen war selig, als er tanzte. Er mischte sich unter die Menge des äußeren Kreises und tapste mit der Grazie eines Bären herum. Bombol und Benito hüpften neben ihm auf und ab. Der Diener fand einen herrenlosen Kranz, hob ihn auf und krönte Roberto damit, der ihn auf seinen Kopf drückte und sich ekstatisch drehte, glücklich krähte. Daniele schlenderte umher und zauberte von künstlerischem Fieber erfüllt flüchtige Skizzen der auf der Piazza tanzenden Menschen aufs Papier.
Veronica, die sich wie eine Außenseiterin vorkam, blickte sich um. Sie war hungrig, doch Savonarolas unerbittliche Jugendliche hatten die gewohnten Gebäckverkäufer des *carnevale* vor dem Gottesdienst vertrieben. Ein weiteres angebliches Sakrileg, das der Mönch verdammt hatte. Sie selbst war mit vollem Magen viel aufnahmebereiter. Als

sie die Menge mit wenig Hoffnung nach einem einzigen trotzigen Bäcker absuchte, entdeckte Veronica in ein paar Meter Entfernung ihre Schwiegermutter und Dorotea. Langsam bahnte sie sich einen Weg durch die Umstehenden. Auch wenn ihre Schwiegermutter sie nicht leiden konnte, würde Maria sich über den mangelnden Respekt ärgern, wenn sie sie nicht begrüßte. Manchmal war es schwierig, die Höflichkeit zu wahren, aber Veronica würde sich in Luigis Haus nur dann sicherer fühlen, wenn sie eine wenigstens lockere Allianz mit Maria schließen konnte.

Es fiel ihr schwerer denn je, sich Dorotea gegenüber zu Höflichkeit zu zwingen. Sie wirkte immer noch wie ein furchtsames Kind, es war schwer, sie als Rivalin zu betrachten, dennoch konnte sie sich in ihrer Gesellschaft nicht wohl fühlen. Veronicas geheime Wünsche führten dazu, daß sie sich wie eine Heuchlerin vorkam, und dieses Gefühl gefiel ihr nicht. Derlei romantische Verflechtungen und Täuschungen mochten an der Tagesordnung sein, aber bisher hatte sie nie damit zu tun gehabt. Noch ein Knoten in dem Gestrüpp ihrer Gefühlsverwirrung. Als sie sich den beiden Frauen näherte und den Kopf hob, merkte sie, daß Dorotea mit Maria stritt oder sie um irgend etwas bat.

»Ich werde meine Pflicht erfüllen«, sagte Dorotea mit schriller Stimme zu ihrer Mutter. »Wenn ich meine Pflicht tue, wird Signore di Fabiani doch bestimmt …«

Die Bemerkung über Antonio weckte sogleich Veronicas Neugier, aber Maria brachte ihre Tochter bei ihrem Anblick zum Schweigen. Maria trat angriffslustig vor, um sie zu begrüßen. »Ich hatte nicht damit gerechnet, Euch unter den Getreuen Savonarolas zu sehen, Veronica.«

Innerlich seufzte Veronica verärgert. Sie wollte mehr über Antonio erfahren, nicht über Religion streiten, doch sie zwang sich zu einer höflichen Antwort. »Ich glaube, heute ist ganz Florenz hier. Roberto hat das Feuer viel Freude gemacht. Feuer waren stets ein Teil des *carnevale*.«

»Die alten Freudenfeuer standen für die Flammen fleischlicher Leidenschaft. Savonarolas Scheiterhaufen brennt in dem heiligen Licht der Auferstehung.« Marias Augen glitzerten, als sie sprach. »Wenn die Eitelkeiten des Fleisches vernichtet werden, erstrahlt die Seele um so heller. Jeder sündige Luxus, der den Flammen überantwortet wird, erhellt das Herz des Gebers.«

»Manchmal kann ein Opfer sehr segenbringend sein«, sagte Veronica stockend, »als beschneide man einen Baum, um neues Wachstum herbeizuführen.« Sie hoffte, daß dies für jene, die ihre Schätze dem Feuer übergeben hatten, zutraf.

»Da ist Federigo, am Rand des Kreises!« rief Maria eifrig aus. »Ich muß mit ihm sprechen. Warte hier, Dorotea, und sei still.« Mit diesen herrischen Worten ließ sie die beiden allein. Dorotea wirkte völlig verlassen, starrte ihrer Mutter nach, dann wandte sie sich mit großen Augen Veronica zu. Veronica wollte sie über Antonio ausfragen, zögerte jedoch, hatte Gewissensbisse. Das Mädchen brauchte offenbar eine Vertraute, kein Verhör.

Spontan ergriff sie Doroteas Hand. »Ihr seht so unglücklich aus, Dorotea. Kann ich Euch irgendwie helfen?«

Dorotea entriß ihr ihre Hand, preßte sie zwischen ihre kleinen Brüste, als habe die Berührung sie verbrannt. Sie stand zitternd da wie ein verängstigtes Tier, dann warf sie einen verzweifelten Blick auf Veronica und stieß hervor: »Ich will ihn nicht heiraten. Er wird mir weh tun. Ich weiß, daß er mir weh tun wird.«

Veronica holte tief Luft. Ihre eigene Zudringlichkeit, ebenso wie ihr Mitleid, hatte sie in diese Lage gebracht, und sie durfte sich jetzt nicht von diesem verängstigten Kind abwenden. Sie wußte nicht recht, was sie sagen sollte. Da sie selbst eine Novizin in der Liebe war, kannte sie nur die extremen Seiten der Erotik. Sie war Luigi entkommen, dann hatte sie sich in ein überwältigendes Verlangen gestürzt, das sowohl von Gewalt als auch von Zärtlichkeit gezeichnet war. Das Verlangen nach dem Mann, den Dorotea heiraten sollte. Um keinen Preis wollte sie Antonios Interessen fördern, aber

Doroteas Panik weckte Mitleid in ihr, sie wollte sie beruhigen.
»Ihr braucht Euch nicht zu fürchten«, sagte Veronica leise. »Antonio di Fabiani ist ein erfahrener Mann. Er wird sanft zu Euch sein.« Sie war sicher, daß dies zutraf, gleichgültig wie grob er sie behandelt hatte. Nur die Leidenschaft setzte seine gewalttätigen Neigungen frei.
»Er ist von Sünde durchdrungen. Aber das sind alle Männer, außer jenen, die unseren Herrn umfangen und keusch bleiben. Er umfängt das Böse, erfreut sich an den Körpern von Huren. Ich habe die Diener klatschen hören. Er hat einer von ihnen ein Halsband gekauft, eine Schnur mit Perlen so groß wie Hagelkörner. Perlen stehen für Reinheit, für Keuschheit. Ein Geschenk, würdig einer Jungfrau, und er gibt sie einer Hure, die für ihre Verdorbenheit berühmt ist«, sagte Dorotea keuchend.
Bianca, dachte Veronica bitter, stellte sich die eiskalte Schönheit geschmückt mit den hellen, schimmernden Perlen vor. Sie dachte an Antonios Geschenk an sie selbst – die Goldmünzen, die sie mit heißer Scham erfüllten.
»Warum sollte eine Frau das tun wollen, ihren Körper unheiliger Lust öffnen wollen? Einen Mann zu ertragen ist schlimm genug, eine Pflicht, die man erfüllen muß, um Kinder zu gebären. Es ist eine gerechte Strafe für die Sünde Evas.« Doroteas dünne Stimme wurde schrill und hysterisch. »Die Ehe ist ein Sakrament. Ich würde niemals einen Bund entwürdigen, den ich vor unserem Herrn geschlossen habe. Ich würde niemals im Traum daran denken, untreu zu sein. Er wird mich doch nicht töten, oder? Er hätte keinen Grund.«
Dorotea starrte sie erschöpft an, um ihre hellblauen Augen lagen weiße Ringe. Veronica war schockiert, sie wußte nicht, wie sie sich diesen erstaunlichen Ausbruch deuten sollte, der halb Predigt, halb angstvolles Flehen war. »Ich verstehe Euch nicht, Dorotea. Warum hat Ihr solche Angst? Warum denkt Ihr, daß Antonio Euch jemals töten würde?«
»Habt Ihr es nicht gewußt, Veronica?« Maria erschien ne-

ben ihnen, ihre Stimme klang kalt, schneidend. »Ich dachte, es wäre in der Stadt allgemein bekannt, daß Antonio di Fabiani seinen Bruder und seine Gattin tötete, nachdem er sie beim Ehebruch überraschte. Doroteas Vater hat einen Mörder zum Gatten seiner Tochter erwählt.«
Veronica schüttelte den Kopf, leugnete auch nur die Möglichkeit einer solchen Tat. Doch dann gingen ihr Benitos Worte durch den Sinn. *Fabiani? Ich dachte, die Söhne hätten sich gegenseitig in einem Duell um eine Frau getötet.* Ihr Leugnen würde nichts an der Wirklichkeit ändern. In ganz Italien wüteten Blutfehden, Ehrenduelle. Antonio war fähig zu töten, ob in Wut oder auch kaltblütig.
Sie blickte auf, und als hätte sie ihn herbeigerufen, sah sie Antonio wenige Meter hinter Maria und Dorotea stehen, halb verborgen von der Menge. Er hatte sich ihnen nicht gezeigt, wartete jedoch, daß Veronica ihn bemerkte. Wollte, daß sie mit ihm kam, allein, in ein gemietetes Zimmer, einen versteckten Alkoven. Wollte insgeheim ihr eigenes *carnevale*-Feuer entzünden. Seine Augen entkleideten sie. Ohne Marias Bemerkung wäre sie zu ihm gegangen, hätte alles andere vergessen. Sie dachte an die Gewalt, die in ihm schlummerte, die Gewalt, die er in ihr weckte. Furcht überkam sie, als habe sie nicht das Leben, sondern den Tod umarmt. War es Liebe, die in seinen Augen brannte, oder Haß? Gab es da für Antonio einen Unterschied? Diese Liebe konnte sie zerstören. Erschüttert und verwirrt wandte Veronica sich von ihm ab.
Er hatte es nicht getan.
Die Erkenntnis stellte sich mit vollkommener Gewißheit ein, so mächtig wie eine ihrer Visionen. Wie Sonnenschein, der sie durchströmte, bannte sie den dunklen Schatten ihrer Furcht, erfüllte sie mit blendendem Licht und Wärme. Doch als sie sich umwandte, war Antonio verschwunden.
Veronica sah, daß Maria und Dorotea noch vor ihr standen. Sie lachte laut auf, Freude, Schmerz und überströmende Erleichterung vermischten sich. »Er hat es nicht getan», sagte sie, ohne nachzudenken, sprach ihre

Offenbarung laut aus. Maria starrte in ihr leuchtendes Gesicht und machte das Zeichen gegen den bösen Blick. Sie packte Doroteas Arm und zog sie mit sich in die Menge.
Veronica lachte wieder, zitterte von der Heftigkeit ihrer Offenbarung. Spontan lief sie Antonio nach, suchte ihn in der Menge, in der Gewißheit, daß sie ihn finden würde. Nachdem sie eine halbe Stunde vergeblich gesucht hatte, war sie überzeugt, ihn verloren zu haben; ihre Füße taten weh, und ihr Herz war müde. Die Unbedingtheit ihrer Erkenntnis war ebenfalls dahin. Sie war sicher, daß Antonio unschuldig war, aber jetzt fragte sie sich, ob ihre Gewißheit nicht allein das Ergebnis ihres verzweifelten Wunsches war, es zu glauben.
Sie mußte die Wahrheit herausfinden.

9. Kapitel

RENDEZVOUS UND ATTENTATE

Bianca lag in einem Kräuterbad, als Dimitri eintrat und förmlich verkündete: »Signore di Fabiani wartet unten, Herrin.«

»Antonio?« fragte die Kurtisane, erschrocken wegen ihrer plötzlichen Erregung, ihrer freudigen Spannung.

Dann spitzte sie enttäuscht die Lippen. Sie wollte Antonio sehen – es überraschte sie, wie sehr –, aber es wäre nicht gut, solche spontanen Besuche zu ermutigen. Sie könnten sich als unpassend erweisen. Heute zum Beispiel paßte es ihr überhaupt nicht. Heute nacht hatte sie gewisse wichtige Pläne. Dimitri wäre verärgert, wenn sie solch eine Ablenkung zuließ. Fabiani war ein Höfling, überaus erfahren in der Etikette, warum war er also erschienen, ohne zuvor einen Boten zu schicken, der um ein Treffen bat, wie beim ersten Mal?

Sie würde ihn fortschicken und ihr Bad genießen. Zumindest der Rußgeruch war fortgespült. Sie hatte Stunden damit vergeudet, die triumphale Prozession dieses Narren Savonarola zu beobachten, obwohl Cesare wohl ein Dutzend anderer Berichte über das rituelle Ereignis erhalten würde. Plötzlich lächelte Bianca. Antonio mußte ebenfalls dabeigewesen sein. Vielleicht war er überfüttert von der Frömmigkeit, und der Scheiterhaufen des Mönchs hatte ein anderes, weniger heiliges Feuer in ihm entzündet. Derlei fleischliche Begierden wären ein passender Abschluß des *carnevale*. Sie sollte ihn schon allein deshalb empfangen, um dem Mönch zu trotzen.

Bianca spürte plötzlich ein Pochen, Feuchtigkeit zwischen ihren Schenkeln. Ach, er war so verlockend! So wenige der Männer, mit denen sie schlief, weckten wirklich ihr Begehren, geschweige denn befriedigten sie. Dennoch war dieser unangekündigte Besuch fast eine Beleidigung, und eigentlich sollte sie ihn wegschicken. Der Respekt, den man ihr entgegenbrachte, war ein Maßstab für ihren Wert, und ebenso für die Geschenke, die sie empfing.

Während sie noch schwankte, hielt Dimitri ihr eine makellose weiße Kamelie hin, die an einem kleinen Beutel silberdurchwirkten Brokats befestigt war. »Er bittet Euch um Verzeihung, wenn der Zeitpunkt ungünstig gewählt ist, und entbietet Euch dieses Zeichen seiner Bewunderung.«

Sie legte die Blume beiseite und öffnete den Verschluß des Beutels, schüttete den Inhalt in ihre Hand. Diesmal war es ein Paar erlesener Ohrringe, viereckig geschnittene Aquamarine, eingerahmt von winzigen Diamanten und einer Kaskade von Zuchtperlen. Er hatte einen Blick dafür, was ihr stand. Wenn er den Schmuck heute gekauft hatte, mußte er dem Händler eine stattliche Bestechungssumme geboten haben, damit er seinen Laden öffnete. Dimitri wickelte sie in ein Tuch, als sie sich aus dem Wasser erhob. »Sag Signore di Fabiani, er soll im *salotto* warten. Ich komme gleich.« Trotz des großzügigen Geschenks gehörte es zum Spiel, daß sie ihn nach solch einer ungebührlichen Dreistigkeit warten ließ. Dimitri machte ein finsteres Gesicht, ging jedoch fort, um ihrem Geheiß zu entsprechen, dann kam er zurück, um ihr beim Ankleiden zu helfen.

Als Bianca vor ihrem Spiegel saß, hielt sie sich die Ohrringe an und prüfte die Wirkung. Sie paßten ideal zu dem Kleid, das sie für heute ausgewählt hatte, eisblauer Samt, und unter den geschlitzten Ärmeln war ein Unterkleid aus reiner opaleszierender Seide sichtbar, mit Seidentressen verziert. Dennoch legte sie das Geschenk beiseite und nahm statt dessen ihre großen Saphir- und Diamantenohrringe und das dazu passende schwere Halsband. Die dunkelblauen Edelsteine waren ein Geschenk von Cesare Borgia, ein weit opulenteres und teureres Geschenk als alles, was Antonio ihr bisher verehrt hatte. Bianca legte die Juwelen an und frischte absichtlich langsam ihre Schminke auf, dann betrachtete sie die Wirkung. Beein-

druckend, wenn auch ein wenig exzessiv für den Nachmittag, doch sie war entschlossen, einen dramatischen Auftritt zu machen.
Bianca wünschte glauben zu können, daß Antonio so verliebt in sie war, daß er nicht von ihr lassen konnte, doch sie bezweifelte es. Noch nicht. Obgleich er über einen scharfen Witz verfügte, die Kunst der von solchen Komplimenten durchsetzten Konversation beherrschte, die von einem Höfling erwartet wurden, war es eindeutig ein verstandesmäßiges Vergnügen für ihn, Lust am sprachlichen Spiel. Sie hatte bald gespürt, daß er es verachtete, große Liebe vorzutäuschen. Sein Körper war heiß, köstlich heiß, aber sein Kopf und sein Herz waren kalt. Kalt wie sie. Vielleicht ähnelten sie einander zu sehr, als daß sie solche Leidenschaft in ihm erwecken konnte, wie sie es sich erhoffte. Dennoch hatte sie gerade beschlossen, ihren Verstand, ihren Körper auf diese Herausforderung einzustellen.

Antonio erhob sich, als Bianca den *salotto* betrat. Er musterte sie mit geziemend anerkennendem Blick, dann verneigte er sich galant. »Vergebt mir. Ich habe eine impulsive Ader.«
»Ach ja?« bemerkte Bianca, und sowohl ihre Stimme als auch ihre Miene drückten Unnahbarkeit aus. Sie war nicht sicher, ob sie diese impulsive Ader als Kompliment auffassen sollte. Sie betrachtete ihn kühl, gestand sich jedoch ein, daß er noch anziehender war, als sie ihn in Erinnerung hatte; heute trug er ein rotbraunes Lederwams und passende Seidenstrumpfhosen, in denen sich seine Beinmuskeln abzeichneten.
»Es schien unumgänglich, Euch zu sehen. Ich verstehe es allerdings, wenn Ihr nicht frei seid.«
Antonio, dem bewußt war, daß sie durchaus einen Verehrer abweisen konnte, dessen Erscheinen ihr nicht zusagte, wartete aufmerksam wie stets, doch Bianca spürte, daß sich etwas verändert hatte. Hinter seinen vollendeten Manieren und seiner Beherrschtheit verbarg sich starke An-

spannung. Sein Blick hielt dem ihren stand, wich nicht aus. Bianca atmete schneller, als die schwarze Flamme in ihm ihr eigenes inneres Feuer schürte. Er wollte sie jetzt, in diesem Augenblick, begehrte sie. Das war an sich keine Überraschung, wozu sonst war er hier, aber die Heftigkeit ihrer Reaktion schockierte sie dennoch. Sie sollte ihren Gefühlen für ihn nicht so leicht nachgeben. Eine gewisse Werbung war erforderlich. Um sein unhöfliches, unangekündigtes Erscheinen auszugleichen, hatte sie vorgehabt, einen kleinen gemeinsamen Spaziergang zu fordern, ein vornehmes gemeinsames Mahl vielleicht; vielleicht sogar noch ein weiteres Geschenk. Antonio würde tun, was der Brauch verlangte, wenn sie ihn darum bat. Er würde die Regeln befolgen und den verzweifelten Hunger bändigen, der ihn zu ihr geführt hatte.
Oh, wie würde sie es genießen, seine Glut zu sehen. Doch durch das Warten konnte dieses schwelende Feuer ebenso leicht erstickt wie angefacht werden. Die Verzögerung konnte sowohl die Heftigkeit seines Verlangens als auch ihre Reaktion dämpfen. Manche Männer respektierten sie nicht oder wußten ihre Gunst nicht zu schätzen, wenn sie sie nicht teuer bezahlen ließ. Ihre Intuition sagte ihr, daß er ihr um so mehr Respekt entgegenbringen würde, wenn sie ihm nicht die erforderlichen Schritte auferlegte. Wenn sie seinem brennenden Verlangen nicht nachgab, könnte sie ihn sogar verlieren. Nun gut – wenn sie sich diese Schwäche gestattete, würde sie zumindest ihre Macht über ihn ausspielen.
Bianca ging zu ihm, hob das Gesicht, jedoch nicht um ihn zu küssen, sondern nur um in seine Augen zu schauen und ihm ihre wachsende Hitze zu zeigen. »Ein paar Stunden habe ich noch«, sagte sie leise. »Sie gehören Euch, wenn Ihr wünscht.«
»O ja, ich wünsche es«, flüsterte er rauh.
»Kommt mit.« Bianca drehte sich um und führte Antonio die Treppe hinauf in ihr Schlafzimmer. Dimitri hatte das Bett vorbereitet, stellte sie fest, die Vorhänge weggezogen und die Bettdecke zurückgeschlagen.

Er entkleidete sie geschickt, löste mit kenntnisreichen Fingern die Seidenbänder, streichelte die weiche Haut, die er entblößte. Bianca berührte ihn nicht, noch nicht, forderte diesen Dienst als die ihr gebührende Ehrerweisung ein. Sie stand einen Augenblick völlig nackt da, bis auf ihre Juwelen, das Eis- und Nachtblau betonte ihre schneeweiße Haut. Antonio nahm das Halsband, dann lächelte er ironisch, als er es wieder sinken ließ, die Herausforderung aufnahm. Bianca erwiderte sein spöttisches Lächeln. Sie trat vor und machte sich an seinen Kleidern zu schaffen. Antonios Gesicht wurde starr, dann wich er zurück und legte Leder, Leinen und Seide selbst ab. Noch während er sich auszog, sah Bianca, daß sein Körper von Bißspuren und Kratzern übersät war, die gerade erst verheilten. Sie hatte kein Recht, etwas dazu zu sagen, doch es erzürnte sie, daß er von einer anderen Frau gezeichnet zu ihr kam. Er hob eine Augenbraue und lächelte erneut, warf einen Blick auf ihre Saphire. Sie trugen beide die Geschenke anderer. Antonio hob sie auf und trug sie zum Bett. Er erinnerte sich gut an ihren Körper und benutzte dieses Wissen, um ihr Verlangen rasch zu der Intensität des seinen zu steigern. Sie genoß seine Geschicklichkeit, wie sein Mund über ihre runden Schultern wanderte, an denen sie unerwartet viel empfand. Seine Hände umfaßten ihre Brüste, er drückte ihre Brustwarzen zwischen Daumen und Zeigefinger, dann sog er an ihnen, liebkoste sie mit Zunge und Zähnen. Eine Hand glitt an ihrem Bauch hinunter und griff in ihr Schamhaar, rieb den Venushügel, dann glitt seine Hand tiefer, seine Finger öffneten ihre Lippen und tauchten in die Feuchtigkeit ein. Naß von ihrem Saft, verhielten sie auf der verborgenen Knospe, umkreisten sie sacht, bis sie anschwoll, dann griffen sie unbarmherzig an, ließen ihr heißes Zentrum vibrieren, bis sie zitternd die Beine spreizte, sich ganz und gar ergab, sich gegen seine leidenschaftlichen Finger preßte. Sie stöhnte hilflos auf, als seine Finger den kleinen Gipfel verließen, stöhnte erneut, als sie in sie stießen, die schnellen Bewegungen sie fast um den Verstand brachten.

Bianca schrie auf, als er die Hand wegnahm. Sie war fast zum Höhepunkt gelangt. Mit seinen Beinen schob er die ihren weiter auseinander, packte ihre Hände und hielt sie über ihrem Kopf fest. Dann drückte er sie aufs Bett, seine Augen waren pechschwarz und blitzten vor Lust, Wut und unterdrücktem Lachen. Er begann ihr geöffnetes, feuchtes Geschlecht mit der samtenen Spitze seines Geschlechts zu streicheln, bis sie schreien, ihn beißen, ihn mit der Öffnung ihres Körpers verschlingen wollte. Sie bäumte sich auf, um ihn in sich hineinzuziehen. Dann schrie sie tatsächlich auf, als er mit einem kräftigen Stoß in sie eindrang. Er ließ ihre Hände los, und sie hüllte ihn ein, ihre Arme und Beine hielten seinen Oberkörper gefangen, ihre Zähne, ihre Nägel gruben sich in sein Fleisch, damit er sich ihr nicht wieder entziehen konnte. Sie ertastete die halbverheilten Narben, die die andere an ihm hinterlassen hatte, und riß sie mit ihren Nägeln auf. Er keuchte von dem frischen Schmerz, doch seine Lust war stärker, und er drang tiefer in sie ein.

»Mehr. Härter. Härter.« Forderungen, die sie gewöhnlich stellte, um ihre Partner zu erregen, und die sie jetzt herausschrie, um ihren eigenen Höhepunkt zu erreichen.

Er stieß grimmig, unerbittlich in sie, und genau das wollte sie, vergaß alles außer der Erlösung, nach der sie sich sehnte. Sie schrie, warf sich hin und her, schlug die Nägel in der Raserei ihres Begehrens noch tiefer in seine Wunden. Ihr Höhepunkt löste auch den seinen aus, er stöhnte wie ein Verlorener, als er sich in sie ergoß.

Dann machte Antonio sich von ihrem Körper los und wandte sich ab, lag schweigend neben ihr. Lange Zeit überließ sie ihn seinen Gedanken, war zu befriedigt, um sich zu regen. Dann wandte sie sich ihm zu und strich mit den Fingerspitzen sacht über seine Schläfen, massierte seine Stirn. Er reagierte nicht auf ihr Locken. Seine Niedergeschlagenheit war diesmal noch tiefer. War sie die Kehrseite seiner wachsenden Leidenschaft für sie? Bianca hoffte es. Es kam so selten vor, daß ein Verehrer ihr in der Liebe ebenbürtig war. Er war ein Mann, dessen Geschick

ihn selbst in der Raserei nicht verließ, sondern mit der Hitze zunahm.
»Neuerdings scheine ich nichts anderes mehr zu wollen«, murmelte er.
Er wollte *es*, nicht sie, dachte Bianca. Doch er war hier bei ihr. War dies ein Geständnis? Brannte dieses dunkle Fieber in ihm für sie? Er war zu undurchdringlich, um es erkennen zu können. Liebend gern hätte sie ihn zu ihrem hörigen Sklaven gemacht, wollte Liebe und Lust in diesen dunkelbraunen Augen sehen. Daß er ihrer Macht ganz und gar verfallen war. Sicherlich, die Männer, die rasend verliebt in sie waren, wurden ihr bald langweilig. Obgleich es sie in gewisser Weise belustigte zu sehen, wozu man sie bringen konnte. Allerdings konnte sie sich nicht vorstellen, daß Antonio jemals langweilig werden würde.
Nach einer Weile erhob Bianca sich und zog einen Morgenmantel aus austernfarbenem Satin mit schwerer Seidenstickerei über. Sie setzte sich vor den Spiegel und frischte ihre Schminke auf, ein dezenter Hinweis darauf, daß ihr Abend bereits verplant war. Antonio stützte sich auf die Ellbogen und beobachtete sie kurz, dann erhob er sich und zog sich an. Er trat hinter sie, legte die Hände auf ihre Schultern und küßte ihren Nacken. Ihr liefen angenehme kleine Schauer über den Rücken, und sie seufzte leise, anerkennend. Sie spürte, wie der Druck seiner Hände auf ihren Schultern stärker wurde. Lächelnd hob sie den Kopf, sah ihm im Spiegel in die Augen, und das Lächeln gefror auf ihren Lippen. Antonios Gesicht war verschlossen und kühl. Seine Augen und sein Mund verhärteten sich. Es war das Gesicht eines Mannes, der einen Entschluß gefaßt hatte. Er schiebt mich weg, dachte sie. Ein Eiszapfen der Furcht durchbohrte sie, ihr Herz und ihren Bauch. Doch trotz ihrer lähmenden Angst hob Bianca den Kopf und atmete gleichmäßig. Sie starrte in den Spiegel. Was ist los? Warum sagt er nichts? dachte sie. Dann, verzweifelt: Was geschieht mit mir?

»Ich möchte Euch keine Ungelegenheiten bereiten«, sagte Antonio. »Ebensowenig möchte ich eine Gelegenheit verpassen, in Eurer Gesellschaft zu sein. Vielleicht würdet ihr, sagen wir, zwei Tage in der Woche für mich freihalten? Wäre es Euch dienstags und freitags möglich?«

»Ja«, sagte sie, Erleichterung und Triumph überkamen sie. Er stieß sie nicht weg; statt dessen hatte er gegen sein wachsendes Verlangen angekämpft und verloren. Sie würde ihn doch besitzen. »Ja, ich kann es einrichten – mit Freuden.«

»Wenn ich nicht kommen kann, sende ich Euch Nachricht, dann habt Ihr den Tag für Euch, um Euch nach Belieben zu amüsieren. Ich mag impulsiv sein, aber aufdringlich bin ich nicht.«

Ausnahmsweise hätte sie Eifersucht vorgezogen. Sie dachte einen Augenblick nach und machte dann ein eigenes Angebot. »Wenn Euch der Impuls überkommt, so wie heute, würde es mich nicht beleidigen, Euch vor meiner Tür vorzufinden. Wenn unsere Stimmung sich entspricht und der Zeitpunkt günstig ist, welch bessere Art gäbe es, den Nachmittag zu verbringen?«

»Das ist sehr großzügig von Euch. Ihr werdet mich in meiner Dankbarkeit ebenso großzügig finden«, versicherte er ihr.

Sie nahm Cesares Juwelen ab und legte statt dessen die Ohrringe, die Antonio ihr heute gebracht hatte, und die Perlenschnur an.

»Daran zweifle ich nicht.« Sie sah, wie er flüchtig die Saphire musterte, dann blickte er sie wieder an.

»Smaragde?« schlug er vor, und seine Hand liebkoste ihren Hals. »Nein, Rubine, denke ich, und ein Gewand aus weißem Samt. Die Steine würden auf Eurer Haut glühen wie Rosenblätter, die auf Schnee herabregnen.«

Bianca lachte. »Ja, das würde sehr gut zu mir passen …«

Dimitri war mißmutig, nachdem Antonio gegangen war, was Bianca nur um so mehr entzückte. Er brachte ihre Männerkleider, ein dunkelgraues Wams und Strumpfhosen, dazu einen kurzen Kapuzenumhang, warf sie achtlos aufs Bett. »Eure Reflexe werden langsamer sein, nachdem Ihr den ganzen Tag im Bett gefaulenzt habt«, klagte er.

»Oh, ich habe nicht gefaulenzt. Der Nachmittag hat nur meinen Appetit für heute nacht geschärft.« Bianca lachte verführerisch, gab Dimitris Eifersucht Nahrung, da er sie heute nacht ja austreiben konnte. Sie hob die Hände vor ihr Gesicht und starrte sie an, erinnerte sich an ihre Lust, als sie die Nägel in Antonios Rücken gebohrt hatte. »Ich werde in Hochform sein, keine Sorge. Siehst du, ich habe bereits Blut geleckt.«

Die Straße war nur von wenigen Laternen beleuchtet, und sie waren sorgfältig allen nächtlichen Spaziergängern aus dem Weg gegangen, seit sie den Arno überquert hatten. Geräuschlos schlichen sie in die Gasse an der Steinmauer, die ihr Ziel war. Da sich ihre Muskulatur von dem Fußweg bereits aufgewärmt hatte, zog Bianca ihren Mantel aus und streckte sich kurz, genoß die Leichtigkeit, mit der man sich in Männerkleidern bewegen konnte. Die Mauer rings um das Haus war glatt und hoch, aber mehrere große Bäume streckten ihre Äste über sie. Dimitri bildete einen Steigbügel aus seinen Händen und hob sie in Reichweite eines dicken, überhängenden Astes. Rasch zog sie sich in den Baum hoch. Bianca konnte im Dunkeln gut sehen, und sie war froh, daß die Nacht nur von einer schmalen Mondsichel und den Sternen erhellt war. Sie brauchte diesen zusätzlichen Schutz. In dem großen Garten wuchsen üppige Pflanzen, doch viele Bäume waren noch kahl. Sie hangelte sich an dem Ast zum Stamm hinunter und glitt auf den Boden. Dort schlich sie an der Mauer entlang, und das Dunkelgrau ihrer Kleider verschmolz mit den nächtlichen Schatten.

Vier Wachen waren vor dem Haus postiert. Bianca war so geräuschlos und schnell, daß die beiden Wachen, die einen Rundgang machten, sie nicht bemerkten. Die anderen spielten wie ihre Herren, nahmen nichts um sich herum wahr. Im Schein einer Laterne würfelten sie, fluchten und jubelten abwechselnd und reichten einen schweren Lederschlauch mit Wein herum. Die drei Wachen auf der

Rückseite waren ebenso nachlässig. Ugolino blieb gewöhnlich bis spät, aber trotzdem bestand die Möglichkeit, daß er bereits aufgebrochen war. Bianca war erleichtert, als sie feststellte, daß sein Hauptmann nach wie vor auf Posten stand.

Geschützt durch einen Laubengang, lief Bianca durch den Garten und kletterte an den Efeuranken zu einem Balkon hoch, der zum Dach führte. Sie blickte durch die Fenster ins Innere des Hauses. Die meisten Zimmer waren dunkel, sonst drangen nur leise Stimmen durch das Glas und die schweren Vorhänge. Bianca lief schnell zu dem einzigen erhellten Fenster. In dem Zimmer hielten sich *compagnacci* auf, die wohlhabenden jungen Söhne der Stadt, die sich mit den *arrabbiati* gegen Savonarola verbündet hatten. Wie gewöhnlich bewegten sie sich nur in der Gruppe, tranken, spielten und hurten zusammen. Es waren drei Huren anwesend, die die sechs Männer sich teilten. Typisch. Keine Kurtisane ihres Standes würde sich dazu herablassen, an einem derartigen Ort zu verkehren, es sei denn, sie wollte selbst spielen. Unter den *compagnacci* waren mehrere ältere Männer, aber niemand, den Bianca kannte. Insgesamt waren heute recht wenige Männer gekommen. Nicht alle hatten den Mut, Savonarola an seinem großen Tag zu trotzen. Ugolino war nirgends zu entdecken, doch sie konnte in keines der anderen Zimmer sehen, nur einen Ausschnitt des Korridors, als ein Diener mit Brot, Oliven und Wein eintrat. Sie war froh, daß der Wein in Strömen floß. Ugolino war unmäßig.

Bianca fühlte sich sicherer, nachdem sie das Haus und den Garten ausspioniert hatte. Sie wünschte, sie hätte Ugolino gesehen, aber sie wußte ja zumindest, daß er noch da war. Jetzt, da sie Anzahl und Standort der Wachen kannte, kehrte sie durch den Laubengang zu der hohen Steinmauer zurück. In einer Nische an der Südwand stand die Statue eines Heiligen, ideal, um auf die Mauer zu klettern. Bianca schlich zu Dimitri zurück, in der Absicht, seine Reflexe auf die Probe zu stellen. Doch er war wachsam, rechnete mit einem Hinterhalt und war bereit zu töten. So

leise sie war, hörte er sie doch kommen und fuhr mit gezücktem Schwert herum. Sie zog ihren Dolch, grüßte ihn kurz und bedeutete ihm zu warten. Grinsend warf Dimitri ihr ihren Umhang zu. Bianca legte ihn um ihre Schultern und lehnte sich gegen den Baumstamm, sammelte all ihre Energie. Sie waren so spät gekommen, wie sie es eben wagen konnten. Sie hoffte nur, daß das Warten auf Ugolino sie nicht unaufmerksam werden ließ.
Es verstrich gut eine Stunde, bevor Ugolino in den Garten kam und nach seiner Wache rief. Bianca gab Dimitri sofort ein Zeichen; er sollte zum Treffpunkt gehen und sich dort nach eventuellen Störungen umsehen. Sie würde ihrem Opfer folgen. Sie und Dimitri hatten einen günstigen Platz für den Überfall ausgewählt, außerdem sicherheitshalber zwei weitere Orte, an denen Lärm niemandem auffallen würde. Als Bianca wieder in den Garten sah, runzelte sie die Stirn. Ein zweiter Mann hatte sich Ugolino angeschlossen, und es sah ganz so aus, als wollten sie gemeinsam aufbrechen. Die beiden unterhielten sich im flackernden Licht einer Fackel. Nein, sie stritten. Der zweite Mann war Luigi della Montagna, seine Miene war verdrossen und feindselig. Offenbar hatte er getrunken und viel Geld verloren. Ugolino schien vergnügt, er genoß die Wut seines Gegenspielers.Ihre Stimmen trugen weit in der kalten, stillen Luft.
»Ihr könnt eben nicht verlieren«, triumphierte Ugolino.
»Ihr werdet das Geld bekommen«, zischte Luigi. »Ich bezahle Euch nächste Woche.«
»O ja, ich werde es bekommen. Dafür werde ich sorgen.«
»Wollt Ihr damit andeuten, daß ich nicht bezahlen kann?«
»Ich weiß, daß Ihr das Geld habt, Luigi.« Ugolino lachte. »Und ebenso weiß ich, wie sehr Ihr es haßt, Euch davon zu trennen. Ich möchte, daß Ihr es mir morgen schickt, und mich zu beleidigen könnt Ihr Euch nicht leisten.«
Luigi und Ugolino verließen den Garten und kamen die Straße entlang, ihre Wachleute hielten die Fackeln und beleuchteten ihnen den Weg. Bianca hatte die Möglichkeit zusätzlicher Begleiter in Betracht gezogen, als sie

und Dimitri die Umgebung ausspähten. Ihr Herz schlug schneller vor Spannung, dennoch war sie zuversichtlich. Die Häuser der Männer lagen in entgegengesetzten Richtungen. Wenn Luigi den Streit nicht um des Streits willen fortführen wollte, würden sie sich vermutlich an der nächsten Kreuzung trennen. Bianca sprang vom Baum hinunter und folgte ihnen vorsichtig, als sie zum Fluß hinuntergingen. Es war töricht von Luigi und Ugolino, nur jeweils einen Wachmann mitzunehmen, der nicht nur die Fackel halten, sondern sie auch beschützen sollte, wenn es nötig wurde. All dies diente dem Versuch, den Ort des neuesten Glücksspielhauses geheimzuhalten. Je mehr Männer, um so auffälliger war es. Ja, sie waren an der Kreuzung stehengeblieben und trennten sich. Gerade noch rechtzeitig – der Streit war erbitterter geworden, gemeine Andeutungen über Falschspiel waren gefallen. Noch ein paar Minuten, und sie hätten die Schwerter gezogen. Beide waren im Grund ihres Herzens Feiglinge, doch heute nacht waren sie betrunken genug, um Genugtuung für die Beleidigungen zu fordern.

Ugolino blieb eine Zeitlang dort stehen und rief Luigi etwas nach. Er wußte nie, wann er den Mund halten mußte. Endlich wandte er sich in Richtung des Flusses, so daß sie sich näher heranpirschen konnte. Sie erreichten die dichtbelaubte Allee, die sie für den Mord ausgewählt hatte. Dimitri hatte ihr kein Warnzeichen gegeben, also war die Straße vor und hinter ihnen frei. Sie würden es hier tun. Bianca atmete bewußt langsamer. Seit dem letzten Mord war zuviel Zeit vergangen. Die Spannung setzte ihr zu, lag ihr schwer im Blut wie Wein. Bianca holte ihre Garotte heraus, ein halber Meter Draht, an Holzgriffen befestigt, und straffte die Waffe. Sie spannte ihre Muskeln an und bereitete sich darauf vor, zuzuschlagen. Ihr Blick schweifte kurz zu Dimitri. Er nickte ihr lächelnd zu.

Als Ugolino und sein Wachmann die Allee betraten, griffen sie gleichzeitig an, so daß die Männer nur überrascht aufschreien konnten. Dimitri hielt Ugolino von

hinten fest, während Bianca sich auf den Wachmann stürzte. Blitzschnell schlang sie den Draht um seinen Hals, kreuzte die Hände und zog die Schlinge zu. Der Mann war schneller, als sie erwartet hatte. Er war stark und sehnig und drehte sich zu ihr um, als sie die Waffe festzog, griff mit einer Hand nach dem Draht und warf ihr mit der anderen die Fackel ins Gesicht. Bianca sah die Bewegung voraus, die Kraft des Drahts verschaffte ihr einen Vorteil. Sie sprang zur Seite, immer noch sicher auf den Beinen, als die Fackel an ihr vorbeiflog. Als der Wachmann das Gleichgewicht verlor, zog sie die Schlinge fester zu. Hilflos schlug er um sich, riß an dem Draht, der seine Luftröhre zudrückte, dann fiel er zu Boden. Sie ging geschickt mit, hielt die Garotte weiter fest. Dann beugte sie sich über ihn, kniete auf seiner Schulter und drückte ein letztes Mal zu. Doch es war eine unnötige Vorsichtsmaßnahme. Der Mann war tot. Lächelnd löste sie den Draht von seinem Hals und ließ den leblosen Körper liegen.
Dimitri hielt Ugolino fest, sein Arm lag um den Hals des strampelnden Mannes, drückte ihm die Luft ab. »Laßt ihn wissen, wer ihm den Tod bringt«, sagte Dimitri. Bianca hob die fast erloschene Fackel des Wachmanns auf. Als sie sie emporhielt, brannte sie wieder heller, beleuchtete ihr Gesicht, so daß Ugolino sie erkennen konnte. Er keuchte, seine Augen waren weit aufgerissen vor Angst. Bianca zog ihren Dolch und hielt ihn vor sich. Sie küßte die flache Klinge, fuhr mit der Zunge darüber.
»Schneidet sie ab. Schneidet sie ihm ab und stopft sie ihm in den Mund«, zischte Dimitri. Ugolino wand sich vor Angst, seine Augen traten aus den Höhlen.
»Dies soll ein Raubüberfall sein«, zischte sie zurück. Wirklich, Dimitri wurde allmählich unbeherrscht in seinem Vergeltungsdrang. In dieser Situation konnten sie es sich nicht leisten, irgendwelchen Rachegelüsten nachzugeben. Bianca wollte keine allzu ungewöhnlichen Spuren hinterlassen, mit Sicherheit nicht die Empörung verursachen, die eine Kastration hervorrief.

»Dann macht es langsam. Ihr habt versprochen, es langsam zu machen.«
»Ja.« Aus einer tiefen Tasche ihres Mantels holte Bianca zwei Stofflappen, stopfte Ugolino den einen in den Mund und band den Knebel mit dem anderen fest. Dimitri lockerte den Griff um Ugolinos Hals ein wenig. Ugolino versuchte sich zu befreien, doch der Griff des Eunuchen war zu stark.
»Jetzt, jetzt«, drängte Dimitri in fiebriger Erregung.
Während Bianca Ugolino lächelnd in die Augen sah, stieß sie ihm das Messer in den Bauch, zog es hoch und wieder hinunter, schlitzte ihn auf. Der Gestank von Blut und Eingeweiden erfüllte die Luft. Ugolino zuckte in Dimitris Armen, stieß ein durch den Knebel gedämpftes schrilles Heulen aus. »Quiek ruhig«, flüsterte er an Ugolinos Ohr. »Quiek ruhig, du Schwein.«
Bianca hörte ein Geräusch. War da jemand auf einen abgefallenen Ast getreten? Sofort warf Bianca die Fackel weg. Sie trat zur Seite und schnitt Ugolino die Kehle durch. Dimitri stöhnte ärgerlich auf, doch sie rannte bereits zum Hügel. Sie glaubte jemanden zu sehen, einen dunklen Schatten, der sich hinter eine Mauer zurückzog. Sie lief schneller, hielt den Dolch gezückt, als sie um die Ecke bog, doch auf der Straße war niemand zu sehen. Bianca rannte bis zur nächsten Kreuzung, doch auch dort war niemand. Wenn jemand sie beobachtet hatte, warum hatte er nicht Alarm geschlagen? Sie konnte sich das Geräusch auch eingebildet haben. Oder war es ein Tier gewesen? Die Ungewißheit beunruhigte sie, doch selbst wenn jemand dagewesen war, hatte er sie vermutlich nicht erkannt. Es war wagemutig von ihr gewesen, Ugolino nicht tiefer in die Gasse zu ziehen, aber völlig kopflos war sie auch nicht. Selbst im Licht der Fackel hatten Dimitri und sie ihre Kapuzen anbehalten. Aus dieser Entfernung hatte man sie nicht erkennen können.
Bianca kehrte um und stellte fest, daß Dimitri den Wachmann und Ugolino tiefer in die Gasse gezogen hatte, um die Entdeckung bis zum nächsten Morgen hinaus-

zuzögern. Sie half ihm, ihren Plan zu Ende auszuführen, nahm beiden Leichen ihre Geldbörsen ab. Ugolinos Börse war schwer, auch wenn Luigi seine Schulden nicht bezahlt hatte. Und er trug ansehnlichen Schmuck. Einer der kleineren Ringe würde als Beweis genügen, daß sie den Auftrag von Ugolinos Gattin erfüllt hatten.
Sie ließen die beiden Leichen liegen und verschwanden schnell in die Nacht.

10. Kapitel

GESPRÄCHE

Signore di Fabiani ist unschuldig«, sagte Benito. »Zumindest, wenn man Giacomo glauben darf.«

»Das hoffe ich, Dorotea zuliebe«, erwiderte Veronica. Sie hatte den Kopf gesenkt, und ihr Haar fiel herab wie ein Vorhang, verbarg ihr Gesicht. Ihre Finger spielten mit dem zarten grünen Stengel einer Iris, während sie über ihre Doppelzüngigkeit nachdachte. Sie hatte sich vorgenommen, alles über Antonio herauszufinden, sein vergangenes wie gegenwärtiges Leben, doch Benito glaubte, ihr Gespräch sei nichts weiter als der gewohnte Familienklatsch. Sie hatte ihre Kümmernisse immer schon für sich behalten. Luigis Drohungen und dann ihre komplizierte Affäre mit Antonio hatten ihre Welt jedoch auf den Kopf gestellt. Furcht und Leidenschaft hielten sie gefangen, umhüllten sie mit erstickender Dunkelheit, sonderten sie mehr und mehr von den Menschen ab, die ihr am nächsten standen.

»Es war in der Nacht des Verlobungsfests.« Während er Roberto im Auge behielt, der in einer Ecke des Gartens mit Bombol rang, lehnte Benito sich gegen den Fuß des Brunnens und begann zu erzählen. »Ihr hättet Giacomo sehen sollen. Er ist solch ein unbekümmerter Bursche, es fällt schwer, sich ihn zornig vorzustellen. Wir waren nachts zu den Ställen gegangen, um ein wenig zu würfeln. In jener Nacht wurden viele Weinschläuche leergetrunken, und Giacomo hatte mehr als einen geleert. Ich glaube allerdings nicht, daß er trank, um zu feiern. Er wirkte nicht besonders glücklich über die bevorstehende Hochzeit.«

»Nein? Er war nicht überwältigt von den Tugenden unserer Familie?«

Benito prustete verächtlich. »Vielleicht ein wenig zu überwältigt von Madonna Doroteas Tugend. Ich glaube nicht, daß es sehr leicht sein wird, ihr zu dienen.«
»Da hast du sicher recht«, flüsterte sie verschwörerisch. Dorotea würde jeden ihrer eigenen Schwäche wegen ablehnen. Doch sie wollte jetzt nichts von ihrer Schwägerin hören. Sie hoffte, daß man ihr ihre Neugier nicht allzusehr anmerkte, als sie Benito drängte: »Ihr müßt Eure Geschichte weitererzählen.«
»Es gab die üblichen Gespräche über die Vergnüglichkeit des Glücksspiels, über Wein und Frauen, wie lästig sie oft seien. Ein Wachmann, der sich für sehr schlau hielt, sagte, falls Signore di Fabiani seine neue Gattin als Last empfände, könne er sie ja ebenso leicht loswerden wie die letzte. Und im nächsten Augenblick wälzten Giacomo und er sich im Staub und sorgten für ein fürchterliches Durcheinander. Die Pferde stampften in ihren Verschlägen, die Hunde bellten ...«
Benito brach jäh ab, ihm fiel zweifellos, ebenso wie Veronica, der letzte Kampf an diesem Ort ein. Sie hielt den Kopf weiter gesenkt, streichelte die lila Blütenblätter der Iris mit den Fingerspitzen. Nach einer kurzen Pause fuhr Benito fort: »Der Wachmann war jedoch viel größer, obwohl Giacomo ein zäher Kämpfer ist, wenn er in Wut gerät, und über einige Tricks verfügt. Seine Füße sind erstaunlich. Er fügte dem Wachmann so viele Blessuren zu, daß der noch wütender wurde, daher mußten drei von uns ihn von Giacomo fernhalten. Der Wachmann verzog sich in eine Ecke und schmollte. Giacomo war voller Blut, weil er sich am Kopf verletzt hatte. Ich nahm ihn mit in die Küche, um ihn dort zu waschen und zu verarzten.
Da hat er mir erzählt, daß Antonio seinen Bruder tatsächlich im Zweikampf getötet hat, es aber ein Unfall gewesen sei. Es war Alessandro, der, mit einem Messer bewaffnet, Mordlust im Herzen hatte. Sie kämpften um Antonios Gattin. Sie hieß Beatrice, war schön wie ein Engel und verlockend wie die Sünde. Sie war ziemlich verrückt nach Männern, aber Giacomo schwört, Antonio hätte ihr nie-

mals etwas zuleide getan, obwohl sie ihm das Herz gebrochen hat. Er hätte es niemals getan – niemals tun können, sagt Giacomo. Da er wußte, wie erschüttert sein Herr über den Tod seines Bruders war, saß er die ganze Nacht in eine Decke eingewickelt vor seiner Tür. Er sagt, er hätte kein Auge zugetan vor Sorge und hätte es auf jeden Fall gehört, wenn sein Herr das Zimmer verlassen hätte. Am folgenden Morgen wurde die Dame gefunden, und Giacomo zufolge war das Staunen seines Herrn größer als das aller anderen.«

»Du glaubst ihm?«

»Ich glaube, daß er es glaubt. Es spricht nichts dagegen. Er hat eine flinke Zunge, und ich bin sicher, er könnte jederzeit eine geschickte Lüge erzählen, wenn er wollte, statt die Beherrschung zu verlieren und sich verprügeln zu lassen. Er schämte sich deshalb, sagte am Morgen, er habe seine Kopfschmerzen nicht von seinem Kater unterscheiden können. Warum sollte er also lügen? Ich denke nicht, daß Signore di Fabiani eine Frau ermordet hat, aber nur wenige Männer in Florenz würden ihn dafür verurteilen, eine treulose Ehefrau zu töten. Nur wenige in ganz Italien.« Benito runzelte die Stirn. »Ich kann verstehen, daß diese Geschichte eine schüchterne, fromme Dame wie Madonna Dorotea ängstigt – aber all dies ist zwölf Jahre her, und es ist ja nicht so, als hätte der Signore seither eine Spur getöteter Gemahlinnen und gemeuchelter Mätressen hinter sich zurückgelassen. Außerdem glaube ich nicht, daß Madonna Dorotea ihm jemals einen Grund geben würde, an ihr zu zweifeln. Vermutlich fürchtet sie sich nur vor der Ehe.«

»Vermutlich«, murmelte Veronica, denn es war durchaus möglich, daß die eine Furcht der anderen Nahrung gab.

»Dennoch ist es seltsam, daß seine Gattin in derselben Nacht wie sein Bruder ums Leben kam, daher fällt es mir schwer, Giacomos Geschichte vorbehaltlos Glauben zu schenken. Vielleicht ist er doch eingeschlafen.« Benito zuckt mit den Schultern. »Wir werden wohl nie erfahren, was wirklich geschah. Nicht mit Gewißheit.«

»Da ist deine Antwort.«
Veronica starrte auf die *tarocco*-Karten. Der *Prinz der Kelche* lag in der Mitte, umringt von fächerförmig ausgebreiteten Kelchen, Stäben und Schwertern. Die leuchtenden Farben hoben sich lebhaft von dem nachtblauen Samt ab. Die spöttischen Bilder tanzten vor ihren Augen, so wie Mamma Lucias Worte in ihrem Kopf tanzten, ebenso rätselhaft und doppeldeutig wie die Benitos. Veronica drückte die Finger gegen ihre Schläfen, versuchte die Bilder, ihre Bedeutung, klar vor sich zu sehen. Als sie den Kopf hob, leuchteten Mamma Lucias Augen ebenfalls.
»Es steht alles da«, wiederholte Mamma Lucia, und ihre knotigen Finger glitten über die Auslegung. »Verratene Liebe, gewaltsamer Tod, Betrug, Kummer und Verbannung.«
»Es beantwortet nicht meine Frage, eine ganz einfache Frage. Hat Antonio seine Gattin ermordet? Ja oder nein?«
In Veronicas Stimme lag ein scharfer Unterton, denn ihr schien, daß die Auslegung, noch mehr als die Karten selbst, bewußt ausweichend war.
Mamma Lucia antwortete ebenso scharf. »Wird ein Ja oder oder Nein irgend etwas für dich ändern? Der Mann war Söldner, habe ich gehört. An seinen Händen klebt ohnedies Blut. Er hat einen gewalttätigen Zug, der das Auge ebenso blendet wie eine Schwertklinge.«
»Nein«, sagte sie und schüttelte den Kopf. »Das war im Krieg, und so wild er auch sein mag, damals hat er sich gegen andere bewaffnete und todbringende Männer verteidigt. Das ist etwas anderes.«
»Wirklich? Vielleicht hat sie ihr Schicksal verdient. Vielleicht hat sie ihn unerträglich gereizt oder selbst versucht, ihn zu töten.«
Veronica schüttelte wieder den Kopf. »Er hat es nicht getan.«
»Warum fragst du, Veronica, wenn du nur eine bestimmte Antwort hören willst?«
Sie konnte nicht sagen: »Ich habe es ebenso klar vor mir gesehen wie den Tod meiner Eltern.« Mamma Lucia

würde ihr glauben, wie Veronica dem *tarocco* glaubte. Sie wollte ihre eigenen Zweifel ersticken. Als sie den Turm betrat, hatte Veronica sich darauf vorbereitet, Mamma Lucias forschende Fragen abzuwehren. Doch es waren keine Fragen gekommen, obwohl sie wußte, daß ihre Urgroßmutter sich ihr Vertrauen wünschte und es verdiente. Und sie hatte sie heute kein einziges Mal »Kind« genannt. Veronica begriff, daß ihr Verhältnis zueinander sich geändert hatte, daß sie sich nicht als Enkelin und Urgroßmutter, Schülerin und Lehrerin gegenüberstanden, sondern von Frau zu Frau.

»Veronica?« Mitfühlend und unerbittlich hielten die schwarzen Augen die ihren fest.

»Es gibt nur eine Antwort, an die mein Herz glauben kann, aber ich kann meinem eigenen Herzen nicht trauen. Nichts ist so, wie ich es mir vorgestellt hatte, Mamma Lucia. Wenn ich in dieser Sache unrecht habe, dann kann ich in allem unrecht haben. Ich vertraue auf die Karten und auf dich, um mir die Wahrheit zu offenbaren.«

Der grimmige Blick wurde weich, und Mamma Lucia nickte. Sie streckte die Hand nach den *tarocco*-Karten aus, tippte mit dem Fingernagel auf die Karte im Zentrum des Fächers. »Die Fünf der Schwerter ist umgedreht. Die Täuschung folgt auf den Verrat, aber nicht seine, sondern die eines anderen. Deine Antwort ist Nein.«

»Antonio hat seine Gattin nicht getötet«, sagte Veronica leise. Es war die Antwort, die sie wollte, die Antwort, von der sie wußte, daß sie die Wahrheit war, doch die erwartete Erleichterung stellte sich nicht ein.

»Du glaubst an seine Unschuld, und doch fürchtest du ihn.«

»Vielleicht fürchte ich mich vor mir selbst.« Sie zögerte. »Manchmal ... wenn ich bei ihm bin ... kenne ich mich selbst nicht mehr.«

»Du fürchtest deinen eigenen Tod. Er kann dich vernichten. Vielleicht nicht, indem er die Hände um deinen Hals legt oder seinen Dolch in dein Herz bohrt. Sein Geschlecht kann ebenso tödlich sein wie ein Dolch. Es durchbohrt das

Zentrum des Körpers, das Zentrum der Seele. Wenn Liebe gut ist, stirbst du an der Freude. Der Körper löst sich auf, und du gehst wie neugeboren daraus hervor, wie ein Schmetterling aus seinem Kokon.«

»Einmal war es so«, sagte Veronica stockend, denn selbst bei jenem ersten Mal hatte Antonio sein Herz vor ihr verschlossen.

»Sieh mich an, Veronica.« Mamma Lucia wartete, bis Veronica wieder in ihre durchdringenden schwarzen Augen blickte. »Du wolltest mir nicht von ihm erzählen – nicht aus Scheu, nicht aus Diskretion, auch nicht wegen des geheimen Zaubers, den Liebende um sich weben, sondern aus Scham, aus Schmerz. Willst du eine Liebe, von der zu sprechen du dich fürchtest? Eine Liebe, die der Tod der Seele ist?«

»Nein«, erwiderte sie. »Aber ich will ihn und keinen anderen. Ich glaube nicht, daß es für mich einen anderen geben kann.«

»Dann mußt du um ihn kämpfen. Du mußt all deine Kräfte aufbieten und sie nutzen«, sagte Mamma Lucia, als lese sie den Widerstreit in ihrem Inneren.

»Über die Kräfte, von denen du sprichst, habe ich keine Macht. Sie haben Macht über mich.«

»Wie der Liebe, mußt du dich auch ihnen ergeben, Veronica.«

Sie lächelte bitter. »Antonio will meine Ergebung nicht. Er hat die Liebe zu einem endlosen Kampf zwischen uns erklärt, und er ist weit geschickter in der Kriegskunst als ich.«

»Welcher Narr führt einen Kampf, den er bereits gewonnen hat? Trotz all seiner Erfahrung kämpft er blind und von seiner Rüstung beschwert. Was sein kostbares Geschick betrifft, weiß er nichts, was du nicht auch lernen kannst. Seine eigenen Hände können dich lehren, wie du sein Fleisch besiegen kannst. Aber das Fleisch ist nur der Kampfplatz. Der wahre Krieg findet im Herzen statt. Daher muß er sich ebenso wie du ergeben. Vielleicht wird er dann lernen, was wahrer Sieg ist.«

»Daniele, ich möchte mir gern die erotische Mappe ansehen. Würdest du mir bitte den Schlüssel geben?« Ihr Vetter, der einen Pinsel in der Hand hielt und dessen Gesicht und Haar blaue Farbflecke zierten, starrte Veronica an. In seinen Augen stand das blanke Staunen. Schließlich legte er den Pinsel hin, wischte sich die Hände an seinem Kittel ab und ging zu dem Schreibtisch im hinteren Teil des Zimmers, kramte in der Schublade. Er holte den Schlüssel aus dem Geheimfach und reichte ihn ihr. »Wenn du sie unbedingt sehen willst, nehme ich an, daß du bereit dafür bist.«
»Danke.« Sie klärte ihn nicht darüber auf, daß sie sich die Mappe zum zweiten Mal ansah.
»Möchtest du, daß ich hinausgehe, Veronica?«
Es war freundlich von ihm, ihr Ungestörtheit verschaffen zu wollen, obwohl er in seine Arbeit vertieft war. »Mal nur weiter. Ich setze mich an den Ecktisch.«
Veronica schloß den Wandschrank auf, in dem er die Mappe aufbewahrte, und trug sie nach hinten ins Zimmer. Nachdem sie die Überbleibsel von Danieles Abendessen weggeräumt hatte, setzte sie sich und schlug die Mappe auf. Sie sah die einzelnen Zeichnungen durch, sah sie mit neuen Augen, den Augen eigener Erfahrung. Sie studierte nicht nur die Bilder, sondern auch ihre eigene Reaktion, was sie körperlich wie ästhetisch anregte. Studierte sie auch, um aus ihnen zu lernen, was einem Mann Vergnügen bereitete, Antonio Vergnügen bereiten würde.
Eines der Bilder, die ihr vorher gefallen hatten, kam ihr jetzt eher verschämt denn reizvoll vor. Zwei andere erschienen ihr immer noch wunderschön mit ihren sinnlichen Linien und zarten Gesten. Sie stellte fest, daß sie zu den am wenigsten eindeutigen Darstellungen gehörten, doch sie waren so schön gezeichnet, daß Daniele sie trotzdem in die Mappe aufgenommen hatte. Andere waren sehr deutlich, und sie fand sie so schön wie erregend. Jetzt machten sie nur noch wenige der Zeichnungen verlegen oder schockierten sie, allerdings fand sie einige, die sie in ihrer reinen Fleischlichkeit oder der Düsternis ihrer Sicht-

weise erschreckten. Manche davon mißfielen ihr einfach. Eine erinnerte sie an Luigi und erregte ihren Widerwillen. Von den übrigen Bildern waren zwei erschütternd, mitreißend, stellten den Konflikt ihrer Gefühle für Antonio dar. Sie begriff jetzt, wie Haß und Liebe miteinander verschmelzen konnten.

Nach einer Weile kam Daniele zu ihr. »Welche gefallen dir am besten?« fragte er neugierig und ein wenig verlegen.

Still breitete sie ihre Lieblingsbilder aus, wählte sechs von den etwa dreißig Darstellungen, die Daniele gesammelt hatte. Er ließ sich neben ihr nieder und studierte ihre Auswahl. Als sie sich die Zeichnungen gemeinsam ansahen, gelangten sie zu einem neuen Verständnis füreinander. In vielerlei Hinsicht hatte Daniele sie seit Jahren wie eine Erwachsene behandelt. In anderen Dingen hatte er sie beschützt, als wäre sie nicht älter als Dorotea. Trotz seiner Neckereien hatte er sie nie als erotisch empfindenden Menschen gesehen. Nun, bisher hatte sie sich auch selbst nicht so empfunden. Alle ihre Beziehungen änderten sich allmählich.

»Du hattest schon immer ein gutes Auge.« Daniele sah sie an, schaute wieder auf die Bilder, dann wählte er drei von ihnen aus und legte sie nebeneinander. »Diese hier verstehe ich. Sie sind alle sehr schön, sehr treffend. Das Gefühl ist echt, die flüssige Linienführung unterstreicht die Zärtlichkeit der Gesten.«

»Ja, sie sehen aus, als liebten sie einander. Auf diesem Bild kann man die Gefühle an den Gesichtern ablesen. Und dort an der Art, wie der Mann die Frau hält, wie er sie streichelt.«

»Warum hast du das hier ausgewählt?«

»Es gefiel mir gleich, weil alles so sinnlich wirkt, die Stoffe, die Blumen sind ebenso erotisch wie die Körper.«

Er nahm eine andere Zeichnung auf, eine der düsteren, aufwühlenden Darstellungen, denen sie sich nicht entziehen konnte. »Das überrascht mich. Oder vielleicht auch nicht. Es ist eine meiner besten Darstellungen, sehr machtvoll. Sie ist leidenschaftlich, aber nicht so hübsch.«

»Sie ist nicht hübsch, aber schön. Schrecklich schön.«
»Voller Zorn.«
»Ja, voller Zorn«, flüsterte sie und sah Antonios Gesicht vor sich. »Und was ist mit diesem hier?« fragte er und hob eine der Darstellungen hoch, die sie verworfen hatte.
»Nein.« Sie schüttelte den Kopf. »Die Zeichnung ist noch besser, das sehe ich, aber ich mag sie nicht. Sie zeugt von Leidenschaft, aber es ist die Leidenschaft der Grausamkeit, die Lust an der Macht. Diese erste handelt von der Qual des Begehrens, dem Schmerz der Liebe. Hier gibt es keine Liebe.«
»Bist du verliebt, Veronica?«
Sie lächelte traurig. »Merkt man es so deutlich?«
»Du hast dich verändert. Ich wußte nicht, warum, bis du die Mappe sehen wolltest. Du warst eine Zeitlang so in dich gekehrt, dann plötzlich ... irgendwie bist du lebendiger. Du leuchtest wie eine rote Rose, die sich entfaltet. Aber du erblühst im Schatten, denke ich, nicht im Sonnenlicht.« Er nahm die letzte Zeichnung, die Kohleskizze eines herrlichen männlichen Akts. »Antonio di Fabiani?«
Sie hatte sie wegen der Ähnlichkeit der Gesichtszüge, des Körperbaus, der Intensität der Leidenschaft ausgewählt. »Ja«, erwiderte sie, dann wich sie Danieles sanftem, fragendem Blick aus.
»Deine erste Liebe ... unerwidert, fürchte ich? Weiß er es überhaupt? Er muß es wohl wissen. Er hat auf dem Fest mit dir getanzt, fällt mir ein. Aber nur einmal.«
Veronica erwiderte nichts darauf. Sie vertraute Daniele. Trotz all seiner Frivolität war er feinfühlig und großherzig. Sie wollte es ihm sagen, ihn um Rat fragen, von seinen Kenntnissen über Männer lernen. Aber Mamma Lucia hatte recht – sie empfand zuviel Scham, zuviel Schmerz. Wenn sie etwas erzählte, dann würde sie alles erzählen. In Danieles Augen war sie so unschuldig. Er würde schockiert sein von ihrer Schamlosigkeit, daß sie sich willig einem Mann hingegeben hatte, den sie nicht kannte. Letztlich würde er es verstehen, weil er die

menschliche Leidenschaft verstand und akzeptierte. Aber nicht Antonios Grausamkeit einem Menschen gegenüber, den er liebte. Wie konnte sie ihm sagen, daß Antonio ihr Geld gegeben hatte, nicht nur einmal, sondern zweimal? Wie konnte sie ihm sagen, daß sie immer noch verzweifelt einen Mann begehrte, der sie behandelte wie eine Hure? Es war etwas falsch zwischen ihnen, und Veronica hoffte immer noch, es ändern zu können. Bis dahin wollte sie kein schlechtes Licht auf Antonio werfen. Und wenn sich nichts daran änderte, wußte sie nicht, ob sie jemals wollte, daß ein Mensch davon erfuhr.

»Welche Traurigkeit«, sagte Daniele leise und nahm sie in seine Arme. »Ich mache dir keinen Vorwurf, weil du verliebt bist. Er ist sehr anziehend, sehr verführerisch. Aber ich muß dir sagen, meine Liebe, daß du vielleicht keine Aussichten bei ihm haben wirst. Nicht, weil du nicht schön oder klug genug wärst, denn das bist du, sondern weil er sich, wie der Klatsch sagt, nur mit professionellen Damen einläßt, erfahrenen Kurtisanen wie Bianca.«

»Frauen, die er bezahlt«, sagte Veronica bitter. Mußte sie die Hure spielen, um ihn zu behalten? Könnte sie es ertragen, ihn zu behalten, wenn das der Preis war?

»Vielleicht erregt es ihn, einen Preis für seine Vergnügungen zu bezahlen, gibt ihm das Gefühl der Macht. Manche Männer sind besessen von derlei Dingen. Vielleicht hat er auch nur eine Vorliebe für Spielereien ohne gefühlsmäßige Bindungen.« Er zuckte mit den Schultern. »Vielleicht ist der Klatsch auch völlig falsch, obwohl meine Quellen gewöhnlich zuverlässig sind.«

»Wie kann man derlei intime Dinge wissen?«

»Er ist weit gereist und hat viele Frauen gekannt. Hier hält sich mehr als eine Kurtisane aus Rom und Venedig auf. Manchmal geben sie solche Auskünfte weiter.« Daniele hielt inne. »In mancher Hinsicht scheinst du älter zu sein als ich, oft aber wirkst du auf mich noch wie ein Kind. Du hattest keine kleinen Liebschaften, die dich einiges hätten lehren können. Dieser Mann ist sehr erfahren, abgebrüht. Ich möchte nicht, daß er dich verletzt, entweder weil er

dich liebt oder weil er dich nicht liebt. Außerdem hat er etwas ... Gefährliches.«
»Ja. Ich weiß.«
»Du weißt es? Nun, manchmal steigert Gefahr den Reiz noch, wie? Ich ziehe den Kobold vor, aber ich habe auch gelegentlich die Lockungen des dämonischen Liebhabers gekannt.« Er lächelte traurig, denn sein Kobold, Cecco, hatte sich den Klagen seiner Familie gebeugt und ihn verlassen. »Wir hoffen stets, daß jene, die uns teuer sind, mit mehr Weisheit lieben als wir.«
Veronica nahm seine Hand, und ihr Lächeln war ebenso traurig wie seines. »Die wenige Weisheit, die ich besitze, hat mich verlassen, fürchte ich.«
Daniele drückte ihre Hand und ließ sie dann los. Er ordnete die Zeichnungen neu an, breitete mehrere aus. »Ich erinnere mich, daß Antonio diese hier gefiel. Vermutlich weil sie ihn zum Lachen brachte. Er hat einen boshaften Humor. Und die hier ... nun, das gefällt wohl allen Männern. Die Zunge ist herrlich ausgeführt. Wie Samt. Und diese beiden, die auch dir gefielen, die ›schrecklich schöne‹ Zeichnung, und die hier mit den zärtlich verschlungenen Körpern. Er tat so, als interessiere sie ihn nicht, aber er sah immer wieder hin. Er überläßt sich seiner Dunkelheit bereitwilliger als seiner Helligkeit. Es wird nicht leicht sein, ihm nahezukommen, Veronica.«
»Ich weiß.«
»Was wirst du tun, wenn er dir seinen Körper gibt, Veronica, nicht aber seinen Geist, sein Herz?«
»Das weiß ich nicht.«

Veronica beobachtete verstohlen, wie die kühle Märzbrise Antonios Haar zerzauste, die feinen glänzenden Strähnen von seiner Stirn hob. Sie sehnte sich danach, das gleiche tun zu dürfen, erinnerte sich daran, wie seidig sich sein Haar anfühlte. Er sah heute wunderschön aus, eingerahmt von dem dreifarbigen Mosaik des Duomo. Da er Dorotea zu Savonarolas Messe begleitet hatte, hatte er Wams und Strumpfhosen in der schlichteren Florentiner

Mode ausgewählt, in tiefem Waldgrün, unauffällig mit Schwarz und Silber abgesetzt. Veronica mißfiel ihre nüchterne graue Wolle, doch sie begleitete Roberto und mußte trotz Benitos Hilfe irgendwann damit rechnen, von klebrigen Fingern angefaßt zu werden. Als sie verstohlen zu Antonio hinübersah, neigte er gerade den Kopf, um Dorotea zuzuhören. Ein leises, höfliches Lächeln umspielte seine Lippen. Kein Lächeln, das Veronica sich gewünscht hätte. Doch abgesehen von der kühlen, höflichen Begrüßung hatte Antonio sie geflissentlich ignoriert.

Nichts hatte an ihren Gefühlen etwas ändern können. Weder der Klatsch, die *tarocco*-Auslegung noch daß sie sich mit Daniele die Mappe angesehen hatte. Ein Monat war vergangen, und in dieser Zeit hatte sie Antonio nicht einmal gesehen, bis heute, und jetzt waren sie von Verwandten und Nachbarn umringt. Zum Glück war Luigi nicht da, oder Fra Federigo. Marias Anwesenheit reichte ihr schon, Veronica mußte angesichts ihrer Heuchelei die Zähne zusammenbeißen. Savonarolas vernichtende Predigt hatte die Menge entflammt und die übelsten Seiten ihrer Schwiegermutter hervorgekehrt.

»Die Messe war beeindruckend, nicht wahr?« fragte eine leise Stimme neben ihr. Veronica wandte sich um und begrüßte Stefano, Antonios Vetter, der auf dem Verlobungsfest mit ihr getanzt hatte. Das Lächeln, das sie ihm als Antwort schenkte, war zweifellos ein Zwilling von Antonios Lächeln. Sie wollte keinen Streit anfangen.

»Wundervoll«, flüsterte Dorotea verträumt, betastete mit ihren kleinen Händen ihren elfenbeinernen Rosenkranz. »Wer kann leugnen, daß der heilige Mönch die Wahrheit spricht?«

»Manche tun es«, sagte Maria vorwurfsvoll. »Daniele Danti hat Euch nicht begleitet, um Savonarola zu hören, Veronica. Es überrascht mich nicht, daß ein Mann von seinen schändlichen Neigungen es nicht wagt, dieses Heiligtum zu betreten. Was mich allerdings überrascht, ist, daß

Ihr erneut gekommen seid, um Savonarola predigen zu hören.«
Warum liebte sie es so, boshaft zu sein, und nährte dieses Laster, als sei es eine Tugend? »Roberto wollte schon seit dem Feuer Savonarola hören, daher haben Benito und ich ihn heute zur Messe begleitet.« Veronica bezweifelte, daß Roberto viel von der Predigt verstanden hatte, doch ihn beeindruckten die mitreißende Stimme des Mönchs und die schwindelnde Verehrung, von der die Menge erfüllt war. Daniele wollte natürlich nichts von Savonarola wissen. »Mein Vetter hat die Messe von Fra Francesco di Puglia besucht.«
»Des Franziskaners?« fragte Maria verächtlich. »Seine Zuhörerschaft wird mit jeder Woche kleiner.«
»Daniele zieht seine Predigten vor«, sagte Veronica gleichmütig, obwohl er sich erst an diesem Morgen beschwert hatte, daß Fra Francescos einst elegante Predigten zu kleinlichen Attacken gegen seinen Rivalen von den Dominikanern verkommen waren. »Man hat heutzutage in Florenz wenig Auswahl«, hatte er gemurmelt. »Man kann zwischen wütendem Fanatismus oder frömmlerischem Gesäusel wählen.« Veronica hätte diese Bemerkung nur zu gern wiedergegeben, aber nur Antonio hätte sie zu würdigen gewußt.
Marias Stimme wurde laut. »Die Vergeltung wird kommen. Francesco kann nicht ungestraft das Wort Gottes besudeln. Savonarola ist ein heiliger Prophet.«
»Er greift ja nicht Gott an, sondern Savonarolas Auslegung von Gottes Wort. Sie verleihen beide ihrem religiösen Anliegen Ausdruck«, wandte Veronica ein. »Savonarola predigt gegen den Papst, und Puglia predigt gegen Savonarola.«
Marias nächster Vorstoß wurde von der Ankunft Madonna Villanis aufgehalten. Die Witwenschaft stand ihr, dachte Veronica. Sie wirkte jetzt wie ein lebendiger Mensch, nicht mehr wie ein wandelnder Schatten. Veronica bezweifelte, daß irgend jemand Ugolino vermißte, er war ein furchtbarer Mensch gewesen ... doch

nicht so furchtbar wie sein Ende; von Dieben in einer dunklen Gasse aufgeschlitzt.

»Mein Vater zieht immer noch die Predigten Fra Francescos vor, so wie Antonios Vater«, sagte Stefano in die folgende Stille. »Eine Stimme der Beredtsamkeit und Eleganz, aber ohne Gefühl. Obwohl Savonarola sich oft von seinem eigenen Feuer mitreißen läßt, muß ich ihm den Vorzug geben. Inspiration, Leidenschaft, Kühnheit – seine Stimme ist die Stimme der Zukunft. Meint Ihr nicht auch, Antonio?«

»Die Stimme der Zukunft und die Stimme der Vergangenheit sind manchmal ein und dieselbe«, erwiderte Antonio.

»Aber Ihr seid heute in den Duomo gekommen, um ihn zu hören«, sagte Stefano. »Gewiß müßt Ihr dem Mönch doch auch Eure Bewunderung zollen?«

»Nicht alle Augen sind freundlich. Ihr werdet hier neben seinen Bewunderern viele seine Feinde entdecken. Er verfügt über zuviel Macht, um ignoriert zu werden.«

»Aber zu welcher Gruppe zählt Ihr Euch?« fragte Stefano beunruhigt.

»Welch indiskrete Frage, Vetter. Aber wie es der Zufall will, lautet die Antwort: weder noch. Ich bin auf Bitten meiner Mutter hier«, sagte Antonio, »und um Dorotea und ihre Mutter zu begleiten. Savonarola ist eine fazinierende Persönlichkeit, und seine Macht ist groß, doch diese Macht erstreckt sich nicht auf meinen Geist oder mein Herz.«

Und welcher Macht könnte das gelingen? dachte Veronica, voller Sehnsucht, sie zu besitzen.

»Ich hörte, daß Eure Mutter sehr krank war. Richtet ihr Grüße von mir aus, und sagt ihr, daß ich sie besuchen werde. Ich freue mich, daß sie wieder wohlauf ist«, sagte Stefano zu Antonio.

»Sie wird nie wieder ganz wohlauf sein, aber im Augenblick hat ihr Zustand sich gebessert.« Antonios Stimme klang ausdruckslos. »Ich weiß, es würde ihr Freude bereiten, euch zu sehen, Stefano. Es wäre klug, wenn Ihr sehr bald kommen würdet.«

»Nach Hause?« fragte Roberto quengelig und zog an Veronicas Hand. Er war unruhig, seit die Zeremonie vorüber war, wollte tanzen oder singen oder laufen, um die aufgestaute Energie loszuwerden.
»Wir haben Daniele versprochen, ihn hier zu treffen«, erwiderte sie.
»Nach Hause«, wiederholte er jammernd. Er hüpfte bekümmert auf und ab, gelangweilt und aufgeregt zugleich.
»Schaut da drüben.« Veronica zeigte auf die Gebäckverkäufer, von denen es heute wimmelte. »Benito kauft dir ein *panforte*, Roberto.«
»Ja, ja, Süßigkeiten!« rief er und wandte sich Benito zu, der Veronica anlächelte und verblüfft die Brauen hob. Sie sah, wie er Stefano anblickte, dann wieder sie, schließlich grinste, als er sich von Roberto fortziehen ließ, um ihren Bestechungsauftrag auszuführen.
Der richtige Grund, lieber Benito, dachte sie, aber der falsche Mann.
Sie verhielt sich wie eine verliebte Närrin, weil sie blieb. Warum hatte sie diesen idealen Vorwand, ihrem Elend zu entfliehen, nicht ergriffen? Es hatte keinen Sinn, sich mit Antonios Nähe zu quälen. Hier war es unmöglich, mit ihm allein zu sprechen. Seine Gegenwart war fast unerträglich. Sie war abwechselnd von Zärtlichkeit, Wut, unsäglichem Verlangen ergriffen. Seine Stimme, seine Bewegungen steigerten ihre Unruhe noch. Doch sich von ihm zu entfernen bedeutete, vom Licht in die Dunkelheit zu gehen.
Wenn Antonio noch so empfand wie sie, ließ er es sich nicht anmerken. Er bemühte sich nicht, mit ihr ins Gespräch zu kommen. Hätte er mit ihr reden, mit ihr zusammensein wollen, sie wäre nicht schwer zu finden gewesen. Ein Besuch bei Daniele hätte ihm den idealen Vorwand geboten, sie zu sehen.

An dem Tag des Feuers der Eitelkeiten hatte sie sich von Antonio abgewendet. Deswegen hatte Veronica beschlossen, ihn aufzusuchen, als Maria ihr mitteilte, daß der Zustand seiner Mutter sich verschlechtert habe. Sie wartete, als der Tag der Hochzeit je nach dem Zustand seiner Mutter vorverlegt und verschoben wurde. Solange Madonna di Fabiani krank war, empfand sie als selbstsüchtig und gefühllos, wenn sie zu ihm ging und ihn, statt Mitgefühl zu zeigen, herausforderte. Veronica war froh, daß sie ihn nicht zur Rede gestellt hatte, als sie den dunklen Unterton des Schmerzes in seiner Stimme wahrnahm.

Dann hatte er Florenz für gut eine Woche verlassen. Daniele berichtete ihr, das Antonios Vater ihn zu Ländereien der Familie in der Nähe von Siena geschickt hatte, was Veronica mit einem Anfall von Heimweh erfüllte. Sie sehnte sich danach, mit ihm durch die verwinkelten, gepflasterten Straßen zu gehen, ihm die Lieblingsplätze ihrer Kindheit zu zeigen. Die kühlen grünen Hügel würden jetzt in den herrlichsten Farben leuchten. Sie könnten durch ein Meer weißer Gänseblümchen, blauer Iris und Kornblumen, wilder Primeln und roten Klatschmohns reiten. Sich einen abgelegenen, von Bäumen beschatteten Bach suchen und sich lieben …

Doch nicht ihr waren seine Zärtlichkeiten bestimmt. Daniele hatte ebenfalls erzählt – nicht um sie zu kränken, sondern um sie die Wahrheit wissen zu lassen –, daß Antonio für Bianca ein herrliches Smaragdhalsband erstanden hatte. Antonio hatte Veronica nicht aufgesucht, jedoch Zeit gefunden, die Kurtisane zu besuchen und sie mit Juwelen zu überschütten. Waren all diese verschwenderischen Geschenke ein Zeichen seiner Wertschätzung, oder befreiten sie ihn von der Pflicht, etwas von sich zu geben? Veronicas Stolz war immer noch verletzt von ihrer letzten Begegnung anläßlich des Verlobungsfests. Diese Neuigkeit schwächte ihren Entschluß, weichte ihn auf, sie war traurig und unsicher. Sein Zorn, seine Gewalttätigkeit waren zumindest Teil einer intensiven, vertrauten Nähe gewesen. Heute trug er nur eine höfliche Fassade der Gleichgültigkeit zur Schau, glatt geschliffen wie Glas. Wenn sie dieses Glas zerschmetterte, mußte sie ihren eige-

nen Zorn wiederfinden, um sich gegen die umherfliegenden Splitter zu schützen.
Veronica verbarg ihren Schmerz hinter ihren guten Erziehung, als sie sich Stefano zuwandte. Er war sehr aufmerksam, erkundigte sich nach Robertos Befinden, Danieles Malerei und ebenso nach ihrer Meinung über Savonarolas Predigt. War es nur die flüchtige Aufmerksamkeit eines Augenblicks, oder umwarb er sie? Er war hübsch anzusehen in seiner strahlenden Jugend und ein gewandter Gesprächspartner, offen und unverstellt. Er wirkte im Vergleich mit den anderen jungen Männern in Florenz, vor allem aber mit Antonio, so jung und so naiv. Er machte einen aufrichtigen Eindruck auf sie, doch sie fragte sich, ob seine Naivität nicht eine einstudierte Pose war, die zu seinem jungenhaften, anziehenden Äußeren paßte und ihm die Sympathie – sogar mehr noch als Sympathie – der Frauen einbrachte.
Würde sie Antonios Eifersucht erregen, wenn sie Stefano ermutigte? Er würde es zweifellos als Schachzug erkennen, aber es könnte trotzdem auf ihn wirken. Veronica hatte solche Listen stets verabscheut, sie für unnötig gehalten. Sie hatte sich nie vorgestellt, daß Liebe derlei Berechnung verlangen könnte. Sie seufzte. Niemals könnte sie so skrupellos sein wie ihr Gegner, der seine juwelenbeschmückte Mätresse umwarb. Gewiß, auf dem Verlobungsfest hatte sie mit Stefano getändelt, als die Wogen ihrer Empörung hochschlugen, aber es entsprach nicht ihrer Natur, es jetzt aus reiner Berechnung zu tun. Und sie wollte sich auch nicht mit den Konsequenzen belasten, falls Stefano sie ernst nehmen sollte. Wenn sie etwas von ihm wollte, dann Freundschaft, nicht Leidenschaft.
Ein wohlhabendes Paar gesellte zu ihnen, trat neben Madonna Villani, Veronica direkt gegenüber. Der Mann war beleibt, hatte wulstige Wangen und litt unter Gicht, seine Gattin wirkte winzig und nichtssagend neben seinem massigen Körper. Und doch schien er die Maus zu sein und sie die Löwin. Sie kam Veronica flüchtig bekannt vor, doch wußte sie die Frau nicht einzuordnen. Ihre blassen,

vorgewölbten Augen waren ihr einziges auffälliges Merkmal. Die Frau beobachtete Antonio mit einer solch starren Intensität, daß Veronica vermutete, sie sei in ihn verliebt. Noch eine Rivalin, dachte sie seufzend und bemitleidete sie. Sie war die einzige außer ihr, die Antonio mit einstudierter Gleichgültigkeit mied. Dann, als sie genauer hinsah, stellte sie fest, das es Haß war, der in diesen hellen Augen brannte, und nicht Liebe, ein eiskaltes Feuer, das Veronica frösteln machte.

Sie wandte sich wieder Stefano zu, setzte ihre Unterhaltung fort, erfreut, daß ihre Stimme gleichmütig klang. Er fragte sie jetzt nach ihrer Ansicht über den kürzlichen Getreideaufstand. »Ich hoffe, all die Gewalt hat Euch nicht geängstigt, Madonna? Ihr solltet nicht ohne Begleitung auf die Straße gehen.«

»In diesem Monat hat es noch keinen Aufruhr gegeben«, erwiderte sie und überging das unausgesprochene Angebot. »Die Gewalt war furchteinflößend, aber man muß Mitgefühl mit den Menschen haben. Sie besitzen nichts. Die Zeiten sind schlimm, aber Florenz könnte bestimmt ein wenig mehr Getreide an die Bedürftigen verteilen.«

»Ihr seid dumm«, warf die kleine Frau ein. »Großzügigkeit würde die Lage nur verschlimmern. Noch mehr dieser zahllosen Scharen landloser Bauern und Bettler würden in unsere Stadt strömen und ihre Vorräte aufzehren. Sie sind um nichts besser als Diebe.«

»Sie kommen hierher, um ein besseres Leben für sich zu finden, Laudomia, dann aber Hungers sterben zu müssen«, wies Stefano sie zurecht.

Da wußte Veronica, wer sie war – Alessandros unerbittliche Witwe. Im Laufe der vergangenen Wochen hatte Veronica soviel wie möglich über Antonios Vergangenheit in Erfahrung gebracht, angefangen mit dem Tag seiner Geburt bis zum Namen seines Pferdes. Sie bezweifelte, daß Antonios Reise nach Siena nur zufällig mit dem Todestag seines Bruders zusammengefallen war. Sie wandte sich an Laudomia: »Madonna, die Spitäler der Klöster sind voll

von diesen armen Menschen. Viele von ihnen brechen auf der Straße zusammen. Manche hat man am Flußufer aufgelesen, wo sie verhungert sind.«
»Wir werden bald selbst verarmen und zu ihnen gehören«, sagte Laudomia dumpf.
»Savonarola hat in seinem Mitgefühl die Bürger von Florenz gebeten, all jenen zu helfen, die in großer Not sind«, unterbrach Maria. »Von seinen Vorschlägen beflügelt, hat die Stadt große Vorräte angelegt, und die Menschen haben großzügig gespendet. Ich selbst habe mich erboten, diesen unglückseligen Geschöpfen zu helfen.«
Ach ja, Marias Wohltätigkeit, dachte Veronica sarkastisch. Sie war im vergangenen Monat dreimal mit Mamma Lucia im Spital gewesen, sie hatten Nahrung und Kräuterarzneien mitgebracht. Maria dagegen war nur einmal mit einem Brotkorb erschienen. Ihre Schwiegermutter hatte nur wenige Augenblicke bei den Kranken verbracht, jedoch über eine Stunde lang auf die Äbtissin eingeredet, sie solle auf Mamma Lucias zweifelhafte Dienste verzichten. Aber die Nonnen waren ihre Freundinnen, die Kenntnisse ihrer Urgroßmutter bedeuteten ihnen mehr als Marias Beschuldigungen. Daraufhin weigerte sich Maria, sich um die Patienten zu kümmern, sagte, es sei keine Tugend, ihren Körper zu retten, wenn ihre Seelen verdammt seien.
»Sie bringen nichts als Scherereien«, erklärte Laudomia, »säen Krankheit und Unordnung in dieser Stadt, Aufruhr in den Straßen. Florenz ist nicht mehr sicher vor diesem Abschaum.«
»Selbst vor dem Aufstand gab es Tote auf der Piazza del Grano«, sagte Stefano. »Dort verlangt man die niedrigsten Preise in der Stadt. Die Armen drängen sich dort, um ein wenig billigen Weizen zu bekommen, und einige wurden im Gewühl erdrückt.«
»Habt Ihr in Erwägung gezogen, daß diese Panik von den Anhängern Piero di Medicis verursacht worden sein könnte?« fragte Antonio und änderte die Richtung des Gesprächs. »Man hat mir gesagt, daß inmitten des Tumults *palle-palle*-Rufe zu hören waren.«

»Überall, wo es heute Ärger gibt, zitiert jemand das Emblem der Medici«, sagte Stefano, »als hätte Piero nicht ohnehin schon alles verraten, wofür seine Familie stand.«
»Daher die *palle*-Rufe. Die Ehre der Medici zu beschwören vergoldet die Flecken auf Pieros Namen«, sagte Antonio und lächelte zynisch. Obgleich er zu Stefano sprach, blickte er Laudomia in die Augen. »Seit dem Aufstand haben sich die Gerüchte seiner bevorstehenden Rückkehr nach Florenz verdichtet. Und diese Gerüchte haben eine neue Wendung genommen. Piero will angeblich Getreide verteilen lassen, bevor er die Stadt erobert. Seine Anhänger hoffen vielleicht, einen Volksaufstand zu seinen Gunsten arrangieren zu können. Wenn er Erfolg hat, werden sie den Sieg für sich beanspruchen und Piero wiedereinsetzen. Wenn sein Versuch fehlschlägt, ziehen sie sich schnell wieder in den ›grauen‹ Hintergrund zurück.«
Veronica merkte, daß Laudomia über diese doppeldeutige Bemerkung in Wut geriet. Die »Grauen« waren die Anhänger Pieros. Lange Zeit hatten jene, die die Herrschaft der verbannten Medici favorisierten, es vorsichtig vermieden, sich hervorzutun, und Diskretion war nach wie vor angebracht.
»Selbst Piero ist besser als Savonarola und seine *piagnoni*«, sagte Laudomia, um Antonio zu trotzen, obwohl ihr Gatte erschrocken mit den Händen fuchtelte und sie vergeblich zum Schweigen zu bringen suchte. »Unter der Herrschaft des Mönchs wird man uns wie Vieh unters Joch beugen, um dem gemeinen Pöbel zu dienen.«
»Vielleicht werdet Ihr merken, daß das edelsteinbesetzte goldene Joch der Medici zwar edler und schöner ist, jedoch viel schwerer wiegt als der schlichte Kragen aus Holz und Leder der *populari*«, sagte Antonio und wählte die höfliche Bezeichnung der Partei Savonarolas, nur um Laudomia zu reizen, wie Veronica vermutete. Dann, nicht willens, sich der Führung des Mönchs zu unterwerfen, fügte Antonio mit boshafter Freude hinzu: »Andererseits entscheidet sich Savonarola ja vielleicht auch für Bleigeschirr und treibt uns mit Flagellantenpeitschen an.«

Veronica hatte plötzlich den Verdacht, daß Antonio in übler Stimmung war. Er hatte jetzt nicht nur Laudomia, sondern auch Maria erzürnt. Dorotea sah aus, als wolle sie in Tränen ausbrechen. Maria fuhr zu ihm herum und zischte: »Die Sünden wiegen in der Tat schwer wie Blei auf dem Gewissen. Hurerei und Mord sind ein todsicherer Weg zur ewigen Verdammnis.« Antonio lächelte, als hätte sie ihm ein Kompliment gemacht.
»Piero wiedereingesetzt?« fragte Stefano, um sie abzulenken. »Haltet Ihr das für möglich? Er hat uns an die Franzosen verraten. Die Stadt würde ihn niemals akzeptieren.«
Antonio wandte sich wieder an ihn. »In der florentinischen Politik ist alles möglich, vor allem wegen des mangelnden Zusammenhalts der Menschen. Aber nein, die Zeichen stehen gegen Piero. Der Mann hatte eine sichere Hand für Mißerfolge, und ich glaube, genau das erwartet ihn hier in Florenz.«
»Wir werden ja sehen«, erwiderte Laudomia. Sie wollte noch mehr sagen, doch ihr Gatte nahm ihren Arm und redete leise auf sie ein. Sie riß sich los und stolzierte davon. Verlegen schlich er ihr nach und warf einen verzweifelten Blick zurück. Allmählich löste sich die Gruppe auf, und Veronica war froh, als Daniele mit Roberto und Benito erschien. Alle drei aßen vergnügt *panforte*.
»Erlaubt mir, Euch zu begleiten«, sagte Stefano und schloß sich ihnen an. Er schenkte Daniele ein strahlendes Lächeln. »Ich bin seit langem ein Bewunderer Eurer Gemälde. wäre es möglich, daß ich mir Eure neueste Arbeit ansehe?«
»Natürlich.« Daniele erwiderte sein Lächeln. Veronica ärgerte sich. Sie hatte heute kein Verlangen nach Gesellschaft, wollte Stefano nicht ermutigen. Dann lächelte sie. Stefano hatte eine gewisse Ausstrahlung ... der Kobold, der grünäugige Faun. Er entsprach genau Danieles Vorlieben, und er war ebenso charmant zu ihm wie zu ihr. Cecco hatte Danieles Herz verwundet, eine oberfächliche, aber schmerzhafte Verletzung von Cupidos Pfeil. Viel-

leicht war Stefano genau der Richtige, um diese Wunde zu heilen. Wenn nicht, würde er wenigstens für angenehme Zerstreuung sorgen. Sobald sie zu Hause anlangten, würde sie sich rasch zurückziehen und es Daniele überlassen, für seine Unterhaltung zu sorgen.
»Ich wollte immer schon das *Urteil des Paris* malen«, sagte Daniele. »Könntet Ihr Euch vorstellen zu posieren?«
»Aber natürlich, wie wunderbar.« Stefano lachte, hakte sich bei ihnen beiden unter, als kenne er sie seit Jahren. »Heute werde ich von einem der größten Maler von Florenz verewigt.«
Ja, er war charmant, warmherzig und unklompiziert, aber er war nicht der, den sie wollte. Sehnsüchtig blickte Veronica sich ein letztes Mal um.
Endlich fing sie Antonios Blick auf, offenbar in einem unvorsichtigen Moment. Ein brennender Blick, der in ihr Innerstes drang. Ein Blick, der sie wie gebannt verharren ließ, ihr verriet, daß er ihr Verlangen erkannte und teilte. Ihr sagte, was er hier und jetzt, auf der überfüllten Piazza tun wollte. Sein Blick währte nicht länger als wenige Sekunden, dann erlosch er, seine Augen wurden schwarz und leblos. Antonio verschloß sich vor ihr, wandte sich ab, ließ sie mit einem Gefühl der Kälte und Leere zurück.
Die Botschaft lautete nicht: später. Die Botschaft lautete: niemals wieder.

11. Kapitel

DIE RETTUNG

Morgen«, flüsterte Veronica. »Morgen werde ich ihn sehen.« Sie starrte in den Spiegel, von einer so heftigen Erregung und Vorfreude erfaßt, daß sie an Furcht grenzte. Sie konnte sich nicht erklären, woher sie es wußte, nur daß es die Wahrheit war. »Morgen.«

Es gab Zeiten, da dachte sie, irgendein Ereignis würde eintreten, und dann passierte nichts. Dann wieder Zeiten, in denen Dinge von Bedeutung ohne Vorwarnung geschahen. Ihre Visionen waren sporadisch und launisch, oftmals auch so vage, daß sie sich erst nach einem Vorfall fragte, ob ihre Befürchtungen ein nicht erkanntes Omen gewesen waren. Selten stellte sich eine Vorahnung von dieser Erregung begleitet ein. Meist gingen sie einer Katastrophe voraus, jedoch nicht so früh oder mit der Klarheit, um das Geschehen aufhalten zu können. Nur ein einziges Mal, am Tag des Todes ihrer Eltern, hatte sie in Mamma Lucias Karten gesehen, was genau geschehen würde. Sonst empfand sie nur Sorge oder war von Furcht überwältigt. Wie in einem Wachtraum waren die Bilder jener, die sie liebte, von einem Gefühl von Freude, der Gefahr oder des Entsetzens überlagert. Mamma Lucia hatte recht, diese Gabe – sofern man es eine Gabe nennen konnte – wollte sie nicht.

Bis auf heute abend vielleicht. Heute abend war sie sicher – und diese Sicherheit erfüllte sie mit einer Sehnsucht, einem hektischen Fieber, das ihr Blut in Wallung brachte. Sie preßte die Hand auf ihre kühle Stirn und lachte leise. Es war nur eine innere Hitze, von einem inneren Hunger genährt. Antonio. Ob es sich nun zum Guten oder zum Schlechten wenden würde, war ihr gleich; sie mußte ihn nur endlich sehen, mit ihm sprechen. Sie wußte nicht, ob er allein sein würde, aber sie konnte Sorge dafür tragen, daß sie allein war. Der Rest mußte sich aus dem Augenblick ergeben. Sie wußte nicht genau, wo sie Ausschau nach ihm halten mußte, aber sie würde zum Duomo gehen und sich dann von ihrem Instinkt leiten lassen.

Zu lange hatte sie gewartet, gefangen in einem Strudel aus Wut, Verwirrung und Schüchternheit. All diese Wochen hatte sie darauf gewartet, daß Antonio zu ihr kam … hatte auf den passenden Augenblick gewartet, um sich ihm zu nähern. Aber es hatte sich nichts ergeben, es war immer der falsche Zeitpunkt. Morgen würde sie die Gelegenheit ergreifen und selbst eine Begegnung herbeiführen …

Veronica lief und lief, gefangen in einer Wirklichkeit, die so verwirrend war wie ein Traum oder eine Vision. Die Luft in ihrer Lunge war scharf wie ein Glassplitter, doch die Angst trieb ihre geschwollenen Füße vorwärts. Benommen vor Müdigkeit stolperte sie und stürzte auf das Straßenpflaster. Einen Moment lang lag sie da, verblüfft und erschöpft, dann zwang sie sich aufzustehen. Als sie um die nächste Ecke wankte, sah sie einen Türeingang auf halber Höhe der Straße. Eine Zuflucht! Sie drückte sich in die schützende Nische, ließ sich Zeit, um wieder ruhiger zu atmen. Ihr war heiß vom Laufen, sie wollte den grauen Umhang abwerfen, den sie trug, doch er war weniger auffällig als ihr prächtiges Kleid. Der silberne Brokat, in den sie sich gehüllt hatte, weil sie dachte, sie würde Antonio sehen – welch eine Närrin sie war. Ihre prophetische Sicherheit war nichts als ein trunkener Traum gewesen. Warum hatte sie diese Falle nicht vorhergesehen?

»Palle, palle!« Der schrille Schrei erhob sich plötzlich über das dumpfe Brausen in der Ferne. Weitere Schreie folgten, Rufe nach Brot, Freiheit, nach Blut und Tod. Die Armen forderten Rache für ihre Armut. Die Getreidekrise hatte sich zugespitzt und damit ihre Verzweiflung und ihr Zorn. Die Empörung war übergekocht, und jetzt

schwärmte ein erregter Mob in die Straßen von Florenz aus und schlug auf alles und jeden ein, der ihm in die Quere kam. Sie hatte vor der Zerstörungswut des Pöbels und den Plündererbanden die Flucht ergriffen, die sich von der Menge abspalteten und auf den verlassenen Straßen austobten.

Der Lärm kam näher. Veronica wußte, daß sie weiterlaufen mußte, fand sich aber nicht mehr zurecht. Nachdem sie gezwungenermaßen von den vertrauten Straßen in unbekannte Viertel geflohen war, die ihr einen Augenblick lang Sicherheit boten, hatte sie sich in dem dunklen, verschlungenen Labyrinth der Straßen verirrt. Sie hielt nach einem Wahrzeichen Ausschau, sah jedoch nur abblätternde Mauern und Wäscheleinen, die sich von einem geschlossenen Fensterladen zum nächsten zogen oder, vom Mob zertrampelt, in dem verstopften, übelriechenden Rinnstein lagen. Der Weg vor ihr war jetzt frei, das war das wichtigste. Sie mußte eine vertraute Straße finden, über die sie nach Hause fand und sich in Sicherheit bringen konnte.

Veronica zog den Umhang fest um sich und trat auf den bröckelnden Gehweg neben dem Rinnstein. Ein Stück weiter zweigte eine Gasse ab, und vorsichtig näherte sie sich dem schattigen Eingang. Sie hörte nichts, witterte jedoch Gefahr. Die Luft rings um sie vibrierte. Ihre Nerven prickelten vor Furcht, alle Wärme wich aus ihren Gliedern. Der Angstschweiß bildete eine kalte, feuchte Hülle um ihren Körper. Ihr Instinkt warnte sie, kehrtzumachen und in ihr Versteck zurückzulaufen, doch da wartete der rasende Mob. Ihr Atem ging flach und rauh, als Veronica bis zur Ecke schlich und einen Blick in die Gasse warf. Zuerst nahm sie nur einen grellen roten Fleck in den Schatten wahr. Dann sah sie alles – jedes groteske Detail eines grausig inszenierten Tableaus oder Gemäldes.

Das Rot war Samt, der reiche Samt des Kleides einer Frau. Es hob sich gegen das helle Weiß ihrer gespreizten Beine ab. Das Rot war Blut, das von ihrer durchschnittenen Kehle auf ihre entblößten Brüste tropfte. Ihr Kopf lag seitlich, ihre Augen starrten ins Leere. Ein alter Mann lag in einer Ecke, mit zerschmettertem Kopf, das weiße Haar blutverklebt. Eine Bande von Straßendieben hatte sich um die Leichen geschart, rings um sie lagen primitive Waffen. Zwei Männer beugten sich über die Leiche der Frau, einer von ihnen band gerade seine Strumpfhosen zu, während der andere sein erregtes Geschlecht entblößte. Neben dem alten Mann saß ein Mann mit Lederschürze, der Goldmünzen in die Luft warf und eine umgestülpte Satinbörse wie eine Mütze auf dem Kopf trug. Ein anderer kniete neben der toten Frau, packte ihr Handgelenk und hackte ihr mit dem Schwert die Finger ab, um ihre Ringe an sich zu raffen. Hinter ihm im Schatten stand ein kleiner Mann, blutverschmiert, der langsam, genüßlich über die Klinge seines Messers fuhr. Ein sechster Mann, eher noch ein Junge, hockte in einer Tür und übergab sich.

»Verdammter Weichling«, murmelte ein massiger Kerl mit vorgewölbtem Bauch und monströsen Armen. »Wenn du so feige bist wie ein Weib, dann benutzen wir dich wie eins.« Er trat den Jungen mit dem Stiefel, dann stieß er ihn in sein eigenes Erbrochenes. Der Mann lachte, und der benommene Junge blickte zu ihm auf, zwang sich zu einem kränklichen, besänftigenden Lächeln. Dann entfernte er sich von seinem Peiniger, blickte sich in der Gasse um und sah direkt in Veronicas entsetztes Gesicht. Einen Augenblick stand sie wie gebannt da, während er sie mit offenem Mund anstarrte. Sie hob eine Hand, bedeutete ihm zu schweigen, aber er streckte den Arm aus und zeigte auf sie, aus seiner Kehle drang ein erstickter, gurgelnder Laut. Der stämmige Mann drehte sich um und entdeckte sie.

»Noch eine!« brüllte er und hob die Eisenstange auf, die er zu Boden geworfen hatte.

Die beiden Worte lösten Veronica schlagartig aus ihrer Starre. Sie rannte durch die Gasse zur Straße zurück. Als sie um die Ecke bog, sah sie mit einem Seitenblick, daß der Mann ihr dicht auf den Fersen war und ihr die anderen ebenfalls mit der Waffe in der Hand nachstürzten. Vor sich entdeckte sie einen zurückgelassenen Eimer mit Schmutzwasser im Rinnstein, griff danach und schleuderte seinen übelriechenden Inhalt dem ersten Mann ins Gesicht. Er hob die Hände, fluchte. Sie warf ihm den schweren Eimer vor die Füße. Er strauchelte, glitt in dem vergossenen Wasser aus und verlor das Gleichgewicht. Sie wirbelte herum und rannte weiter, sein Gebrüll folgte ihr. »Beeilt euch, ihr Dummköpfe! Ergreift sie!«

Veronica jagte durch die Straßen, versuchte ihre Verfolger im Gewirr der Gassen abzuschütteln, doch sie holten auf. Sie waren schneller, die Straßen gehörten ihnen. Sie kannten alle geheimen Durchgänge, die Irrwege und Sackgassen. Ihr Herz schlug hart gegen ihre Rippen, und sie verfluchte die schweren Röcke und feinen Schuhe, in denen sie nicht schnell genug entkommen konnte. Flüchtig sah sie den Duomo, als sie an einer Straße vorbeilief und an der nächsten innehielt. Ihr blieb nur eine Sekunde, um sich zu entscheiden.

Eine Sackgasse, lang und schmal. Die Ziegelmauern waren zu hoch, um hinaufzuklettern, die Türen alle verriegelt. Bis auf eine. Im hintersten Winkel öffnete sich eine schwere Holztür auf einen dunklen Flur, der Hintereingang eines ärmlichen Hauses. Eine alte Frau kniete auf der Schwelle und sammelte die Scherben mehrerer Blumentöpfe auf, die das Sims eines kleinen vergitterten Fensters geziert hatten. Bei Veronicas Anblick erhob sie sich und drückte einen Klumpen aus Erde, Wurzeln und zerbrochenen Stengeln an ihre Brust. Veronica lief auf die Tür zu, doch die alte Frau sah an ihr vorbei zum Eingang der Gasse. Angst verzerrte ihr Gesicht, ihr Mund öffnete sich zu einem stummen Schrei. Sie ließ die Pflanze fallen, eilte ins Haus und schlug die Tür zu, gerade als Veronica sie erreichte.

»Nein!« schrie Veronica auf und hämmerte dagegen. »O nein, bitte öffnet die Tür. Helft mir. Helft mir, bitte!«

Statt dessen hörte sie, wie ein Riegel vorgeschoben wurde.

»Ich will keinen Ärger mehr«, flüsterte eine angstvolle

Stimme. »Geht schon weg. Geht weg.« Die Schritte entfernten sich von der Tür. Veronica fuhr herum. Sechs Männer warteten auf sie, versperrten den Eingang der Gasse. Nur der Junge war nicht mitgekommen.
»Wohl doch nicht so schlau, wie Ihr geglaubt habt.« Der untersetzte Mann hatte gesprochen, heiser vor Wut. Sie konnte den Gestank des Schmutzwassers riechen. Ein anderer Mann trat vor, klein und drahtig, er hatte ein schmales, spitzes Gesicht und kleine schwarze Augen, in denen ein fiebriges Funkeln glomm. Das Gesicht eines Wiesels. Sein Arm war bis zu den Ellbogen mit Blut bedeckt, und er drehte ruckartig sein Messer in der Hand. Der untersetzte Mann streckte den Arm aus, um ihn aufzuhalten. »Diese hier tötest du nicht vorher. Ich habe etwas Besseres als ein Messer, um es in sie zu bohren, und ich will spüren, wie sie sich windet.«
Die Männer lachten, ausgenommen das Wiesel. »Ob lebendig oder tot, wenn man schnell genug ist, dann ist das Fleisch noch warm«, sagte er, und sein Gesicht zuckte. »Wozu sie noch lange strampeln lassen?«
»Die letzte haben wir auf deine Art genommen, die hier gehört mir«, entgegnete der untersetzte Mann. Das Messer bewegte sich in seine Richtung, doch er schwang seine Eisenstange, und Wiesel wich zurück. »Wenn ich mit der Hündin fertig bin, halte ich sie fest, damit ihr alle euren Spaß haben könnt. Danach kannst du mit ihr machen, was du willst.« Er schwang das Eisen und kam näher. Die anderen blieben zurück, sahen zu, wie er Rache nehmen wollte.
Ein großer Besen mit rauhen Borsten lehnte an der Tür der alten Frau. Veronica griff nach ihm. Der Mann grinste, entblößte verfaulte Zahnstümpfe. Lachend machte er einen Ausfall nach rechts, dann nach links, stieß mit dem Eisen nach ihr. Veronica erkannte an seinem starren Blick, daß er sie nur einschüchtern, erschrecken wollte. Irgend etwas – seine Haltung, seine höhnische Grausamkeit, die Waffe, die er trug – erinnerten sie an Luigi. Wut durchströmte sie, und sie freute sich über die Kraft, die

sie ihr verlieh. Als sie nicht vor ihm zurückwich, zielte er mit der Eisenstange auf ihren Kopf.

»Ohnmächtig ist sie nicht mehr wert als tot«, rief Lederschürze ihm zu.

Er blickte über die Schulter. »Ich will sie nur ein bißchen verprügeln ...«, begann er.

Veronica packte den Besen, trat zur Seite und stieß ihm die steifen Borsten ins Gesicht, einmal, zweimal, zielte direkt auf seine Augen. Brüllend taumelte er zurück, warf einen Arm hoch, um sich zu schützen. Blitzschnell drehte sie den Besen um und ließ den Stiel auf ihn niedersausen, zerbrach ihn auf seinem Kopf. Doch die Schläge machten ihn nur benommen. Er stolperte wieder auf sie zu, holte blind mit der Eisenstange aus. Veronica riß ihren Umhang herunter und warf ihn über seinen Kopf. Fluchend zerrte er an dem Stoff, während seine Kumpane hinter ihm über seine Not lachten. In der Ecke stand ein noch intakter Blumentopf. Sie nahm ihn und zerschmetterte ihn auf dem Kopf ihres Widersachers. Mit einem erstickten Ächzen sackte der Mann zusammen.

Der Siegestaumel war heftig, währte jedoch nur kurz, verschwand, als sie den Kopf hob und sich den übrigen fünf Männern gegenübersah. Sie lachten nicht mehr, sondern rückten vor, Wiesel mit seinem blutigen Messer an der Spitze. Als sie von dem leblosen Körper ihres Spießgesellen zurückwich, sah sie die Eisenstange aus ihrem verschlungenen Umhang ragen. Sie riß sie an sich. Wiesel blieb stehen, dann winkte er zwei der anderen Männer zu sich. Eiseskälte breitete sich in ihr aus, als sie sich auf ihre Waffen konzentrierte. Es waren zu viele, und was konnte ihre Eisenstange schon gegen den langen Holzrechen oder die Zinken einer Heugabel ausrichten? Sie würden ihr Gewalt antun und sie dann töten. Sie konnte sie höchstens verletzen, bevor sie starb.

»Veronica!« ertönte ein Schrei in der Gasse.

Als Veronica seine Stimme hörte, sah, wie er seinem schwitzenden Hengst die Sporen gab, war sie trotz der Gefahr, in der sie schwebte, überglücklich. All die Wut und die Angst in ihrem Inneren verdichteten sich zu überwältigender Freude. »Antonio«, sagte sie, nicht lauter als ein Flüstern, doch es war ein Laut des Triumphs. Er war da, und nur das zählte. Sie blickte ihn lächelnd an und sah die furchteinflößende Dunkelheit in seinen Augen in ähnlicher Freude aufflackern. Er zog sein Schwert und trieb Ombra vorwärts.

Die fünf Diebe beachteten sie nicht mehr, stellten sich der neuen Bedrohung. Antonio und seine glitzernde Klinge waren zu furchterregend, sein Pferd eine schreckliche Waffe. Die Männer verteilten sich in der Gasse und versuchten ihren Gegner einzukreisen, doch der tänzelnde Hengst hinderte sie daran. Der Rechen und die Heugabel rückten näher. Am äußeren Rand näherte sich ein dritter Mann mit einem reichverzierten Schwert. Eine Beute des Aufstands, dachte sie, aus der Hand eines Toten geraubt. Er hielt es unbeholfen, jedoch entschlossen, wie einen religiösen Talisman. Wiesel hatte nur sein Messer. Veronica sah, wie sein Blick von der Eisenstange zu ihrem Gesicht schnellte, ein Blick voller Gift. Als er ihren Blick auffing, lächelte er höhnisch. Er hob seine blutbefleckte Klinge, deutete an, wie er ihr die Kehle durchschneiden würde. Sie hielt die Eisenstange höher. Er entschied, daß die Belohnung das Risiko nicht wert war, und zog sich in den Hintergrund zurück, suchte Deckung hinter Rechen und Lederschürze, der mit einem Beil bewaffnet war.

Der Mann mit dem Schwert griff Antonio auf der linken Seite an. Antonio hatte sein *estoc* gezogen, um seine Rechte zu schützen, und drängte sein Pferd gegen die linke Mauer, um seine entblößte Seite zu verteidigen. Das kampferprobte Tier gehorchte sofort, schoß vorwärts, um den Mann gegen die Mauer zu pressen. Schreiend geriet er unter seine Hufe. Der Mann mit dem Rechen stürzte vorwärts, und Antonio schwang Ombra zu ihm herum, riß den Zügel zurück, so daß der Hengst sich aufbäumte. Die blitzenden Hufe schlugen dem Mann die Waffe aus der Hand und schleuderten ihn zurück. Kreischend stol-

perte er, verlor das Gleichgewicht, rollte über das Pflaster und hielt vergeblich die Arme vor den Kopf, um sich zu schützen. Das Pferd durchkreuzte Wiesels Hoffnung, das Schwert an sich zu nehmen. Er wich dem Hengst und seinem Kumpan aus und huschte tiefer in den Schatten.
Der erste Angreifer versuchte sich aufzurappeln. Heugabel schirmte seinen Kumpan ab und stach nach Antonios rechter Flanke, wich hastig zurück, als Antonio zu ihm herumfuhr. Veronica beobachtete, daß der Mann mit dem Beil sich von den anderen trennte. Er vermied eine direkte Konfrontation und hielt sich am Rand des Getümmels. Als er ausholte, um das Beil zu werfen, stürzte Veronica zu ihm. Sie packte die Eisenstange fester und schlug ihm auf den Kopf. Ein dumpfes Knacken war zu hören. Er ließ das Beil fallen und brach vor ihren Füßen zusammen.
Der mit dem Rechen bewaffnete Dieb stürzte sich wieder ins Getümmel, doch seine Angst ließ ihn außerhalb der Reichweite der tödlichen Hufe verharren. Heugabel vollführte einen verzweifelten Ausfall nach rechts und versuchte den Bauch von Antonios Pferd zu durchbohren. Antonio sah ihn, richtete sich in den Steigbügeln auf und stieß ihm das Schwert ins Herz. Der Mann brach zusammen. Da vier seiner fünf Komplizen tot oder bewußtlos waren, floh der Mann mit dem Schwert von Panik ergriffen aus der Gasse.
Ohne Vorwarnung riß jemand Veronica an ihrem Haar zurück. Bevor sie sich wehren, ihr Gleichgewicht wiederfinden und oder nach ihm treten konnte, umschlang sie von hinten ein drahtiger Arm. Sie hielt sofort still, als sie die Spitze eines Messers an ihrem Hals spürte. Blut rann an ihrem Hals hinunter. Der Arm, der sie umschlossen hielt, war muskulös und roch nach Blut. Wiesel.
»Laßt die Eisenstange fallen«, zischte er, und sie gehorchte ihm. Der Mann zerrte sie zum Ausgang der Allee und behielt dabei Antonio im Auge. Mit gezücktem *estoc* ritt Antonio ihnen nach, hielt jedoch inne, als Wiesel drohte: »Bleibt da stehen, wenn Ihr diese kleine Hündin lebend

wiederhaben wollt. Ihr laßt mich erst gehen. Wenn ich weit genug fort bin und Ihr mich nicht mehr einholen könnt, lasse ich sie laufen.«

Antonio wich nicht zurück. Er hob den *estoc* und blickte das Wiesel aus schmalen Augen an. Veronica erkannte, daß er dem Mann nicht glaubte. Er war nicht bereit, ihr Leben aufs Spiel zu setzen. Sie spürte, wie der Griff um ihren Hals fester wurde, sie rückwärts zerrte.

Antonio sah ihr in die Augen, und sie sagte mit fester Stimme: »Wenn Ihr tut, was er sagt, wird er mich töten. Er ist verliebt in den Tod.«

»Halt deinen Mund, Hündin«, zischte Wiesel.

Die Spitze des Messers grub sich tiefer in ihren Hals. Veronica hielt den Atem an, als ein scharfer Schmerz sie durchfuhr und sie Blut an ihrem Hals und ihren Brüsten spürte. Sie schwieg. Sie hatte Antonio alles gesagt, hatte ihn gebeten, sie zu befreien, auch wenn er dabei ihr Leben riskierte. Da sie sich der Gefahr bewußt war, wollte sie ihn nicht durch ihre Angst behindern.

Antonio rührte sich nicht, sein Gesicht war ausdruckslos. Nur seine Augen weiteten sich, suchten die ihren. Veronica hielt seinem Blick stand, selbst als seine Augen schwarz und unergründlich wurden wie der Tod. Sie schrak nicht vor dieser Finsternis zurück, akzeptierte sie. Sie kannte den Abgrund, der zwischen ihnen klaffte. Es gab keinen anderen Weg als zu springen – oder abzustürzen.

Langsam, gezielt, trieb Antonio sein Pferd vorwärts, schnitt den Rückzug durch die Gasse ab. Er streckte sein Schwert aus, ließ es über Veronicas Schulter gleiten, so daß seine Spitze den Hals des Mannes hinter ihr berühren mußte. Sie spürte, wie Wiesel zuckte, als der Stahl auf seine Haut traf, »Nein, so machen wir es nicht«, sagte Antonio zu ihm, und seine Stimme war ebenso unerbittlich wie die Waffe in seiner Hand. »Du wirst die Dame loslassen. Jetzt. Tu, was ich dir sage, und ich werde dich nicht töten.«

»Woher soll ich das wissen?« Seine Stimme war schrill. Veronica war sein Schutzschild, und wenn er sterben mußte, wollte er sie mitnehmen.

Antonio verzog das Gesicht, seine Miene war zu eisig, um es ein Lächeln zu nennen. »Ja, wie solltest du, da dein eigenes Wort nichts wert ist? Meines hat leider Wert. Dein Leben gegen das ihre.«

»Ihr lügt.« Wiesel begann zu zittern, der Geruch von Furcht und Haß strömte von ihm aus. Das Messer schwankte in seiner Hand. Veronica spürte ihren Pulsschlag an seiner Klinge. Wiesel glaubte nicht, daß Antonio ihn verschonen würde, und mit all seiner abartigen Lust am Töten wollte er, daß sie starb.

»Laß das Messer fallen«, befahl Antonio, betonte jedes Wort. Er schob sich vorwärts, nur einen Zentimeter, seine Augen waren ein schwarzer Strudel. »Laß es fallen. Oder du stirbst.«

Wiesel hielt immer noch ihr Haar fest, ließ jedoch das Messer fallen. Veronica hörte, wie es auf dem Pflaster aufschlug. Antonio steckte sein *estoc* ein und wich mit seinem Pferd zurück. Wiesel schleuderte Veronica gegen das Pferd und rannte durch die Gasse davon. Die Erleichterung ließ alle Anspannung aus ihrem Körper weichen. Ihre Beine zitterten, und sie schwankte, während die Welt rings um sie sich in ein wirbelndes Mosaik aus Licht und Dunkelheit auflöste. Sie bemerkte nicht, wie Antonio abstieg, doch plötzlich stand er neben ihr und hielt sie in seinen Armen.

»Werdet jetzt nicht ohnmächtig«, befahl er.

»Nein. Ich werde nicht ohnmächtig.« Sie schloß die Augen und klammerte sich an ihm fest, atmete tief durch, bis ihr Kopf wieder klar wurde. Als sie die Augen öffnete, entdeckte sie zu ihrer Freude wieder einen Funken Licht und Leben in der Tiefe seiner Augen.

»Nur wenige Männer hätten es gewagt, mich um das zu bitten, worum Ihr mich gebeten habt.« Seine Stimme war rauh vor Anspannung.

»Ich wollte leben«, sagte sie schlicht. Impulsiv schlang sie die Arme um seinen Nacken und küßte ihn. Sein Mund war erst kalt und hart, dann öffnete er sich heiß und begierig, verschlang den ihren. Verlangen wallte in ihr auf, entzündete ihr Blut. Seine Hand bedeckte ihre Brust, sie spürte, wie ihre Brustwarzen hart wurden, und bog sich ihm entgegen, der Stoff ihres Kleides war ein störendes Hindernis zwischen ihren Körpern. Er küßte ihr Gesicht, ihr Kinn, ihren Hals. Seine Lippen suchten wieder die ihren, und seine Zunge tauchte in ihren Mund, sie schmeckte scharf, metallisch nach ihrem Blut.

Dann löste er sich und blickte ihr in die Augen. Sie sah den Widerstreit in seinem Inneren zwischen seiner Kampfeslust und seinem starken Beschützerinstinkt. Ungestüm preßte er sie an sich, und sein Geschlecht, jeder einzelne Muskel seines Körpers war angespannt vor Erregung. Seine Augen verschlangen sie, brauchten Leben inmitten all des Todes, und sie empfand die gleiche Sehnsucht nach ihm. Er zog sie an sich, sagte jedoch: »Das ist Wahnsinn. Wir sind hier nicht sicher.«

Antonio ließ sie los, hob die Eisenstange auf und reichte sie ihr förmlich, schwungvoll. »Eure Waffe, Madonna.« Er bestieg seinen Hengst und beugte sich hinunter, um ihr in den Sattel zu helfen. Sie stellte den Fuß in den Steigbügel, raffte ihre Brokatröcke hoch und schwang das Bein über den Rücken des Pferdes, saß rittlings im Sattel, wie sie es am liebsten tat. Er blickte über seine Schulter und hob leicht die Augenbrauen, sagte jedoch nichts zu ihrer skandalösen Haltung. Veronica schlang einen Arm fest um ihn, in der anderen Hand hielt sie die Eisenstange. Antonio zog sein *estoc*. Er stupste Ombra mit seinem Bein an, und vorsichtig ritten sie zum Eingang der Gasse und hielten dort an. Der Straße lag nicht mehr verlassen da, aber die wenigen Männer, die in den Türeingängen lauerten, warfen ihnen nur böse Blicke zu und spien auf die Straße, als sie vorbeikamen.

»Das Schlimmste ist wohl vorüber«, sagte Antonio, und Veronica spürte ebenfalls, daß die Hauptenergie des Aufstands verbraucht war. Er lenkte Ombra zu der Straße, die zum Duomo führte. Die Gehwege füllten sich, als sie weiterritten, immer mehr Versprengte gingen nach Hau-

se. »Es war reiner Zufall, daß ich Euch gefunden habe«, sagte er. »Ich nahm diesen Weg nur, weil ich einem Haufen Aufständischer ausweichen wollte.«
Veronica lachte leise, schmiegte sich an seinen warmen, festen Rücken. Es war kein Zufall, sondern Schicksal. Sie wollte etwas sagen, als sie plötzlich einen scharfen Schmerz am Oberschenkel spürte. Sie blickte sich um und sah, daß ihnen einige Jugendliche folgten, die mit Steinen bewaffnet waren. Der nächste Stein verfehlte knapp Antonios Kopf, und Ombra scheute, als er an der Flanke getroffen wurde. Antonio bog an der nächsten Straße rasch in eine Gasse ab, dann gelangten sie auf eine breite, vertraute Straße, die zu einer großen Piazza führte. Hunderte von Menschen waren dort versammelt. Tumult und Chaos herrschten, ein dumpfes, wütendes Summen ging durch die Menge, als sie den Platz erreichten. Veronica hoffte, daß all diesen Menschen der Sinn nicht auch nach Steinigung stand. Antonio machte den sichersten Weg über den Platz aus und trieb Ombra an, die Hufe des Pferdes klapperten auf den Pflastersteinen. Auf halber Höhe sah sie, wie zwei Gruppen sich in Bewegung setzten, um ihnen den Weg zu versperren. Es waren vielleicht fünfzig Männer, über ihnen ragte ein Dickicht aus Holzrechen in die Luft. Veronica kämpfte gegen ihre neuerwachte Angst an, hielt sich an Antonio fest und hob ihre Eisenstange. Antonio zögerte keine Sekunde.
»Sie werden sich verteilen«, sagte er überzeugt. »Haltet Euch jetzt gut fest.«
Seine Sicherheit übertrug sich auf sie. Sie würden auch aus dieser Gefahr unverletzt hervorgehen. Ombra sammelte seine Kräfte in Erwartung der Befehle seines Herrn. Antonio gab dem Pferd die Sporen, hielt unmittelbar auf die Plündererbande zu. Veronica spürte, wie der Rest ihrer Angst verschwand, als sie losgaloppierten, statt dessen war sie in Hochstimmung, tollkühn. Die Männer hielten nur kurz stand, dann stoben sie auseinander. Sie brachen durch den Mob, doch Antonio hielt nicht an, als der Weg vor ihnen frei war. Sie galoppierten durch die

Straßen von Florenz und über den Fluß, der brausende Wind, die Geschwindigkeit belebten sie, berauschten sie wie schwerer Wein. Antonio lachte laut, und Veronica stimmte ein, eins mit ihm und der heißen, glühenden Erregung, die ihn durchströmte.

Das habe ich gestern abend vorausgesehen, nicht die Gefahr, sondern den Triumph, dachte sie.

Sie ritten erst langsamer, als sie Danieles Haus erreichten. Antonio mied den Stall, ritt durch die baumbestandene Seitenstraße zur Gartenmauer und brachte seinen Hengst unter den tiefhängenden Zweigen der großen Trauerweide zum Stehen. Veronicas Herz pochte heftig, als Antonio abstieg und die Arme nach ihr ausstreckte. Sie glitt vom Sattel, und er hob sie sacht herunter, ihr Körper streifte an dem seinen entlang. Sein Atem ging ebenso schnell und flach wie ihrer. Sein Haar war zerwühlt, und in seinen Augen lag ein wildes Flackern. Sie zitterte in seinen Armen, ob von den Nachwirkungen des bestandenen Abenteuers oder seiner Nähe, wußte sie nicht.

»Gewöhnlich errettet der Held die Jungfrau vor dem Drachen. Ich konnte nur ein paar schmutzige Ratten in die Flucht schlagen«, sagte er rauh. Sie preßte sich an ihn. »Dennoch seid Ihr ein besserer Fang als der letzte Bedürftige, den ich vom Pferd aus gerettet habe. Ich nehme an, Ihr habt keine Läuse?«

Veronica lachte über das Bild, da sie nicht wußte, auf welches Erlebnis er anspielte. »Ich habe heute morgen in Rosenwasser gebadet und mich entlausen lassen«, antwortete sie. Ihre Stimme schwankte ebenso wie ihr Körper.

»Freut mich, das zu hören«, murmelte er heiser, dann suchte sein Mund den ihren. Ihre Lippen öffneten sich dem Druck seiner Zunge. Er lehnte sich an den Stamm der großen Weide und zog sie an sich. Die herabhängenden Blätter bildeten einen weichen, raschelnden Vorhang, der sie vor den Blicken anderer verbarg. Seine Lippen kosteten die ihren mit lasziven Bewegungen, dann glitten sie tiefer, strichen über ihre Wange, ihren

Nacken, sein Atem war eine flüsternde Liebkosung. »*Dolcezza*«, murmelte er den Kosenamen an ihrem Ohr und dann: »*Selvaggia.*«
»Ja«, antwortete sie, denn sie fühlte sich wild, ungezähmt und doch trunken von Zärtlichkeit.
»Mutig«, flüsterte er. »Ihr seid viel zu mutig, *selvaggia.*«
Antonio löste die Bänder ihres Mieders, schob die Finger hinein, seine Hand glitt unter ihr zartseidenes Hemd, so daß er ihre nackte Brust berührte. Sie stöhnte, als seine Hand die weichen, runden Konturen umfaßte, und ihre Brustwarze versteifte sich an seiner Handfläche. Sie erschauerte vor Lust, spürte das Streicheln seiner heißen Zunge, das Saugen seiner Lippen. Seine Hände umfaßten ihre Hinterbacken, liebkosten ihre Oberschenkel, drückten sie an ihn. Der Baum bot in Antonios Augen genügend Schutz, das Haus war abgelegen, die Straße verlassen. Er wollte sie hier und jetzt, und diesmal würde er nicht aufhören. Obwohl Veronica wußte, daß man sie unter den Zweigen der Weide nicht sehen konnte, fühlte sie sich bloßgestellt. Trotz ihrer Erregung war eine gewisse Vorsicht zurückgekehrt, seit sie wieder in Sicherheit waren. Sie zögerte jetzt, ihm das zu gewähren, was sie ihm in der Gasse vorbehaltlos gegeben hätte, ohne auch nur einen Gedanken an ihre Sicherheit, geschweige denn Anstand, zu verschwenden.
»Nein«, flüsterte sie, verwirrt und schockiert von ihrer Bereitwilligkeit.
Er ließ sie los, obwohl sie kaum stehen konnte. »Nein, *selvaggia*?« fragte er, und die Frage klang zärtlich, nicht spöttisch. Es lag keine Boshaftigkeit darin, nur brennendes Verlangen. Seine Augen forschten in ihrem Gesicht. Dann wanderte sein Blick zu ihren entblößten Brüsten, und seine Finger strichen leicht über eine der Brustwarzen. Sie spürte seine bezähmte Erregung, die Kraft hinter dieser einen zarten Liebkosung. Die Berührung sandte einen Feuerstrom bis in ihr Innerstes. Verlangen breitete sich in ihr aus, wirbelte durch jede Ader und jeden Nerv, ein Flammenmeer, das ihren ganzen Körper verzehrte. Alles

in ihr sehnte sich nach ihm. Als er ihre Wange streichelte, das süße Feuer ihren Verstand ergriff, glaubte sie sich zu verlieren. »Nein?« Eine ebenso sanfte Frage. Sanfter hätte er sie nicht umstimmen können.
Scham überwältigte sie, jedoch nicht so heiß wie ihre Leidenschaft. Als sie in seine blitzenden Augen sah, gab es nur noch eine Antwort. »Ja«, stöhnte sie, ergab sich ihrem Liebsten. »Ja, ja, ja.«
Dann war sie eben schamlos, würde sich ihm voll und ganz hingeben. Ein Bild aus der Mappe kam ihr in den Sinn, und Danieles Worte: »Das gefällt allen Männern.« Sie merkte, daß sie es sich ebenfalls wünschte, ihn schmecken, seinen Lebenssaft trinken wollte. Von schmerzlichem Verlangen erfüllt, sank sie vor ihm auf die Knie, spürte sein hartes Geschlecht an ihrer Wange. Seine Hand verflocht sich mit ihrem Haar, drängte sie sanft. Sie wandte den Kopf und drückte ihre Lippen an sein Geschlecht, spürte seine Erregung durch den festen Stoff. Er stöhnte kehlig. Seine Sehnsucht gab ihr ein Gefühl der Macht und Zärtlichkeit. Er war der Ihre, ihr *Prinz der Kelche*. Sie hatte gewußt, daß er zu ihr kommen würde, und er war gekommen.
»Ich wußte, daß Ihr dasein würdet«, flüsterte sie, rieb ihre Wange an ihm. Dann sagte sie etwas, das sie eigentlich nicht hatte sagen wollen: »Ich liebe Euch. Ich liebe Euch. Es gibt keinen anderen für mich als Euch.«
Er keuchte, und sein Körper versteifte sich. Veronica hob den Kopf. Sein Gesicht war völlig reglos, wie eine Totenmaske. Als sie in seine Augen blickte, sah sie einen Ausdruck des Entsetzens. Er machte sich so jäh von ihr los, daß sie taumelte. Dann bestieg er sein Pferd. »Antonio …?«
»Ich glaube, von hier aus kommt Ihr ohne fremde Hilfe nach Hause«, sagte er, und seine Höflichkeit war schlimmer als ein Schlag ins Gesicht.
Veronica konnte nicht glauben, daß er sie erneut verließ. Sie richtete sich auf, als er den schwarzen Hengst in die andere Richtung lenkte. Dann sah sie, wie er in seine

Geldbörse griff, und rasende Wut erfaßte sie, lähmte sie. Das Gold flog durch die Luft, kalt und glitzernd, und landete vor ihren Füßen.
»Ihr sorgt für einzigartige Vergnügungen, Madonna«, sagte er. Dann riß er sein Pferd herum und verschwand.
Sie hob die Münzen auf und schleuderte sie ihm nach, aber er sah es nicht mehr. In diesem Augenblick haßte sie ihn von ganzer Seele. »Soviel zu Eurem Mut, Antonio. Ihr habt Euch gerade als erbärmlicher Feigling erwiesen.«
Mit plötzlicher Entschlossenheit hob Veronica die beiden Golddukaten auf und hielt sie in ihrer Faust umschlossen. »Ihr werdet sie alle zurückbekommen«, gelobte sie, »genau so, wie Ihr sie mir gegeben habt.«

12. Kapitel

STÖRUNGEN

P*alle! Palle!*« Antonio lachte laut auf, als der Ruf der Menge ertönte, eine Provokation, die sich an die kleine Armee draußen vor den Stadtmauern richtete.

Von allen Seiten umringt, behauptete Antonio seinen harterkämpften Platz, einer von vielen Hunderten Florentinern, die sich auf den Zinnen drängten. Innerhalb der Stadtmauern hatten sich Tausende in den Straßen versammelt, um die Neuigkeiten zu hören, die von oben ausgegeben wurden. Piero di Medici war nach Florenz zurückgekehrt, doch seine Rebellion hatte sich als völliges Fiasko erwiesen. Schwere Regenfälle hatten seinen Einmarsch verzögert, und er war nicht überraschend im Morgengrauen angerückt, sondern am hellen Mittag. Schon lange zuvor war Alarm geschlagen worden, und als er mit seiner Söldnerarmee ankam, fanden sie die elf Tore der Stadt verschlossen vor. Antonio blickte über die Mauer und lächelte, die Absurdität der Situation amüsierte ihn. Hin und wieder sorgte das Schicksal für Gerechtigkeit.

Der Regen setzte wieder ein. Die Zuschauer auf der Mauer jubelten und warfen eine Kaskade aus verfaultem Gemüse auf die Invasoren. Antonio wickelte sich in seinen Umhang und zog die Kapuze über den Kopf. Dann, spontan, verließ er seinen günstigen Aussichtspunkt und ging zur anderen Seite der Zinne hinüber, blickte auf die bevölkerten Straßen und Felder tief unter ihm. Beiläufig ließ er den Blick über die Masse schweifen, die nach oben gewandten Gesichter, die feiernden, tanzenden Menschen. Vergebliche Mühe. Selbst wenn er Veronica in der Menschenmasse entdeckte, was würde er tun? Nichts. Wenn sie hier war, dann sicherlich mit Daniele oder Stefa-

no oder beiden. Im Duomo hatte sie ihn ignoriert und sich statt dessen seinem hübschen Vetter zugewandt. Hatten sie und Daniele Stefano mit nach Hause genommen und mit ihm geschlafen? Vermutlich. Sie waren sehr vertraut davongeschlendert.
Es war am besten, wenn er die Dinge beließ, wie sie momentan standen. Gewiß, diesen Entschluß hatte er bereits vor den Getreideaufständen gefaßt, nur um ihn im Augenblick der Leidenschaft wieder umzustoßen, aber er bezweifelte, daß noch ein Ereignis eintreten würde, das machtvoll genug war, um ihn wankend zu machen. Er hatte sich wieder in der Gewalt und würde sich nicht noch einmal verlieren.
Sein Entschluß war allerdings noch nicht auf die Probe gestellt worden. Seit dem Getreideaufstand im März hatte er Veronica zweimal auf dem Marktplatz gesehen. Beide Male hatte sie sich absichtlich von ihm abgewandt, wie am Tag des Feuers. Sie schien die gleiche Entscheidung gefällt zu haben wie er, aber sie war nicht allein gewesen. Sein Vetter hatte ihr offensichtlich den Hof gemacht. Wäre sie allein gewesen, wäre er ihr dann gefolgt? Hätte er sie umstimmen können, sie noch einmal verführen können, seine süße *selvaggia*? Er bezweifelte, daß sie ihre Leidenschaft, ihre promiskuitive Natur bezähmen konnte. Oder hoffte er das nur? Warum sollte sie sich mit ihm abgeben, wenn man in Betracht zog, wie er sie das letzte Mal behandelt hatte? Besonders seit sie Stefano um sich hatte, mit seinem gewinnenden Lächeln und seinen angenehmen, anmutigen Umgangsformen?
»Und du, Antonio, warst ein Bastard«, murmelte er leise. »Ein vollkommener Bastard.«
Warum hatte er dem Impuls nicht widerstehen können, ihr die Goldmünzen hinzuwerfen? Er erinnerte sich an ihren Blick, als die Dukaten glitzernd vor ihren Füßen landeten. Dieses Bild machte ihm immer noch zu schaffen. Nichts an ihrem gemeinsamen Abenteuer rechtfertigte seine Handlungsweise, keine Falschheit, die vergolten werden mußte. Beim ersten Mal hatte er immerhin

annehmen können, daß sie Bezahlung erwartete. Das zweite Mal hatte sie es wegen ihrer trügerischen Spielchen verdient. Aber beim letzten Mal war es völlig sinnlos gewesen. Ein Akt reiner Grausamkeit.

Gewiß, er hatte sich gelobt, sie zu meiden, aber das war wirklich nicht der Grund. Die Umstände waren außergewöhnlich, er verspürte kein Bedürfnis, sich oder sie zu bestrafen. Der Kampf, die Gefahr hatten ihn erregt, aber mehr noch hatte sie ihn mit ihrer Kühnheit, ihrem Lachen, ihrer wilden Schönheit, ihrer Leidenschaft den Kopf verdreht ... Hatte Veronica die Wahrheit gesagt, als sie vor ihm kniete? Vielleicht war sie wirklich in ihn verliebt.

Warum hatte sie es nur auf diese Art gesagt? Einen Augenblick lang war es Beatrice, die vor ihm kniete, war es ihr heißer Atem an seinen Lenden, während sein Bruder tot zu ihren Füßen lag. Er konnte die Erinnerung an jenen Moment nicht ertragen, konnte Veronicas Berührung nicht ertragen. Deshalb hatte er sie von sich gestoßen und ihr das Gold vor die Füße geworfen, den Lohn einer Hure.

Ja, er hatte sie verletzen wollen, und es war ihm gelungen. Die Affäre hatte unbesonnen begonnen und war glücklicherweise beendet. Er wünschte nur, er hätte nicht so unhöflich, so schmerzhaft mit ihr gebrochen. Wenn er sich auch nicht auf ihre Spiele einlassen wollte, hatte sie ihm doch große Lust bereitet und verdiente eine bessere Behandlung. Aber hatte er eine andere Wahl? Ein so rasches Ende mußte allein der Kürze wegen schmerzhaft sein. Sein Verlangen war keinesfalls ausgebrannt. Es schwelte nach wie vor in ihm, warum sonst suchte er ihr Gesicht in einem Meer tausend anderer?

»Ihr blickt zur falschen Seite der Stadtmauer hinunter«, sagte eine neugierige Stimme. »Da drüben, jenseits der Zinnen von Florenz, wird soeben Geschichte geschrieben.«

Antonio war erfreut über die Ablenkung, wandte sich um und begrüßte den Fremden, einen hageren Mann etwa in seinem Alter. Sein Gesicht war ernst, asketisch. Der Wetterumschwung hatte einen Teil der Menge vertrieben, daher konnte Antonio seinen alten Platz auf der Zinne wieder einnehmen. Er zeigte nach unten, lenkte die Aufmerksamkeit seines neuen Gefährten auf Piero selbst, der an den Brunnen von San Gaggio Schutz suchte. »Die Geschichte wird im Regen geschrieben, sie ist völlig durchnäßt.«

»Ein amüsanter Anblick, nicht wahr?« fragte der Fremde. »Beinahe ein passendes Ende für Piero.«

»Was könnte passender sein als eine völlige Niederlage? Der Mann ist ein Narr und hat das Ende eines Narren genommen.«

»Nur ein ehrloser Tod könnte schlimmer sein«, sagte der Fremde heftig.

»Ich kann mir nicht vorstellen, daß er anders sterben wird«, entgegnete Antonio höflich. Er hatte nicht unter Pieros Tyrannei in Florenz gelebt. Zwar verabscheute er diesen Mann aus Prinzip, aber haßte ihn nicht so erbittert, um ihm den Tod zu wünschen. »Dennoch hätte es heute ganz anders ausgehen können, wenn er wie geplant bei Tagesanbruch gekommen wäre und seine ›Grauen‹ ihm die Tore geöffnet hätten. Ein Söldnerheer in der Stadt ...«

»Dann hätte in Florenz der Haß geherrscht, und die Vergeltung hätte nicht lange auf sich warten lassen.« Die Stimme des Fremden war erstickt von Gefühl, doch dann zuckte er mit den Schultern. »So jedoch hat der Regen die Arbeit für uns getan.«

»Ich muß gestehen, daß ich den Regenguß einem Blutbad unendlich vorziehe.«

Der Mann lachte. »Ich bin bereits durchnäßt bis auf die Haut. Laßt uns hinuntergehen. Nicht weit von hier gibt es ein Gasthaus. Dort können wir uns ans Feuer setzen, eine Flasche Wein trinken und bekommen alles mit, wenn sich etwas Neues tut.«

»Eine ausgezeichnete Idee, aber wir sollten uns beeilen. Die Menge verläuft sich, bald werden alle ebenso denken. Wenn wir zusammen Wein trinken, dann muß ich mich vorstellen. Ich bin Antonio di Fabiani.«

»Niccolò Machiavelli.«
Wie Antonio befürchtet hatte, war das nächstgelegene Gasthaus bereits gerammelt voll. Männer aller Schichten, alte Freunde wie Augenblicksbekannte, versammelten sich, um Pieros Scheitern zu feiern und über die Zukunft der Stadt zu diskutieren. Es war ein echt florentinisches Ereignis, und als er sich umsah, erfüllte ihn der lärmende Enthusiasmus mit Freude und überwältigender Sehnsucht nach der Vergangenheit. Selbst inmitten der Aufregung blieb er jedoch distanziert. Er empfand immer noch eine tiefe Zuneigung zu Florenz, doch Antonio bezweifelte, daß er jemals wieder ganz zu dieser Stadt gehören würde. Er war zu weit gereist, zu lange heimatlos gewesen, um diese Stadt seine Heimat nennen zu können.
Endlich fanden sie einen freien Tisch, bestellten eine Flasche Wein und begannen ihr Gespräch. Antonio stellte fest, daß ihm sein Zufallsbekannter überaus sympathisch war. Machiavelli verfügte über einen scharfen, forschenden Verstand und einen trockenen Witz, der ihm gefiel. Trotz seines sarkastischen Humors nahm der Mann sich selbst sehr ernst. Er war im Moment als Sekretär angestellt, hegte für die Zukunft jedoch politische Ambitionen. Niccolò fragte ihn nach seinen Ambitionen auf diesem Gebiet. Antonio zuckte mit den Schultern. »Ich werde die Interessen meiner Familie vertreten, indirekt natürlich.«
Machiavelli lächelte. »Unser Gespräch deutet auf eine gewisse Liberalität in Eurer Haltung hin, die sich nicht mit dem deckt, was ich von Eurer Familie weiß. Euer Vater ist nicht gerade für seine eifrige Unterstützung der Republik bekannt. Er gibt Lippenbekenntnisse ab, aber in Wahrheit wünscht er eine Rückkehr zur Adelsherrschaft.«
»Man weiß, daß ich mit meinem Vater nicht einer Meinung bin.« Antonio lehnte sich müde zurück. Er war stolz auf seine edle Herkunft, aber seine Verbannung hatte viele seiner Grundüberzeugungen in Frage gestellt. »Obgleich ich große Sympathien für die Ideale der derzeitigen Bewegung habe, glaube ich, daß sie zum Scheitern verur-

teilt ist. Als Einzelpersonen sind wir zu selbstsüchtig, um eine Republik zu konstituieren, unser eigener Ruhm ist uns wichtiger als der unserer Stadt. Das gilt nicht nur für Florenz, die Stadt ist ein Mikrokosmos von ganz Italien. Das Land ist durchzogen von Gewalt und innerlich zerrissen, eine Einigung ist im Grunde unmöglich. Und während wir gegeneinander und mit unseren Nachbarn Krieg führen, verbünden sich die anderen Länder und richten ihre vereinte Kraft gegen unsere Grenzen.«

»Was Ihr sagt, entspricht meinen Befürchtungen. Wie Dante einmal sagte, ist das politische System von Florenz wie ein kranker Mann, der sich im Bett hin und her wälzt und keine bequeme Lage finden kann. Wir brauchen einen mächtigen Fürsten, der uns in ein künftiges Italien führen, unsere verschiedenen Staaten zu einer Einheit verschmelzen kann, ehe die Franzosen oder Spanier beschließen, sich an uns zu mästen.«

»Wir alle träumen immer wieder von solch einem Führer«, sagte Antonio. »Ein Mann von edler Herkunft und edlem Charakter, brillant und mutig.«

Machiavelli schüttelte den Kopf. »Wenn sein Charakter zu edel ist, wird er nicht überleben. Die Kluft zwischen dem wirklichen Leben der Menschen und dem Ideal, wie sie leben sollten, ist zu groß. Heilige werden zu Märtyrern. Ein Herrscher muß Böses mit Bösem vergelten, um es zu besiegen. Doch der wahre Fürst darf sich nicht der Grausamkeit hingeben, ebensowenig nur tugendhaft sein. Für ihn sind sowohl Schrecken als auch Gnade notwendige Mittel der Herrschaft, um das gewünschte Ziel zu erreichen, die Kontrolle über den Staat. Er muß selbstverständlich über sämtliche höfischen Tugenden verfügen, doch er muß die Ehre vergessen können, wenn die Situation es erfordert.«

»Ihr stellt Euch dennoch einen musterhaften, wenn auch pragmatischen Fürsten vor, wenn Ihr denkt, daß ein Mann von solcher Machtvollkommenheit nicht der Gefahr der Tyrannei erliegt, falls er keinen grundsätzlichen Unterschied zwischen Schrecken und Gnade macht. Es ist nicht so leicht, auf Gewalt zu verzichten, wenn sie erst einmal durch das Ziel gerechtfertigt scheint. Das Einfachste wird dann schnell zum Notwendigen, und Schrecken ist das einfachste Mittel der Herrschaft. Die Notwendigkeit erfordert, schwierige Entscheidungen zu treffen, und manchmal zeitigen die besten Absichten schlimmste Wirkungen. Stellt die Ehre zu leicht oder einfach zu oft hintan, und Ihr werdet sie nicht mehr finden, wenn Ihr sie braucht. Und kein Mann von Ehre wird mehr mit Euch zu tun haben wollen.«

»Wenn er muß, wird er gehorchen, aber vermutlich nicht ehrenhalber«, sagte Niccolò.

»Mag sein.« Antonio lachte. Diese Ansichten, die den seinen so ähnlich waren, jedoch viel extremer, als er zu akzeptieren bereit war, reizten ihn. Machiavelli lebte zu sehr in seiner Gedankenwelt, dachte er. »Ich stimme Euch zu, daß ein ehrgeiziger und gütiger Tyrann wie Lorenzo di Medici die praktischste, wenn nicht ideale Lösung für die Einigung Italiens wäre. Meine Befürchtung ist, daß wir einen Tyrannen bekommen würden, der weder das eine noch das andere ist. Ich habe jeden Grund anzunehmen, daß der Papst Pläne hat, seinen Sohn Juan in solch eine Position zu erheben. Sein Ehrgeiz bezüglich seines Sohnes ist grenzenlos.«

»Ah, die Borgia. Sie faszinieren mich. Wie ich höre, ist Juan eine recht glanzvolle Gestalt.«

»Ich glaube, trotz all seines Glanzes würdet Ihr ihn rasch verabscheuen. Juans Charakter gleicht auffallend dem Piero di Medicis. Beide sind eitel, arrogant, dumm, lasterhaft und feige.«

»Und Cesare? Er ist der ältere. Hat er nicht die Bedeutung seines Bruders?«

»Im Gegenteil, Cesare hat Mut und Klugheit, obwohl die genannten Schwächen ebenso auf ihn zutreffen. Aus irgendeinem Grund hat sein Vater Cesares Kriegskünste auf Juan übertragen, der in keiner Weise darüber verfügt, und seinen ältesten Sohn in eine kirchliche Laufbahn gedrängt.«

»Aber Cesare könnte ein militärischer Führer sein, wenn er die Gelegenheit erhielte?«

»Vielleicht«, erwiderte Antonio. »Beide Brüder sind ganz und gar selbstsüchtig, und der boshafte Zug in Cesares Charakter wurde durch die Schwächen seines Vaters gefördert.«

»Ich glaube, Ihr mögt Cesare, wenn Ihr Juan auch verabscheut«, bemerkte Machiavelli. »Also haben die Borgia doch noch nicht soviel von ihrem Glanz eingebüßt?«

Antonio dachte darüber nach. »Ich habe eine Schwäche für Raubkatzen. Ich bewundere ihre Schönheit, ihre Eleganz und Kraft, obwohl ich weiß, daß sie untrennbar von ihrer Grausamkeit sind. Cesares Gesellschaft kann belebend sein, und es ist meine Natur, bei Gefahr aufzuleben. Deswegen bin ich gern mit ihm zusammen, aber – nein, ich mag ihn nicht. Raubkatzen sind unschuldig in ihrer Grausamkeit, Menschen nicht.«

»*Palle! Palle!*« Die Spottrufe erklangen von neuem in den Straßen. Die Nachricht verbreitete sich schnell im Gasthaus – Piero und seine Söldner zogen sich zurück, schlichen sich im Regen davon. Sogleich erhoben sich die beiden Männer, um dem Rückzug zuzusehen, dann setzten sie sich wieder und lachten, als die anderen Gäste zur Tür stürzten. Das Gewühl war kaum zu durchdringen, die Straßen das reine Chaos. Selbst wenn sie zur Stadtmauer gehen wollten, bestand keine Hoffnung, einen Aussichtspunkt zu erobern. Sie blieben besser im Gasthaus, wo es warm war und der Wein floß.

»Dieser unblutige Sieg wird den Geist der Stadt aufleben lassen«, sagte Machiavelli und füllte ihre Pokale nach.

Antonio nickte. »Das ist das Ende Pieros. Er hat zu wenige Anhänger und kein Geld, um sich mehr zu kaufen. Er ist von allen Höfen Europas verbannt worden. Es war ein Akt der Verzweiflung, und er ist fehlgeschlagen.«

»Es ist ein Fehlschlag für Piero und ein neuer Triumph für Savonarola, den schlauen Fuchs. Heute morgen hat die Signoria in heller Panik einen Boten zu dem Mönch geschickt. ›Sag der Signoria‹, erwiderte Savonarola, ›daß wir für die Stadt zu Gott beten werden und daß sie sich nicht vor Piero fürchten soll, denn er wird bis ans Tor kommen und dann kehrtmachen, ohne einen Finger zu rühren.‹ Wieder eine Prophezeiung, die eingetroffen ist«, sagte Machiavelli höhnisch.

»Er hat eine gespenstische Begabung für derlei Dinge«, bemerkte Antonio. »Viel von seiner derzeitigen Macht ist ein Ergebnis seiner früheren Prophezeiungen.«

»Gesunder Menschenverstand, nicht mehr. Pieros Streitmacht erschien zu spät, um uns zu überraschen, und hatte daher keinerlei Aussicht auf Erfolg.«

»Dann meint Ihr, Savonarolas Inbrunst ist Berechnung?«

»Aber natürlich. Es ist die ideale politische List, meint Ihr nicht auch? Savonarola ist ein gebildeter Mann, aber obgleich er selbst in den feinsten Kreisen der Florentiner Gesellschaft Anhänger hat, erhält er vorwiegend Unterstützung von der breiten Masse. Die Menge verleiht ihm größere Macht. Die Armen sind berauscht von der Mischung aus Rauchwerk und Schwefel, die von seiner Kanzel ausgeht. Er benutzt ihren Glauben, um seine eigene Ziele zu erreichen.«

Antonio schüttelte den Kopf. »Ihr steht nicht allein da mit Eurer Meinung, aber ich teile sie nicht. Ich denke, Savonarola liebt die Macht mehr, als er zugibt, aber das ist nicht sein Hauptanliegen. Der Mönch ist genau das, was er scheint, und das macht ihn letztlich um so gefährlicher, für sich und andere, denn ich bezweifle, daß er Kompromisse eingehen wird.«

»Ihr sagt, Savonarola sei, was er scheint. Haltet Ihr ihn demnach für einen heiligen Propheten, trotz seiner Besessenheit?«

»Ich denke, daß Savonarola überzeugt ist, Gottes Prophezeiungen zu überbringen. Das heißt nicht unbedingt, daß ich glaube, Gott spreche wirklich zu Savonarola. Der Mönch dient in erster Linie seiner Besessenheit, dann der Kirche und zuletzt Florenz. Er übt eine Tyrannei der Tugend aus, und Florenz wird nicht lange einen Tyrannen dulden.«

Bedauernd erhob sich Machiavelli. »Antonio, ich muß gehen. Es wird Stunden dauern, bis ich in diesem Wahnsinn nach Hause komme. Ich habe unser Gespräch genossen.«

»Ich ebenso. Sagt mir, wo Ihr wohnt, dann übersende ich Euch eine Einladung zu meiner Vermählung. Sie findet am siebten Tag des Mais statt.«

»Dann bleibt Euch wenig mehr denn eine Woche als freier Mann«, sagte Machiavelli lächelnd.

Antonio lächelte, obgleich ihn seine Worte frösteln machten. Machiavelli nannte Antonio seine Adresse, dann bahnte er sich einen Weg durch die Menge. Antonio lehnte sich zurück und trank den Wein, der jetzt scharf und bitter schmeckte. Seine Abneigung gegen die Heirat war immer noch stark, doch er wollte sie hinter sich bringen. Die Versöhnung mit seiner Familie wäre ohne sie nicht vollständig.

Er mußte sich noch um vieles kümmern. Nach der Vermählung wollte er zu einem wöchentlichen Gesprächszirkel einladen, einige der interessanten Geister von Florenz fördern. Niccolò versprach ein reizvoller Gast zu sein. Er wollte auch Daniele einladen und fragte sich, wieviel der Maler von der Affäre mit Veronica wußte. Antonio genoß Danieles Gesellschaft und hoffte, daß er ihn nicht vor den Kopf gestoßen hatte. Er seufzte. Es gab noch andere Komplikationen. Er würde die Versammlungen gern in seinem Haus abhalten, aber das war unmöglich. Abgesehen von der Krankheit seiner Mutter und der Gegenwehr seines Vaters würde Dorotea sich niemals dazu herablassen, solch eine Zusammenkunft freier Geister zu dulden.

Oder er bat Bianca, ihr Haus zur Verfügung zu stellen. Das war die beste Lösung. Er würde heute abend mit ihr darüber sprechen. Ihre Zimmer waren klein, jedoch elegant eingerichtet. Ein- oder zweimal hatte er daran gedacht, sie in einem größeren Haus unterzubringen, um dann die Idee wieder zu verwerfen. Keine Kurtisane der Stadt konnte es mit ihr aufnehmen, aber eigentlich wollte

er Bianca nicht zu seiner ausschließlichen Mätresse machen – vorausgesetzt, sie wäre überhaupt damit einverstanden. Antonio hatte das Gefühl, daß sie ebenfalls ihre Freiheit vorzog. Wirklich, sie paßten zueinander.
Er wollte nicht glauben, daß er unbefriedigt war, doch es stimmte. Er wünschte von ganzem Herzen, Veronica niemals begegnet zu sein. Ohne die flüchtige Affäre mit ihr wäre er von seiner Liebschaft mit der Kurtisane entzückt gewesen. Bianca war von außergewöhnlicher Schönheit, berechnender Klugheit und einem sinnlichen Hunger, der dem seinen entsprach, und doch, wie heftig sie auch auf ihn reagierte, er verglich ihre berechnenden Künste immer noch mit Veronicas feuriger Leidenschaft. Gewiß, nicht alles an Bianca war Berechnung. Ihre raubtierhafte Wildheit, die ihn gleich anfangs so gereizt hatte, war echt. Ihre Flamme brannte hell, so blendend hell, daß sie ihn in Dunkelheit tauchte. Doch trotz all ihres Strahlens war es eine Flamme ohne Wärme. Bianca mochte brennen, doch sie brannte wie Eis.
Ich hätte ihr die Rubine kaufen sollen, dachte er. Feuer, das auf ihrem Eis brennt. Blut, das hell auf dem Schnee ihrer Haut schimmerte. Antonio runzelte die Stirn, beunruhigt durch dieses unheilvolle Bild. Welch hübsche Phrase hatte er benutzt, als er sie ihr versprach? Rosenblätter – nicht Blut.
Er stellte sich Bianca mit dem Halsband vor, das er ihr statt dessen geschenkt hatte, dem Wasserfall grüner Edelsteine. Das Halsband war teuer und erlesen, die Smaragde leuchteten wie taubenetztes Gras. Sie hatte sich darüber gefreut, aber sobald er ihr das Halsband anlegte, wußte Antonio, daß es ein Fehler gewesen war. Er hatte es nicht für sie ausgewählt.
Antonio seufzte, seiner selbst müde, des unablässigen Verlangens müde, das ihn verzehrte. Bianca war die erfahrenste, die bereitwilligste Kurtisane, die er jemals gekannt hatte, und doch ging er nicht zu ihr, um ihre Gunst zu genießen, sondern um sich daran zu hindern, Veronica zu suchen.

13. Kapitel

DIE HOCHZEITSNACHT

Ein Mandolinenspieler schlug eine falsche Note an. Antonio, der neben Dorotea stand und die Schlange der Gratulanten begrüßte, hielt inne, als der Ton einen Nerv seines Körpers traf. Er lächelte, ein flüchtiges sardonisches Lächeln. So ärgerlich er auch war, der Mißton paßte viel besser zu seiner Stimmung als die gezierten Liebeslieder, die die anderen Musiker spielten.

Nun ja, es war vollbracht. Er war verheiratet. Wenige hier würden seine Übellaunigkeit verstehen. Dorotea sah wunderschön aus – wie eine bemalte Puppe. Über ihrem Unterkleid aus hauchzartem goldenem Tuch trug sie eine *giornia* aus schwerer cremefarbener Seide, verschwenderisch mit Gold und Silber bestickt und mit Perlen und Mondsteinen übersät. Sie hatte den geweihten Schleier abgenommen, nicht jedoch den Kranz aus weißen, mit vergoldeten Blättern und langen goldenen Bändern verflochtenen Rosen. Die sechs Ringe, die er seiner Braut hatte geben müssen, funkelten an ihren kleinen, kalten Händen. Ihr ovales Gesicht war starr und blaß, das Rouge glühte wie Fieberflecke auf ihren Wangen. Zweifellos hätte Dorotea Sackleinen und Asche ihrem Hochzeitsstaat vorgezogen, doch sie hatte sich gut gehalten, was Antonio erstaunte, wenn man bedachte, wie widerstrebend sie seine Frau geworden war.

Seine Braut war voller Furcht. Doroteas Jugend weckte Mitleid in ihm, aber sonst fand er wenig, was ihn berührte. Ihre Frömmigkeit war groß, jedoch oberflächlich, eine religiöse Obsession ohne einen Funken christlichen Mitgefühls. Zwei Tage zuvor hatte er Dorotea am Abend zu seiner Mutter gebracht, um ihren Segen für die Ehe zu empfangen. Er versuchte sie vorzubereiten, aber

Dorotea hatte sie monatelang nicht gesehen, und der Verfall seiner Mutter hatte sie schockiert und abgestoßen. So verständlich Doroteas Reaktion auch sein mochte, wurde sie ihm dadurch nicht sympathischer. Sie hatte keinerlei Anstrengung unternommen, ihre Furcht und ihren Widerwillen zu verbergen, war vor dem Anblick des abgezehrten Körpers zurückgezuckt. Dorotea zuckte auch vor ihm zurück, und Antonio hatte sie an der Tür zurückgelassen, anstatt ihr gut zuzureden und einen Anfall zu riskieren. Er setzte sich ans Bett und nahm die Hand seiner Mutter. Verschämt war Dorotea ans Bett geschlichen. Die bevorstehende Hochzeit erfüllte die von Schmerzen gezeichneten Tage seiner Mutter mit Freude, und Antonio war dankbar, daß sie wegen ihres geschwächten Augenlichts nichts von Doroteas Reaktion wahrnahm. Das Mädchen hatte sich mehr oder weniger gefaßt, als seine Mutter zu ihr sprach, und einen Dank auf ihren Segen geflüstert.

Da seine Mutter zu krank war, um an der Hochzeitszeremonie teilzunehmen, wurden die Festlichkeiten im Palazzo seines Schwiegervaters abgehalten. Trotz der bedrückten Stimmung von Braut und Bräutigam herrschte an ihrem Hochzeitstag herrliches Wetter. Eine frische Brise verjagte die Wolken, und ein reiner blauer Himmel wurde sichtbar, die strahlende Sonnenscheibe stand fast im Zenit. Ganz Florenz war herbeigeströmt, um sich an dem Schauspiel zu ergötzen, als die Hochzeitsgesellschaft zum Klang von Flöten und Mandolinen vorbeizog. Antonio war in Scharlachrot und Gold gekleidet, die traditionellen Farben der Fabiani. Die della Montagna waren in Gold und Creme gehüllt. Das gesamte Gefolge trug Kombinationen dieser Farben, bis hin zu den Fransendecken der Pferde und den mit Kränzen geschmückten Rädern des Hochzeitswagens. Das alles machte den Eindruck großer Pracht, eine raffinierte Mischung aus weichem Samt, schimmerndem Satin, geprägtem Brokat und metallisch leuchtendem Seidengewebe. Über ihnen flatterten Banner im Wind, und

tanzende Mädchen streuten Blütenblätter vor die vergoldeten Hufe der Pferde. Der Prozession folgten *zanni*, die für die Belustigung der Menge sorgten.
Wegen des versuchten Attentats auf Savonarola und den nachfolgenden Aufstand am Himmelfahrtstag vor nicht einmal einer Woche hatte Antonio befürchtet, daß ein Zwischenfall die morgendliche Prozession durch Florenz stören könnte. Die Signoria hatte sich bei beiden Häusern bedankt, daß sie der Stadt eine solch herrliche Zerstreuung boten, und die Wirkung übertraf die kühnsten Träume der Familien. Antonio hätte das Schauspiel selbst genossen, wäre er Zuschauer gewesen statt einer der Hauptdarsteller. Er kam sich leblos vor wie eine Puppe und mußte sich zwingen, lockerer zu sein, als er auf Ombra über die mit Blüten bestreuten Straßen ritt. Geradezu verlegen war er, als er durch die symbolische Girlande aus blutroten Rosen brach, die ihn von seiner Braut trennte, und die Menge in Jubel ausbrach. Es machte ihn froh, daß es aus Respekt vor dem Sakrament Brauch war, die Ehe nicht gleich in der ersten Nacht zu vollziehen. Antonio hatte es nicht eilig, seine ängstliche Braut zu entjungfern.
Unter dem Vorwand, die Weinvorräte zu überprüfen, verließ er Dorotea und bahnte sich einen Weg durch die Menge. Diese Gäste waren die ersten einer langen Reihe, die im Laufe des drei Tage währenden Festmahls eintreffen würden. Drei Tage ausgelassener Festlichkeit und des Exzesses. Antonio verzog bedauernd die Lippen, als er die ausgefallenen Speisen betrachtete, die bereitstanden. Savonarola hatte nicht viel Eindruck auf das florentinische Gewissen gemacht, wenn es um Völlerei ging. Die Stadt hatte seit langem Gesetze, die derlei Verschwendung eindämmen sollten. Vor allem Hochzeiten waren streng reglementiert – auf dem Papier, aber nicht in der Praxis. Die amtierenden Magistraten zeigten keinerlei Neigung, jemanden zu verhaften oder die Entfernung irgendwelcher opulenter Speisen zu befehlen, die Diener zu den bereits schwerbeladenen Tischen trugen.
Da waren Schüsseln mit *maritata*, der Hochzeitssuppe aus

Hühnerbrühe, Sahne, Branntwein und dünner Pasta, mit gemahlenem Käse bestreut. Die Ravioli waren prall gefüllt mit *porcini*-Pilzen und Trüffeln, oder gehacktem Gemüse, das das Aroma von *dragoncello* und anderen Kräutern entfaltete. Es gab Geflügel jeglicher Art: gebratenen Pfau, Fasan, Ente, Gans, des weiteren Innereien, Gänseleber, Kapaunenzungen und Hühnergelee. Es gab Spanferkel mit Äpfeln, mit Wurst gefüllten Lammbraten, zartes Kalb und Kaninchen in einer Sauce aus Wein, scharfem *mostarda* und *rosmarino*. Am anderen Ende der Tafel standen Platten mit Fisch und Meeresfrüchten, Forelle gefüllt mit gemahlenen Haselnüssen, Blätterteig mit rosaroten Krabben, die man von der Küste gebracht hatte und die jetzt in einer sämigen Sahnesauce schwammen. Brot in Hülle und Fülle, in allen erdenklichen Größen und Formen. Ein weiterer Tisch bot Gold und Silberplatten mit knusprigen *biscotti* und weichem Gebäck, gefüllt mit frischen Beeren. Emailschüsseln waren mit eingelegten Kastanien und gezuckerten Mandeln gefüllt. Aus zwei Füllhörnern ergossen sich Miniaturfrüchte und Blumen, die aus gefärbtem *marzapane* bestanden. Eine Nachbildung des Brautkranzes – rote Rosen, mit goldenen Blättern und langen Bändern verflochten – umzog das traditionelle Mittelstück, ein zartes Gelee aus Mandelmilch, Eiern und Zucker, golden gefärbt mit *zafferano*. In seiner derzeitigen Stimmung wurde ihm schon bei dem bloßen Augenblick all dieser Speisen übel.

Am anderen Ende des Raums entdeckte er Niccolò Machiavelli, der in ein hitziges Streitgespräch mit Daniele verwickelt war. Zweifellos erörterten sie den Aufstand am Himmelfahrtstag. Die boshaften jungen *compagnacci* hatten Santa Maria del Fiore geplündert, wo Savonarola predigen sollte. Sie hatten die mit Öl und Schmutz verschmierte Haut eines toten Esels über die Kanzel drapiert. Außerdem hatten sie Nägel durch das Holz geschlagen, deren Spitzen aus der Kante ragten, auf die Savonarola oftmals, wenn er von seinem Eifer mitgerissen wurde, mit den Händen schlug. Alle Spuren der Entweihung waren beseitigt worden, bis der Mönch kam, um seine Predigt zu halten. Doch ausnahmsweise wurde seine Stimme von den rauhen Stimmen der Jugendlichen übertönt, die von den *arrabbiati* bezahlt wurden. Ein Kampf brach aus, und die Menge geriet in Panik. Als die Anhänger des Mönchs ihn durch die Kirche geleiteten, wurde ein Anschlag auf Savonarolas Leben verübt, aber die Männer konnten abgewehrt und der Mönch wohlbehalten nach San Marco gebracht werden. Die gedungenen Mörder tauchten in der Menge unter. Die Konsequenzen für Savonarola waren gemischt. Die *arrabbiati* wurden zwar allgemein für die Ausschreitung verdammt, doch das Charisma des Mönchs war fortan nicht mehr gar so glänzend. Vor dem Zwischenfall hatte er unverletzlich gewirkt.

Da er neugierig auf ihre Ansichten war, ging Antonio zu Daniele und Machiavelli hinüber, doch dann teilte sich die Menge, und er sah, daß Veronica ebenfalls dort stand. Sie wandte ihm den Rücken zu, daher konnte er ihr Gesicht nicht sehen. Sie hatte gestikuliert, als er sie entdeckte, doch jetzt stand sie still da, als spüre sie seinen Blick. Während des ganzen Tages hatte sie sich so weit von ihm ferngehalten, wie die Höflichkeit es zuließ. Nicht einmal hatte sie seinen Blick gesucht. Als er ihre schlanke Gestalt betrachtete, verspürte Antonio das Bedürfnis, sie anzustarren, bis sie sich umdrehen mußte. Ein kindischer Impuls. Welchen Zweck hatte es? Er zwang sich kehrtzumachen, seinen Rundgang zwischen den Gästen fortzusetzen, zu lächeln und mit all denen herzlich zu plaudern, die gekommen waren, um seinen Hochzeitstag mit ihm zu feiern.

Es war weit nach Mitternacht, als Veronica ihr Zimmer verließ und leise durch den dunklen Korridor ging. Sie versuchte sich möglichst natürlich zu verhalten, damit sie keinen Verdacht erregen würde, falls sie jemandem begegnete. Sie wußte keinen Vorwand zu nennen, warum sie nicht im Bett war. Antonios Zimmer lag nicht in der Nähe des Zimmers einer Person, die sie mit geziemendem

Anstand aufsuchen konnte. Die Küche, wo sie zum Schein um einen Imbiß oder ein Mittel gegen Kopfschmerzen hätte bitten können, lag in der entgegengesetzten Richtung. Doch sie sah und hörte niemanden, als sie ihre geheime Reise zu seiner Tür antrat.

Sie blieb kurz davor stehen, ihr Herz pochte wild vor Wut und ängstlicher Erwartung. Es ist Wahnsinn, reiner Wahnsinn, hierherzukommen, dachte sie. Ein Teil von ihr liebte Antonio, sehnte sich nach ihm, scherte sich nicht um Scham oder die Gefahr der Entdeckung, wenn sie nur seine Leidenschaft kosten konnte, so bitter sie auch war. Ein Teil von ihr haßte ihn dafür, daß er sie in diesen Zustand bringen konnte, deshalb mußte sie dem ein Ende zu machen. Die Wut verlieh ihr Kraft. Wenn sie nur daran festhalten, sie gegen ihn einsetzen könnte! Sie war aus einem bestimmten Grund hergekommen, sie wollte ihn nehmen, wie er sie genommen hatte, ihn verschlingen und dann verlassen. Und sie hatte vor, ihren Stolz wiederherzustellen, der das erste Opfer ihres Krieges gewesen war.

Also legte sie die Hand auf den Riegel, und plötzlich kam ihr der Gedanke, daß er sich eingeschlossen haben könnte. Oder daß er eine der weiblichen Gäste, vielleicht auch eine der kleinen Dienstmägde heute nacht mit in sein Bett genommen hatte, um sich zu amüsieren. Es war durchaus möglich, und sie wußte nicht, ob sie die Demütigung einer solchen Entdeckung ertragen könnte. Die Tür war nicht versperrt, sie glitt geräuschlos ins Zimmer und sah erleichtert, daß nur eine Gestalt auf dem mondbeschienenen Bett ausgestreckt lag. Sie drückte sich mit dem Rücken gegen die Tür, und der gut geölte Riegel schob sich mit einem leisen Klicken wieder vor. Doch selbst dieses leise Geräusch reichte, um Antonio aufzuwecken. Sogleich rollte er vom Bett, nahm einen Dolch vom Tisch und wandte sich ihr zu, geduckt, bereit, den Kampf aufzunehmen. Das hatte sie nicht bedacht, daß ein kampferprobter Mann des Nachts einen gedungenen Mörder erwartete.

Fast ebenso schnell erkannte Antonio sie und richtete sich auf. Dann legte er das Messer wieder auf den Tisch und zündete die Kerze an. Er hielt sie in die Höhe, nicht um seine Vermutung zu bestätigen, sondern um ihr Gesicht zu sehen. Er lächelte, das kleine, raubtierhafte Lächeln, das wie eine Ohrfeige war, dann blies er die Kerze aus, deren Rauch eine gespenstische Spur hinterließ, einen wabernden Streifen in der Luft. Antonio stellte die Kerze wieder auf den Tisch und legte sich rücklings aufs Bett. Er war jetzt nackt, anders als bei ihren bisherigen Begegnungen, und das Haar an seinem Körper hob sich dunkel von seiner helleren Haut ab, spärlicher auf der Brust, von der es sich in einer Linie zu dem wilderen Dreieck rings um sein Geschlecht hinunterzog, das sich unter ihrem Blick regte und sich aufrichtete.

Veronica spürte, wie mit ihrem Verlangen auch ihre Wut wuchs. Er erkannte ihre Absicht und ergab sich ihr, doch seine Ergebung war eine Herausforderung, eine Beleidigung. Warum nicht, wenn er sie zuvor so mühelos, so ganz und gar beherrscht hatte? Er hatte ihr Innerstes berührt, den Kern ihres Wesens, und ihn nach Gutdünken zurechtgebogen. Nehmt Eure Rache, bot er ihr jetzt an. Ihr werdet sehen, daß es mir nichts ausmacht. Er griff nach dem hölzernen Kopfteil des Bettes, bot ihr seinen Körper an, als wäre er ein Sklave, den man zu ihrer Lust angekettet hatte. Er lächelte erneut, ein Lächeln, das kein Sklave wagen würde. Sein Geschlecht war jetzt hart, trat deutlich vor.

Bisher war sein Körper, wenn er sie genommen hatte, in einem Panzer aus Kleidern verborgen gewesen, ausgenommen sein Geschlecht, das er in sie gebohrt hatte. Sie könnte jetzt das gleiche tun, obgleich sie sich danach sehnte, seine Haut an ihrer zu spüren. Deshalb streifte sie den lästigen Morgenmantel ab und ging in ihrem Nachtgewand aus reiner weißer Seide zum Bett. Es fühlte sich kühl und glatt an wie Wasser, das über seinen heißen Körper strömte. Kühl und blauweiß wie das Mondlicht, das sich über seinen erwartungsvollen Körper ergoß.

Veronica kletterte aufs Bett und kniete sich zwischen seine Beine, drückte seine Schenkel auseinander, wollte, daß er sich ebenso entblößt fühlte, ebenso verletzlich wie sie. Sie beugte sich dicht über ihn, sah, wie seine Augen schmal wurden und sich dann schlossen, sein Mund ihrem entgegenkam. Doch sie durfte ihn nicht küssen. Nicht jetzt. Für sie enthielt diese Geste zuviel Zärtlichkeit. Die einfachste und doch größte Vertrautheit. Es wäre zu leicht, ihn wieder zu lieben, wenn sie ihn küßte. Heute nacht wollte sie ihn erobern, so wie er sie erobert hatte. Daher berührte sie seinen Mund nicht mit ihrem, sondern zog seine wie gemeißelten Lippen mit ihrer Zunge nach, glitt über seine Mundwinkel, bis er die Lippen öffnete. Seine Zungenspitze streifte die ihre, ein Schock, der sie durchfuhr und ihn ebenso, denn er keuchte bei der feuchten, verlockenden Berührung. Veronica löste sich von ihm. Was sie ihm heute nacht auch gab – wenn sie ihn verließ, würde er nur mehr wollen.
Sie küßte ihn, jedoch nicht auf den Mund. Ihre Lippen, ihre Zunge spielten an seinem Gesicht, seinen Ohren, seinem Nacken. Die weichen, feuchten Berührungen wechselten mit kleinen Bissen ab, sie strich mit den Händen über seine Wange, sein Kinn oder fuhr ihm durchs Haar, sie riß seinen Kopf zurück, damit ihre Zähne an seinem Hals spielen konnten. Dort war er so empfindlich, daß er zischend die Luft durch die Zähne ausstieß, sein Hals bog sich unter ihrer Berührung. Sie durfte nicht nachlassen. Sie konnte es sich nicht erlauben, zu lange an einer Stelle zu verweilen, oder sie würde sich in der Lust verlieren, ihm Lust zu bereiten. Sie plante jeden weiteren Schritt, folgte ihrer Rachephantasie, paßte sich jeder neuentdeckten Reaktion ihres Liebhabers, ihres Feindes, an.
Sie ging zu seinen Schultern über, seiner Brust, ihre Hände streichelten das feine, abstehende Haar. Ihre Fingerspitzen, ihre Lippen eroberten seine Brustwarzen, die sich zusammenzogen und hart wurden, die kleinen Erhöhungen waren fast ebenso empfindlich wie ihre. Dann zog sie den tiefen Ausschnitt ihres Nachtgewands

herunter und benutzte ihre Brüste, ihre festen Brustwarzen, um ihn zu erregen. Benutzte ihre herabhängende Haarflut, um über seinen Körper zu streichen. Sein Körper streckte und bog sich unter ihrem. Sie spürte seinen inneren Widerstand, als sie ihn zu immer höheren Gipfeln trieb.

Ihre Hände, ihr Mund, ihre Zunge liebkosten ihn überall. Ihr Mund umfing sein hartes Geschlecht, mit den Händen liebkoste sie die weichen Rundungen darunter. Dieser Ansturm auf seine Sinne ließ seine Gegenwehr dahinschmelzen, und er bäumte sich auf, warf sich hin und her, stöhnte vor Lust, verlangte wortlos Erfüllung. Er stöhnte erneut, enttäuscht, als sie sich zurückzog.

Veronica setzte sich rittlings auf ihn, die Seide ihres Nachtgewands breitete sich kühl über seine Schenkel. Sie war bereit, mehr als bereit für ihn, doch sie neckte ihn wieder, zog sein Geschlecht über ihre geschwollenen Lippen, ließ ihn die Nässe zwischen ihnen spüren, zog sich zurück, als er die Hüfte hob, sie zu erreichen versuchte. Er keuchte und zitterte unter ihr, sein Kopf warf sich in lautloser Verweigerung hin und her. Sie konnte die Anspannung, die Muskelstränge an seinen Armen sehen, als er das Kopfteil fester packte. Er wollte sie packen, bestimmen, was geschah, die Kontrolle übernehmen. Aber er hatte die Regeln selbst festgelegt, und er würde sie nicht brechen.

Also wurde dies ihr Ziel. Antonio stöhnte laut, als sie ihn in sich aufnahm, der rauhe Klang übertönte ihr eigenes Keuchen. Sie ritt heftig auf ihm, änderte den Rhythmus, suchte nach dem Winkel, den Bewegungen, die ihn endgültig um den Verstand bringen, ihn die Kontrolle verlieren lassen würden. Sie setzte ihr ganzes Wesen ein, um seinen Körper und seine Seele zu verschlingen, wie er es mit ihr gemacht hatte.

Er stöhnte erneut und stieß wild in sie. Sie stieß herab, wenn er hinaufstieß, ihre Körper drangen wild aufeinander ein, schamlos, in erotischer Raserei gefangen. Mit einem wilden Aufschrei packte er sie, unfähig, sich zu beherrschen. Seine Hände taten ihr weh, und er fluchte, als er mit seinem Körper tief in ihren vordrang. Darin lag Triumph, aber auch Gefahr. Sie hatte ihn besinnungslos gemacht, aber seine Leidenschaft riß sie mit. Sie verlor sich erneut in ihm, sein Verlangen vermischte sich mit ihrem, überwältigte es. Er fühlte gewiß ihr Nachgeben und würde erneut der Sieger sein. Das durfte sie nicht geschehen lassen. Es gab nur eine Weigerung, die stark genug, der seinen ebenbürtig war.

Sie kämpfte gegen ihre Reaktion an, riß sich aus der wilden Ekstase. Als Antonio es bemerkte, schrie er auf, konnte die Explosion in seinem Inneren jedoch nicht aufhalten. Das starke Zittern, das seinen Körper erschauern ließ, überrollte sie, strömte durch sie, drang jedoch nicht bis zu ihrem innersten Kern vor. Zitternd von der Anstrengung, sich zurückzuhalten, sah sie, wie er sich unter ihr aufbäumte und dann stöhnend aufs Bett zurückfiel. Einen Augenblick lang beugte sie sich nur über ihn, hörte das Echo ihres gequälten Keuchens in den rauhen Atemzügen, die er in seine Lunge sog. Dann erhob sich Veronica und glitt vom Bett.

Er streckte die Hand nach ihr aus, ließ sie wieder auf die Bettdecke fallen und ballte eine Faust. »Ihr seid nicht befriedigt, Madonna«, sagte er, und hinter der Feststellung verbarg sich eine Frage.

»Im Gegenteil«, log sie, »ich bin höchst befriedigt. Ich kann mir keine größere Lust vorstellen, als Ihr mir bereitet habt.«

Ihr Morgenmantel lag zerknüllt auf dem Fußboden. Sie hob ihn auf und zog ihn an. Tief in einer Tasche verborgen steckten die sechs Goldmünzen, die er ihr gegeben hatte, für diesen Augenblick dort aufbewahrt. Sie nahm sie heraus und warf sie aufs Bett. Er sah sie an, still und reglos, dann blickte er in ihr Gesicht. »Alles für eine Nacht«, sagte er heiser. »Wie großzügig. Oder bezahlt Ihr im voraus?«

»Zwei für die Vorstellung der heutigen Nacht – die übrigen als Abschiedsgeschenk«, erwiderte sie und ließ ihn dann allein.

Als Veronica die Tür hinter sich schloß, machte sie sich nicht einmal die Mühe, sich im Korridor umzuschauen. Sie hörte nichts, sah niemanden, als sie zu ihrem Zimmer zurückging, und es war ihr inzwischen auch gleichgültig, ob man sie sah. In ihrer kleinen Kammer legte sie sich aufs Bett und starrte zur Decke empor. Einen Augenblick lang fühlte sie nichts. So kalt und leer könnte sie auch in ihrem Grab liegen. Dann erschütterte heftiges Schluchzen ihren Körper, und sie weinte und weinte, bis die furchtbare Spannung in ihr sich gelöst hatte. Erschöpft lag sie auf dem Bett, wartete schlaflos auf die Morgendämmerung. Es nützte nichts, sich an Rache sättigen zu wollen. Um ihn zu besiegen, hatte sie sich weit mehr versagt als körperliche Lust. Es gab keine Abhilfe für die Qualen in ihrem Herzen. Sie hatte ihren ersten und letzten Sieg in dem Krieg davongetragen, den Antonio zwischen ihnen erklärt hatte, und er war bitterer als jede ihrer Niederlagen.

14. Kapitel

DER VOLLZUG

Antonio betrachtete die Gesichter rings um das Hochzeitsbett. Manche waren freundlich und besorgt, doch die meisten lasziv. Dorotea saß steif neben ihm, ihr Rücken berührte nicht einmal die Kissen. Er spürte, wie sie zitterte, und ihre Augen waren verschleiert vor Panik. Eine Brautjungfer mit dem verschlagenen Gesicht einer Nymphe beugte sich über Dorotea und küßte sie auf die Wange, ließ ihre Hand vorn in ihr eigenes Mieder gleiten und betastete ihre harte Brustwarze, während ihr Blick neugierig Antonios Schritt suchte. Luigi leckte sich die Lippen, und Antonio fühlte sich von diesem Mann abgestoßen, dessen Natur so fleischlich war, von so niedriger Gesinnung, daß er seine eigene Tochter entjungfert sehen wollte. Marias Verhalten mochte ihm im Prinzip überlegen sein, wirkte jedoch in der Praxis um nichts besser. Sie bot ihrer Tochter keinerlei Unterstützung, keinerlei Trost, sondern stand leblos wie eine Puppe am Bett, berührte die Perlen ihres Rosenkranzes und bewegte die Lippen in stummem Gebet. Als er sich umsah, entdeckte er Veronica an der Tür, ihr Gesicht war blaß und müde, unter den Augen hatte sie dunkle Ringe. Im flackernden Kerzenschein sah er, daß sie glänzten, als hätte sie Tränen in den Augen. Täuschung oder Wirklichkeit? Er merkte, daß er es nicht ertragen konnte, sie anzusehen.

»Ihr werdet uns jetzt alle verlassen«, sagte er leise, denn er hatte nicht die Absicht, die Hochzeitsgesellschaft mit erotischer Unterhaltung zu versorgen. Er war froh, daß Florenz zivilisiert genug war, daß man auf derlei Amüsement heutzutage nur hoffte, es nicht erwartete. Es gab Aufstöhnen, Proteste und anzügliche Bemerkungen, aber er brauchte es nicht zu wiederholen, und nicht einmal der

betrunkenste Galan versuchte Dorotea zu küssen. Die Zartheit des Mädchens und ihre offensichtliche Furcht zeigten Wirkung, und kurz darauf war er mit seiner Braut allein.
Sie wandte ihm ihr verkniffenes Gesicht zu, ihre Augen glänzten fiebrig in dem wabernden Kerzenlicht, ihre Haut war so wachsbleich wie die Tapete. Wortlos legte sie sich auf das Ehebett, eine magere, verkrampfte kleine Gestalt in ihrem mit Bändern geschmückten Nachtgewand, mit dem zarten Duft von Lavendel und Lilien parfümiert. Ihre Augen waren jetzt geschlossen, ihre Arme steif, ihre kleinen Hände zu Fäusten geballt. Sie zuckte zusammen, als er sacht die Hand auf ihre Schulter legte, um sie zu trösten. Er seufzte, und sie fröstelte wieder.
Antonio empfand keinen Funken von Verlangen für Dorotea, und es würde ihm schwerfallen, sich zu erregen, um ihre Ehe zu vollziehen. Am liebsten wollte er es schnell hinter sich bringen, doch wäre es ein Verbrechen gewesen, ein derart unerfahrenes und verängstigtes Mädchen zu drängen. Sie sollte in dieser ersten Nacht lernen, daß der Liebesakt einer Frau Lust bereiten konnte. Genügend Lust, um ihr über den ersten Schmerz hinwegzuhelfen. Er fragte sich, ob das Kerzenlicht ihr wohl Sicherheit gab oder ob sie die Anonymität der Dunkelheit vorziehen würde. Sie hatte an der Tafel viel Wein getrunken, vielleicht würden noch ein paar Schlucke ihre ängstliche Verkrampfung lockern.
»Dorotea«, sagte er mit bewußt leiser, sanfter Stimme.
Sie hielt die Augen fest geschlossen und flüsterte: »Ihr seid mein Gatte, verfahrt nach Eurem Willen mit mir.«
Ihre Lippen bewegten sich, und er sah, daß sie betete. Dann überlagerte plötzlich das Bild ihrer Mutter ihr Gesicht, ihren Körper. Maria lag vor ihm, kalt und verkrampft, die ihren Körper unerbittlich haßte und was sie an Leidenschaft besaß, nach innen richtete, um eine krankhafte Spiritualität zu nähren. Plötzlich kam ihm die Situation unsäglich sinnlos vor. Nur die Ironie all dessen war eine Art trauriger Trost. Antonio hätte beinahe laut

aufgelacht, brachte aber nur einen kleinen Laut heraus, ein müdes, angewidertes Prusten. Er konnte die Dummheit des Ehekontrakts nicht fassen, mit dem er sich selbst gefesselt hatte. Er hatte Mitleid mit dem armen Mädchen, und plötzlich wußte er, daß er es niemals über sich bringen würde, sie zu berühren. Wenn Gott sie wollte, sollte er sie haben. Antonio wollte sie nicht, weder jetzt noch irgendwann später.

»Habt keine Angst mehr, Dorotea«, sagte er leise. »Ich werde … meine ehelichen Rechte nicht in Anspruch nehmen. Ihr dürft ruhig schlafen.«

Sie schlug die Augen auf und packte sein Hemd. »Es ist meine Pflicht, Eure Begierden zu ertragen. Eine christliche Ehefrau bietet ihrem Gatten ihren Körper dar, damit seine tierischen Gelüste im Ehebett geheiligt werden und sein Samen in ihren Schoß gelangt. Auf diese Weise wird das Tierische in das Himmlische verwandelt. Mein Schmerz und mein Leid wird neue Seelen zum Ruhme Gottes gebären.«

Sie hatte sich vor der erotischen Begegnung gefürchtet, und Antonio hatte Dankbarkeit erwartet. Statt dessen war sie gekränkt, aufgebracht – trotz ihrer Angst sehnte sie sich nach ihrem Martyrium. Sein erster Eindruck traf zu. Gleichgültig, wie vorsichtig er körperlich mit ihr umging, selbst wenn er sich zu einem Versuch zwingen könnte, von ihr würde er keinerlei Reaktion empfangen. Sie würde nicht zulassen, daß Lust die häßliche Wonne gegenseitiger Erniedrigung schmälern würde. Er sah entsetzt, wie sie ihr Nachtgewand bis über ihre Hüften hochzog und ihm ihre kindlichen Lenden darbot, den kleinen Hügel, der nur mit wenigen spärlichen Haarlocken geschmückt war. Sie war mitleiderregend und obszön, diese zögernde Zurschaustellung, die ihn, so begriff er, in wilde Lust versetzen sollte. Sanft nahm er ihr den zarten Stoff aus der Hand und bedeckte sie wieder.

»Ihr seid sehr jung, Dorotea, zu jung, um eine Braut zu sein, geschweige denn eine Mutter. Ich kann mich in Eu-

rer Gegenwart bezähmen, bis ihr ein wenig älter seid«, entgegnete er. Er hoffte, daß sie sich bis dahin an die Enthaltsamkeit gewöhnt hatte, sie vorzog.
»Ihr werdet nicht anderswo Befriedigung suchen?« erkundigte sie sich furchtsam, wußte bereits, daß er sie abschlägig bescheiden würde. Als er nicht antwortete, sondern nur schwieg, funkelte sie ihn an und wandte sich dann ab, rollte sich zusammen. Sie hatte ihr Martyrium, jetzt würde sie zufrieden sein, dachte er zynisch. Er erhob sich kurz, löschte die Kerzen aus, dann streckte er sich neben Dorotea aus, achtete darauf, sie nicht zu berühren, und deckte sie beide zu. Die Gebete setzten wieder ein, *sotto voce*, ein lispelndes Gemurmel, das immer weiterging, bis der schwere Wein endlich selbst ihre überreizten Nerven betäubte und sie in unruhigen Schlaf fiel.

Eine Stunde lang lag Antonio neben seiner neuen Gattin und starrte in die Dunkelheit, bis diese zu einem trüben Grau verblaßte. Schließlich schlug er geräuschlos die Bettdecke zurück und stand auf, betrachtete kurz seine schlafende Braut, die sich immer noch abweisend zusammengerollt hatte. Seine Hochzeitsnacht mit Beatrice, so erinnerte er sich, war ein Fiebertraum der Ekstase gewesen. Ein Traum, der zu einem Alptraum geworden war. »Endlich belohnt«, murmelte er bitter, »mit einer tugendhaften Gattin.« Er wußte nicht, warum er der Welt und seiner selbst so überwältigend überdrüssig und müde war. Die meisten Ehen wurden arrangiert, um Vermögen und Ansehen der beteiligten Familien zu vermehren. An seinen Gründen, dieser Verbindung zuzustimmen, hatte sich nichts geändert. Gewiß, er war kein Gefangener dieser Bindung. Ehefrau und Ehemann, die zum beiderseitigen Vorteil der Familie vereint worden waren, konnten in gewissem Maße ihr eigenes Leben führen. Er würde seine Gattin ihrem religiösen Fanatismus überlassen und seine eigenen Interessen anderswo verfolgen.
Sein Entschluß der heutigen Nacht stellte sicher, daß es keine Kinder geben würde, um die es Streit geben konnte,

jedenfalls nicht von ihr. Da war die Frage eines Erben, doch er konnte einen Bastard zeugen und ihn legitimieren. Sich eine passende Mätresse aussuchen – eine weitere Komplikation. Im Augenblick tat es ihm leid, daß er sich in der Vergangenheit solch große Mühe gegeben hatte, um eine Empfängnis zu verhindern. Ausgenommen, dummerweise, bei Veronica. Er hatte gehofft, sein Leben zu vereinfachen, indem er in den Schoß seiner Familie zurückkehrte, ihren Wünschen entsprach. Jetzt schien sein künftiger Weg qualvoll zu sein.

Er konnte nicht länger in dieser Brautkammer mit ihren durchdringenden Gerüchen nach Kerzenwachs und welken Blumen, abgestandenem Wein und Heiligkeit bleiben. Deshalb zog er Morgenmantel und Schuhe an, dann ging er leise zur Tür. Sie ließ sich leise öffnen, und er trat in den verlassenen Korridor, dankbar, daß niemand dort war, der ihn fragen konnte, warum er das Zimmer verließ. Ferner Lärm war zu hören, die Geräusche des Gelages, das immer noch im Gange war. Er wandte sich in die andere Richtung, wobei ihm die Treppe einfiel, die zum Turm führte. Von seinen eigenen bedrückenden Gefühlen fast erdrückt, sehnte er sich nach der kühlen Nachtluft.

Am Fuß der Treppe blieb er kurz stehen, blickte in den Korridor, der zu Veronicas Zimmer führte. Plötzlich spürte er das Bedürfnis, mit ihr zu sprechen. Dieser Impuls verblüffte ihn, da er kein erotisches Element zu enthalten schien, nur Sehnsucht nach ihrer Gegenwart, dem Klang ihrer Stimme. Die Erinnerung an ihr heiseres Timbre erweckte wieder die Leidenschaft ihn ihm – mit elementarer Kraft. Bilder von ihr erfüllten seine Gedanken, in all ihrer Widersprüchlichkeit, und sein schmerzender Geist empfing sie mit großem Sehnen. Er stellte sich ihren lieblichen, geschmeidigen Körper vor, erinnerte sich, wie ihre Arme und Beine ihn umschlangen, als er sie das erste Mal umarmte. Sie blickte zu ihm auf, mit geöffneten Lippen, ihre grauen Augen waren verschleiert vor Verlangen. Er seufzte bedrückt, als er sich entsann, wie er ihre Reaktionen ermutigt, dann verächtlich gemacht hatte, sie für schamlos,

schlimmer als schamlos hielt – für eine Hure. Vielleicht war sie es. Doch wie rein erschien ihm diese flammende Leidenschaft jetzt, verglichen mit der eisigen Keuschheit seines Ehebetts.
Antonio lachte hart auf und wandte sich von Veronicas Tür ab. sie würde nicht auf ihn warten. Nein, sie hatte genug von seiner Anmaßung. Gestern nacht hatte sie ihm seine Arroganz voll und ganz vergolten. Veronica würde im Festsaal sein, bei den anderen Feiernden, lachen, tanzen, ihren Liebhaber für diese Nacht auswählen – Stefano oder einen anderen, der ihre Gunst ebenso zu würdigen wußte. Dann stand ihm ein anderes Bild von ihr vor Augen, wie sie in seiner Brautkammer stand, in ihren beschatteten Augen Tränen glänzten. Vielleicht hatte sie sich doch von den Festlichkeiten zurückgezogen. Doch selbst wenn sie in ihrer Kammer war, würde sie ihn heute nacht nicht willkommen heißen. Das hatte sie unmißverständlich klargemacht.
Antonio ging die Treppe hinauf; die Stufen aus bernsteinfarbenem Marmor waren von Kerzen erhellt, die in ihren Ständern flackerten. Oben auf dem Treppenabsatz öffnete er die paneelierte Tür zum mondbeschienenen Heiligtum des Turms.
Vor ihm umrahmte das luftige Bogenfenster einen großen Vollmond und eine einsame schlanke Gestalt, die in oszillierendes Licht getaucht war. Das blasse, helle Licht ließ das Rot der Haare erkennen, die ihr über die Schultern flossen. Veronica. Die geraden Linien ihres Gewandes waren die ihres Morgenmantels, nicht des üppigen Kleides, das sie zuvor getragen hatte. Noch eine ruhelose Seele, die der Vergnügungen des Abends überdrüssig war und Trost in der weiten, gleichgültigen Schönheit des Sternenhimmels suchte?
Doch das fragte er nicht. Statt dessen kam aus seinem Mund ein ungebetenes, häßlich sarkastisches »Wartet Ihr auf Gesellschaft?«
Es hätte natürlich so sein können, aber er wußte, daß es nicht so war. Sie zuckte unter dieser Anschuldigung nicht

einmal zusammen, stand nur da und sah ihn an, reglos, und ihre Haltung verbarg ihre Miene, während sie sein Gesicht im hereinströmenden Mondlicht sehen konnte. Er trat vor, stand auf gleicher Höhe des offenen Bogenfensters des Turms, sie wandte sich ihm zu, und ihr Gesicht war nicht länger von ihrem eigenen Schatten verschleiert. Er stand wie gebannt da, schaute in ihre Augen, als schaue er in einen Spiegel, sah dort all seine Gefühle gespiegelt. Sein Stolz war dort, ließ ihr Gesicht zu einer blasse Maske erstarren, hinter der ein Meer von Schmerz aufbrandete. All seine Gefühle der Sinnlosigkeit und seine Verzweiflung blickten ihm entgegen. Er schloß die Augen, entzog sich dem Anblick ihres Gesichts. In dieser selbstgewählten Blindheit hallte seine Einsamkeit endlos, unerträglich wider.

Von seiner eigenen Dunkelheit umschlossen stand er da und spürte, wie sich sacht ihre Arme um ihn legten, tröstend, und sein Körper versteifte sich abweisend, während seine Seele danach verlangte, sich dieser Zärtlichkeit zu ergeben. Da wußte er, daß der Spiegel trotz der Gefühle, die sie in diesem Augenblick teilten, nicht ganz stimmte. Sie war von einer Großzügigkeit, die seine weit übertraf, von einem gebenden Herzen, das sich ihm selbst dann zuwandte, wenn er seines verschloß. Als er das erkannte, waren alle anderen Urteile, die er sich über sie gebildet hatte, mit einem Schlag bedeutungslos.

Ich liebe sie, dachte er, und sie liebt mich. Ich habe sie und mich selbst verraten. Als er sich das eingestand, ergriff das Gefühl sein ganzes Inneres, eine süße Flut, die ihn durchströmte. Es schien Antonio, als könne er die Verletzlichkeit, die damit verbunden war, nicht ertragen, und sämtliche Instinkte des Selbstschutzes, die er in den vergangenen zwölf Jahren genährt hatte, bäumten sich auf, kämpften dagegen an, versuchten das Gefühl zurückzudrängen. Sämtliche Instinkte, bis auf das Verlangen, seine Liebe auszudrücken. Sämtliche Instinkte außer jenem, der in dieser Frau eine verwandte Seele erkannte. Sich seinen Gefühlen zu ergeben war furchteinflößend, doch sich ih-

nen zu verweigern wäre Feigheit. Erschauernd ergab er sich, umarmte sie ebenfalls, drückte sich an ihren Körper, der ihm den Atem benahm.
Sanft, er ist so sanft, dachte Veronica, als Antonio sie an sich zog. Aber sie war nicht überrascht, sie nahm nur hin, was ihr Herz längst gewußt hatte. Als seine Arme sie umschlossen, verschwand all ihre schmerzliche Bitterkeit, und zurück blieb eine tiefe Erleichterung, in der sie Freude erkannte. Sie bewegten sich wie in einem Traum. Er küßte sanft ihr Gesicht, sein Mund liebkoste ihre Wange, ihre Schläfe, ihre Stirn, strich über ihr Ohr, ihr Kinn, ihren Hals. Sie murmelte seinen Namen, und sein Mund kehrte zu ihren Lippen zurück, seine Zungenspitze zog ihre Konturen nach, spielte an ihren Mundwinkeln, suchte größere Nähe. Ihre Lippen öffneten sich, um ihn in ihren Mund aufzunehmen, berauscht von dem reichen Weingeschmack. Seine Zunge erkundete sie langsam, seine Bewegungen waren träge, sinnlich und zielsicher, erforschten die Geheimnisse der ersten Öffnung ihres Körpers.
Veronica öffnete die Augen, als er kurz zurücktrat und sie schweigend ansah. Langsam streifte er seinen Morgenmantel ab, dann den ihren und warf sie zu Boden, der dunkle Samt fiel wie ein Schatten auf den gemusterten Marmor. Eine zweite, weiß schimmernde Schicht verhüllte noch ihre Körper. Antonio zog sein Hemd aus und streifte ihr das Hemd von den Schultern, das auf ihre Füße herabrieselte. Jetzt waren sie nackt. Sie betrachtete ihn und fand ihn wunderschön, schlank und vornehm, wie sich die Haut über seinen hervortretenden Muskeln spannte. Seine Haut schimmerte blaß im Mondlicht, das Haar auf seiner Brust war dunkler, glatt und seidig wie wildes Gras, an seinen Lenden rauher, dichter gelockt, rahmte sein Geschlecht ein.
Später würde sie ihn berühren, liebkosen, ihn in den warmen, feuchten Mittelpunkt ihres Körpers aufnehmen, wie sie ihn in ihren Mund aufgenommen hatte. Jetzt lächelte sie nur und wartete, offen, erwartungsvoll. Er hatte sich ihr gefühlsmäßig verweigert und mußte jetzt zu ihr kom-

men, mit Körper und Seele. Es war keine bewußte Entscheidung, die sie fällte, nur ein sicheres inneres Wissen, daß er sie erwählen mußte, wie sie ihn erwählt hatte.
Seine Arme umfingen sie erneut, und er bettete sie auf das samtene Lager auf dem Fußboden. Sie seufzte, als sein Mund über ihren Körper wanderte, sie mit Küssen bedeckte. Seine Lippen strichen über ihre Schultern, über die Senke zwischen ihren Brüsten, über ihren Bauch, und seine Zunge spielte an ihrem Nabel. Seine Hände, sein Mund wanderten zu ihren Brüsten hinauf. Sie schrie leise auf, als seine Lippen ihre Brustwarzen umfingen, Funken stoben in ihr auf, als er abwechselnd an den kleinen Erhebungen saugte.
Er streichelte sie beruhigend, seine Hände glitten über ihren Bauch und ihre Hüften, an ihren Seiten entlang. Ihr eigenes Sehnen öffnete ihren Körper seiner Berührung, ihre Beine öffneten sich hilflos, noch bevor seine Fingerspitzen weiterglitten, ihre seidenweichen Oberschenkel liebkosten. Seine Lippen folgten seinen Händen an ihren Beinen entlang, die feuchte Wärme seines Mundes glitt über ihre glatte Haut und suchte ihren pulsierenden Mittelpunkt, nahmen ihn mit einem Kuß in Besitz. Er preßte die Lippen sanft auf ihre zarten, geschwollenen Lippen, dann öffnete er sie. Seine heiße Zunge berührte sie, leckte sie, erkundete ihr geheimes, pulsierendes Herz. Sie war wie gebannt vor Lust, konnte sich kaum rühren, schluchzte unter seinen Berührungen, öffnete sich ihm. Sein Mund blieb dort, seine Lippen, seine Zunge, seine Zähne umfingen sacht die winzige Knospe, lockten sie, drängten sie zur Erfüllung. Freude erblühte in ihr, eine brennende Blume, die in einer Feuerwolke explodierte, ihr Fleisch, ihr Bewußtsein löste sich in eine Million Partikel schimmernden weißen Lichts auf.
Die Leidenschaft ebbte ab, ihr langsamer Rückzug ließ Veronica benommen und trunken vor Euphorie zurück. Antonio hatte sich neben sie gelegt, seine Arme umfingen sie. Sie schmiegte sich an ihn, fuhr mit den Fingerspitzen durch das weiche, feste Haar auf seiner Brust. Als ihre

Trägheit allmählich nachließ, konzentrierte sie sich wieder auf ihn und spürte die Muskeln an seinen Armen. Sie preßte sich an ihn, und sein erregtes Geschlecht streifte ihr Bein. Er zitterte bei dieser flüchtigen Berührung. Sein Verlangen vibrierte wie eine süße, schmerzliche Musik in ihr, weckte Sehnsucht in ihrem Körper. Heute nacht war er noch nicht in ihr gewesen, und sie wünschte sich diese Erfüllung. Er hatte ihr herrliche Freuden geschenkt, aber er hatte sich ihr noch nicht gegeben. Sie bat ihn, wie sie es noch nie zuvor getan hatte, rief ihm leise zu, ihre Hände lockten ihn. »Ja, kommt in mich«, flüsterte sie. »Jetzt, Antonio, jetzt.«

Er stöhnte und legte sich auf sie, zog ihren Körper an sich. Sie spürte, wie ihre Beine geöffnet wurden, seine umfingen, wie er ihre Hüften hob. Er beugte sich vor, und sie schrie auf vor Erstaunen, als sein Geschlecht das ihre berührte; heftiges Verlangen flammte in ihr auf. Er preßte sich an sie, drang jedoch nicht in sie ein. Ihre Körper warteten zitternd, sie hielten einander lange fest, dann wich er ein wenig zurück und sah sie an.

Seine Augen bestanden nur aus seinen Pupillen, schwarz wie Onyx in der mondgetränkten Nacht, Leidenschaft blitzte in ihren Tiefen auf, dunkel, heftig. Aber es war nicht der leidenschaftliche Zorn, den sie in anderen Nächten dort hatte brennen sehen, als er sie so grob genommen hatte. Heute nacht war es die heiße Flamme des Schmerzes, ein Aufflackern von Angst. Er hatte ihr seine Zärtlichkeit geschenkt, seine Sanftheit, aber in ihm war immer noch dieses dunkle Leid, das er vor ihr zurückhielt. Von Beginn an hatte sie es in ihm gespürt, es mit allem anderen an ihm geliebt. Sie hatte sich ihm in all ihrem Schmerz, all ihrem Stolz ergeben, ihm ihre tiefsten Verletzungen gezeigt. Sie sah in seine Augen, in diese innere Dunkelheit, in die er sich vor ihr zurückzog. »Mein Schmerz für den Euren«, sagte sie, bot ihm einen Austausch von Geschenken an.

Antonio atmete nun schneller, und sie spürte, wie er sich versteifte. Auch wenn sein Verstand es nicht ganz begriff, sein Geist verstand ihre Bitte. Er gab ihr plötzlich, ganz und gar nach, gab jede Selbstbeherrschung auf, drang in sie ein, seine Stöße waren verzweifelt, nicht brutal. Seine Hände packten ihr Haar, umklammerten schmerzhaft ihre Schultern. Sie stöhnte, nicht dieses kleinen Schmerzes, sondern seines tieferen Schmerzes wegen. Als er ihr Stöhnen hörte, schwächten seine wilden Stöße sich zu langsamen, qualvollen Bewegungen ab, unter denen er sich wand, gegen eine innere Mauer anrannte, sein Körper sich erschauernd schüttelte. Der Kampf ging weiter und weiter, bis Veronica die Qual seiner Leidenschaft nicht mehr ertragen konnte. Ihr Geist griff blind in die schwarze flammende Dunkelheit, um die noch tiefer verborgene Flamme des Lichts in seinem Kern zu berühren. Antonio ächzte, als sei etwas in ihm zerbrochen, dann schrie er ihren Namen, und seine Stimme war erfüllt von angstvoller Ekstase. Sie schluchzte ebenfalls seinen Namen, als er sich befreit in sie ergoß, heiß wie Tränen.

Er lag keuchend neben ihr, schluchzte fast, als sie seinen schweißnassen Körper streichelte. Schließlich atmete er gleichmäßiger, rückte näher an sie heran, erschöpft, zufrieden murmelnd. So lagen sie noch lange Zeit, ließen sich in der nachfolgenden bittersüßen Stimmung treiben. »Ich liebe dich«, sagte er schließlich, seine schlaftrunkene Stimme war gedämpft an ihrer Schulter, von einem reichen, milden Klang, den sie nie zuvor an ihm gehört hatte. Und dann, immer noch schlaftrunken, wiederholte er es leise, beharrlich, kam jedem Widerspruch zuvor, ob ihrem oder seinem eigenen. »Ich liebe dich. Liebe dich. Liebe dich.«

»Ja«, sagte sie. »Ja, Liebe,« Endlich hatte sie Frieden gefunden, strich sanft über seinen Körper, so leicht wie die nächtliche Brise.

Seufzend rieb Antonio seine Wange an der ihren und atmete den Duft von Rosen und Sandelholz in ihrem Haar ein. Ich liebe, dachte er. Das Gefühl, das aus seinem Inneren hervorgebrochen war, schien sich mit der Nacht selbst vermischt zu haben und umfing sie jetzt beide. Oder vielleicht hatte sich die Liebe, die er für Veronica empfand, die sie für ihn empfand, mit der Liebe an und für sich verbunden, der universellen, allumfassenden Liebe. Er lächelte schwach über seine philosophischen Betrachtungen. Der vollendete florentinische Edelmann, der Vorträge über das Wesen der Liebe hielt, während er in den Armen seiner Geliebten lag. Das Lächeln wirkte bitter, und Antonio stellte fest, daß sein alter, weltmüder Zynismus nicht gänzlich verschwunden war, sondern sich unbehaglich neben seiner Glückseligkeit einrichtete, düstere Warnungen ausstieß, ärgerlich und doch schutzbietend angesichts seiner leichtgläubigen Verzückung.

Während sie so dalagen, wurde der Nachtwind schärfer, ein kalter Hinweis auf die Wirklichkeit, der über ihre nackte Haut strich. Antonio setzte sich auf, um ihre Morgenmäntel um sie beide zu wickeln, lehnte sich dann gegen die Steinwand, zog Veronica an sich. Die Mehrheit seiner Standesgenossen hätte verächtlich über seine Skrupel gelacht. Er hatte in ein und derselben Nacht eine reiche Gattin und eine leidenschaftliche Geliebte gewonnen – je mehr, um so besser. Warum sollte er sich beunruhigen? Er sollte sein Glück einfach mit der gebotenen Vorsicht genießen. Aber er spürte in seiner Seele, daß er seine Gattin in den Armen hielt.

Unter ihnen war fernes Gelächter zu hören, ein Rufen, Fackeln, Pferdehufe. Ein Teil der Hochzeitsgesellschaft brach auf. Veronica löste sich aus seinen Armen und erhob sich. »Ich muß gehen«, sagte sie.

Er stand auf, zog sie fest an sich. »Ihr werdet mein sein.« Es war ein Schwur.

»Ich bin Euer«, sagte sie, dann wich sie seinem forschenden Blick aus. »Sosehr ich kann.«

Sie drehte sich um und war sogleich verschwunden; er blieb allein zurück, fröstelnd im kalten Nachtwind.

15. Kapitel

DAS GESTÄNDNIS

Seine Mutter lag im Sterben. Der Arzt sagte, sie werde die Nacht nicht überstehen. Sobald sie von der Hochzeit zurückkamen, hatten ihre Kräfte sie verlassen, als sei dieses Ereignis alles, was sie noch am Leben erhalten hatte. Der Priester hatte schon vor Stunden die Letzte Ölung vorgenommen. Jetzt war es fünf Uhr morgens, die Kerzen verloschen, die Luft war kalt und schwer von bevorstehendem Regen. Einige der treuesten Diener hielten Wache im Korridor. Dorotea war oben, sie schlief wohl inzwischen, nahm Antonio an. Er war froh über ihre Abwesenheit. Ihr frommes Gerede ging allen auf die Nerven, und ihre offensichtliche Angst und ihr Widerwille angesichts des Zustandes seiner Mutter machte sie im Krankenzimmer nutzlos.

Erschöpft von Schlaflosigkeit stand Antonio in der Tür und blickte auf das von Kerzen beleuchtete Bild vor ihm, ein schweigendes Duett des Kummers. Seine Mutter lag auf dem Bett ausgestreckt, inzwischen nur noch wenig mehr als Haut und Knochen. Ihr Haut war blaß, gelblich. Sein Vater saß an ihrem Bett, streichelte die Hand seiner Frau. Er merkte nicht, daß sein Sohn eingetreten war, nahm ihre Hand und drückte sie an seine Lippen. Dann legte er sie wieder auf die Bettdecke und faltete die Hände, als bete er. Antonio fühlte mit seinem Vater. Giorgio di Fabiani schloß die Menschen nicht schnell ins Herz, aber wenn er es tat, dann ganz und bedingungslos. Soweit Antonio wußte, hatten nur Alessandro und seine Mutter seine ungeteilte Liebe besessen.

Antonio trat leise vor und stellte sich hinter seine Eltern. Seine Mutter schlief unruhig, jeder flache, ungleichmäßige Atemzug kostete sie Anstrengung. Sein Vater starrte sie blind, reglos an. Antonio begrüßte ihn leise und legte die Hände auf seine steifen Schultern, doch selbst diese kleine Geste schien ihm unerträglich zu sein. Sein Vater wich vor seiner Berührung zurück, stand rasch auf. Er warf einen kurzen Blick auf Antonio, sein Gesicht war grimmig und verschlossen. »Jetzt kannst du bei ihr sitzen«, sagte er kalt. »Ruf mich, wenn sich irgend etwas ändert.«

Er verließ das Zimmer. Antonio setzte sich auf den Stuhl am Bett. Sein Vater wollte seinen Trost in diesem gemeinsamen Schmerz nicht annehmen. Wenn er nicht einmal das annehmen konnte, dann würde ihr Tod sie noch weiter auseinandertreiben. Ich empfinde immer noch etwas für meinen Vater, dachte er, aber er wird mir niemals die Absolution erteilen. Es ist einfach so, unabänderlich. Die Worte hallten in ihm nach, dumpf, schmerzhaft. Er spürte nicht ihre Bedeutung, sondern nur seine eigene Leere.

»Antonio?« Ihr Flüstern war fast unhörbar.

»Ja, Mutter.« Er nahm ihre Hand in seine, streichelte sie, wie sein Vater es getan hatte. Hatte sie doch nicht geschlafen, oder hatte ihr kurzer Wortwechsel sie aufgeweckt? Ein Ausdruck des Schmerzes huschte über ihr Gesicht, verzerrte es, und er spürte, wie sich vor Mitgefühl auch seine Gesichtsmuskeln verzogen. Als sie sprach, war ihre Stimme dünn und rauh. »Ich hätte dich nicht nach Hause zurückholen sollen. Aber ich wollte dich wiedersehen, Antonio. Ich liebe dich. Ich mußte dich wiedersehen.«

»Natürlich solltet Ihr mich zurückholen. Ich wollte hier bei Euch sein. Ich liebe Euch auch, Mutter.«

»Ich hatte mir so viele Hoffnungen gemacht.« Sie seufzte. So viele Hoffnungen. Nun, sie hatte gerade so lange gelebt, bis er verheiratet war, aber jetzt hatte sie keine Kraftreserven mehr. Die Enkel, die sie in den Armen zu halten gehofft hatte, waren ein unmöglicher Traum, zumindest Enkel von Dorotea. Aber das würde sie niemals erfahren.

»So viele Hoffnungen«, wiederholte sie. »Aber ich hatte Angst, weil Ihr beide nicht glücklich seid.«

Er wünschte verzweifelt, sie wäre weniger einfühlsam,

oder aber einfühlsamer. »Wie konnte ich glücklich sein, wenn Ihr krank seid? Wenn es Euch wieder besser geht …«
Sie runzelte die Stirn und schüttelte den Kopf, wies seine Lüge zurück. Ihre Augen forschten in seinem Gesicht. »Seit der Hochzeit ist alles besser, nicht wahr? Ich sehe die Veränderung an dir. Du bist jetzt glücklicher, nicht wahr?«
War Veronicas Wirkung denn so offensichtlich? Es mußte so sein, wenn seine Mutter es hinter dem Elend, das ihr bevorstehender Tod in ihm erzeugte, und der Last seiner absurden Ehe wahrnahm. Er haßte es, sie zu täuschen, doch die Wahrheit würde ihr sinnlosen Schmerz zufügen. Wichtig war nur, daß er Freude, Trost gefunden hatte, selbst wenn es nichts mit der gehemmten Kindsbraut zu tun hatte, die sie für ihn ausgewählt hatte. Er lächelte und antwortete sanft: »Ja, jetzt ist es besser.«
»Antonio.« Ihre Augen waren riesengroß, flehend. »Antonio … ich möchte dich um etwas bitten.«
»Ja, Mutter?« erwiderte er zögernd, voll düsterer Vorahnungen angesichts ihrer plötzlichen Heftigkeit. Worum konnte sie ihn noch bitten, was er ihr, der sie um ihrer Güte, ihrer Liebe zu ihm willen liebte, nicht abzuschlagen vermochte?
»Du mußt deinem Vater vergeben, Antonio. Ihr ähnelt einander zu sehr.«
Ihre Worte ließen ihn frösteln. Er hatte nie daran gedacht, daß er seinem Vater ähneln könnte, ausgenommen in bestimmten Gesichtszügen, bestimmten oberflächlichen Eigenschaften. Giorgio di Fabiani war in vieler Hinsicht bewunderungswürdig, dennoch waren sie sehr unterschiedlich. Er war nicht so kalt und reserviert, so autokratisch, so stolz. Nun, stolz vielleicht und mißtrauisch, auf keinen Fall jedoch so tyrannisch. Antonio schmeichelte sich mit dem Gedanken, daß seine Sicht der Welt weit flexibler und progressiver war als die seines Vaters.
»Du hast mehr Wärme, mehr Leichtigkeit, mehr Mitgefühl. Aber du bist wie er, Antonio. Deshalb ist es so schwierig für dich. Keiner von euch beiden liebt schnell.

Alles reicht so tief. Alessandro war unbedacht, ganz Gefühl, kein Verstand. Du brütest, du trägst deinen Schmerz im verborgenen mit dir herum und läßt nicht das Licht deine Wunden heilen.«
»Ich brauche ihm nicht zu vergeben, Mutter. Ich habe meine Verbannung als gerechtes Urteil akzeptiert, und er hat sie aufgehoben.«
»Nein, nicht das, nicht die Verbannung. Nicht das. Du mußt ihm verzeihen«, sagte sie wieder und drückte matt seine Hand. »Und du mußt auch mir vergeben, weil ich dich belogen habe. Ich fürchtete um sein Leben und um deines. Jetzt fürchte ich um seine Rettung. Er wird nicht bereuen. Mord ist eine Sünde – eine schlimme Todsünde.«
»Was«, flüsterte Antonio. »Was?«
»Ich bitte dich darum.«
»Welcher Mord?« fragte er, obwohl er es jetzt wußte, wie er es bereits damals hätte wissen müssen.
»Beatrice«, sagte sie. Sie sprach stockend, und ihre Lippen zitterten vor Sorge oder vor Angst. »Ich habe ihr nie gesagt, du würdest sie fortschicken. Sie hat sich nicht selbst getötet. Dein Vater tötete sie, wegen Alessandro.«
Er war ein Narr gewesen, das Wort seiner Mutter ernst zu nehmen. Vertrauen und Schuld hatten ihn blind gemacht. Beatrices Tod war kein Unfall gewesen, auch kein Selbstmord oder göttliche Vergeltung, sondern ein Urteil! O ja, jetzt paßte alles zusammen.
»Antonio. Antonio, bitte. Lach nicht so«, bat seine Mutter. »Antonio, du tust mir weh.«
Er ließ sie los. An ihrem Arm blieben Flecke zurück, Abdrücke seiner Finger. Antonio ballte die Fäuste und schluckte das finstere Lachen hinunter, obwohl er nicht wußte, wie er sonst die anschwellende Woge von Zorn und Kummer, das Gefühl der Sinnlosigkeit entladen sollte, die in ihm aufstieg. »Wie lange wißt Ihr es schon?«
»Seit der Nacht, als es geschah. Hätte ich es dir damals gesagt, dann hättest du ihn vielleicht getötet, Antonio.«
»Vielleicht.« Ja, vielleicht hätte er es getan. Er hatte Beatrice geliebt, obwohl er von ihrem Verrat wußte.

»Ich wollte auch ihren Tod, Antonio. Sie war schön, schön wie ein Engel, aber ihre Seele war die Verdorbenheit selbst. Sie hat uns zerstört. Uns alle.« Seine Mutter schluchzte. »Ich war froh, daß sie tot war, heilfroh.«
Er nahm ihren entkräfteten Körper in seine Arme, drückte sie an sich, wiegte sie. »Ich auch«, sagte er, denn das war die Wahrheit. Er haßte Beatrice und liebte sie. Wollte ihren Tod. Wollte sie selbst im Tod. Ihr Geist war noch um ihn, ein Sukkubus, der ihn verfolgte.
»Versprich mir, daß du ihm verzeihen wirst.«
»Ich werde ihn nicht töten«, sagte Antonio. Mehr konnte er nicht versprechen. All diese Jahre hatte er geglaubt, die Verantwortung für ihren Tod, ebenso wie für den seines Bruders, laste auf ihm. All diese Jahre, in denen er wünschte, er wäre ebenfalls tot, seine eigene Vernichtung auf dem Schlachtfeld suchte. Sich haßte, das Leben haßte.
Zitternd schloß Antonio die Augen. Wäre es so anders gewesen, wenn er die Wahrheit gekannt hätte? Vielleicht nicht. Er wußte nur, daß der Betrug seines Vaters schlimmer schien als der Beatrices. Und wenn er jetzt daran dachte, wie unterwürfig er bei seiner Rückkehr gewesen war. Wie er nach Anzeichen für die Vergebung seines Vaters gehungert hatte, einem Funken Zuneigung.
»Bitte …« Ihre Stimme war voller Furcht.
»Nein«, sagte er, wußte nicht, wollte nicht wissen, was sie noch wollte. Er konnte ihr keine Versprechen mehr geben. »Nicht mehr.«
»Antonio, hilf mir«, keuchte sie, ihre Nägel zerkratzten seine Hand. Als er aufblickte, sah er Blut aus ihrem Mund, ihrer Nase rinnen. »Antonio.« Erstickt, gurgelnd.
»Nein, Mutter. Nein!« rief er.
Aber es war bereits zu spät. Sie bäumte sich auf und versteifte sich, brach dann zusammen, lag schlaff in seinen Armen. Antonio bettete ihren Körper auf die Laken. Ihre Augen waren offen, ihr Blick starr und blind. Er schloß sie. Auf dem Nachtschrank fand er Arzneiflaschen, Tücher und eine Schüssel Wasser. Antonio befeuchtete ein

Tuch und wischte ihr das Blut vom Gesicht. Dann faltete er ihre Hände vor ihrer Brust. Er wollte ein Gebet sprechen, nicht aus eigenem Glauben, sondern um ihretwillen. Seine Lippen bewegten sich, als wollten sie die Worte formen, aber nichts kam heraus. Er schüttelte den Kopf. Was hatte es für einen Sinn? Sie war tot.

Er hörte ein Geräusch und wandte sich um. Sein Vater stand hinter ihm, starrte auf den Leichnam seiner Frau.

»Leonora?« flüsterte er, obwohl er wußte, daß es keine Antwort geben würde.

»Sie ist tot«, sagte Antonio unverblümt, zu betäubt vor Kummer, um sich zu beherrschen.

»Tot?«

»Seit wenigen Augenblicken.«

»Ich hatte dir gesagt, du solltest mich rufen«, sagte sein Vater.

»Es war keine Zeit.«

»Ich hatte dir gesagt, du solltest mich rufen«, beharrte er, jetzt vorwurfsvoll.

»Es geschah ganz plötzlich. Wir redeten gerade ...«, begann Antonio, dann brach er ab, als ihm einfiel, was sie gesagt hatten.

»Ich hätte bei ihr sein sollen! Es stand mir zu, nicht dir. Mir!« rief sein Vater. Er holte aus und schlug Antonio ins Gesicht.

Antonio taumelte, stolperte gegen den Tisch und stieß ihn um. Glas und Geschirr zersplitterten auf dem Steinfußboden. Wasser und Medizin ergossen sich über ihn, als er zu Boden fiel. Die Luft roch nach Alkohol. Schockiert von dem Schlag, blickte Antonio von dem Scherbenhaufen auf. Es war unglaublich, absurd. Sein Vater war eifersüchtig. So eifersüchtig, daß er selbst den Tod seiner Gattin allein für sich haben wollte. Erneut wallte das düstere Lachen in Antonio auf, unkontrollierbar. Er hörte die Stimme seiner Mutter, die Worte, die sie gesprochen hatte, als er sie wiedersah: »Nur einmal habe ich mich ihm widersetzt, um deinetwillen.«

»Wie kannst du es wagen!« Mit wutverzerrtem Gesicht

riß sein Vater ihn hoch und schleuderte ihn gegen die Wand. Er schlug ihn immer wieder ins Gesicht. Antonio spürte einen grellen Schmerz, als der Ring seines Vaters seine Wange aufplatzen ließ. »Wie kannst du es wagen zu lachen!«

Zorn stieg in Antonio auf, schwarz und verzehrend. Sein Arm holte zu einem Schlag aus, der seinen Vater zurückprallen ließ. Antonio setzte ihm nach und packte ihn. Sie rangen einen Augenblick lang miteinander, dann fielen sie auf den Boden, kämpften in dem Chaos aus vergossenen Flüssigkeiten und zerbrochenem Glas. Antonio nahm den Hagel von Schlägen, der auf ihn niederprasselte, kaum wahr, die erbitterte Gegenwehr, die immer schwächer wurde. Er wußte selbst nicht, was ihn wieder zu sich kommen ließ – ein erstickter Laut, der erlahmende Widerstand. Als er hinuntersah, lagen seine Hände um den Hals seines Vaters, er erdrosselte ihn langsam, unausweichlich. Sein Vater starrte ihn an, seine Augen waren vor Wut und Schrecken geweitet. Ein Schauer durchlief Antonio, und er spürte, wie sein Griff fester wurde. Er holte tief Luft, zwang sich loszulassen und aufzustehen. Dann packte er das Gewand seines Vaters und zog ihn hoch.

»Ich habe ihr mein Wort gegeben, Euch nicht zu töten. Treibt mich nicht dazu, mein Versprechen zu brechen«, sagte er kalt, und sein Gesicht war nur wenige Zentimeter von dem seines Vaters entfernt. Dann schob er ihn von sich weg.

Würgend, keuchend wich sein Vater zurück, beobachtete Antonio angestrengt. »Dein Versprechen?« fragte er heiser.

Antonio lächelte grimmig. »Sie hat mir von Beatrice erzählt.«

»Beatrice. Weißt du, daß sie mich verführen wollte, diese kleine Hure, die du in unser Haus gebracht hast?« zischte sein Vater. »In jener Nacht ging ich zu der Treppe, auf der Alessandro gestürzt war, und dort fand ich sie. Der Sohn, den ich liebte, war ihretwegen tot. Da wollte ich sie töten,

allerdings hätte ich es letztlich wohl doch nicht getan. Vielleicht las sie es in meinem Gesicht, denn sie sah sehr ängstlich aus. Aber sie lief nicht fort, deine Beatrice. Deine Hexe. Sie schlang die Arme um meinen Hals und küßte mich auf den Mund. Küßte mich! Ich brach ihr das Genick. Ich spürte, wie es unter meinen Händen knackte. Als ich sie losließ, fiel ihr Körper die Stufen hinunter, als wäre sie gestürzt oder gesprungen. Es tat mir nicht leid. Sie mußte sterben. Du hättest sie selbst töten sollen. Statt dessen tötetest du deinen Bruder. Du hast mit deiner Lust unsere Familie zerstört.«
Verblüfft starrte Antonio seinen Vater an, dessen Gesicht von Wut und Kummer verzerrt war. Doch sein Vater senkte zuerst den Blick, überschattet von Schuldbewußtsein. »Sie hat uns zerstört. Uns alle«, hörte er seine Mutter sagen. »Ihr wolltet sie auch«, sagte er dumpf, erkannte die Wahrheit, die sein Vater niemals zugeben würde. »Deshalb habt Ihr sie getötet.«
Sein Vater wandte sich von ihm ab und ging zum Bett. »Hinaus«, flüsterte er. »Laß mich mit meiner Frau allein.«
Antonio ging. Ignorierte die furchtsamen, fragenden Blicke der Diener, die im Korridor warteten, und ging nach oben. In dem Wohnzimmer zwischen ihren getrennten Schlafzimmern, das sie gemeinsam benutzten, fand er Dorotea. Ohne seine Zustimmung hatte sie dort einen Altar errichtet, Kerzen und Rauchwerk brannten vor einer Statue der Jungfrau. Sie kniete betend davor, vollzog ihre heiligen Rituale für eine Frau, für die sie nichts empfunden hatte. Als sie ihn eintreten hörte, blickte Dorotea über ihre Schulter, dann stand sie hastig auf. Sie drückte den Rosenkranz an ihre Brust, wich zur Wand zurück und starrte ihn an. In diesem Augenblick haßte er sie aus tiefster Seele. Ihre feige Angst weckte in ihm den Wunsch, sie zu schlagen. »Raus«, fuhr er sie an. Dorotea ließ ihren Rosenkranz fallen und lief zur Tür hinaus.
Antonio unterdrückte den Impuls, den Altar zu zerschmettern und das ganze Zimmer zu demolieren. Er riß sein durchnäßtes Wams herunter, schleuderte es von sich

und sank in einen Sessel am Feuer, schaute blind in die Flammen. Nach einer Weile kam Giacomo herein. Er tappte durchs Zimmer, öffnete die Vorhänge und löschte die Kerzen. Antonio wollte nur allein sein. Er wollte Giacomo gerade hinausschicken, doch als er aufsah, weinte sein Diener stumm, die Tränen liefen ihm übers Gesicht. Daher sagte er nichts, wandte sich nur dem ersterbenden Feuer zu. Nach einer Zeitlang kam Giacomo mit einem weichen Tuch und einer Schüssel heißen Kräuterwassers zurück. Antonio merkte, daß seine Wange immer noch blutete, und an den Beinen hatte er Schnitte von den Glassplittern. Er hob die Hand, wehrte Giacomo ab. Er konnte es jetzt nicht ertragen, berührt zu werden. Das feuchte Tuch wurde ihm in die Hand gedrückt. Antonio zerknüllte es und drückte es an sein Gesicht. Leise entfernte Giacomo sich und setzte sich auf einen Stuhl am Fenster. So saßen sie da, ohne ein Wort zu sagen, als das kalte Licht der Morgendämmerung langsam das Zimmer erfüllte. Nach einer Weile begann es zu regnen.

16. Kapitel

DAS GEWITTER

Ein Blitz zuckte hinter dem Fenster auf, das weiße Licht erhellte Veronicas Schlafzimmer. Donner grollte in der Ferne, sein tiefer Baß unterlegte das Prasseln des Regens. Es hatte den ganzen Tag und die ganze Nacht wie aus Kübeln gegossen. Da Veronica nicht schlafen konnte, stieg sie aus dem Bett. Sie legte ihren Samtmorgenmantel um ihre Schultern und kniete auf dem Läufer vor dem Kamin nieder. Das Holzscheit glimmte in stumpfem Scharlachrot, und sie warf Anmachholz hinein, um das Feuer anzufachen, dann fügte sie noch ein Holzscheit hinzu. Die wachsenden Flammen waren das einzige Licht im Zimmer, bis wieder ein Blitz aufzuckte. Der Donner war diesmal viel näher. Veronica stand auf und ging ruhelos im Zimmer auf und ab.

Gewöhnlich versetzten Gewitter sie in Hochstimmung, und diese überreizte Erregung ergriff sie auch jetzt, doch die endlose Trostlosigkeit des hinter ihr liegenden Tages bedrückte sie. Den ganzen Morgen über hatte sie die Last eines unerklärlichen Kummers gespürt, noch bevor der Bote am Mittag mit der Nachricht des Todes von Antonios Mutter erschienen war. Morgen, oder richtiger heute, würde ihr Leichnam im Mausoleum der Fabiani beigesetzt. Ihre Familie würde dem Begräbnis beiwohnen, also würde sie ihn sehen. Sie teilte seinen Kummer, doch der Trost, den sie ihm spenden konnte, würde von den Grenzen des Anstands behindert werden. Sie ging auf und ab, und das Wissen um dieses Hemmnis lag ihr schwer auf der Seele.

Spontan öffnete Veronica die Tür und ging barfuß auf den Balkon, von dem man auf den Garten sah. Sie schaute in den Regen hinaus, der wie ein durchsichtiger silberner

Schleier vor dem nächtlichen Dunkel schimmerte, dahinter glitzerten geisterhaft die Umrisse von Bäumen und Pflanzen. Irgendwo hinter der Mauer wieherte ein Pferd. Es konnte irgend jemand sein, ein Fremder, der vorbeiritt, doch Veronica spürte, wie ihr Körper sich erwartungsvoll anspannte. Antonio, es konnte nur Antonio sein. Der Morgenmantel glitt von ihren Schultern, als sie vortrat und das Geländer umklammerte. Im nächsten Augenblick sah sie eine Bewegung hinten im Garten, eine verhüllte Gestalt kletterte auf die Mauer, kauerte sich nieder, blickte durch den Garten zum Balkon herüber, wo sie vor dem schwachen Licht ihres Zimmers in ihrem dünnen Hemd stand. Er sprang in den Birnbaum an der Mauer, dann kletterte er in der Nähe des Ankleidezimmers auf den Balkon. Als er auf sie zulief, eilte Veronica ihm entgegen, warf sich in seine Arme.

Antonio hob sie hoch, küßte sie heftig, dann vergrub er sein Gesicht an ihrem Hals. Sie spürte jede Bewegung doppelt intensiv, die Kraft seiner Arme, seinen schlanken, festen Körper, der sich an ihren preßte, seine kalten Lippen, dann seine heiße Zunge, die in ihren Mund stieß. Doch intensiver als jede körperliche Empfindung war der gefühlsmäßige Strudel, in den sie gerissen wurde, ein dunkler Wirbel aus Zorn und Schmerz, aus Verlangen und verzweifeltem Glück.

»Veronica«, flüsterte Antonio rauh. »Ich muß wahnsinnig sein, einfach so hierherzukommen. Ich wußte nicht, wie ich dich vorfinden würde.«

»Ich habe auf dich gewartet«, flüsterte sie, so in ihre Gefühle versunken, daß sie erst jetzt die Wahrheit erkannte.

Er lachte, ein kurzes, atemloses Lachen an ihrem Hals. Veronica wußte, daß er es nicht glaubte, nicht buchstäblich, wie sie es gemeint hatte, doch sein Mund suchte den ihren, küßte sie wieder und wieder, als könne er es nicht ertragen, den Kontakt zu brechen. Er war durchnäßt bis auf die Haut. Sein Körper zitterte, obwohl er es anscheinend nicht bemerkte. Sie zitterte ebenfalls, und das spürte er, zog sie noch näher an sich, versuchte sie an seinem kalten Körper zu wärmen. Dann gab er zögernd ihre Lippen frei und trug sie über den Balkon zurück in ihr Zimmer. Benommen vor Schock und Erregung, klammerte Veronica sich an ihm fest. Wieder zuckte ein Blitz auf, und der Donner war ein Echo seines und ihres Herzschlags.

Veronica preßte das Gesicht an seine Brust und nahm den starken Geruch von Sattelleder wahr, vermischt mit der nassen Wolle seines Umhangs und dem klaren, kalten Duft des Regens, die den herben Geruch seines Körpers fast übertönten. Dieser Duft war warm und würzig, wie Rauch, der von einem mit Erde bedeckten glühenden Holzscheit aufstieg. Sie atmete den herben Duft ein, der ihr berauschend zu Kopf stieg. Dann legte sie den Kopf an Antonios Schulter, blickte in sein Gesicht. Seine Wange war verletzt, ein auffallender diagonaler Schnitt zog sich bis zu seinem Mund hinunter. Besorgt hob Veronica die Hand, berührte forschend mit den Fingerspitzen seine Haut unter der Wunde, zog sie nach. Sein düsterer, gequälter Blick begegnete ihrem.

»Antonio, sag mir …«, begann sie, doch er brachte sie mit einem Kuß zum Schweigen.

»Sag nichts mehr«, bat er. »Ich brauche dich. Ich muß in dir sein.«

»Ja«, flüsterte sie unhörbar, die Worte ließen sie erbeben. Sie brauchte es ebenso, wollte, daß er sich in ihr verlor und wiederfand.

Antonio trug sie durch die offene Tür, drückte sie hinter sich zu und legte Veronica auf den Läufer vor dem Kamin. Sie stützte sich auf die Ellbogen, um ihn zu betrachten. Er trat ans Feuer, löste seinen Umhang und warf ihn beiseite, sein hungriger Blick glitt über ihren Körper. In dem scharlachroten Licht sah sie, daß das dünne Leinen ihres Hemdes naß von seinen Kleidern war. Feucht, durchsichtig klebte es an ihrer Haut, ließ ihre aufgerichteten Brustwarzen sehen, die kleine Höhlung ihres Nabels auf ihrem glatten Bauch, das weiche Dreieck zwischen ihren Beinen. Veronica wußte, was er empfand, denn sie spürte die gleiche erotische Spannung beim Anblick seiner Brust, die nur schwach von seinem blassen, regendurchnäßten Seidenhemd verhüllt war. Man sah das Haar, eine weiche, schwarze Spur auf seiner Haut. Seine Brustwarzen waren kleiner und dunkler als ihre, nicht rosig, sondern durchscheinend rot. Als sie daran dachte, wie es war, ihn zu liebkosen, ihn zu schmecken, berührte sie ihre eigene Brust, keuchte, als Lust sie durchströmte, wie ein Blitz durch ihre Adern schoß. Er sah sie an, und sie hob ihr Hemd, enthüllte, was kaum verborgen gewesen war. Antonio holte scharf Luft, dann zog er seine nassen Kleider aus, warf sie ungeduldig von sich. Nun stand er nackt vor ihr, über ihr, bereits erregt, der gerötete Schaft hatte sich aufgerichtet. Das Licht des Feuers hinter ihm färbte seine Haut scharlachrot, die Glut warf wabernde Schatten wie ausgebreitete Schwingen auf ihn. Sein Blick suchte den ihren, die undurchdringliche Schwärze zog sie zu ihm, in sein Inneres. Hier stand ihr dämonischer Liebhaber, furchtbarer noch, melancholischer als jener, den Veronica in ihren Träumen beschworen hatte. Er war ein wildes, verdammtes Geschöpf der Nacht, ein Wesen der Elemente Wind, Regen und Feuer, und sein Anblick weckte jedes elementare Gefühl in ihr. Sie fröstelte, als Wasser von seinem nassen Haar auf sie tropfte, jeder eiskalte Tropfen ihre Haut zu versengen schien. Feuer strahlte von ihrem Herzen aus, setzte jeden Nerv ihres Körpers in Brand, eine süße Qual. Sie öffnete die Beine, bot sich ihm dar.

Sogleich kniete Antonio zwischen ihren Oberschenkeln. Er beugte sich über sie, küßte ihr Gesicht, Hals, Schultern, er liebkoste ihre Brüste, ihren Bauch, ihre Schenkel. Ihre Hände verflochten sich in seinem Haar, drängten ihn, näher zu kommen. Antonio schlang seine Arme um ihre Hüften und hob sie an seinen Mund. Seine Lippen öffneten die Lippen ihres Geschlechts. Mund, Zähne und Zunge nahmen ihren feuchten, geschwollenen Mittelpunkt in Besitz. Sein Mund war drängend, bettelte, forderte, wollte sie schmecken, sie in sich aufnehmen. Lust durchfuhr sie, und sie wollte mehr. Er trank von ihr, als sei er verdur-

stet, sein Hunger, seine Erregung steigerten sich zu gierigem Verlangen.
Veronica schrie auf, als sein Mund sich zurückzog, nachdem er ihr Verlangen ins schier Unendliche gesteigert hatte. Sie griff nach ihm, und Antonio schmiegte sich in ihre Arme. Sein Mund preßte sich wieder auf ihren, seine Zunge schmeckte nach ihren Säften. Sie war trunken, schwindelig von dem Trank seiner Leidenschaft, sein verschlingender Kuß riß sie in einen wirbelnden Strudel des Gefühls.
Sie umschlang ihn, spürte seine Oberschenkel, seine Hinterbacken, die warm vom Feuer waren. Sonst war sein Körper kalt, ausgenommen sein heißes, hartes Geschlecht, das ihren offenen Kern suchte. Als seine Zunge in ihren Mund stieß, fand sein Geschlecht ihren Eingang. Er stöhnte, als er in sie eindrang, und seine tiefe Stimme erfüllte sie, drang in ihr Inneres, tiefer noch als seine Zunge, sein Geschlecht. Sie umklammerte ihn, stöhnte ebenfalls. Sein Begehren war eine sengende Dunkelheit, die sie durchdrang, verzehrte. Flamme und Flut vermischten sich und verschmolzen in einem Rhythmus, der ihr in Geist und Seele drang, bis sie sich ebenso heftig, kummervoll, leidenschaftlich wand wie er.
Die Erlösung wollte nicht kommen. Er kämpfte erneut, doch nicht gegen sie. Ein neuer innerer Schutzwall schloß sie aus, ein dunkles Geheimnis in seinem Herzen. »Sag es mir«, flüsterte sie wieder.
»Ich liebe dich«, sagte er. »Ich liebe dich.«
Doch das waren nicht die Worte, die sie hören wollte. Nicht die Worte, die er sprechen sollte. »Antonio ...«, bat sie, doch er küßte sie erneut, sein Mund und seine Zunge befahlen ihr, zu schweigen.
Ihre Leidenschaft vereinte sich nicht. In den aufgewühlten Gegenströmungen seines Verlangens gefangen, kämpften ihre Körper gegeneinander. Antonio änderte ihre Stellung immer wieder aufs neue, hob und drehte sie, suchte nach dem Höhepunkt, um sie beide zu erlösen. Nichts schien genug zu sein. Er kniete und

nahm sie rittlings auf seinen Oberschenkeln sitzend. Sie sank gegen ihn, umhüllte sein Geschlecht, als er ihres durchbohrte, bewegte sich in einem langsamen, sehnsüchtigen Tanz auf ihm. Aber es nützte nichts. Antonio bog sie nach hinten, beugte sich über sie und legte ihre Beine auf seine Schultern, stieß tief in sie. Jeder Stoß war ein scharfes, stechendes Entzücken, steigerte ihre Lust und ihr Verlangen. Er ließ sie wieder sinken, drehte sie um, drückte sie auf die Knie. Ihr Gesicht war gegen den weichen, rauhen Läufer gepreßt, ihre Hüften streckten sich ihm entgegen. Er drang hart und schnell ein, ihre Hüften hielten ihm stand, eine unnachgiebige Mauer der Lust. Es war nicht genug, nicht genug. Keuchend legte er sich auf sie. Ihr Atem war ein schmerzliches Schluchzen. Der Regen peitschte gegen das Fenster, ein Sturm aus Tränen.
Ächzend vor ungestillter Begierde, drehte Antonio sie wieder zu sich um, zog sie an sich. Sein Körper war jetzt heiß und naß von Schweiß, und sie schlang Arme und Beine um ihm. Veronica spürte, wie sein Griff fester wurde, wie seine Zähne mit jedem Kuß fester bissen, als ihre Lust sich immer mehr dem Schmerz näherte. Ihr Mund suchte sich ebenfalls ein Ziel. Er warf keuchend den Kopf zurück, als sie in seine Schulter biß. Sein Griff wurde schmerzhaft. Sie biß noch stärker und spürte Blut, heiß und salzig auf ihrer Zunge. Ihr Mund trank den Schmerz seines Körpers, wie ihr Herz den Schmerz seiner Seele trank. Antonio drückte sie auf den Boden, seine Hüften stießen gegen die ihren, ein einziger verzweifelter Stoß, der sein Geschlecht tief in ihrem vergrub. Ein Blitz hüllte sie in sein grellweißes Licht. Donner krachte, eine große dunkle Welle brach über sie herein. Antonios Stöhnen vermischte sich mit dem Getöse, anhaltend und heftig wie das Zittern, das seinen Körper erfaßte. Sein heißer Samen ergoß sich in sie, und diese glühende Ekstase brachte endlich auch ihr Erlösung. Veronica rief seinen Namen und preßte ihn an sich, als sie ebenfalls erbebte.

Erschöpft, immer noch zitternd, lagen sie umschlungen da, horchten auf die Geräusche des Regens und des Feuers, die mit ihrem ungleichmäßigen Atem verschmolzen. Antonio seufzte tief und legte den Kopf auf ihre Brust. Jetzt wirkte er nicht mehr dämonisch, nur auf süße, traurige Art menschlich. Die Ringe unter seinen Augen waren keine Schatten des Feuers. Trotz der Spuren der Erschöpfung wirkte er eigentümlich jung. Sie konnte das Kind und den Jüngling in dem Mann erkennen, ebenso die Spuren der Jahre, die das Alter immer tiefer eingraben würde. Und jedes dieser Gesichter war wunderschön. Sie rätselte über den Schnitt an seiner Wange, den kleineren Schnitten überall an seinem Körper. Nach einer Weile riß er sich aus seiner Trägheit und wandte ihr sein Gesicht zu.
»Du hast geweint«, flüsterte er besorgt. »Habe ich dir weh getan?«
»Ich habe für dich geweint«, erwiderte sie. Sie hatte es nicht gewußt, hatte nur die Macht seiner Gefühle gespürt, seine Wut und seine Qual, die sich in sie ergossen. Der Schmerz in ihm war so vermischt mit der Lust, daß sie sie nicht zu trennen vermochte.
Er schüttelte den Kopf, runzelte leicht die Stirn. »Ich will dir Freude bringen.« Seine Finger strichen über ihren Arm, verhielten auf den Spuren, die sich dunkel gegen ihre helle Haut abhoben. »Ich habe dir doch weh getan.« Seine Stimme war rauh, er klagte sich selbst an.
»Es ist nichts.«
Er sah sie wieder an. »So bin ich manchmal, wenn der Tod mir zu nahe kommt.«
Eine Warnung. Er begriff nicht, daß sein Schmerz sie viel tiefer verletzte als diese vergänglichen Spuren. »Du mußt deine Mutter sehr geliebt haben.«
»Ja«, erwiderte er, und diesen Kummer zeigte er ihr. Seine Augen wurden feucht. »Sie wollte so gern leben, trotz ihrer Leiden. Ihre Liebe zu uns ließ sie an ihrer Qual festhalten. Wenigstens liegt das jetzt hinter ihr. Wenn es einen Gott gibt, wird er sie in sein Licht aufnehmen. Wenn nicht, wird sie selbst in der Dunkelheit Frieden finden.«

Die Tränen liefen ihm über die Wangen, aber er wandte sich nicht von ihr ab. Er schloß kurz die Augen und holte tief, zitternd Luft. Als er sie öffnete, waren die Tränen versiegt. Sie strich mit den Fingern über die glänzende Spur, dann zog sie erneut seine auffallende Wunde nach.
»Wie ...«, begann sie, doch schon bei diesem Wort versteifte er sich, und über sein gerade noch offenes Gesicht legte sich plötzlich ein Schatten, der die Antwort verhüllte. Als die Stille andauerte, lächelte er, verzog ironisch die Lippen, neigte jedoch den Kopf und küßte sie zart auf den Mund. Er schloß wieder die Augen, vergrub erneut sein Gesicht zwischen ihren Brüsten, und sein Körper lockerte sich. Sie streichelte sein Haar, und kurz darauf war er eingeschlafen.
Veronica seufzte. Sie hatte ihn verstehen wollen, damit sie ihn trösten konnte, doch Schweigen war das Verstehen, der Trost, den er von ihr erbat. Keine Erklärungen, sondern der Trost, das Vergessen in der körperlichen Vereinigung. Ihre Fragen hatten nur den Schmerz geweckt, dem er zu entkommen suchte. Aber er war ihm nicht entkommen, hatte ihn nur gelindert. Die Wunde in seiner Seele reichte weit tiefer als die Wunde an seiner Wange. Bereits jetzt verdunkelte Kummer ihren Frieden, und eine tiefe Enttäuschung, die nur sie empfand. Erklärungen zu verlangen hieße, Antonios Wünsche zu leugnen. Sie nicht zu verlangen hieß, ihre Wünsche zu leugnen. Ihre Körper hatten einander nie geleugnet, und dennoch hielt er immer noch seine Gefühle vor ihr zurück. Würde er ihr niemals vertrauen? Sich ihr niemals ganz mitteilen, weder in Worten und Gedanken noch in der Sprache der Sinne? Nun, Vertrauen konnte man nicht fordern. Er hatte gerade erst gelernt, sie zu lieben ... oder zu erkennen, daß er sie von Beginn an geliebt hatte. Ihr Liebesspiel heute nacht war eher grimmig als zärtlich gewesen, aber es war ein Kampf, den sie gemeinsam ausgefochten hatten, nicht ein Krieg, den sie gegeneinander führten.
Das Holzscheit im Kamin zerfiel, Funken stoben. Antonio erschrak, dann setzte er sich auf. Sie merkte, daß die kur-

ze Ruhepause ihn noch mehr erschöpft hatte. »Schlaf wieder ein, mein Liebster.«

»Ich muß jetzt gehen.« Er fuhr sich durchs Haar, preßte die Handflächen an seine Schläfen, als hätte er Kopfschmerzen.

»Bleib noch«, drängte sie ihn, weil sie sah, wie dringend er Ruhe brauchte, weil sie sich danach sehnte, ihn eine Nacht lang im Arm zu halten. »Bleib noch ein wenig länger. Ich halte Wache und wecke dich morgen früh auf.«

Er nahm ihr Gesicht zwischen seine Hände und küßte sie, kostete ihre Zärtlichkeit. Dann hob er sie auf und trug sie zum Bett, legte sie auf die kühlen, zerknüllten Laken. »Ich wünsche mir nichts sehnlicher, als in deinen Armen zu schlafen«, flüsterte er. »Aber du könntest leicht einschlafen. Und diesen Skandal können wir uns nicht leisten.«

Veronica wollte sagen, daß es ihr nichts bedeutete, doch dann fiel ihr ein, daß an diesem Tag das Begräbnis seiner Mutter stattfand. Sie zog die Decke bis an ihr Kinn und bezähmte sich, sah still zu, wie Antonio seine verstreuten Kleider einsammelte. Er schien abwesend, als er in seinen schweren Umhang eingewickelt zu ihr zurückkam. Sein Blick war bekümmert, als er sich über sie beugte und sie küßte.

»Auf Wiedersehen, meine Liebste«, flüsterte er.

Das Unwetter hatte sich gelegt, und es nieselte nur noch, als Antonio an den Toren zum Landgut die Zügel anzog. Die Zypressen standen da wie wartende Trauergäste. Schwärzer noch als die hellere Dunkelheit der Nacht, schaukelten sie hin und her, bogen sich leicht in dem rastlosen Wind. Antonio fröstelte und zog den Umhang enger um sich. Die Wolle war zwar feucht, wärmte ihn dennoch, anders als die kalte, klamme Seide an seiner Haut. Er wünschte, er wäre so klug gewesen, seine Kleider vor dem Feuer auszubreiten, bevor er sich seiner Leidenschaft überließ. In jenem Moment hatte er nur an Veronica denken können, ihr leuchtendes, schmelzendes Licht, das ihn lockte wie eine zarte Flamme. Sie hatte ihn gewärmt, die Eiseskälte aus seinem

Körper und seiner Seele vertrieben. Er mußte sie verlassen oder das Risiko eingehen, sie zu kompromittieren. Gewärmt und schläfrig hatte er sich dem unmittelbaren Ergebnis seiner achtlosen Erregung stellen müssen, einem Haufen nasser Kleider. Es war äußerst unangenehm, sie wieder anziehen zu müssen.

Nun ja, er würde bald ins Bett kommen. Er würde vielleicht drei Stunden Schlaf in drei Tagen bekommen. Das würde reichen müssen. Er würde im Morgengrauen aufstehen müssen, um die letzten Vorkehrungen für das Begräbnis zu treffen. Nur der Respekt für seine Mutter ließ ihn heute auf das Gut zurückkehren. Er würde es nicht ertragen, nach dieser letzten Zeremonie noch viel länger hierzubleiben. Morgen würde er sich nach einem Wohnhaus in Florenz umsehen und Pläne für die Zukunft machen. Das Haus, in dem er seine Kindheit verbracht hatte, würde nichts anderes mehr für ihn sein als ein Grabmal. Die Zahl der Toten überwog die der Lebenden. Seine Mutter, Alessandro, Beatrice. Was blieb ihm hier noch? Die Zuneigung seiner Ehefrau, seines Vaters? Seine Liebe zu ihnen? Er würde Dorotea hier zurücklassen. Ihr wäre es zweifellos lieber. Sollte sie doch seinen Vater trösten. Sie verdienten einander.

Ein Schauer der Furcht durchlief Antonio. Der einzige Weg, der ihm jetzt offenstand, war, das Landgut zu verlassen; hierzubleiben würde sich nicht nur als schwierig erweisen, es wäre auch gefährlich. Das Verhältnis zwischen ihm und seinem Vater war aufgeladen mit Gewalt. Das gesellschaftliche Ritual des Begräbnisses war der einzige verbleibende Puffer zwischen ihnen. Danach würde die Gewalt bald losbrechen. Antonio fragte sich, wie lange dieser Haß gegen seinen Vater bereits in ihm lauerte, in einem dunklen Winkel seines Inneren verborgen, wo er auf die Macht dieser Enthüllung gewartet hatte, um sich zu befreien. Bisher hatte ihn sein Schuldbewußtsein daran gehindert, ihn zu fühlen. Schuldbewußtsein und Hoffnung. Wie hatte er sich danach gesehnt, nach Florenz zurückzukehren, und jetzt war es um nichts besser als ein

vergoldeter Käfig. Seine Ehe war eine Farce. Das Erbe, nach dem er solche Sehnsucht empfunden hatte, das ihm so teuer war, zerfiel zu Staub. Staub und Asche. Er hatte sich verkauft, um es zu erhalten, und es war völlig wertlos. Ohne Veronica würde er schon morgen darauf verzichten und nach Venedig zurückkehren – oder nach Rom.
Plötzlich lachte Antonio laut auf, schwindelnde Erleichterung vertrieb seine Bitterkeit. »Nun ja«, sagte er in die Dunkelheit, »das wäre die Lösung für all diese Schwierigkeiten.«
Er hatte diese Zukunft teuer bezahlt, doch es war eine Zukunft, die noch in ihr Gegenteil verwandelt werden konnte. In den Jahren der Verbannung hatte er seine Freiheit verdient. Jetzt würde er sie wieder zurückkaufen. Er hatte Cesare Borgia einmal das Leben gerettet, in einer Wirtshausschlägerei, die der Spanier wegen irgendeiner albernen Angelegenheit, wegen verletzter Eitelkeit angezettelt hatte. Sie hatten einander nie nahegestanden, und derlei Schulden konnten in einem so stolzen Menschen wie Cesare ebenso Ärger wie Dankbarkeit erzeugen. Da Antonio des sprunghaften Charakters Cesares ebenso überdrüssig war wie der politischen Fallstricke, die der Umgang mit den Borgia bereithielt, hatte Antonio nie Vorteil aus diesem Vorfall gezogen. Jetzt würde er es tun. Dorotea war noch Jungfrau. Da er die Ehe nicht vollzogen hatte, sollte es möglich sein, eine Annullierung zu erwirken. Vor allem wenn die Borgia seinen Fall unterstützten. Die Gerüchte über den Plan des Papstes, die Ehe Lucrezias zu annullieren, hatten sich bestätigt. Würde ihre bevorstehende Scheidung seine eigene Eingabe fördern oder behindern? Auf jeden Fall würde es viel Geld kosten, vielleicht mehr Geld, als die Sache es wert war. Die Borgia waren habgierig. Die Schuld, in der Cesare bei ihm stand, würde höchstens ein paar Worte wert sein, die er dem Papst ins Ohr flüsterte. Um die Kardinäle zu seinen Gunsten unter Druck zu setzen, würden die Borgia ein kleines Vermögen verlangen und vermutlich ebenso ge-

wisse persönliche Dienste. Wenn ihm die Annullierung gewährt wurde, würde die Mitgift wieder an ihre Familie zurückfallen. Dort würden die höchsten Kosten entstehen, und nicht nur in klingender Münze. Gold besänftigte nicht verletzten Stolz oder kittete zerbrochene Allianzen. Der Zorn und die Bitterkeit, die die Annullierung zwischen den Familien säen würde, wäre ein sehr hoher Preis. Die Gefahr einer Fehde wäre größer, wenn er in Florenz blieb, aber er würde nicht bleiben. Nachdem er diesen Entschluß gefaßt hatte, würde er auf keinen Fall länger in Florenz bleiben, als er brauchte, um seine Angelegenheiten zu regeln, gleichgültig, wie die Frage der Annullierung ausging. Ganz Italien, ganz Europa wartete auf ihn, dort konnte er seine eigene Welt erbauen. Als Verbannter hatte er gelernt, ohne Familie zu leben, hatte begonnen, Gefallen daran zu finden. Es würde ihm nicht schwerfallen, zu seinem alten Leben zurückzukehren.

Bis auf Veronica. Er wollte Veronica nicht verlassen. Sie war das einzig Wertvolle, was er hier gefunden hatte. Er wollte sie sofort nach Rom mitnehmen, doch das wäre Wahnsinn. Der Skandal konnte sowohl ihren guten Ruf als auch seine Aussicht auf eine Annullierung zerstören. Aber später, wenn er endgültig übersiedelte, konnte es mit mehr Diskretion in die Wege geleitet werden. Ihr Ruf mußte irgendwie geschützt werden – obwohl jeder wissen würde, daß sie seine Mätresse war. Diese Heuchelei war so dumm.

Würde sie Florenz denn überhaupt verlassen und mit ihm fortgehen wollen? Er war sich dessen sicher, aber diese Sicherheit konnte reine Anmaßung sein. Er wußte so wenig über sie. Sie hatten kaum miteinander geredet. Ob zärtlich oder gewalttätig, die Leidenschaft hatte jede ihrer Begegnungen bestimmt. Er wußte nicht, wofür sie sich entscheiden würde, was sie brauchte, um anderswo glücklich zu sein. Wenn nötig, konnten sie ihren gesamten Haushalt nach Venedig oder Rom verlegen. Vielleicht ließ Daniele sich überreden, dort ein Atelier zu eröffnen. Sie schien dem armen Narren gegenüber, mit dem man sie verheiratet hatte, starke Beschützerinstinkte zu haben. Antonio dachte, daß er ihn und seinen Diener ebenfalls unterbringen könnte. Und den Hund natürlich und die Katze. Zweifellos würde sie ihre scharfäugige Urgroßmutter, die Zigeunerin, ebenso mitnehmen wollen. Welch eine bunte Menagerie aus Menschen und Tieren er sich zusammen mit seiner neuen Mätresse einhandelte!

Und wenn Veronica Florenz nicht verlassen wollte? Sie hatte gesagt, sie liebe ihn, aber das hieß nicht, daß sie das geordnete Leben, das Ansehen, das sie jetzt genoß, zugunsten einer ungewissen Zukunft mit ihm aufgeben würde. Und wenn sie ihn für einen Narren hielt, weil er alles verändern wollte, während man doch leicht hundert Vorwände finden konnte, um sich zu treffen und die geheime Affäre fortzusetzen? Ihn für verrückt hielt, weil er solche Anstrengungen unternahm, um eine Bindung abzuschütteln, die ein anderer als bedeutungsloses Symbol ansehen würde? Könnte er es ertragen, wenn sie nicht mit ihm kommen wollte? Könnte er es ertragen, hierzubleiben, wenn sie nicht fortgehen wollte?

Antonio schwankte in seinem Sattel, sein Kopf drehte sich. Er fühlte sich matt und schwindelig. Zu viele schlaflose Nächte, zu viele gefühlsmäßige Krisen. Diese Überlegungen waren sinnlos. Morgen, nach dem Begräbnis, würde er Veronica aufsuchen und mit ihr reden. Dann mußte er Vorkehrungen für seine Abreise nach Rom treffen. Die Annullierung mußte in die Wege geleitet werden, und die Aussicht auf Erfolg wäre hundertmal größer, wenn er seine Bitte persönlich vorbrachte. Die Nachricht von seiner Bitte um Annullierung würde in Florenz für Aufsehen sorgen, vielleicht würde man sie gar zu verhindern suchen. Er würde niemandem außer Veronica etwas davon sagen, bis er sah, wie der Papst seine Eingabe aufnahm.

Er sah das Gut vor sich liegen und brachte sein Pferd zum Stehen, starrte auf das Haus. So müde er auch war, bei seinem Anblick öffnete sich ein schwarzer Abgrund aus Widerwillen und Wut in ihm. Abzureisen war die richtige Entscheidung. Morgen würde er in die Stadt reiten und sich erkundigen, wann die nächste Karawane nach Rom aufbrach. Noch eine Woche unter diesem Dach konnte er nicht aushalten.

17. Kapitel

DÜSTERE VISIONEN

Fieber und Schüttelfrost quälten Antonio, ermatteten ihn, alle Glieder taten ihm weh, und er war schweißnaß. Durch die Krankheit war er überreizt, er übertrieb alles, sah Proportionen, Gefühle verzerrt. Klare Momente kamen und gingen wieder. Manchmal war er nicht sicher, was Wirklichkeit, Traum oder Halluzination war. Alles zusammen war ein Alptraum.

Er träumte, daß sich ihm der Tod näherte, öffnete die Augen und sah seinen Vater in der Tür stehen, ihn beobachten. Starr schien er vor Antonio aufzuragen, die Schatten auf seinem Gesicht ließen die Konturen seines Schädels erahnen. In seinen Augenhöhlen brannte ein helles, unerbittliches Licht. Dann erblickte er tausend Meilen entfernt eine schwarze Gestalt in einem Sarg aus Licht. Doch trotz der Entfernung brannten seine Augen immer noch.

Antonio hatte gedacht, nur sein Vater und er wären da und zwischen ihnen die Kluft aus Haß. Aber da war noch mehr. Schatten umringten ihn, Geflüster in der wabernden Dunkelheit, doch er wagte nicht, sich umzudrehen. Er war sich erst sicher, daß er nicht mehr träumte, als sich Doroteas Stimme hob, zitternd vor Panik. »Ist es auch bestimmt nicht die Pest?«

»Nein, nein, nein«, versicherte ihr der Arzt, seine Stimme klang scharf, gereizt. »Ich habe Euch doch gesagt, er hat keine Pusteln. Ich kann nicht sagen, ob es ansteckend ist, aber bisher ist niemand sonst erkrankt. In unmittelbarer Gefahr ist nur Euer Gatte. Kümmern wir uns im Augenblick um ihn. Er muß zur Ader gelassen werden.«

»Nein.« Antonios Lippen formten das Wort, doch seine Kehle war zu trocken, als daß er sprechen konnte. Sein Vater lächelte, das Grinsen eines Totenschädels. Er drehte

sich um und verschwand aus der Tür, ließ kein Licht, sondern Dunkelheit hinter sich zurück. Schaudernd versank Antonio in dem Abgrund, der sich hinter ihm auftat.
Als er wieder aufwachte, ließ der Arzt ihn zur Ader, die Messerklinge schnitt in seinen Arm. Er wehrte sich, doch zwei Diener hielten ihn fest. Er sah, wie seine Lebenskraft in die Schüssel floß, die sie unter seinen Arm hielten, um das Blut aufzufangen, hellrot gegen Weiß.
»Euer Fieber ist gefährlich gestiegen«, sagte der Arzt zurechtweisend. »Ihr müßt zur Ader gelassen werden, um die schlechten Säfte loszuwerden. Eure gute Frau ist in dieser Hinsicht klüger als Ihr. Das Fieber trübt Eure Urteilskraft.«
»Euer Vater hat zugestimmt.« Dorotea stand am Bett. Sie betupfte seine Stirn mit einem nassen Tuch, von dem eiskalte Rinnsale über sein Gesicht und seinen Hals liefen.
»Wo ist Giacomo?« wollte er wissen. Seine Stimme war ein krächzendes Flüstern. Giacomo wußte, daß er nichts von Aderlässen hielt.
»Ihr habt ihn vor Stunden in die Stadt geschickt – mit irgendeinem geheimen Auftrag.« Doroteas Stimme war dünn vor Ärger.
»Ein Auftrag?« Es stimmte. Er konnte nicht nach Florenz reiten, daher hatte er darauf bestanden, daß Giacomo sich nach den Karawanen erkundigte. Giacomo sagte, er sei verrückt, war jedoch gegangen. Hatte Dorotea sein Vorhaben erraten? Wie sollte sie? Aber warum kümmerte es sie, was er seinem Kammerdiener aufgetragen hatte? Sie betastete ihren Rosenkranz, kniff die Lippen zusammen, wandte den Blick von seinem Blut ab.
Vielleicht wollte sie ihn nur nicht versorgen. Nun, dieser Wunsch beruhte auf Gegenseitigkeit. Er konnte es nicht ertragen, wenn sie ihn wie eine schwarze Motte umflatterte, in Trauerkleidern, die nicht ihren Gefühlen entsprachen. Und er konnte die Berührung ihrer kalten, feuchten Hände nicht ertragen.
Sie brachten die Schüssel mit dem Blut weg. Der Arzt sagte, er werde am folgenden Tag wiederkommen. Anto-

nio versuchte sich zu orientieren, haßte das Durcheinander in seinem Kopf. Es war jetzt zwei, nein, drei Tage her, seit die Krankheit ihn überfallen hatte. Am Morgen des Begräbnisses seiner Mutter mußte es begonnen haben. Er hatte sich durch die Zeremonien und die anschließende Versammlung geschleppt, als die Verwandten und Nachbarn ihr Beileid bekundeten. Er wußte nicht, was los war, nur daß alles irgendwie nicht stimmte. Dann war Veronica zu ihm gekommen, hatte ihm in die Augen gesehen und gesagt: »Ihr seht krank aus.«
Da hatte er gewußt, daß es einen körperlichen Grund für seine Verwirrung gab, etwas anderes als seine Bitterkeit und seinen Kummer, das die Welt rings um ihn verzerrte. Sie hatte seine Stirn berührt. Er spürte sein Fieber, die Hitze, die auf ihre kühle, glatte Hand ausstrahlte. Langsam schloß er die Augen, genoß den Trost ihrer Gegenwart. Die Berührung war zu flüchtig. Als er die Augen öffnete, sah sie ihn mitfühlend und besorgt an. Maria erschien, witterte in dieser zärtlichen Geste Ungehöriges. Sie sah überaus verärgert aus, als Veronica ihr mitteilte, daß ihr Schwiegersohn starkes Fieber habe.
Ein beißender Geruch stieg Antonio in die Nase. Er blickte auf. Dorotea winkte einen Diener herbei, der Teegeschirr neben das Bett stellte. Von dem Geruch wurde ihm übel. Er war anders als der des letzten *tisane,* den sie ihm gebracht hatte, doch ebenso übelriechend. Matt wandte er den Kopf ab. »Nein.«
»Ihr müßt das hier trinken«, beharrte Dorotea, überging seine Weigerung. »Es wird Euch guttun.« Unbeholfen versuchte sie seinen Kopf anzuheben und setzte die Tasse an seine Lippen.
»Nein.« Er biß die Zähne zusammen und riß seinen Kopf weg, empfand irrationale Furcht vor dem *tisane.*
»Er ist speziell für Euch gemacht«, sagte sie gekränkt und hielt ihm die Tasse wieder hin.
»Ich habe bereits gesagt, daß ich keinen Eurer üblen Tränke mehr haben will.«
Ihre Lippen zitterten. »Ich habe ihn nicht zubereitet, da ihr

die Arznei meiner Mutter gegen Fieber nicht wollt. Dieser Tee ist eine Kräutermischung, die die Dame Laudomia Euch freundlicherweise gesandt hat.«
Dorotea kreischte auf, als er ihr den *tisane* aus der Hand schlug, die heiße Flüssigkeit sie beide bespritzte und die Tasse auf dem Fußboden zersprang. Ein Diener seines Vaters eilte herbei, arrogant und feindselig, der ihn jedoch furchtsam ansah, als er die Porzellansplitter aufhob.
Würde Laudomia ihn vergiften? Warum nicht? Vielleicht würde man es nicht feststellen können. Man würde glauben, das Fieber habe ihn getötet. Und wenn man sie überführte, wäre sein Tod diesen Preis nicht wert? Ihr Haß auf ihn war die größte Leidenschaft ihres Lebens, sein Mord die vollendete Erfüllung. Wußte Dorotea, was sie da mit Laudomias üblem Gebräu brachte? Es wäre ein solch kleiner Schritt von der Braut zur Witwe. Nein, dachte Antonio, sie mochte ihn bereits hassen, aber sie nahm ihre religiösen Gebote ernst. Diese Obsession war stärker als jede gegen ihn gerichtete Feindschaft. Sie würde ihm nicht wissentlich Gift verabreichen, aber ihr Herz mochte vermuten, was ihr Verstand nicht wußte. Insofern wäre sie die ideale Komplizin. Und sein Vater ... Antonio blickte auf und sah, daß sein Vater erneut in der Tür stand. Er war von Feinden umgeben – seinem Vater, Dorotea, selbst der abweisende Diener seines Vaters, der ihm von dem zerschlagenen Geschirr auf dem Fußboden düstere Blicke zuwarf. Der Schüttelfrost ergriff ihn erneut, doch er setzte sich mühsam auf. Er wollte nur noch entkommen.
Giacomo erschien in der Tür, schob sich an Antonios Vater vorbei, um an die Seite seines Herrn zu eilen. Er brachte den frischen Geruch nach Regen und Bäumen in die erstickende Luft des Krankenzimmers. Antonio ließ sich von ihm wieder in die Kissen drücken, spürte eine kühle Hand auf seiner Stirn. Nicht Veronicas Hand, aber eine, der er vertraute. »Schaff sie raus«, flüsterte er. »Du allein wirst dich weiter um mich kümmern.«
Giacomo verscheuchte den Diener und wandte sich an

Dorotea, ehrerbietig, jedoch bestimmt. »Ich kümmere mich jetzt um ihn, Madonna Dorotea. Es ist das beste so, wenn es Euch nichts ausmacht. Er ist schwierig, wenn er krank ist, Herrin, und ich bin an seine Launen gewöhnt.«
»Du bist unverschämt«, sagte Dorotea und funkelte ihn an, verließ jedoch ohne Zögern das Zimmer. Antonios Vater hatte sich bereits zurückgezogen.
»Die Karawane?« fragte er Giacomo.
»Heute bricht eine auf – ohne uns, denke ich, Herr. Die nächste reist in sechs Tagen, die dritte eine Woche darauf. Ich habe in beiden Plätze für uns reserviert.«
Er saß hier in der Falle. Er konnte nichts tun als warten.
Giacomo nahm die Kanne mit dem *tisane*, schnupperte, rümpfte dabei die Nase. »Das würde Euch vermutlich eher noch kränker machen, nicht heilen. Was hat sie hineingetan?«
»Laudomia hat ihn geschickt«, sagte Antonio.
Giacomo fuhr herum, mit weit aufgerissenen Augen, dann sagte er: »Nun, wenigstens hat die Herrin sie nicht zu Besuch hier heraufgeschickt.«
»Sie hätte mir mehr Blut abgenommen als der Arzt.« Antonio lächelte grimmig. »Schaff ihn am besten aus der Küche, bevor jemand anderer davon kostet. Wirf ihn nicht weg.«
»Ich glaube nicht, daß freiwillig jemand davon trinkt.« Giacomo stellte die Kanne auf den Tisch und holte Waschbecken und Tücher. »Wie schade, daß Madonna Dorotea euch das Gebräu einflößen wollte und die Kräuter der Zigeunerin weggeworfen hat.«
»Was?« fragte er.
»Ihr legt Euch wieder hin.« Giacomo eilte zu ihm und nahm das Becken mit.
»Ist noch jemand gekommen?« fragte Antonio und packte ihn am Arm. Giacomo starrte verblüfft auf seine Hand, dann bedeckte er sie mit seiner und streichelte sie.
»Nun, nicht jeder, den Ihr gern sehen möchtet, kann Euch geziemenderweise besuchen«, sagte er, und in seiner Stimme mischten sich Mitgefühl und Vorwurf. »Signore

Daniele kam heute morgen noch einmal, gemeinsam mit Eurem Vetter, Signore Stefano, und der Dame Veronica. Sie brachte den *tisane* von ihrer Urgroßmutter, aber Dorotea warf ihn weg, sie sagte, sie werde keine Zigeunertränke in diesem Haus dulden. Wir haben natürlich allen gesagt, daß der Arzt jeden Besuch verboten hat.«
»Natürlich«, erwiderte er tonlos. Veronica war gekommen. Mit Daniele und seinem Vetter. Das Bedauern darüber, sie nicht gesehen zu haben, erfüllte Antonio mit kalter Verzweiflung. Die zersetzende Flamme seiner Eifersucht verschmolz mit der zunehmenden Hitze seines Fiebers. Zitternd ließ er sich in die Kissen zurückfallen, heiße und kalte Blitze rasten durch seine Adern.
Besorgt legte Giacomo wieder die Hand auf seine Stirn. »Verdammt.«
Antonio wußte, daß es schlimm um ihn stand, denn auf diesen gemurmelten Fluch folgten keine Ermahnungen. Mit sanften, geschickten Händen steckte Giacomo die Decke um Antonios Schultern fest, doch konnte er das Gefühl des Eingesperrtseins nicht ertragen. »Laß mich in Ruhe.« Er wandte sich ab, rollte sich zusammen. Er spürte, wie das steigende Fieber seine Sinne benebelte, und verfluchte die ihm langsam einhüllende Dunkelheit.

Er kämpfte. Schweiß rann an ihm herab, er sog die Luft in kurzen, scharfen Atemzügen in seine Lunge. Keuchend rang er mit dem Gewicht, das ihn niederdrückte, jeder Muskel seines Körpers tat weh. Antonio spürte den Schnitt des Messers, sah das Blut auf der Klinge. Er trat zu, spürte, wie der andere zurückprallte, hörte den Schrei, als sein Widersacher in den Tod stürzte. Dann stand er auf, stolperte wieder zur Balustrade und sah auf den Leichnam hinab. Doch es war Stefano, der mit verrenkten Gliedern unten lag. Als er sich abwandte, kam Veronica zu ihm, kniete vor ihm nieder und schwor ihm ihre Liebe, während ihr Liebhaber blutüberströmt und zerschmettert auf dem Marmor lag. Er wollte sie wegstoßen, konnte es jedoch nicht, sein Verlangen war zu groß. Ihr Atem versengte seine Lenden, das Feuer durchdrang jede Ader seines Körpers, strömte geschmolzen durch sein Blut. Ihr Haar war Feuer in seinen Händen, als er ihr Gesicht an sich preßte, sich nicht wehren konnte. Die Berührung ihrer Hände glühte auf seiner Haut. Ihre Zunge wurde sichtbar, war eine rote Flamme, die an seinem Geschlecht leckte. Er schrie, als das Feuer ihn verschluckte, ihn ganz verzehrte, er zu nichts zerschmolz. Übrig blieb nur sein Herz, das in der Dunkelheit brannte. Dann war es ebenfalls verschwunden, und es blieb nur Finsternis und Asche zurück.

»Daniele ist nicht zu Hause?« fragte Stefano, und man merkte ihm deutlich seine Enttäuschung an.
»Nein, er ist bis morgen abend fort. Aber kommt doch trotzdem ins Atelier. Daniele brennt darauf, daß Ihr Euch den Entwurf zum *Urteil des Paris* anseht.« Stefano trat ein, und Veronica berichtete ihm von Danieles Reise. »Er hat das letzte Porträt für die Aristi fertiggestellt. Die Familie ist schon früh zu ihrem Sommersitz in den Hügeln aufgebrochen, und dort ist er hingefahren. Er denkt, daß sie vielleicht noch einige kleine Änderungen wünschen.«
»Ah ja, die heiklen Auftraggeber, die noch ein Samtkissen auf dem Boden wünschen, einen Hund auf dem Samtkissen und ein Juwelenhalsband an dem Hund.«
»Ein zweites Bild zu malen wäre einfacher, als diese kleinen Änderungen vorzunehmen.« Veronica lachte. Zumindest bezahlten sie großzügig. Mit diesem Betrag in der Hinterhand könnte Daniele sich nach Herzenslust seinem *Urteil des Paris* widmen. Sie würden niemals Hungers sterben, aber die Auftragsarbeiten machten das Leben noch angenehmer.
»Würdet Ihr mit mir ausreiten, nachdem wir uns die Skizzen angesehen haben?« fragte Stefano. »Mir bleiben noch ein paar Stunden, bevor ich nach Hause zurückkehren muß. Der Nachmittag ist warm und sonnig, und der Regen hat neue Blumen auf den Hügeln erblühen lassen.«
Sie war versucht, ihm einen Ritt zum Gut der Fabiani

vorzuschlagen, um Antonio zu besuchen, aber man hatte sie ja bereits einmal abgewiesen, obwohl Stefano sein Vetter war. Antonio war seit einer Woche krank, doch war die Krise mittlerweile überstanden, und Veronica ängstigte sich nicht mehr. Vielleicht hatte Antonio sich inzwischen so weit erholt, daß er seine Besucher selbst auswählen konnte. Wenn dem so war, würde sie ihn viel lieber allein aufsuchen. Aber heute war es ohnehin unmöglich.

»Ich warte auf Mamma Lucia«, erklärte sie Stefano. »Heute ist einer der Tage, an denen wir ins Klosterspital gehen.«

»Soll ich Euch begleiten? Ich weiß wenig von den Heilkünsten, aber ich kann eine fiebrige Stirn kühlen, und ich habe ein gewisses Geschick darin, anderen die Hand zu halten.«

Veronica blieb am Fuß der Treppe stehen. Stefano sprach unbekümmert, doch sie wußte, daß es ihm ernst war. Zumindest heute würde er fröhlich und mit vollendeter Haltung alles tun, was man von ihm verlangte.

»Nun gut, wenn es Euch Vergnügen bereitet, uns zu begleiten. Die Schwestern werden gegen Eure Anwesenheit im Kloster nichts einzuwenden haben. Mamma Lucia sollte in einer Stunde dasein.«

»Ich bin überrascht, daß Eure Urgroßmutter nicht hier bei Euch lebt. Ihr Geist ist jung, aber sie ist zu alt an Jahren, um allein zu wohnen.«

»Der Turm ist Mamma Lucias Heim«, sagte Veronica, während sie die Stufen zum Atelier erklommen. »Meine Tante und mein Onkel bestehen darauf, jeden Morgen und jeden Abend eine Dienerin zu schicken, die nach ihr sieht und sich um ihre Wünsche kümmert. Sie haßt es, bedient zu werden, doch sie läßt die Frau ein wenig saubermachen, bevor sie sie wieder fortschickt. An Tagen wie heute kommt ein Stallbursche, um das Maultier für sie zu satteln.«

»Ich wollte Lucia Danti eigentlich länger schon aufsuchen und mir die Zukunft vorhersagen lassen.«

Stefano hatte immer irgendwelche Pläne, doch war es Veronica aufgefallen, daß er nicht gern allein etwas unternahm. »Wir könnten nächste Woche gemeinsam zu ihr reiten ...«, begann sie.
»Ja, wenn Daniele zurückkommt«, fügte Stefano begeistert hinzu, bevor sie den gleichen Vorschlag hatte machen können.
Veronica lächelte. Die langsam knospende Romanze begann endlich voll zu erblühen. Anfangs fühlte Stefano sich zu ihr hingezogen, doch hatte sie seine Freundschaft nicht verloren, als sie auf seine Avancen nicht einging. Daniele, offensichtlich von Stefano angezogen, hatte sich ihm nur zögernd genähert. Obgleich die Quellen ihres Vetters in Florenz andeuteten, daß Stefano sich mit beiden Geschlechtern einließ, bezweifelte Daniele es, da Stefano Savonarola in den höchsten Tönen gelobt hatte. Da Daniele sowohl von seiner Person als auch von ihm als Modell fasziniert war, wollte er keinen abschlägigen Bescheid riskieren.
Um die Lage für ihren Vetter zu klären, hatte Veronica es unternommen, Stefanos Einstellung zu erkunden, hatte ihn sacht ausgefragt, während er Daniele Modell stand. Es stellte sich heraus, daß er Savonarolas Feuer bewunderte, nicht seine erstickenden Moralvorstellungen. Während ihm seine scheinbar unangreifbare Integrität Respekt abnötigte, glaubte Stefano nach wie vor, daß viele seiner Attacken reines Mittel zum Zweck waren – daß seine Drohungen keinerlei Konsequenzen für Daniele, Mamma Lucia oder andere Personen, die Stefano mochte, nach sich ziehen würden. Oder aber für ihn selbst, weil er mit ihnen Umgang pflegte. In mancherlei Hinsicht reizte Stefanos Naivität sie, aber seine Großmut und sein fühlendes Herz waren echt.
Ironischerweise war es eben jener schärmerische Zug Stefanos, der ihn auch den Mönch idealisieren ließ, der ihn zu Daniele und ihrem unkoventionellen Haushalt zog. Er war ebenso verliebt in Danieles Leidenschaft für seine Kunst, vermutete Veronica, wie er Savonarola um

seine Leidenschaft für seine Lehren beneidete. Ein- oder zweimal hatte Stefano ihnen erzählt, wie gern er ein Troubadour gewesen wäre. Manchmal, während Daniele malte, spielte er Lieder für sie auf der Laute und sang in verträumtem, melancholischem Tenor Weisen über weite Reisen und verlorene Liebe. Die Kraft seiner Musikalität war nicht stark genug, um ihn mit seiner Familie brechen zu lassen, doch schien er auch nicht unglücklich über seinen Dilettantismus zu sein. In ihrer Gesellschaft aber, erkannte Veronica, wurde seine Phantasie zu Wirklichkeit.

»Für welche Pose hat Daniele sich entschieden?« fragte Stefano, als Veronica die Tür zum Atelier öffnete.

»Er hat mehrere Studien angefertigt«, erwiderte sie und breitete die kleinen Bilder auf dem Tisch aus. »Diese hier gefällt mir am besten.« Die Pinselführung war flüchtig, ohne die peinliche Sorgfalt, die Daniele einer beendeten Arbeit angedeihen ließ, aber sie hatte Leben und Kraft. Es war keine Figur zu sehen außer Paris, der den schicksalhaften Apfel in der Hand hielt.

»So anziehend bin ich nicht«, murmelte Stefano, offenbar geschmeichelt.

»O doch, fast«, neckte Veronica ihn. Sie wußte, daß es das Bild eines Mannes war, der sich verliebt hatte. Goldenes Licht überhauchte die Figur und schien von ihr auszugehen. Daniele sah Stefano mit den Augen des Verlangens.

»Daniele meint, Paris hätte nicht nur die Schönheit von Venus oder Helena gesehen, sondern die Liebe selbst, als er den Apfel gab«, murmelte Stefano versonnen.

»Diese hier hat er für das große Gemälde ausgewählt«, sagte sie und reichte ihm eine andere Studie.

»Wie seltsam«, entgegnete er, als er sie betrachtete. »Das Bild ist so hell und doch so unheilvoll. Ein sonniger Nachmittag, und doch erstrecken sich die Schatten bis zu den Figuren. Mir läuft es kalt den Rücken hinunter.«

»Es wird Daniele gefallen, daß die Schatten solche Wirkung auf Euch haben«, sagte Veronica lachend. »Er nennt sie die Finger des Schicksals, sie zeigen Tod und Zerstörung, die die Liebe Paris bringen wird.«

»Und Troja. Denkt nur, eine ganze Stadt, eine ganze Zivilisation, um der Liebe einer Frau willen ausgelöscht.« Stefano hielt inne und starrte auf das Bild des trojanischen Prinzen, für das er Modell gestanden hatte. »Ich denke, Paris hat die richtige Entscheidung getroffen. Jeder verachtet ihn, weil er die Liebe der Macht, der Weisheit vorgezogen hat. Aber da ihn jede Wahl ins Unglück gestürzt, er jedesmal den Zorn der abgewiesenen Göttinnen erregt hätte, glaube ich, Liebe war die beste Wahl, die er treffen konnte. Auf jeden Fall war es die köstlichste. Was hättet Ihr gewählt, Veronica? Nicht Macht.«

»Nein. Aber wäre Weisheit nicht letztlich die beste Wahl?«

»Weisheit, oder Eure Herzenswünsche?«

Antonio, sagte sie beinahe laut. Wenn man bedachte, wie er sie anfangs behandelt hatte, wäre es weise gewesen, ihn nicht zu lieben. Aber jetzt glaubte sie, daß ihr Herz weiser gewesen war als ihr Verstand. »Ich weiß nicht, ob Liebe ohne Weisheit einen Wert hat, aber Weisheit ohne Liebe scheint nicht besser zu sein. Ich glaube nicht, daß Athene ihm diese tiefe Weisheit anbot, nur Wissen.«

»Minerva wirkt in diesem Mythos nicht besonders weise, oder?« fragte Stefano. »Wie sie mit Hera und Aphrodite um den Preis stritt.«

»Der Apfel der Zwietracht, welch grausames Geschenk ...« Dann, plötzlich verschwamm die Welt vor ihren Augen.

»Veronica?« Stefano rief sie, ein schwaches Echo aus der Außenwelt.

Sie hob die Hand, wehrte ihn ab, all ihre Aufmerksamkeit war nach innen gerichtet. Zuerst war da nur das Gefühl bevorstehender Gefahr, ihre Haut prickelte, Kälte breitete sich in ihrem Bauch aus. Dann formte sich ein Bild: Mamma Lucia ritt auf ihrem Maultier. Eine einsame Gestalt, die eine abschüssige Straße entlangritt, verschwommene Pflastersteine, eine Mauer, ein schmutziger Himmel. Aber sie war nicht allein. Boshafte Augen beobachteten sie. Menschen, die ihr schaden wollten. Wo, wo, rief Veronica stumm. Sie sah die Biegung einer Hauswand, die sie wiedererkannte, einen Pflaumenbaum, das verblaßte Schild eines Flickschusters.

So jäh wie sie gekommen war, verschwand die Vision wieder. Sie taumelte, und Stefano fing sie auf, griff nach ihren Schultern, sah sie mit geweiteten Augen an. »Was ist denn?«

»Mamma Lucia«, keuchte Veronica und fragte sich, wann Stefano sie gepackt hatte. »Schnell, schnell. Es ist noch Zeit. Ich glaube, es ist noch Zeit.«

Ihr Pferd war in Voraussicht auf den Ritt zum Kloster gesattelt. Während sie aufstiegen, rief sie ihm zu, wohin sie ritten, dann trieb sie ihr Pferd durch die Straßen. Doch gleich darauf mußte sie ihr Pferd wieder zügeln, denn auf der Straße spielten Kinder, und alte Leute waren ihnen im Weg. Sie lenkte das Pferd auf weniger belebte Straßen. Der Ritt schien endlos, das Labyrinth eines Alptraums. Plötzlich schrie Veronica auf, als ihr Körper von gespenstischem Schmerz ergriffen wurde, ein gedämpftes Echo von Mamma Lucias Qual, wie sie erkannte. Verzweifelt schlug sie auf ihr Pferd ein.

Vor ihnen war das Schild des Flickschusters, die ansteigende Straße wand sich um die Steinmauer. Mamma Lucias Maultier stand allein auf einem verlassenen Platz und schrie heiser. Dann entdeckte sie sie. Entdeckte die Bande aus Savonarolas Jugendlichen mit ihren Steinen und hinter ihnen, zusammengesackt an der Mauer, Mamma Lucia. Sie jagte auf sie zu, so wie Antonio es mit den Dieben gemacht hatte. Sie stoben auseinander, merkten nicht einmal, daß sie es auf sie abgesehen hatte, dachten, sie wolle nur durch sie hindurchreiten. Erst als sie ihr Pferd herumriß und Stefano neben ihr anhielt, begriffen sie, daß sie jetzt das Ziel waren. Die Jungen schleuderten die Steine von sich, die sie noch in den Händen hielten, und rannten dann durch die Seitenstraßen davon. Veronica ließ sie ziehen. Nur Mamma Lucia war wichtig, nicht dieses gemeine Pack.

Sie stieg ab und kniete neben ihr Urgroßmutter nieder. Mamma Lucia war ohnmächtig. Ihr Gesicht war geschwollen und blutüberströmt. Rasch, vorsichtig untersuchte Veronica ihren zerbrechlichen Körper. Sie zuckte zusammen, als sie sah, daß ein Arm offensichtlich gebrochen war, der Knochen gab unter ihren Fingern nach. Sie befürchtete, daß auch die Rippen gebrochen waren, konnte jedoch keine weiteren schwerwiegenden Verletzungen feststellen. Das hieß nicht, daß es keine gab, und sie war zu erschüttert, um die Lage klar einschätzen zu können. Veronica blickte auf, als Stefano zu ihr trat. »Wir müssen sie sofort zu Danieles Haus bringen und einen Arzt rufen. Sie vertraut Doktor Solomon.«
»Wir sollten sie zum Palazzo della Montagna bringen«, sagte Stefano. »Er ist näher.«
»Nein, nicht dorthin.« Luigi würde sie nicht haben wollen, es sei denn, er konnte einen Vorteil daraus ziehen. Maria würde sie noch weniger haben wollen.
»Ich mag sie auch nicht«, sagte Stefano unerwartet, »aber Danieles Haus oder meines sind dreimal so weit entfernt. Wir wissen nicht, welche Verletzungen sie hat. Wir sollten sie zunächst einmal dorthinbringen. Morgen können wir sie dann verlegen, wenn wir sicher sind, daß es keinen größeren Schaden anrichten wird.«
Als Veronica Mamma Lucias zerbrechlichen Körper, die Schwellungen und das Blut betrachtete, wußte sie, daß Stefano recht hatte, obwohl die Aussicht, sich mit Luigi und Maria abgeben zu müssen, ihr Unbehagen bereitete. Sie fühlte sich benommen, ihr war schwindelig vor Angst. Mamma Lucia war so alt, ihre Knochen brüchig. Da sie jedoch wußte, daß immer noch Gefahr bestand, nickte sie entschlossen. »Ja, wir werden sie in das Haus meines Schwiegervaters bringen.«
»Bleibt hier, ich baue eine Bahre zusammen.« Stefano rannte zum Platz hinunter. Veronica hörte ihn klopfen und rufen: »Öffnet, ihr Feiglinge.« Eine Zeitlang hörte sie dann nur undeutliche Geräusche, gedämpfte Stimmen; dann kam Stefano mit einem älteren Mann in der Schürze

eines Flickschusters zurück, der ein Seil, Stäbe und Decken in den Händen hatte.
»Sie werden zurückkommen und uns steinigen, weil wir ihr geholfen haben«, sagte der Schuster, aber er half Stefano, die Bahre zu bauen und an Veronicas Sattel zu befestigen. Er nahm die Münzen, die Stefano ihm gab, und bekreuzigte sich. »Geht weg, geht schnell weg.« Er eilte in sein Geschäft zurück.
»Er hat recht. Wir müssen rasch handeln«, sagte Stefano drängend. Sie sah ihn an, und mit einer knappen Kopfbewegung wies er sie darauf hin, daß einige der Jugendlichen zurückgekommen waren. Veronica sah vier der Jungen verstohlen durch eine Gasse schleichen und einen fünften auf dem Dach des Hauses in der Nähe. Würden sie es wagen, sie alle drei anzugreifen? Sie glaubte es nicht, aber ihr Auftauchen war eindeutig bedrohlich. Und Mamma Lucia wäre auf ihrer Bahre so schutzlos. Stefano zog sein Schwert und betrat die Gasse. Die vier Jungen liefen weg, aber von einem nahen Dach kam ein neuer Steinhagel. Veronica schützte Mamma Lucia mit ihrem Körper, versuchte sie zu bedecken, ohne sie mit ihrem Gewicht zu belasten.
Stefano kam zurück. Sanft betteten sie ihre Urgroßmutter auf die Bahre. Veronica stöhnte jedesmal, wenn Mamma Lucia aufstöhnte, sie hatte Angst, daß sie der alten Frau nur noch mehr Verletzungen zufügte. Stefano stieg auf sein Pferd, und auch sie saß auf. Langsam zogen sie durch die Straßen, suchten nach dem ebensten Weg. Die Jungen folgten ihnen, obwohl Stefano eine Route fand, die die Jungen auf dem Dach daran hinderte, weiteres Unheil anzurichten. Sie konnten keinen Wachmann finden, doch Stefano ging in ein Gasthaus und fand einen Mann, den er zu Doktor Solomon schicken konnte, und einen Rüpel, der sich nur zu gern ein paar Dukaten verdiente, indem er die Jungen verscheuchte. Sie dachte, sie hätten all ihre Verfolger abgeschüttelt, aber als sie an Luigis Palazzo ankamen, hatten zwei der Jungen eine andere Route über die Dächer ausfindig gemacht.

Maria kam heraus auf den Hof, offen feindselig. Zuerst dachte Veronica, sie würde sie abweisen. Wäre Stefano nicht bei ihnen gewesen, hätte man sie wohl nicht aufgenommen. Doch in Stefanos Gegenwart schämte sich ihre Schwiegermutter. Veronica bat, sie nur eine Nacht bleiben zu lassen, damit ein Arzt Mamma Lucia untersuchen und sie sich ausruhen konnte, und mehr gestand Maria ihr auch nicht zu. Sie sagte Veronica, sie könne die gewohnten Zimmer haben, die schäbigen Räume unter dem Wachturm.
»Gut, dann müssen wir sie nicht eine Treppe hochschleppen.« Die Männer trugen die Bahre hinein. Veronica und Stefano legten Mamma Lucia ins Bett. Zwei Diener brachten eine Pritsche für Veronica und stellten sie in der Nähe ab. Stefano sagte dem Rüpel, er solle am Tor Wache stehen, bis er zurück sei. »Ich muß mit meiner Familie sprechen, aber ich komme bald zurück. Auf dem Weg kann ich eine Nachricht in Danieles Haus für Euch hinterlassen. Das ist besser, als schlimme Neuigkeiten von Fremden zu hören.«
»Ja, sie müssen erfahren, was geschehen ist. Bittet Benito, sich heute abend um Roberto zu kümmern. Roberto wird kommen wollen, um zu helfen, aber er würde nur stören. Sagt ihm, ich komme morgen wieder nach Hause. Sobald ich mit dem Arzt gesprochen habe, sende ich eine Nachricht an Daniele zum Gut der Aristi.«
Stefano empfahl sich. Während sie auf seine Rückkehr und auf Doktor Solomon wartete, ging Veronica in die Küche hinunter, um zu sehen, welche Kräuter verfügbar waren, und beauftragte die Magd, eine Lösung zum Reinigen der Wunden und einen schmerzlindernden *tisane* zu brauen. Sie sprachen über einfache Arzneien, als Maria erschien. Ein Blick in das zornige Gesicht ihrer Herrin, und die Dienerin zog sich hastig zurück, ließ Veronica mit ihrer Schwiegermutter allein. »Ihr nehmt Euch zu viele Rechte aufgrund unserer Verwandtschaft heraus«, erklärte Maria. »Ich ertrage vieles, aber einen Juden dulde ich nicht in meinem Haus. Ich habe diesen üblen Menschen weggeschickt.«

Doktor Solomon war verjagt worden, ohne daß er Mamma Lucia gesehen hatte. Einen Augenblick lang dachte Veronica, sie würde Maria schlagen. Zitternd ballte sie die Hände zu Fäusten, bohrte die Nägel in ihre Handflächen, drängte durch den Schmerz ihre Wut zurück. Sie konnte nichts dagegen tun, es sei denn, sie wollte ihre Urgroßmutter wieder nach draußen auf die Straße zerren, wo die Jugendlichen Savonarolas warteten. Als sie ihrer Stimme wieder mächtig war, sagte Veronica nur: »Das hättet Ihr nicht tun sollen. Er ist der beste Arzt von Florenz.«

»Wagt es ja nicht, noch einmal nach ihm zu schicken. Savonarola hat sich alle Mühe gegeben, diese verfluchte Rasse aus der Stadt zu vertreiben. Seid überzeugt, daß ich ihn von meiner Schwelle vertreibe.«

Dies war ein weiterer Schaden, den Savonarola in Florenz angerichtet hatte. Die Juden bildeten die Brücke zwischen dem christlichen und dem Osmanischen Reich. Ihre Ausbildung vereinte beide Welten in sich, und die arabische Medizin war der christlichen weit überlegen. Aber Maria kümmerte das nicht. Ihre Schwiegermutter sah aus, als wolle sie ihr eine Predigt halten. Um ihr zuvorzukommen, fragte Veronica: »Schickt Ihr dann nach Eurem eigenen Arzt?«

Aufgeblasen vor Selbstgerechtigkeit, stieß Maria prustend die Luft aus. »Nun gut.«

Maria ging, und Veronica ließ sich auf einem Hocker nieder. Die Magd kam wieder und bot ihr Abendessen an. Veronica nahm dankend an. Sie hatte zwar keinen Hunger, wußte jedoch, daß sie weniger reizbar sein würde, wenn sie aß. Deshalb nahm sie eine Schale Suppe und ein Stück Brot zu sich, während ihre Tränke aufbrühten und zogen. Mit sauberen Tüchern und ihren beiden Mitteln ging sie zu ihrer Urgroßmutter zurück. So sanft wie möglich schnitt sie das zerrissene Kleid auf. Das Hemd ließ sie unversehrt, schob es nur hoch, als sie Mamma Lucias Platzwunden und Schwellungen wusch und trocknete.

Der Arzt kam, während Veronica sich um ihre Urgroßmutter kümmerte, und stieß sie beiseite. Er schien sich mit Knochenbrüchen auszukennen und versicherte ihr, die Verletzungen seien nicht schlimmer, als es nach außen schien. Seine Berührungen waren viel unsanfter als die Veronicas, und Mamma Lucia erlangte das Bewußtsein wieder. Das war an sich ein gutes Zeichen, aber sie hatte große Schmerzen. Veronica konnte ihr nur den *tisane* anbieten, der nicht stark genug war, um ihre Schmerzen zu lindern oder sie schlafen zu lassen. Der Arzt brachte ein eigenes Elixier zum Vorschein, weigerte sich jedoch, ihnen zu sagen, was es enthielt. Als sie darauf bestanden, gab er schließlich nach. Es stellte sich als ein grobes, jedoch wirksames Destillat heraus.

»Ich nehme es ein, aber die Dosierung ist viel zu stark«, sagte Mamma Lucia zu ihm.

»Ihr werdet es brauchen. Ich muß Euren Arm schienen. Nehmt, was ich Euch sage, dann werdet Ihr die ganze Zeit schlafen.«

»Ich werde schlafen und nie wieder aufwachen«, fuhr sie ihn an. »Schient den Arm, dann nehme ich die Arznei.«

»Nun gut«, sagte er, obwohl man ihm seinen Ärger deutlich anmerkte.

Veronica achtete darauf, daß er sich nicht rächte, als er den Knochen schiente, obwohl es natürlich trotzdem schmerzte. Als er den Arm geradebog, schrie Mamma Lucia laut auf, aber sie verlor nicht das Bewußtsein. Mit zusammengebissenen Zähnen hielt sie durch, als er die Splitter zusammenband, und bestand darauf, daß er ihrer Hand einen anderen Winkel gab, was er mit sichtlichem Unwillen tat.

»Ich habe mir jetzt meinen Trank verdient«, sagte sie. »Ich möchte die halbe Dosis, die Ihr vorgeschlagen habt.«

»Gebt es in meinen *tisane*«, sagte Veronica zu ihm und achtete darauf, daß er die Arznei nach Mamma Lucias Anweisungen mischte. Er roch daran und erklärte, es sei nichts Besonderes, das gewöhnliche Gebräu einer Hausfrau. Das traf zu, daher schwieg Veronica. Sie brachte die Tasse Mamma Lucia und half ihr, sie zu trinken.

»In meiner Jugend war ich tapferer. Jetzt will ich nur noch schlafen und gesund aufwachen.« Ihre Urgroßmutter lachte über ihre eigene Albernheit, aber das Lachen bereitete ihr Schmerzen. Sie trank ihren *tisane* aus.
Sobald Mamma Lucia eingeschlafen war, verkündete der Arzt, er werde sie zur Ader lassen. Ein häßlicher Streit folgte, sie zischten einander an, obwohl selbst lautes Gebrüll Mamma Lucia nicht geweckt hätte. Wutentbrannt erklärte der Arzt schließlich, daß er Mamma Lucia ohne die nötigen Vollmachten und den gebührenden Respekt ihm gegenüber nicht mehr behandeln werde. Veronica fand, daß er bereits getan hatte, was er konnte, daher war es kein großer Verlust, ihn fortzuschicken.
Sie war erleichtert, als er aufbrach, aber sogleich erschien Maria, ebenso entrüstet. »Ihr fragt nach meinem Leibarzt, und dann behandelt Ihr ihn, als wisse er nicht mehr als der Stalljunge. Nach Eurem Benehmen wird er vielleicht nicht mehr kommen, wenn wir ihn brauchen.«
»Ich konnte nicht zulassen, daß er Mamma Lucia eine Behandlung verabreicht, mit der sie nicht einverstanden wäre, Maria. Das könnt Ihr doch sicher verstehen. Er wird meine Absonderlichkeiten bestimmt nicht Euch zur Last legen.« Veronica bezweifelte, daß der kleine Kratzer, der seinem Stolz zugefügt worden war, diesen Mann davon abhalten würde, ein dickes Honorar einzustreichen.
Maria stürzte aus dem Zimmer, doch in ihrem Kielwasser erschien Luigi. Veronica kam sich wie belagert vor. Sie wappnete sich, ignorierte seinen wutentbrannten Blick und dankte ihnen für die Aufnahme in sein Haus.
»Ihr wißt, daß Ihr nicht willkommen seid«, erwiderte Luigi. »Zuerst kompromittiert Ihr uns, indem Ihr diese Zigeunerin herbringt, und dann stiftet Ihr nur Verwirrung. Ich weiß nicht, ob mein Haus nun in ein Hospital oder eine Festung verwandelt worden ist, und ich will nicht, daß Ihr Euren ganzen Haushalt hierherschleift, um sich um die Alte zu kümmern.«
»Ich habe Roberto bereits gebeten, zu Hause zu bleiben. Daniele wollte ich benachrichtigen, nachdem ich mit dem

Arzt gesprochen hatte.« Bei den letzten Worten geriet sie kurz ins Stammeln und hob trotzig das Kinn. »Er wird helfen wollen und kann ja in dem Zimmer am anderen Ende des Korridors schlafen. Wir werden Euch nicht stören.«

»Ja, das ist eine wunderbare Idee, schickt nach Eurem sodomitischen Vetter. Angesichts der Stimmung der Jungen draußen, wird er vermutlich ebenso gesteinigt werden wie die Zigeunerin«, sagte er höhnisch. »Und bittet mich nicht, meine Wachen damit zu behelligen, ihn zu schützen. Noch mehr Aufruhr, und ich werfe Euch beide auf die Straße.«

»Dann kümmere ich mich allein um Mamma Lucia«, sagte sie. »Daniele werde ich eine Nachricht schicken, damit er sich nicht beunruhigen muß. Ich werde versuchen, Euch keine Scherereien mehr zu machen.«

»Das will ich Euch auch raten«, warnte er sie.

»Ja.« Veronica war schwindelig, Sorge und Feindseligkeit mischten sich in ihrem Inneren. Sie mußte vor einem Mann zu Kreuze kriechen, den sie verabscheute. Dann setzte sie sich erst einmal hin, um nachdenken zu können. Sollte sie Daniele trotzdem bitten, zu kommen? Würden die Anhänger Savonarolas ihn ebenfalls steinigen? Sicherlich konnten Stefanos Männer ihn doch beschützen? Würde das Entkommen von zwei Opfern die Aussicht auf einen späteren Überfall erhöhen? Veronica schloß die Augen und suchte nach einem Bild, doch sie fand nichts außer buntfleckiger Dunkelheit in ihrem Inneren. Seufzend schlug sie die Augen wieder auf. Sie konnte die Visionen nicht willentlich herbeirufen. Nun, sie brauchte Daniele nicht in Gefahr zu bringen. Stefano hatte versprochen, ihr morgen zu helfen. Veronica bat um Papier und Tinte und schrieb rasch eine Nachricht an Daniele.

Mein lieber Daniele,

Mamma Lucia wurde von Savonarolas Jugendlichen gesteinigt. Luigis Haus war am nächsten, und ich habe sie mit Stefano hergebracht; die Jungen folgten uns die ganze Zeit.

Sie schläft jetzt, aber zuvor ist sie aus der Ohnmacht erwacht und hat mit mir gesprochen. Morgen werde ich sie nach Hause bringen, mit einer Eskorte. Wenn Ihr herkommen wollt, kommt nicht allein. Es ist gefährlich.
Erledigt Eure Geschäfte, und macht Euch keine Sorgen um mich. Ich brauche Eure Hilfe nicht. Stefano ist jetzt bei mir, und er ist sehr großherzig. Es wäre besser, wenn Ihr nicht herkommt. Mamma Lucias Verletzungen sind nicht so ernst, wie ich befürchtet hatte, und der Arzt sagt, daß sie genesen wird.
Ich sehe Euch morgen, wenn ich kann.

In Eile, Veronica

»Könnt Ihr einen Eurer Diener entbehren, um die Nachricht Daniele überbringen zu lassen?« Veronica errötete, als sie um diesen Gefallen bat. »Der Mann, den wir mitgebracht haben, soll weiter Wache stehen.«
»Ich treibe jemanden auf. Lieber das, als daß er hier herumstolziert«, sagte Luigi widerwillig. Er streckte die Hand aus. Seltsam zögernd reichte Veronica ihm die Nachricht. Er nahm sie mit und schloß die Tür hinter sich. Veronica seufzte, kämpfte gegen Tränen der Erschöpfung und die wachsende Angst an. Noch ein Blatt lag vor ihr, und was sie in diesem Augenblick wollte, mehr als alles andere, war, Antonio zu schreiben und ihn um Hilfe zu bitten. Daß er sie in seine Arme schloß und sie beschützte, tröstete. Sie nahm die Feder und legte sie wieder aus der Hand. Das wäre Selbstsucht – er brauchte ebenso Schutz und Trost wie sie. Sie wollte auf keinen Fall, daß er von seinem Krankenlager aufstand, um ihr zu helfen. Er genas nur langsam von seiner Erkrankung und könnte leicht einen Rückfall haben. Sie würde ihm morgen schreiben, wenn sie weniger verstört war.
Es klopfte an die Tür, dann ertönte Stefanos Stimme. Froh über seine Gesellschaft, öffnete sie ihm die Tür, doch er blieb unschlüssig im Korridor stehen. »Ich muß noch mit meiner Familie reden, Veronica. Ich kann heute abend nicht länger bleiben. Morgen früh komme ich wieder, aber

nachmittags muß ich mich um Familienangelegenheiten kümmern. Es tut mir leid, daß ich Euch allein lassen muß.«
»Ich bin dankbar für jedes bißchen Zeit, das Ihr erübrigen könnt, Stefano. Es ist großzügig von Euch, mir überhaupt geholfen zu haben«, versicherte sie ihm. »Morgen wird alles einfacher sein. Ich weiß nicht, was ich heute allein angefangen hätte, ohne Euch. Ich war außer mir.«
Stefano blieb an der Tür stehen, auf seiner Miene malten sich Bewunderung, Neugier und Furcht. »Ich wußte nicht, daß Ihr seid wie Eure Urgroßmutter, Veronica. Daß Ihr über Zigeunerkräfte verfügt.«
Veronica wollte ihm sagen, daß ihre Gabe eher ein Fluch war, sprach es jedoch nicht aus. Die Visionen stellten sich in qualvoller Unregelmäßigkeit ein, einmal waren sie nur ein Flüstern, dann wieder – wie heute – überwältigend, fast zerstörend. Doch sie merkte, daß sich ihre Haltung ihnen gegenüber geändert hatte. »Es war das erste Mal, daß ich etwas Schlimmes vorhergesehen habe und es verhindern konnte. Heute bin ich dankbar für das Zweite Gesicht.«
Aus irgendeinem Grund brachte dieses Geständnis sie um ihre Fassung. Sie bedeckte das Gesicht und weinte, Schluchzer schüttelten sie. Sie spürte, wie Stefano die Arme um sie legte, und lehnte sich an ihn, nahm die Unterstützung an, die er ihr anbot. Schließlich fing sie sich wieder. »Jetzt geht es mir wieder gut.«
»Ihr seid sehr tapfer.« Er küßte sie auf die Stirn, dann auf die Lippen, zum Trost, als Kompliment, nicht aus Leidenschaft. »Wir sehen uns morgen.«
Stefano wandte sich um. Veronica entdeckte Maria, die ein finsteres, mißbilligendes Gesicht machte, und hinter ihr Luigi, der höhnisch grinste. »Ich begleite Euch zur Tür«, verkündete Maria. Mit einem bedauernden Lächeln folgte Stefano ihr. Luigi ging nicht mit ihnen, sondern kam statt dessen auf sie zu. Aus irgendeinem Grund wirkte er außerordentlich erfreut über die Situation. Wollte er ihr befehlen, das Haus zu verlassen?

Doch bevor er davonschlenderte, sagte er nur: »Ich dachte, Ihr wolltet keinen weiteren Aufruhr stiften, Veronica?«

Beunruhigt schloß Veronica die Tür, dann legte sie den Riegel vor. Die alte Lüsternheit lag wieder in seiner Stimme. Hatte dieser eine keusche Kuß seine Lust neu entfacht? Sie erschrak, hatte sie doch vermeiden wollen, sich jemals wieder allein in Luigis Haus aufzuhalten. Aber sie war ja nicht allein. Heute nacht würde sie bei Mamma Lucia schlafen. Luigi hatte zwar Zugang zu allen Schlüsseln, doch den Riegel konnte er nicht aufbrechen. Und selbst wenn, er war feige und hinterhältig, er würde nicht riskieren, daß Lärm entstand, oder Spuren hinterlassen. Und er würde auch nicht das Risiko einer Zeugin eingehen.

18. Kapitel

DER BRUCH

Fühlt Ihr Euch besser?« fragte Giacomo munter. Mit einem Tablett in der Hand setzte er sich neben Antonio aufs Bett.

»Schon möglich«, erwiderte Antonio und beäugte das Tablett mißtrauisch. Das Fieber hatte nachgelassen, aber er hatte immer noch keinen Hunger.

»Ihr habt lange geschlafen. Jetzt braucht Ihr noch kräftigende Nahrung.« Mit schwungvoller Gebärde deckte Giacomo eine große Schüssel Bouillon und ein Körbchen mit kleinen knusprigen Broten auf. Antonio zählte sechs und seufzte. Er wußte, daß er essen mußte, um wieder zu Kräften zu kommen, aber Giacomo war ein unverbesserlicher Optimist. Um seinen Appetit zu wecken, schloß er die Augen und atmete das köstliche Aroma der Brühe ein. Als er sie wieder öffnete, hielt Giacomo den Löffel bereits an seinen Mund. »Weiter öffnen.«

»Du brauchst mich nicht zu füttern«, fuhr Antonio ihn an. »Ich bin kein sabbernder Säugling.«

Giacomo ließ den Löffel sinken und grinste. »Eure Übellaunigkeit ist wiederhergestellt – das ist gut. Ihr habt mir einen gehörigen Schrecken eingejagt, o ja, Herr. Mal habt ihr gezittert, dann glühtet Ihr, und manchmal beides gleichzeitig. Das gelingt auch nur Euch.«

Antonio konnte sich nur an wenig erinnern, außer daß es überaus unangenehm gewesen war. Als das Fieber seinen Höhepunkt erreicht hatte, so wußte er noch, hatte Giacomo ihn mit flinken, sanften Händen gepflegt. Mit leiser Stimme und gnädig wenigen Worten. Die Erleichterung seines Kammerdieners war weit schlimmer als seine Sorge. Giacomo hatte mit Antonios Genesung zu seiner

Lebhaftigkeit zurückgefunden, und sein ehrerbietiges Gemurmel war unablässigem Geplauder, Vorwürfen und Ermahnungen gewichen.
»Wenn Ihr mich fragt, hattet Ihr nichts anderes als dieses Fieber verdient. Euch mitten in der Nacht aus dem Haus zu schleichen – im Regen umherzureiten und Euch bis auf die Haut durchnässen zu lassen. Und alles, um herumzuhuren ...« Giacomo wich schnell zurück, als Antonio sich aufsetzte und die Suppe gefährlich schwappte. »... mit dieser Bianca«, schloß er krächzend.
Antonio sank in die Kissen zurück, während sein Kammerdiener ihn musterte, mit verblüfftem Blick. Giacomo vermutete, daß sein nächtlicher Ritt Bianca gegolten hatte, nicht Veronica. Jetzt würde er denken, daß Bianca der Anlaß für seine Wut war. Besser so, dachte Antonio und senkte den Blick. Er wollte seine geheime Affäre immer noch um jeden Preis schützen.
»Ihr solltet Euch schuldig fühlen«, schalt sein Kammerdiener ihn zögernd. Antonio sagte nichts. Er wußte, daß Giacomo sich ärgerte, weil es seinem Herrn gelungen war, in jener Nacht seinen wachsamen Augen zu entgehen. Denn nun betrachtete er Antonios Flucht als persönliches Versagen. »Jetzt habt Ihr die Suppe verschüttet, und ich habe sie vom Koch eigens für Euch zubereiten lassen. Das Rindfleisch hat stundenlang gekocht, die Brühe ist mit einem frischgelegten Ei und einem Schuß guten Rotweins angereichert. Es ist ein Rezept Eurer Mutter.« Giacomo biß sich bei diesem Schnitzer auf die Lippen und betupfte unglücklich den kleinen Spritzer auf der Bettdecke.
»Es ist noch viel übrig«, sagte Antonio und nahm den Löffel. »Ich kann sehr gut allein essen.« Er aß die Suppe auf und dazu drei der sechs kleinen Brote.
»Wenn Ihr alles aufeßt, weiß ich, daß Ihr genesen seid.« Giacomo grinste süffisant.
Antonio war satt. Er musterte die übrigen Brote und fragte sich, ob es der Mühe wert war. Nein, war es nicht. Er würde nicht in die Falle tappen und Giacomo die Regeln festlegen lassen. »Morgen bin ich wieder bei Kräften.

Ich möchte, daß du heute nach Florenz reitest und unsere Teilnahme an der nächsten Karawane nach Rom bestätigst. Eine haben wir wohl schon verpaßt.«

»An der ersten Karawane hätten wir nie teilnehmen können, selbst wenn Ihr nicht krank geworden wärt, Herr, und die nächste bricht übermorgen auf. Dann wieder eine in einer Woche. Schließen wir uns dieser an?«

»Nein. Wir nehmen die in zwei Tagen. Dann wird es mir gut genug gehen, um zu reiten. Ich will nicht noch eine Woche warten.« Die Abneigung gegen dieses Haus setzte ihm zu. Wenn überhaupt, war es seit seiner Krankheit noch schlimmer geworden, zweifellos das Ergebnis seiner unerträglichen Hilflosigkeit.

Giacomo öffnete den Mund, um ihm zu widersprechen, und Antonio kniff warnend die Augen zusammen. Giacomo tat es ihm nach. »Ihr habt immer noch Fieber, Ihr seht so lebendig aus wie ein Leichnam, und jetzt wollt Ihr in zwei Tagen eine Reise nach Rom antreten. Euer Verstand hat arg gelitten, wenn Ihr so etwas auch nur in Erwägung ziehen könnt. Wenn Ihr sterben wollt, kann ich auch Madonna Laudomias *tisane* holen. Die Ratte hat es schnell genug erlöst.«

Antonio funkelte ihn an. Die Erinnerung an die entstellte Ratte, die Giacomo ihm gestern gezeigt hatte, vertrug sich schlecht mit seinem Frühstück. Man konnte nur wenig mit Giacomo anfangen, wenn er in einer seiner vorwitzigen Stimmungen war. Antonio dachte über den Rat seines Kammerdieners nach. Gewiß, er konnte für eine Woche in die Stadt ziehen. Tat er dies, konnte er vor seiner Abreise mehr Zeit mit Veronica verbringen. Die Versuchung war so groß, daß er ihr fast nachgab. Sein Schwanken mußte sich auf seinem Gesicht gespiegelt haben, denn auf die Lippen seines Kammerdieners trat ein selbstgefälliges Lächeln. »Wenn du nicht willst, daß ich selbst nach Florenz reite und die nötigen Vorkehrungen treffe, Giacomo, wirst du unsere Reservierung noch heute bestätigen.«

Giacomo schmollte. Antonio hoffte inständig, daß er seine Drohung nicht würde wahr machen müssen. Zum Glück wußte sein Kammerdiener, daß er selten leere Drohungen machte. Das einzige, was ihn davon abhalten würde, Florenz zu verlassen, wäre, wenn er in zwei Tagen nicht aufstehen konnte. Er wagte es nicht, es hinauszuschieben. Die Verlockung von Veronicas Anwesenheit war zu stark. Wenn er blieb, würde sein Entschluß ins Wanken geraten. Er könnte seine Entscheidung um eine weitere Woche, einen Monat, zwei Monate verschieben, weil er mit ihr zusammensein wollte. Je länger er zögerte, um so mehr Komplikationen würde es geben. Es würde ohnehin Wochen oder Monate dauern, bis die endgültige Entscheidung feststand, obwohl er bezweifelte, daß er in Rom würde bleiben müssen, sobald die Prozedur erst einmal in Gang gesetzt war.

Giacomo rührte sich immer noch nicht vom Fleck. Ungeduldig schlug Antonio die Bettdecke zurück. Giacomo schrie auf und warf sie wieder über ihn. »Nein, das tut Ihr nicht. Das lasse ich nicht zu. Ihr werdet noch ohnmächtig, fallt vom Pferd und brecht Euch den Schädel. Dann wird mich niemand mehr in Dienst nehmen. Ich werde schuldlos Hungers sterben.«

»Ich nehme an, dann tust du, was ich sage?«

Giacomo rümpfte die Nase.

»Gut. Triff die letzten Vorkehrungen für uns beide. Zum zusätzlichen Schutz stellen wir zwei unserer Wachleute der Karawane zur Verfügung.«

»Wir werden von Briganten umgebracht werden«, jammerte Giacomo. »Auf den Straßen nach Rom treiben sie es besonders schlimm.«

Antonio ging nicht darauf ein. »Nachdem du mit dem Leiter der Karawane gesprochen hast, habe ich noch einen anderen Auftrag für dich. Eine Nachricht – Nachrichten, die du überbringen sollst. Bring mir eine Feder und Papier.«

Als er bekommen hatte, was er brauchte, befaßte Antonio sich zunächst mit seinen Geschäften, sandte Instruktionen an seinen Florentiner *legale*. Außerdem mußte er sich noch um den vergifteten *tisane* kümmern, bevor er abreiste, eine unangenehme Sache. Als nächstes schrieb er eine Notiz an Machiavelli, der ihm von all seinen Bekannten am geeignetsten erschien, um ihn über die Entwicklungen in Florenz auf dem laufenden zu halten, und im Gegenzug gern das Neueste aus Rom erfahren würde. Dann entwarf Antonio einen höflichen Abschiedsbrief an Bianca. Er sollte Giacomo auch Geld für ein letztes Geschenk mitgeben. Diese Reise erwies sich als die einfachste Möglichkeit, mit der Kurtisane zu brechen. Es war stets das beste, sich in gutem Einvernehmen zu trennen, wenn es eben ging, vor allem von einer Frau von ihrem Stolz. Er war nicht so dumm, ihren Wert zu unterschätzen, nur weil sie letztlich nicht das war, was er sich wünschte. Er würde angemessen beredt sein Bedauern ausdrücken, sie verlassen zu müssen, und die Liaison einfach nicht wiederaufnehmen, wenn er nach Florenz zurückkehrte. Danach kam eine Nachricht an Daniele. Er wollte sich von dem Künstler verabschieden, und es würde auch den Brief an Veronica weniger verdächtig machen. Er zögerte, kämpfte gegen sein Verlangen, sich ihr anzuvertrauen. Er wollte seine Pläne nicht aufs Papier bannen.

Madonna Veronica,

ich muß am Freitag mit der Karawane nach Rom abreisen. Nennt eine Stunde und einen Ort, an dem ich Euch morgen treffe und Euch auf Wiedersehen sagen kann. Eure Freundlichkeit verlangt mehr als diesen Brief. Ich muß von Angesicht zu Angesicht mit Euch sprechen.

Antonio di Fabiani

Angewidert blickte er auf die Notiz. Sie hatte keinerlei Eleganz, aber die aneinandergereihten blumigen Phrasen, die er an Bianca schickte, waren noch schlimmer. Er hoffte, daß die Kürze der Nachricht ihr die Dringlichkeit des Treffens vor Augen führte. Nicht die Nachricht war wichtig, sondern ihr Treffen. Es war ihm wichtig, ihre Reaktion auf seine Pläne zu sehen, so oder so. Würde die

Trennung ihr Verlangen nach ihm steigern oder verringern? Der Gedanke, sie selbst nur wenige Wochen nicht zu sehen, erschien ihm unerträglich. Vielleicht könnte sie es ja arrangieren, ihn in Rom zu besuchen? Ob sie kommen würde? War sie überhaupt bereit, auf ihn zu warten? Antonio fluchte leise, als er alle Briefe mit Wachs versiegelte. Sein Kopf tat schrecklich weh, und er vermutete, daß sein Fieber wieder gestiegen war. Vielleicht hatte sein Verstand tatsächlich gelitten, wie Giacomo sagte. Er rief seinen Kammerdiener zurück, reichte ihm die Briefe und gab ihm Geld, um ein Geschenk für Bianca zu kaufen. »Sollte ich schlafen, wenn du zurückkommst, weck mich und gib mir die Antwortschreiben.«

Giacomo ging, und Antonio legte sich wieder in die Kissen. Veronica hatte er nichts geschenkt – nur jene verfluchten Goldmünzen, die sie ihm zurückgegeben hatte. Er wollte ihr ein Andenken schenken, damit sie ihn während seiner Abwesenheit nicht vergaß, aber ihm fiel nichts ein, was bedeutsam genug wäre. Er befühlte den Rubin an seinem Finger, den Ring seiner Mutter, seit langer Zeit ein Teil von ihm. Wenn er ihn Veronica gab, würde sie wissen, daß er zu ihr zurückkehren wollte.

Erschöpft verschlief Antonio fast den ganzen Nachmittag. Es dämmerte, als Giacomo schließlich wiederkam. Da Antonio wach war, schilderte er ihm seine Abenteuer, noch bevor die Tür sich hinter ihm geschlossen hatte.

»Ich bin den ganzen Tag herumgeritten, hierhin und dorthin. Bis auf Euren *legale* war niemand, wo er sein sollte. Madonna Laudomias Gatte inspizierte ein neues Haus, aber ich habe ihn aufgespürt. Hier ist seine Antwort.« Giacomo überreichte Antonio einen Umschlag, dann befühlte er seine Stirn, schnalzte unverbindlich mit der Zunge, bevor er fortfuhr. »Die Dame Bianca war ausgegangen, daher habe ich den Brief und das Geschenk bei ihr hinterlassen. Ich habe ihr Handschuhe gekauft, rotes Leder, mit Patschuli parfümiert und an den Handgelenken mit feinen Silbertressen verziert. Signore Danti war nicht zu Hause, die Dame Veronica ebenfalls nicht, obwohl der

Diener zumindest wußte, wo sie war, weil es große Schwierigkeiten gab.« Giacomo legte eine bedeutungsvolle Pause ein.
»Schwierigkeiten?« fragte Antonio höflich und widerstand dem Impuls, ihn zu erdrosseln.
»Erinnert Ihr Euch noch an den Bettler, den Ihr vor Savonarolas Jugendlichen errettet habt? Nun, wie es scheint, hatte Madonna Danti, die Zigeunerdame, heute nachmittag eine Begegnung mit ebendiesen gemeinen kleinen Straßenratten. Sie haben sie gesteinigt, obwohl es Madonna Veronica gelang, sie in die Flucht zu schlagen. Sie haben die arme Dame zum Palazzo della Montagna gebracht, da er am nächsten lag. Also habe ich ihren Brief dorthingebracht. Ich habe Madonna Veronica selbst nicht gesehen, habe aber ihre Antwort mitgebracht.«
Es war der Brief, der ihn interessierte, doch es gelang Antonio, ihn entgegenzunehmen, als messe er ihm keine große Bedeutung bei, runzelte die Stirn, als sei er enttäuscht. Er bat Giacomo, ihm ein leichtes Abendessen zu bringen, und öffnete den Brief, als dieser das Zimmer verlassen hatte. Er war kurz, und er las ihn schnell durch. Danach runzelte er ernsthaft die Stirn. Er spürte einen Anflug von Furcht, den er zu unterdrücken suchte. Schließlich war sie in Sorge um ihre Urgroßmutter. Und sein eigenes Schreiben war noch kürzer gewesen als ihre Antwort. Er las den Brief noch einmal.

Erledigt Eure Geschäfte, und macht Euch keine Sorgen um mich. Ich brauche Eure Hilfe nicht. Stefano ist jetzt bei mir, und er ist sehr großherzig. Es wäre besser, wenn Ihr nicht herkommt. Mamma Lucias Verletzungen sind nicht so ernst, wie ich befürchtet hatte, und der Arzt sagt, daß sie genesen wird. Ich sehe Euch morgen, wenn ich kann.

In Eile, Veronica

»In Eile«, murmelte Antonio. Der Brief war auf einen Fetzen Papier geschrieben, sogar ohne Anrede. Nicht, daß sie *amoroso* oder *caro mio* geschrieben hätte. Aber selbst »An-

tonio« in ihrer Handschrift wäre ihm vertraut erschienen. Mamma Lucias Verletzungen mußten ernster sein, als sie zugab, wenn sie eine solch hastige Antwort schrieb.
Er wäre sogleich zu ihr geeilt, um ihr Schutz und Trost anzubieten, doch bat sie ihn, es nicht zu tun. Warum nur? War sie besorgt, weil er krank gewesen war? Wäre seine Gegenwart nichts anderes als eine Ablenkung? Gewiß, er wollte ihr mehr geben als Trost, aber so selbstsüchtig, diese Wünsche nicht zurückstellen zu können, war er nicht. Er wußte nicht einmal, ob er die Kraft hatte, sie in die Tat umzusetzen. Ihre Pläne für die Zukunft waren wichtiger als die Leidenschaft eines Augenblicks.
Stefano ist »sehr großherzig«. Konnte sie tatsächlich annehmen, daß die Gegenwart seines Vetters ihn beruhigen würde? Wollte sie seine Eifersucht erregen? Es schien sie nicht zu beunruhigen, daß er Florenz verlassen wollte. Vermutlich überspielte sie mit dieser knappen Botschaft ihren Zorn, ihre Verletztheit. Es sei denn, sie wollte ihm damit sagen, daß ihre Affäre beendet war. »Ich brauche Euch nicht.« War das Zorn oder Entlassung?
Antonio zerknüllte den Brief und warf ihn weg. Irgend etwas stimmte da nicht. Er hoffte, daß es nur ihre Verstörung wegen Mamma Lucias Leiden war. Wenn sie ihm bis morgen früh keine Nachricht sandte, würde er zu ihr gehen.

»Warum könnt Ihr nicht bis zur nächsten Karawane warten, Herr? Warum wollt Ihr Euch heute in die Stadt schleppen? Ihr werdet wieder krank, wenn Ihr so viele Wege macht«, stöhnte Giacomo, als er ihm in sein Hemd half. »Das nächste Mal wird es Eure Lunge in Mitleidenschaft ziehen, das spüre ich. Ich könnte Euch ebensogut in Euer Totenhemd helfen.«
»Genug, Giacomo.« Antonio wußte, daß er das nicht den ganzen Tag ertragen würde. »Ich reite heute nachmittag nach Florenz. Ich nehme eine der Wachen mit. Du bleibst hier und packst. Wir brechen wie geplant morgen auf.«
»Ja, Herr.« Giacomo verfiel in beleidigtes Schweigen. Die

Verschnaufpause würde längstens zwei Minuten dauern. Allerdings würde Antonio bis dahin angekleidet sein und das Zimmer verlassen, und der Kammerdiener konnte seine Bemerkungen an den Kleiderschrank seines Herrn richten.
Antonio verbrachte einen anstrengenden Morgen; er sprach mit seinem Vater über Geschäfte, zog soviel von seinem unabhängigen Vermögen ab, wie er konnte. Er gab keinerlei Hinweis auf das wahre Ziel seiner Reise nach Rom, stellte jedoch klar, daß er so bald wie möglich sein früheres Leben wiederaufnehmen wollte. Die derzeitige Situation war für sie beide unerträglich, und sein Vater schien ebenso erleichtert wie zornig über seine Abreise zu sein. Antonio war klar, daß sich das ändern würde, sobald sein Ersuchen um Annullierung bekannt wurde. Gleichgültig, ob sein Vater ihn aus dem Haus haben wollte, ebenso wie er sich danach sehnte, es zu verlassen – solch ein extremer Verstoß gegen die Konvention würde als Verrat aufgefaßt werden.
Um die Mittagszeit hatte er immer noch keine Nachricht von Veronica erhalten. Antonio verabschiedete sich kurz von seinem Vater und Dorotea, dann ritt er nach Florenz. Er ritt geradewegs zum Palazzo seines Schwiegervaters. Dort angekommen, reichte er gerade einem Stallburschen die Zügel, als Luigi herauskam, um ihn mit falscher Jovialität zu begrüßen. »Antonio, welch angenehme Überraschung. Was führt Euch hierher?«
»Ich bin gekommen, um Euch meinen Respekt zu erweisen, bevor ich abreise«, erwiderte er. »Ich breche morgen nach Rom auf.«
»Nach Rom!« rief Luigi aus. »Was mag Euch nur so schnell von Eurem Brautlager entführen?«
»Geschäfte, die keinen Aufschub dulden.«
»Ah ja, die Dukaten beherrschen unser aller Leben.« Luigi seufzte.
»Ich habe von dem unerfreulichen Vorfall gehört, in den Madonna Lucia verwickelt war«, sagte Antonio. »Geht es ihr heute besser?«

Luigi zuckte mit den Schultern. »Sie lebt noch, ist aber arg verletzt, und es sind irgendwelche Knochen gebrochen, die in ihrem Alter nur schwer heilen werden, doch hat sie Glück, überhaupt entkommen zu sein. Mit ihrer Wahrsagerei und ihren Zigeunertränken hat die alte Frau es selbst heraufbeschworen. Was sie tut, ist gegen Gott und das Gesetz.«

»Wie ich hörte, tut sie mehr Gutes als Böses, was man von den Anhängern Savonarolas nicht behaupten kann«, bemerkte Antonio und betrachtete seinen Schwiegervater neugierig. Luigis letzte Bemerkung klang, als ahme er seine Gattin nach. Aber zu welchem Zweck? Luigi empfand keinerlei Liebe für Savonarola oder seine Verbündeten, daher hatte Antonio keinen Grund anzunehmen, daß er glaubte, was er sagte. Vermutlich ärgerte er sich nur über die unliebsame Gesellschaft. Marias kleinliche Rache sorgte für weit mehr Schwierigkeiten als Mamma Lucias kurze Anwesenheit, da war er sicher.

»Ihr solltet besser aufpassen, wem Ihr Gehör schenkt«, sagte Luigi und lächelte unangenehm. Antonio fragte sich, ob diese Warnung sich auf Savonarola oder auf Veronica bezog, doch dann fügte Luigi hinzu: »Savonarola nimmt Kritik nicht gerade freundlich auf.«

»Habt Ihr von irgendwelchen Plänen gehört, daß er gegen seine Kritiker vorgehen will?« erkundigte Antonio sich, doch Luigi schüttelte den Kopf. Antonio wandte sich dem Grund seines Besuchs zu. »Daniele und die Dame Veronica sprachen vor, als ich krank war«, sagte er. »Ich konnte sie nicht empfangen und wollte mich vor meiner Abreise verabschieden. Ich dachte, sie wären heute vielleicht hier.«

»Ich habe diesen Gecken von Künstler lange nicht mehr gesehen«, erwiderte Luigi verächtlich. »Was Veronica betrifft, will die alte Dame bestimmte Kräuter haben, und Veronica ist sie suchen gegangen. Euer Vetter begleitet sie, glaube ich, aber ob zum Apotheker oder in den Wald, weiß ich nicht«, fügte er anzüglich hinzu.

Antonio verzog keine Miene, zeigte weder seine Bestürzung noch seine Wut. Wenn Veronica Kräuter suchen gehen konnte, hätte sie auch die Zeit erübrigen können, sich von ihm zu verabschieden. Ihm wenigstens eine andere Nachricht schicken können. Offenbar war es ein Fehler gewesen, ihr nur eine so kurze Notiz zu senden. Aber er hatte klargemacht, daß er sich ihr näher erklären wollte. Wenn sie sich verlassen fühlte, wäre es ein leichtes gewesen, ihr Zuversicht zu geben, daß er ihretwegen zurückkommen wollte. Es sei denn, sie hatte entschieden, daß sie ihm einen anderen Liebhaber vorzog, jemanden, der in ihrer Nähe blieb? Entsprach Luigis Einschätzung Stefanos der Wahrheit oder nur einen Spiegel seiner eigenen lüsternen und boshaften Natur? Nur Veronica konnte Antonio eine Antwort darauf geben.

Er holte seinen Hengst und stieg auf. »Ich komme heute abend zurück, wenn mir noch Zeit bleibt«, sagte er und hoffte, daß es einigermaßen unbeteiligt klang. Er hatte keinen Grund, nach Florenz zurückzukehren, außer Veronica. Würde sie es so arrangieren, daß sie sich nicht mehr sahen?

»Ihr solltet die Euch verbleibende Zeit mit Eurer Braut verbringen, Antonio. Sie wird Eure Gesellschaft schmerzlich vermissen, während Ihr Euren Geschäften in Rom nachgeht.« Luigi lächelte anzüglich.

Antonio erwiderte nichts darauf, wußte er doch, daß Dorotea seine Abwesenheit weit lieber war als seine Gegenwart. Er verabschiedete sich von seinem Schwiegervater, ritt weiter zu Danieles Haus, weil er Veronica dort zu finden hoffte. Sie war nicht zu Hause, und der Künstler war ebenfalls nicht da. Seine einzige Hoffnung war, zur angegebenen Zeit noch einmal zum Palazzo della Montagna zurückzukehren.

Antonio lenkte Ombra wieder in das Herz von Florenz und wünschte, er könnte die nächste Aufgabe, die er sich gestellt hatte, vermeiden. Zwangsläufig dachte er an die tote Ratte, die Giacomo ihm gezeigt hatte und die zuvor mit Laudomias Geschenk gefüttert worden war. Er hatte nicht den Wunsch, Laudomia zu schaden, aber sein Mit-

gefühl ging wiederum nicht so weit, an seiner eigenen Ermordung mitzuwirken. Seine Rachepläne bezogen nicht ihren Tod mit ein, und selbst ihre Überführung könnte der Anlaß für eine Blutfehde sein. Sonst stand ihm nur noch ein Weg zur Verfügung. Während Laudomia auf Drohungen oder Erpressung niemals reagieren würde, könnte ihr Gatte dafür empfänglich sein. Es war ein Risiko. Man sah deutlich, daß sie Aldus in Verlegenheit brachte, aber er war ein schwacher Mann. Wenn diese Schwäche sein Entsetzen über die mörderischen Intrigen seiner Gattin überwog, würde Antonio seine Absichten umsonst offenbaren und sich weiteren Vergeltungsschlägen aussetzen. Aldus konnte alles, was er ihm erzählte, weitergeben. Antonio hatte den *tisane*, aber keinen Beweis, daß er ihn nicht etwa selbst vergiftet hatte. Er hatte, anders als Laudomia, kein Motiv, aber das spielte angesichts dessen, was ihr Gatte lieber glauben wollte, vielleicht keine Rolle.
Aldus empfing ihn auf dem Hof und führte ihn in den Palazzo, sein massiger Körper zitterte vor Furcht. Antonio wurde freundlicher aufgenommen, als er zu hoffen gewagt hatte. Aldus glaubte seine Geschichte und fragte ihn besorgt um Rat. Er liebte seine Frau nicht, und die Heftigkeit ihrer Obsession versetzte ihn fast in Panik. Laudomia war in seinen Augen zu einem unberechenbaren Faktor geworden. Aldus hatte bereits nach einem Vorwand gesucht, um Maßnahmen zu ergreifen, und nach einer Person, die ihn unterstützte. Antonio lieferte ihm beides. Sein Gegenüber war wie Wachs in seinen Händen, aber Antonio konnte nur hoffen, daß Aldus zu ihren Absprachen stehen würde. Antonio schlug ein diskretes, abgelegenes Kloster vor, dessen Ruf auf der geschickten Handhabung schwieriger Damen von Rang beruhte. Die Diskretion des Klosters umfaßte eine große Palette gesellschaftlicher Verfehlungen, von schlichten erotischen Indiskretionen bis zu Gewalttätigkeit und Wahnsinn. Antonio wußte, daß es ebenso der verbrecherischen Gier und der rachsüchtigen Langweile männlicher Verwandter zupaß kam, die Freiheit von ihren Frauen wünschten. Viele der Frauen, die

dort festgehalten wurden, hatten sich nichts zuschulden kommen lassen, wurden nur als störend empfunden, aber Laudomia zumindest hätte sich ihr Schicksal selbst zuzuschreiben.
»Ein Gefängnis«, murmelte Aldus und trommelte mit seinen Fäusten auf seine Oberschenkel.
»Ja, ein Gefängnis, aber eines, in dem man sie höflich und gut behandelt. Und ihre Wärterinnen, die sich auf Eure anhaltende Großzügigkeit verlassen, werden keinem Bestechungsversuch von ihrer Seite nachgeben.«
»Ich nehme an, es ist kostspielig?«
»Ja, aber ihre Gefangenschaft wird Euch vermutlich weit weniger kosten als ihre Freiheit«, sagte Antonio und nannte ihm dann den stolzen Preis des Klosters.
»Ja, ja, in der Tat.« Aldus nickte, als halte er die Leistungen für diesen Preis noch für billig.
Aldus bat Antonio, noch zu bleiben, sagte, er wolle gern noch eine eigene Probe durchführen. Als Laudomia eine halbe Stunde später erschien, stand ihr aufgebrühter *tisane* bereit. Schweigend bot ihr Gatte ihr eine Tasse der tödlichen Mischung an. Laudomia starrte Antonio an, nahm sie und setzte sie an die Lippen. Antonio dachte, sie werde ihn trinken. Erleichterung kämpfte mit Enttäuschung, als sie die Tasse auf dem Marmorfußboden zerschmetterte.
»Das war auch mein Urteil«, bemerkte er sarkastisch.
Laudomia stürzte sich auf ihn, eine Furie des Hasses, und wollte ihm die Nägel in die Augen schlagen. Er packte ihre Handgelenke und hielt sie fest. Sie kämpfte gegen ihn an, kreischte zusammenhanglose Flüche und Beschimpfungen, versuchte ihn zu blenden, zu zerkratzen, zu treten, zu beißen. Um ihm nur eine Spur des Schmerzes zuzufügen, den sie in den vergangenen zwölf Jahren erlitten – und genährt – hatte.
»Ruft Eure Wachen«, fuhr Antonio Aldus an, der sich im Hintergrund hielt, nur stöhnte und mit den Händen wedelte. Er gehorchte und floh nach draußen. Laudomia, die Schaum vor dem Mund hatte, bog sich ihm entgegen. An-

tonio packte ihre Handgelenke mit einer Hand und schlug ihr fest ins Gesicht. Einen Augenblick lang starrte sie ihn nur an, das Staunen verschleierte ihre haßerfüllten Augen. Dann fiel sie ohnmächtig zu Boden.

Antonio blickte zu ihr hinunter, sein Mitleid war von Abscheu gefärbt. Aldus kam mit zwei Männern zurück, warf einen bestürzten Blick auf seine bewußtlose Frau und einen vorwurfsvollen, gekränkten Blick auf Antonio. Da Antonio ihm nicht traute, gab er den Wachen knappe Anweisungen, dann überließ er Laudomia ihrer liebevollen Obhut. Im Hof überkam ihn große Erschöpfung, und kalte Schauer liefen ihm über den Rücken. Er bestieg Ombra, ritt zu einem der besseren Gasthäuser und nahm sich ein Zimmer für die Nacht, da er weder die Energie noch die Neigung hatte, zum Gut seines Vaters zurückzukehren. Er schickte die Wache mit einer höflichen Version dieser Empfindungen zurück, außerdem sollte der Mann Giacomo bitten, ihm Kleider zum Wechseln zu senden. Die Kleider, die er am Leibe trug, waren wegen seines wiederkehrenden Fiebers schweißgetränkt. Er hätte sie waschen lassen können, wollte jedoch im Notfall nicht ohne Kleider dastehen. Antonio legte sie über einen Stuhl, um sie zu trocknen, bat den Wirt, ihn um sieben Uhr zu wecken, und ging ins Bett, in der Hoffnung, daß einige Stunden Schlaf das verfluchte Fieber senken würden.

Natürlich wurde er von Giacomo geweckt, der ein Tablett mit dem Besten, was die Küche des Gasthauses zu bieten hatte, in den Händen hielt. Antonio aß soviel er konnte, während Giacomo abwechselnd versicherte, das Gepäck werde am nächsten Morgen pünktlich eintreffen, und düstere Warnungen wegen des unvernünftigen Verhaltens seines Herrn ausstieß. Das Fieber war verschwunden, hoffentlich endgültig, daher konnte er das Gemurre seines Kammerdieners leicht übergehen. Er zog sein frisches Hemd an und sagte Giacomo, er werde ausgehen, allein.

Gegen acht kehrte er zum Palazzo della Montagna zurück, überzeugt, daß Veronica schon vor langer Zeit zurückgekommen sein mußte. Ein Diener führte ihn in den Salon, aber dort erwartete ihn Dorotea. Sie nahm an, er sei ihretwegen gekommen, und Antonio klärte sie nicht über ihren Irrtum auf. Sie vollführte einen Knicks, dann setzte sie sich ihm gegenüber auf einen Stuhl und spielte erregt mit ihrem Rosenkranz.

Was jetzt? Er konnte Stunden warten unter dem Vorwand, Zeit mit Dorotea zu verbringen, doch wenn Veronica zögerte, mit ihm zu sprechen, wäre eine Begegnung unmöglich. Aber eine Szene konnte er wohl kaum machen. Ihm war daran gelegen, ihren Ruf zu schützen, nicht Zwietracht in der Familie zu säen. Diese würde sich noch früh genug einstellen, wenn er in Rom Erfolg hatte. Doroteas Unruhe veranlaßte ihn zu einer Vermutung, die sowohl die Umstände als auch ihr Verhalten erklärte. »Habt Ihr vor, bei Euren Eltern zu wohnen, während ich in Rom bin?«

»Verzeiht mir, mein Gemahl. Ich hatte heute morgen keine Zeit, mit Euch zu sprechen«, sagte sie und warf ihm unter ihren gesenkten Lidern hervor einen flüchtigen, ärgerlichen Blick zu. »Dann sandtet Ihr Nachricht, daß Ihr nicht zurückkommen würdet. Meine Mutter bat mich, hierherzukommen und ihr Gesellschaft zu leisten, und Euer Vater gab mir die Erlaubnis.«

»Natürlich, wenn es Euch glücklich macht.«

»Mein Glück ist das Eure, mein Gemahl«, erwiderte sie, eine Phrase, die sie auswendig gelernt hatte.

Antonio fragte sich, ob sie wohl jemals im Leben glücklich gewesen war. Die wenige Freude, die ihr von Natur gegeben war, hatten ihre herrischen Eltern zerstört. Religiöse Schwärmerei war alles, was sie an Leidenschaft empfand. Sie wollte nicht mit ihm verheiratet sein, aber sie würde sich der Demütigung der Annullierung hingeben, nicht an ihrer Freiheit freuen. Nicht, daß sie Freiheit erlangen würde, nur einen kurzen Aufschub. Luigi würde sie gewiß zu einer neuen Heirat zwingen, und der nächste Gatte, den er auswählte, würde sich vielleicht als noch schlimmer erweisen als er. Er hatte Mitleid mit ihr, aber er konnte ihr keinen Trost bieten, nicht einmal Höflichkeit, die nicht nach Heuchelei roch.

Maria trat ein und begrüßte ihn. »Ihr seht immer noch krank aus, Antonio«, bemerkte sie. »Ich werde Euch einen *tisane* aufbrühen lassen.«
»Nein, vielen Dank. Ich habe gerade etwas zu mir genommen.«
»Es geht nicht um Euer Vergnügen, sondern um Eure Gesundheit.« Es war ein Befehl, kein Angebot, und sie schickte sogleich ihren Diener, um die Arznei vorzubereiten.
»Hat Madonna Lucia sich von ihren Verletzungen erholt?« Aus Mitgefühl mit der alten Zigeunerin fragte er, aber auch aus ungestillter Neugier. Er hatte ihr Unglück nicht dazu benutzen wollen, um eine Unterredung mit Veronica zu erreichen, doch wenn es nicht anders ging, würde er es tun. Unter normalen Umständen hätte er Mamma Lucia ebenfalls aufgesucht, daher war seine Bitte unverfänglich. »Würdet Ihr mir ihr Zimmer zeigen? Ich möchte gern mit ihr sprechen.«
»Ich glaube, sie erholt sich allmählich«, sagte Maria knapp, »aber Besucher darf sie keine empfangen. Fra Domenico da Pescia kam heute, um sich für den Übereifer der Jungen zu entschuldigen. Selbst er wurde nicht vorgelassen.«
»Er hat sich entschuldigt?«
»Die Jungen haben aus ihrem Gerechtigkeitsgefühl heraus gehandelt«, sagte Maria trotzig. »Allerdings glaubt Savonarola ebenso an die Gerechtigkeit der Menschen wie an die Gerechtigkeit Gottes. Er will keine Gewalt auf den Straßen von Florenz.«
Dann sollte er seine Banden besser kontrollieren, dachte Antonio, doch er wollte seine Schwiegermutter nicht noch mehr reizen. »Wer kümmert sich denn um Mamma Lucia, Daniele und Veronica?«
»Im Augenblick nur die Krankenschwester. Veronica hat wie gewohnt unendlich große Scherereien gemacht, mischte sich unablässig ein, kritisierte die Behandlung des Arztes, verlangte dies, verweigerte das, hat alle möglichen unerwünschten Personen ins Haus gebracht.

Schließlich wollte selbst mein Gatte nichts mehr davon wissen. Er sagte mir, er werde Veronica sagen, daß sie das Haus verlassen müsse, oder er würde ihre Urgroßmutter wegbringen lassen. Vor diese Wahl gestellt, hat sie das Haus freiwillig verlassen. Hoffentlich geht es ihrer Verwandten morgen gut genug, um ebenfalls zu gehen. In diesem Fall weiß ich nicht, ob es unchristlicher gewesen wäre, jede Hilfe zu verweigern als sie zu gewähren. Es verstört die Seele, solch eine Person im Haus zu haben, und das tagelang. Ich habe Dorotea verboten, auch nur in ihre Nähe zu gehen, und ebensowenig werde ich mich selbst besudeln, indem ich sie berühre.«
»Ich bin überzeugt, Eure Nächstenliebe wird gebührend belohnt werden«, sagte Antonio. Veronica war bereits fort? Antonio bezweifelte, daß seine Schwiegereltern ihn belogen. Er würde es noch einmal bei Daniele versuchen. Vielleicht wartete sie dort auf ihn.
»Veronica blieb schließlich keine andere Wahl. Daniele ließ sich nicht dazu herab, hier zu erscheinen. Aber was kann man anderes erwarten? Er ist ein oberflächlicher Mann, ausschließlich auf seine perfiden Vergnügungen bedacht. Als Veronica ihre Urgroßmutter herbrachte, wurde sie statt dessen von Eurem Vetter Stefano begleitet. Ob der junge Mann seine Hilfe aus Ritterlichkeit anbot oder weil er behext ist, kann ich nicht sagen. Ich denke, Ihr solltet Euren Vetter warnen, daß sie einen schlechten Einfluß ausüben kann. Es war abstoßend, wie sie ihre … Verbindung … mit ihm hier in unserem Flur zur Schau stellte.«
Sie hatte ihre Verbindung mit Stefano zur Schau gestellt? Was hatte Veronica getan, um Anlaß zu dieser Bemerkung zu geben? Wie konnte er an ihre Unschuld glauben, wenn ihr Verhalten so unmißverständlich war, daß sowohl Luigi als auch Maria es kommentierten? Andererseits waren Marias Gedanken auf ihre Weise ebenso abscheulich wie die Luigis, beide witterten Lüsternheit in den harmlosesten Handlungen.
»Sie sind beide von liebevoller Natur«, begann Antonio.

»Sie küßte ihn. Auf den Mund.« Maria verzog angeekelt die Lippen. »Derlei Unzucht dulde ich nicht in meinem Haus. Vor meinen eigenen Augen.«

Ehe Antonio sich eine Antwort oder eine weitere Frage ausdenken konnte, erfüllte ein ekelerregender Geruch das Zimmer. Ein Diener erschien in der Tür, er brachte Marias *tisane*. Seine Schwiegermutter sah ihn erwartungsvoll an, ein gehässiges Lächeln spielte um ihre Mundwinkel. Antonio wollte verdammt sein, ehe auch nur ein Tropfen dieses üblen Getränks über seine Lippen kam. Er hatte den beiden Frauen nichts mehr zu sagen, also erhob er sich, verabschiedete sich kurz von ihnen und fügte hinzu, er müsse sich vor der Abreise noch um vieles kümmern.

Nachdem er das Haus verlassen hatte, ritt Antonio zu Danieles Villa, traf dort aber nur die Dienerschaft an. Obwohl er Mamma Lucia nie aufgesucht hatte, wußte er, wo sie wohnte. Dorthin wandte er sich als nächstes, weil er dachte, Veronica habe sich vielleicht mit den Dingen ihrer Urgroßmutter umgeben wollen, um sich zu trösten und um sie zu bewachen. Es war ein langer Ritt, und der Turm war dunkel, als er dort ankam. Niemand antwortete auf sein Klopfen, nichts deutete auf einen Bewohner hin, aber völlig sicher konnte er nicht sein. Als er wieder auf sein Pferd stieg, starrte er auf die geschlossenen Fensterläden, bis ihm schwindelig wurde und er im Sattel schwankte. Fröstelnd lenkte er Ombra in die Stadt zurück.

Er wußte nicht, wo er sonst noch nach ihr suchen sollte – außer natürlich am offensichtlichen Ort. Bei seinem Vetter. Antonio ritt zum Palazzo seiner Eltern, obwohl es unwahrscheinlich war, daß er sie dorthin mitnehmen würde. Man sagte ihm, Stefano sei den ganzen Tag nicht dagewesen und werde erst morgen zurückerwartet. Antonio wußte nicht, wo er noch nach ihnen suchen sollte, und ebensowenig wußte er, was er tun würde, wenn er sie zusammen fand. Nichts, nahm er an, welch mörderische Gedanken er jetzt auch hegen mochte. Er wollte keine Blutfehden mehr, und die Erfahrung hatte ihn gelehrt, daß das Vergnügen darüber, Stefano den Hals zu brechen, nur

allzu kurz währen würde. Doch wenn ihre Liebschaft beendet war, dann sollte Veronica es ihm ins Gesicht sagen. Es war eine Folter, zu vermuten, aber nicht zu wissen. Er lächelte bitter. Natürlich wäre es eine ebensolche Folter, es zu wissen. Er konnte sich nicht vorstellen, daß er sie nicht mehr begehren würde, nur weil sie es nicht wert war. Die Liebe, diese Farce, war niemals so einfach. Die einzige Entschädigung für Antonios Suche war Erschöpfung. Er trug Giacomo auf, ihn zur Morgendämmerung zu wecken, und schlief ein, sobald er ins Bett geschlüpft war. Die Sonne stand schon hoch am Himmel, als er erwachte, und Giacomo bestand streitlustig darauf, daß er die Ruhe brauchte. Antonio kleidete sich hastig an, dann schlang er einen vernünftigen Teil des üppigen Frühstücks hinunter, das sein Kammerdiener bestellt hatte. Giacomo machte soviel Aufhebens, um ihren Aufbruch zu verzögern, daß er ihn anfuhr: »Es geht mir gut genug, um zu reiten. Nur das zählt. Ich breche in zwei Minuten auf, mit dir oder ohne dich.«
Sie langten zwanzig Minuten vor dem Aufbruch am Treffpunkt der Karawane an. Wie versprochen, waren die Wachleute bereits da und paßten auf das Gepäck auf. Giacomo hing an ihm wie eine Klette, sein Gesicht war zerfurcht von Sorgenfalten. Es ermüdete Antonio, ihn nur anzusehen. Er befahl seinem Kammerdiener, ihre Habseligkeiten zu überprüfen, dann ging er schnell über den Platz, suchte in der Menge nach Veronica. Die Karawane war leicht zu finden, wenn sie ihn finden wollte. Er haßte sich selbst, weil er immer noch hoffte, daß dies alles ein großes Mißverständnis war, daß sie die Nacht nicht in Stefanos Armen verbracht hatte. Daß sie kommen würde, um ihm auf Wiedersehen zu sagen.
Der letzte Aufruf kam, Antonio kehrte zu seinen Männern zurück und bestieg Ombra. Er ertappte sich bei der Überlegung, ob er die Reise nicht absagen und sich der Karawane in der nächsten Woche anschließen sollte. Eine Unterredung erzwingen sollte, um die Zweifel auszulöschen, die ihn quälten. Wut wallte in ihm auf, und er

schürte sie, da sie weit angenehmer war als die lähmende Unruhe, hatte er doch geschworen, sich nie wieder zum Narren einer Frau zu machen. Sein Herz aber gehörte dennoch nicht mehr ihm, Veronica hatte es an die Leine gelegt, zerrte es hin und her wie ein dressiertes Schoßhündchen. Es vollführte ihr zuliebe Saltos und bettelte um die Brocken von ihrem Tisch. Und sie ignorierte natürlich seine Kunststückchen.

Sie hatte gelogen, als sie sagte, sie liebe ihn, oder aber sie hatte die Wahrheit des Augenblicks gesagt. Was immer sie für ihn empfinden mochte, es war offenbar nicht stark genug, um ihren Unwillen über seine Abreise zu überwinden. Wenn seine Gefühle soviel stärker waren als ihre, war das Verhältnis zu gefährlich. Warum sich an eine Hoffnung klammern, die nur noch mehr Schmerz verhieß? Sein Verstand konnte seine Gefühle nicht beherrschen, aber er würde seine Handlungen beherrschen.

Neben ihm schrie Giacomo bestürzt auf. Als Antonio aufsah, erblickte er Bianca, die sich ihm zu Pferd näherte, ihr geölter Eunuch trottete hinterdrein. War sie gekommen, um sich von ihm zu verabschieden? Dann bemerkte er, daß sowohl Bianca als auch ihr Diener Reisekleider trugen, keine prunkvollen Gewänder. Antonio packte erneut die Wut über ihre Dreistigkeit, die in einem Anfall von Müdigkeit versickerte. Er konnte jetzt nichts anderes tun, als mit ihr zu reisen oder gar nicht zu reisen. Als Bianca näher kam, sah er, daß sie praktischere Kleider trug, als er erwartet hätte, einen hübschen Anzug aus feiner grauer Wolle. Das einzig ausgefallene Accessoire waren rote Handschuhe, verschwenderisch mit Silber bestickt. Ach ja, das Abschiedsgeschenk, das Giacomo an seiner Statt ausgewählt hatte. Sein Kammerdiener hatte seine Sache gut gemacht, zumal Giacomos eigene Wahl wohl eher auf ein Halsband aus Nesseln oder ein ähnliches Folterwerkzeug gefallen wäre. Im Augenblick war Antonio mit ihm einer Meinung.

Bianca lächelte ihn strahlend an, aber er sah die Anspannung in ihrem Gesicht. Seine Miene hieß sie kaum will-

kommen. »Antonio, ich hoffe, Ihr seid erfreut, daß wir gemeinsam nach Rom reisen. Ich verfüge dort über Ländereien, und es ist eine notarielle Frage aufgetaucht, die meine Anwesenheit erforderlich macht. Ich habe von Eurer kürzlichen Trauer und Eurer Krankheit erfahren und wollte Florenz nicht ohne ein Wort des Abschieds verlassen. Ich hatte geplant, eine spätere Karawane zu nehmen, und dann eröffnete mir Euer Brief diese Gelegenheit. Ich dachte, es würde die Reise angenehmer für uns beide machen. Vielleicht können wir sogar gemeinsam zurückkehren, wenn Ihr vorhabt, nach Florenz zurückzugehen?«
»Ja, das habe ich vor, aber ich weiß nicht, wann«, sagte er dumpf. Bei dieser kalten Antwort reckte Bianca stolz das Kinn. Offenbar hatte sie mehr Begeisterung erwartet. In einer anderen Zeit hätte er sich vielleicht geschmeichelt gefühlt, weil sie ihre Pläne den seinen angepaßt hatte. In ihrer Pose lag Trotz, doch in ihren Augen flackerte auch etwas anderes auf, das seine Neugier weckte. Furcht? So eitel sie war, wußte die Kurtisane doch, daß ihre Handlungsweise anmaßend war. Es sah ihr nicht ähnlich, in dieser Art ihren Stolz zu riskieren. Inwieweit war ihr Schachzug auf Bequemlichkeit oder auf Gier zurückzuführen und inwieweit auf Verlangen? Die Anspannung, die von ihrer kühlen, eleganten Gestalt ausging, gab ihm eine unerwartete Antwort. Bianca liebte ihn. Bis ins Mark professionell, verstand die Kurtisane sich bestens darauf, ihre Gefühle zu kaschieren, doch jetzt, da er danach Ausschau hielt, sah er das Geheimnis in ihren Augen verborgen. Er wandte das Gesicht ab, damit Bianca seine Bestürzung und sein Mitleid nicht lesen konnte. Welche Ironie, dachte Antonio müde. Die Frau, die ich liebe, flieht mich, während die Frau, die ich bezahle, sich an meine Fersen heftet. Er war zugleich gerührt und seltsam verwirrt, als hätte die Gepardin des Sultans eine unnatürliche Zuneigung zu ihm gefaßt.
»Vergebt mir meine Unhöflichkeit«, sagte Antonio und hob den Kopf, um ihren fragenden Blick aufzufangen. »Wie Ihr bemerkt habt, stehe ich unter großer Anspan-

nung. Ich glaube nicht, daß Ihr mich als angenehmen Reisegefährten empfinden werdet.« Er wollte sie nicht kränken, allerdings wollte er auch keine Erwartungen von Intimität ermutigen.
»Ich sehe, daß Ihr noch nicht vollständig genesen seid, Antonio«, sagte Bianca und musterte ihn. »Ihr seht müde aus. Mein Dimitri besitzt großes Geschick in der Zubereitung von Kräutern. Ich werde ihn einen speziellen *tisane* für Euch aufbrühen lassen.«
Antonio lachte auf, obwohl es wohl kaum witzig war. Der Teufel selbst mußte seinen Schabernack mit ihm treiben. Bianca hob fragend die Brauen, daher sagte er: »Ich bin in den letzten Tagen in *tisanes* versunken, Madonna. Ich bezweifle, daß ich noch eine Tasse überstehe, ohne zu ertrinken.«
»Ich versichere Euch, Antonio, dieser *tisane* wird sowohl Eurem Gaumen munden als auch Eure Kräfte wiederherstellen.« Sie lächelte aufreizend. »Ihr müßt wissen, daß mir sehr daran gelegen ist, daß Ihr Eure Kräfte wiedererlangt.«
Es gelang Antonio, den Anflug eines Lächelns zustande zu bringen, aber er ging nicht auf ihr Geplänkel ein. So schön Bianca auch war, er fühlte sich nicht mehr zu ihr hingezogen. Im Augenblick erschien ihm ein Leben in Enthaltsamkeit unendlich reizvoll. Wenn es nur so einfach wäre. Antonio wußte, daß sein starker erotischer Hunger zurückkehren würde, sobald seine Gesundheit wiederhergestellt war. Aber er würde sich nach Veronica sehnen. Sein Hunger nach ihr war ein Hunger des Herzens, der von keiner anderen gestillt werden konnte.
»Ich werde Euren *tisane* kosten, Madonna. Aber ich muß Euch sagen, daß ich an seiner Fähigkeit, meine Lebensgeister zu wecken, Zweifel hege.«
»Ich habe großes Vertrauen zu meinen Arzneien, Antonio. Bisher haben sie mich noch nie im Stich gelassen.«
Ihr zuversichtlicher Ton ließ ihn frösteln. Er hoffte, daß Bianca seine Krankheit, seine Niedergeschlagenheit über den Tod seiner Mutter als Vorwand, sie zu meiden, ak-

zeptieren würde. Da er selbst litt, wollte er sie nicht auch kränken. Antonio merkte, daß er den Gedanken, die Kurtisane zurückzuweisen, fürchtete. Aber er wußte nicht, wie er es vermeiden konnte. Nachdem er sich seine Liebe zu Veronica eingestanden hatte, würden ihm Biancas Umarmungen wenig Lust gewähren, trotz ihrer Geschicklichkeit. Zweifellos war es dumm, sich selbst dieses kleine Vergnügen zu verweigern, zumal er über seine Besessenheit hinwegkommen mußte. Aber Bianca hatte gerade einen Preis angesetzt, der ihm zu hoch war. Geld konnte er ihr geben. Gefühlsmäßig war er ein armer Mann.

Der Leiter der Karawane gab die Losung zum Aufbruch aus. Gegen seinen Willen suchte Antonio noch einmal die Menge ab. Er entdeckte nicht Veronica, sondern seinen Vater, der auf einem Grauschimmel saß und sein Gespräch mit Bianca verfolgte. Zweifellos würde seine Abreise in Gesellschaft der Kurtisane für saftigen Klatsch in ganz Florenz sorgen, aber ihn kümmerte es nicht mehr, was sein Vater über ihn dachte. Sie starrten einander über den Platz hinweg an. Er spürte die Verachtung und den Haß seines Vaters, verabschiedete sich aber auch ungeachtet dessen nicht von ihm, sondern freute sich, ihn los zu sein. Antonio nahm all seine Kraft zusammen, erwiderte den Blick und übertraf ihn. Sein Vater wandte sich ab. Welch kleinlicher Triumph! Die Anstrengung ließ ihn erschöpft und bitter zurück. In Florenz gab es keine lohnende Schlacht mehr für ihn zu schlagen. In Rom warteten Sieg und Freiheit.

19. Kapitel

DIE FLUCHT

Die Sechs der Schwerter«, murmelte Mamma Lucia so leise, daß Veronica sie kaum verstand. Der Schlaftrunk, den der Arzt ihr gegeben hatte, war zu stark. Sie war immer noch benommen. »Reise.«

»Was ist los, Mamma Lucia?« fragte Veronica.

»Die Sieben der Schwerter«, sagte Mamma Lucia. »Die Karten warnten vor Gefahr.«

»Die Gefahr ist vorüber, Mamma Lucia«, versicherte Veronica ihr, obwohl sie nicht wußte, ob es stimmte.

»Die Sieben«, wiederholte ihre Urgroßmutter. »Du mußt deinen Verstand gebrauchen. Du mußt den Teufel überlisten.«

Der Teufel schien im Augenblick das Symbol für Savonarola zu sein. Der Teufel und seine boshaften jungen Dämonen.

»Meine Karten. Wo sind meine Karten?« fragte Mamma Lucia klagend.

»Ich reite jetzt zum Turm und hole sie dir, das verspreche ich. Die Schwester bleibt bei dir, solange ich weg bin. Schlaf ein wenig.« Veronica verließ sie nicht gern, aber es wäre ja nur für einen Morgen.

Sie vertraute ihre Urgroßmutter der Obhut der Schwester an. Dann ging sie in den Hof hinunter, wo Stefano mit den Pferden wartete. Er war wie versprochen gekommen, um ihr zu helfen. »Es war schrecklich«, sagte sie, als sie den Palazzo della Montagna verließen. »Der Arzt, der heute morgen herkam, war noch schlimmer als der letzte. Ich hatte wieder Streit mit ihm. Dann ist er schließlich fortgegangen, hat aber wenigstens die Schwester dagelassen, damit sie sich um Mamma Lucia kümmert.«

Veronica hoffte, ihre Urgroßmutter in Danieles Haus bringen zu können, wenn sich ihr Zustand inzwischen nicht verschlechterte. Da seit ihrer Schreckensvision schon ein Tag vergangen war, glaubte Veronica, daß sie es wagen konnten, wenn sie vorsichtig zu Werke gingen. Sie wollte keinen Tag länger als nötig im Palazzo verbringen. Stefano begleitete sie nach Hause, wo sie kurz mit Benito und Roberto sprach, ihnen sagte, sie werde am Nachmittag oder spätestens am folgenden Tag zurück sein. Dann ritten die beiden zum Turm. Veronica sperrte die Tür auf und suchte im Unter- und im Obergeschoß, fand mehrere Bündel frischer und getrockneter Kräuter, zwei Fläschchen mit einem Schlaftrunk und schließlich die *tarocco*-Karten in dem blauen Samtbeutel, den sie vor langer Zeit selbst bestickt hatte.

Auf dem Rückweg hielten Veronica und Stefano Ausschau nach Savonarolas jugendlichen Anhängern, aber heute ließen sie sich nirgends blicken. Ein Diener von Stefanos Familie erwartete sie vor Luigis Palazzo und richtete ihm aus, er solle unverzüglich nach Hause kommen. Obwohl Veronica es bedauerte, ihn zu verlieren, ließ sie es sich nicht anmerken. Sie hätte seine Hilfe gebraucht, um Mamma Lucia fortzubringen und um zwischen ihr und den feindseligen della Montagna zu vermitteln. Aber das war selbstsüchtig von ihr, wenn er Pflichten seiner Familie gegenüber hatte. Gestern war sie beunruhigt von der Macht der Vision und zu aufgeregt gewesen, um sich um alles zu kümmern, aber heute würde sie zurechtkommen. Sie würde nach Benito schicken und Wachen zu ihrem Schutz mieten, wenn sie Mamma Lucia verlegten. Dennoch blickte sie Stefano bedrückt nach, als er davonritt.

Sie wandte sich dem Palazzo zu und sah Luigi auf der Schwelle stehen. Er blickte sie finster an. »Die Scherereien, die Ihr uns macht, nehmen wohl kein Ende, wie?«

Sie erschrak. »Was liegt denn an? Ist etwas mit Mamma Lucia?«

»Euretwegen hat Savonarola seinen Schatten auf uns geworfen. Fra Domenico da Pescia war während Eurer Abwesenheit hier. Er wollte Eure Zigeunerin verhören.«

Veronica wußte, daß Fra Domenico die jugendlichen Anhänger Savonarolas um sich geschart hatte. Außerdem war ihr bekannt, daß er noch fanatischer war als sein vergötterter Führer. »Ihr habt ihn doch nicht zu ihr gelassen? Es wäre zu gefährlich. Mamma Lucia ist zu krank, um befragt zu werden.«

»Ihre Verletzungen sind längst nicht so gefährlich wie ihre magischen Praktiken«, höhnte er. »Aber keine Sorge, ich habe ihm verboten, in meinem Haus eine Befragung vorzunehmen. Für heute habe ich ihn vertröstet, aber er wird wiederkommen. Bis dahin muß die alte Hexe aus dem Haus sein. Erst einmal habe ich sie vorsorglich versteckt.«

»Ihr habt sie versteckt?« rief Veronica aus. »Wo? Ihr hättet sie nicht aus dem Bett holen dürfen.«

»Es geht ihr gut.« Luigi zuckte mit den Schultern, wich ihrem Blick aus.

»Bringt mich zu ihr. Jetzt sofort!«

»Erteilt mir in meinem eigenen Haus gefälligst keine Befehle. Ich sagte doch, es geht ihr gut. Sie ist unten. Die Schwester ist noch bei ihr.«

»Unten? Wo denn? Zeigt es mir«, forderte sie, bestürzt über seine offensichtlich ausweichenden Antworten.

»Folgt mir«, befahl er grob. Er führte sie durch den Gang hinter der Küche und den Dienstbotenquartieren. Dort gab es drei Türen, die, so hatte sie angenommen, zu Vorratskammern führten. Sie hatte sich nie lange genug im Palazzo der della Montagna aufgehalten, um sich hier auszukennen. Luigi öffnete die mittlere, massivste Tür und trat zur Seite. Veronica blickte auf grob behauene Steinstufen und in die trübe, von Fackeln erleuchtete Dunkelheit.

»Ein Verlies?« fragte sie. Sie blieb zögernd auf der Schwelle stehen.

»Geht schon«, forderte Luigi sie auf und trat vor die Tür. Veronica hob den Kopf, sah das schiefe Lächeln, das um seine Mundwinkel spielte. Sie wollte fortrennen, doch er packte ihren Arm und stieß sie vorwärts. Veronica griff

nach der Tür, um nicht zu stürzen, doch der nächste Stoß schleuderte sie die Treppe hinunter. Sie schlug mit dem Kopf auf und blieb verletzt und halbbetäubt liegen. Nach einer Weile hörte sie Luigi neben sich. Er packte sie unter den Armen und schleifte sie durch einen schmalen Gang. Sie wehrte sich, doch von der Anstrengung wurde ihr schwindelig. Er machte sich mit seinem Schlüsselbund zu schaffen, sperrte eine Tür auf und zerrte sie hindurch.
»Schreit, soviel Ihr wollt, niemand wird Euch hören.« Er schloß sie in der Dunkelheit ein.
Benommen von dem Sturz, verlor sie das Bewußtsein und erwachte, als sich ein Schlüssel im Schloß drehte. Die Tür öffnete sich einen Spaltbreit. Sie sah Luigi, der sie triumphierend musterte, in der einen Hand eine Fackel, in der anderen sein Schwert.
»Zieht die Tür weit auf, dann tretet zurück«, befahl Luigi und fuchtelte mit seinem Schwert.
Zitternd gehorchte Veronica. Sie verzichtete auf Gegenwehr, um ihre restliche Energie für eine mögliche Flucht aufzusparen.
»Gut«, sagte Luigi, als sie seinen Befehl ausgeführt hatte. Er steckte die Fackel in einen metallenen Wandhalter. Die Flamme erhellte, was sie bereits ertastet hatte, das Bett, den Tisch und Stuhl, den Nachttopf. Dann verließ er den Raum und stieß mit dem Fuß einen Korb hinein. »Essen, und Licht dazu. Brot und Käse. Wein. Trinkt einen Becher Wein, Veronica.«
»Nein«, sagte sie trotzig. Sie hatte großen Hunger, und ihre Kehle war trocken, aber die Genugtuung wollte sie ihm nicht verschaffen. Und sie traute dem Essen nicht, das er brachte.
»Warum macht Ihr es Euch noch schwerer? Da ist auch Wasser und ein Tuch. Macht Euch ein wenig frisch. Ich komme wieder. Diesmal lasse ich Euch das Licht da.«
»Wartet! Was ist mit Mamma Lucia? Sagt mir, wie es ihr geht.«
»Oh, es geht ihr gut, im Augenblick jedenfalls. Sie ist wohlbehalten in ihrem Zimmer. Wenn Ihr wollt, daß es ihr

weiterhin gutgeht, werdet Ihr zugänglicher sein, wenn ich zurückkomme. Trinkt den Wein«, drängte er noch einmal, dann zog er die Tür hinter sich zu und verriegelte sie.
Allein in ihrem Gefängnis, überlegte Veronica es sich anders. Sie trank ein wenig Wasser, dann tauchte sie das Tuch hinein und tupfte sich Gesicht und Hände ab. Sie aß ein Stück Brot, genug, um ihren gröbsten Hunger zu stillen und sich zu kräftigen. Auch ihr Kopf war jetzt klarer. Mamma Lucia hatte heute morgen recht gehabt, als sie vor einer Gefahr warnte. Es sah so aus, als sei Luigi der Teufel, nicht Savonarola. Veronica fragte sich, wann ihr Schwiegervater wohl zurückkommen würde. Das nächste Mal würde er sich nicht damit begnügen, sie zu verhöhnen. Veronica starrte auf die Weinflasche und die beiden Becher. Einen Moment lang verspürte sie den Drang, alles auf dem Boden zu zerschmettern, dann besann sie sich, sie wollte nicht, daß der Raum nach Wein stank.
Nach einer Weile öffnete sie die Flasche und füllte einen der Becher.

Luigi kam erst zwei oder drei Stunden später zurück. Vermutlich ist es Nacht, dachte Veronica, und das ganze Haus schläft. Er trat leise ein, verriegelte die Tür hinter sich, dann steckte er sein Schwert in die Scheide. Er stank nach Alkohol.
»Damit kommt Ihr nicht durch«, forderte sie ihn heraus.
»Ach nein?« höhnte er.
»Ihr könnt mich nicht einfach verschwinden lassen.«
»Ihr könnt zumindest eine Nacht lang verschwinden.«
»Zu Hause erwartet man mich«, begann sie.
»O nein. Ich habe eine Nachricht an Eure Dienerschaft geschickt, man soll nicht vor morgen mit Euch rechnen.« Luigi setzte sein gemeines Lächeln auf, seine Stimme klang infolge der Trunkenheit verzerrt.
»Daniele ...« Sie stockte, als sein Lächeln noch breiter wurde.
»Daniele hat nicht die geringste Ahnung, daß etwas geschehen ist. Ich habe den Brief, den Ihr ihm geschickt habt,

zerrissen. Akkurat in zwei Hälften.« Er kicherte wie über einen dummen Streich. »Euer hübscher Stefano hat Florenz verlassen, und jemand anderen erwartet Ihr doch nicht, oder, Veronica?« Als sie schwieg, fügte er hinzu: »Keine Sorge, es ist nur für eine Nacht. Mehr verlange ich gar nicht von Euch.«

»Ihr habt nichts von mir zu verlangen«, zischte sie.

»Ach nein?« Er grinste hämisch. »Also, ich werde Euch jetzt sagen, was geschehen wird. Ihr verbringt die Nacht mit mir, und zwar hier. Ihr tut, was ich Euch sage. Morgen früh lasse ich Euch frei. Ihr nehmt Eure verrückte Hexe mit und zieht von dannen, frei wie ein Vogel.«

»Nein«, entgegnete sie. »Ich werde kämpfen. Wie wollt Ihr dann meine Verletzungen erklären, Eure Kratzer?«

»Es wird keine geben. Ich werde Euch besitzen, und zwar ohne jede Gegenwehr von Euch. Falls nicht, übergebe ich Euch und die alte Hexe der Kirche, um mein Gewissen zu erleichtern.«

Sie hatte Angst, die Angst benebelte ihren Verstand. Luigi versuchte sie zu täuschen. Wenn sie ihn wegen Vergewaltigung anzeigte, würde er sie zwar ebenfalls vor Gericht zerren, aber niemals ein solches Aufsehen erregen. »Nein, das werdet Ihr nicht tun«, sagte sie. »Ihr wollt keinen Skandal, Luigi. Denkt darüber nach, er könnte auf Euer Haus, auf Euch zurückfallen. Falls man mich foltert, wird in meinen Geständnissen Euer Name fallen, das verspreche ich Euch.«

»Die Anschuldigung einer rachsüchtigen Hexe? Man wird Euch nicht glauben.«

»Könnt Ihr jede Unterstützung kaufen, die Ihr brauchen werdet, Luigi? Könnt Ihr Savonarola kaufen?«

Die sadistische Freude verschwand aus Luigis Gesicht, und er lehnte sich finster an die Wand. Er hatte auf ihre Angst, ihre Unterwerfung gebaut. Ihr Gegenangriff schien ihn ebenso perplex wie zornig zu machen.

Wieviel Wahrheit steckte in seinen Drohungen – waren sie nur Schein? »Fra Domenico war niemals hier, nicht wahr?«

»O doch, er war hier«, sagte er mißmutig.
Sie wußte selbst nicht, warum, aber sie glaubte ihm, obwohl der Besuch des Mönchs wohl nicht so bedeutsam gewesen war, wie er sie glauben machen wollte. Dennoch bestand Gefahr. Mamma Lucia war in Florenz zu bekannt geworden.
»Ich bitte Euch, laßt mich gehen, dann werde ich niemandem etwas verraten. Auch über den letzten Vorfall habe ich Schweigen bewahrt.«
»Nein!« Seine Stimme wurde laut, wütend und unnachgiebig. »Ihr meint anscheinend, ich wüßte nicht über Euch Bescheid. Ihr meint, ich wäre blind, aber das bin ich nicht. All diese jungen Galane, die an Euren Röcken schnuppern. Sie kriegen jederzeit ein Stück von Euch, aber ich war es, der Euch auf den Geschmack gebracht hat. Ich. Jetzt nehme ich mir, was mir schon längst zusteht.«
»Ihr seid wahnsinnig. Ich will Euch nicht. Ich habe Euch nie gewollt.«
»Ihr werdet mich schon wollen, wenn ich erst in Euch bin. Ich bin besser als die anderen. Größer.« Luigi tätschelte seinen Hosenbund und grinste erwartungsvoll, als müsse dieser Einwand sie endlich überzeugen.
Veronica wurde übel. Ihr Abscheu durchdrang Luigis vom Wein erzeugte Euphorie. Einen Augenblick lang raste er geradezu. »Ihr werdet es tun«, fauchte er. »Ihr werdet es so bereitwillig tun, wie Ihr nur könnt, oder die alte Zigeunerin überlebt diese Nacht nicht. Sie wird aus dem Bett fallen und sich noch ein paar Knochen brechen. Sie wird im Schlaf ersticken. Sie wird sich aus Angst vor Savonarolas Scheiterhaufen erhängen. Was auch immer – ich verspreche Euch, sie wird bei Tagesanbruch tot sein.«
Worte würden sie nicht retten, und auch Mamma Lucia nicht. Sie hatte nicht wirklich darauf vertraut, Luigi überreden zu können, sie freizulassen. Er hatte ein Komplott geschmiedet und ausgeführt. Jetzt wollte er seine Belohnung. Er nahm sie nur deswegen nicht mit Gewalt, weil er keine Spuren seiner Mißhandlungen hinterlassen wollte.

Wenn sie sich noch länger wehrte, würde er brutal über sie herfallen.
»Wartet«, bat sie, um ihn sanfter zu stimmen. »Gebt mir erst Euer Wort. Ich tue heute nacht, was Ihr wollt, und Ihr laßt mich morgen mit Mamma Lucia ziehen.«
Er grinste. »Ich gebe Euch mein Wort. Ihr tut, was ich von Euch verlange. Alles, was ich verlange. So, wie Ihr es für Eure hübschen Jünglinge tut.«
Veronica war der Meinung gewesen, Stefanos Gegenwart könnte sie schützen, doch hatte seine Gegenwart nur die schmutzigen Phantasien geweckt, die in Luigi schlummerten. Welche Ironie, da doch Antonio ihr Liebhaber war. Antonio, rief sie stumm. Aber es hatte keinen Sinn, sein Bild zu beschwören. Diesmal würde er sie nicht mit dem Schwert in der Hand erretten. Jetzt war sie auf sich selbst angewiesen.
»Erst brauche ich noch etwas Wein«, sagte sie und griff nach ihrem Becher.
»Ja«, ermunterte er sie. »Betrinkt Euch nur, Veronica. Ich möchte, daß Ihr ganz und gar trunken seid.«
»Ihr seid betrunken genug für uns beide.« In ihrer Stimme lag Verachtung.
»O nein, das bin ich nicht.« Luigi goß sich Wein in einen Becher und leerte ihn in einem Zug. Sie sah zu, als er den Becher erneut füllte. Er fing ihren Blick auf und spottete: »Ihr hofft, daß ich einschlafe, wie? Das wird nicht geschehen. Ich kann das alles und noch eine zweite Flasche vertragen.« Er kippte den Inhalt des Bechers hinunter.
Auch sie trank einen Schluck von ihrem Wein.
»Trinkt aus. Alles. So ist es besser.« Luigi entriß ihr den leeren Becher, füllte ihn nach und drückte ihn ihr wieder in die Hand. »Nehmt noch.«
»Ich möchte nicht mehr«, sagte sie und stellte den Becher auf den Tisch. »Mir ist schwindelig.«
»Euch soll auch schwindelig sein.« Er lachte, schob ihr den Becher hin.
»Es liegt an meinem Sturz auf der Treppe«, sagte sie,

»nicht an dem Wein. Ihr wollt doch nicht, daß ich mich auf Euch erbreche, oder?«
Einen Augenblick lang fürchtete sie, Luigi werde sie schlagen. Übelkeit war in seinem schlauen Plan nicht vorgesehen. Er stolperte auf sie zu, sein Gesicht war wutverzerrt. »Ihr seid eine hinterhältige Hexe. Zieht Eure Kleider aus. Ich will Euch nackt sehen.«
Veronica wich vor ihm zurück. Sie zog sich in einen Winkel des Raums zurück, machte sich an den Bändern ihres Mieders zu schaffen.
»So ist's recht«, murmelte Luigi. »Will Euch nackt sehen.« Er taumelte noch ein paar Schritte, dann brach er vor ihr zusammen. Eine Zeitlang zuckte und murmelte er noch, dann lag er still da.
Die Sieben der Schwerter. Veronica hörte im Geiste die alte Lektion. *Eine direkte Auseinandersetzung wird dir nichts nützen, aber durch List gelangst du vielleicht zum Erfolg. Lerne die Schwachpunkte deines Gegners kennen und entwaffne ihn.*
Veronica kniete neben ihm nieder und fühlte seinen Puls. Er schlug langsam, jedoch gleichmäßig. Sie würde in ein oder zwei Stunden nicht mehr hiersein, um nach ihm zu sehen, also holte sie die Phiole mit dem Schlaftrunk aus ihrer Tasche. Da sie nicht wußte, wieviel Wein er trinken würde, hatte sie die Hälfte der Phiole in die Flasche gegeben. Und Luigi hatte die Flasche halb geleert. Genug, um zu schlafen wie ein Toter. Auch genug, um ihn zu töten? Hoffentlich hatte sie ihm nur den schlimmsten Rausch seines Lebens beschert. So gern sie ihn auch tot sehen würde, Veronica wollte nicht für seinen Tod zur Rechenschaft gezogen werden. Aber sie hatte ihre Wahl getroffen und war das Risiko eingegangen. Es mußte genug Zeit bleiben, um Mamma Lucia aus der Stadt zu schaffen. Veronica leerte den restlichen Wein auf dem Boden aus, behielt die Flasche jedoch als Waffe bei sich. Das Schwert ließ sie liegen, löste jedoch Luigis Messer und Schlüssel von seinem Gürtel und schloß die Tür auf.

Das Buntglas der Laternen warf gespenstische Lichtflecke in den Korridor. Veronica glitt geräuschlos von Bernstein zu Smaragdgrün, von Scharlachrot zu Kobaltblau und hielt im Schatten inne, um in jeden der verlassenen Flure zu spähen. Niemand außer ihr war wach, doch Veronica wußte nicht, wie sie Mamma Lucia aus dem Haus schaffen sollte. Zum Glück hatte Luigi seinen schmutzigen kleinen Plan für sich behalten müssen. Da er keine Wache im Verlies postiert hatte, war es ihm vielleicht auch nicht nötig erschienen, die Nachtwache vor ihrer möglichen Flucht zu warnen. Aber ein so später Aufbruch würde auf jeden Fall Verdacht erregen. Falls man nach Luigi schickte, säßen sie in der Falle. Veronica nahm sich vor, sich mit einem Schürhaken zu bewaffnen, um die Wache auszuschalten. Zunächst mußte sie allerdings Mamma Lucia auf die Bahre betten. Sie hatte nur noch die Hälfte des Schlaftrunks für die Reise übrig. Und heute morgen hatte sie tatsächlich geglaubt, übervorsichtig zu sein, weil sie nur zwei Phiolen mitnahm.

Die Tür zu Mamma Lucias Zimmer war unverschlossen. Veronica öffnete sie leise und schlich hinein. Sie keuchte vor Angst, als plötzlich zwei Schatten in der Dunkelheit vor ihr aufragten und ihr eine riesige Gestalt entgegeneilte, um sie an sich zu drücken.

»Veronica!« kreischte Roberto voller Freude und schwang sie im Kreis, drückte ihr die Luft ab. »Veronica!«

»Pst, pst«, machte Benito und versuchte ihn festzuhalten. »Seid still, Roberto.«

»Ja, bitte hör auf. Hör auf, Roberto, Lieber«, stieß Veronica hervor. Er setzte sie ab, und sie sackte gegen die Wand. Ihr Herz hämmerte, ihr Magen war aufgewühlt von der Aufregung, aber sie erholte sich schnell, während Benito sich um Roberto kümmerte.

»Was ist denn nur los, Herrin?« fragte Benito dann. »Was hat Euch aufgehalten?«

»Ich wurde gegen meinen Willen festgehalten, von Luigi.« Veronica beschloß, daß es Zeit war, ihre Feinde beim Namen zu nennen. »Er schläft jetzt in seinem eigenen Verlies. Er hat mir erzählt, er habe Euch ausrichten lassen, ich würde heute abend nicht zurückkommen, Benito.«

»Die Nachricht sah Euch gar nicht ähnlich, obwohl ich dachte, es könnte auch an der ungehobelten Art des Boten liegen. Roberto wollte Mamma Lucia besuchen, und ich wollte wissen, was geschehen ist. Niemand hat auf uns geachtet, als wir durchs Hintertor den Palazzo betreten haben. Mamma Lucia fanden wir dann hier mit der Schwester. Ich wußte, daß etwas faul war, als die Schwester sagte, sie hätte Euch seit Stunden nicht gesehen. Glücklicherweise hatte ich genügend Geld bei mir, um sie zu entlohnen. Ich konnte ja ebensogut auf Mamma Lucia aufpassen und war davon überzeugt, daß die Familie uns nicht fortschicken würde. Leider konnte ich nicht nach Euch suchen, Madonna Veronica, weil ich Mamma Lucia und Roberto nicht allein lassen wollte.«

»Es ist gut, daß du geblieben bist, Benito. Jetzt, da wir alle wieder vereint sind, müssen wir Mamma Lucia so rasch wie möglich aus dem Haus schaffen. Luigi hat gedroht, sie wegen Hexerei zu denunzieren. Ich glaube nicht, daß er es wirklich tun wird, aber Fra Domenico war heute hier. In Florenz ist sie nicht mehr sicher. Ich will sie zu den Zigeunern bringen, weiß nur nicht, ob wir sie finden können und ob Mamma Lucia kräftig genug ist, um eine Reise zu überstehen.«

»Veronica.« Mamma Lucia war erwacht. Veronica ging schnell zu ihr und zündete die Kerze neben ihrem Bett an.

»Ich habe dir zugehört. Ich will zu meinem Volk. Ich weiß, daß sich eine Sippe in der Nähe von Siena aufhält. Dort wird uns Luigi della Montagna nicht finden, nicht, wenn die Roma nicht gefunden werden wollen.«

»Wenn du es wünschst.«

»Die Karten haben mich gewarnt. Der Teufel, die Sieben der Schwerter, die Sechs. Gefahr, und dann eine Reise. Fliehe vor der Gefahr. Wir sollten Florenz verlassen, Veronica.«

»Ja, das werden wir tun.« Aber sie konnten nicht Hals über Kopf aufbrechen. Sie mußten sich einen Wagen für

den Transport Mamma Lucias und Verkleidungen für alle beschaffen. Veronica sah Roberto ratlos an. Ihn konnte man nur notdürftig verkleiden. Aber er mußte mitkommen. Wenn er und Benito zurückblieben, würden sie sicherlich verhört. Roberto könnte sich erinnern und ihren Plan verraten, zu den Zigeunern zu gehen.
Aber zuerst mußten sie einen Ort ausfindig machen, an dem sie sich bis zum Morgen verstecken konnten. Wem konnten sie trauen? Sie konnten mit Mamma Lucia nicht bei den Nonnen Zuflucht suchen, da die Kirche ihr Feind war. Stefano würde gewiß gern helfen, aber seine Familie war wie die Antonios weit weniger aufgeschlossen als er. Also konnte sie sich an keinen der beiden Männer wenden und Streit, sogar Gefahr in ihr Haus tragen. Es war schlimm genug, daß Daniele in Gefahr schwebte. In seinem Haus waren sie höchstens ein paar Stunden sicher. Dort würden Luigis Männer sie zuerst suchen. »Ich fürchte mich, zur Villa zurückzukehren, aber ich weiß nicht, wo wir sonst hingehen sollen.«
»Wir können zu meiner Elisabetta gehen«, bot Benito an. »Ich weiß, sie wird uns gern helfen. Sie hat nichts für Savonarola übrig, Herrin, und niemand wird sie verdächtigen.«
Ja, Benitos Elisabetta würde das Wagnis bereitwillig eingehen, wenn sie Zuflucht bei ihr suchten. Es war unwahrscheinlich, daß Verdacht auf sie fiel, obwohl Veronica nicht so sicher war, daß es keinerlei Folgen für sie zeitigen würde. Es hing davon ab, wie groß Luigis Rachedurst sein, wie lange er nach ihr suchen würde. Aber ein besseres Versteck fiel ihr nicht ein. »Ja, gut«, sagte Veronica. »Dann müssen wir jetzt aufbrechen.«
Veronica öffnete die zweite Phiole, gab ein wenig von dem Schlaftrunk in eine Tasse Wasser und half Mamma Lucia zu trinken. Während sie wartete, bis die Wirkung eintrat, überlegte sie, Veronica, wie sie ihre Flucht bewerkstelligen konnten, ohne Aufsehen zu erregen. Sie gab Mamma Lucia in Benitos Obhut, schlich in die Küche und öffnete mit Luigis Schlüsseln den Weinkeller. Sie stahl eine Fla-

sche Wein, nahm sie mit sich und goß Benito ein Glas ein, dann verschwendete sie noch etwas von ihrem kostbaren Schlaftrunk, um den Wein damit zu versetzen. »Bring das den Wachen, Benito, und laß die Flasche herumgehen. Hier ist ein ungefährlicher Becher für Euch.«

Benito begab sich auf den Hof. Veronica bat Roberto, Mamma Lucia zu bewachen. Ein paar Minuten lang konnte er ohne Aufsicht bleiben. Sie ging in den Speisesaal, stellte die leere Weinflasche auf den Tisch und ließ die Schlüssel auf den Boden fallen, als hätte Luigi sie dort verloren. Am besten wäre es, die Schlüssel neben ihn zu legen, aber sie wollte nicht das Risiko eingehen, noch einmal das Dienstbotenquartier zu durchqueren – und sie wollte auch Luigi nicht sehen. Wenn alles gutging, würde er morgen früh eine Lügengeschichte spinnen, um die Ereignisse der Nacht zu verschleiern. Es war alles sehr unsicher, aber mehr konnte Veronica unter diesen Umständen nicht tun. Sie kehrte in Mamma Lucias Zimmer zurück, wo Roberto immer noch aufrecht und rührend besorgt neben der schlafenden Mamma Lucia saß. Gemeinsam warteten sie auf Benito.

Er kam eine halbe Stunde später ein wenig verlegen zurück. »Der Wein hat sie alle eingeschläfert, Herrin. Der Stallbursche und der Hauptmann haben davon getrunken. Der zweiten Wache mußte ich eins über den Schädel geben. Er wollte nichts trinken, und die beiden anderen Männer dösten schon ein.«

»Sie sind bewußtlos, nur das zählt. Jetzt können wir die Tore passieren. Du und Roberto müßt mir helfen, Mamma Lucia zu tragen.«

Zu zweit hoben sie Mamma Lucias Pritsche auf die Bahre, dann half ihnen Roberto, ihre kostbare Last nach draußen zum Stall zu bringen. Veronica sattelte rasch ihr Pferd, und Benito befestigte die Bahre. Er hielt das Tor auf, bis sie es mit der Bahre passiert hatte, dann schloß er es hinter ihnen. Veronica atmete freier, konnte klarer denken, nachdem sie Luigis Palazzo entkommen waren. Sie hoffte, weit weg zu sein, bevor Luigi eine Suchmannschaft aufstellen

konnte ... vorausgesetzt, er überlebte. Doch Veronica war überzeugt, daß die Dosis des Schlafmittels nicht tödlich war. Jetzt mußten sie vor Luigis Rache fliehen, nicht vor den Behörden von Florenz. Außer vielleicht vor den Handlangern Savonarolas.
Sie zogen langsam durch die nächtlichen Straßen zu Elisabettas Haus. Tommaso, der Sohn der Schneiderin, war mißtrauisch, als Benito so spät in der Nacht an die Tür klopfte. Er ließ sie in das winzige Haus ein, und Elisabetta begrüßte sie erfreut. Rasch erklärte Veronica ihre Lage, versuchte ihr die Gefahr deutlich zu machen und sie gleichzeitig zu beruhigen. »Wir brauchen nur ein Obdach und einen Ort, an dem wir unsere Verkleidungen anlegen können. Bei Sonnenaufgang brechen wir nach Siena auf.«
»Ich würde Euch hier verstecken, wenn Ihr es wünscht. Ich lasse mein Leben nicht von diesem kleingeistigen Mönch bestimmen«, sagte Elisabetta verächtlich. Sie hatte dunkle Augen, war klein und von molliger, üppiger Gestalt, doch ihre Statur und ihr Benehmen täuschten nur über ihren kühnen Geist hinweg. »Er hat mir schon genug Scherereien gemacht.«
Als Dienerin hatte sie angefangen und hin und wieder einem Schneider ausgeholfen. Sie hatte ein Talent für einfallsreiche Entwürfe und nähte ausgezeichnet. Ihr Geschick, ihre Beharrlichkeit und Glück in Form einer stattlichen Erbschaft hatten sie in die Lage versetzt, ein eigenes kleines Geschäft zu eröffnen. Dennoch waren die vergangenen Jahre schwer für sie gewesen. Alle Putzmacher hatten unter der Herrschaft des Mönchs zu leiden, ihre Einkünfte nahmen stetig ab. »Unter Savonarola ist Florenz kleiner, enger geworden, wie ein Schuh, der bei jedem Schritt drückt«, bemerkte Elisabetta, und Tommaso nickte ernst. »Wenn man ihm seinen Willen läßt, werden wir alle zu Krüppeln, die durch die Straßen humpeln und den Herrn für die Leiden preisen, die Savonarola uns auferlegt hat.«
»Das ist großherzig von Euch, Elisabetta, aber Ihr braucht uns nicht zu verstecken. Es ist sicherer, wenn Mamma Lu-

cia Florenz verläßt. Weder mein Schwiegervater noch Savonarola werden sich die Mühe machen, uns außerhalb der Stadtmauern zu verfolgen.«

»Wie Ihr wünscht, Madonna Veronica. Ihr tut gut daran, Euch zu verkleiden«, erklärte Elisabetta. »Wir könnten Euch leicht als Dienstmagd ausstaffieren, aber ich weiß nicht, ob das reichen würde, um sie zu narren, wenn sie nach Euch suchen.«

»Vermutlich nicht«, sagte Veronica. »Sie werden nach zwei Frauen suchen, von denen die eine verletzt ist. Mamma Lucia werden wir als Greis verkleiden, und ich werde als Jüngling reisen. Wie ich Roberto verkleiden soll, weiß ich nicht.« Veronica dachte erneut darüber nach. Es bot sich keine Lösung. Benito und Roberto konnten statt dessen auf einer anderen Route nach Siena reiten und sie dort treffen. Sie würden trotzdem auffallen, aber so konnten sie wenigstens schneller reisen, obwohl Roberto kein guter Reiter war. Oder sie könnten ihn im Wagen verstecken, wenn sie etwas Verdächtiges bemerkten; aber derlei Manöver würden schnell durchschaut, der Wagen durchsucht und sie alle festgenommen. »Benito, ich halte es für das beste, wenn du und Roberto mit einer Wache zuerst nach San Gimignano reitet. Achtet darauf, ob Euch jemand folgt. Wenn Schwierigkeiten auftauchen, versucht Euch zu verstecken. Sobald ihr die Stadt wohlbehalten erreicht, nehmt Euch ein Zimmer, um dort zu übernachten. Morgen nehmt ihr dann eine andere Wache und kommt nach Siena. Wir treffen uns bei Sonnenuntergang im Duomo.«

»Und Ihr werdet Euch zum Schutz eine oder zwei Wachen nehmen, Herrin.«

»Nein, das Risiko ist mir zu groß. Die Wache könnte unsere Verkleidung durchschauen und später Verdacht schöpfen. Luigi setzt vielleicht eine Belohnung auf uns aus, mehr als ich für Stillschweigen bezahlen könnte. Es ist schon gefährlich genug, nach Siena zu gehen, da ich dort früher zu Hause war.«

»Aber es ist zu gefährlich für zwei Frauen, allein auf offe-

ner Straße zu reisen. Das kann ich nicht zulassen, Madonna Veronica.«
»Das Risiko ist geringer, Benito. Ein armer junger Mann ist weniger gefährdet als eine junge Frau, ob sie reich ist oder arm. Allerdings kann ich Mamma Lucia nicht auf der Bahre transportieren. Verkauft Ihr mir Pferd und Wagen, Elisabetta?«
»Ich leihe Euch meinen Wagen gern, Madonna Veronica, und wir begleiten Euch bis nach Siena, Tommaso und ich. Ihr könnt Euch dort im Hause meines Vaters verstecken, bis Ihr die Zigeuner findet.« Elisabetta sah ihren Sohn an, und er nickte zustimmend.
»Das ist sehr freundlich von Euch, aber ich schaffe es schon allein, Elisabetta. Es ist nur eine Tagesreise.«
»Wenn man Euch sucht, wird man nach zwei Reisenden Ausschau halten. Es wäre besser, wenn wir zu viert reisen, als eine Familie. Und wenn man Euch verhört, Madonna Veronica, könntet Ihr Euch verraten. Ihr habt eine tiefe Stimme, aber Ihr kennt die Sprache der Straße nicht. Es wird Euch schwerfallen, wie ein gewöhnlicher Jüngling zu sprechen. Besser wäre es, wenn ich die Mutter bin, Ihr mein jüngerer Sohn und Madonna Danti mein alter Großvater.«
Es war ein guter Plan, aber Veronica zögerte, das Angebot anzunehmen. »Ich muß fort, Elisabetta, aber ich will niemanden sonst in Gefahr bringen.«
»Ich möchte gern helfen«, sagte Tommaso schlicht.
»Ihr wart immer gut zu Benito, Madonna Veronica, und er war gut zu mir. Ich möchte es für Euch tun.«
Es war eine Feststellung, keine Bitte. Es auszuschlagen wäre angesichts ihrer Großmut unhöflich. Sie sah Benito an, doch der Stolz, der sich auf seinem Gesicht spiegelte, war größer als seine Sorge. Daher sagte Veronica schlicht: »Ich danke Euch, Elisabetta.«
Nachdem dies beschlossen war, wandten sie sich praktischen Fragen zu. Sie stellten ihre Kostüme aus dem Fundus von Elisabetta und Daniele zusammen. Mit der Ermahnung, vorsichtig zu sein, schickte Veronica Benito zu

Danieles Villa, um Geld für die Reise, die beiden Bärte aus dem Koffer im Atelier und verschiedene Kleider, ebenso Papier, Tinte und Wachs für Briefe zu besorgen. In der Zwischenzeit schnitt Elisabetta ihr das Haar ab, schnalzte dabei mißbilligend mit der Zunge. Veronica war unbehaglich zumute. Ihr Kopf fühlte sich viel leichter an, als wolle er sich von ihrem Körper lösen. Zugleich war sie so traurig, als ihr Haar auf den Fußboden fiel, daß sie am liebsten in Tränen ausgebrochen wäre. Sie schalt sich insgeheim für ihre Albernheit und hielt still, bis Elisabetta ihr Werk vollendet hatte. Dann färbte die Schneiderin Veronicas Haar dunkelbraun und schminkte auch ihre Haut. »Die Farbe wird in ein, zwei Monaten allmählich verblassen«, sagte sie, dann kämmte sie Veronicas Augenbrauen nach unten und schwärzte ihr Gesicht mit Kohle.

Benito kehrte zurück. Er war entsetzt über ihr kurzgeschorenes Haar und ihr schmutziges Gesicht, reichte ihr jedoch sein Paket, ohne etwas dazu zu sagen. »Das Geld war an dem Ort, den Ihr mir beschrieben habt, Herrin. Hier sind die Bärte, das Papier und so weiter. Ich habe auch Kleider von mir eingepackt. Tommaso ist zu groß.«

Veronica dankte ihm und öffnete das Bündel. Sie trat hinter Elisabettas Wandschirm, zog sich aus, band ihre Brüste ab und schlüpfte in Benitos Kleider. Sie lächelte, als sie sah, daß er ihr seine besten Kleider mitgebracht hatte. Als sie fertig war, setzte sie sich wieder, um die Verwandlung zu vollenden. Elisabetta trug ein Klebemittel auf, damit der Bart nicht verrutschte, und strich an den Rändern Kohle auf. »Die Farbe paßt recht gut. Das Klebemittel werdet Ihr erneuern müssen. Wenn ich mehr auftrage, wird es Eure Haut versengen.«

Sie zeigte Veronica das Ergebnis in einem Spiegel aus poliertem Metall. »In dieser Beleuchtung wirkt es überzeugend, Elisabetta.«

»Ihr seid ein hübscher junger Kerl, aber ich glaube, Ihr geht auch so durch, selbst im Sonnenschein, Madonna Veronica.«

Sie machten auch Mamma Lucia zurecht, so sanft sie

konnten. Da sie nur leicht betäubt war, erwachte sie. Sie war schläfrig von dem Trank und unleidlich wegen der Schmerzen, faßte sich jedoch, als sie ihr den Plan schilderten. Veronica und Elisabetta halfen ihr, aufzustehen und den Nachttopf zu benutzen. Sie legten ihr die Verkleidung an, schnitten das Männerhemd auf und nähten es wieder zusammen, um ihren verletzten Arm zu schonen. Veronica band den Samtbeutel mit den *tarocco*-Karten an ihren Gürtel, während Elisabetta den buschigen grauen Bart befestigte und ihr eine Mütze über den Kopf zog. Ein alter, zerrissener Umhang sollte ihre Schlinge verdecken.
Sie betteten Mamma Lucia so bequem wie möglich in den Wagen. Veronica bereitete einen Becher des Schlaftrunks vor und reichte ihn ihr. Während Mamma Lucia einnickte, luden sie Essen und Wasser ein. Veronica schrieb hastig einen Brief an Daniele, erklärte ihm kurz ihr Vorhaben und schlug ihm ein Treffen vor. Voller Sehnsucht schrieb sie eine noch kürzere Nachricht an Antonio und legte sie dem Brief bei. Elisabetta zog sich mit Benito zurück, während Veronica sich von Roberto verabschiedete. Er war in Tränen aufgelöst, bettelte, mit ihr fahren zu dürfen, aber sie mußte es ihm abschlagen. Sie durfte ihn nicht einmal bis zum Stadttor mitnehmen, die Gefahr der Entdeckung war zu groß. Veronica stieg zu Mamma Lucia in den Wagen, und Elisabetta und Tommaso bestiegen den Bock. Tommaso schnalzte, die Pferde setzten sich in Bewegung, und sie zogen durch die Straßen von Florenz, als der Himmel bereits verblaßte. An den Stadttoren herrschte der gewohnte Betrieb bei Tagesanbruch, Wagen und Reiter wollten möglichst früh die Stadt verlassen. Benito und Roberto machten sich auf die Suche nach einer Wache für die Reise. Veronica beauftragte einen Boten, den Brief für Daniele zum Gut der Aristi zu bringen. Sie bezahlte, was er verlangte, und versprach ihm, Daniele werde ihm noch einmal das gleiche geben. Sie ging davon aus, daß er den Auftrag ausführte, obwohl er vermutlich den doppelten Preis verlangen würde. Danach gab es nichts mehr für sie zu tun. Veronica kletterte wieder auf den Wagen. Tom-

maso ließ die Zügel locker und bog auf die Straße nach Siena ein.

Die Sechs der Schwerter. Fliehe vor der Gefahr, hatte Mamma Lucia gesagt. Die Sechs stand auch für ein überwundenes, jedoch nicht besiegtes Hindernis. Nun, im Augenblick waren sie wenigstens in Sicherheit. Veronica wollte nur Mamma Lucia wohlbehalten nach Siena bringen, mehr verlangte sie nicht. Mit Savonarola würde sie sich noch befassen müssen, aber Luigi flößte ihr keine große Angst mehr ein, solange er keine Geisel hatte, mit der er sie unter Druck setzen konnte.

20. Kapitel

ROM

Jetzt sind wir also in Rom, Füße – intrigieren, schmieden Ränke und verbringen die Nächte mit den Borgia. Schon zwei Wochen, und ich habe noch ebensowenig Ahnung, welche Ränke wir eigentlich schmieden, wie an dem Tag, als wir Florenz verließen. Aber um Florenz dreht sich alles, das weiß ich genau.« Giacomo stieß einen tiefen Seufzer aus und säuberte seine Fußnägel mit einer Nußschale. »Ihr solltet öfter auf mich hören, Füße. Ich habe euch ja gesagt, daß bei dieser Heirat nichts Gutes herauskommen wird. Hier in diesem Zimmer, ich erinnere mich recht gut. Und ich hatte recht. Unsere alte Herrin ist tot, die gute Seele. Antonios Vater haßt ihn glühender denn je, und ich weiß nicht, ob es gut oder schlecht ist, daß er den Haß endlich offen erwidert. Ich schwöre Euch, Füße, ich dachte, der Herr würde seinen Vater erdrosseln, und wie hätte er damit leben können?« Entsetzt zogen sich seine Zehen zusammen.

»All dieses Elend, und was hat er davon außer Madonna Dorotea? Dieses magere kleine Geschöpf ist kein Trost für ihn. Sie ist keine Frau, sie ist Kind und altes Weib zugleich. Wenn sie Trauerkleider trägt, kann man genau sehen, wie sie als alte Frau aussehen wird, wenn ihre Blütezeit vorüber ist. Verkniffen, vertrocknet und gehässig. Man merkte deutlich, daß sie über die Abreise des Herrn erleichtert war. Nach Rom, Giacomo. Übermorgen, Giacomo. Macht nichts, daß ich halb tot vom Fieber bin, Giacomo, tu nur, was ich dir sage. Also, Giacomo! Ja, Herr. Gewiß, Herr. Wie Ihr wünscht, Herr, aber sagt nicht, ich hätte Euch nicht gewarnt. Was meint Ihr, wie ich empfinde, wenn Ihr die Zähne zusammenbeißt und im Sattel schwankt? Ich soll auf Euch aufpassen!

Hat Madonna Bianca auch nicht viel Freude bereitet, oder, Füße? Sie hat sich eine weit vergnüglichere Reise erhofft, aber sie hat nichts bekommen, auch nicht nach ihrem *tisane*, der ihn neubelebt hat. Den Blicken nach zu urteilen, die dieser Dimitri dem Herrn zuwarf, war ich nicht sicher, ob sein Gebräu harmloser war als das von Laudomia. Der Eunuch ist wohl selbst in Bianca verliebt, aber er kann ja nichts machen. Oder doch? Er ist mir richtig unheimlich, und nicht nur deswegen, weil ich mir ungern vorstelle, wie ein türkischer Dolch sich an meinem Familienschmuck zu schaffen macht. Hinter ihm steckt mehr, als man auf den ersten Blick sieht. Kräuterarzneien und geschickt mit der Peitsche, als die Briganten angriffen.
Bianca war ebenfalls voller Überraschungen, oder?« fragte Giacomo, und seine Zehen zuckten zustimmend. »Einer der Briganten stürzte sich auf sie – dachte, sie wäre leichte Beute, und sie hat ihm ihren kleinen Dolch direkt ins Herz gebohrt. Ein verdammt sauberer Stoß, nicht bloß Glück. Der Herr war ebenso beeindruckt wie ich. Hat sein Interesse neu angefacht, das kann ich euch sagen. Ich dachte schon, er würde ihr verzeihen, daß sie aufgetaucht ist, ohne ihn zu fragen.«

Bianca hatte geradezu scheu getan und war errötet, als Antonio ihre Zielsicherheit pries. Er nahm an, daß andere Herren eher abgestoßen waren von einer feinen Dame, die im Umgang mit Waffen über das Geschick eines Mannes verfügte. Dimitri hatte aufgeblasen verkündet, daß auch feine Herren nicht immer so fein seien, seine Herrin müsse in der Lage sein, ihre Ehre zu verteidigen. Nun, über viel Ehre verfügte Bianca zwar nicht, aber ihre Haut war recht hübsch und außerdem einen Batzen Geld wert. Giacomo dachte, daß es nur natürlich war, wenn sie sich im Dolchkampf geübt hatte, um jene Männer einzuschüchtern, die glaubten, ein Stück von ihr umsonst zu bekommen.

Der Kampf gegen die Briganten hatte die Karawane vier Wachleute gekostet. Den restlichen Weg zum Gasthaus hatten sie noch vor Einbruch der Dunkelheit zurückgelegt und dort ausgiebig gefeiert. Antonio war nicht davon abzubringen gewesen, einen üppigen Festschmaus für alle zu bestellen und genug guten Wein, um sie alle in ausgelassene Stimmung zu versetzen, was jedoch nicht verhinderte, daß sie am folgenden Tag für den Ritt nach Rom gerüstet waren. Er erzählte auch einige Anekdoten, aber Giacomo sah, wie sein Blick immer wieder zu Bianca schweifte. Giacomo erkannte das fiebrige Glitzern in seinen Augen wieder und wußte, welche Hitze es entzündete. Eine Begegnung mit dem Tod steigerte stets Antonios Lebenswillen, den von Bianca anscheinend auch. Der Blick, den die Kurtisane seinem Herrn zuwarf, bevor sie nach oben ging, war so heiß, daß er einen bestimmten Körperteil jedes anwesenden Mannes in Bewegung geraten ließ.

Giacomo dachte, daß sie sich endgültig versöhnt hatten, als Antonio ihr nicht lange danach folgte. Also zockelte er hinterher, nur um sicherzugehen, und er fiel fast die Treppe hinunter, als Antonio kurz vor der offenen Tür Biancas verweilte und dann in sein eigenes Zimmer ging. Antonios Tür schloß sich, dann die Tür Biancas. Giacomo schätzte sich glücklich, daß keiner der beiden ihn im Flur entdeckt hatte. Völlig verblüfft war er seinem Herrn nachgeeilt, wollte sehen, ob er alles bekommen hatte, was er brauchte. Falls Antonio immer noch wütend auf die Kurtisane war, hatte Giacomo verlockenden Ersatz anzubieten. Während er Antonio beim Auskleiden half, erwähnte er beiläufig, daß die Tochter des Wirts, eine schüchterne, vollbusige Brünette ihm sehnsüchtige Blicke zugeworfen habe, als sie den Wein ausschenkte. Antonio hatte nur abwesend auf die Wand zwischen seinem und Biancas Zimmer gestarrt und den Kopf geschüttelt.

Giacomo war mit seinem Latein am Ende. Wenn Antonio die Kurtisane begehrte, warum vergnügte er sich nicht mit ihr? Wenn er sie nicht begehrte, warum kümmerte es ihn, was sie dachte? Wenn er nicht wollte, daß sie es erfuhr, warum schlich er sich dann nicht einfach leise nach unten? Giacomo war an die Verschwiegenheit seines

Herrn gewöhnt, aber er wollte den Grund wissen. Als er noch einmal zu Antonios Bestem auf die Wirtstochter hinwies, spürte er, wie sein Herrn schauderte. Antonio wandte sich ihm zu und schlug vor, er solle das Mädchen doch selbst becircen, wenn er sie derart unwiderstehlich fand. Der Blick, der diesen Vorschlag begleitete, hatte ihn Hals über Kopf das Weite suchen lassen.

»Es hat keinen Sinn, überhaupt keinen Sinn, Füße«, stöhnte Giacomo. Er wußte, daß er irgendeinen entscheidenden Hinweis auf die Affären seines Herrn übersehen hatte, doch an jenem Abend hatte er zuviel Wein getrunken, um der Sache auf den Grund zu gehen. Später war er nach unten gegangen und hatte an die Tür des vollbusigen Mädchens geklopft. Als sie öffnete, erkannte er deutlich, daß nicht er es war, auf den sie gehofft hatte, aber er hatte Glück. Sie war bereit, sich trösten zu lassen, wußte, daß eine Nacht mit dem Diener einer Nacht mit seinem anziehenden Herrn am nächsten kam. Es war nicht das erste Mal, daß er das Fallobst seines Herrn erntete, und Giacomo war aufrichtig dankbar. Er wußte, daß er einige saftige Bissen von dem süßesten Apfel der Sünde gekostet hatte, die ihm andernfalls versagt geblieben wären. Natürlich zog er es vor, um seinetwillen begehrt zu werden, aber das bog er gewöhnlich rasch hin, wenn er erst unter der Decke lag. Seine Finger waren geschickt im Aufspüren verborgener Geheimnisse, und seine Zunge war noch zu anderem zu gebrauchen als zum Reden. Als die Wirtstochter am nächsten Morgen erwachte, galten ihr Erröten und ihr Lächeln nur ihm und ihm allein.

Weder Bianca noch Antonio hatten an jenem Morgen gelächelt. Beide sahen nicht so aus, als hätten sie besonders gut geschlafen. Giacomo wünschte beinahe, sein Herr würde loslassen, was ihn Zurückhaltung üben ließ, und wieder eine Affäre mit ihr beginnen. »Ich hätte nicht gedacht, daß ich das noch mal sagen würde, Füße, aber mir wäre es lieber, er würde mit dieser Hündin Bianca das Lager teilen, als Nacht für Nacht mit den Borgia zu feiern. Keine Familie, mit der ich mich abgeben möchte,

das kann ich euch sagen, Füße. Du kannst zu einem Borgia nicht nein sagen und dein Blut in den Adern behalten. Zu welchem Zweck er auch hergekommen sein mag, ich glaube nicht, daß er ihn schon erreicht hat. Er ist seit Tagen in sich gekehrt. Ich kann es nicht ertragen, nicht zu wissen, was ansteht, Füße«, stöhnte Giacomo, und seine Zehen wackelten aufgeregt. »Ich öffne wieder seine Briefe mit Dampf. So verzweifelt bin ich schon. Und nicht eine nützliche Information habe ich bisher erhalten, trotz des Risikos, das ich eingehe. Der Herr wird mich bei lebendigem Leib häuten, wenn er mich noch einmal erwischt, als wäre nicht alles seine Schuld. Ich hasse es, wenn er mir so was antut, Füße, wenn er immer nur seinen Gedanken nachhängt und keinen einzigen Hinweis gibt, welche Pläne er verfolgt.«
Giacomo hörte Ombras Hufe im Hof klappern. Antonio war zurück, früher als gewöhnlich. Es war noch nicht drei. Die späte Nachtruhe ruinierte Giacomos Gesundheit. »Tja, Füße, ich sollte mich wohl nicht beklagen.« Giacomo seufzte und stieg in seine Schuhe. »Es könnte weit schlimmer sein, und es kann immer noch schlimmer werden, bis man tot ist und in der Hölle schmort.«

»... Und so entkam ich!« Lachend richtete Cesare Borgia sich auf seinem Diwan auf. »Ich habe die Franzosen total lächerlich gemacht. Es hat mich kaum Mühe gekostet, ich brauchte nur den Anschein gutmütigen Verhaltens zu erwecken. Zwei Tage lang habe ich mit ihnen getrunken, ihre besten Ringkämpfer übertroffen, ihnen Geschichten über den Krieg und Frauen erzählt. Ich habe sie bezaubert, und sie sind im Nu unachtsam geworden. Es war leichter, als ich zu hoffen wagte, mich an den nächtlichen Lagerfeuern vorbeizuschleichen. Meine Männer warteten mit meinem Pferd auf den Hügeln draußen vor Velletri.« Er gestikulierte heftig in Antonios Richtung, der seinen Weinkelch hob. »Bei Tagesanbruch waren wir schon meilenweit entfernt, und die Franzosen mußten allein durch die Pontine-Sümpfe marschieren. Sie konnten nicht fassen, daß ich verschwunden war und siebzehn Wagen mit meinem Haushalt zurückließ. Dann öffneten sie die Truhen und sahen, daß sie mit Steinen gefüllt waren. Da wußten sie, daß ich es die ganze Zeit geplant hatte. Die Wagen waren eine kleine Entschädigung für das Vergnügen, das es mir bereitete, sie zu überlisten.«

Von den anderen Diwanen ertönte Beifall und Gelächter. Sein Gesicht leuchtete vor Stolz, der Papst strahlte abwechselnd seinen Sohn und seine Gäste an, dann fügte er seinen eigenen Kommentar hinzu: »König Karl war zu Recht empört und forderte die sofortige Rückkehr seiner Geisel. Natürlich war ich tief erschüttert über Cesares unehrenhaftes Verhalten, aber was konnte ich tun? Ich war kein Zauberer, daher wußte ich nicht, wo er sich aufhielt. Das sagte ich ihnen auch, aber aus irgendeinem Grund glaubten sie mir nicht.« Er breitete in gespieltem Erstaunen die Hände aus, und die Versammlung brach erneut wie aufs Stichwort in Gelächter aus.

Antonio trank seinen Wein und lächelte höflich. Die Flucht lag gut ein Jahr zurück, und er hörte die Geschichte immer noch gern. Es war eines seiner schönsten Abenteuer mit Cesare. Der Spanier erzählte die Geschichte häufig. Ebenso der Rest von Rom. Italiener liebten Geschichten über List und Tücke.

Cesare sonnte sich im Vergnügen seines Vaters, da er ausnahmsweise einmal Juan in den Schatten stellte. War es jetzt fünf Jahre her, seit er Cesare zum ersten Mal begegnet war? Ja, im Jahre 1492 war Rodrigo Borja (Borgia) zu Papst Alexander VI. gekrönt worden. Schon damals hatte er für einen Skandal gesorgt, dieser reiche spanische Kardinal, der sich das höchste Amt der Christenheit gekauft hatte. Es war Ende August, die Luft flirrte von Hitze und Spannung, Rom erstrahlte in festlichem Glanz. Jeder Triumphbogen in der Stadt war mit Epigrammen geschmückt, die Macht und Ruhm der Borgia priesen. Banner mit ihrem Emblem hingen von Balkonen und Dächern, der große rote Stier, der auf einem goldenen Feld weidete. Wo man hinsah, machte der Stier der Borgia seine Macht geltend. In Miniaturformat, als gezuckertes Naschwerk und in Form von Goldornamenten, die von den Straßenhändlern an die Menge verkauft wurden. Im Kolossalformat wurde er durch die Straßen getragen, ein gigantisches vergoldetes Standbild, aus dessen Hörnern sich blutroter Wein ergoß. Zwölf in schimmerndes Silbertuch gehüllte Pagen führten zwölf schneeweiße Pferde mit goldenem Zaumzeug. Die Kirche marschierte auf, von den juwelengeschmückten Kardinälen bis zu den demütigen, barfüßigen Mönchen.

Damals war Antonio nur einer von zahllosen Zuschauern gewesen, obwohl er einen besseren Aussichtspunkt hatte als die meisten anderen – den Balkon eines noblen Bordells. Er kannte die Borgia nur ihrem bereits befleckten Namen nach. Als der Zyniker, für den er sich hielt, hatte es ihn amüsiert, auch wenn er das Schauspiel genoß, die Zurschaustellung von Pomp und Herrlichkeit, von Macht und blendenden Reichtümern. Und jetzt beobachtete er sie erneut, mit dem noch tieferen Zynismus der Erfahrung.

Alexander VI. war nicht der erste libertinäre Papst. Er heuchelte weniger als andere, was in Antonios Augen eine Tugend darstellte. Er war ein widersprüchlicher Mensch, verstieß offen gegen viele der herrschenden Sitten, doch in gewissen Bereichen seines Lebens schien er gewissenhaft, sogar bescheiden. Seine Gäste bewirtete er mit üppigen Banketten, doch er selbst nahm nur eine frugale Mahlzeit am Tag zu sich. Mit seiner Klugheit und seinem praktischen Verstand hätte Alexander VI. sich dennoch als führender Staatsmann Italiens profilieren können, wenn er nur seinen Ehrgeiz bezüglich seiner Söhne zügelte. Antonio bezweifelte allerdings, daß es ihm gelingen würde. Seine Liebe zu ihnen grenzte an Besessenheit. Als Antonio ihn betrachtete, sein ausgeprägtes, fleischiges Gesicht, sah er nur wenige Züge, die er an seine Söhne weitergegeben hatte – die geschwungenen Brauen an Cesare, die vollen Lippen an Juan. Sie waren feiner gebaut als ihr Vater, hatten hellere Haut, und beide besaßen die gleiche Anziehungskraft und erotische Unersättlichkeit. Dennoch, trotz seines ausgesprochen sinnlichen Charakters wirkte der Papst verglichen mit ihnen geradezu naiv. Der große Borgia-Stier hatte ein Trio lauernder Raubkatzen aufgezogen, von geschmeidigerem Körperbau und weit perfiderem Charakter als er selbst. Da sie jung waren, die Zeit sie noch nicht gemäßigt hatte, stieg ihnen der Wein der Macht unendlich mehr zu Kopfe als ihrem Vater.

Antonio fragte sich, warum der Papst fortfuhr, Juan eifriger zu fördern als dessen älteren Bruder. Es war dumm von Alexander VI., Juan zu einer militärischen Laufbahn zu ermuntern und Cesare mit einem kirchlichen Amt abzuspeisen. Mit seiner Gier nach Ruhm konnte Cesare nicht ewig von vergangenen Abenteuern wie der Flucht aus der französischen Gefangenschaft zehren. In letzter Zeit hatte sich die Rivalität der Brüder zugespitzt. Aus ihrem Geplänkel klang jetzt Gehässigkeit, die nur der Papst nicht zu bemerken schien. Diese Blindheit war beunruhigend. Cesare übertraf seinen Bruder außer an körperlicher Schönheit in jeder Hinsicht, und die Geringschätzung durch seinen Vater nagte an seinem Stolz. Sogar Lucrezia zog Juan vor, verliebt in den Glanz, den er ausstrahlte, so oberflächlich er auch war.

Die Papsttochter war heute abend in ausgelassener, übermütiger Stimmung, hinter der Antonio Kummer vermutete. Alexander VI. befaßte sich endlich mit ihrer Scheidung. Ihr Gatte hat sich dem Vorwurf der Zeugungsunfähigkeit nicht mit der gewünschten Sanftmut gefügt und erhob Gegenbeschuldigungen wegen Inzest. Aus gewissen verstohlenen Blicken schloß Antonio, daß Lucrezia insgeheim verliebt war in einen zierlichen jungen Spanier namens Pederito. Antonio war froh, daß ihm wenigstens diese Liebesverwicklung erspart blieb. Aber wenn er von Lucrezia auch nichts zu befürchten hatte, andere konnten ihm ohne weiteres große Schwierigkeiten bereiten.

Juan ignorierte die üppige Kurtisane an seiner Seite und

konkurrierte mit Cesare um die Aufmerksamkeit einer verheirateten Dame von Stand. Zuvor hatte Juan Antonio vorgeschlagen, gemeinsam mit der Kurtisane das Bett zu teilen. Es war nicht das erste Ansinnen dieser Art, obwohl sie die bisher schönste Frau war. Antonio hatte den Verdacht, daß Juans Angebote, seine Frauen zu teilen, nur ein Lockmittel für die Männer war, die sich weigerten, allein mit ihm zu schlafen. Antonio hatte höflich abgelehnt und klargestellt, daß er an beidem nicht interessiert war. Juans Augen und Lippen wurden schmal vor Ärger, aber diese Reaktion überspielte er mit einem theatralischen verzweifelten Seufzer und schalt Antonio wegen seiner langweiligen Gewohnheiten.

Antonio hoffte, daß Juan es dabei bewenden lassen würde. Wenn er erfuhr, daß Antonio die Annullierung seiner Ehe erwirken wollte, wäre er vielleicht versucht, ihn mittels Erpressung in sein Bett zu locken. Dann würde Antonio sich gezwungenermaßen mit der Frage auseinandersetzen müssen, ob ihm die Annullierung wichtiger war als seine Tugend – wenn ein Mann mit seiner Erfahrung noch von sich behaupten konnte, derlei zu besitzen. Körperliche Liebe war ein verbreitetes Zahlungsmittel an jedem Hof, aber er selbst hatte es noch nie verwenden müssen. Antonio hoffte, daß ihm die gemeinsam mit Lucrezia verbrachte Nacht etwas nützen würde, aber es war die Laune eines Augenblicks gewesen, keine kalkulierte Bestechung. Es hatte keinen Sinn, zu heucheln. Antonio hatte akzepiert, daß Lucrezia eine Neuauflage von ihm verlangen würde, und war bereit, sich dementsprechend zu verhalten. Aber Juan …

Eine Weigerung würde Antonio nicht notwendigerweise um die Annullierung bringen, aber möglich war es schon. Er fragte sich, ob die Dienste, die der Papst oder Cesare von ihm verlangen würden, ihn nicht ebenso oder aber auf subtilere Weise korrumpierten. Insgeheim aber hoffte er, daß seine Befürchtungen sich als unbegründet herausstellten. Immerhin verdankte Cesare ihm sein Leben. Er sollte eigentlich froh sein, seine Schuld abzugelten, indem

er Antonios Eingabe seinem Vater vorlegte – und seinen Anteil am Preis der Annullierung kassierte.
Ein Page erschien an seiner Seite und bot ihm Wein an. Antonio ließ seinen goldenen Kelch nachfüllen, obgleich er bisher kaum von dem Wein gekostet hatte. Er zog es vor, sich den Anschein des Lasters zu geben, anstatt ihm tatsächlich zu frönen. Die Musiker spielten eine lebhafte, frivole Melodie, und der unterhaltsame Teil des Abends begann – eine laszive Burleske, die Lucrezia für ihren Vater ausgesucht hatte. Eine Tür ging auf, und eine Gruppe männlicher Diener erschien mit vergoldeten Körben, in denen Rosen und andere Blumen arrangiert waren. Sie schritten den Kreis ab, boten den Gästen die Körbe an, und jeder Gast erhielt Blumen einer besonderen Farbe. Als die Körbe verteilt waren, zogen die Diener sich in den Hintergrund zurück und warteten. Sogleich trat eine Gruppe nackter Huren in die Mitte des Kreises. Der Papst und alle, die das Spiel kannten, warfen ihre Blumen auf den Boden. Die nackten Frauen ließen sich auf die Knie nieder und schlängelten sich auf dem Boden, hoben die Blumen mit den Zähnen auf. Sie wurden dann ihrem Besitzer zurückgebracht und je nach der Großzügigkeit des Spenders gegen Rubine oder Goldmünzen eingetauscht. Lucrezia hob die Hand und winkte die Diener herbei. Die Männer traten vor, öffneten ihre Strumpfhosen, um die Frauen von hinten zu besteigen. Sie hoben die Huren an den Hüften hoch und drangen in sie ein, dann stolperten sie hinter den Frauen her, als diese den kostbaren Rosen nachkrochen und jetzt für sich und für ihre Reiter Schätze einsammelten.
Gelangweilt lehnte Antonio sich in die Polster zurück. Er hatte erotische Darbietungen gesehen, die ihn erregten, aber dieser Exzeß war abstoßend. Dennoch schaute er lieber diesem Spektakel zu als zu beobachten, wie die Borgia von ihrem Balkon aus auf verurteilte Verbrecher schossen, die man in den Hof gebracht hatte. Cesare hatte ihm eine kürzlich eingetroffene Ladung spanischer Arkebusen gezeigt, und er hatte schon eine blutigere Abendunterhal-

tung befürchtet. Träge, verächtlich, warf Antonio eine Handvoll Blumen in den Kreis und bezahlte in Gold dafür.
Plötzlich erinnerte er sich peinlich berührt an die Münzen, die er Veronica hingeworfen hatte. Intensive Gefühle wallten in ihm auf, ein Morast aus Verzweiflung, Wut und Sehnsucht, durchsetzt mit schmerzlicher körperlicher Lust. Gab es keinen Exorzismus, mit dem er die Erinnerung an sie aus seinen Gedanken löschen, sein körperliches Sehnen bannen konnte? Antonio hatte gewußt, daß es so kommen würde, aber das linderte nicht die Qual seines Begehrens. Seit seiner Ankunft in Rom hatte er ein Dutzend neuer Frauen ausprobiert. Nach einer sinnlichen Anziehung gesucht, die stark genug war, um die gefühlsmäßige Macht, die Veronica immer noch über ihn besaß, zu brechen. Zumindest hoffte er, daß der Reiz der Neuheit ihn ablenken würde. Doch jede Begegnung war unbefriedigend. Wenn er seine körperlichen Bedürfnisse leugnete, war es allerdings um seine Laune, seine Selbstbeherrschung schlecht bestellt. Heute hatte er, der vergeblichen Suche überdrüssig, keine Frau mitgebracht. An solchen Abenden waren stets schöne Frauen zugegen, und eine war im Augenblick so gut oder so schlecht wie die andere. Er fühlte sich allein und musterte die juwelengeschmückten Kurtisanen auf ihren Diwanlagern, die nackten Huren auf dem Boden, empfand jedoch keinerlei Begehren für sie. Nur Begehren allgemein, ein leises Vibrieren seiner Lenden. Ihre Verfügbarkeit steigerte noch seine Lust, die jedoch einzig Veronica stillen konnte.
Da er wieder einmal erkennen mußte, daß es unmöglich war, wünschte Antonio plötzlich, Bianca wäre hier, dann wies er sich im stillen zurecht. Es hatte keinen Sinn, die Gefühlsverwirrung, in der er sich befand, noch zu steigern. Er hatte die richtige Entscheidung getroffen, trotz aller Versuchungen die Beziehung mit ihr nicht wiederaufzunehmen. Sein erotisches Empfinden war während der Reise nach Rom neu erwacht, aber er hatte die Kurtisane bis zu dem Überfall der Briganten gemie-

den. Darauf hatte er seinen körperlichen Begierden beinahe nachgegeben. Die Konfrontation mit dem Tod ließ seine strenge Enthaltsamkeit lächerlich erscheinen. Bianca wollte ihn. Er wollte sie auch. Sie würde all seine Bedingungen akzeptieren. Von seiner Lust getrieben, war er ihr im Wirtshaus gefolgt. Biancas Tür stand offen. Sie bürstete ihr helles Haar, wartete auf ihn. Auf dem groben Tisch des Wirtshauses stand ihr eigener feiner Spiegel. Sie trug ein enganliegendes Seidenhemd in tiefem Magentarot. Und das Halsband, das er ihr zuletzt geschenkt hatte – die Smaragde, die Veronica hätte besitzen sollen, deren lebhafte Farbe an das Strahlen des jungen, wiedergeborenen Frühlings erinnerte. Im flackernden Kerzenschein glitzerten die Steine wie in Gold eingeschmolzene Tropfen von Gift und warfen ein gespenstisches Licht auf die helle Haut der Kurtisane. Giftig. Tückisch. Bianca rief häufig solche Gedanken wach. Seltsam, seine Leidenschaft für Veronica hatte ihn in die Dunkelheit getrieben, und doch sah er in ihr das Leben. Bianca weckte nur diese bedrohlichen Bilder von Tod in ihm. Er begegnete dem Blick der Kurtisane im Spiegel, und einen Augenblick lang verfiel er der noch tieferen Finsternis in ihr.

Dann hatte er sich losgerissen, entsann sich kaum noch, wie, nur daß er es geschafft hatte. Ging in sein Zimmer und hörte Giacomo über die Tochter des Wirts plappern. Antonio wußte, was in dieser Nacht nötig gewesen wäre, um ihn zu befriedigen, und das konnte ihm kein scheues junges Mädchen gewähren. Er schickte Giacomo hinaus, bevor er ihn womöglich schlug, und suchte notdürftige Erlösung in der Selbstbefriedigung. Nach dem selbstgefälligen Lächeln zu urteilen, das Giacomo am nächsten Morgen zur Schau trug, hatte sein Kammerdiener der Wirtstochter mehr Lust bereitet, als er es hätte tun können. Zumindest einer war glücklich.

Bei ihrer Ankunft in Rom hatte Antonio sich erleichtert von Bianca verabschiedet, bis heute abend kaum an sie gedacht. Aber keiner der Frauen, mit denen er sich seither abgegeben hatte, war es gelungen, seine körperlichen Bedürfnisse zu befriedigen, geschweige denn Veronica aus seinen Gedanken zu vertreiben. Der Höhepunkt brachte ihm eine flüchtige Erschöpfung, ohne ihn zu befriedigen, und seine Gefühle setzten ihm nur noch mehr zu. Da sein Körper vorübergehend gesättigt war, stürzte sein Verstand in einen inneren Abgrund, suchte Veronica und fand nur seine eigene Leere. Sie schien vor ihm zu schweben, ihre leuchtenden Augen verhießen ihm all das, was andere ihm nicht geben konnten, baten ihn, ihr das gleiche zu schenken. Antonio zitterte vor Sehnsucht, er wollte das lockende Phantom berühren. *Unmöglich.* Er versuchte sich wieder auf das Fest zu konzentrieren, doch das Bild Veronicas, wie falsch die strahlende Vollkommenheit, die sie verhieß, auch sein mochte, entlarvte die Obszönität dieser Welt, wie Licht, das die Dunkelheit erhellt.

Seine Aufmerksamkeit wurde geweckt, als durch den Saal ein Raunen, ein erregtes Keuchen ging. Juan hatte die Brüste seiner Geliebten für diesen Abend entblößt und knetete sie, kniff in die Brustwarzen. Sie war beschämt, fing sich jedoch schnell wieder und präsentierte ihre Schönheit mit Stolz, da ihr kein anderer Ausweg zu Gebote stand. Die Gäste sahen neugierig zu, da dies ein Verstoß gegen ungeschriebene Gesetze war. Diese Gesellschaft war nicht so vertraut, daß die Beobachter selbst zu Mitwirkenden werden wollten. Noch vor sechs Monaten hätte die Etikette eine unmittelbare Beteiligung an derlei Unterhaltung verboten. Man hätte sich höchstens diskret gestreichelt, und es hätten Zimmer für jene bereitgestanden, die sich später ihrer Lust hingeben wollten. Je größer Juans Macht wurde, um so schneller versank der Vatikan in Zügellosigkeit.

Plötzlich ließ Juan die Frau los und schob sie mitten in das Gewühl. Er warf eine seiner scharlachroten Rosen auf den Boden und verlangte, sie solle sie ihm bringen. Die Frau war eine der berühmtesten Kurtisanen Roms, dennoch wagte sie es nicht, sich zu weigern. Sie nahm

die Blume mit den Zähnen auf und ließ sie vor seinen Füßen fallen. Als Belohnung entblößte er sich vor ihr und forderte sie auf, ihn mit dem Mund zu bedienen. Als sie zwischen seinen Beinen kniete, rief er einen der Diener herbei und befahl ihm, sie zu besteigen. Der Mann trat eifrig vor, um seinen Preis in Empfang zu nehmen, hob ihre schweren Röcke. Während sie Juan befriedigte, führte dieser aus, wo und auf welche Art der Mann in sie eindringen sollte. Antonio beobachtete die Gesichter der anderen Kurtisanen, sah Furcht, Erregung und Schadenfreude. Würde es Bianca Freude bereiten, eine Rivalin derart gedemütigt zu sehen? Vermutlich ja. Aber sie würde wissen, daß sie leicht an ihrer Stelle sein könnte. Als Juan und der Diener mit der Kurtisane fertig waren, nahm der Lieblingssohn des Papstes ein halbes Dutzend Rubine und flößte sie ihr ein, zwang sie, einen nach dem anderen hinunterzuschlucken.
Antonio wandte sich ab. Diese Ausschweifung war ermüdend ...
Nein, es war nicht Müdigkeit, nicht die gereizte Langeweile, die er eben noch empfunden hatte. Es war Ekel. Als er anfangs mit den Borgia Umgang pflegte, hatte er sich von ihren Exzessen ebenso angezogen wie abgestoßen gefühlt. Jetzt war er übersättigt, des Lasters überdrüssig. Wo war seine Distanz geblieben, ganz zu schweigen von seiner früheren Erregung und Belustigung angesichts solch lasziver Darbietungen? Diese Gefühle waren mit dem Tag verschwunden, als er aufhörte, ein unbeteiligter Zuschauer an diesem Hof zu sein. Jetzt war er Bittsteller, saß in der Falle. Ein Gefangener aus eigener Dummheit.
Am anderen Ende des Zimmers fütterte Juan die Kurtisane mit den letzten Steinen, dann preßte er ihr Gesicht wieder an seinen Schritt. Juan hob den Kopf, fing Antonios Blick auf und lächelte. Er erwiderte das Lächeln nicht, hielt kalt Juans Blick stand, bis dieser wegsah und fortfuhr, sein Opfer zu quälen. Juan war im Grunde seines Herzens ein Feigling, aber Antonio fragte sich, ob sein Ruf als guter Schwertkämpfer oder seine Verbin-

dung mit Cesare ihm irgend etwas nützen würden, wenn Juan von seiner Eingabe hörte. Wenn er merkte, daß seine erotischen Angebote auf Dauer ausgeschlagen wurden, würde Juan der Versuchung widerstehen können, ihn zu erpressen? Der Papst würde natürlich erwarten, daß Antonio die geringste Bitte erfüllte, die seine Kinder an ihn richteten, als Teil des Preises für die Annullierung. Und es war doch eine so kleine Gefälligkeit ...

Konnte er sich auch nur ein einziges Mal dazu überwinden? Antonio versuchte es sich nüchtern vorzustellen, aber seine Abneigung war so stark, daß er wußte, er würde sich solch einem Tauschhandel nicht unterziehen können. Mit einem Mann zu schlafen verstieß gegen seine Veranlagung. Aber er hatte andere Verehrer abgewiesen, ohne diesen Widerwillen zu empfinden. Wenn sie nicht allzu beharrlich waren, faßte er es nicht als Beleidigung auf. An Juan stieß ihn mehr als sein männliches Geschlecht ab, er verabscheute ihn wegen seiner Verkommenheit. Er hatte genug über Juans Vorliebe für erniedrigende Spiele gehört, um zu wissen, daß er seine Berührung nicht ertragen würde. Bei dem Gedanken daran stiegen ungebetene Bilder von giftigen Schlangen, klauenbewehrten Dämonen und lebenden Leichnamen vor seinem inneren Auge auf. Antonio schauderte. Seine extreme Reaktion war lächerlich, aber er konnte nicht anders. Es gab also bereits einen Preis, den er nicht zu zahlen bereit war, um das zu bekommen, was er für seinen größten Wunsch hielt. Er konnte sich diesem Mann nicht unterwerfen, nicht aus freien Stücken. Und wenn der Spanier ihn dazu zwang, würde Antonio ihn töten müssen. Sollte Juan so dumm sein, eine seiner Entführungen zu inszenieren, würde Antonio ihm die Kehle durchschneiden. Schon vorher, wenn er konnte. Wenn nicht, danach. Es würde Juan nicht nur das Leben kosten, sondern zuvor auch seine Männlichkeit.

Die Lustbarkeiten strebten jetzt ihrem Höhepunkt zu. Der Papst hatte den Raum verlassen. Lucrezia war ebenfalls verschwunden, vermutlich hatte ihr Vater darauf bestan-

den. Allen anderen stand es frei, sich an der Orgie zu beteiligen. Eine der Huren glitt zu Antonios Diwan. Antonio schüttelte abweisend den Kopf, doch sie legte eine Hand zwischen seine Beine. Erregung und Wut wallten in ihm auf. Die Hure kauerte sich vor ihn, leckte sich über die Lippen, erregt durch die Gefühle, die sich in seinem Gesicht spiegelten. Ihre Erniedrigung vielleicht, und die seine? Sie wartete, überzeugt, daß er sich ihr anbieten würde.
Nur die Hure und Cesare sahen es, als er den Raum verließ.

21. *Kapitel*

DER MORD

27. Juni 1497

Geschätzter Niccolò,

inzwischen wird die Nachricht von Juan Borgias geheimnisvollem Tod Florenz erreicht haben. Da er kurz nach der Exkommunikation Savonarolas durch den Papst bekannt wird, kann ich mir lebhaft vorstellen, welcher Aufruhr in der Stadt der Roten Lilie herrscht. Obgleich der Mord offenbar persönliche Gründe hatte, werden die Fürsprecher des Mönchs ihn zweifellos als Strafe Gottes deuten. Dieser Zufall wird gewiß die Position des Mönchs stärken, zumindest eine Zeitlang. Er kann es gebrauchen, da der Papst die Exkommunikation nicht aufgehoben hat. Ich bin überzeugt, der Mönch wird ein katastrophales Ende nehmen, jetzt, da der Papst diesen Kurs eingeschlagen hat. Savonarolas spiritueller Stolz ist zu groß, als daß er sich vor dem Götzen beugen würde, für den er den Papst hält. Ich glaube nicht, daß Savonarola seinem Gott in Frieden dienen kann, und wenn er jetzt gegen den Papst predigt, setzt er seine Unterschrift unter sein eigenes Todesurteil. Florenz mag den Mönch noch eine Weile verehren, aber am Ende wird es sich der weltlichen Macht der Kirche unterwerfen. Ich weiß, Ihr betrachtet Savonarola als einen reineren homo politicus als ich. Ich bin neugierig auf Eure Ansichten zur gegenwärtigen Lage, wenn wir uns wiedersehen.

Als wir uns in Florenz unterhielten, habt Ihr Eurer Faszination für die Borgia Ausdruck verliehen. Daher will ich

Euch berichten, was ich über die jüngsten Ereignisse weiß, in die ich, wenn auch nur mittelbar, zum Teil selbst verwickelt war. Am Abend des 14. Juni lud Cesare mich ein, im Landhaus seiner Mutter mit ihm zu Abend zu speisen. Cesare war bester Stimmung, als wir zusammen dorthin ritten, und ich war ebenfalls gut aufgelegt. Nichts von dem kommenden Unheil war zu spüren. Der Ritt zu Madonna Vanozzas Villa war herrlich. Der Reitweg führte durch üppige Obstgärten und weiter über Weiden und Felder am antiken Kolosseum.

Es war eine kleine Gesellschaft, überwiegend Familie. Juan war anwesend, nicht jedoch Lucrezia. Wie man inzwischen in ganz Italien weiß, will der Papst die Ehe seiner Tochter annullieren lassen. Sie hat sich in ein Kloster zurückgezogen, bis die Kardinäle sich beraten haben. Der Abend verging rasch. Die Tafel war reich gedeckt, die Speisen besonders frisch und köstlich. Wir aßen, tranken guten Wein und unterhielten uns bis nach Mitternacht mit Anekdoten. Dann ließ Cesare die Pferde holen.

Schon seit einem Monat boten Spekulationen über Juans maskierten Begleiter Stoff für Gerüchte und den wildesten Klatsch. Als wir aufbrechen wollten, erschien der geheimnisvolle Mann, trat aus dem Schatten der Bäume und winkte Juan zu sich. Sie redeten kurz, dann half Juan ihm in seinen Sattel. Wir waren heiter und gelöst, als wir die Hügel hinunterritten. Cesare ließ den Weinschlauch herumgehen, und unser Gelächter und lärmender Gesang hallte laut in den stillen Straßen von Rom wider. Juans Freund schwieg die ganze Zeit. Ich war neugierig und versuchte zu erraten, wer sich hinter dem weiten Umhang und der Maske verbarg. Irgendwie wirkte er vertraut auf mich, aber ich kann wenig über ihn sagen, außer daß er von mittlerer Größe war, schlank und breitschultrig. Seine Haltung war anmutig, jedoch angespannt. Ich schmücke meine Erinnerungen nicht im nachhinein aus, um sie den Ereignissen anzupassen, es fiel mir damals schon auf. Wahrscheinlich wartete er auf ein erotisches Abenteuer. Da er inzwischen verschwunden ist, wird man es wohl nie er-

fahren. Er hat vielleicht nur aus Furcht das Weite gesucht. Falls er mit dem Mord zu tun hatte, war er Anstifter oder Opfer?
In Rom trennten wir uns nahe des alten Palazzo Borgia und überquerten die Brücke zum Borgo. Es war dunkel, nur die kleinen Lampen vor den Heiligenbildern an den Straßenecken spendeten Licht. Juan entließ all seine Diener, mit Ausnahme eines Stallburschen. Als Cesare ihn warnte, in den schmalen Straßen des jüdischen Viertels sei es zu so später Stunde gefährlich, lachte Juan nur und ritt in die Nacht davon. Sein maskierter Gefährte saß noch hinter ihm im Sattel, und der Stallbursche folgte ihnen. Ich ritt mit Cesare in die entgegengesetzte Richtung.
Am nächsten Morgen erschien Juan nicht. Die Sorge des Papstes wuchs, als der Tag verging. Abends wurde Alarm geschlagen, und die Suche begann. Juans Pferd wurde gefunden, dann entdeckte man den Stallburschen. Er war tödlich verwundet und konnte nicht mehr sprechen, bevor er starb. Die Furcht des Papstes steigerte sich zu heller Panik, und seine Spanische Garde durchkämmte jedes einzelne Haus im jüdischen Viertel, ergriff die Gelegenheit, sich an den Bewohnern und ihrer Habe zu vergreifen. Es kam zu Kämpfen auf den Straßen; Freunde und Feinde der Borgia mischten sich in den Tumult.
Trotz der Wirren förderte die Suche schließlich einen Zeugen zutage, einen Holzverkäufer, der seine Ware am Ufer des Tiber feilbot. Erst wollte er nicht sprechen, doch als man ihm mit der Folter drohte, berichtete er folgendes: Am frühen Morgen, als es noch dunkel war, sah er zwei Männer die nahe gelegene Brücke inspizieren, dann gaben sie einem weiteren Mann, der wartete, ein Zeichen. Ein Reiter erschien, hinter ihm auf dem Rücken seines Schimmels lag ein Leichnam. Sie faßten die Leiche an Kopf und Füßen und warfen sie in den Fluß, dann verschwanden sie. Die Inquisitoren warfen ihm vor, daß er den Mord nicht angezeigt hatte, aber er wandte ein, daß er wohl schon hundertmal gesehen habe, wie man Leichen in den Tiber geworfen hatte. Es war nur das erste Mal, daß jemand dem Vorfall genü-

gend Bedeutung beigemessen hatte, um einen Holzverkäufer am Fluß zu befragen.
Daraufhin suchte man den Fluß ab, und schließlich wurde Juans Leiche geborgen. Sie war von Schilf und Schlamm bedeckt, seine Hände gefesselt, die Kehle durchschnitten, der bekleidete Körper von den acht Wunden, die man ihm zugefügt hatte, grausig entstellt. Man hatte ihn nicht beraubt, denn in seinem Geldbeutel steckten mindestens dreißig Dukaten, und um den Hals trug er eine kostbare Spange aus Gold und Juwelen.
Drei Tage und Nächte lang gab der Papst sich seiner bitteren Trauer hin. Er faßte das Verbrechen als Strafe für seine Sünden auf und gelobte, allem irdischen Ehrgeiz zu entsagen und sich ganz der Reformation der Kirche zu widmen. Er sagte, selbst wenn er sieben Papsttümer besäße, würde er sie alle hingeben, um seinen Sohn zurückzubekommen. Sein Kummer ist immer noch groß, aber ich glaube, sein religiöser Eifer hat nachgelassen, und er blickt wieder in die Zukunft. Die Zukunft ist jetzt Cesare …

Antonio hielt inne und legte die Feder beiseite. Er fragte sich erneut, warum er sich die Mühe machte, Machiavelli zu schreiben, wenn er so bald nach Florenz abreiste. Aber er hatte das Bedürfnis, seine Erinnerungen auf Papier zu bannen und zu ordnen. Die Ereignisse jener Nacht beunruhigten ihn immer noch. Es ging um mehr als seine Wut auf Cesare. Er war überzeugt, daß er irgend etwas übersehen hatte. Aber was? Antonio wünschte, er hätte an jenem Abend weniger getrunken. Bei den Orgien, zu denen Cesare ihn mitgeschleift hatte, war er aus Vorsicht nüchtern geblieben, aber an jenem Abend wollte er feiern. Die Landschaft war wunderschön, und es war eine Erleichterung, wenigstens auf kurze Zeit den endlosen Ausschweifungen des Vatikans zu entkommen. Cesare hatte ihm gerade zugesichert, daß der Papst seine Eingabe bei den Kardinälen unterstützen würde. Diese Zusicherungen hatten jetzt keine Bedeutung mehr. Abgesehen von der Möglichkeit, daß der Papst eine ganz andere Haltung zu der Annullierung beziehen könnte wie zu allem, was sein Sohn unterstützte, vermutete Antonio, daß Cesares Versprechungen einzig eine List gewesen waren, um ihn unaufmerksam zu machen.

Obgleich er zunächst ein Dutzend anderer Verdächtiger für Machiavelli hatte auflisten wollen, war Antonio überzeugt, daß Cesare die Ermordung Juans arrangiert hatte. Es war unwichtig, wie und durch wen es geschehen war. Inzwischen waren die Männer wohl aus Rom geflohen oder selbst getötet worden – es sei denn, Cesare verfügte insgeheim über Handlanger, die er regelmäßig mit derlei Aufträgen betraute. Konnte es der maskierte Fremde gewesen sein? Falls er überhaupt ein Fremder gewesen war. Antonio war sicher, daß er ihm irgendwann einmal unter gewöhnlichen Umständen begegnet war, aber er konnte sich an keinen Freund Juans erinnern, der zu der vermummten Gestalt gepaßt hätte. Antonio hatte angenommen, daß es sich um einen jungen Edelmann handelte, dessen Familie seine Liaison mit Juan mißbilligte. Jetzt zweifelte er daran. Antonio war seine starke Anspannung aufgefallen. War es reine Erfindung, wenn er jetzt zu dem Schluß gelangte, daß die Erregung nicht erotischer Natur war, sondern auf dunklere Absichten hindeutete? Daß der junge Mann nicht gemeinsam mit Juan dem Anschlag zum Opfer gefallen, sondern ein Komplize Cesares war? Antonio hatte keinen Zweifel mehr, daß die vermummte Gestalt der Schlüssel war. Den Schlüssel zu besitzen hieß jedoch noch nicht, auch zu wissen, zu welchem Schloß er paßte.

Und Antonio wußte ebenfalls nicht zu sagen, warum er so sicher war, daß Cesare seinen Bruder in den Tod geschickt hatte, schließlich gab es eine Vielzahl von Männern und Frauen, die Grund und Mittel hatten, Juan zu töten. Ihm war nichts aufgefallen, bis auf eine flüchtige Veränderung in den Zügen Cesares, kurz bevor sie das Haus verließen. Hinter der Ausgelassenheit, die er an jenem Abend an den Tag gelegt hatte, blitzte kurz Berechnung auf. In diesem Augenblick hatte er gewußt, daß

Cesare etwas im Schilde führte, und wollte einen klareren Kopf bekommen, schlug den Wein aus, der die Runde machte, als sie den Hügel hinunterritten. Damals war Antonio aufgrund dieses Blicks zu dem Schluß gelangt, daß der Spanier einen zusätzlichen Preis für die Annullierung verlangen würde. Oder aber seine Hilfe in einem Komplott, das Antonio andernfalls niemals unterstützen würde. Nur hatte Cesare den Preis eingestrichen, ohne ihn zuvor zu fragen. Sobald bekannt wurde, daß Juan verschwunden war, wußte Antonio, daß Cesare hinter dem Tod seines Bruders steckte.

Antonio als Zeugen für seine Unschuld zu präsentieren war jedoch unsinnig. Antonio war nicht sein einziger Gefährte in jener Nacht, und im günstigsten Falle war er ein zweifelhafter Zeuge – ein Mann, der die Gunst der Borgia genoß, ein Mann, der ebenfalls für den Tod seines Bruders verantwortlich war. Wozu sonst die unerwartete Einladung zu einer Familienfeier? Warum hatte Cesare darauf bestanden, daß sie bis zum Morgengrauen zusammenblieben, während seine Mörder seine Befehle ausführten? Es gab nur eine Antwort, und sie erfüllte Antonio mit Abscheu.

Es war lediglich eine List gewesen, ein perverser Scherz, die Krönung von Cesares Nacht des triumphalen Verrats. Hatte der Spanier Bewunderung erwartet, diebisches Vergnügen – zwei Kaine, die sich mit Blut zuprosteten? Oder wollte Cesare ihn nur in ohnmächtige Wut versetzen? Genoß er die eine Reaktion ebenso wie die andere, solange Antonio botmäßig blieb, auf Cesares Hilfe angewiesen war?

Antonio haßte es, nicht mehr als eine erbärmliche Schachfigur in Cesares mörderischem Spiel zu sein. Er empfand jedoch kein Bedauern über Juans Tod. Hätte ein anderer als Cesare den Mord angestiftet, dann wäre er nur erleichtert gewesen. Aber er hatte das Verbrechen weder mit ihm ausgeheckt noch es gutgeheißen. Jetzt, da er Cesares Hilfe in der Frage der Annullierung in Anspruch genommen hatte, machten ihn sein unausgesprochener Verdacht, seine Abneigung gegen Juan unfreiwillig zu seinem Komplizen. Was Cesares Preis betraf, so war er weniger erniedrigend als alles, was er von Juan befürchtet hatte. Aber Juans Preis hätte er niemals gezahlt, und Cesares Preis zahlte er bereits. Also spielte seine Ehre schließlich doch noch die Hure für die Borgia …

Seine Ehre? Rückblickend erschien sie Antonio ziemlich zweifelhaft. Er hatte Männer im Duell getötet, in denen es um Frauen ging, die er nicht liebte. Er hatte in der Schlacht getötet, Kriege geführt, an die er nicht glaubte. Was man allgemein auch darüber denken mochte, Ehre machten ihm diese sinnlosen Opfer nicht. Aber damals war es zumindest um Leben oder Tod gegangen, er kämpfte gegen Gegner, die die gleiche Wahl getroffen hatten wie er. Die Umstände hatten nie von ihm verlangt, einen geplanten Mord zu begehen, allerdings hatte er mehrmals davon phantasiert, zuletzt den Mord an Juan Borgia. Er hätte ihn nötigenfalls ohne Zögern ausgeführt und nach Kräften verhindert, daß er gefaßt wurde. Aber Juan war nicht sein Bruder, und das war letztlich der Grund für seinen Abscheu Cesare gegenüber.

Antonio wußte nicht, was er an Cesares Stelle getan hätte. Wenn auch ehrgeizig, war er doch nicht so machtbesessen wie Cesare, ihm hatte sich auch nie ein derart abscheulicher Mensch wie Juan in den Weg gestellt. Der Papst hatte Juan geliebt, ebenso Lucrezia, und Antonio hatte sie für dumm gehalten, weil sie solch menschlichen Abschaum vergötterten. Sollte er Cesare jetzt verdammen, weil er diesen Abschaum aus dem Weg geräumt hatte? Hätte Antonio einen solchen Bruder gehabt, vielleicht hätte er ihn ebenso getötet, wie Cesare Juan getötet hatte ohne Schuld oder Reue, ohne etwas anderes als Vergnügen über die Tat zu empfinden. Warum Cesare also für Eigenschaften verachten, die er sich selbst beimaß? Antonios Fähigkeit zu Verstellung und Berechnung war mindestens ebenso groß. Was hatte seine Leidenschaft jemals anderes bewirkt als Zerstörung? Sie hatte ihn eine Hure heiraten lassen. Sie hatte ihn seinen eigenen Bruder töten lassen. Erst vor ei-

nem Monat hatte er beinahe seinen Vater erdrosselt. War seine blinde Wut wirklich tugendhafter als Cesares schlau gesponnene Ränke? Im Hinblick auf ihre Opfer lautete die Antwort nein.
Cesare triumphierte, während Antonio nur Bedauern empfand. Aber was hatte Bedauern für einen Sinn? Sein Schuldbewußtsein konnte die Toten nicht wieder zum Leben erwecken, Alessandros Tod würde ihn sein Leben lang verfolgen. Er spürte seinen Verlust, wie alte Soldaten, die ein Körperglied verloren hatten, noch immer von Schmerzen geplagt wurden. Aber er hatte Alessandro ja auch geliebt. Hätte Cesare seinen Bruder geliebt, ihn verschont, wenn Juan großmütig und tapfer gewesen wäre? Vielleicht. Cesare zeichnete sich vor Juan durch Mut und Charisma aus. Es mochte ihm sogar Sympathien einbringen, daß er solch einen Wurm aus dem Weg geräumt hatte. Doch der Schein trog. Cesare würde einen tugendhaften Mann ebenso kaltblütig töten.
Antonio mochte Cesare wegen seines Verrats verabscheuen, er ließ sich von seinen Gefühlen dennoch nicht dazu verleiten, die Wirklichkeit zu verkennen. Der Spanier war kein Einzelfall. Intrigen und Mord waren an allen Höfen Europas an der Tagesordnung. Rodrigo Borgia herrschte in Rom und strebte danach, seine Macht so lange wie möglich zu erhalten. Wenn der Papst schon einen seiner Söhne förderte, dann war der Intrigant eindeutig die bessere Wahl als der gemeine Narr. Doch wo würde es enden? Cesares Grausamkeit, seine völlige Skrupellosigkeit waren beunruhigend. Rom, ganz Italien hatte noch nicht erlebt, zu welcher Heimtücke und Grausamkeit Cesare fähig war.
Dennoch war es keineswegs die Absicht Antonios, Cesare bloßzustellen. Selbst wenn er es gewollt hätte, er konnte es nicht beweisen. Angenommen, er würde durch Zauberei einen Beweis finden und ihn dem Papst vorlegen, würde er zweifellos auch wie durch Zauberei verschwinden. Rodrigo Borgia war willentlich blind, wenn es um seine Sprößlinge ging. Selbst ohne die Gerüchte mußte er seinen

ältesten Sohn in Verdacht haben; Antonio bezweifelte jedoch, daß er sich diesen Verdacht eingestehen würde. Er würde den deutlichsten Beweis als Täuschung abtun … und die Bedrohung rasch beseitigen lassen. Vorausgesetzt, Antonio drang jemals bis zum Papst vor. Wenn Cesare den Verdacht hegte, daß Antonio sich gegen ihn stellen wollte, würden sich gedungene Mörder an seine Fersen heften. Laudomias Anschläge hatten ihm gereicht.

Selbst ein so einfacher Akt wie die Rücknahme seiner Bitte um Annullierung könnte ihm gefährlich werden. Welchen Vorwand er auch nannte, Cesare würde es als Verurteilung auffassen. Diese Geste könnte Antonio ein gewisses Maß an persönlicher Genugtuung verschaffen, aber sie würde ihn die Freiheit und vermutlich das Leben kosten. Wenn er es klug einfädelte, könnte er Cesare töten und unbemerkt fliehen. Dieser Gedanke ließ ihn eine Zeitlang nicht mehr los, aber schließlich überwog der Widerwille seine Wut. Ihm blieb nur die Möglichkeit, Rom zu verlassen. Er hatte schon genug Sorgen, ohne sich noch tiefer in die Machenschaften der Borgia hineinziehen zu lassen. Im Augenblick hoffte er inständig, daß die ganze Familie sich in einer Orgie des Hasses gegenseitig vernichtete.

Antonio lachte bitter auf. Als er sich vor knapp einem Jahr in Rom aufhielt, hatte er gedacht, er habe seinen Frieden mit dem Schicksal geschlossen. Für einen Mann ohne Familie führte er ein außerordentlich angenehmes Leben. Er war wohlhabend und konnte jederzeit seinen Vorlieben frönen, verfügte über genügend Macht, um seine Ziele zu erreichen, ohne zuviel Aufmerksamkeit auf sich zu ziehen, und hatte seine Gefühle unter Kontrolle. Eine Errungenschaft, deren Erhalt ihm wichtiger war als jeder andere Besitz. Dann traf der Brief seiner Mutter ein und hatte seine Selbstbeherrschung zu Fall gebracht. Er hatte sich nach Florenz aufgemacht, erfüllt von Schuld und Sehnsucht, um die zerplatzten Träume seiner Jugend nachzuholen. Statt dessen hatte er eine Kette von Ereignissen ausgelöst, die ihm die Kontrolle über sein Leben entzogen. Was er auch unternahm, um wieder sein eigener Herr zu werden, das Ergebnis war eine neue Verwicklung in seinem Leben. Seit seiner Ankunft in Florenz hatte er sich viel zu oft von Leidenschaft und Wut leiten lassen. Und wenn er ehrlich war, hatte sich das nicht geändert.

Seltsam, nur ein harmonischer Klang mischte sich unter die Mißtöne seines Gefühls. Angesichts Cesares kaltem, erbittertem Haß – ein Zerrspiegel seiner selbst – schwächte sich die Wut auf seinen Vater allmählich ab. Nicht jedoch sein Verlangen nach Freiheit. Seine Ehe war eine Farce, band ihn an Dorotea und ihren Vater. Solange sie bestand, war er ein Gefangener. Welchen Widerwillen er auch den Borgia gegenüber empfinden mochte, er setzte ihm weniger zu als diese unsichtbare Kette. Daher würde er seinen ursprünglichen Plan zu Ende führen. Vermutlich würde die Annullierung vollzogen werden, aber es würde noch Monate dauern, bis eine abschließende Entscheidung gefällt wäre. Er würde sogleich damit beginnen, sich ein Leben nach seinen eigenen Vorstellungen aufzubauen, ob mit oder ohne die Annullierung. Mit oder ohne Veronica.

Er war ein Narr, hegte jedoch immer noch Hoffnung.

Bereits vor Juans Tod hatte er beschlossen, nach Florenz zurückzukehren. Ob er dort auf die Bekanntgabe der Annullierung wartete oder nach Venedig weiterreiste, hing von Veronica ab. Ihre Verbindung war weiterhin eine unbeantwortete Frage. Er war der Geheimnisse und Rätsel überdrüssig. Die Geschichten über Stefano, die seltsame Nachricht, die Veronica ihm übersandt hatte, seine eigene überstürzte Abreise aus Florenz – all das machte Antonio zu schaffen. Eine innere Stimme flüsterte ihm beharrlich ein, daß etwas schiefgegangen war. Er wußte jedoch nicht, was das sein sollte. Allem Anschein nach hatte Veronica sich auf möglichst unkomplizierte Weise ihrer Affäre entledigen wollen. Aber diese Handlungsweise war feige, und was sie auch sonst sein mochte, feige war sie keinesfalls.

Und sie hatte gesagt, sie liebe ihn.

Dann war ein Brief von Dorotea eingetroffen. Kurz und offenbar von ihrem Pflichtgefühl diktiert; sie sandte ihm Grüße und schilderte kurz die Aktivitäten der beiden Familien. Unter anderem verlieh sie ihrer Erleichterung Ausdruck, daß Mamma Lucia den Palazzo della Montagna und sogar Florenz verlassen hatte, in Begleitung Veronicas. Eine Erklärung lieferte sie nicht, doch dieser eine Satz stürzte ihn in einen Strudel sinnloser Spekulationen. Jetzt schien es, als sei Veronica ihm nicht aus dem Weg gegangen, sondern daß sie nicht hatte kommen können. Das Fieber hatte seine Urteilskraft getrübt, seine Befürchtungen übertrieben. Er mußte Veronica finden, denn er konnte nicht sicher sein, was geschehen war, bevor er nicht mit ihr gesprochen hatte. Wenn seine früheren Mutmaßungen zutrafen, würde es eine unangenehme Unterredung geben, aber zumindest wäre dann alles endgültig geklärt.
Und wenn er sich irrte, hatte er Veronica verlassen, als sie seine Hilfe brauchte.

»Rasch«, drängte Bianca.
Cesare lachte leise, drückte sie mit der einen Hand aufs Bett, die andere schob sich zwischen ihre Beine. Seine Finger strichen über ihren Schoß, verteilten ihre Feuchtigkeit. Als wäre sie nicht bereit für ihn, seit sie zu ihm gekommen war. Cesare hatte sie ins Herz des Palastes geschmuggelt, um ihren Erfolg zu feiern, bevor er Rom verlassen mußte. Für Bianca stellte dieses Treffen ein größeres Risiko dar als der Mord, aber das war es ihr wert, ebenso wie das Gold, das Cesare ihr gezahlt hatte. Der Dolch hatte ihre Erregung bereits unerträglich gesteigert. In dem verschlossenen Zimmer, auf dem von Vorhängen verschleierten Bett tauschten sie geheime Liebkosungen aus, während rings um sie in den Fluren des Palazzo Borgia Wehklagen und Wutgeheul widerhallten.
»Rasch«, wiederholte sie, bebend vor Verlangen.
Er lachte, seine Zähne schimmerten in der Dunkelheit. Cesare kniete zwischen ihren Beinen, zog sie weit ausein-

ander. Sein Geschlecht streifte ihre Lippen, verhielt vor ihrer Öffnung. So hielt er sie, ihm völlig preisgegeben, bis sie einen Anflug von Furcht verspürte. Das wußte er natürlich, denn er wählte genau diesen Augenblick, um schnell und hart in sie einzudringen.
»Bastard«, keuchte sie und lachte.
»Mein Bruder hat einen Mann für dieses Wort töten lassen«, sagte Cesare. »Seid Ihr so versessen auf den Tod, daß Ihr mich an meine zweifelhafte Geburt erinnert?«
Bianca schlang die Beine um ihn, zog ihn tiefer in sich. »Anders als Euer jämmerlicher Bruder habt Ihr keine Angst vor der Wahrheit.«
»Hündin«, forderte er sie heraus. »Mörderische Hündin. Blutrünstige Hure.«
»Ja«, sagte sie, »Ihr habt recht.« Sie spreizte die Beine weiter. Cesare zog sich zurück, so daß sie sich kaum berührten.
»Tut es endlich«, zischte sie.
»Erzählt es mir«, forderte Cesare sie auf und starrte sie an. »Erzählt mir alles, jede Einzelheit. Ich will das Messer in meiner Hand fühlen.«
Bianca erfüllte ihm seinen Wunsch, beschrieb ihm die acht Wunden, die sie Juan zugefügt hatte, als Cesare in sie eindrang. Als sie ihren Höhepunkt erreichte, preßte er die Hand auf ihren Mund, um ihre Lustschreie zu ersticken, und flüsterte: »Schrei. Ja, schrei. Schrei noch mal.«
Als sie erschlaffte, stieß er rasend in sie, bewegte sich wild, bis er explodierte. Nachdem ihre Körper gesättigt waren, lagen sie nebeneinander und gingen noch einmal ihr Komplott durch, zufrieden darüber, wie glatt alles verlaufen war. Der Auftrag hatte Bianca auf Anhieb fasziniert. Sie hatte Juan verabscheut. Er war im Bett stets widerlich grob gewesen, liebte primitive Grausamkeiten und Demütigungen. Sie selbst hatte sich ihm im Verlauf des letzten Monats möglichst entzogen und statt dessen die Kupplerin für ihn gespielt, ihm Jungfrauen zugeführt. In jener Nacht hatte Juan geglaubt, sie würde

ihn an einen Ort bringen, an dem er seinem Laster frönen konnte. Er schöpfte keinerlei Verdacht, daß sie seinen Tod plante. Es war die reine Freude zu sehen, wie seine Selbstgefälligkeit sich in Überraschung verwandelte, seine Überraschung in Entsetzen. Und eine noch größere Freude, ihn zu töten.
»Ich weiß nicht, warum Ihr darauf bestanden habt, die Wache zu töten, die Ihr auf meinen Wunsch mitgenommen habt«, wies Cesare sie zurecht und knabberte an ihrem Ohrläppchen.
»Wolltet Ihr es nicht?« fragte Bianca gereizt. »Ich nahm an, er sei zu einer Belastung geworden. Warum sonst hättet Ihr ihn geschickt? Ihr wißt doch, daß ich allein bestimme, wer mich sieht.«
»Würdet Ihr auch Euren hübschen Liebhaber töten, wenn er die Vermutung hätte, daß Ihr die Mörderin seid? Würdet Ihr Antonio die Kehle durchschneiden und ihn in den Fluß werfen?«
Also das war der Grund, warum Cesare seine überflüssige Wache erwähnt hatte – sie hatte es bereits vermutet. Sie antwortete kühl: »Ich war verkleidet.« Sie hatte eines ihrer wirkungsvollsten Kostüme getragen: die Maske und den Umhang, außerdem die schwarze Perücke, die Polster, um ihre Schultern breiter erscheinen zu lassen, Handschuhe, sogar besondere Stiefel. »Hätte ich nicht sprechen müssen, hätte selbst Eure Wache nichts bemerkt, bis Dimitri zu uns stieß. Er hörte die Stimme einer Frau; er kannte Dimitri. Also mußte ich ihn beiseiteschaffen. Antonio ahnt nichts von meinem anderen Leben.«
»Mag sein. Selbst ich habe Euch nicht erkannt.« Cesare lächelte, umfaßte ihre Brust, kniff in die Brustwarze.
Sie stieß den gebotenen lustvollen Seufzer aus, doch sie war wütend, weil Cesare sie Antonios Blicken ausgesetzt hatte. Das hatte er absichtlich getan, er hatte Antonio eingeladen, ohne es ihr zu sagen. Cesare liebte sie zwar nicht, wollte jedoch keine Rivalen neben sich dulden. Der Spanier nahm an, daß sie es nicht wagen würde, mit Antonio

zu schlafen, solange sie in seinen Diensten stand. Bianca klärte ihn nicht über die Wahrheit auf. Sie wollte auf keinen Fall zugeben, daß Antonio ihre Gunst nicht mehr suchte, seit sie Florenz verlassen hatten.
Obwohl Cesare sie in Rom für sich allein besaß, spielte er immer noch mit Antonios Leben, versuchte eine Situation herbeizuführen, die sie zwingen würde, seinen Rivalen zu vernichten. Andererseits wäre er, wenn sie es für erforderlich hielte, Antonio in eigenem Interesse zu töten, außer sich. Er mochte Antonio und betrachtete ihn als seinen Freund, soweit er mit einem Italiener befreundet sein konnte. Oder überhaupt mit jemandem. Er wollte Antonio keinesfalls selbst töten, obwohl er überzeugt war, daß Antonio von seinem Mordbefehl wußte. Es belustigte ihn zu wissen, daß Antonio zornig war, weil er ihn benutzt hatte. Eine kleine Rache, vermutete sie. Cesare ertrug es nicht, sein Leben der Hilfe eines anderen zu verdanken.
»Er verdächtigt mich, aber er selbst ist Zeuge meiner Unschuld«, sagte Cesare. Träge glitt seine Hand über ihre Hüfte und drückte ihre Hinterbacken. »Er ist ärgerlich, während er mir doch dankbar sein sollte. Ich hätte mir all die Mühe sparen und Juan von ihm töten lassen können. Mein Bruder war entschlossen, ihn zu besitzen, aber Antonio steht der Sinn nicht nach derlei Dingen.«
Ein Bild blitzte vor Bianca auf, Antonio und Danieles Modell in Florenz, aber sie schwieg. Sie wußte nur von dieser einen Episode, es schien keine ausgeprägte Neigung von ihm zu sein. Ärgerlich fragte sie sich, warum Antonio ihre Verbindung zugunsten dieser bedeutungslosen Begegnung aufs Spiel gesetzt hatte. Sie zuckte zusammen, als Cesares Finger zwischen ihre Hinterbacken schlüpften.
»Juan wurde es allmählich leid, immer nur abschlägig beschieden zu werden«, fuhr Cesare fort und lächelte lasziv. »Es wäre nicht die erste Entführung gewesen, die er inszenierte, um seinen Willen zu bekommen. Es hatte ihn noch niemand herausgefordert, und Juan verwechselte Glück mit Unverwundbarkeit. Er war ein Narr. Antonio

di Fabiani ist wohl kaum der unerfahrene Jüngling, den er gewöhnlich vorzog. Wenn Juan ihn nicht getötet hätte, nachdem er seiner Lust gefrönt hatte, dann hätte Antonio ihn getötet. Ich hätte nichts als Dankbarkeit empfunden.«

»Das bezweifle ich«, entgegnete sie kühl. »Wenn Ihr Juan schon nicht selbst töten konntet, wolltet Ihr den Mord zumindest veranlassen.«

»Ihr habt recht, wie stets, meine silberfarbene Hündin. Aber vielleicht hätte ich das ja ebensogut veranlassen können – Juan bei der Entführung zu helfen und dann Antonio höchstpersönlich zu retten. Ob er aus Dankbarkeit darauf verzichtet hätte, meinen Bruder zu töten? Welch köstliche Ironie. Nein, er traut mir nicht, er hätte die List durchschaut. Und dann hätte er auch mich töten wollen.«

Sie wurde allmählich zornig bei dem Gedanken, daß Antonio als Cesares Spielzeug herhalten mußte. Antonio gehörte ihr.

»Es war in Wahrheit eine Probe«, sagte der Spanier und stieß mit den Fingern in sie. »Ich hatte gehofft, Antonio wäre entgegenkommender. Wir Brudermörder sollten zusammenhalten. Schade, daß sein Ehrbegriff so heikel ist, er wäre der ideale Komplize, wenn er nur weniger Skrupel hätte. Das engt die Auswahl der Dienste ein, die ich ihm auftragen kann. Natürlich braucht man für gewisse Dienste einen Mann mit Skrupeln. Leider hat es vielleicht auch seine Bereitschaft zerstört, mir überhaupt noch einen Dienst zu erweisen.« Sein Ton war feindselig, als hätte Antonio ihn verraten. »Wenn Ihr ihn töten müßt, Bianca, wartet, bis er für den Gefallen bezahlt hat, den ich ihm erweise.«

»Und woher soll ich wissen, wann es soweit ist?«

»Oh, das werdet Ihr schon merken.« Er lachte in sich hinein.

Sie würde es merken? Um welchen Gefallen hatte Antonio ihn gebeten? Geld für eine Unternehmung vermutlich. Obwohl sie sich nicht vorstellen konnte, warum er Stillschweigen darüber bewahrte. Cesare würde sie nicht danach fragen. Er würde sich nur weigern, es ihr zu er-

zählen, nicht etwa weil er ihr mißtraute, sondern um sie zu reizen, wie seine forschenden Finger sie jetzt absichtlich reizten. Es war der falsche Zeitpunkt, um seine Aufmerksamkeit auf Antonio zu lenken.
Um sich zu befreien und seine Eifersucht zu zerstreuen, begann Bianca, ihn aufs neue zu erregen. Während sie sein Geschlecht streichelte, bis es hart wurde, sagte sie ihm, was er hören wollte, zählte sämtliche Künste in der Liebe auf, die er besser beherrschte als Antonio. Hübsche Lügen. Obwohl der Spanier nicht ungeschickt war, hatte er nur einen Vorzug. Cesare wußte, wer sie wirklich war, und teilte ihre Lust am Töten.
»Euer Mund«, forderte Cesare, und Bianca beugte sich vor. Mit wild kreisenden Hüften hielt er ihren Kopf an sich gepreßt, bis er seinen Höhepunkt erreichte. Er stieß einen triumphierenden Schrei aus und ließ sich in die zerwühlten Laken zurückfallen. Nur langsam wurde sein Atem wieder gleichmäßig. »Jetzt kann sich mir niemand mehr in den Weg stellen«, flüsterte er und starrte empor, als stünde sein Schicksal in goldenen Lettern am Betthimmel geschrieben. »Wenn es jemand versucht, werde ich ihn vernichten, so wie ich Juan vernichtet habe. *Aut nihil* wird mein Motto lauten. Ich – oder das Nichts.«
Jäh wandte Cesare sich ab und trug ihr auf, ihn vor Tagesanbruch zu wecken. Kurz darauf war er eingeschlafen. Bianca war hellwach, unbefriedigt. Sie streichelte sich insgeheim und dachte an Antonio. Wieder einmal wünschte sie, ihm all ihre Geheimnisse erzählen zu können. Wie erregend es wäre, diese Vergnügungen mit ihm zu teilen. Manchmal stellte sie sich vor, wie sie es ihm ins Ohr flüsterte, und in ihrer Phantasie lachte er sein rauhes Lachen und sagte: »Erzählt mir mehr.« Aber sie bezweifelte, daß diese Phantasie jemals Wirklichkeit werden konnte. Gewiß, er hatte seinen Bruder getötet. Aber aus Rache oder gar aus Leidenschaft zu töten war nicht das gleiche, wie aus Lust einen Mord zu begehen. Aus Cesares Erzählung über seine Reaktion auf die Ermordung Juans und aus

Antonios beharrlichem Stillschweigen über seine Vergangenheit schloß Bianca, daß der Tod seines Bruders keine angenehme Erinnerung für ihn darstellte. Es würde sie oder Antonio das Leben kosten, wenn sie sich irrte, und sie wollte ihn nicht vernichten müssen.
Sie wollte ihn besitzen, unbedingt.
Bianca erkannte ihre Fehler. Sie hätte nicht dem Impuls nachgeben dürfen, Antonio nach Rom zu begleiten. Es hatte ihr nichts eingebracht, im Gegenteil, dennoch erschien es ihr unmöglich, daß sie ihn auf Dauer verloren haben sollte. Sie hatte sich ihm zweimal angeboten, als sie zu der Karawane stieß und im Wirtshaus, als sie ihre Tür offenstehen ließ. Das erste Mal hatte sie sich grob verschätzt. Beim zweiten Mal war sie nicht so sicher. Sie erinnerte sich an Antonios Gesicht, als er sie im Spiegel beobachtete, seinen Blick. Dessen unergründliche Dunkelheit sie einsog. In jener Nacht stand sie dicht davor, so dicht ... Aber er hatte sich abgewendet. Ihre Demütigung war nur durch die Überzeugung erträglich, daß es Liebe war, die ihn von ihr vertrieb.
Sie hatte ihn mit ihrer Schönheit verzaubert, mit ihrer Leidenschaft, die ebenso intensiv, ebenso heftig war wie die seine. Antonio liebte sie, kämpfte jedoch mit all seiner Willenskraft dagegen an. Er wollte nicht lieben, so glaubte sie, schon gar nicht eine Kurtisane. Sein Stolz ließ es nicht zu. Diese Qual war sein Tribut an sie, die Vergeltung dafür, daß er sie so lange warten ließ. Und sie würde seine Qual unermeßlich steigern. Wenn er endlich gestand, daß er sie liebte, würde sie ihn im ungewissen lassen, nur ein wenig preisgeben, damit sie den Schmerz in seinen Augen sehen konnte. Bisher hatte er ihr nur einen flüchtigen Blick auf seine Qualen gewährt, aber dann würde sie nicht mehr zulassen, daß er den Blick abwendete. Er litt so erlesen, ihr Antonio.
Das Bild von Antonios Gesicht, die Berührung ihrer Finger zwischen ihren Beinen brachten ihr die Erlösung. Bianca biß sich auf die Lippen, zitternd vor Lust. Sie hatte nicht aufgeschrien, dennoch regte Cesare sich und er-

wachte. Offenbar hatte er bereits Pläne, denn er stand auf und kleidete sich an. Bianca beobachtete ihn interesselos, hing immer noch ihrer Phantasie nach. Er wandte sich zu ihr um, als er seine Strumpfhosen verschnürte. »Ein Diener wird Euch hinausbringen, ohne daß Ihr gesehen werdet. Ich will, daß Ihr Vorbereitungen für eine Reise nach Neapel trefft. Eine Reise mit mir.«
»Nach Neapel? Aber jetzt hat die entscheidende Phase in Savonarolas Herrschaft über Florenz begonnen.«
»Ich glaube nicht, daß er angesichts der Exkommunikation seine Macht erhalten kann, aber wer weiß – die Medici haben sie überstanden. Ich kann vorläufig auf eine meiner Spioninnen in Florenz verzichten. Ich will, daß Ihr jemanden in Neapel verführt.«
»Ach? Und wen?«
Er grinste. »Ich weiß es noch nicht.«
Bianca erhob keinen Einwand. Es wäre sinnlos, gab es doch genügend andere, die ihm als Spione in Florenz weit bessere Dienste zu leisten vermochten, und das wußten sie beide. Cesare stellte ihre Gefühle für Antonio auf die Probe. Es war zu gefährlich, sich Cesare zu verweigern, und sie wollte nicht das Risiko eingehen, ihn zu töten. Noch nicht. »Wie Ihr wünscht«, erwiderte sie.
»Wenn ich meine Mission in Neapel beendet habe, könnt Ihr nach Florenz zurückkehren«, versprach Cesare großzügig.
Vielleicht war es am besten so, dachte Bianca und ignorierte die Eiseskälte in ihrem Bauch. Ihre plötzliche Abreise würde Antonio niederschmettern. Sollte er während ihrer Abwesenheit ruhig jede Kurtisane von Rom bis Florenz aufsuchen – sie hatten ihn bisher nicht befriedigen können. Wenn sie nach Florenz zurückkehrte, würde er zu ihr zurückkommen, das Mißgeschick der Karawane wäre längst vergessen. Sein Verlangen nach ihr wäre um so größer, weil die anderen, die er gekostet hatte, es nicht stillen konnten. Dann war er auf ihre Gnade angewiesen. Ja, die Reise kam ihren Plänen zupaß. Es war ein drasti-

scher Schritt, aber sie hatte das Gefühl, etwas Drastisches tun zu müssen. Antonio kämpfte mit sich, und sie mußte sich gedulden, bis er den Kampf endlich verloren hatte. Diese Wartezeit konnte sie ertragen, da sie wußte, daß er ihr schließlich zu Füßen liegen würde.
Aber je länger sie warten mußte, um so mehr würde sie ihn leiden lassen.

22. Kapitel

KREUZWEGE

Veronica sah, wie er auf sie zuschoß. Als er sie packte, ließ sie sich fallen und riß ihn mit sich. Dann zog sie die Beine an und trat so fest zu, wie sie konnte, traf ihn und schleuderte ihn fort. Sie hörte, wie sein Körper auf dem Boden aufschlug. Rasch sprang sie auf, zog das Messer aus ihrem Stiefel und kniete sich auf ihn, hielt die Klinge an seinen Hals.

»Ja, gut, ich bin tot«, verkündete Carlo. Sie nahm das Messer weg. Er setzte sich auf, rieb seinen Hals und betrachtete das Blut an seinen Fingern. »Du hast mich verletzt, Veronica. Du bist übereifrig.«

»Das letzte Mal hast du mir Zögern vorgeworfen. Übereifer ist eine Verbesserung.«

Carlo, *voivode* der Zigeunersippe, lachte, sein gebräuntes Gesicht legte sich in zahllose Falten. »Ich wußte nicht, daß Kritik an dir so gefährlich ist. In Zukunft muß ich mich wohl vorsehen.« Er legte den Arm um ihre Schultern, und sie gingen gemeinsam zum Lager zurück. »Heute warst du sehr gut. Der Tritt ist eine instinktive Bewegung, aber man braucht Übung, um ihn gut auszuführen.«

Sie war ebenso zufrieden. »Ja, ich habe mein Gleichgewicht besser gehalten.«

»Dieser Wurf wirkt am besten bei Gegnern wie mir, die fast deine Größe haben. Wenn ein Angreifer zu groß ist, landet er vielleicht auf dir.« Als er ihr Stirnrunzeln sah, fragte er: »Ist er groß, dieser Mann, den du fürchtest?«

»Ja, sehr groß«, erwiderte sie. »So groß wie Roberto, aber viel gemeiner.«

»Am einfachsten wäre es, ihn zu töten, Veronica. Es gibt viele Männer hier, die es mit Freuden für dich machen würden, ohne Bezahlung.«

»Nein«, entgegnete sie. Als sie erfuhren, was Luigi mit ihr hatte tun wollen, hatten Daniele und Stefano bereits angeboten, ihren Schwiegervater töten zu lassen oder es sogar selbst zu tun. Dies schien zwar eine praktische Lösung zu sein, doch Veronica brachte es nicht über sich, einen Mordbefehl zu erteilen. Sie hoffte, daß sie die Entscheidung nicht eines Tages bereuen würde. »Ich glaube nicht, daß ich benutzen muß, was ich seinetwegen gelernt habe. Aber ich fühle mich besser, nachdem ich neue Mittel und Wege erlernt habe, um mich zu schützen.«

»Wie du willst«, meinte Carlo. »Sag mir Bescheid, wenn du deine Meinung änderst. Hier bei uns bist du auf jeden Fall sicher.«

Auf der Flucht aus Florenz waren sie auf der Straße von zwei Männern angehalten worden. Veronica hatte Luca erkannt, Luigis pockennarbige Wache. Er erkannte sie jedoch nicht und warf auch nur einen flüchtigen Blick auf »Großvater« Lucia und die anderen, bevor er weiterritt. Als sie in Siena Benito trafen, konnte er nicht sagen, ob man ihm und Roberto gefolgt war, denn meist hatten sie sich auf ihrer Reise von der Hauptstraße ferngehalten. Roberto versuchte nach Kräften, tapfer zu sein, doch er war offensichtlich verstört von der plötzlichen Unordnung in seinem friedlichen Leben.

Sicher versteckt bei Elisabettas Eltern in Siena, hatte Mamma Lucia Benito ausgeschickt, um das Zigeunerlager zu suchen. Sie hatte ihm gesagt, auf welche Zeichen er achten sollte, und Benito hatte einen jungen Zigeuner gefunden – oder war eher von ihm gefunden worden –, der ihn ins Lager führte. Mamma Lucia hatte mit dem *voivode* gesprochen, der sich bereit erklärte, sie aufzunehmen. Seitdem mußten sie zweimal den Lagerplatz wechseln, obgleich den Zigeunern nichts von Wachen zu Ohren gekommen war, die nach ihnen suchten.

Kurz nach ihrer Ankunft im Lager hatte Veronica sich nach jemandem umgesehen, der sie im Kampf ausbilden konnte. Da sie sich dem *voivode* nicht aufdrängen wollte, fragte sie zuerst die jungen Männer. Sie hatten entweder gelacht oder anzüglich ihren Körper betrachtet – oder beides. Daher war sie schließlich zu Carlo gegangen. Sein Haar hatte bereits graue Strähnen, aber er war ebenso wendig und zäh wie die anderen Männer im Lager. »Ich möchte kämpfen lernen, nicht ringen«, hatte sie zu ihm gesagt.

»Ich helfe dir, und ich schwöre, daß ich die Situation nicht ausnutze. Aber du wirst nicht immer als Junge verkleidet sein, Veronica. Der Kampf, den du führen mußt, wird entbrennen, weil ein Mann unbedingt mit dir ringen will. So unangenehm der Gedanke dir vielleicht ist, sein Begehren ist eine Schwäche, die du für dich nutzen kannst. Du mußt lernen, deine Angst zu überwinden, wenn dich jemand gegen deinen Willen berührt. Lernen, Wut zu entwickeln, damit sie deine Kräfte steigert.«

Die Ausbildung war so praktisch wie möglich. Der *voivode* bestand darauf, daß sie mit dem Knüppel übte, eine Waffe, die man leicht in Reichweite haben und mit der man einen Angreifer auf Abstand halten konnte. Sie wollte ihn schwenken wie die Eisenstange, aber Carlo zeigte ihr, daß man den Stock aufgrund seiner Länge besser als eine Art stumpfen Speer benutzen konnte. »So ungefähr – stich immer wieder zu. Mit dem Knüppel kannst du einen Angreifer abwehren oder im Nahkampf bestehen. Wenn du damit herumfuchtelst, kann der Mann durch eine Lücke schlüpfen, und die Waffe wird dir nichts mehr nützen.«

Er hatte ihr gezeigt, wo man am besten ein Messer verbergen konnte: in ihren Männerkleidern, einem Stiefel oder in einem Beinriemen unter dem Kleid. »Ich werde dir beibringen, wie du einen Mann rasch töten oder kampfunfähig machen kannst, wenn dein Leben oder deine Ehre in Gefahr sind. Die Überraschung ist eine ebenso gute Waffe wie das Messer, denn du verfügst nicht über die Erfahrung oder die Kraft, um ihn einzuschüchtern. Wenn er dir die Klinge wegnimmt, ist es um dich geschehen.«

Wenn sie Fortschritte machte, zeigte er ihr zur Belohnung

einen seiner Zigeunertricks – einen Tritt oder Wurf, so wie heute. Er kannte auch bestimmte Körperstellen, an denen Druck extreme Schmerzen oder Bewußtlosigkeit erzeugte. »Für den Ringkampf, wenn sie dir zu nahe kommen«, neckte er sie grinsend.

Veronica hob grüßend das Messer, dann steckte sie es ein, zum Zeichen, daß für sie die Lektion beendet war.

»Du sollst wissen, daß nicht nur ich dich respektiere. Die anderen haben aufgehört, über dich zu lachen. Deine Urgroßmutter ist hier *phuri dai*, die weiseste der Weisen. Du hast sie zu uns zurückgebracht, obwohl sie uns verließ, um einen *gadje* zu heiraten. Dich würden wir ebenfalls bei uns willkommen heißen, Veronica. Das Zigeunerblut, das durch deine Adern fließt, mag dünn sein, doch unser Geist ist stark in dir.«

Sie schüttelte den Kopf. Darüber hatten sie schon einmal gesprochen. Der Zigeuner fühlte sich von der Abenteurerin in ihr angesprochen, und Veronica wußte, daß sie hierbleiben könnte, wenn es sein mußte, und Gefallen daran finden würde. Das Leben unter den Zigeunern war für sie eine stete Fundgrube wertvoller Erfahrungen. Sie hatten keine Schriftsprache, doch erzählten sie ihre Geschichten, ihre Überlieferung am Lagerfeuer, woben ihre Welt aus dem Gedächtnis. Dennoch hatte Veronica schreckliches Heimweh nach ihrem alten Leben mit seinen zivilisierten Vergnügungen, den Gemälden, Büchern und Ideen, die ihr so viele andere Welten näherbrachten.

»Roberto ist kein Ehemann für dich. Er ist ein Kind. Eine Frau wie du sollte einen Mann haben, der ihr Bett wärmt. Jeder der Männer würde einen hohen Brautpreis für dich bezahlen, wenn du eine von uns werden wolltest.«

»Mein Herz ist nicht hier«, sagte Veronica, denn sie vermißte viel mehr als das Leben in Danieles Villa.

»Mein Herz gehörte einem ganz anderen Land, aber man vertrieb mich, und ich mußte auf Wanderschaft gehen. Also mache ich hier mein Glück.« Carlo wies auf die Wagen unter den Bäumen. »Ihr müßt Euer umherschweifendes Herz wiederentdecken.«

»Morgen reiten wir nach Siena.« Dieser Hinweis war unnötig, aber Veronica wußte nicht, welche Antwort sie dem *voivode* geben sollte. »Übermorgen möchte ich wieder mit dem Messer üben.«
»Na gut. Aber diesmal nicht so eifrig.« Er fuhr sich mit einem Finger über die Kehle, dann ging er, um die Pferde zu versorgen.
Veronica blickte ihm nach. Sie hoffte, daß er sie nicht noch einmal mit seinem Vorschlag bedrängte. Sie war den Gefahren, die sie bedrohten, entkommen, und die Aufgaben, die sie sich stellte, gaben ihr Selbstvertrauen und hielten ihre Einsamkeit in Schach, zumindest kurzzeitig. Sie mußte Antonio vergessen, so wie er sie vergessen hatte. Wenn das überhaupt möglich war. Sie wußte die verwegene Schönheit der jungen Zigeuner zu schätzen, ebenso wie sie Stefanos sonnigen Charme zu würdigen wußte, fühlte sich jedoch nicht von ihnen angezogen. Sie fragte sich, ob sie jemals einenanderen als Antonio begehren würde.
Veronica holte frische Kleider aus ihrem Wagen und ging zum Fluß hinunter, um zu baden. An einer abgelegenen Stelle zog sie die verschwitzten Kleider aus. Sie warf sie ins Wasser und sprang hinein, wusch erst die Sachen und dann sich. Die Färbung von Gesicht und Haar war verschwunden, sie hatte wieder ihre natürliche Farbe. Veronica stieg aus dem Wasser, kletterte auf einen Grashügel, wo sie die nassen Kleider auswrang und über die Sträucher hängte, um sie zu trocknen. Sie genoß die Bewegungsfreiheit in Männerkleidern und trug sie auch im Lager, doch um ihr früheres, üppiges Haar trauerte sie, gleichgültig wie praktisch die kurzen Locken waren. Erfrischt schlenderte Veronica ins Lager zurück, zu ihrer Lektion in Kräuterkunde bei Mamma Lucia. Es war früher Morgen, und schon jetzt machte sich die Julihitze bemerkbar. Bis zum Mittag würde es schwülheiß sein. In den Hügeln von Siena war es kühler als in Florenz, aber je früher sie ihre Pferde sattelten, um so angenehmer würde der Ritt werden. Sie liebte ihre Geburtsstadt noch immer –

die hügeligen Straßen, die zur offenen, fächerförmigen Piazza del Campo hinabstießen, das Blau, Rosenrot und Gold der Fassaden, die sich mit den wärmeren Erdfarben des eleganten Duomo mischten ... Sie sah ein Bild vor sich, wie Antonio in der schützenden Pracht der Kathedrale auf sie wartete. Veronica ballte ihre Fäuste und verbannte das Bild aus ihren Gedanken, unterdrückte ihre freudige Erregung. Sie hoffte auf diese Begegnung, seit sie sich das erste Mal mit Daniele in Siena getroffen hatte, und war überzeugt gewesen, daß ihr Vetter Antonio die Nachricht überbracht hatte; deshalb hatte sie angenommen, er habe sich gemeinsam mit Daniele auf die Reise gemacht. Aber Antonio war nicht gekommen. Diese Enttäuschung hatte ihre Freude über das Wiedersehen mit Daniele getrübt, doch hatte sie ihren Vetter umarmt und seine Neuigkeiten angehört.

»Ich habe der ganzen Familie erzählt, daß du Mamma Lucia in Sicherheit gebracht hast. Es ist gut, daß ihr geflohen seid, Veronica. Luigi ließ eine Woche lang seine Wachen vor meinem und Stefanos Haus patrouillieren. Ich glaube, jetzt hat er aufgegeben. Man bespitzelt uns schon seit mehreren Tagen nicht mehr, und ich habe aufgepaßt, daß mir hierher niemand gefolgt ist. Das Geld für Robertos Pflege kam wie gewohnt«, fügte Daniele erfreut hinzu. »Ich hatte schon befürchtet, daß Luigi sich weigern würde, es mir zuzusenden, um mich des Vergnügens zu berauben, es ihm ins Gesicht zu werfen. Du bist jetzt meine Familie, ich werde für dich sorgen.«

In der Stadt gab es noch andere Probleme als die ihren. Erwartungsgemäß waren mit der Sommerhitze die ersten Pestfälle aufgetreten. Nicht der gefürchtete Schwarze Tod, sondern ein Fieber, womöglich das gleiche, mit dem sich Antonio angesteckt hatte. »Ich habe das Glück, zu den Überlebenden zu gehören«, sagte Daniele. »Die Krankheit ist gewöhnlich tödlich. Bisher gibt es jeden Tag nur wenige neue Fälle, und niemand, den wir kennen, ist erkrankt.«

Dann fragte Veronica nach Antonio, und was sie erfuhr, zerstörte den Rest ihrer guten Stimmung. Antonio hatte Florenz verlassen und war mit Bianca nach Rom gegangen. Er hatte ihre Nachricht nicht erhalten und ihr auch keine geschickt, nur Daniele hatte ein schlichtes Abschiedsschreiben erhalten. Niemand wußte, wie lange er fortbleiben wollte. Seine Abreise sorgte in Florenz für einen kleinen Skandal, berichtete Daniele, da er erst seit so kurzer Zeit mit Dorotea verheiratet war.

Antonio war fortgegangen, ohne ein Wort an sie ... Veronica war wie betäubt. Und sie hatte nicht gespürt, ob es ihm gutging oder er noch krank war. Wenn sie in Gedanken Kontakt mit ihm aufnehmen wollte, hatte sich eine Mauer zwischen sie geschoben. Sie hatte sich eingeredet, es liege an der Entfernung. Doch jetzt schien es, als sei Antonio selbst das Hindernis.

»Es ist besser, daß er fortgegangen ist, Veronica. Er wäre nicht gut für dich gewesen. Versuche ihn zu vergessen.«

Veronica erinnerte sich kaum an den Rest ihrer Unterhaltung mit Daniele. Erfüllt von Furcht war sie ins Lager der Zigeuner zurückgekehrt und hatte Mamma Lucia sogleich um eine Auslegung gebeten, fragte nach Neuigkeiten über Antonio. Veronica mischte und teilte die Karten, und Mamma Lucia hatte sie mit ihrer gesunden Hand ausgebreitet. Aber das *tarocco* hatte ihr keinen Trost anzubieten, nur ein entmutigendes Gewirr aus umgedrehten Schwertern und Kelchen – der unheilvolle Mond war die einzige Karte der Großen Arcana.

»Selbsttäuschung, mangelndes Vertrauen.« Mamma Lucia tippte auf den Mond. »Er verzerrt und entstellt seinen Blick. Aber die Blindheit geht nicht allein von ihm aus. Dunkelheit umgibt ihn, Täuschung und Verrat sind überall.«

»Und das Ergebnis, die Acht der Schwerter?« fragte Veronica.

Mamma Lucia schüttelte den Kopf. »Im Augenblick stehen die Dinge schlecht. Das Ergebnis ist ungewiß. Die Zeit der Widrigkeiten mag sich ihrem Ende zuneigen, aber

wenn sich etwas ändern soll, muß er die Änderungen vollziehen.«
Bei ihrem zweiten Treffen mit Daniele in Siena hatte sie erneut nach Antonio gefragt, und Danieles sanfter, mitfühlender Blick ließ sie erröten. Aber er sagte ihr die Wahrheit. Von Antonio hatte er nichts gehört, doch der Klatsch wollte wissen, daß er viel Zeit mit den Borgia verbrachte und sich einem zügellosen Lebenswandel hingab. Veronica fragte nicht weiter. Sie erzählte Daniele ein wenig von ihrem Leben bei den Zigeunern, und danach sprachen sie darüber, was sich in Danieles Leben ereignete. Nach den ersten Pestfällen in Florenz hatten sich alle wohlhabenden Familien in ihre Landvillen zurückgezogen, auch die Familie Stefanos. Daniele war häufig dort. Entsetzt bei dem Gedanken, daß sein Sohn für den unglückseligen Paris Modell stand, hatte Stefanos Vater ein konventionelleres Porträt von Stefanos Schwestern als die drei Grazien in Auftrag gegeben. Daniele hatte widerstrebend eingewilligt. Er spürte, daß Stefanos Vater dem Freund seines Sohnes seine Ehrerbietung erweisen wollte, zugleich jedoch suchte er Danieles niedrigeren Stand zu unterstreichen, indem er ihn beauftragte, das Bildnis in ihrer Villa zu malen. »In seiner Welt dürfen sich feine Herren ruhig nach Herzenslust miteinander abgeben, solange sie die geziemenden Erben zeugen. Aber in seiner Welt malen feine Herren nicht«, erklärte Daniele. »Daher bin ich kein feiner Herr.«
»Und Stefano?« Zum Glück durfte ein feiner Herr singen und Instrumente spielen, auch wenn er sich den Gedanken aus dem Kopf schlagen mußte, als Troubadour umherzuziehen. »Wie empfindet er es? Ich weiß, seine Familie ist ihm teuer.«
»Seine beiden Welten decken sich nicht, wie er es sich wünscht, aber er ist geschickter als die meisten anderen, sie durch seinen bloßen Charme zusammenzuführen. Eine flüchtige Substanz, doch sie reicht aus für die Zusammenkünfte im Familienkreis. Er muß seinen Pflichten

nachkommen, daher muß ich zur Villa reiten, wenn ich ihn öfter sehen will. Es ist alles andere als eine Mühsal. In den Gärten ist es kühl und duftig. Ich will sie in das Porträt seiner Schwestern einfügen.«

»Ich hätte nicht gedacht, daß du das *Urteil des Paris* zurückstellen könntest.«

»Das kann ich auch nicht. Die Schwestern sind, wie du dir sicher denken kannst, ausnehmend schön. Ich werde die Arbeit an dem Porträt genießen, aber es reißt mich nicht mit, so wie das andere Gemälde. Daher werde ich auch in Florenz arbeiten, trotz der Sommerhitze und der Krankheit. Außerdem«, fügte Daniele hinzu, »werden die häufigen Ritte etwaige Späher abschrecken. Ich habe jetzt seit zwei Wochen niemanden gesehen, aber ich nehme jedesmal eine Wache mit, wenn ich ausreite.«

»Eine gute Entscheidung, Daniele. Halte bei unserem nächsten Treffen Ausschau nach einem Jüngling ohne Bart. Von dem Klebemittel an diesem Ding habe ich schon eine Woche lang eine juckende Haut.«

»Ich ziehe dich ohne Bart vor, obwohl die Strumpfhosen überaus kleidsam sind.«

Das war ihr zweiter Versuch gewesen. Im Lager hatte sie Mamma Lucia um eine erneute *tarocco*-Auslegung gebeten, fühlte sich wie in einem seltsam um sich selbst kreisenden Alptraum gefangen, als sie zusah, wie eine Karte nach der anderen an ihrem Platz landete.

»Er zieht durch die Dunkelheit, und nur der täuschende Mond erleuchtet seinen Pfad. Er muß selbst den Weg durch das Labyrinth des Zweifels und der Täuschung finden. Es ist eine Zeit der Wahl, Veronica. Das Ergebnis ist ungewiß. Du mußt warten.« Mamma Lucias Blick durchbohrte sie, als sie hinzufügte: »Wenn er es wert ist, auf ihn zu warten.«

Sie hatte ihr ganzes Leben auf Antonio gewartet. Als er endlich kam, hatte er sie verleugnet, wieder und wieder. War es möglich, daß er sie nicht so liebte, wie er gesagt hatte? Zu sehr, rief ihr Herz, nicht zu wenig, sondern zu sehr. Sie befahl ihm zu schweigen. War es denn noch von Bedeutung, welche der beiden Möglichkeiten zutraf? Letztlich blieb es sich gleich. Wenn er sie verlassen hatte, dann liebte er sie zuwenig.

Sie schwor sich, nie wieder nach ihm zu fragen, weder die Karten noch Daniele. Sie würde nicht betteln. Sie würde warten.

Bei ihrem letzten Treffen Anfang Juli ritt Stefano neben Daniele in Siena ein. Da er ein Pferdenarr war, kam er zum ersten Rennen des *palio*. Savonarola hatte Pferderennen in Florenz längst mit dem Bann belegt, was Stefano ihm übelnahm. Auch Roberto und Benito wollten sich das Rennen ansehen, ebenso mehrere Zigeuner. Mit Tausenden anderer Zuschauer versammelten sie sich auf der Piazza del Campo zu der Eröffnungszeremonie. Alles war vorbereitet, die Pflastersteine des Platzes waren mit Erde bestreut, für die Teilnehmer und auch die Pferde wurde eine Messe gelesen. Dann begannen die Spiele, die Bannerträger der *contrade* marschierten um die Piazza und schwenkten ihre bunten Fahnen zur Musik der Trompeten und Trommeln.

Roberto ließ sich von der allgemeinen Aufregung anstecken und war außer sich vor Spannung. Seine Freude war mitreißend, doch Veronica brauchte keine Ermutigung. Sie war ebenso gespannt auf den *palio* wie all die anderen. Da sie in Siena aufgewachsen war, hatte sie fast in jedem Jahr zugesehen. Von den siebzehn *contrade* der Stadt wirkten nur zehn am *palio* mit, doch es kümmerte sie nicht, daß ihr altes Viertel keines der Gewinnlose gezogen hatte. Es würde im nächsten Jahr dabeisein. Sie bewunderte mit Stefano und den anderen die farbenprächtige Parade und versuchte sich zu entscheiden, welche *contrada* sie unterstützen sollte, wenngleich es keine große Rolle spielte. Ihre Gruppe war groß genug, einer von ihnen würde das Rennen gewinnen. Sie zögerte einen Augenblick, als sie das schwarzweiße Banner von *Lupa* der Wölfin sah, dann wählte sie Rauch und Flammen der *Pantera*, denn das Bild des Panthers erinnerte sie an Antonio.

Endlich wurde der diesjährige *palio* gebracht, die handbemalte Seide mit den schweren goldenen Fransen. Das schimmernde Banner wurde über dem Podium der Preisrichter gehißt. Bei diesem Signal wurden die Pferde auf den Hof geführt, und jeder Reiter erhielt die traditionelle Reitpeitsche, die aus dem getrockneten Phallus eines Bullen hergestellt war. Das veranlaßte Daniele und Stefano zu zweideutigen Kommentaren, und tatsächlich schlugen die Männer häufiger aufeinander ein als auf ihre Pferde. Lose für die Positionen der Reiter wurden gezogen. In ihre Jünglingskleider gehüllt, jedoch ohne den Bart, jubelte Veronica den im Kreis galoppierenden Pferden und ihren kämpfenden Reitern zu, ohne einen Gedanken an weiblichen Anstand zu verschwenden. Als das Pferd des Siegers über die Ziellinie galoppierte, war sie völlig heiser. Es machte nichts, daß der Sattel des Pferdes leer war. Wenn man seinen Gegner vom Pferd stieß, hieß das nicht unbedingt, daß man gewonnen hatte, denn das Pferd, nicht der Reiter gewann das Rennen. Die siegreiche *contrada* trat vor, um den *palio* in Empfang zu nehmen, und ihre Farben, Grün und Gold, wurden aufgezogen und flatterten an der Wand des Palazzo.
Der Sieger war Robertos Wahl, *Bruco,* die Raupe. In Feierstimmung wegen seines Triumphs, zwängten sie sich durch die singende Menge und tauchten in weniger überfüllte Straßen ein. Schließlich fanden sie einen schattigen Tisch, wo sie Wein tranken und Brot, Käse, Obst und *panforte* aßen – das beste von ganz Italien, reich gespickt mit Nüssen und köstlich gewürzt. Sie sprachen lange über Pferde, und allmählich legte sich ihre Aufregung. Nach einer Stunde brachen die Zigeuner auf – solange man noch mühelos stehlen konnte, vermutete Veronica. Daniele und Stefano berichteten die Neuigkeiten aus Florenz. Savonarola war gerade exkommuniziert worden, und der Papst hatte trotz der Ermordung seines Sohnes den Bann nicht aufgehoben.
»Hat er dagegen gepredigt?« fragte Veronica.
»Nein, Fra Domenico da Pescia hat die Predigt gehal-

ten«, sagte Daniele, dann fügte er in widerwilligem Respekt hinzu: »Savonarola hatte alle Hände voll damit zu tun, sich um die Opfer der Seuche zu kümmern. Die Pestilenz wird schlimmer mit der Hitze. Jetzt werden sechzig neue Fälle pro Tag bekannt, und Hunderte sind bereits tot. Savonarola und seine Mönche kümmern sich Tag und Nacht um die Kranken, kämpfen unermüdlich gegen die Ausbreitung der Krankheit.«
Stefano lächelte, freute sich ebenso über das Lob eines seiner Idole, wie Daniele sich über Stefanos Kritik an Savonarola gefreut hatte. Sie lächelten und reichten einander die Hand. Roberto bettelte um mehr *panforte*. Der Wein ging wieder herum, und es war spät, als sie zu ihrem Wirtshaus aufbrachen. Siena war wegen des *palio* überfüllt, doch da Stefano reich war, hatte er ein Zimmer für Daniele und sich ergattern können. Die Zigeuner hatten Freunde, die alle übrigen für die Nacht beherbergten. Am nächsten Morgen trafen sie sich zum Frühstück im Gasthaus. Es verlief angenehm, bis es Zeit war, aufzubrechen, und Roberto verlangte, daß sie mit Daniele nach Florenz zurückkehrten. Veronica hatte gedacht, er sei glücklich draußen auf dem toskanischen Land, aber sie hatte sich getäuscht. Er liebte zwar die Natur, war aber bereits damit überfüttert, und für seinen Geschmack waren zu viele Fremde um ihn herum. All das Ungewohnte überwältigte ihn stets aufs neue, und er war unglücklich, seit sie Florenz verlassen hatten. Und Benito, so wußte sie, vermißte seine Elisabetta.
»Roberto kann mitkommen«, sagte Daniele. »Ich glaube, jetzt ist es sicher, und wir haben ja die Wache. Benito und ich können uns um ihn kümmern, bis Mamma Lucia dich nicht mehr braucht.«
Um Mamma Lucia kümmerte sich das ganze Zigeunerlager. Eher brauchte Veronica ihre Gesellschaft. Sie wußte nicht, wie oft sie ihre Urgroßmutter würde sehen können, wenn sie erst nach Florenz zurückgekehrt war. Und außerdem hatte sie einfach das Gefühl, daß sie hierbleiben

sollte. »Der *voivode* hat Ende Juli Geburtstag. Dann könnte ich zurückkommen.«
»Oder wenn wir alle zum zweiten Rennen des *palio* wieder herkommen.«
Roberto war außer sich, als er hörte, daß sie nicht mitkommen würde. Aber er wollte lieber zurück, als bei ihr zu bleiben. Sie küßte ihn zum Abschied und versprach, bald nachzukommen, verabredete ihr nächstes Treffen mit Daniele. Die ganze Zeit hatte er kein Wort über Antonio gesagt, und Veronica hatte sich gelobt, nicht nach ihm zu fragen. Dann, als Daniele ihr in die Augen sah, schüttelte er nur den Kopf, ein kaum wahrnehmbares Nein. Also hatte Veronica nur gelächelt und ihn ebenfalls geküßt. Sie fühlte sich zutiefst einsam, als sie ihre Freunde und ihre Familie fortreiten sah. Diese Einsamkeit vertiefte ihren noch größeren Verlust.
Antonio ...
Drei Wochen waren vergangen, und er beherrschte ihre Gedanken mehr denn je. Nicht, daß sie ihn jemals vergessen hätte, aber sein Bild stand ihr beharrlicher denn je vor Augen. Vielleicht war es nicht nur Sehnsucht, sondern eine Vorahnung, und heute würde Nachricht von ihm eintreffen? Sie lebte auf, dann versank sie erneut in Elend und Verwirrung. Ich hätte die Weisheit wählen sollen, dachte sie bitter. Weisheit zerreißt einem nicht das Herz.

Giacomo hörte das Wasser plätschern, wo der Herr sich den Straßenstaub abwusch. Es sei denn, Antonio hatte nur einen großen Stein hineingeworfen, eine List, um sich zu einem neuen, zweifellos gefahrvollen Abenteuer davonzuschleichen. Barfuß tappte Giacomo durchs Gras zum Ufer und sah sicherheitshalber nach, aber Antonio schwamm nackt im Fluß, schien sich ausnahmsweise einfach nur wohl zu fühlen.
»Man kann ja nie wissen. Er ist sehr hinterhältig, Füße«, murmelte Giacomo, ließ sich gegen einen Baum sinken und streckte die Beine aus. »Ein Geheimnis folgt dem an-

deren, und ich bin es leid. Ich komme mir vor wie ein Hund, der seinem eigenen Schwanz nachjagt.

Aber jetzt ist es ja ziemlich friedlich.« Er seufzte, lehnte sich gegen den Baumstamm und sah zu, wie der Fluß träge dahinfloß. Die gekräuselte Wasseroberfläche reflektierte das immer noch intensive Türkisblau des Himmels, und das metallene Licht der Sonne vergoldete die Wolken, glitzerte auf dem Wasser wie Goldmünzen. Im Augenblick war die Welt in Ordnung. Giacomo hatte einen schmackhaften Kaninchentopf aufs Feuer gestellt, danach ein Bad genommen, und jetzt ließ er sich in der Hitze schmoren. Er hoffte, daß die beiden Wachen im Lager mit etwaigen Briganten fertig wurden, die plötzlich aus dem Gebüsch brechen mochten. Auf dieser Reise wirkten sie nicht sehr wohlhabend, aber man brauchte nicht allzu reich zu sein, um Briganten anzulocken. Giacomo hatte sein Schwert mitgenommen, war aber so träge, daß sie ihn in Stücke hauen würden, ehe er danach greifen konnte.

»Ich sage euch eins, Füße, ich sitze lieber hier und unterhalte mich mit euch, als Spion zu spielen. Und ich faulenze auch lieber in der Sonne, als Briganten in die Flucht zu schlagen. Ich bin ein friedfertiger Mensch. Ich hab's gern behaglich, und ich ziehe eine Flasche Wein jederzeit einem Schwert vor. Wenn sie nur zu ihrem Wort stünden, würde ich sofort mein Schwert fallen lassen und ihnen das Geld aushändigen. Die Sache ist nur die, du kannst den Briganten geben, was sie wollen, und sie bringen dich trotzdem um, also mußt du sie aufspießen, bevor sie dich aufspießen. Ich kann kein Blut sehen, Füße. Vor allem nicht mein eigenes. Davon wird mir jedesmal schlecht.«

Auf der Rückreise von Rom waren sie in noch größere Schwierigkeiten geraten als auf der Hinreise. Da sie nur mit wenigen Wachen zum Schutz reisten, waren sie erneut von Briganten überfallen worden, einem ganzen Haufen übler Kerle. Der Kampf war gnadenlos, und in dem Augenblick, als er eine Messerklinge vor sich aufblitzen sah, war Giacomo überzeugt, sein letztes Stündlein habe geschlagen. Antonio hatte ihn weggestoßen und den Messerstich erhalten, der eigentlich für ihn bestimmt war. Das stellte alles auf den Kopf, aber wie sollte man das einem Briganten erklären? Antonios Wunde sah nicht allzu gut aus, daher hatte er den Herrn überredet, sich ein paar Tage im nächstgelegenen Wirtshaus auszuruhen. Er war die ganze Zeit ungeduldig und übellaunig, trotz Giacomos zerknirschter Vorhaltungen. Der Herr wollte die Reise fortsetzen, und die Wunde wollte bleiben. Antonio nahm es sehr übel auf, daß sein Diener die Partei der Wunde ergriff.

»Es sollte meine Wunde sein«, sagte Giacomo zu ihm, »ich lasse nicht zu, daß Ihr daran sterbt.«

»Wenn es deine wäre, dann wärst du längst tot.«

»Das werdet Ihr auch bald sein, wenn Ihr nicht Euren Wickel auflegt und ein wenig Schlaf bekommt – sagen wir, eine Woche.«

»Zwei Tage.«

»Drei.«

Antonio stimmte mißmutig zu, was bedeutete, daß seine Wunde ihm dreimal so starke Schmerzen bereitete, wie er zugab. Dennoch übertraf dieses Zugeständnis Giacomos Hoffnungen, denn Antonio war hinsichtlich körperlicher Verletzungen ebenso unvernünftig wie bei Gliederschmerzen, Auswurf und Fieber. Am Ende hatte er sogar vier Tage herausgeschlagen, aber nur weil eine Karawane eintreffen sollte, mit der sie die letzte Etappe der Reise nach Florenz zurücklegen würden.

»Und was macht er, Füße, sobald wir dort ankommen? Hält sich zwei Stunden im Haus seines Vaters auf. Besucht eine Stunde seine Gattin. Reitet dann zu Signore Daniele, wo er ebenfalls eine Stunde bleibt. Sucht nach seinem Vetter. Stellt Wachen an und schickt sie weg, und nur die Heiligen wissen, wohin. Dann mietet er uns Zimmer in der Stadt und schläft wie ein Toter. Und da bleibt er eine Woche, weilt nicht mal eine Stunde im Bett seiner Gattin. Eines Morgens beim Frühstück taucht eine Wache auf, flüstert ihm etwas zu, und im Nu sind wir auf dem Weg nach Siena, der Herr, die Wache und ich. Und wem folgen wir? Signore Stefano, der, sollte man meinen, erfreut wäre, wenn wir ihm Gesellschaft leisteten und ihm helfen würden, die Briganten abzuwehren! Der Herr ist wahnsinnig geworden, Füße. Was fällt ihm wohl als nächstes ein?«

Aber seine Füße schliefen. Beide. Es dauerte seine Zeit, bis er sie aufgeweckt hatte und zum Lager zurückgehen konnte, um den Kaninchentopf mit Wein und Kräutern zu verfeinern.

23. Kapitel

DER WENDEPUNKT

Cor *magis tibi Sena pandit.* »Das Herz Sienas öffnet sich, um dich zu umfangen«, lautete die Inschrift auf den Stadttoren. Veronica ging die Ironie dieses Spruchs auf, als sie mit dem *voivode* in die Stadt einritt. Der kühle, feuchte Morgenwind hatte sich verflüchtigt, der Mittag war schwülheiß, und sie freute sich, daß sie ihre Verkleidung vereinfacht, den juckenden Bart gegen Ton- und Kohleflecke ausgetauscht hatte. Aus einer gewissen Entfernung wirkte der rötliche Schatten wie ein flaumiger Bart. Aus der Nähe war sie ein schmutziger Jüngling. Auf ihrem geschorenen Kopf trug sie eine große, weiche Mütze, die ihr halbes Gesicht verdeckte und ihre Nase kitzelte. Obwohl sie sich sicher fühlte, waren Carlo und sie auf der Hut, als sie den Hügel zum Duomo hinaufritten. An der Straßenbiegung zur Piazza entdeckte sie Stefano, der dort allein wartete. Sie tat so, als kenne sie ihn nicht, umkreiste die Piazza, als suche sie jemand anderen. Sie sah keine bekannten Gesichter, und niemand schien ihnen unerbetene Aufmerksamkeit zu schenken. Dann war Stefano verschwunden. Sie ritt mit Carlo durch eine der Nebenstraßen, ließ ihr Pferd in seiner Obhut zurück, ging zu Fuß zum Platz zurück und erklomm die Stufen des Duomo. Auf der Schwelle blieb sie stehen, nahm ihre Mütze ab und sah sich um, bevor sie eintrat.

Drinnen war es kühl und schattig, in der Luft hing der Duft von Weihrauch und Sommerrosen. Nicht nur die Außenwände, auch die Innenwände wirkten pittoresk, setzten sich aus horizontalen Streifen schwarzen und weißen Marmors zusammen. Der mit sakralen und historischen Szenen eingelegte Boden bestand ebenfalls aus

Marmor. Sie ging zur Mitte des Duomo, blickte nach oben und wurde von Schwindel erfaßt. Die breiten Streifen, die zu der gefächerten, vergoldeten Kuppel aufstiegen, schienen sich zu kräuseln und umherzuwirbeln. Schwankend drehte sie sich zu ihrer Lieblingsstatue um, einem Karussell aus Tieren, die die kunstvoll geschnitzte Kanzel auf ihrem Rücken trugen. Dort stand Stefano und wartete auf sie. Sie ging zu ihm, und sie umarmten sich kurz, freundschaftlich. Vorsichtshalber traten sie zur Seite, wo sie von der Tür aus nicht gesehen werden, selbst aber alles gut überblicken konnten.

Rasch versicherte Stefano, daß es Daniele gutging. »Seit Robertos Rückkehr ist er zu Hause geblieben und arbeitet am *Urteil des Paris.* Aber dreimal in dieser Woche hat er denselben Mann um das Haus streichen sehen. Das kann natürlich auch gar nichts bedeuten, aber Daniele ist verunsichert. Ich habe ihm angeboten, statt seiner zu kommen. Er schickt Euch Grüße, und ich soll Euch ausrichten, daß es Roberto gutgeht.«

»Glaubt Ihr, es war eine Wache von Luigi?«

»Ich weiß es nicht. Wenn das Haus beobachtet wurde, dann hat er es ohne Zweifel veranlaßt. Aber vielleicht gibt es eine andere, harmlosere Erklärung. Keine Sorge, ich schicke eine von meinen Wachen zu ihm.«

Wie bedrückend. Ihr schönes Heim wurde zu einer Festung. Um das Thema zu wechseln, fragte Veronica: »Wie kommt das Gemälde voran?«

»Es ist allmählich eine echte Sensation. Da sein Lob bereits auf der Straße gesungen wird, überlegt mein Vater, es zu kaufen. Dutzende Interessenten sind schon ins Atelier gekommen, um es zu sehen.« Stefano hielt inne und sagte dann: »Vor einer Woche hatte Daniele kurz Besuch von Antonio.«

Veronica wurde still, so still, daß sie einen Augenblick aufhörte zu atmen. Antonio war wieder in Florenz. »Ja?« fragte sie, traute sich nicht mehr als diese eine Silbe zu.

»Mein Vetter ist gerade aus Rom zurückgekehrt, ebenso geheimnisumwittert, wie er abgereist ist.« Stefano sprach beiläufig, als wäre es nur der neueste Klatsch, aber Veronica erkannte, daß Daniele ihm erzählt hatte, daß sie verliebt war. Sie spürte, wie ihr das Blut in die Wangen stieg, fragte sich, was Stefano wohl von ihr dachte – und von Antonio. Jeder Eindruck, den andere von ihm hatten, war kostbar. Als sie Stefano ansah, war sein Blick so sanft wie immer. Sie gewann an Sicherheit und wagte sich mit einer Frage vor: »Was haltet Ihr von Eurem Cousin?«

»Ich kenne ihn nicht sehr gut. Als Junge machte ich Antonio zu einer Art Held – die tragische Liebesgeschichte, geheimnisvolle Todesfälle, Verbannung. Ich habe nie geglaubt, daß er Beatrice getötet hat. Ich weiß nicht, warum, aber ich war von seiner Unschuld überzeugt, selbst als ich die Gerüchte hörte, die man hinter vorgehaltener Hand flüsterte. Vielleicht weil sein fassungsloser Schmerz bei der Beerdigung so sehr dem meinen glich. Obwohl noch ein Kind, war ich ein wenig in Beatrice verliebt gewesen. Ich erinnere mich noch an den Tag, als ich sie zum ersten Mal sah. Sie war so zart, so hübsch, ich dachte, sie müsse eine Feenprinzessin sein. Und sie küßte mich. Es war mein erster Kuß von einer schönen Frau.« Lächelnd zuckte er mit den Schultern. »Und jetzt? Ich wäre gern Antonios Freund, bezweifle aber, daß er sich mir öffnen wird. Er scheint am liebsten allein zu sein. Ich bewundere seine Klugheit, seinen Stil, seine dramatische Erscheinung. In seiner Nähe knistert die Luft vor Spannung.«

Als er zögernd innehielt, fragte Veronica: »Aber?«

»Wenn eine meiner Schwestern mir sagen würde, daß sie ihn liebt, würde ich es verstehen ... aber ich würde sie auch warnen. Da ich um ihr Glück besorgt bin, würde ich ihr einen sanftmütigeren Mann wünschen.«

Da Veronica seine Sanftmut nicht verteidigen konnte, wie sie es einst getan hätte, lenkte sie das Gespräch wieder auf Daniele und Roberto. Sie hatte bis zum Geburtstag des *voivode* bleiben wollen, aber nachdem diese neuen Schwierigkeiten aufgetaucht waren, sollte sie wohl früher nach Florenz zurückkehren. Stefano versicherte ihr, er sei mehr in Sorge wegen der Sommerpest als über den Konflikt mit Luigi. Er sagte, in der Villa seiner Familie in den Hügeln sei noch Platz für Gäste, sie könnten dort alle gemeinsam wohnen. Veronica konnte sich nicht vorstellen, seine Familie mit Danieles, Robertos, Benitos und ihrer Anwesenheit zu belasten. Sie wußte, daß Danieles Haus für Stefano eine Zuflucht war, und es wäre schade, wenn ihre Familie statt dessen zu einer Bürde wurde und in sein Heim einfiel. Stefano erkundigte sich nach Mamma Lucia. »Es geht ihr gut, obwohl ihr Arm nur sehr langsam heilt. Sie hat beschlossen, bei den Zigeunern zu bleiben.« Es war der Wunsch ihrer Urgroßmutter, und das befreite Veronica von ihrer Hauptsorge.

Während sie sich unterhielten, spürte Veronica ein leises Brennen im Rücken. Zuerst ignorierte sie das Gefühl, aber es wurde stärker. Sie wurden beobachtet, davon war sie überzeugt. Sie empfand keine Furcht, war aber auf der Hut. Warum hatte sie keine Angst? Mit geschärften Sinnen musterte sie die anderen Besucher des Duomo, die Büßer wie die Priester. Da, halb abgewendet und von einer Säule verdeckt, stand jemand am Seitenaltar, trotz der Hitze in Umhang und Kapuze. Als sie ankamen, war der Mann noch nicht dagewesen. Schnell glitt er aus ihrem Gesichtsfeld. Veronica holte überrascht und mühsam Luft. Sie schloß die Augen, leugnete, was sie gesehen hatte, doch der dunkle Umriß brannte hinter ihren geschlossenen Lidern. »Wartet hier«, sagte sie zu Stefano. Sie steuerte auf den Altar zu. Sie brauchte sein Gesicht nicht zu sehen, um zu wissen, wer vor den flackernden Kerzen stand. Wie unvorstellbar lange hatte sie sich nach seinem Anblick gesehnt! Jetzt hatte sie ihn gefunden – er lauerte in den Schatten, beobachtete sie insgeheim.

Dann trat er vor, schob die Kapuze vom Kopf, lehnte sich an die Säule und wartete. Als sie ihm gegenüberstand, zeigte er keinerlei Verlegenheit, seine Fassade war so ge-

schliffen und kühl wie die Marmorsäule. Seine Gelassenheit ließ Wut in ihr aufflammen. »Ihr bespitzelt mich«, zischte sie.
»Um die Wahrheit mit meinen eigenen Augen zu sehen.« Antonio spielte den Ball prompt zurück, obgleich ihm die Röte ins Gesicht stieg. Es war schwierig, die Fassung zu bewahren, wenn man ertappt wurde, wie man andere belauschte – noch dazu von diesem dreisten Jungen, den er in ganz anderer Verkleidung kannte. Ihre Schönheit unter den Schmutzflecken, ihre strahlende Gegenwart setzten ihn in Flammen, und sein einziger Schild war, sich mit Kälte zu umhüllen.
»Ihr hättet mich nach der Wahrheit fragen können. Ich hätte sie Euch erzählt.« Sie sah Mißtrauen in seinen Augen aufschimmern. Was hatte sie getan, um es zu verdienen, außer daß sie ihn zu glühend liebte? »Was nützt es Euch, mich zu bespitzeln, wenn Ihr ohnehin nur das seht, was Ihr zu sehen wünscht? Ihr werdet die Wahrheit ebensowenig sehen, wie Ihr sie hören wollt.«
»Nun gut. Dann frage ich Euch jetzt, ob Stefano Euer Liebhaber ist«, erwiderte er. Sein Tonfall machte es zu einer Behauptung, nicht einer Frage.
»Stefano und mich verbindet nichts als Freundschaft. Und es war nie anders.«
»Nichts?« Antonios Stimme klang ausdruckslos. »Nie?«
»Nichts«, wiederholte sie.
»Ihr habt ihn geküßt?«
»Wie?«
»Streitet es nicht ab«, sagte er müde. »Man hat Euch gesehen.«
»Ich habe ihn geküßt?« Erst erinnerte Veronica sich nicht, doch dann fiel ihr der Tag ein, an dem Mamma Lucia gesteinigt worden war, Stefanos zärtlicher Abschied, und wie Luigi und Maria sie beobachtet hatten. »Er hat mich geküßt. Einmal. Und es war nicht das, was Ihr daraus macht.«
»Ich mache nichts weiter daraus, als es ganz offensichtlich war, *dolcezza*.«

Der Kosename war wie eine Ohrfeige. Getroffen von seinem beleidigenden Tonfall, verlor sie die Beherrschung, sprach lauter. »Ihr habt behauptet, daß Ihr mich liebt, und Ihr habt in Florenz die ganze Zeit mit Eurer Kurtisane verbracht, sie mit Euch nach Rom genommen – und jetzt werft ihr mir wegen eines freundschaftlichen Kusses Untreue vor? Ihr seid ein Heuchler!«
Veronica funkelte ihn an. Bevor Antonio sich für eine Antwort entscheiden konnte, wurde er von einer Bewegung in ihrem Rücken abgelenkt. Alarmiert von Veronicas Heftigkeit, erschien sein Vetter. Stefanos Miene drückte Neugier und Argwohn aus, und er hatte die Hand an den Knauf seines Schwerts gelegt. Antonio widerstand dem Impuls, es ihm gleichzutun. Sein Zorn war zu groß, er würde erst nach seiner Waffe greifen, wenn er sie zu benutzen gedachte. Doch dann konnte er nicht mehr dafür garantieren, daß er Stefanos Leben schonen würde. Er musterte seinen Vetter aufmerksam, sah seinen Willen, sie zu beschützen. Doch er handelte nicht aus Leidenschaft, war im Gegensatz zu ihm selbst nicht eifersüchtig und besitzergreifend. Allerdings hatte er sich oft gefragt, ob Stefanos Arglosigkeit nicht nur eine schlaue Fassade war.
Stefano blickte Veronica an, dann ihn. Eine Zeitlang sagte niemand etwas. »Ich will mich nicht aufdrängen«, begann Stefano freundlich.
»Aber Ihr müßt Euer Interesse wahren, nicht wahr, Vetter?« erwiderte Antonio, verhöhnte ihn absichtlich.
»Mein Interesse, Vetter, ist längst erloschen.« Er sprach leichthin, war jedoch auf der Hut. »Ihr mißdeutet die Situation, wenn Ihr mich für einen Rivalen haltet. Zunächst hatte ich das gleiche Interesse wie Ihr, aber die Dame ermutigte mich niemals, sie brachte mir nur die Wärme entgegen, die sie all ihren Freunden zuteil werden läßt. Nach einer Weile fand ich heraus, daß ich das Interesse ihres Vetters erwiderte, sein Trost schenkte mir wahres Glück. Nicht Veronica und ich, sondern Daniele und ich sind das Liebespaar.«

Antonio blickte ihn überrascht an. Der Gedanke war ihm bereits gekommen, aber mit einem offenen Eingeständnis hatte er nicht gerechnet.
Stefano lächelte, freute sich, daß er ihn verblüfft hatte. »Wenn Ihr die Dame Eurer für nicht wert haltet, Vetter, dann meßt Ihr Euch selbst vielleicht zuviel Wert bei. Eure Ehre ist befleckt, doch die ihre strahlt rein und unversehrt wie eine Perle.«
»Laßt uns bitte allein, Stefano«, unterbrach Veronica, verlegen angesichts seines Lobs. »Ihr braucht Euch nicht um mich zu sorgen. Ich bin nicht in Gefahr.«
»Herrin, ich glaube, Ihr seid bereits verwundet«, sagte Stefano leise. »Ich hoffe nur, Eure Heilung ist so nahe wie Euer Schmerz.«
»Bitte«, wiederholte sie.
»Ich warte draußen auf der Piazza auf Euch. Wenn Ihr Hilfe braucht, ruft mich.« Stefano hielt inne und wandte sich wieder an Antonio. »Ich habe nicht bemerkt, daß Ihr mir gefolgt seid, Vetter.«
»Nein, offensichtlich nicht«, erwiderte Antonio, befriedigt über Stefanos Ärger.
»Ich bin hinter jedem zurückgeblieben, der mir zu folgen schien. Wie ist es Euch gelungen, unbemerkt zu bleiben? Habt Ihr Euch verkleidet?«
»Nein, obgleich mein Kammerdiener der Kesselflicker war, dem Ihr begegnet seid. Ihr habt Euch den Rücken geschickt freigehalten, Vetter, aber ich ritt die meiste Zeit vor Euch und meine Männer weit hinter Euch. Es schien logisch, daß Siena Euer Ziel war, daher brauchte ich nur an den Kreuzwegen Ausschau zu halten, ob Ihr eine Abzweigung nahmt. In Siena blieb ich hinter Euch zurück und folgte Euch. Als ich sicher war, daß der Duomo Euer Ziel war, ließ ich die umliegenden Straßen beobachten, während ich mich hier hereinstahl. Durch diese Tür.« Er wies mit dem Kopf auf den Hintereingang, der den Priestern vorbehalten war. »Der Preis für den Zutritt war gering und wird Gottes Werken zugute kommen.«

Stefano lächelte verlegen. »Schlau eingefädelt, Vetter. Ich werde in Zukunft daran denken.« Sie sahen ihm nach, als er sie an dem von Kerzen beleuchteten Altar zurückließ und hinausging. Bis auf den Priester waren sie jetzt allein im Duomo.

Veronica wandte sich Antonio zu. »Glaubt Ihr jetzt, daß Stefano nicht mein Liebhaber ist?«

Verwirrt sah er sie an. Stefano konnte lügen – um ein Duell zu vermeiden oder weil sie ihn darum gebeten hatte. Doch Antonio glaubte seinem Vetter, und er wollte auch an Veronicas Aufrichtigkeit glauben. Dennoch blieben zu viele unbeantwortete Fragen.

Veronica sah sein Zögern, und es brachte ihr Blut erneut in Wallung. »Soll Daniele als nächster meine Tugend bezeugen? Er war mir Vater und Bruder. Während Ihr Euch in Rom mit den inzestuösen Borgia verbrüdert habt. Muß er deshalb auch mein Liebhaber gewesen sein?«

»Nein, das denke ich nicht.« Obwohl er es ihr einmal vorgeworfen hatte, war Daniele längst nicht mehr Gegenstand seiner Eifersucht.

»Wer dann – Federigo, Benito?«

Antonio schüttelte den Kopf, doch sein von Mißtrauen verdunkelter Blick suchte den ihren. Veronica wandte sich ab. Es gab keine Verdächtigen mehr, aber der Zweifel blieb. Es spielte keine Rolle, wie oft sie es abstritt. Er zweifelte an ihr. Würde es immer so sein? Gleichgültig, wie treu sie ihm war, würde er stets nach Verrat Ausschau halten, Kameradschaft mit Leidenschaft verwechseln? Könnte sie es ertragen, sich ihm ganz und gar hinzugeben und doch nie als die gesehen zu werden, die sie war?

Aber er hatte sie erkannt, hatte ihr geglaubt. Liebe hatte eine Zeitlang seine Zweifel zerstreut. Was war geschehen?

»Ihr habt mir einmal vertraut«, sagte sie flehend. »Warum mißtraut Ihr mir jetzt?«

Wie unschuldig und traurig sie aussah. Aber warum hatte sie Stefano gelobt, wenn sie nicht seine Eifersucht erre-

gen wollte? Wenn sie ihn wollte, warum hatte sie ihn gebeten, sich von ihr fernzuhalten? »Und der Brief, den Ihr mir gesandt habt?« fragte er unvermittelt.
»Der Brief?« Warum ließ die schlichte Botschaft, die sie geschrieben hatte, seine Stimme zu winterlichem Frost erstarren? »In dem ich Euch mitteilte, warum ich Florenz verlassen mußte? Ich hielt es für einen grausamen Scherz, als ich erfuhr, daß Ihr bereits abgereist wart, mit Bianca.«
Er runzelte die Stirn, Verblüffung und Empörung mischten sich in seiner Miene. »Ich erhielt keinen Brief, in dem Ihr mir Eure Abreise mitteiltet. Davon erfuhr ich erst durch Dorotea, als ich bereits in Rom war.«
Veronica sah ihn verwundert an. »Von welchem Brief sprecht Ihr dann? Ich habe nur einen geschrieben, den ich Daniele anvertraute. Er sollte ihn Euch überbringen lassen. Aber das war nicht mehr möglich, da Ihr bereits abgereist wart. Ich dachte, er habe ihn Euch nach Eurer Rückkehr übergeben.«
»Er hat mir nichts gegeben«, erwiderte Antonio und erinnerte sich an Danieles Zögern, als halte er irgend etwas vor ihm zurück. Der Künstler hatte die Nachricht nicht vergessen; er hatte sie bewußt behalten, da er nicht wußte, wie Veronica jetzt darüber dachte. Schließlich waren zwei Monate vergangen, seit sie die Zeilen geschrieben hatte.
»Ihr wart es, der ohne ein Wort abreiste«, warf Veronica ihm vor.
»Ich …?« Er starrte sie an. Das Gespräch war bizarr, ein Gewirr von Absurditäten.
Als sie sein Gesicht sah, legte sich Veronicas Zorn. »Habt Ihr mir denn eine Nachricht geschickt?«
»Was ist das für ein Spiel?« fragte er scharf, dann brach er ab. Er würde mitspielen, wie unsinnig es ihm auch erschien. »Zwei Tage vor meiner Abreise nach Rom sandte ich Euch eine Nachricht.«
»Ich habe sie nicht erhalten.«
»Ich erhielt eine Antwort.«

»Aber ich sandte Euch keine Antwort«, beteuerte sie. »Könnte es eine Fälschung gewesen sein?« Dann fiel es ihr plötzlich ein, Luigis trunkenes Gestammel, entstellt, hämisch: »Ihr erwartet doch sonst niemanden, oder, Veronica?«
»Ich schrieb, ich müsse abreisen und wünschte Euch zu sehen«, fuhr Antonio fort. »Eure Antwort war kurz: Ihr brauchtet mich nicht, Stefano wäre bei Euch ...«
Seine Stimme war wieder kalt, ein Echo des erlittenen Verrats. Veronica sah ihm in die Augen. »Das stand in dem Brief, den ich Daniele schickte. Luigi sagte mir, er habe ihn zerrissen.«
»Er war zerrissen«, sagte Antonio langsam. »Er enthielt keine Anrede.«
»Keine Warnung, Euch von Luigi fernzuhalten, Savonarolas jugendlichen Anhängern aus dem Weg zu gehen?«
»Nein.«
»Dann muß Luigi unsere Briefe abgefangen haben. Ihr erhieltet die Hälfte meines Briefs an Daniele, und ich erhielt nichts. Er muß vermutet haben, daß Ihr mein Liebhaber wart, und wollte Euch davon abhalten, mich zu treffen.«
»Luigi.« Ja, das erschien ihm glaubhaft.
»Er war überaus zufrieden mit sich«, erinnerte sich Veronica. »Er wollte mich isolieren und sorgte nach Kräften dafür, daß sich niemand in seine Pläne einmischen würde.«
»Er will Euch so unbedingt besitzen, daß er zu solchen Maßnahmen greift?« fragte Antonio verächtlich.
Veronica starrte ihn nur verblüfft an. Sie hatten sich im Kreis gedreht. Waren wieder bei Eifersucht, Mißtrauen und Beschuldigungen angelangt. Und sein häßlicher Verdacht richtete sich nicht gegen den sanften, anziehenden Stefano, sondern gegen Luigi mit seinem übelriechenden Atem, seinen großen Händen und seiner Gemeinheit. Wut durchströmte sie, stieg in rotglühenden Wellen auf, verdunkelte alles andere in ihr. Blind vor Leidenschaft schlug sie Antonio ins Gesicht. Er nahm

den Schlag hin, ohne sich zu wehren. Nur seine Augen schleuderten Blitze.
»Ich liebte Euch vom ersten Moment an, seit ich Euch das erste Mal sah«, flüsterte sie zornig, »aber Ihr lehrt mich, Euch zu hassen!« Tränen des Kummers und der Wut liefen über ihre Wangen.
Entsetzt über den lauten Streit, eilte der Priester zu ihnen. Antonio hob warnend die Hand, und er blieb in einiger Entfernung stehen. »Ich bitte Euch, keine Gewalt in diesem Haus, meine Herren«, rief er. »Tragt Euren Streit an einem anderen Ort aus.«
»Ihr braucht kein Duell zu fürchten, Vater«, versicherte Antonio, ohne den Blick von Veronica zu lösen. Der Priester schwankte kurz, dann zog er sich zurück, murmelte ein Gebet.
Veronica weinte immer noch, funkelte ihn jedoch an.
»Jetzt greift Ihr zu Tränen?« fragte er höhnisch, denn ihre Traurigkeit versengte sein Herz. »Ist das nicht der älteste Trick von allen?«
»Ihr seid ein kluger Mann, doch Ihr benehmt Euch wie ein Narr.« Sie wandte sich von ihm ab, hielt sich an einer Bank fest. Dann schloß sie die Augen, um ihn nicht mehr sehen zu müssen, kämpfte gegen die Tränen an.
Antonio versuchte seine Wut zu schüren, doch es gelang ihm nicht. Wenn es eine List war, dann war sie sehr wirksam, ihr ersticktes Schluchzen tat ihm weh. Doch im Grunde wußte er, daß es keine List war. Er sah, daß sie zitterte, ihre Arme, ihre Hände, ihre Finger. Er spürte es, als er die Hand auf ihre Schulter legte.
»Rührt mich nicht an!« Sie riß sich von ihm los, ihre Augen blitzten zornig.
Diesmal machte er ihre Empörung nicht verächtlich. »Ich will nur die Wahrheit hören«, sagte er schließlich.
»Ihr wollt nicht die Wahrheit«, forderte sie ihn heraus und wischte sich die Tränen ab. »Ihr wollt frei von mir sein. Ihr wollt mir nicht vertrauen. Ihr wollt mich nicht lieben. Das ist Eure Wahrheit. Und dafür seid Ihr bereit, an jede Lüge zu glauben.«

»Nicht ganz«, sagte er. »Als ich Florenz verließ, wollte ich mich von der Liebe zu Euch befreien. Und doch bin ich jetzt hier – ich zweifle ebenso an mir wie an Euch.«
»Ich habe keine Beweise gegen Eure Zweifel«, sagte sie trotzig. »Ich kann Euch nur mein Wort geben.«
»Hat Luigi Euch Gewalt angetan?« fragte er, versuchte die Kluft zwischen ihnen zu überbrücken.
»Es war sein zweiter Versuch«, erwiderte sie rauh. »Dachtet Ihr, ich würde freiwillig zu ihm gehen?«
Antonio errötete. Als sie es aussprach, begriff er, wie absurd es war, und doch hatte er es geglaubt. Er erinnerte sich an Luigis lüsterne Hand auf ihrer Brust. »Auf dem Verlobungsfest sah ich, wie er Euch berührte, und Ihr habt es ihm gestattet.«
»Ihm gestattet«, wiederholte sie tonlos und schauderte.
»Man merkte, daß Ihr ihn verabscheut«, gab er zu. »Warum habt Ihr ihn nicht zurückgewiesen?«
»Er drohte, Mamma Lucia und mich der Hexerei zu beschuldigen, falls ich ihn bloßstellte. Jede Nachgiebigkeit, die Ihr gesehen habt, war ein Ergebnis meiner Angst.«
»Und wie weit habt Ihr ihm nachgegeben?«
Die Frage klang schmerzlich, nicht vorwurfsvoll. Jetzt, da ihre Wut nachließ, erkannte sie, daß er ihr glauben wollte. Seine schwarzen, unergründlichen Augen blickten in ihre.
»Ihr habt alles gesehen. Ich sagte bereits, er hat zweimal versucht, mir Gewalt anzutun. Das erste Mal schlug ich ihn mit einem Schürhaken nieder. Beim zweiten Mal betäubte ich ihn mit einem Schlaftrunk und konnte so aus dem Verlies entkommen, in das er mich gesperrt hatte, und Florenz verlassen.«
»Luigi«, wiederholte er. Er hatte ihn schon damals töten wollen. Aber die Liebe zu Veronica hatte er als die größere Bedrohung empfunden, hatte sich statt dessen vor ihr geschützt – die Liebe durch seine Wut abgewehrt, jeden Verdacht genährt. »Ich hielt Euch für schamlos. Ich hörte Geschichten über Eure Wildheit, bevor ich Euch kennenlernte – Euren wahren Stand erfuhr. Und als ich Euch begegnete ...«

»Kanntet Ihr mich bereits als schamlos. Und ich war es auch, Euch gegenüber. Nur mit Euch. Ich hatte nie einen anderen Liebhaber.«
Antonio wandte den Blick nicht ab, doch er schüttelte hilflos den Kopf. Sie konnte sehen, wie ihn seine Zweifel überwältigten. Die reine Wahrheit, und doch war sie zu einfach, um daran glauben zu können. Veronica nahm es ihm nicht einmal mehr übel. Sie sank neben dem Altar auf die Knie, und er kniete neben ihr nieder. Sie spürte, wie er sich zwingen wollte, ihr zu glauben, ihr aber immer noch kein Vertrauen schenken konnte. Veronica kämpfte gegen die Tränen an. Sie hatte keinen Beweis, den sie ihm anbieten konnte. Nur die Reinheit ihrer Gefühle. Ohne nachzudenken wiederholte sie, was sie ihm schon einmal gesagt hatte: »Es gibt keinen anderen für mich als Euch.«
Er fuhr zurück, als habe sie ihn erneut geschlagen. Er starrte sie aus dunklen, geweiteten Augen an, als habe sie sich durch diese Erklärung selbst verdammt, ihm nicht ihre Liebe angeboten, sondern ihn verflucht. Dann begriff Veronica, daß er nicht sie vor sich sah. Ein Bild erschien vor ihrem inneren Auge, helles, schimmerndes Haar, schmelzende Augen, eine zarte, überirdische Schönheit.
»Beatrice«, murmelte sie. »Sie sagte diese Worte zu Euch.«
Und was konnten sie jetzt anderes für ihn bedeuten als eine Warnung?
»Ja«, erwiderte er schließlich heiser. »Sie log. Sie war eine Lügnerin.«
»Seht mich an, Antonio. Schaut her. Ich bin nicht Beatrice. Ich spreche die Wahrheit.« Und weil es für mich die Wahrheit war, dachte sie, während sie seinen inneren Kampf beobachtete, glaubte ich, es sei auch die Eure. Aber vielleicht hat sie Euch so tief verwundet, daß die Verletzung niemals heilen wird. »Habt Ihr ihr denn so blind vertraut, daß Ihr keiner anderen Frau mehr trauen könnt?«
»Ja«, sagte er, und dann, stirnrunzelnd: »Nein.«
»Ja und nein.« Sie lächelte bitter. Also vertraute Antonio ihr, und auch wieder nicht.

»Ich habe sie geliebt – verzweifelt geliebt«, antwortete er, als erkläre das alles.
»Und war Euer Vertrauen ebenso verzweifelt?« fragte sie. Überrascht hob Antonio den Kopf und begegnete ihrem sanften, fragenden Blick, der von Kummer verschleiert war, Kummer, den er verursacht hatte. Dann senkte er den Kopf wieder, schloß die Augen und blickte in die Vergangenheit zurück. Das alles war zwölf Jahre her. Meistens gelang es ihm, die Erinnerungen aus seinem Kopf zu verbannen, und doch spürte er, was er damals empfunden hatte, die Ekstase und die Qual. Er erinnerte sich an sein Entsetzen über Beatrices Untreue, die er niemals geahnt und doch im tiefsten Inneren gefühlt hatte, wie man weiß, daß man sterben muß, auch ohne den Namen der Krankheit zu kennen. »Ich betete sie an, ich vergötterte sie – aber es gab einen Mißton. Fast von Anfang an fürchtete ich mich, ein dunkler Schatten lag über dem Glück, das sie mir schenkte. Sie war meine erste Liebe, und ich dachte nicht an Verrat.«
»Sie war sehr schön.« Ja, von einer Schönheit, die Männer wie ihn selbst nach dem Tod der Geliebten nicht losließ.
»Ihre Schönheit war zu überwältigend. Sie brachte die Männer, die sie liebten, um den Verstand.«
Sie hörte Traurigkeit in seiner Stimme, nicht Begierde und nicht Zorn. »Ihr habt ihr verziehen. Euch selbst habt Ihr nicht verzeihen können, daß Ihr sie liebtet.«
Als er ihr offenes, aufrichtiges Gesicht betrachtete, wußte er, daß es die Wahrheit war. Er hätte sich ihr sonst nicht anvertrauen können. All diese Monate hatte er nicht Veronica, sondern sich selbst bekämpft. Sein Herz und sein Verstand führten Krieg miteinander. Doch sein Herz hatte immer die Wahrheit gekannt. Damals mit Beatrice hatte sein Verstand sich der Angst seines Herzens nicht stellen können. Jetzt, mit Veronica, hatte er sich geweigert, die Hoffnung seines Herzens anzunehmen. Sie hatte seine Gefühle schon einmal aus dem Kerker befreit, in den er sie gesperrt hatte, doch er hatte sich wieder vor ihr verschlossen. Jetzt war die Festung, in der er sich verbarrikadierte,

geschleift, sein Schattengefängnis hatte sich aufgelöst, und er war frei, wärmte sich in der strahlenden Sonne ihrer Liebe.

Antonio nahm ihr Gesicht in seine Hände. Er sah in ihre Augen und spürte ihre schlichte Wahrhaftigkeit. Er küßte sie zärtlich, schmeckte die bittersüßen Spuren ihrer Tränen auf ihren Lippen.

»Ich liebe dich«, sagte er zu ihr. »Es gibt keine andere mehr für mich als dich.«

24. *Kapitel*

DIE FEIER

»Die dürfen wir noch nicht aufessen«, warnte Veronica Antonio, als sie ihm die *panforti* reichte, die sie gekauft hatte. »Ich habe sie zum Abendessen versprochen.«
»Ich bin zu tugendhaft, und Giacomo ist zu satt«, protestierte Antonio. Er reichte das Paket an Giacomo weiter. »Zerdrück es nicht.«
»Ihr seid satter als tugendhaft«, murmelte Giacomo selig und verstaute den köstlichen Kuchen mit äußerster Sorgfalt in seiner Satteltasche.
Überladen mit Leckereien hatten sie Stefano in der Konditorei zurückgelassen, wo er weitere Köstlichkeiten für seine Schwestern und Daniele aussuchen wollte. Da ihr Weg sie in verschiedene Richtungen führte, hatte Stefano beschlossen, die Nacht in Siena zu verbringen und erst am Morgen in gemächlichem Tempo nach Florenz zurückzukehren. Bevor sie sich trennten, vertraute Antonio ihm eine Nachricht an seinen *legale* an. Stefano fühlte sich geehrt durch diesen Vertrauensbeweis und hatte versprochen, einen der sienesischen Zigeuner aufzusuchen, falls es irgendwelche wichtigen Neuigkeiten geben sollte, die vor dem nächsten vereinbarten Treffen weitergegeben werden mußten. Nachdem sie sich verabschiedet hatten und das *panforte* sicher verstaut war, stiegen die drei auf ihre Pferde und machten sich gemeinsam mit Carlo auf den Weg zum Zigeunerlager.
»Ihr habt einen Fehler gemacht«, sagte Antonio leichthin, als sie die Stadttore von Siena hinter sich ließen.
»Ja?« fragte Veronica leichthin.
»Eure Stiefel sind zu klein«, erwiderte er. »Das sind nicht die Füße eines Jünglings. Ansonsten ist es keine schlechte

Verkleidung, wenn auch recht schmutzig. Aber Ihr habt mir mit Kohleflecken schon immer gut gefallen.«
»Lieber Kohleflecken als der falsche Bart, den ich auf der Flucht aus Florenz tragen mußte. Diesen Anblick habt Ihr leider verpaßt.«
»Ich weiß nicht, ob der Priester erleichtert oder entsetzt war, als er entdeckte, daß Ihr eine Frau in Männerkleidern seid, Madonna.« Antonio lachte.

Es war eine angenehme Reise. Eine kühle Brise milderte die Hitze, als sie im Zigeunerlager ankamen, die sommerliche Abenddämmerung zu Silberblau verblaßte und sich die Silhouetten der Bäume wie schwarze filigrane Muster gegen den verschleierten Himmel abhoben; über ihnen schwebte ein fahler Mond. Die Zigeuner kamen ihnen entgegen, um die Neuankömmlinge zu begrüßen. An den Männern bemerkte Veronica eine gewisse Rivalität, ebenso Neugier, unverhohlen, jedoch nicht feindselig. Antonio und Giacomo wurden von ihnen getrennt und zu einer kurzen Befragung und Einweisung weggeführt. Da der *voivode* nur grinste, sorgte Veronica sich nicht um Antonio.
»Nun, mein Wunsch wurde erfüllt«, sagte Carlo, als sie abstiegen. »Euer Herz ist hier unter uns, auch wenn es nicht bleiben will.«
Veronica umarmte ihn, zu glücklich, um es in Worte zu fassen. Sie rettete das *panforte* und brachte das Paket zur Frau des *voivode,* lieh sich Kleider von einer der jüngeren Frauen. Dann ging sie zum Fluß, um zu baden. Erfrischt zog sie die Bluse und den Rock aus zartem weißen Leinen an, die an Hals und Saum mit bunter Stickerei verziert waren, und schlang eine gefranste scharlachrote Schärpe um ihre Taille. Es wurde bereits dunkel, als sie ins Lager zurückging. Sie entdeckte Antonio an einem der Feuer im Kreis junger Zigeuner. Sie hatten ihn in einen Hochzeitsstaat, kostbaren Samt und Seide gehüllt. Unter einer exotischen Weste, aus Silberfaden gewirkt und mit glitzernden kleinen Spiegeln besetzt, sah man die gebauschten Ärmel eines saphirblau-

en Hemdes. Antonio wandte ihr den Rücken zu, doch sie sah sein Profil. Er warf den Kopf zurück und lachte. Veronica war glücklich. Noch nie hatte sie ihn so befreit lachen hören – ein Lachen, das nicht nur die Antwort auf einen klugen Scherz war, sondern reine Lebensfreude ausdrückte.
Giacomo erschien mit einer Handvoll wildem Basilikum, das er gepflückt hatte. Er hielt ihr die tiefgrünen Blätter hin wie einen Blumenstrauß. Veronica sog den aromatischen, scharfen Duft des Krauts ein. Giacomo wies mit dem Kopf auf Antonio, der mit den anderen jungen Männern plauderte. »Der Herr ist wie eine Katze, verträgt sich mit Fürsten, Bettlern … und Zigeunern.« Sie lächelte ihn an, und er grinste, in seinem Gesicht malten sich Vergnügen und Erleichterung. Dann ging er zu Carlos Frau, um sie über die Kräutermischung für den Fleischtopf zu befragen.
Veronica näherte sich dem Lagerfeuer. Als er ihre Gegenwart spürte, drehte Antonio sich um. Er erhob sich und kam ihr lächelnd entgegen. »Man hat mich widerstrebend aufgenommen, aber die Bedingungen sind noch ungewiß. Die Meinungen sind geteilt, ob ich Euch nun auf Händen und Knien nachkriechen, unablässig meinen Unwert verkünden oder Euch täglich verprügeln sollte, zu Eurem und meinem Besten.«
»Ihr werdet weder das eine noch das andere tun, hoffe ich.«
»Zumindest letzteres würde ich nicht wagen, denn ich habe gehört, daß Ihr ziemlich gefährlich geworden seid.«
»Nicht so gefährlich, wie ich wünschte«, sagte Veronica nur halb im Scherz. »Aber der *voivode* hat mich gelehrt, mit dem Messer und dem Stock zu kämpfen.«
»Das muß ich sehen.«
Seine Stimme klang nicht spöttisch, obgleich sie in seinen Augen ein laszives Funkeln bemerkte. »Mit mir ringen dürft Ihr vorher oder nachher, nicht während des Kampfes«, warnte sie ihn, ärgerlich, doch auch entzückt von seiner Reaktion auf ihre ernsthaften Anstrengungen.

»Vielleicht beides?« erwiderte er. »Vorher aus Vorfreude auf das Schauspiel, hinterher aus Stolz. Aber während des Kampfes gelobe ich, ein Muster an Höflichkeit zu sein, still von meinem Grashügel aus zuzusehen.«
»Das will ich Euch auch raten«, entgegnete sie. »Kommt mit, ich habe Mamma Lucia noch nicht begrüßt.«
»Und ich habe sie noch nicht kennengelernt.«
Veronica führte Antonio zum Wagen der neuen *phuri dai*. Sie klopfte an die Tür, und Mamma Lucia rief sie hinein.
»Antonio ist hier, Mamma Lucia«, verkündete Veronica, als sie in den Wagen kletterten.
»Nun, er hat lange genug gebraucht, nicht wahr?« bemerkte Mamma Lucia scharf und musterte ihn, als er sich neben sie setzte.
»Zu lange.« Antonio nahm ihre Hand und führte sie an die Lippen.
»Glaubt nicht, daß Ihr mich mit Eurem Charme bestechen könnt.« Sie betrachtete ihn mißtrauisch, ließ das höfische Kompliment jedoch zu, bevor sie ihm ihre Hand entzog.
»Das sehe ich«, erwiderte er ernst, obwohl seine Augen funkelten. »Wenn mein Charme mir also nichts einbringt, müßt Ihr mir sagen, wie ich auf anderem Wege Eure Zuneigung gewinnen kann. Ich möchte es ernsthaft versuchen.«
»Solange meine Urenkelin so aussieht wie jetzt, werde ich mich nicht beklagen.« Mamma Lucia schaute von Antonio zu Veronica, dann sah sie wieder ihn an. Sie beugte sich vor, ihr Blick war forschend. »Ihr Herz hat sich Euch geöffnet. Eure Dunkelheit könnt Ihr ihr nicht entziehen, nur Euer Licht.«
Er hielt ihrem Blick stand. »Ihr Glück ist mein höchstes Ziel.«
»Vergeßt es niemals«, sagte sie streng, dann lehnte sie sich in ihre Kissen zurück, klopfte sie zurecht. »Für den Fall, daß Ihr es vergeßt, habe ich einen Fluch für Nesselsucht, um Euch an Euer Versprechen zu erinnern. Veronica hat ihn einmal ausgeschlagen, aber ich werde ihn aus eige-

nem Entschluß ausprobieren, falls ich weiterhin Schlechtes von Euch höre.«
Antonio sah sie erschrocken an, obwohl seine Lippen belustigt zuckten. »Eine schreckliche Drohung. Ich werde es vermeiden, mir Euren Unwillen zuzuziehen, Mamma Lucia.«
»Achtet darauf. Ich habe den Fluch noch nie benutzt, wer weiß also, was geschehen würde?« Sie dachte über die möglichen Konsequenzen nach. »Ich könnte selbst die Nesselsucht bekommen.«
»Ich sehe ein, daß ich Veronica doppelt dankbar sein muß, weil sie sowohl mir wie auch Euch dieses furchtbare Schicksal bislang erspart hat.« Er warf Veronica einen unschuldigen Blick zu, legte die Hand auf seine Brust und flüsterte inbrünstig: »Danke, Madonna, danke.«
»Ich habe es gern getan«, sagte sie anmutig.
»Aber was ist mit meinem Schicksal, Mamma Lucia?« fragte Antonio, als er sich ihr wieder zuwandte. »Ich habe mir noch nie das *tarocco* legen lassen, aber wie ich höre, versteht Ihr Euch ausgezeichnet darauf.«
»Das tue ich, und wie sollte es auch anders sein«, erwiderte sie gebieterisch. »Ich werde die Karten für Euch auslegen, aber nicht jetzt, denn ich habe Hunger, und ihr würdet Euch später an kein einziges Wort erinnern, es sei denn, es ginge um dieses halbe Kind neben Euch. Wenn Ihr uns verlassen wollt, lege ich Euch die Karten.«
»Es wird mir schwerfallen zu warten, aber ich beuge mich Eurem Urteil.«
»Ich sterbe vor Hunger«, verkündete Mamma Lucia. »Laßt uns jetzt essen.«

Der verlockende Duft von gebratenem Fleisch und Holzfeuern empfing sie, als Antonio und Veronica den Wagen verließen. Sie halfen Mamma Lucia hinaus und stießen zu den Zigeunern, die unter dem glitzernden Baldachin des Nachthimmels rings um die Lagerfeuer saßen. Heute abend wurde statt des sonst schlichten Mahls ein Festschmaus serviert. Der Überfluß wurde gerecht verteilt – gebratene Vögel, frisch gefangener Fisch, Kaninchen, gebratener Käse und Brot, gefolgt von köstlich saftigen Beeren und würzigem *panforte*. Lederschläuche mit Rotwein machten die Runde. Als die Platten geleert waren, wurden die Feuer gelöscht, an ihrer Statt erhellten Fackeln die Dunkelheit. Eine festliche Stimmung herrschte im Lager, ging von der spontanen Feier aus, die man ihnen zu Ehren arrangiert hatte. Instrumente wurden herbeigeholt, die lebhafte Musik von Saiten und Glocken erfüllte die Luft, als die Zigeuner aufsprangen, um zu tanzen.

Angesteckt von der Erregung, half Antonio Veronica auf und führte sie lachend in den Kreis. Sie schlang die Arme um seinen Hals, und sie tanzten wild, ausgelassen – trunken von Wein und Liebe. Die Musik, die Fackeln, die Sterne umwirbelten sie, als er sie zwischen den anderen Tänzern drehte, und das schnelle Tempo der Lieder paßte zu ihrem beschleunigten Herzschlag.

Nach einer Weile legte sich die anfängliche Wildheit, aber der Tanz ging weiter. Die lustigen Weisen wurden durch Balladen über glückliche oder verlorene Liebe ersetzt, ergreifende Melodien von süßer Traurigkeit. Veronica war auch die Ausgelassenheit wie ein Traum gewesen. Jetzt schwebte sie auf den verführerischen Klängen dahin, versunken in die Musik und in Antonio, der Rhythmus der sehnsuchtsvollen Lieder war eins mit dem Rhythmus ihres Verlangens. Ihre Leidenschaft wirkte einen Zauber, der sie in seinem Bann hielt, sie bewegten sich immer langsamer, bis sie innehielten, als die letzte Note erklang, wie gefangen in der Stille zwischen den klagenden Balladen.

Antonio hielt ihren Blick fest, sein heiseres Flüstern war kaum hörbar. »Ich möchte allein mit Euch sein.«

»Ja«, erwiderte sie. Wortlos nahm sie seine Hand und führte ihn aus dem Kreis der Tänzer über das Feld zu den Bäumen, in deren Schutz die Wagen standen.

Die Musiker spielten wieder auf, das Lied folgte ihnen, eine melancholische Ballade von schmerzlicher Zärtlichkeit.

Antonio hatte das Gefühl, daß die Musik für ihn sprach, seine überströmende Freude war von Reue gefärbt. Als sie vor dem Wagen standen, zog er Veronica an sich und nahm ihr Gesicht in seine Hände, wie am Altar in Siena. In seinen Augen fing sich der Sternenglanz, doch ganz tief in ihnen lag ein wärmeres Licht.
»Ich habe Euch nicht verdient«, sagte er leise.
»Ihr braucht mich nur zu lieben, um mich zu verdienen. Wir wurden dazu geschaffen, einander glücklich zu machen.«
Antonio hob sie in den Wagen und folgte ihr in das von der Nacht beschattete Innere. Ein süßer Duft hüllte sie ein, die Zigeuner hatten dunkelblaue Wildblumen wie Sterne über das reine weiße Leinen gestreut. Da der Wagen entfernt von den anderen stand, schloß er die Tür nicht, ließ den Wind und das Mondlicht herein, die Klänge des leise herüberwehenden Liedes, ein Seufzer, kaum lauter als ihr Atem. Kniend zog Antonio Veronica auf das blumenbestreute Lager. Er spürte das Verlangen zwischen ihnen, selbst eine feine, alles durchdringende Melodie.
Zärtlich legte er die Hände auf Veronicas Schultern und blickte in ihre Augen. Dann kleidete er sie langsam aus, und sie tat es ihm nach. Wie in einem geweihten Ritual zogen sie sich gegenseitig aus und legten die Kleider beiseite. Bei jeder neuen Enthüllung priesen sie in Worten und Berührungen die gemeißelten Konturen und weichen Formen. Samt, Seide und Leinen glitten zu Boden, bis sich nur noch die Schönheit bloßer Haut ihren Berührungen darbot. So stark ihre Sehnsucht auch sein mochte, sie ließen sich Zeit, einander neu zu entdecken. Beide wußten, daß sie nur durch diesen endlosen Genuß, diese langsame, zärtliche Suche die verlorene Zeit aufholen konnten.
Monatelang hatte Antonio Veronica verleugnet, sein eigenes Herz verleugnet. Aber der dunkle Zorn, die trostlose Verzweiflung jener Zeit lagen endlich hinter ihm. Er neigte den Kopf, seine Lippen glitten von der Biegung ihres Halses zu den weichen Hügeln ihrer Brüste, mit seiner

Zunge und den Zähnen lockte er die rosigen Spitzen. Seine Hände erkundeten sie, entdeckten die Schätze des geschmeidigen Körpers aufs neue. Als er sie liebkoste, schluchzte Veronica auf. Seine Seufzer antworteten ihr. Seine feurige Liebe zu ihr war seine Absolution. Sie hatte ihm die Zurückweisung verziehen, aber er wußte, daß sie ihr noch Schmerz bereitete, unsichtbare Wunden an ihrem Körper, in ihrer Seele. Worte würden diese Verletzungen nicht heilen. Nur Berührungen konnten Zeugnis von seiner Reue ablegen.

Doch seine Zerknirschung war nur von kurzer Dauer. Er spürte, wie ihre Lust sich mit jeder Liebkosung steigerte, ihn überflutete wie eine Welle aus weichem Licht, das alles andere bannte. Ihr abklingender Schmerz war nur noch ein dünner Schleier, der von ihnen abfallen würde wie ihre Kleider. Verzückt beteten sie am Altar ihrer Körper, mit unverhüllter Freude.

Als Antonios Hände Veronica erkundeten, ihre lockenden Wölbungen und Senken ertasteten, ging sie ebenfalls auf Entdeckungsreise, fand den Gegensatz von Kraft und Sanftheit in seiner Seele an seinem Körper wieder. Sie war verzaubert von dem feinen, seidigen Haar, das seinen Körper bedeckte, von der verlockenden glatten, straffen Haut auf seinen festen Muskeln. Sie betrachtete sein Gesicht, als seine Hände sie in Besitz nahmen. Mit jeder neuen Entdeckung wurde sein Blick glühender, seine Lippen weicher. Sein Atem ging schneller, als ihre Finger über seine Brust, seinen Bauch und seine Hüften zu seinem Oberschenkel glitten. Langsam wanderten sie empor und weiter nach oben, verhielten einen Augenblick, ließen seine Spannung anwachsen, dann schlossen sie sich um den glänzenden Schaft.

Antonio keuchte laut, wieder und wieder, dann seufzte er erschauernd. Mit jeder Liebkosung flammte sein Begehren heller auf, heißer, die Flamme breitete sich in seinem Körper aus, verwandelte sich durch geheimnisvolle Alchemie in ein Strahlen, das wärmte, statt zu verbrennen,

und in jeden Winkel seines Wesens vordrang. Er schrie erstaunt auf, und doch war sein Schrei nicht lauter als ein Seufzen.
»Liebe«, flüsterte Veronica. Das Wort gab dem sanften Zauber, der ihn gefangenhielt, einen Namen.
»Ja«, erwiderte er, zog sie an sich, küßte ihre Augenlider, ihre Wangen, ihren Mund. »O ja, Liebe.«
Sein Mund glitt über ihr Gesicht, ihren Hals. Sie spürte, wie seine Lippen sich öffneten, seine Zunge über sie strich, sie kostete. Dann wanderte er langsam tiefer, über ihren Hals und ihre Schultern, zog die Rundungen ihrer Brüste nach. Seine Zunge kletterte zu ihren Brustwarzen hinauf, hielt dort kurz inne, bevor sie zu ihrem Bauch glitt, ihren Oberschenkeln. Antonio zog ihre Beine auseinander, und seine Zunge fand die geheime, empfindliche Knospe. Seine heiße Berührung sandte Blitze in ihr tiefstes Inneres.
Dann richtete er sich auf und nahm wieder ihren Mund in Besitz, liebkoste sie weiter mit den Händen, drang sanft mit den Fingern in sie ein. Sie schrie leise auf, als seine Bewegungen sie zum Gipfel der Ekstase führten und sie dann erlösten. Seufzend ließ sich Veronica eine Weile auf den Wogen der Erfüllung treiben.
Doch diese erste Erlösung war nicht der Endpunkt, sondern ein neuer Anfang. Sie sehnte sich nach höchster Vereinigung, streckte die Arme aus, und Antonio zog sie an sich, suchte und fand mit seinem erregten Geschlecht ihre nachgiebige Weichheit.
Langsam drang er in sie ein, umhüllte sich mit der feuchten Wärme. Er stieß nicht in sie, sondern drang behutsam tiefer vor, preßte sich an sie, liebkoste mit seinem ganzen Körper den ihren. Sie bewegte sich mit ihm. So verschmolzen sie miteinander, ihre Körper, ihr Gefühl. Leise flüsterte er in der von Sternen erleuchteten Dunkelheit ihren Namen, und sie rief seinen ebenfalls, als sie sich in ihm verlor, in ihm versank. Ihre Liebe ergoß sich über ihn, wie die seine sich in sie ergoß, eine unwiderstehliche Kraft riß sie beide mit sich.

Später zog Antonio sie in seine Arme, wiegte sie, schmiegte die Wange an ihr wirres Haar. »Erzähle es mir. Alles.«
Und so erzählte sie ihm ihre Geschichte, vom Tod ihrer Eltern und ihrer Vermählung an bis zu ihrer Flucht aus Luigis Verlies. Antonio hielt sie, küßte sie bisweilen sanft, als sie sprach, gab leise Antwort, stellte Fragen.
»Du kannst die Zukunft voraussehen? Ist es eine Stimme, so wie Savonarola sie zu hören vorgibt?«
»Nein, es sind Bilder, oder manchmal weiß ich es einfach, so wie man etwas im Traum weiß. Es ist nicht so eindrucksvoll, wie es klingt. Ich habe wenig Macht darüber. Ich verwechsle immer noch Furcht oder Hoffnung mit Vorahnung.«
»Kannst du meine Gedanken lesen?« fragte er ein wenig beklommen.
»Nein, nicht wie du glaubst. Heute wußte ich es, als du in meiner Nähe warst. Manchmal weiß ich, was du fühlst.«
»Du fühlst, was ich fühle?« Es fiel ihm manchmal schwer genug, mit sich zu leben, seine Dunkelheit zu ertragen. Wie konnte sie von seiner Dunkelheit wissen und ihn dennoch lieben? Und doch tat sie es.
»Macht es dir angst?« fragte sie, und ihre Stimme klang erstickt.
Antonio sah sie an und schüttelte den Kopf. »Nein, jede Furcht vor dir liegt hinter mir.«
Kurz darauf staunte er über ihre Beschreibung des *Prinzen der Kelche.* »Eine *tarocco*-Karte mit meinem Gesicht? Das muß ich sehen.«
»Und wirst du eifersüchtig sein?« neckte sie ihn.
»Das habe ich nicht anders verdient, nach all den Phantomen, gegen die ich gekämpft habe.«
Als sie von ihrer Heirat sprach, runzelte Antonio die Stirn und wiederholte: »Roberto ist impotent?« Aber er war nicht überrascht. Antonio hatte nie Eifersucht auf ihn empfunden und wohl irgendwie Robertos Unschuld erspürt. Er hatte auf dieses Gefühl vertraut, wie er im Gegensatz dazu auf seine Gefühle für Veronica nie vertraut hatte.

Als sie ihm Luigis ersten Vergewaltigungsversuch schilderte, seinen groben körperlichen Angriff, spürte Veronica, wie Antonio sich versteifte. Er schwieg, ließ sie zu Ende erzählen, wagte es vielleicht nicht, etwas zu sagen. »Siehst du«, flüsterte sie an seiner Brust. »Du bist meine erste Liebe. Meine einzige Liebe.«

Er umarmte sie, als sie ihm ihre Gefühle nach ihrer wirren Affäre schilderte und ihren Kummer über seine Abreise aus Florenz. Als sie ihm erzählte, wie sie aus Luigis Verlies entkommen war, drückte er sie fest.

»Ich werde ihn töten«, sagte Antonio kalt. »Ich werde nicht zulassen, daß du in Gefahr bist.«

»Nein. Ich wünschte, er wäre tot, aber ich will nicht, daß sein Blut an deinen Händen klebt und durch dich auch an meinen. Blut verlangt neues Blut. Ich will nicht die Verantwortung für die Fehde tragen, die folgen würde.«

»Eine Fehde? Wer würde ihn denn rächen wollen? Gibt es einen Menschen, der ihn lebend sehen will?«

»Vielleicht nicht. Federigo würde gewiß nichts unternehmen. Aber Luigi hat Brüder, Onkel, Vetter, die, wenn schon nicht sein Leben, so doch ihre eigene Ehre rächen würden.«

»Auf dem Verlobungsfest, als er dich berührte, wollte ich ihn bereits töten, aber ich empfand zuviel für dich, deshalb wandte ich mich ab.«

»Das ist unwichtig. Du bist jetzt hier bei mir.« Sie schloß mit dem Bericht über ihre Flucht aus Florenz mit Mamma Lucia und über ihr Leben bei den Zigeunern. Als sie geendet hatte, war es einen Augenblick lang still, und Antonio strich zärtlich mit den Lippen über ihre nackte Schulter. Dann drehte er ihr Gesicht zu sich.

»Ich möchte dich heiraten.«

Sie lächelte. »Wir sind beide schon verheiratet, nach dem Gesetz.«

Also erzählte er ihr von Rom. »Ich warte auf Nachricht, welche Fortschritte meine Eingabe macht. Es wird wohl noch mehrere Wochen dauern, aber wenn ein Brief eintrifft, wird sich mein Advokat mit Stefano in Verbindung

setzen, und er wird zur Kontaktperson des *voivode* in Siena gehen.«
»Auch wenn deine Ehe mit Dorotea annulliert wird, bin ich immer noch verheiratet.«
»Sobald ich frei bin, setzen wir eine Eingabe für dich auf. Roberto ist impotent, daher sollte es nicht schwierig sein, eine Scheidung zu erwirken. Dann können wir heiraten. Es wird großes Aufsehen erregen, aber der Skandal wird sich bald legen, wenn wir nicht in Florenz leben. Roberto können wir bei uns behalten, falls du dich auch weiterhin für ihn verantwortlich fühlst.«
Veronica wünschte es sich, und doch hatte sie Bedenken. Eine dunkle Glocke erklang in ihr, und sie hörte den warnenden Ton. »Hast du genug Geld, genügend Einfluß, um zwei Annullierungen von den Borgia zu erhalten? Denn eine Eingabe wird nicht reichen. Meinst du, Luigi würde sich zweimal auf diese Weise von dir herausfordern lassen, ohne den Kampf aufzunehmen?«
»Aber Robertos Impotenz ist keine Erfindung, so wie die Anschuldigungen des Papstes gegen Lucrezias Gatten.«
»Und wenn er die Ärzte bezahlt, damit sie das Gegenteil behaupten? Luigi kann sie jederzeit kaufen.«
»Es läßt sich trotzdem beweisen«, sagte er, doch seine Stimme wurde hart.
»Wir sollen Roberto wie ein dressiertes Tier dem Richter vorführen, nur um seinen Makel zu zeigen?« Der Gedanke stieß sie ab.
»Er würde die Probe nicht bestehen. Es wäre schrecklich, aber er würde es nicht begreifen. Nach einer Weile würde er es vergessen.« Antonio wollte einen Einfaltspinsel nicht quälen, aber er wollte Veronicas Freiheit.
»Den Verrat würde er nicht vergessen. Ich kann nicht zulassen, daß man ihm so etwas antut.«
Antonio dachte kurz nach. »Dazu muß es ja nicht kommen. Man merkt gleich, daß Luigi seinen Sohn verabscheut. Ich glaube, Robertos Makel kränkt Luigi in seiner eigenen Männlichkeit. Er würde vermutlich seine Einwände zurückziehen, statt einer öffentlichen Untersu-

chung zuzustimmen, besonders wenn diese von vornherein zum Scheitern verurteilt ist. Er ist zu selbstsüchtig, um sich vorzustellen, daß du dich weigern würdest, Roberto einer solchen Behandlung auszusetzen.«

»Mag sein. Es hängt davon ab, was er mehr haßt, den Skandal einer zweiten Annullierung oder uns, weil wir ihn verursacht haben. Dieses Risiko will ich nicht eingehen.« Veronica spürte, daß das Gleichgewicht der Kräfte gefährlich auf der Kippe stand. Eine falsche Bewegung, und sie würden abstürzen und andere unter sich begraben.

»Warum mißfällt dir der Plan so sehr?« fragte er, doch in seiner Frage lag kein Vorwurf, nur Erstaunen.

»Ich weiß es nicht genau. Ich weiß nur, daß Luigi uns bekämpfen wird, wenn wir es versuchen, und etwas Schlimmes passieren wird. Wenn wir Erfolg hätten, würde er vielleicht Anspruch auf Roberto erheben, und ich kann nicht zulassen, daß er ihn zu sich holt. Luigi ist schwach und faul, aber er quält alle Menschen, die von ihm abhängig sind. Wenn man ihn zu weit treibt, wird er all seine Energien auf Vergeltung richten. Und diese Vergeltung fürchte ich.«

»Lassen wir das Thema erst einmal ruhen«, sagte Antonio, der spürte, wie beunruhigt sie war. »Wenn meine Annullierung feststeht, können wir noch einmal darüber nachdenken.«

»Ich bin deine Gattin, im Herzen und in der Seele«, versicherte Veronica ihm. »Die Verbindung durch das Gesetz reicht nicht so tief.«

»Nein, aber es sollte so sein.« Er zog den Ring seiner Mutter von seinem kleinen Finger, der einzige Ring, den er immer trug, ein Rubin, schlicht in Gold eingefaßt. Selbst im Mondlicht glitzerte er, das Rot war klar und rein wie das Herzblut einer Rose. Er steckte ihn ihr an. »Ich würde diesen Bund sehr gern mit dir schließen.«

»Und ich mit dir«, flüsterte sie und fragte sich, ob es wirklich möglich sein könnte.

Am Morgen sah Antonio zu, wie sie mit Carlo übte. Wie

versprochen, war ihr Liebhaber ein Bild der Höflichkeit. Er saß still da, ein aufmerksamer Beobachter, mischte sich nicht in ihre Arbeit mit dem *voivode* ein. Carlo zeigte ihr eine List, wie sie schwächer erscheinen konnte, als sie war. Als er nach seiner Meinung gefragt wurde, stimmte Antonio zu, daß dieser Zug einen Angreifer in Sicherheit wiegen würde und ihr eine Gelegenheit zum Gegenangriff eröffnete. Nachdem sie eine halbe Stunde mit dem Messer geübt hatten, lud Carlo ihn ein, sich am Kampf mit dem Stock zu beteiligen, damit Veronica üben konnte, sich gegen zwei Männer zu wehren. Als der *voivode* die Sitzung beendete, setzten sie sich ins Gras und tauschten Geschichten über Waffen und Kämpfe aus. Antonio prüfte ihr Messer und empfahl, sie solle eines von anderer Form benutzen, das besser in ihre kleine Hand paßte. Veronica drängte Carlo, ihm das Messer zu zeigen, das er zum Werfen benutzte, daher führte der *voivode* einige seiner Würfe vor.
»Ich bin beeindruckt«, sagte Antonio und bat darum, sich das Messer ansehen zu dürfen.
»Ich wollte, daß er mir das Messerwerfen beibringt, aber er sagt, es habe keinen Zweck«, beklagte sich Veronica.
»Ein Messer, das für den Kampf geeignet ist, taugt nicht unbedingt zum Werfen«, sagte Antonio. »Und es ist weit schwieriger, es gut zu handhaben.«
»Mein Geschick bringt mir auf Jahrmärkten Geld.« Carlo zuckte mit den Schultern. »Aber mein Leben würde ich nicht darauf verwetten. Wenn du deinen Gegner verfehlst oder das Messer am Knochen abprallt, lebt er noch, während du ohne Waffe dastehst.« Sie redeten noch eine Zeitlang über das Gleichgewicht von Klinge und Heft, dann verabschiedete sich Carlo von ihnen und kehrte ins Lager zurück.
Veronica führte Antonio über den gewundenen Pfad zum Fluß. Antonio sah zu, wie sie ihre Kleider ablegte und hinter den schützenden Bäumen ins Wasser sprang. Dann zog er sich aus und sprang zu ihr hinein. Er tauchte neben ihr auf und schüttelte in einer glitzernden Fontäne das Wasser aus seinem Haar. Gemeinsam schwammen sie

nackt im Sonnenlicht. Der Fluß schimmerte wie grünes Glas, kleine Wolken zogen über den klaren azurblauen Himmel. Die morgendliche Stille wurde nur vom Zwitschern und Zirpen der Vögel und Insekten, dem Rascheln des Windes in den Blättern und ihrem leisen Plätschern unterbrochen.

Als er eine seichte Stelle am Ufer fand, stieg Antonio aus dem Wasser. Er faßte Veronica um die Taille und hob sie hoch, leckte die glitzernden Wassertropfen von ihren Brüsten. Sie seufzte bei dieser Berührung seiner köstlich heißen Zunge nach der kühlen Liebkosung des Wassers. Antonio legte den Kopf in den Nacken, seine Augen leuchteten in warmem Mahagoni, in den Wassertropfen auf seiner hellen Haut brach sich das Licht. Ihr mondbeschienener Liebster der letzten Nacht, ihr grüblerischer Dämon der Gewitter und Träume hatte sich in ein Geschöpf der Bäume, des Grases und des Sonnenscheins verwandelt. Lachend hob Antonio sie noch höher, dann ließ er sie zu einem atemberaubenden Kuß an seinem Körper hinabgleiten.

Veronica war von Glückseligkeit und von plötzlichem Verlangen erfüllt. Sie löste sich aus Antonios Armen, kletterte ans Ufer, dann streckte sie die Hand nach ihm aus und legte sich mit ihm unter die Bäume. Aller Schmerz war gebannt, und endlich fühlte sie sich völlig frei mit ihm, empfand keine Furcht oder Scham mehr. Der einzige Schatten, der noch über ihnen lag, war der der Äste und der im Wind wehenden Blätter. Veronica schubste Antonio rücklings ins Gras. Sie setzte sich rittlings auf ihn, ihre Beine umfingen seine Oberschenkel. Er nahm ihre weichen Brüste in seine Hände, seine Daumen strichen über ihre zusammengezogenen Brustwarzen. Veronica zitterte. Ihre Finger strichen über seine Brust, das seidige schwarze Haar auf seinem Oberkörper und weiter zu dem wilderen Vlies an seinen Lenden. Sein Geschlecht richtete sich auf und berührte ihren dunkelroten Haarbusch.

»*Selvaggia*«, murmelte er, schlug die Augen auf und lächelte sie an, streichelte ihre Oberschenkel. »Das war das erste, was ich von dir hörte. Das wilde Mädchen, das rittlings auf dem Pferd sitzt.«

»Ich werde dir zeigen, wie wild ich bin.« Sie lachte, hob die Hüften an und schob ihn ein Stück weit in ihr heißes, offenes Inneres.

Antonios Körper zog sich in Erwartung zusammen, sonst blieb er still. Das Spiel, das sie schon einmal gespielt hatten, in Feindschaft und Verleugnung, bot er ihr jetzt lustvoll an. Veronica verhielt in dieser Stellung, um ihn zu reizen. Seine Augen glitzerten, seine Brust hob und senkte sich erregt. Sein Geschlecht zuckte in ihrer Hand, aber Antonio wartete, überließ ihr die Führung. Seine Unterwerfung war süß, wo sie zuvor bitter gewesen war.

»Zeig es mir«, drängte er, forderte er sie heraus. »Zeig es mir.«

Sie glitt tiefer, umfing ihn mit ihrer Nässe. Ohne den Blick von seinem Gesicht abzuwenden, hob sie sich wieder, bis sie sich kaum noch berührten, dann stieß sie hinab, wieder und wieder. Sie konnte nicht mehr aufhören, ihr Verlangen nach ihm trieb sie kühn und rückhaltlos vorwärts. Antonio stöhnte auf. Ihre raschen Bewegungen stürzten sie in einen schwindelerregenden Strudel der Lust, des Begehrens. Ihre Körper verschmolzen miteinander. Von ihrem heißen Kern spürte Veronica in einer verzehrenden Flamme die Ekstase aufsteigen. Sah in Antonios Augen die Erwartung auf Erlösung.

»Geh«, flüsterte er. »Geh, ich folge dir.«

Veronica stürzte sich in die strahlende Flut, ihr ganzes Sein tauchte in sie ein, dann erklomm sie den Gipfel der Leidenschaft. Das gleißende Licht erlöste sie, ihr Entzückensschrei mischte sich mit dem Antonios. Glückseligkeit schimmerte rings um sie wie Wassertropfen. Die Erfüllung ließ sie vibrieren, verströmte in ihrem Inneren ein leuchtendes, warmes Licht.

Sie lagen lange im Schatten nebeneinander, in zärtlicher Stimmung, träge von der Sonne und ihrem Glück. Schließlich stand Antonio auf. Veronica beobachtete, wie er sich reckte, neue Muster aus Licht und Schatten auf seinem Oberkörper erschienen. Er hob die Arme zum Himmel, streckte die Finger nach der Sonne aus und beugte sich dann zufrieden seufzend zu ihr hinunter. Lächelnd zog er Veronica hoch und küßte sie ausgiebig. Dann nahm er sie auf die Arme, trug sie zum Flußufer und warf sie ins Wasser, folgte ihr mit einem tollkühnen Sprung nach.

Einen Monat später lagen sie erneut unter den Bäumen am Flußufer.

»Vielleicht sollten wir hierbleiben«, sagte Antonio schläfrig, von der Liebe gesättigt. »Uns einen größeren Wagen bauen und für immer bei den Zigeunern bleiben.«

»Für immer und ewig«, murmelte sie und strich ihm die vom Fluß feuchten Locken aus der Stirn. Hübsche Gedanken, passend zu einem goldenen Nachmittag, aber es war ihnen beiden nicht ernst. Die Zeit war schnell vergangen, während sie sich den einfachen Freuden ihrer Schäferidylle hingaben, aber sie wußten, daß dies nur ein Zwischenspiel war, das Zwischenspiel sich seinem Ende näherte.

Auch hatte es Unterbrechungen ihrer Idylle gegeben. Ende Juli waren sie mit Daniele in Siena zusammengetroffen, und Antonio war mit ihm nach Florenz geritten. Er blieb fast fünf Tage fort, und als er zurückkam, war er nachdenklich und in sich gekehrt, obwohl er es nach Kräften zu überspielen suchte. Er berichtete, daß immer noch keine Nachricht aus Rom eingetroffen sei, aber sie vermutete, daß es der ungelöste Konflikt mit seinem Vater war, der ihm zusetzte. Veronica fragte ihn nicht aus, sondern lockte ihn mit ihrer Liebe und ihrem Lachen aus der Reserve. Im August besuchten sie wie geplant alle gemeinsam den zweiten *palio.* Diesmal gehörte Veronicas *contrada* einem der zehn Teilnehmer. Antonio lachte, als sie ihm das Banner zeigte – *selva,* der Wald, mit dem Emblem eines blühenden Astes –, und sagte, er hätte wissen müssen, daß sie von Geburt an eine *selvaggia* gewesen sei. Sie waren überzeugt, daß ihre Anfeuerungsrufe Pferd und Reiter als erste über die Ziellinie hatten schießen lassen. Nach

dem Abendessen feierten sie ihren Sieg mit Wein und *panforte*, während Feuerwerk den Nachthimmel erhellte.
»Auf eine neue Tradition«, sagte Stefano, »die jedes Jahr von neuem in Siena aufgenommen werden soll.«
»In jedem Jahr zumindest, in dem Siena nicht gegen Florenz Krieg führt«, schlug Antonio mit liebenswürdigem Sarkasmus vor.
»In jedem Jahr, in dem Savonarola über ganz Florenz herrscht«, grummelte Giacomo, während er die Becher nachfüllte.
Es war ein herrlicher Tag, doch Roberto hatte erneut geweint, als er erfuhr, daß Veronica nicht mit ihm zurückritt. Sie versprach, bald nachzukommen, doch er klagte schluchzend, das habe sie ihm schon einmal versprochen. Und das traf zu. Der Geburtstag des *voivode* war längst vergangen, und jetzt lag der letzte *palio* hinter ihnen. Sie hatte Gewissensbisse, wußte, daß sie ihn vernachlässigte, aber sie würde es wiedergutmachen, wenn sie zurückkehrte. Diese Tage des Glücks waren ihr kostbar. Aber sie konnten nicht ewig dauern.
»Wir müssen bald zurückkehren«, sagte Antonio, ein Echo ihrer Gedanken.
»Ja«, stimmte sie zu. Ihr Bedauern wurde ein wenig gemildert durch die Aussicht, daß sie zu den feineren, zivilisierteren Vergnügungen zurückkehren würden, die Florenz zu bieten hatte, und die Freude, sie mit Antonio zu teilen.
»In den letzten Wochen habe ich vieles vernachlässigt. Wenn ich meine Finanzen in Ordnung bringen will, nachdem ich den Borgia den verlangten Preis für die Annullierung bezahlt habe, muß ich meine Geschäfte selbst im Auge behalten.«
»Wenn es Zeit für die Rückkehr ist, dann ist es auch Zeit für deine Auslegung bei Mamma Lucia.«

Mamma Lucia sah belustigt zu, wie Antonio eine Zeitlang die Figur des *Prinzen der Kelche* betrachtete. »Er sieht mir auf beunruhigende Weise ähnlich«, gab er zu.

»Dann legt ihn in die Mitte, als Symbol für Euch.« Sie zeigte auf das schwarze Samttuch, das sie für die Lesung ausgebreitet hatte. »Jetzt mischt die Karten, langsam.«
»Wie lange?«
»Bis Ihr das Gefühl habt, daß sie bereit sind. Konzentriert Euch«, befahl Mamma Lucia, als Antonios Blick zu Veronica abschweifte. Zerknirscht wandte er sich wieder dem *tarocco* zu, erwies den Karten die gebührende Aufmerksamkeit, als er sie zu Ende mischte. »Gut. Nun teilt sie in drei Stapel, von links nach rechts.«
Als er ihre Bitte erfüllt hatte, schichtete Mamma Lucia die Karten wieder aufeinander und teilte aus. Überzeugt, daß die Karten gewisse Botschaften wiederholen würden, die das Leben der beiden Liebenden in der letzten Zeit bestimmt hatten, wählte Mamma Lucia eine Auslegung, die sie selbst entworfen hatte und die das Muster des vor ihnen liegenden Jahres wiedergeben würde. Viele der von ihr erwarteten Karten tauchten auf, in neuem, erhellendem Kontext. Mamma Lucia betrachtete sie eine Zeitlang, dann schilderte sie Antonio, was sie sah, betonte die entscheidenden Punkte der Auslegung. Er hörte respektvoll und interessiert zu, nicht jedoch mit der Überzeugung und der Konzentration, die ihre Urenkelin einer Auslegung entgegenbrachte. Sie wollte, daß er es nicht vergaß.
»Hier seht Ihr die Vergangenheit, die Kräfte, die nachlassen. Hier ist die Zehn der Münzen. Ihr habt eine Wahl getroffen – für Tradition, Reichtum, für Bluts- und Familienbande. Aber die Karte ist umgedreht. Eure Wahl hat sich nicht als das herausgestellt, was Ihr erwartet hattet. Diese Dinge haben sich in Eurem Leben übel ausgewirkt, und Ihr löst Euch von ihnen.«
Antonio nickte stumm, und Mamma Lucia fuhr fort. »Noch wichtiger ist das Verschwinden des verhüllenden Einflusses des Mondes. Eine Zeitlang wart Ihr selbst Euer schlimmster Feind, nicht wahr?«
»Ja, das ist richtig.«
»Die Sechs der Schwerter zeigt, daß Ihr ein großes Hin-

dernis überwunden habt, nicht jedoch die Schwierigkeit selbst. Ihr habt Eure Sorgen eine Weile hinter Euch gelassen und seid in harmonischere Gefilde aufgebrochen.«
»O ja.« Antonio lächelte, sein Blick suchte wieder Veronica.
»Das ist vergangen oder wird bald vergangen sein. Die Zukunft kommt mit dem Segen des Magiers zu Euch. Er ist eine mächtige Karte der Großen Arcana. Seine Energie wird Euch neue Willenskraft und Phantasie bringen. Ihr öffnet Euch wieder dem Leben, wie Ihr es jahrelang nicht getan habt. Dies ist der Beginn eines neuen Lebenszyklus für Euch. Die Energie wird in alle Bereiche Eures Lebens Eingang finden, aber die Vier der Stäbe deutet an, daß besonders eine Unternehmung im schöpferischen Bereich Euch große Befriedigung gewähren wird.«
»Ich hatte daran gedacht, einen Gesprächszirkel in Florenz ins Leben zu rufen, eine monatliche Versammlung von Künstlern und Schriftstellern. Die Idee reizt mich jetzt noch mehr, wenn Veronica und Daniele mir helfen.« Sie sahen beide Veronica an, die zustimmend nickte, dann wandten sie sich wieder dem *tarocco* zu.
»Es liegt viel Positives in den Kelchen und Stäben, aber Ihr müßt auf der Hut sein, in der Zukunft sind finstere Mächte am Werk. Hier ist die Schwierigkeit. Die Drei der Stäbe deutet auf eine Unternehmung von großer Wichtigkeit für Euch hin, zu deren Erfolg Ihr bereits Schritte eingeleitet habt. Es wird Versuche geben, Eure Pläne zu durchkreuzen, jedoch auch Hilfe von unerwarteter Seite, der Bube der Münzen.«
»Ein hilfreicher Bube? Giacomo vielleicht?«
»Nein, er wäre der koboldhafte Bube der Stäbe. Diese Hilfe kommt von völlig unerwarteter Seite.«
»Und wird meine Unternehmung von Erfolg gekrönt sein, Mamma Lucia?«
»Wenn Ihr aufpaßt, wird sie erfolgreich sein, doch der Erfolg bringt Gefahren mit sich. Seht Ihr, hier ist die finstere Macht des Teufels. Er hat zwei Trabanten, den Prinzen der Münzen und die Königin der Schwerter, beide sind umge-

dreht. Ein mächtiger Mann und eine mächtige Frau, von dunklem Äußeren – oder dunklem Herzen. Sie sinnt auf Böses.«
»Laudomia, nehme ich an, die Witwe meines Bruders. Eine winzige, übelwollende Königin. Sie wollte mich ermorden lassen, mehr als einmal. Ich glaube nicht, daß sie es noch einmal versuchen wird. Sie befindet sich an einem Ort, wo sie keinen Schaden mehr anrichten kann.«
»Die Karten sagen, daß Euer Leben immer noch in Gefahr ist.«
»Ich werde darauf achten, wenn Ihr es sagt, Mamma Lucia.«
»Da ist eine unheilvolle Anordnung von Schwertern – die Zwei, die Drei, das As, alle stehen auf dem Kopf. Die Schwerter sind in den Händen Eurer Feinde. Es ist eine Zeit großer Feindseligkeit. Ihr werdet Verrat und Gewalt ausgesetzt sein.«
»Und wie soll ich sie bekämpfen? Was sagt das *tarocco* dazu?«
»Auf dieser Seite wirken die Energie und der Geist der Stäbe zu Euren Gunsten. Die Acht weist auf eine Reise hin, die das Ergebnis Eurer Unternehmung beschleunigen wird. Dahinter kommt die Fünf. Ihr müßt Eure Klugheit und Euren Mut benutzen, um jene zu besiegen, die Euch bedrohen. Ihr könnt den Konflikten nicht aus dem Weg gehen. Die Zukunft bringt Gewalt, gegen Euch und jene, die Ihr liebt. Wenn Ihr Euren Preis gewinnen wollt, müßt Ihr dafür kämpfen. Wenn Ihr versagt, werdet Ihr ihn verlieren, und vielleicht auch Euer Leben.«
Antonio verzog die Lippen. »Soviel zu den Verheißungen von Liebe und Reichtum.«
»Ihr wollt Reichtum? Hier sind weitere Münzen, die Drei und die Acht. Später im Jahr wird die Zeit günstig sein für neue Unternehmungen, durch die Ihr Euer Vermögen mehren könnt. Was die Liebe betrifft ...« Mamma Lucia sah ihn entrüstet an. »... ich denke doch, Ihr seht alles Nötige vor Euch.«
Antonio blickte zu Veronica hinüber, dann berührte er die

Figuren der Liebenden. »Diese Karte ist wunderschön. Warum ist sie nicht das Ende meiner Auslegung?«
»Es ist eine Karte der Wahl, und Ihr habt weise und gut gewählt. Die Zwei der Kelche folgt ihr, sie bringt Euch die Liebe und Harmonie, die Ihr suchtet. Ihr habt bekommen, was Ihr Euch wünschtet. Kämpft Euch durch die Schwerter hindurch, dann werdet Ihr sie für immer festhalten.«
»Und dies ist das Ergebnis? Es ist ebenso verheißungsvoll wie die Liebenden.«
»Ja, die Drei der Kelche ist eine Karte der Glückseligkeit. Sie verheißt Euch großes Glück in der Liebe, in der Ehe.«
»Das ist es, das Ergebnis, das ich mir wünsche. Und dafür lohnt es sich sogar, gegen die Mächte des Teufels zu kämpfen«, sagte Antonio zu Mamma Lucia. Dann fragte er plötzlich: »Aber was ist mit Veronica? Braucht sie nicht auch eine Auslegung?«
Es stimmte, Veronica brauchte ebenfalls eine Auslegung. Mamma Lucia wußte, daß Antonio sehen wollte, wie ähnlich oder unterschiedlich die Karten ausfallen würden. Sie reichte Veronica das *tarocco*. Ihre Urenkelin, die es ebenso spürte, ließ sich viel Zeit mit dem Mischen, stimmte sich sorgfältig auf die Karten ein. Dann legte sie den Packen auf den Tisch und teilte ihn zweimal. Mamma Lucia wählte die gleiche Form der Auslegung wie für Antonio.
Sie lächelte, als Antonio den Atem anhielt, erstaunt über die Anzahl der Karten, die auch in der neuen Auslegung auftauchten. Natürlich fehlte der Mond. Die Karten, deren Einfluß nachließ, waren zwei umgedrehte Kelche, die Fünf und die Acht. Veronica war frei von all diesen Mißverständnissen, Sorgen, Befürchtungen und Trennungen, für die sie standen. Die beiden glückverheißenden Kelche, die Antonio gezogen hatte, waren da, aber wie Mamma Lucia befürchtet hatte, kehrte auch der Teufel wieder, und mit ihm dieselben umgedrehten Hofkarten, dieselben tückischen und tödlichen Schwerter – hinzu kam noch die Acht. Eine Art Verbannung oder Gefangen-

schaft erwartete ihre Urenkelin. Die übrigen Unterschiede waren faszinierend. Die Gerechtigkeit tauchte auf und der Eremit. Wie seltsam. Mamma Lucia konzentrierte sich und begann mit der Auslegung. Veronica nickte, als sie die umgedrehten Kelche abhandelte, und lächelte, als sie die Liebesverheißung der beiden anderen Kelche bestätigte. Dann, bei den folgenden drei Karten, runzelte sie die Stirn.

»Der Narr.« Sie sah Antonio an und erklärte: »In meinen Auslegungen war der Narr stets Roberto.«

»Das umgedrehte Schwert weist auf Gefahr hin. Nein, es ist eine Krankheit.«

Erschüttert starrte Veronica auf die Karte. »Ich hätte früher nach Florenz zurückkehren müssen, aber ich hatte keine Vorahnung.«

»Vielleicht geht die Gefahr vorüber.«

Veronica nickte, wenig überzeugt, dann wandte sie sich wieder dem *tarocco* zu. »Da ist der Eremit, neben der Acht der Schwerter. Wie eigenartig. Ich hatte noch nie den Eremiten in einer Auslegung.«

»Der Narr in deinen Auslegungen«, sagte Mamma Lucia, »war immer Roberto. Der Eremit stand in meinen immer für Savonarola.«

25. Kapitel

DAS CHAOS

Tochter, möchtet Ihr mit mir gemeinsam beten?« fragte Savonarola, als er an Robertos Bett kniete. Er schaute zu ihr auf, seine ausgeprägten Gesichtsknochen und seine groben Züge bildeten einen seltsamen Kontrast zu seinen langen, eleganten Händen, die er vor sich gefaltet hatte, ebenso wie sein zerbrechlicher Körper der unerbittlichen Willensstärke zu widersprechen schien, die ihn und ganz Florenz beherrschte.
»Von ganzem Herzen«, antwortete Veronica. Sie wußte, daß diese Frage nicht nur eine Bitte war, sondern sie auf die Probe stellen sollte. Aber es kümmerte sie nicht. Sie betete gern für Roberto, der unter Schmerzen und Fieber litt. Sie kniete auf der anderen Seite des Betts nieder, schwankte, dann fing sie sich. Seit ihrer Rückkehr vor drei Tagen hatte sie kaum geschlafen, denn Roberto war seit doppelt so langer Zeit krank. Sie vergaß ihre Müdigkeit, konzentrierte all ihre Kraft, ihre Hoffnung auf die Bitte um Robertos Genesung. Als sie den Kopf hob, betete Fra Girolamo immer noch still, inbrünstig um das Leben des Unschuldigen vor ihm.
Daniele hatte ihr erzählt, daß der Mönch bis zur ihrer Ankunft jeden Tag erschienen war, nachdem ihn verschiedene Personen darum gebeten hatten. Simona, die Köchin, hatte Roberto gesagt, die Gebete des heiligen Mönchs würden ihn heilen – eine Behauptung, die Savonarola selbst nie aufgestellt hatte. Roberto hatte seinen Besuch erbeten, und Simona, die Angst hatte, Daniele anzusprechen oder sich dem Mönch zu nähern, hatte Maria von seiner Bitte erzählt. Es war ein großer Triumph für Maria, als sie ihr heiliges Idol in die Stätte des Lasters brachte, für die sie Danieles Villa hielt. Daniele

hatte sie nicht abgewiesen, hielt sich jedoch möglichst von ihnen fern. Stefano war zwei Tage ferngeblieben, nachdem der Mönch ihn und Daniele mit einem einzigen vernichtenden Blick eingeschüchtert hatte. Heute morgen war er wiederaufgetaucht, zurückhaltend, jedoch trotzig. Antonio und sie hatten einen ähnlichen Blick geerntet, einen verurteilenden, wenn nicht sogar verächtlichen Blick. Ehebrecher, schien er zu sagen. Savonarola war beunruhigend wegen seines Scharfblicks – er hatte sie nur einmal angesehen und wußte alles, obwohl sie in diesem Augenblick keinerlei vertraute Geste austauschten – und weil er die Macht ihrer Liebe spüren und sie dennoch als schamlos verurteilen konnte.

Dann waren da seine verhüllten Fragen, die Veronica auf häretische Ansichten prüfen sollten. Wer konnte wissen, was Fra Federigo und Maria über sie erzählt hatten? Oder Simona, die Köchin, die gehört hatte, wie sie Daniele berichtete, das *tarocco* habe sie gewarnt, Roberto sei krank?

Und dennoch – trotz dieser Blicke eines unnachgiebigen Richters und Fanatikers – war Savonarola nicht der, den sie erwartet hatte. Wenn es ihm auch nicht gelungen war, seine Mißbilligung und seinen Argwohn zu verbergen, so behandelte er sie doch mit vollendeter Höflichkeit. Er hatte ihre Arzneien vorurteilsloser und kenntnisreicher als Marias Arzt studiert und gelobt. Roberto behandelte er mit solcher Freundlichkeit und selbstlosen Fürsorge, daß sie ihm einfach dankbar sein mußte.

Was sie nicht begriff, war der Gegensatz zwischen seiner vollkommenen Hingabe und seinem religiösen Fanatismus. Er haßt die Sünde, dachte sie, aber nicht die Sünder. Aber er liebt die menschliche Seele nicht wirklich, nur die Möglichkeit ihrer Auferstehung. Dennoch, wenn er auch mehr mit dem Verstand als mit dem Herzen liebte, diente er seinem Gott mit Reinheit und unablässigem Eifer, manchmal sogar mit wahrem Mitgefühl. In ihren Augen wäre er ein besserer Mensch, ein besserer Mönch, wenn er nie wieder predigte. Savonarola hatte dadurch Macht erlangt und war ihren Versuchungen erlegen. Er glaubte im-

mer noch, daß er mittels dieser Macht andere ins Licht führte, doch Veronica war überzeugt, daß sie ihn selbst in die Dunkelheit trieb.
Als sie ihn jetzt beobachtete, war ihr eiskalt. Es war nicht das erste Mal, daß sie in seiner Gegenwart diese Furcht überkam. Ihn umgab eine Aura von Gefahr. Flammen tanzten in seinen Augen. Ein Geruch nach Rauch hing an ihm. Vielleicht hatte sich ihr das Feuer der Eitelkeiten unauslöschlich eingeprägt und beschwor diese Bilder herauf. Oder konnten diese Bilder erste Anzeichen einer Warnung sein? Savonarola behauptete, selbst Visionen zu haben. Eigentlich müßte sie mit ihm über ihre Gabe sprechen können. Doch ausgerechnet er durfte nichts davon erfahren.
Savonarola beendete sein Gebet und hob den Kopf. Ihre Blicke begegneten sich kurz. Einen Herzschlag spürten sie beide eine starke Schwingung, wie das unheilvolle Echo einer großen eisernen Glocke. Ihr war schwindelig, und sie schloß die Augen. Als sie sie wieder öffnete, starrte Fra Girolamo sie an, doch das Gefühl war verschwunden, als habe es den Augenblick nie gegeben. Der Mönch erhob sich und blickte Roberto an. »Ich glaube, heute nacht wird er genesen oder sterben.«
»Ich fürchte, Ihr habt recht«, flüsterte sie. Trotz all ihrer Bemühungen stieg das Fieber immer weiter.
»Vielleicht werden unsere Gebete noch erhört. Aber wenn er sterben soll, laßt uns hoffen, daß er noch einmal erwacht, um zu beichten und sich auf die Begegnung mit Gott vorzubereiten.«
»Auf Robertos Gewissen lastet keine schlimmere Sünde als das Stibitzen eines Biscotto.«
Savonarola lächelte matt, dann wurde sein Gesicht wieder streng. Er sprach mit der tiefen, modulierten Stimme, die er, wie sie wußte, in langem Studium erlernt hatte. Eine herrische Stimme, die niemals laut wurde, außer wenn er die Kanzel bestieg. »Wenn er genesen sollte, Madonna Veronica, ist es der Wunsch seiner Mutter, ihn öfter zu besuchen, wie sie mir gegenüber erklärt hat.«

»Maria ist nicht Robertos Mutters, Fra Girolamo, weder körperlich noch geistig. Sie wünscht lediglich, Euch mit ihrer Frömmigkeit zu beeindrucken. Ich werde nicht zulassen, daß sie dies auf Kosten Robertos tut.« Sie hielt jäh inne. Savonarola beunruhigte sie, schien er doch die Wahrheit aus ihr hervorzulocken, obwohl sie lieber eine diplomatische Antwort gegeben hätte.

»Ihr seid unbarmherzig. Sie hat viele Anstrengungen seinetwegen unternommen.«

Sie entschied, ihrem Instinkt zu folgen und offen zu sprechen. »Als Roberto bei ihr lebte, duldete sie ihn bestenfalls, obgleich das besser war als die schlimmen Mißhandlungen, die sein Vater ihm angedeihen ließ.« Sie verbannte den Gedanken an Luigi, den Haß, den sie für ihn empfand. Bisher hatte er ihnen keine Schwierigkeiten bereitet. »Meiner Schwiegermutter ist der Zutritt zu diesem Haus nie verwehrt worden. Sie kam niemals zu Roberto, bis sich ihr die Gelegenheit bot, sich Euch in vorteilhaftem Licht zu zeigen. Wenn Ihr nicht mehr herkommt, wird auch sie nicht mehr erscheinen.«

»Ihre Gründe mögen nicht Gottes Gründe sein, aber vielleicht findet sie noch dorthin. Euer Zorn nützt Euch beiden nicht.«

War sie immer noch zornig? Ja, es stimmte. Veronica erinnerte sich lebhaft an ihre letzte Begegnung mit Maria, hier in diesem Zimmer, in Savonarolas Gegenwart. »Es ist Eure Schuld, daß Euer Gatte krank ist«, hatte Maria erklärt und mit dem Finger auf sie gezeigt. »Ihr zogt es vor, eine heidnische Wahrsagerin der Gerechtigkeit zu entziehen und Euren wehrlosen Gatten der Pflege eines skrupellosen Perversen zu überantworten. Gott hat Roberto mit der Pest geschlagen, um Euch zu bestrafen.«

Die Beleidigung hatte Veronica Danieles wegen in Wut versetzt und sie in ihrer Reue über Robertos Vernachlässigung tief getroffen. Sie sah noch ein anderes Bild vor sich. Roberto, fiebrig und schmerzgepeinigt, der mit angsterfüllten Augen zu ihr emporsah. »Wo wart Ihr?« hatte er sie gefragt. »Warum seid Ihr nicht gekommen?«

»Bis jetzt konnte ich es nicht«, hatte sie gelogen. Und sie wußte, daß sie niemals anders gehandelt hätte, nur ein paar Tage eher gekommen wäre.
Schuld und Erschöpfung hatten ihren Zorn auf Maria hervorbrechen lassen. »Wie könnt Ihr einen Gott anbeten, den Ihr für derart abscheulich haltet?« hatte sie sie gefragt. Maria zischte, wies mit dem Finger auf sie, als hätte sie eine üble Blasphemie begangen, Gottes Existenz in Frage gestellt statt ihre kleinliche Vorstellung von ihm. Veronica vermutete, daß ihre Schwiegermutter auf einen solch dramatischen Auftritt im Beisein Savonarolas gehofft hatte. Wenn sie erwartet hatte, daß der Mönch Veronica auf der Stelle verurteilen würde, war sie enttäuscht worden. Er beobachtete sie nur stumm und behielt sein Urteil für sich.
So wie jetzt ... dachte Veronica, als sie ihre Erinnerungen verscheuchte und sah, daß er sie aufmerksam beobachtete. »Ihr habt recht. Mein Zorn ist nutzlos.« Er würde Maria nicht ändern. Er verringerte auch nicht ihre Schuld. Und wenn das Feuer, das sie in Savonarolas Augen sah, für sie bestimmt war, dann hatte sie ihm nur neue Nahrung gegeben.

Stimmen. Schlaftrunken hörte sie zu, verstand nur die Hälfte.
»Laßt sie schlafen«, sagte Daniele. »Roberto fragt nach ihr. Sie würde kommen wollen.«
»Ja.« Er seufzte. »Ja, das würde sie.«
»Roberto«, stieß sie hervor, setzte sich im Bett auf. Ihrem Bett.
»Ihr seid eingeschlafen, als Ihr an seinem Bett knietet«, sagte Antonio und setzte sich neben sie. »Ich habe Euch hergebracht.«
»Daniele sagte, Roberto fragt nach mir. Liegt er im Sterben?« Sie wußte, daß Antonio nicht triumphieren würde, wenn Roberto starb, aber er wäre auch nicht traurig, höchstens ihres Kummers wegen. Er wünschte ihre Freiheit, hatte jedoch alles in seiner Macht Stehende getan, um ihr zu helfen.

»Nein«, beteuerte er. »Das Fieber hat nachgelassen.«
Veronica sprang aus dem Bett und eilte in Robertos Zimmer. Als sie die Hand auf seine Stirn legte, spürte sie, daß das Fieber schwächer geworden war. Roberto öffnete die Augen und lächelte sie matt an, um seine alte Fröhlichkeit bemüht. Sie streichelte sein feuchtes Haar. »Ihr werdet Euch erholen.«
Roberto nickte, sein staunender Blick ging durch sie hindurch. »Ja, ich werde leben. Savonarola hat mich gerettet.«

Als Veronica mit Roberto den Duomo verließ, wartete Daniele draußen auf sie, warm eingepackt gegen die Dezemberkälte. Er war nicht allein gekommen – Benito und Bombol tollten hinter ihm auf der Piazza herum. Ihnen schien es wärmer zu sein als ihrem Vetter, der schnaufte und mit den Füßen aufstampfte. Roberto vergaß seine Gebete und frommen Gedanken und lief zu Benito. Veronica wandte sich an Daniele. »Ist Antonio schon zurückgekehrt?« fragte sie.
Er schüttelte den Kopf. »Das Warten macht mich ebenso rastlos wie Euch, aber bald wird die Bestätigung der Annullierung eintreffen.« Er nahm ihren Arm. »Ich wünschte, Ihr würdet es nicht darauf anlegen, Savonarola auf Euch aufmerksam zu machen.«
»Jedesmal, wenn Roberto eines der Gerüchte hört, daß der Mönch wieder predigen wird, bittet er mich, mit ihm hierherzukommen. Ihr wißt, daß ich nicht immer das Herz habe, ihn mit Benito loszuschicken. Er ist heute nicht erschienen, also konnte er auch nicht auf mich aufmerksam werden.«
»Gerüchte besagen, daß er zu Weihnachten wieder die Kanzel besteigen will, aber wer weiß, ob es stimmt«, murmelte Daniele.
»Irgendwann wird er sich dem Befehl des Papstes, nicht mehr zu predigen, widersetzen. Seine Vision von Gott, seine Vision von sich selbst fordert von ihm, daß er spricht.«

Sie winkten den anderen und traten den Heimweg längs des Arno an. Sie hoffte, daß ihr flottes Tempo nicht nur dazu führte, daß sie später ruhelos im Haus umherwanderten. »Vielleicht ist Antonio schon da, wenn wir zu Hause eintreffen«, sagte sie zu Daniele. »Es dürfte eigentlich nicht lange dauern, die Annullierung zu verkünden. Er wollte nicht bleiben und sich mit Luigi oder seinem Vater streiten.«

»Wer weiß, inwieweit die beiden Unterredungen von seinen Plänen abweichen«, erwiderte Daniele und sprach damit ihre eigenen Befürchtungen aus. »Nur gut, daß er die Wachen mitgenommen hat, aber er hätte doch bis morgen warten sollen. Warum gleich an dem Morgen nach seiner Rückkehr aus Rom?«

»Er will es hinter sich bringen.« Es ist nur nicht vorbei, es beginnt erst, dachte sie. Vor drei Wochen hatte der Papst Antonio endlich nach Rom bestellt. Er reiste sogleich ab, ohne zu wissen, ob seine Eingabe entschieden worden war, nahm jedoch an, daß der Papst ihn wegen eines ablehnenden Bescheids nicht die Reise hätte antreten lassen. Bei seiner Ankunft erfuhr er, daß Cesare, dessen Stern endlich im Aufsteigen begriffen war, aus Neapel zurückgekehrt war. Der Borgia-Prinz wußte jetzt seinen Vater und somit den ganzen Vatikan hinter sich. Er genoß seine wachsende Macht. Antonio war überzeugt, daß es Cesare war, der darauf bestand, ihn eine Woche lang auf die Audienz warten zu lassen, aber schließlich wurde sie gewährt, und die Nachricht war gut. Der Papst hatte eingewilligt, Antonios Eingabe zu unterstützen.

Daniele runzelte die Stirn. »Wie lange dauert es, bis die Versprechungen zu Papier werden?«

»Lucrezia erhält in zwei Wochen ihren Bescheid. Antonio hat man gesagt, er könne einen oder zwei Monate mit dem seinen rechnen, spätestens im Januar oder Februar.«

»Wieder warten«, sagte er. Dann verfiel er in einen fröhlicheren Ton. »Da Antonio wieder da ist, könnten wir doch das nächste Treffen des Gesprächszirkels in Angriff nehmen.«

»Ja«, erwiderte sie. »Kurz vor Weihnachten?«
»Nein, danach, denke ich. Falls Savonarola sich der Exkommunikation widersetzt, möchte ich lieber die Reaktionen als Spekulationen hören.«
»Ich werde die Einladungen verschicken. Laß mich wissen, ob du noch einen neuen Teilnehmer einladen möchtest.«
»Wir brauchen niemanden mehr einzuladen. Sie werden von selbst kommen. Irgendwann werden wir noch von unserem Erfolg erdrückt.«
»Ich fürchte, du hast recht.« Der Gesprächszirkel hatte all ihre Hoffnungen erfüllt, die Treffen waren spannend, amüsant, herausfordernd. Das hatte sich schnell verbreitet, und schon beim zweiten Mal hatte sich die Anzahl der Gäste auf zwei Dutzend verdoppelt. Veronica hatte die Vertrautheit und Intensität des ersten Treffens besser gefallen, aber Daniele schwärmte von der Unterschiedlichkeit der Teilnehmer und ihrer Ideen. Sie alle hofften jedoch, daß die Zahl der Gäste nicht noch weiter wuchs.
»Vielleicht sollten wir weniger verschwenderisch mit den Erfrischungen umgehen? Die Musiker nicht mehr bestellen?« schlug Daniele vor. »Antonio hat mir nicht gesagt, ob die Borgia ihm noch einen einzigen Dukaten übriggelassen haben.«
»Ich denke, wir sollten unsere bescheidenen Mahlzeiten beibehalten und auch einen oder zwei Lautenspieler bestellen. Antonio sagte, die Zahlungen an den Papst und an Cesare seien nicht so beträchtlich, wie er befürchtet hatte. Hunderttausend Dukaten sind zwar viel, aber davon ist er noch nicht bankrott. Wenn seine nächsten Unternehmungen gut ausgehen, wird er in den nächsten zwei Jahren wieder ersetzen, was er verloren hat.«
»Ich nehme an, er hat nicht im voraus bezahlt.«
»Die Hälfte jetzt, und die andere Hälfte, wenn er das Papier erhält.«
»Hunderttausend Dukaten. Das Vermögen seiner Familie beläuft sich auf das Zehnfache, und um es zu erben,

müßte er nur auf die Annullierung verzichten. Er hätte bis zum Tod seines Vaters nach Venedig gehen können; Dorotea hätte er hier zurückgelassen und dich mitgenommen.«
Veronica blieb stehen und wandte sich zu ihm um. »Du könntest auch das Zehnfache deiner Einnahmen haben, Daniele, wenn du Tuchhändler geworden wärst statt Maler.«
»Tut mir leid«, sagte er und sah sie an. »Solch große Mengen Goldes funkeln ebenso hell in der Phantasie wie auf der Hand, aber du weißt, daß es mir nicht ums Geld geht. Das Leben wäre einfacher und ungefährlicher gewesen, wenn Antonio nicht auf diese Weise gegen den Brauch verstieße. Ich fürchte, es wird ebenso Blut wie Geld kosten.«
»Ich habe auch Angst um ihn, Daniele.«
»Sicherer für dich.« Daniele ergriff ihre Hand. »Ich beginne Antonio zwar zu lieben, aber es gibt wenige Menschen, dir mir teurer sind als du.«
»Danke«, flüsterte sie, schlang die Arme um ihren Vetter und drückte ihn. »Aber mach dir keine Sorgen um mich, Daniele. Die Annullierung ändert nichts. Der einzige, der mir Schaden zufügen könnte, ist Luigi, und er weiß bereits, daß Antonio mein Liebhaber ist.« Sie glaubte es selbst, als sie es sagte, dann fragte sie sich, ob es wirklich stimmte. Ob Laudomia oder Antonios Vater ihre Wut auf ihn gegen sie richten würden?
»Vermutlich hast du recht.« Er seufzte, als sie weitergingen. »Aber es wird eine Weile sehr häßlich sein. Wenn sich die Nachricht von der Annullierung erst verbreitet, wird es neue Spekulationen um Antonio und seinen engeren Kreis geben, so wie damals, als er eine Wohnung in der Stadt bezog, statt ins Haus seines Vaters zurückzukehren. Es ist ein Wunder, daß bisher so wenige Gerüchte über dich und Antonio kursieren.«
»Nicht ganz«, sagte sie trocken.
Antonio wollte ihre Verbindung nach Kräften geheimhalten; er kam zwar häufig zu Danieles Villa, doch außerhalb ihrer schützenden Mauern hatten sie sich nie

allein gezeigt. Stets wurden sie von Daniele oder Stefano begleitet. Meist sah man Antonio und Stefano zusammen auf den Straßen von Florenz. Zwischen ihnen entwickelte sich eine Freundschaft, und nachdem Antonio entdeckt hatte, daß Stefano nicht nur das Talent hatte, sich oberflächlichen Zerstreuungen hinzugeben, sondern auch über Geschäftssinn verfügte, bahnte sich auch eine Partnerschaft an. »Ich werde mich um Rom und Venedig kümmern, und Stefano kann den Markt in Florenz ausbauen – Honig und Pelze aus Rußland, seltene Gewürze aus dem Osten. Auf dieser Reise habe ich eine neue Quelle für Amber, Moschus und andere reine Essenzen aufgespürt«, hatte Antonio ihr erzählt. Dann fügte er hinzu: »Stefano hat gesunden Menschenverstand – allerdings ist er zu vertrauensselig.«
Veronica lächelte, als sie daran zurückdachte. Dann sagte sie zu Daniele: »Ich habe ihm erzählt, daß du Gerüchte gehört hast, er wäre Stefanos Liebhaber.«
»Wie hat er es aufgenommen?«
»Empört und belustigt.«
»Ich bin es, der empört sein sollte«, sagte Daniele, doch er lächelte. »Nun, jetzt, da er zurück ist, kann ich vielleicht mit meinem nächsten Gemälde beginnen.«
»Du hättest mit mir anfangen können«, sagte sie lachend. »Ich bin immer da.«
»Nein, nein, das ist nicht das gleiche. Ich muß euch beide zusammen sehen, um die Stimmung einzufangen, die mir vorschwebt, das innere Leuchten. Später, wenn ich erst Fortschritte gemacht habe, ist es nicht mehr so wichtig.« Er grinste. »Außerdem habe ich während seiner Abwesenheit vier weitere *tarocco*-Karten vollendet.«
»Vier? Wie wunderbar!« rief sie. Mamma Lucia fehlte ihr, und ebenso fehlte ihr das Studium der Karten. Sie wußte, daß Daniele noch viele Monate brauchen würde, aber irgendwann würde sie ihre eigenen Karten besitzen.
Antonio wartete nicht auf sie, als sie am Haus anlangten. Sie nahmen ein schlichtes Mittagessen aus Linsensuppe, frischgebackenem Rosmarinbrot und duftenden, gold-

braunen *limone*-Törtchen zu sich. Nach der Mahlzeit brachte Veronica Roberto zu seinem Mittagsschlaf ins Bett, dann ging sie ins Atelier, um Daniele zu helfen. Nach einer halben Stunde hörte sie, wie Antonio in den Hof einritt.

»Er ist da«, sagte sie und lief zur Tür. »Kommst du mit runter?«

Daniele schüttelte den Kopf. »Nein, begrüß du ihn erst allein. Ich werde später schon alles erfahren.«

Veronica war dankbar für seine Diskretion, da sie wußte, wie sehr ihn die Neugier quälen würde. Sie ging hinaus und wartete auf der Treppe. Er sah grimmig aus, aber nicht so schlimm, wie sie befürchtet hatte. Schweigend führte sie ihn in ihr Zimmer und schloß die Tür. Antonio kam in ihre Arme, umfing sie, ohne zu sprechen oder sie zu küssen, hielt sie nur. Sie spürte seinen Kummer, eine schwarze Wolke, die schwerer auf ihr lastete als das ersehnte Gewicht seines Körpers.

»Erzähl mir, was geschehen ist.« Als er nicht antwortete, wiederholte sie: »Erzähle es mir.«

Er zuckte mit den Schultern und machte sich von ihr los, lächelte leicht. »Savonarola muß staunen, daß plötzlich eine solch große Last von ihm genommen wurde, denn im Augenblick bin ich der meistgehaßte Mann von Florenz. Wie ich erwartet habe, hat Luigi gedroht, mich zu töten.«

»Und dein Vater?«

»Ich bin erneut enterbt. Das war ebenfalls zu erwarten«, sagte Antonio, obwohl er fröstelte. Schnell wechselte er das Thema. »Nur Dorotea freut sich. Ihre Freude über die Aussicht, die Wartezeit innerhalb der Mauern eines Klosters zu verbringen, überwog bei weitem ihre Bestürzung über die Annullierung. Sie akzeptierte sogar, daß eine körperliche Untersuchung notwendig ist, als ich ihr sagte, sie könne dort stattfinden.«

»Ich hätte nicht gedacht, daß Ihr Beweise vorlegen müßt, da Ihr bereits soviel für Eure Freiheit bezahlt habt. Niemand in Italien glaubt daran, daß Lucrezia Borgias Ehe nicht vollzogen wurde.«

»Ich bin nicht der Papst oder der Bastard des Papstes, und deshalb kann ich mir nicht ihre Dreistigkeit leisten. Alexander VI. sagte, ich müsse Dokumente vorlegen, aus denen Doroteas Jungfräulichkeit hervorgeht. Ich will einwandfreie Quellen, falls die Kardinäle beschließen, ihre Gewissensbisse dadurch zum Schweigen zu bringen, daß sie meine Eingabe anstelle der Lucrezias zurückweisen.«
»Wann wirst du sie ins Kloster bringen?«
»Ich schicke eine Eskorte, um sie heute abend in meine Wohnung zu bringen, und morgen reiten wir los. Die Aussicht auf ihre Gesellschaft behagt mir nicht, aber einen Abend werden wir es wohl miteinander aushalten. Ich halte es immer noch für die beste Lösung. Mein Vater trägt ihr nichts nach, aber es ist ungehörig, daß sie dort bleibt. Bei ihrer Familie kann sie ebensowenig bleiben. Luigi würde Mittel und Wege finden, sie gegen mich auszuspielen.«
In der Pause, die auf seine Worte folgte, nahm Veronica all ihren Mut zusammen und fragte: »Was hat dein Vater zu dir gesagt?«
Es trat erneut eine Pause ein, bevor Antonio antwortete: »Er war, wenn das überhaupt möglich ist, noch wütender als Luigi. Er will, daß die Traditionen bewahrt werden, auch wenn sie bedeutungslos geworden sind. Ich glaube, er hatte gehofft, ich würde mit Dorotea nach Rom zurückgehen und ihn in Ruhe lassen.«
»Waren das wirklich seine Worte?« fragte sie, weil sie spürte, daß er ihr auswich.
Veronica spürte auch, wie er sich versteifte, obwohl er in gespielter Gelassenheit mit den Schultern zuckte. »Er war ein wenig aufgebrachter, als ich gedacht hatte. Zuerst hat er mich beschuldigt, durch die Annullierung das Vertrauen meiner Mutter gebrochen zu haben. Er sagte, ich trage das Kainsmal auf der Stirn, und alles, was ich anfasse, würde mißlingen. Dann sagte er noch, ich sei enterbt, und befahl mir, das Gut zu verlassen. Ich ging.« Er wandte sich ihr zu, schloß sie in die Arme. »Ich dachte, vielleicht werde ich hier mit mehr Wärme empfangen.«

Zögernd, dann begierig suchten seine Lippen die ihren.
Die Abenddämmerung ging in eine frühe Winternacht über, als Daniele an ihre Tür klopfte. »Ich bitte um Verzeihung, wenn es nötig sein sollte, aber auf Antonio wartet unten Besuch – Dorotea und ihr Bruder.«
Sie lösten sich voneinander und sahen sich bestürzt an. »Zwei Minuten, Daniele«, rief Veronica. Sie standen eilig auf und kleideten sich an.
»In unserem Leben tummeln sich lauter Mönche«, murmelte Daniele, als sie herauskamen, und fuhr sich besorgt mit den Fingern durchs Haar.
»Vermutlich will Fra Federigo mich über meine Sünden belehren«, sagte Antonio.
»Unser beider Sünden«, ergänzte Veronica.
»Ich glaube nicht, daß er hier ist, um jemanden zu bekehren. Für mich riecht es nach einer Tragödie«, erwiderte Daniele. Sie gingen gemeinsam zur Treppe, wo Daniele auf Fra Federigo und Dorotea deutete. »Ich lasse Euch mit ihnen allein«, sagte er und trat die Flucht an.
Bei ihrem Anblick brach Dorotea in Tränen aus und wandte sich zu ihrem Bruder, doch Fra Frederigo bot ihr nur wenig Trost, berührte sie kaum, obgleich er ihretwegen sichtlich aufgebracht war. »Ihr wart nicht in Eurer Wohnung«, sagte er vorwurfsvoll, an Antonio gewandt.
»Also überlegtet Ihr, daß Ihr mich hier finden würdet«, erwiderte er kühl. »Und da bin ich. Ich nehme an, Dorotea hat Euch mitgeteilt, daß ich eine Annullierung der Ehe anstrebe. Oder war es Euer Vater?«
»Weder noch. Ich habe es heute morgen aus meinen eigenen Quellen erfahren.«
»Ach ja«, sagte Antonio. »Savonarola hat gewiß seine Spione im Vatikan, so wie der Papst seine in Florenz hat.«
»Als ich davon erfuhr, ging ich zu meinem Vater, um mit ihm zu reden. Um ihm diese Verletzung unserer Ehre mitzuteilen.«
»Und Ihr stelltet fest, daß er es bereits wußte.«
»Ja«, antwortete er knapp. Doroteas Schluchzen wurde plötzlich heftiger.

»Er hat Eure Schwester bedroht?« fragte Antonio. Er wußte, daß sein Leben in Gefahr war, aber warum sollte Luigi Dorotea etwas antun?
»Er hat Eure Gattin bedroht«, begann Fra Federigo, dann stockte er, sprachlos vor Empörung. »Mein Vater sagte, es werde keinen Beweis für ihre Jungfräulichkeit geben, der Euch Eure Annullierung verschaffen würde, und wenn er Dorotea selbst entjungfern müsse.«
»Federigo sagt, er sei betrunken gewesen«, stieß Dorotea hervor, doch ob es ein Vorwurf war oder eine Verteidigung, blieb unklar.
Veronica entschied sich für den Vorwurf. »Dann wird er diese Drohung um so eher wahr machen.«
»Er war sinnlos betrunken, als ich sein Haus verließ«, sagte Fra Federigo verächtlich. »Das verschaffte mir die Zeit, vor ihm das Gut Eures Vaters zu erreichen und Dorotea hierherzubringen. Er kam uns auf der Straße entgegen, doch wir verbargen uns hinter den Bäumen, und er bemerkte uns nicht.«
»Mein Vater ...«, begann Antonio und brach dann ab. Sein Vater würde eine solch verabscheuungswürdige Tat niemals zulassen. Kleinere Vergeltungsmaßnahmen würde er fraglos akzeptieren, aber Giorgio di Fabiani würde niemals mit einer derartigen Niedertracht rechnen, es sei denn, Luigi war dumm genug, sich zu offenbaren. Und Mord? Wenn Luigi ihn tötete, würde sein Vater es als seine Pflicht betrachten, Rache für seinen Tod zu nehmen, den er so offensichtlich wünschte? Antonio lächelte bitter bei dem Gedanken an sein Dilemma.
»Ihr müßt Dorotea beschützen«, sagte Federigo. »Bis die Annullierung ausgeprochen ist, ist ihre Keuschheit in Gefahr. Wenn Ihr kein Mitgefühl für meine Schwester hegt, solltet Ihr wenigstens Eure eigenen Interessen schützen.«
»Da habt Ihr recht. Und ich will auch nicht, daß eine Frau, die unter meinem Schutz steht, unter Luigi della Montagna zu leiden hat.«
»Wenn mein Vater die Annullierung nicht verhindern kann, wird er versuchen, eine neue Ehe für sie zu arran-

gieren, aber meine Schwester will keinen anderen Gatten als Jesus Christus. Sie will Nonne werden. Sie sagt, Ihr selbst hättet gespürt, daß es ihre wahre Berufung ist und daß Ihr mit Eurem Ersuchen um eine Annullierung nur das selbstlose Instrument unseres Herrn seid.« Federigo hielt inne und musterte Antonio skeptisch.
Dorotea trat vor und wischte sich die Tränen ab. Zitternd, zwischen Hoffnung und Furcht schwankend, kniete sie vor Antonio nieder. »Nach dem Gespräch mit Euch begriff ich, daß alles Teil eines großen Plans war, der mich zu meinem wahren Geschick führt. Ich werde als Eure Gattin kraft Eurer Autorität ins Kloster eintreten. Wenn die Annullierung ausgesprochen wird, bevor mein Vater mich zu sich holen kann, werde ich die Gelübde ablegen. Ich werde für den Rest meines Lebens dort bleiben und Gottes Werk tun.«
»Nun ja.« Antonio lächelte sein Wolfslächeln. »Warum nicht?« Es war die ideale Lösung. Er glaubte nicht daran, daß Dorotea berufen war, aber er war überzeugt, daß sie in einem Kloster glücklicher werden konnte als in der Welt als Ehefrau und Mutter. Außerdem verschaffte es ihm zusätzliche Genugtuung, auf diese Weise Luigi della Montagnas weitere Pläne zu durchkreuzen.
Sie brachen am Nachmittag auf, solange noch genügend Verwirrung herrschte, um ihre Reise geheimzuhalten. Antonio hatte den Eindruck, daß ihnen niemand gefolgt war. Vielleicht hatte Luigi nur leere Drohungen ausgestoßen, doch hatte Antonio nicht die Absicht, ihn auf die Probe zu stellen. Die Nacht verbrachten sie in einem Gasthaus und brachen bei Tagesanbruch auf, um noch vor Mittag das Kloster zu erreichen. Trotz ihrer Furcht und Müdigkeit war Dorotea so glücklich, wie Antonio sie nie zuvor gesehen hatte. Dies war ihr Roman, und sie war die keusche, fromme Heldin. Das Mädchen glühte förmlich, als er sie der Äbtissin vorstellte. Antonio hoffte, daß ihre Freude nicht zu schnell abklang.
Nachdem er Dorotea wohlbehalten im Kloster abgeliefert hatte, fragte Antonio nach Laudomia. Die Äbtissin

sah ihn entsetzt an, dann senkte sie den Blick und sagte leise: »Aber sie ist von uns gegangen, Herr.«
»Von Euch gegangen? Ihr meint, sie ist tot?« Er merkte, daß er auf ihren Tod hoffte, daß ihr Kräftemessen endlich ein Ende hatte, auch wenn ihm sein Instinkt sagte, daß es nicht so war.
»Nein, Herr. Ihr Gatte ist verstorben. Ich dachte, Ihr hättet davon gehört.«
»Ich komme gerade erst aus Rom zurück.«
»In seinem Testament hatte er nicht festgelegt, daß sie hierbleiben sollte. Ja, sie erbt sogar sein ganzes Vermögen.«
»Wann ist sie abgereist?«
»Der *legale* kam vor wenigen Tagen zu ihr.«
Das Kloster war nur einen Tagesritt von Florenz entfernt, falls sie sich dort befand. Es war nichts von ihrer Rückkehr in die Stadt bekanntgeworden. Hatte sie sich versteckt?
»Wir mußten sie ihm übergeben«, fuhr die Äbtissin fort, »auch wenn wir die Entscheidung für fehlgeleitet hielten.«
»Und war sie falsch?«
»O ja, Herr. In Gegenwart des *legale* war sie recht ruhig, und es gibt immer noch Momente geistiger Klarheit. Aber Laudomia ist wahnsinnig.«

26. Kapitel

DIE ENTDECKUNG

Bianca lag nackt im Bett, mit gespreizten Beinen. Ihre Hand strich träge über ihren Venushügel. Sie zitterte vor Erwartung, köstliche Schauer der Lust gingen von ihren Fingern aus.
Antonio erschien. Er stand am Fuß des Bettes, lächelte, das Feuer der Begierde glomm in seinen Augen.
»Ich dachte gerade an Euch«, sagte sie zu ihm. »Jetzt brauche ich mir nicht selbst Lust zu bereiten.«
»Ah, aber das würde mir Lust bereiten«, erwiderte er, und seine Stimme war heiser vor Verlangen. »Zeigt es mir.«
Dimitri und andere hatten ihr gesagt, wie schön es war. Ihre rosigen Lippen hoben sich von ihrem weißgoldenen Vlies ab. Sie spreizte die Beine noch weiter. Gelegentlich hatte sie solche Vorstellungen für einen ihrer Beschützer gegeben, hatte in einer Weise an sich herumgespielt, die ihren Zuschauer jeweils am meisten erregte. Antonio zeigte sie ihre geheimsten Rituale, sich selbst zu erregen. Er wußte ihre Kunst zu würdigen, aber es war ihre wachsende Erregung, die ihn wiederum erregte, das Verlangen in seinen Augen brannte heißer, dunkler. Unter seinem Blick brachte sie sich fast zum Höhepunkt, verlangte wimmernd nach der Erlösung, die sie sich selbst verweigerte. Er setzte sich zu ihr aufs Bett, seine Hand glitt fest und geschickt an ihrem Oberschenkel hinauf.
»Antonio.« Seine Name war ein Flehen, eine Forderung.
»So?« fragte er, seine Finger öffneten sie und bewegten sich in dem Rhythmus, den sie ihm gezeigt hatte. Genauso und doch anders, weil es seine Hand war.
»Ja«, stöhnte sie.
»So?« fragte Antonio wieder und drang mit seinen Fingern in sie ein. »Sagt es mir«, drängte er, und sie sagte ihm

alles, was er wollte, in allen Einzelheiten, und er tat genau das, was sie von ihm erbat, seine Finger kreisten immer schneller. Er brachte sie fast zum Höhepunkt, wieder und wieder, bis sie ihn beinahe angeschrieen hätte. Aber sie wollte diese süße Qual.

»Jetzt«, zischte sie. »Ich will ihn. Ich will ihn in mir.«

Bebend vor Erregung sah Bianca zu, wie Antonio sich entkleidete. Er hatte sich viel Zeit genommen, ihr Lust zu bereiten, und sein Geschlecht war aufgerichtet. Sie rutschte zur Bettkante, starrte ihn an und befeuchtete ihre Lippen.

»Tut es Euch schon weh?« fragte sie ihn.

»Ja«, erwiderte er und lächelte sie an.

»Gut«, sagte sie. »Ich möchte, daß er weh tut.«

»Ich weiß«, antwortete er und bot sich ihr dar. Die feuchte, zarte Spitze streifte über ihre Lippen. Bianca leckte ihn ganz langsam, bis er die Zähne zusammenbiß und stöhnend sein Geschlecht in ihren Mund stieß. Sie zog sich von ihm zurück, legte sich aufs Bett. Er wartete, sein Blick versengte sie, seine Augen waren schmal vor Lust und Wut. Weit spreizte sie die Beine für ihn und hielt sie mit den Händen auseinander.

»Macht es langsam«, forderte sie, wollte, daß die Qual, die untrennbar von der Ekstase war, anhielt. »Laßt es dauern.«

Er glitt zwischen ihre Beine. Seine Spitze berührte sie kaum. Stöhnend glitt sein Geschlecht über ihre geschwollene Knospe. Eine letzte Folter, mit der er ihr Lust bereiten wollte. Antonio hielt inne, sah ihr in die Augen. Seine Augen waren ein schwarzes Feuer, in ihnen brannte die Begierde. Er stieß tief in sie, durchbohrte sie, füllte sie mit seiner Lust.

»Bianca!« Sein Schrei war das Zeichen seiner Erlösung. Bianca kam, wollte seinen Namen schreien …

Und verbiß sich den Schrei. Während sie sich in den Zuckungen ihres Höhepunkts wand, dachte Bianca, daß Dimitri nicht hören sollte, wie sie seinen Namen schrie. Sie fiel auf ihr Bett zurück, ihre Hand lag schlaff zwischen ihren Beinen, sie war erschöpft von den machtvollen Bildern ihrer Phantasie. Ihre eigene Hand, ihre Gedanken hatten ihre Lust gewoben, aber nur der Gedanke an Antonio konnte ihr solch einen vernichtenden Höhepunkt bescheren. Bianca staunte, wie sehr sie ihn immer noch begehrte. Sie hatte gedacht, die Zeit werde ihr Begehren abschwächen und ihre Macht über Antonio verstärken, wenn er zu ihr zurückkehrte. Doch ihr Verlangen wurde immer unersättlicher. In Neapel hatte sie die ganze Zeit von ihren Phantasien mit Antonio gezehrt. Phantasien waren herrlich, aber sie konnten sie nicht für immer zufriedenstellen. Nicht, wenn ihre Quelle so nahe war.

Bianca stand jäh auf und ging zu ihrem Frisiertisch, setzte sich nackt vor ihren Spiegel aus venezianischem Glas. Als sie vor zwei Wochen nach Florenz zurückgekehrt war, befand sich Antonio noch in Rom, um Cesare und den Papst für die Annullierung zu bezahlen. Der Spanier hatte recht gehabt – das Geheimnis um seinen Handel mit Antonio hatte sich gelüftet, als sie von seiner Eingabe hörte. Bianca war schockiert und neugierig. Die Bitte um die Annullierung seiner Ehe war eine rein gefühlsmäßige Handlung, und sie hatte Antonio für weit berechnender gehalten. Es war beides, hatte sie entschieden. Der Klatsch, den Dimitri mitbrachte, informierte sie, daß Antonio vom Gut der Familie in eine Wohnung in der Stadt übergesiedelt war und ausschließlich dort lebte. Eine extreme Handlungsweise, das ließ sich nicht leugnen. Allem Anschein nach hatte die Versöhnung mit seinem Vater den Tod seiner Mutter nicht überlebt. Aber warum nahm er den Skandal und die Ausgaben für eine Annullierung auf sich? Warum ließ er die ungewollte Gattin nicht einfach in Florenz und ging wieder nach Rom oder Venedig? Das mußte es sein – in Florenz war ihm die Heirat mit Dorotea della Montagna wegen des Reichtums und des Einflusses, die sie ihm einbrachte, von Nutzen gewesen. Jetzt wollte er das Mädchen loswerden, weil in einer anderen Stadt eine weit lohnendere Verbindung auf ihn wartete. Vorläufig hielt er es geheim, aber zweifellos würde er Florenz verlassen, sobald die Annullierung ausgesprochen war.

Konnte diese neue Heirat von den Borgia eingefädelt worden sein? Cesare oder auch Alexander konnten diese Strategie gewählt haben, um einen Mann von Antonios Fähigkeiten noch enger an sich zu binden. Das wäre ein kluger Schachzug von ihnen, aber derlei Gunstbeweise sparten sie meist für ihre spanischen Freunde auf. Wenn sie die Hände im Spiel hatten, wäre es doppelt gefährlich, sich einzumischen. Bianca gestand sich ein, daß sie es gern versucht hätte. Antonio wäre frei, und es war schon vorgekommen, daß Höflinge Kurtisanen heirateten ... Es war ein angenehmer, aber naiver Tagtraum. Lieber blieb sie seine Mätresse. Er wäre viel reicher, wenn er eine wohlhabende Frau heiratete, und seine Leidenschaft würde dennoch ihr gehören. Es wäre zu schwierig, unter einem Dach mit ihm zu leben – seinem scharfen Blick ausgesetzt zu sein. Sie wollte Antonio, aber sie wollte auch ihr geheimes Leben. Bianca sah lächelnd in den Spiegel. Liebe und Tod, über beide würden sie herrschen.

Ein diskretes Klopfen ertönte, dann trat Dimitri ein. Bianca war sicher, daß er gehorcht hatte. Er witterte Geschlechtslust und betrachtete seine Schaulust ebenso wie die Vergnügungen, die sie von ihm erbat, als sein Recht. In letzter Zeit war es selten dazu gekommen. Sie würde aufmerksamer zu ihm sein müssen, das wußte sie, aber es war schwierig. Selbst sein geschickter Mund sättigte sie nicht mehr. Abgesehen von ihren Phantasien mit Antonio verschafften ihr ihre Opfer die größte Befriedigung. Das geheime Wissen erhöhte ihre Lust. Doch diesem Vergnügen konnte sie sich nicht fortwährend hingeben.

Dimitri stellte das Silbertablett neben sie auf den Tisch. Heute hatte er zu der Kanne mit duftendem *tisane* einen Teller mit Aprikosen und Mandelgebäck gebracht und eine Schale mit Winterbirnen, eingelegt in gewürzten Rotwein und mit frischer Sahne garniert. »Das ist viel zu schwer für ein Frühstück«, schalt sie ihn.

»Ihr seid zu dünn«, beschwerte er sich prompt.

»Es steht mir«, erwiderte sie und betrachtete ihre vorstehenden Wangenknochen, Dimitri hatte sie lieber mollig.

Er spitzte mißbilligend die Lippen, sagte jedoch nichts mehr, sondern goß ihr eine Tasse *tisane* ein; und sie trank davon, aß eines der Gebäckteilchen. »Heute morgen haben sich zwei neue Bewerber vorgestellt.«

»Ich habe dir gesagt, ich nehme noch keine neuen Beschützer an«, fuhr sie ihn an. Angesichts des Hasses, den er ihren Liebhabern entgegenbrachte, förderte Dimitri sie geradezu eifrig.

»Ihr müßt wissen, wer sich Euch nähert, für den Zeitpunkt, an dem Ihr Euren Beruf wieder aufzunehmen gedenkt.«

»Ich übe meinen Beruf die ganze Zeit aus. Wenn ich sie warten lasse, wird ihre Rivalität und ihre Vorfreude sich noch steigern.« Es stimmte, aber sie beide kannten die tiefere Wahrheit. Sie wartete auf Antonio, und er hatte nicht bei ihr vorgesprochen, obwohl er seit einer Woche wieder in Florenz war. »Ich werde einige Auftritte in der Gesellschaft machen.«

Wenn sie Antonio nur durch Eifersucht anspornen konnte, dann würde sie sich einen Beschützer nehmen. Im Augenblick erregte der Gedanke an finanzielle Belange nur ihre Ungeduld. Sie brauchte keinen neuen Liebhaber, sie brauchte einen Mordauftrag, um sich zu konzentrieren, ihre Rastlosigkeit zu bekämpfen. Cesare hatte ihr keine weiteren Instruktionen erteilt, außer daß sie soviel wie möglich über Savonarola in Erfahrung bringen sollte. Ein gutbezahlter Judas im Mönchskostüm hatte ihn informiert, daß Savonarola erwog, der Exkommunikation zu trotzen und wieder zu predigen.

Savonarola zu beobachten war ein sinnloser Auftrag, aber Bianca hatte ihn mit Freuden angenommen. Zum Glück hatte Cesare in Neapel Verwendung für sie gehabt. Sie hatte tatsächlich jemanden für ihn verführen und beseitigen müssen. Besagter Mann erwies sich als unerträglich besitzergreifend, und Bianca hatte in der Zeit, die sie in Neapel verbrachte, mit ihm zusammengelebt und Cesare ihre Botschaften auf diversen Veranstaltungen zugesteckt. Es war ein ausgezeichneter Vorwand gewesen, um Cesares Bett zu meiden. Das hatte sie vor dem Risiko bewahrt, ihn abzuweisen, nachdem er sich angesteckt hatte. Das *mal francese* hatte ihn mit Narben gezeichnet und ihm ein noch heftigeres Temperament beschert. Ihre Schönheit war ihr Leben, sie würde sie nicht aufs Spiel setzen, um sich seine Gunst zu bewahren. Doch es gelang ihr, die gefürchtete Auseinandersetzung zu meiden. Die Krankheit und seine politischen und erotischen Unternehmungen hatten ihn vollauf in Anspruch genommen. Sie hatten keine Gelegenheit, den Tod des Opfers zu feiern. Nach dem dreisten Mord an Juan hatte Cesare Neapel verlassen wollen, bevor sie den Auftrag erledigte, also hatte sie gewartet, bis er nach Rom abgereist war. Sie und Dimitri hatten in jener Nacht ausgezeichnete Arbeit geleistet. Der Mord und später die körperliche Lust hatten ihren Eunuchen glücklich gemacht.

Nachdem ihre Arbeit vollbracht war, hatte sie ungehindert nach Florenz zurückkehren können ... und zu Antonio. Schon eine Woche, und immer noch keine Nachricht. Sie wußte, daß keine ihrer Rivalinnen in seiner neuen Wohnung lebte, und er schien auch keine neue Favoritin in der Stadt zu haben. Die Gerüchte, die sie über ihn und seinen jüngeren Vetter Stefano Simonetta gehört hatte, hielt sie für absurd. Trotz des Vorfalls in Danieles Atelier war sie überzeugt, daß Antonios Leidenschaft den Frauen gehörte. Und keine Frau in Florenz konnte ihr das Wasser reichen. Sie würde noch eine Woche abwarten. Wenn er bis dahin nicht zu ihr kam, würde sie einen anderen Weg finden, um ihm zu begegnen. Angeblich hatte er diesen Gesprächszirkel arrangiert, der in Daniele Dantis Atelier abgehalten wurde. Sie konnte sich leicht eine Einladung zu einem der Treffen verschaffen. Der Zirkel genoß bereits einen gewissen Ruf, und nichts wäre natürlicher als das Erscheinen der berühmtesten Kurtisane der Stadt. Sie würde dafür sorgen, daß sie in Begleitung eines geziemend beeindruckenden Rivalen erschien und ihre Schönheit voll zur Geltung kam. Ihr neues weißes Samtkleid, dachte sie, geschmückt mit Perlen und Diamanten.

Als es zwei Tage später schließlich zu einer Begegnung mit Antonio kam, geschah es zufällig, bei einem Goldschmied auf der Ponte Vecchio. Die Begegnung war nicht so verlaufen, wie Bianca erwartet hatte. Obwohl sie den Ablauf auf hundert verschiedene Arten herbeiphantasiert hatte, war sie nie auf den Gedanken gekommen, daß sie verwirrt sein würde. Sie betrat den Laden, gerade als eine andere Frau hinausging, und hatte nur einen Augenblick Zeit, um sich zu fangen. Bianca holte tief, unsicher Luft und wartete, bis er sie bemerkte. So lebhaft ihre Erinnerung an Antonio auch war, sie hatte nicht im Traum daran gedacht, daß seine Schönheit sie derart überwältigen könnte. Trotz der Gerüchte hätte sie nicht erwartet, ihn gemeinsam mit seinem Vetter anzutreffen. Sie steckten über einem Schmuckstück ihre Köpfe – dunkel und hell – zusammen. Bianca warf einen Blick darauf und sah, daß es eine schwere Brosche aus Gold und Edelsteinen war, für einen Mann bestimmt, nicht für eine Frau.
Er war noch genauso wie in ihrer Erinnerung, und doch auch anders. Die feine Spannung, die sie für einen Zug seines Charakters gehalten hatte, war nicht mehr da. Er sah jünger aus, sein Gesicht wirkte weicher. Hatte der hübsche Stefano diese neue Beschwingtheit in ihm zum Vorschein gebracht? Stefano sagte etwas zu ihm, und Antonio lachte, ohne die Schärfe, die sonst seinen Humor gekennzeichnet hatte. Sie spürte keine Leidenschaft zwischen ihnen, nur freundschaftliche Vertrautheit. Aber die Veränderung Antonios war so augenfällig, daß Bianca sich fragte, ob die Gerüchte nicht doch stimmten. Furcht höhlte ihr Inneres aus, ein finsteres Verlies in der Festung ihrer Fassade. Wenn die Gerüchte zutrafen, gab es dann noch Hoffnung? Keine Frau konnte es mit ihr aufnehmen, davon war sie überzeugt. Aber wenn Antonio die Stärke seiner Neigung vor ihr, vor sich selbst verborgen hatte und erst jetzt seine Macht entdeckte, würde das erklären, warum er nicht zu ihr zurückgekehrt war. Niemals zurückkehren würde.
Diese Beobachtungen, ihre Reaktionen nahmen nicht

mehr als einen Augenblick in Anspruch, und dann hob Antonio den Kopf, weil er ihren Blick spürte. Sogleich änderte sich seine Miene. Das Lächeln blieb, aber jetzt war es ein höfliches Lächeln. Er richtete sich auf, und sie sah, wie seine geschmeidige Körperhaltung starrer wurde, Vorsicht ausdrückte.

»Madonna«, sagte er und neigte anmutig den Kopf, präsentierte eine Fassade so glatt und kühl wie Marmor.

»Antonio«, murmelte sie schwach. Nein, so hatte sie es sich nicht vorgestellt. In seinen Augen zuckte nicht die Flamme der Begierde auf, sein Körper war nicht plötzlich angespannt vor Verlangen. Er war auf der Hut, aber nicht unterdrückter Leidenschaft wegen, nicht aus Furcht vor einem inneren Schmerz. Dies war nichts weiter als eine etwas peinliche Begegnung in der Öffentlichkeit. Ihre Gedanken hatte er niemals verlassen, doch er hatte sie vergessen, bis sie plötzlich vor ihm stand. Wut überkam sie, und sie klammerte sich daran fest. Sie hatte sich nie gestattet, die Beherrschung zu verlieren, außer um spezieller Wirkungen willen. Aber Wut war besser als die Schwäche der Furcht.

»Ihr seht so erlesen aus wie stets, Madonna«, begann Antonio, entbot ihr die prosaischen Komplimente, die die Höflichkeit vorschrieb. »Euer Kleid ...«

»Nicht erlesen genug, scheint es«, unterbrach sie und hörte selbst den boshaften Unterton in ihrer Stimme. »Ich begreife jetzt, daß einer Frau, wie schön sie auch sein mag, immer das fehlen wird, was Euch Befriedigung gewährt. Ihr könnt nur Euer eigenes Abbild lieben und müßt Euch daher mit Eurer eigenen Art abgeben.«

Antonio starrte sie erstaunt an. »Ihr denkt, ich ...«, begann er. »Ausgerechnet ihr denkt, daß ich ...«

Er lachte so aufrichtig belustigt, daß Bianca überzeugt war, sich geirrt zu haben. Sie konnte es nicht leiden, zum Narren gehalten zu werden. Ihre Augen wurden schmal. »War es dann das einzige Mal, als Ihr Euch mit diesem kleinen Mönch abgabt, den Daniele Danti sich als Geliebten hält, während ich im Garten auf Euch wartete?«

Er hörte jäh auf zu lachen und starrte sie an. Zuerst runzelte er verwirrt die Stirn, dann errötete er langsam. Oh, es war herrlich, ihn endlich aus der Fassung gebracht zu sehen.
»Ihr irrt Euch in mir«, sagte er kalt. »Aber ich möchte diese Sache nicht weiter erörtern. Entschuldigt mich, Madonna.«
Er drehte sich um und ging, Stefano folgte ihm. Bianca konnte nicht glauben, daß sie es geschehen ließ. Sie wollte glauben, daß er zurückkam, aber sie wußte, daß er es nicht tun würde. Er war zu kalt, zu geschliffen. Sie hatte keine Wunde in sein Herz geschlagen. Nicht einmal seiner Männlichkeit. Bianca blickte zu dem Goldschmied hinüber, der sie neugierig anstarrte. Als er ihren Blick auffing, wich er erschrocken zurück. Lächelnd ging Bianca zu ihm, und er zog sich noch weiter zurück. Sie zeigte auf die Brosche, ein herrlicher Reif aus Gold und Rubinen auf einem Kissen aus schwarzem Samt. »Welch schönes Stück«, bemerkte sie zuckersüß. »Sagt mir, welcher der Herren wollte es erwerben?«
»Signore Simonetta, Madonna, der blonde Herr. Es sollte ein Geburtstagsgeschenk für seinen Vater sein.« Dann runzelte er die Stirn, ihm ging auf, daß ihm ein lohnendes Geschäft entgangen war. »Darf ich Euch etwas zeigen, Madonna? Perlen vielleicht?«
»Nein«, sagte Bianca und verließ den Laden. Dann war die Brosche keine Liebesgabe. Das bewies nichts, doch er war auf ihren Spott wegen Stefano nicht eingegangen. Nur auf Danieles Modell. Wenn Antonio ihr nicht die Wahrheit sagen wollte, würde der kleine Mönch es vielleicht tun.

Ein hübscher junger Mann öffnete auf ihr Klopfen die Tür. Er hatte dunkle, ausdrucksvolle Augen, einen wirren Lockenkopf und volle, zarte Lippen. Ein Leckerbissen, der Antonio jedoch gewiß nicht so viel bedeutete. Bianca schlug die Kapuze ihres schlichten Umhangs zurück. Er starrte sie an, befeuchtete mit der Zungenspitze seine vollen Lippen. Was auch seine Vorliebe sein mochte, er fühlte sich ebenso von ihrem Geschlecht angezogen.

»Cecco?« fragte Bianca.

Sie hatte sich nicht an den Namen des Modells erinnert, hatte sich jedoch unter ihren Künstlerbekanntschaften umgehört und erfahren, daß Daniele dazu neigte, wiederholt dasselbe Modell zu benutzen. Der erste Mann, den sie aufsuchte, war eindeutig nicht der, den sie suchte. Er war viel zu gewöhnlich, und obwohl er mit Daniele an dem Bild gearbeitet hatte, an das sie sich erinnerte, hatte er erst nach Savonarolas Feuer der Eitelkeiten bei Daniele Modell gestanden. Er kannte jedoch Namen und Adresse seines Vorgängers.

»Ja, ich bin Cecco«, sagte der Junge, dann verstummte er.

War er der richtige? In ihrer vagen Erinnerung hatte sich der Eindruck einer Zartheit festgesetzt, über die dieser Junge nicht verfügte, wie anziehend er auch sein mochte. Und noch etwas anderes stimmte nicht. Seine Größe? Oder vielleicht lag es daran, daß er keinen Bart trug. Dennoch fragte sie vertraulich: »Erinnert Ihr Euch nicht an mich? Ich bin ...«

»Ich weiß, wer Ihr seid, Madonna Bianca. Ihr seid sehr berühmt. Aber ich bin Euch nie begegnet. Wie könnte ich es sonst vergessen?«

»In Daniele Dantis Haus«, sagte sie. »Wollt Ihr mich nicht hereinbitten?«

Er warf verzweifelt einen Blick über seine Schulter, biß sich auf die Lippe, dann zog er die Tür auf. Bianca nahm an, daß seine Armut ihm peinlich war, doch er sagte: »Meine Mutter besorgt gerade Brot und Öl, Madonna. Ich weiß nicht, wann sie wiederkommt. Sie wird sehr aufgebracht sein, wenn sie Euch hier vorfindet. Sie vergöttert Savonarola.« Den letzten Satz flüsterte er verschwörerisch, als sei es eine geheime Sünde.

»Ich verstehe«, erwiderte Bianca verständnisvoll. »Hat sie Euch und Daniele viele Schwierigkeiten gemacht?«

Er senkte den Kopf und errötete. »Ich habe ihn seit Monaten nicht gesehen.«

»Ihr hattet Streit, wegen eines anderen Mannes vielleicht?« Eine Kurtisane durfte dreiste Fragen stellen, als seien sie völlig normal.

Ceccos Röte vertiefte sich. »Nein, nein, all das ist lange vorbei für mich, Madonna. Ich mochte Daniele, aber ich bin nicht mehr so.«

War es nur das eine Mal geschehen, oder hatte Antonio ihm befohlen, seit damals ihre Verbindung geheimzuhalten? Bianca glaubte nicht daran. Sie bezweifelte, daß dieser Junge ein Geheimnis bewahren konnte, also nahm sie ihren schlichten Umhang ab und enthüllte ihr aufreizendes Gewand, entfaltete den Zauber ihrer Schönheit. Es zeitigte die gewünschte Wirkung. »Nein?« fragte sie leise.

»Nein!« rief er aus, von männlichem Stolz erfüllt. »Meine Mutter sagt, ich solle mich auch nicht mit Frauen abgeben, aber das ist zuviel verlangt. Ein Vergnügen habe ich ihr zuliebe aufgegeben, aber alles gebe ich für sie nicht auf.« Cecco betrachtete sie scheu, bebend vor aussichtsloser Lust. »Warum dachtet Ihr, daß Ihr mich kennt, Madonna?«

»Ihr habt nicht Modell für die *Anbetung* gestanden, die Daniele im vergangenen Februar gemalt hat? Ich habe es kurz vor dem Feuer der Eitelkeiten gesehen, und ich dachte, Ihr müßtet das Modell gewesen sein. Damals hattet Ihr einen Bart und posiertet als Mönch, der ein Kreuz hält.«

Cecco schüttelte den Kopf. »Es stimmt, ich habe für das Gemälde posiert, sogar als Mönch, aber ich habe nie einen Bart getragen.«

Und wenn er einen Bart getragen hätte, dann hätte er gelockt sein müssen. Der junge Mönch, an den sie sich erinnerte, hatte einen schlichten Spitzbart getragen. Nicht dieser Junge, der vor ihr stand, hatte Antonio von ihr fortgelockt. »Wißt Ihr, wer das Modell gewesen sein könnte?«

»Ich posierte nie wieder für Daniele, aber einmal kam er noch zu mir, um mir das versprochene Geld zu bringen – und um mich wiederzusehen. Das war kurz vor dem Feu-

er der Eitelkeiten. Damals traf ich ihn zum letzten Mal.« Cecco senkte den Blick und kaute wieder an seiner Unterlippe. »Ich sagte ihm, daß es mir leid tue, weil ich nicht wiedergekommen war. Er erwiderte, es sei nicht schlimm, Madonna Veronica hätte meinen Platz eingenommen. Ich weiß, daß er sagte, sie habe ein Mönchshabit getragen. Daniele hatte falsche Bärte in seinem Koffer, vielleicht hat sie einen getragen. Sie trug gern Kostüme.«
»Veronica«, flüsterte Bianca. Kein Jüngling, sondern eine verkleidete junge Frau? Eine junge Frau, deren Ruf Antonio schützen wollte? Wenn dies die Wahrheit war, würde er weit mehr schützen müssen als ihren Ruf.
»Madonna?« Ceccos Stimme klang plötzlich furchtsam. Sie schenkte ihm ein blendendes Lächeln, und er erwiderte es. Sie überlegte, ob sie ihn töten sollte, entschied sich jedoch dagegen, wollte sie doch Danieles Haushalt nicht auf sich aufmerksam machen. Nach dem, was er ihr verraten hatte, würde Cecco nicht Daniele aufsuchen, um ihm von ihrem Besuch zu berichten – obwohl er bestimmt vor seinen Freunden damit prahlen würde. Außerdem könnte seine Mutter im unpassendsten Augenblick auftauchen. Ihn am Leben zu lassen wäre das kleinere, wenn auch weniger reizvolle Risiko. »Es ist alles ein albernes Mißverständnis«, sagte sie und steckte ihm einige Silbermünzen zu. Das war zwar nicht, was er sich wünschte, aber besser als anderes, was er von ihrer Hand hätte empfangen können.

»Wie wunderbar«, begeisterte sich Bianca, als sie in den Korridor rauschte, der jetzt hell von Kerzen erleuchtet war. »Ich hätte nicht gedacht, daß so viele Gäste zum Gesprächszirkel kommen.«
»Viel zu wunderbar, fürchte ich. Seit wir begonnen haben, ist der Kreis bedrohlich angewachsen. Man kann sich besser im kleinen Kreis unterhalten. Wir wollten die Förmlichkeit eines Essens mit geladenen Gästen vermeiden, aber jetzt müssen wir immer mehr ungebetene Gäste empfangen.«

»Ach wirklich?« fragte sie und hakte sich bei ihrem Begleiter des Abends ein.
Daniele warf ihr einen beklommenen Blick zu. Bianca lächelte ihm zu. Sie wußte, daß er nicht speziell sie gemeint hatte, und sie wußte, daß er wünschte, sie wäre nicht auf seiner Türschwelle erschienen. Aber sie war mit einem offiziellen Begleiter da. Statt auf einen Beschützer zurückzugreifen, der ihre Aufmerksamkeit in Anspruch nehmen würde, hatte Bianca einem von Danieles Künstlerfreunden ihre Gesellschaft angeboten, der diese Gunst eifrig annahm. Um das Gesicht zu wahren, wies Daniele mit dem Kopf auf zwei Streithähne, die in eine hitzige Diskussion verwickelt waren. »Sie wurden nicht eingeladen, aber zum Glück haben sie einander gefunden.«
»Eure Übersetzung ist falsch«, hörte Bianca den einen erklären.
Der andere schwang sich zu einer noch größeren Beleidigung auf. »Euer Stil hat keine Grazie.«
Die Gäste waren in kleinen Gruppen über das ganze Haus verteilt. Als sie durch die Menge gingen, fing Bianca Gesprächsfetzen auf, suchte aber die ganze Zeit nichts anderes als Antonios heisere Stimme.
»Man sagt, Savonarola wird zu Lichtmeß predigen.«
»Das gleiche hat man vor Weihnachten gesagt, aber damals ist er nicht auf die Kanzel zurückgekehrt.«
»Weihnachten hat er die Messe gelesen und die Kommunion ausgeteilt.«
»Seine Predigten gegen den Papst haben zu seiner Exkommunikation geführt. Savonarola wäre dumm, diesem Verbot zu trotzen.«
»Ach? Am Dreikönigstag kniete die Signoria vor ihm nieder und küßte ihm die Hand. Alexander mag in Rom der Papst sein, aber in Florenz heißt der Papst Savonarola.«
Die Politik wich der Kunst, als ein junger Mann in der nächsten Gruppe ernst sagte: »Donatello war der erste Künstler seit Jahrhunderten, der die Skulptur eines Akts schuf. Wie kann dieser Michelangelo es mit solch einem Genie aufnehmen wollen?«

Daniele führte sie an der inneren Treppe vorbei zu einem Tisch, der mit Wein, Obst und Gebäck gedeckt war. »Oben gibt es auch Erfrischungen, oder?« fragte ihr Begleiter. Daniele nickte. »Dann laßt uns ins Atelier gehen. Dort wurden beim letzten Mal die interessantesten Gespräche geführt.«

Am Fuß der Treppe passierten sie die Künste der Kriegsführung und der Medizin. *»Horrendis machina bombis!«* rief jemand zur Rechten. »Ich war in der Schlacht zugegen, und ich sage Euch, diese Artillerie ist eine von Dämonen, nicht von Menschen ersonnene Erfindung.« Zur Linken erhob sich eine andere Stimme: »Aber Vesalius von Padua hat es bewiesen, das versichere ich Euch. Das Herz enthält keine Knochen!«

Hinter der offenen Tür des Ateliers wurden politische Gespräche geführt. »Lucrezias Scheidung steht endgültig fest. Eine herausragende Leistung. Sie ist vor die Kardinäle getreten und erklärte sich zur *virgo intacta*, dabei geht das Gerücht, daß sie von irgendeinem unbekannten Liebhaber im sechsten Monat schwanger ist.«

»Sie ist die Tochter des Papstes. Vielleicht hat er Gott um ein Wunder gebeten, und sie spricht die Wahrheit.« Es gab großes Gelächter. Die Erwähnung der Annullierung war ihr Stichwort, und Bianca mußte den Impuls unterdrücken, nach Antonio zu suchen. Sie wandte sich wieder ihrem Gastgeber zu.

»Öl ist das Mittel der Zukunft«, sagte Daniele gerade zu ihrem Begleiter. »Gewiß, für manche Arbeiten ziehe ich immer noch Temperafarben vor, aber ich liebe die Textur, den Glanz des Öls.«

»In meinen Augen ist Tempera feiner, und ich werde weiterhin damit arbeiten. Ja, ich habe sogar ein neues Thema.« Er hielt dramatisch inne.

»Ja?« fragte Daniele.

»Ihr habt Eure Chance vertan, Daniele. Bianca sagte, Ihr hättet davon gesprochen, sie als Venus zu malen, es aber nicht wirklich betrieben. Daher habe ich jetzt dieses Projekt übernommen.«

»Ich wünsche Euch Glück. Bianca ist natürlich eine vollendete Venus.« Höflich hielt Daniele inne und erwies ihr seine Reverenz. »Wie es der Zufall will, erfordert jetzt eine andere Arbeit meine volle Aufmerksamkeit.«
»Die Idee, die Ihr mir letzte Woche geschildert habt, gefiel mir. Ich denke, die vollendete Arbeit wird noch großartiger als das *Urteil des Paris*. Besonders, wenn di Fabiani dafür posiert.«
»Antonio hat sich bereit erklärt zu posieren? Was ist das für ein sagenumwobenes Gemälde, das Ihr als nächstes in Angriff nehmt, Daniele?« erkundigte Bianca sich steif. »Mars, glaube ich, war die Rolle, die Ihr ihm zugedacht hattet, aber dafür brauchtet ihr die Venus.«
»Nein, Antonio soll Pluto sein«, sagte Daniele knapp, offenbar widerstrebte es ihm, über das Gemälde zu sprechen.
Ihr Begleiter, der vielleicht dachte, Daniele sei nur zu bescheiden, oder seine Kenntnis demonstrieren wollte, führte weiter aus: »Die Idee ist ausgezeichnet – Pluto, der Herr der Unterwelt, durch die Liebe verwandelt. Eine Figur der Dunkelheit, die in Licht erstrahlt. Das nächste Gemälde wird *Pluto und Persephone* heißen.«
»Und wer wird für die Persephone posieren?« fragte Bianca, die wußte, wie die Antwort lauten würde.
»Natürlich Veronica«, sagte ihr Begleiter. »Wer sonst?«
Ja, wer sonst? dachte Bianca und beobachtete, wie Daniele unruhig an seinem Haar zupfte. Er kannte den Grund für ihre Neugier und wollte seine kleine Cousine beschützen. Sie lächelte ihm zu, dann wandte sie sich an ihren Begleiter. »Ich kenne Veronica noch nicht, wißt Ihr. Wird sie ebenso vollkommen als Persephone sein wie Antonio als Pluto?«
»Ihr kennt sie nicht? Da drüben in der Ecke ist sie, im Gespräch mit Machiavelli. Ah, herrlich, sie trägt ihr Persephone-Kostüm.«
Da sie Machiavelli ebenfalls nicht kannte, blickte Bianca in die Richtung, in die er zeigte. Zuerst konnte sie ihre Beute nicht entdecken. Ein streng, jedoch angeregt wir-

kender Mann, der Machiavelli sein mußte, und Danieles Staffelei versperrten ihr die Sicht. »Antonio ist meiner Ansicht«, sagte der Mann gerade. »Wenn Cesare ein italienisches Königreich anstrebt, muß er es jetzt aufbauen, solange der Papst regiert, denn Cesare wird nicht den Thron erben, auf dem sein Vater sitzt.«

Dann trat Machiavelli zur Seite, und eine junge Frau wurde sichtbar. Bianca kämpfte den ersten blinden Anfall von Eifersucht nieder und zwang sich, Veronica mit der geübten Berechnung einer Kurtisane zu studieren. Das Mädchen war nicht die erlesene klassische Schönheit, die sie erwartet hatte, aber sie war interessant. Ihr Haar entsprach allerdings in keiner Weise der Mode. Natürlich war Blond die richtige Farbe. Kurtisanen wie Prinzessinnen brachten Stunden damit zu, ihre Kräuterkuren zu vervollkommnen und ihr Haar in der Sonne bleichen zu lassen. Aber vielleicht würde Veronica eine neue Mode in Florenz einführen. Und Blond hätte ihr auch nicht so gut gestanden wie die dunkelroten üppigen Locken, die ihr Gesicht einrahmten und ihre durchscheinende Porzellanhaut betonten. Es war ein auffallendes Gesicht, mußte Bianca zugeben, die Brauen und einzelnen Gesichtszüge waren markant und doch feingezeichnet – große, weitstehende Augen, ein voller, sinnlicher Mund. Sie war groß, bewegte sich geschmeidig und anmutig. Das griechische Kostüm aus malvenfarbener Seide betonte ihre schlanke Figur.

»Vollendet«, begeisterte sich Biancas Begleiter. »Unschuld und Sinnlichkeit vereint.«

In diesem Augenblick hob Veronica den Kopf und lächelte. Ein Lächeln, das nur einem Liebhaber gelten konnte, strahlend, blendend. Bei diesem Anblick erkannte Bianca ihre ganze Schönheit. Da sie wußte, wem das Lächeln galt, drehte sie sich um und sah Antonio am anderen Ende des Raums – sah ihn das Lächeln ebenso glückselig erwidern.

Bianca stand reglos da in ihrem weißen Samtgewand mit

den Edelsteinen, um den Hals eine Kette aus Perlen und Diamanten, doch sie hätte ebensogut in einer Schneewehe begraben liegen können, so starr und unbeweglich war sie. Sie sah, daß Antonio liebte, und wußte, daß er für sie nichts als Lust empfunden hatte, gleichgültig, wie machtvoll ihre erotischen Begegnungen gewesen waren. Dann durchlief sie ein Zittern und befreite sie aus der Erstarrung.

»Pluto, Herr der Unterwelt«, murmelte sie tonlos. »Ja, dorthin werde ich Euch führen, das verspreche ich Euch. Euch und Eure Persephone.«

27. Kapitel

DER ÜBERFALL

Sie hatte keine Warnung erhalten, nicht einmal vage Beklommenheit empfunden. Antonio hatte ihr gesagt, er würde spät zurückkommen. Er mußte sich um seine Geschäfte kümmern, Abrechungen überprüfen, Geschäftskorrespondenz nach Venedig und Rom verschlüsseln. Da sie auf sein Klopfen gewartet hatte, war Veronica schneller an der Tür als Benito. Als sie öffnete, lehnte Antonio blutüberströmt am Türrahmen. Sie schrie auf, griff nach ihm.

»Es ist nicht meins«, sagte er schnell. »Zumindest nicht alles.« Seine Stimme war rauh vor Schmerz, doch er schüttelte den Kopf, als sie ihn stützen wollte. Er betrachtete ihr Gesicht und sagte: »Es sind harmlose Schnitte. Wir brauchen keinen Arzt, wenn du bereit bist, mich zu versorgen.«

»Natürlich«, erwiderte sie. Im Spital des Klosters hatte sie oft genug geholfen, Wunden zu verarzten. Doch jetzt war es Antonios Körper, den die Klinge getroffen hatte … Benito erschien im Korridor und wartete auf ihre Befehle. Die Notwendigkeit zu handeln dämpfte ihre Panik. Dankbar für die Aufgabe, schickte Veronica den Diener nach heißem Wasser, einem Verband und den Arzneien, die sie brauchte. Dann wandte sie sich wieder an Antonio. »In meinem Zimmer brennt ein Feuer, ich kann dich aber auch hier behandeln«, sagte sie, vermied es, ihn zu fragen, ob er gehen konnte.

»Oben«, sagte er.

»Was ist geschehen?« fragte sie, als sie die Treppe erklommen. Sie wollte nicht durch Robertos Zimmer gehen, daher führte sie ihn über den Balkon.

»Wir wurden hier in der Nähe überfallen, meine Wachen

und ich. Sie sind beide tot. Zwei der Angreifer sind ebenfalls tot. Der dritte ist entflohen.« Er zögerte. »Ich wollte dich nicht beunruhigen, aber es erschien mir besser, nicht allein in meine Wohnung zurückzukehren.«
»Ich wäre viel beunruhigter gewesen, wenn du heute abend nicht gekommen wärst.«
»Das weiß ich, aber ein sauberer Verband ist ein angenehmerer Anblick als blutende Wunden«, sagte er.
»Ich hätte ohnehin verlangt, daß du mir die Arbeit eines anderen zeigst, also ist es am besten, ich mache es selbst.«
Er lächelte sie an. »Zumindest schimpfst du mich nicht aus, so wie Giacomo.«
Veronica blieb vor ihrer Tür stehen und fragte: »Soll ich Benito zur Stadtwache schicken?«
»Wenn ich keine Beschwerde einlege, werden sie es als eine Prügelei zwischen den Wachen abtun. Und ich habe nicht die Absicht, noch mehr Aufmerksamkeit auf mich zu lenken.«
In ihrem Zimmer zog Veronica eine Bank an den Kamin. Der metallene Geruch von Blut lag in der Luft, als sie Antonio aus seinem Wams und Hemd half. Vorsichtig untersuchte sie seine Verletzungen. Er hatte eine Wunde an der Brust, die stark blutete, jedoch nicht tief ging, und einen zweiten, tieferen Schnitt am Arm, der mehr Schaden anrichten konnte. »Kannst du die Finger bewegen?« fragte sie.
»Ja«, sagte er und ballte eine Faust.
»Dann müssen wir nur die Entzündung bekämpfen.« Benito klopfte, und sie ließ ihn das Tablett auf einem Tisch abstellen. Sie sagte ihm, daß sie keine Hilfe mehr brauche, und er zog sich zurück. Veronica machte sich daran, Antonios Verletzungen zu verarzten. Sie begann mit dem Arm. Er versteifte sich leicht vor Schmerz, gab jedoch keinen Laut von sich, als sie die Wunde reinigte, nähte und salbte und sie anschließend mit sauberen Streifen gebleichten Leinens umwickelte. Danach hielt sie inne. Rings um sie häuften sich blutbefleckte Kleider auf dem Boden. Die zweite Wunde wartete auf sie, eine grelle ro-

te Linie zwischen den Brustwarzen. Die Spur einer Schwertspitze, mit der man auf sein Herz gezielt hatte.
Furcht strömte durch ihre Adern. Ich hätte es wissen müssen. Warum wußte ich nicht, daß er in Gefahr war? dachte sie. Nach der Rettung Mamma Lucias hatte sie gehofft, ihre Visionen würden zu Warnungen werden und sie könnte künftig derartige Ereignisse abwenden. Doch von Robertos Krankheit hatte sie durch das *tarocco* erfahren, und jetzt war dieser Überfall auf Antonio geschehen, ohne daß sie eine Vorahnung spürte. Ihre Gabe war immer launisch gewesen, aber hatte sie sie nun gänzlich verlassen? Warum fühlte sie sich ohne sie so hilflos, so allein, wo sie sich doch so lange Zeit gewünscht hatte, sie nicht zu besitzen? Veronica erinnerte sich an die entsetzliche Vision des Todes ihrer Eltern, aber sie war sich nicht sicher, ob Unwissenheit einer Warnung vorzuziehen war, die zu spät kam? Beides war unerträglich. Ihre Hände begannen zu zittern. Sie verbannte jeden Gedanken aus ihrem Kopf, fing sich wieder und widmete sich der anstehenden Aufgabe, wusch und behandelte die Wunde und band dann das Leinen um Antonios Brust.
Erst als sie fertig war, bemerkte sie Antonios Anspannung, sein Körper war still, reglos, doch er atmete schneller. Es war nicht die Anspannung unterdrückter Schmerzen, nicht mehr. Neben ihnen knisterte das Feuer, überzog seine Haut mit den Farben der Flammen, von Blut und geschmolzenem Metall. Als sie in seine Augen blickte, sah sie dort ein dunkleres Feuer schwelen. So ist es manchmal bei mir, hatte er zu ihr gesagt, wenn ich mit dem Tod in Berührung komme.
Ihr Morgenmantel hatte sich geöffnet. Antonios Hand schlüpfte hinein, streichelte ihren Bauch, und die dünne Seide ihres Hemdes war das einzige Hindernis zwischen ihnen. Seine Finger glitten hinunter, umfaßten das weiche Dreieck aus Haar, seine heiße Hand preßte sich an ihr heißes Geschlecht. Seine Kraft war nicht so groß wie sonst, doch in seiner fragenden Berührung lag all sein Verlangen.

Begehren, so verzweifelt wie ihre verborgene Furcht, durchfuhr Veronica. Sie sehnte sich danach, sich in seiner Dunkelheit zu verlieren. Das glühende Vergessen, das er ihr bot, würde ihre Ängste aufzehren. Sie schloß die Augen, als sie erneut ein Schauer durchlief, kalt, dann heiß. Antonio mißdeutete ihre Reaktion und zog seine Hand weg, doch sie ergriff sie und preßte sie an sich.

»Du zitterst«, sagte er leise. »Hast du Angst?«

Veronica begriff, daß er seinen wilden Hunger zu der Sanftheit bezähmen würde, die sie in seinen Augen brauchen mochte. Doch sie brauchte keine Sanftheit. Sie schüttelte schwer atmend, fast schluchzend den Kopf. »Nicht vor dir. Niemals vor dir.«

Er wollte etwas sagen, doch Veronica hob die Hand an seine Lippen, um ihn zum Schweigen zu bringen. Sie machte sich von ihm los, löste die Bänder an ihrem Hemd und streifte es von den Schultern. Sie fröstelte, als die kühle Luft über ihre Arme strich, über ihre Brustwarzen, während das Feuer mit seinen unsichtbaren Zungen an ihren Beinen leckte.

Antonio erhob sich, legte *braghetta* und Strumpfhosen ab und stand nackt vor ihr. Licht und Schatten spielten auf den Flächen und Kanten seines Gesichts, den Ebenen und muskulösen Wölbungen seines Körpers. Der Leinenverband hob sich grell gegen das feine schwarze Haar auf seiner Brust ab, das scharlachrote Licht flackerte wie ein Herzschlag. Sein Geschlecht richtete sich auf.

Antonio trat vor und zog sie an sich, drückte ihre Brüste gegen die frisch verbundene Schwertwunde. Seine Augen wurden schmal, und er holte scharf Luft. Sein Griff wurde stärker, die Spitze seines Geschlechts stieß gegen ihre Hüfte. Sie griff nach unten und zog ihn an ihren weichen Bauch.

»Ja.« Ein Flüstern, rauh von Leidenschaft, ein Befehl. »Berühr mich. Fester … fester.«

Sie schloß die Finger um ihn, bewegte sich nach oben. Antonio stöhnte auf, ein rauher, hilfloser Laut. Veronica kniete nieder, drückte ihr Gesicht in das gelockte Vlies an seinen Lenden, atmete seinen herben Duft ein, der sich mit dem Schweißgeruch mischte, den der tödliche Kampf auf seiner Haut zurückgelassen hatte. Veronica leckte seinen Schenkel, schmeckte Erregung und Furcht. Antonios Hände verflochten sich in ihrem Haar, zogen sie näher. Sie öffnete den Mund, um ihn in sich aufzunehmen. Antonio schrie lustvoll auf, als sie an ihm saugte.

Sie hätte es so enden lassen, die bittersüße Ekstase seines Körpers getrunken, doch Antonio machte sich von ihr los. Veronica blickte zu ihm auf. Seine schwarzen Augen verschlangen sie. Veronica legte sich auf den Boden, zog ihn zu sich herunter, öffnete die Beine. Antonio kniete sich zwischen ihre Schenkel und hielt inne. Dann näherte er sich ihr, langsam, viel zu langsam. Veronica schluchzte, als sie ihn an ihrer Öffnung spürte, wie Stahl, in Satin gehüllt. »Ja«, bat sie ihn. »Ja, jetzt. Rasch. Rasch.«

Antonio stieß jäh in sie, zog sich zurück und stieß erneut zu. Wieder und wieder flüsterte er ihren Namen, jedesmal fordernder. Das einzige Mittel gegen ihr Verlangen war, es immer aufs neue zu steigern. »Fester«, verlangte sie, »fester. Tiefer.«

Mit einem wilden Aufschrei stieß er erneut in sie, der letzte Rest von Selbstbeherrschung fiel von ihm ab. »Ja«, keuchte Veronica, als er tief in ihr war. »Ja, o ja.« Dann ließ sie sich von seiner Leidenschaft mitreißen, wie er von der ihren, und die höchste Lust löschte alle Furcht aus.

Sie lagen vor dem Feuer, in die Decke eingewickelt, die Antonio vom Bett gezogen hatte. Sie lag an ihn geschmiegt, seine Lippen streiften sanft ihren Nacken, ihr Ohr. »*Selvaggia*«, flüsterte er ohne jeden Spott. Es klang, als wolle er sie trösten, wie ein weinendes Kind, einen verletzten Vogel.

»Ich hätte dich beschützen müssen«, sagte sie und wußte sogleich, daß es dumm war. Es gab keinen Schutz für sie beide. Nur Leben und Tod. Und Liebe. Antonio lachte leise traurig und drückte sie an sich.

»Ich liebe dich«, sagte sie.
»Ja, ich liebe dich auch.«
Getröstet lag Veronica eine Zeitlang im Halbschlaf. Sie spürte jedoch, daß Antonio sich nicht entspannte, und fragte sich, ob sie ihm durch ihre Lage irgendwie Schmerzen bereitete, deshalb glitt sie von seiner Brust herunter. Er wandte sich von ihr ab, sah zur Tür. Lange Zeit betrachtete sie ihn im schimmernden Licht des Feuers. Er atmete langsam und gleichmäßig, doch sie wußte, daß er sich nur verstellte.
»Du kannst nicht schlafen«, sagte sie.
Antonio versteifte sich, dann drehte er sich um, schloß sie wieder in seine Arme. Doch jetzt brauchte er keinen Trost, sondern Offenheit.
»Was ist denn?«
»Nichts.«
»Du glaubst nicht, daß du ausgeraubt werden solltest«, sagte sie schließlich.
»Nein.« Mehr sagte er nicht.
»Was meinst du, wer sie geschickt hat?«
»Es gibt zu viele Verdächtige und zu viele Motive – Ehre, Geld, Rache.«
Das sagte ihr nicht mehr, als sie bereits wußte. Es wurde zu einem Muster zwischen ihnen. Erotisch gab er sich ganz. Und gefühlsmäßig … solange keine Worte nötig waren. Dann zog er sich sogleich in sich zurück. Veronica wollte, daß er ihr sein Vertrauen zum Geschenk machte, hatte es daher nie gefordert. Aber es war keine Frage des Vertrauens mehr. Antonio vertraute ihr sehr wohl. Er hielt den Schmerz in sich zurück und die Furcht, die an seinem Inneren nagte.
»Hast du Mamma Lucias Warnung vergessen?«
Er sah sie an, in seinen unergründlichen Augen glitzerte ein schwacher Funke. »Während der *tarocco*-Auslegung? Welche Warnung? Ich erinnere mich an nur allzu viele.« Seine Stimme täuschte Unbekümmertheit vor, aber er wartete gespannt auf ihre Antwort.
»Nicht als sie uns die Karten legte, sondern an dem

Abend, als du sie zum ersten Mal sahst. Sie sagte damals, deine Dunkelheit könntest du nicht vor mir verbergen, nur dein Licht.«

Nach kurzem Schweigen erwiderte er: »Ich erinnere mich. Ich versprach ihr, dein Glück sei mein alles. Bist du unglücklich, meine Liebste?«

»Weil du unglücklich bist, ja. Teile dein Unglück mit mir, dann ist es leichter für uns beide.«

»Oder die Last wiegt doppelt«, sagte er scharf. Dann seufzte er, drehte sich auf den Rücken, sprach zur Zimmerdecke gewandt. »Es gibt viele, denen an meinem Tod gelegen ist, aber nur wenige, die auch dafür bezahlen würden. Wenigstens verdächtige ich Stefano nicht mehr. Ich bezweifle, daß mein friedfertiger Onkel so weit gehen würde, um das Vermögen seines Sohnes zu mehren, aber ganz kann ich diese Möglichkeit nicht ausschließen. Er steht ganz unten auf der Liste, zusammen mit einer Auswahl von Alessandros alten Freunden, die aber früher ihrem Wunsch nach Rache nachgegeben hätten. Dann ist da noch Bianca. Sie hat mir nicht verziehen, daß ich ihren Stolz verletzt habe, und ihr Schmerz ist noch frisch. Die Begegnungen mit ihr beim Goldschmied und dann beim Gesprächszirkel haben mich beunruhigt. Dennoch ist es zweifelhaft, daß sie Wachen anheuern würde, um mich beseitigen zu lassen, obwohl sie gewiß glücklich wäre, falls jemand meinen Tod herbeiführen sollte.«

»Das wären also die unwahrscheinlichen Möglichkeiten. Wer steht als nächster auf der Liste?«

»Vor zwei Tagen glaubte ich abends jemanden zu sehen, der mich verfolgte. Mir ist ein schrecklicher Verdacht gekommen – Cesare Borgia. Ich kann es nicht mit Sicherheit sagen, besonders da die Gestalt einen Umhang trug, aber der Mann erinnerte mich an Juan Borgias geheimnisvollen Freund und möglichen Mörder. Jetzt, da Cesare das Geld für die Annullierung eingestrichen hat, hält er es vielleicht für angebracht, mir das Leben zu nehmen.«

»Meinst du wirklich?«

Antonio zuckte mit den Schultern. »Eigentlich nicht. In

Rom war er mir freundlich gesinnt. Ich habe seine Nähe nicht gesucht, habe ihn aber auch nicht zurückgewiesen. Ich bin nicht mehr wütend auf ihn und glaube nicht, daß wir wirklich Feinde sind. Jedenfalls hoffe ich es, denn ich habe wenige Mittel, um mich zu verteidigen, wenn die Borgia meinen Tod wollen.«

»Und wer bleibt noch übrig?«

»Ich hatte kein Glück mit meiner Suche nach Laudomia. Sie kann die Männer von ihrem Versteck aus geschickt haben.«

»Aber du bist nicht überzeugt? Warum nicht?« fragte sie.

»Es waren nur drei. Laudomia hätte ein Heer von gedungenen Mördern geschickt. Die Äbtissin sagte, sie sei wahnsinnig, wer weiß also, was sie tun wird. Dennoch ist die Königin der Stäbe äußerst verdächtig«, sagte er und warf ihr einen kurzen Blick zu, bevor er wieder die Decke musterte. Als er weitersprach, klang seine Stimme hart. »Und dann ist da der Prinz der Münzen.«

»Luigi.« Die erste Wahl. Der Mann, den Veronica hinter dem Anschlag vermutete.

»Vermutlich«, erwiderte er knapp, schaudernd. Etwas in Antonios Stimme sagte ihr, daß dies noch nicht alles war. Da war noch jemand. Und Veronica wußte, an wen er dachte.

»Sag mir seinen Namen.« Es wäre schlimmer, wenn er es in sich verschloß.

»Mein Vater«, sagte er matt. »Er haßt mich. Er haßt mich seit Alessandros Tod. Ich vermute, daß er die Wachen bezahlt hat.«

»Es gibt viel Bitterkeit zwischen euch, aber warum denkst du, er würde so weit gehen, den Befehl zu deiner Ermordung zu geben? Nur weil er das Lösegeld nicht für dich bezahlen wollte?«

»Reicht das nicht? Damals in dieser übelriechenden Zelle bin ich fast gestorben.«

»Nein.« Sie schüttelte den Kopf. Er verbarg noch etwas.

»Ich weiß, wozu er fähig ist«, sagte Antonio schließlich. »Weil er es war, der Beatrice tötete.«

»Woher weißt du es?«
»Meine Mutter sagte es mir ... in der Nacht, als sie starb.« Als er zu ihr gekommen war, voller Qualen und Geheimnisse.
»Damals haßte ich ihn. Aber ihn zu hassen reicht nicht, um mich zu befreien.« Er schien die Worte nicht zu sagen, sie schienen aus ihm zu bluten. Veronica litt mit ihm.
»Du hofftest, dein Haß würde dich von deiner Liebe befreien, aber das wird nicht geschehen. Wenn er seinen Haß nicht loslassen kann, du kannst es.«
»Und nur die Liebe bleibt? Nicht das nützlichste Gefühl einem Mann gegenüber, der mich töten will.«
»Nein. Dein Vater hat die Wachen nicht geschickt«, sagte Veronica mit so fester Überzeugung, daß Antonio sie ansah. »Du vergißt das *tarocco*. Umgedreht ist der Prinz der Münzen der schwächste der vier Prinzen. Nach dem zu urteilen, was du mir über deinen Vater erzählt hast, würde ich ihn als den Prinzen der Schwerter sehen. Dir wurde unerwartete Hilfe vom Buben der Münzen versprochen – das war Federigo, der dir Dorotea brachte. Luigi ist der Prinz der Münzen. Er steckt hinter alldem.«
»Wenn du es sagst.« Sein Lächeln war spöttisch, doch es störte Veronica nicht. Sein Lächeln zeigte, daß sein Herz gelassener war.
Antonio schlang die Arme um sie und hielt sie. Nach einer Weile begann er sie zu küssen, mit wachsender Leidenschaft. Veronica spürte, wie seine Küsse sie erregten, aber sie fragte sich, ob er wirklich köperliche Nähe brauchte. Als sie in seine Augen sah, erkannte sie den Wunsch, den Trost zu teilen, den sie ihm gegeben hatte, und die Wiedergeburt der Hoffnung.

28. Kapitel

KOMPLOTTE

Luigi della Montagna wartet unten«, verkündete Dimitri in der Tür.

Bianca, die sich fürs Bett bereit machte, hielt inne. Sie war ihm nur wenige Male begegnet und hätte nicht gedacht, daß er an ihr interessiert war. Wie sie gehört hatte, stand ihm der Sinn eher nach Dienstmägden. Jetzt war er auf ihrer Schwelle erschienen, spätabends und unangekündigt. Er war einer der wohlhabendsten Männer von Florenz, Grund genug, ihn zu empfangen – wenn sie die Absicht gehabt hätte, einen neuen Beschützer anzunehmen, und wenn er sich höflich angemeldet hätte. Weder das eine noch das andere traf zu.

So dreist Luigis Auftauchen war, sie konnte ihn nicht abweisen. Antonio war mit seiner Tochter verheiratet, und vielleicht konnte sie diesem Mann nützliche Informationen entlocken. Nützlich genug, um die Nacht mit ihm zu verbringen, wenn es sein mußte. Bianca verzog angewidert das Gesicht. Obwohl noch Spuren seiner einstigen körperlichen Vorzüge vorhanden waren, war er doch roh und herrisch, neigte zu Gewalttätigkeit. Vielleicht hatte er sie heute abend aufgesucht, um sich die brutale Mißhandlung einer Frau zu kaufen, die sein Schwiegersohn besessen hatte. Dennoch, da Bianca immer noch niemand anderen begehrte als Antonio, fiel es ihr leichter, sich einen Liebhaber vorzustellen, den sie verabscheute, als einen, den sie in der Vergangenheit anziehend gefunden hätte. Luigis Samen könnte wenigstens ihren Haß anfachen.

In aller Ruhe zog sie eine *camorra* aus tiefblauem Samt mit Hermelinbesatz über, legte das Saphirhalsband, das Cesare ihr geschenkt hatte, und die passenden Ohrringe an. Es waren immer noch ihre wertvollsten Juwelen. Wenn Luigi della Montagna sie besitzen wollte, dann würde er teuer dafür bezahlen müssen.

Er wartete unten im *salotto*. Seine bunten Seidenkleider wirkten grell vor dem gedämpften Grau und Silber, Elfenbein und Gold ihrer Einrichtung. Er begrüßte sie herablassend, was sie noch mehr gegen ihn einnahm. Trotzdem mußte sie die Höflichkeit wahren, da sie ihn empfangen hatte. Bianca nahm auf dem Sofa Platz und schenkte den Wein ein, den Dimitri auf dem Tisch serviert hatte. Der drittbeste Rote, stellte sie fest. Selbst der war vermutlich verschwendet.

Luigi lehnte sich auf seinem Stuhl zurück und musterte sie anzüglich. »Erinnert Ihr Euch an Ugolino Villani?« waren seine ersten Worte.

Bianca schenkte ungerührt ein. »Natürlich erinnere ich mich an ihn. Sein scheußlicher Tod ...«

»War für manch einen eine Erleichterung«, schloß Luigi an ihrer Stelle. Sie sagte nichts, reichte ihm seinen Kelch und füllte einen zweiten. Luigi fuhr fort: »Ich war in der Nacht, als er starb, mit ihm zusammen. Aber das wißt Ihr ja bereits, oder?«

Sie trank einen Schluck aus ihrem Kelch. »Davon hat mir niemand erzählt. Ich weiß wohl, daß er gern spielte, und wie ich höre, geht es Euch ebenso.« Sie lächelte kalt. »Offenbar hat seine Liebe zum Risiko ihn das Leben gekostet.«

»Ich glaube nicht, daß die meine ebenso teuer ist.« Luigi grinste, entblößte seine Raubtierzähne. Er stellte seinen Kelch ab, dann beugte er sich vor, leckte sich über die Lippen und flüsterte: »Ich weiß, daß Ihr ihn getötet habt.«

»Ihr glaubt, daß ich die Verantwortung für seinen Tod trage?« Sie sprach verächtlich. »Wenn Ihr einen solchen Verdacht hegt, warum habt Ihr es nicht den Behörden mitgeteilt? Oder habt Ihr befürchtet, Euch mit einer solchen Beschuldigung zum Narren zu machen?«

»Wie ich schon sagte, war sein Tod ebenso eine Erleichterung für mich wie für jene, die Euch bezahlt haben. Ich weiß, er schlug seine Frauen hin und wieder gern, aber ich glaube nicht, daß Ihr es aus reinem Haß getan habt.« Er hielt inne, musterte die Kostbarkeiten im Zimmer. »Und auch nicht wegen des Goldes, das er mit sich führte. Was ich sah, war äußerst professionell. Also, wer hat für seinen Tod bezahlt, sein Sohn oder seine trauernde Witwe? Wer es auch war, Villanis Tod hat es mir erspart, beträchtliche Schulden zu begleichen. Ansonsten schien mir, daß mein Wissen sich eines Tages als nützlich herausstellen könnte. Nun, dieser Tag ist gekommen.«

»Nützlich?« Sie trank noch einen Schluck Wein, Erregung brachte jeden ihrer Nerven zum Vibrieren.

»Ich habe Euch einen Vorschlag zu unterbreiten. Ich werde Euch sogar bezahlen, obwohl mein Schweigen Lohn genug sein sollte. Ja, vielleicht wollt Ihr es sogar umsonst machen.«

Es war keine Frage mehr, was er von ihr wollte. Bianca mußte an sich halten, um nicht laut, triumphierend loszulachen. Es war ideal! Sie betrachtete die feine Goldprägung auf ihrem Kelch und schaffte es, gelassen zu antworten. »Wenn Ihr irgend etwas umsonst haben wollt, müßt Ihr es schon selbst tun.« Dann sah sie ihn an, stritt nichts mehr ab. »Meine Dienste sind ebenso teuer wie gut.«

»So ist es besser«, sagte Luigi und lehnte sich wieder zurück. »Wenn es Euch gelingt, mein größtes Ärgernis zu beseitigen, werde ich Euch gut bezahlen. Ich weiß, daß Antonio Euch wegen dieser rothaarigen Hexe den Laufpaß gegeben hat, aber dennoch könnt ihr vielleicht einen Weg finden, Euch ihm zu nähern. Deshalb komme ich zu Euch. Wenn er erst von seinen Männern getrennt ist, wird es einfacher sein, ihn aus dem Weg zu räumen. Ich habe bereits Männer auf ihn aufgesetzt, doch leider sind sie dabei umgekommen.«

In Bianca wallte Zorn auf. Sie wußte, daß sie nicht als einzige Grund hatte, Antonio zu töten, aber sie hatte das

Gefühl, daß sein Tod ihr gehörte. Sie verbarg ihre Wut hinter einem eisigen Lächeln und bemerkte: »Eine offene Auseinandersetzung war wohl kaum eine geschickte Taktik. Wißt Ihr nichts von seinem Ruf im Schwertkampf?«

Er zuckte mit den Schultern. »Jeder junge Galan hat einen Ruf im Schwertkampf, und wenige verdienen ihn.«

»Wie ich hörte, wißt Ihr selbst gut mit dem Schwert umzugehen«, sagte sie, um ihn auf die Probe zu stellen. Luigi blies sich auf, wie sie es erwartet hatte, und prahlte mit seiner Geschicklichkeit. Antonio würde dich binnen einer Minute in blutige Stücke zerhacken, dachte sie. Jede Geschicklichkeit, die Luigi einst besessen haben mochte, war zusammen mit seinen körperlichen Vorzügen dahingegangen. Doch sie öffnete die Lippen und riß die Augen auf, um Bewunderung auszudrücken. Ein Langweiler, ein eitler, dummer Langweiler. Aber auf dieser Dummheit konnte man sich nicht ausruhen, denn dieser Mann war schlau.

»Dann tut Ihr es also für mich?« fragte Luigi.

»Natürlich. Mein Preis sind sechstausend Dukaten, die Hälfte jetzt, die andere Hälfte bei Erfüllung des Vertrags.«

Er war aufgebracht. »Ich habe alle fünf Wachen für weniger als die Hälfte bekommen!«

»Sie haben versagt.«

Schmollend fiel er auf seinen Stuhl zurück. Seine fleischigen Finger kneteten seine Lippen, während sein Blick in kalter, habgieriger Lust über ihren Körper wanderte. »Und was ist alles in dem Preis inbegriffen?«

Bianca hatte mit diesem Handel gerechnet und bereits ihre Möglichkeiten gegeneinander abgewogen. Sie mußte die Kontrolle über die Situation behalten. Ergebung würde ihre Position schwächen, aber mit einer offenen Weigerung setzte sie den Auftrag aufs Spiel. »Das Geld ist für den Mord«, sagte sie und betonte jede Silbe. Luigi spitzte die Lippen, seine Miene war feindselig. Bevor er protestieren konnte, lächelte sie lasziv. »Wenn er vollzogen ist, feiern wir gemeinsam.«

Er war roh – Roheit würde ihn reizen, und die vollzogene Tat würde ihr die Oberhand geben. Sie hob ihre Röcke und spreizte die Beine. Der unerwartete Anblick ihrer Nacktheit verwandelte die kalte in heiße Lust. Luigi erhob sich und machte sich am Schritt seiner Strumpfhosen zu schaffen. »Nein«, sagte sie scharf, ohne sich jedoch zu bedecken. Luigi starrte auf ihre gespreizten Beine, und einen Augenblick dachte sie, er werde versuchen, sie zu zwingen. Sie merkte, daß die Aussicht auf diesen Mord sie fast unerträglich erregt hatte. Nur die Berührung des Mannes, der ihn in Auftrag gegeben hatte, war unerträglicher. Dann begegnete er ihrem Blick und erinnerte sich, warum er gekommen war und wozu sie fähig war. Er senkte den Blick, Lust und Wut kämpften mit Furcht.

»Das Geld kommt da hinein.« Bianca zeigte auf ein Kästchen aus geschnitztem Elfenbein auf einem Regal. Es spielte keine Rolle, wohin er es tat, er sollte nur ihre Anweisungen befolgen. Luigi gehorchte, legte die Dukaten in das Kästchen, starrte über die Schulter immer noch auf ihre Beine. Bianca lächelte. Er hätte versucht, sie um die zweite Zahlung zu prellen; jetzt würde er erst zufrieden sein, wenn er sie besessen hatte.

Eine Frage war allerdings noch offen, und darüber hatte sie wenig Macht. »Habt Ihr jemandem gesagt, daß Ihr heute abend herkommen wolltet?«

»Natürlich nicht«, sagte er mißmutig, verblüfft von ihrer Kühle angesichts der offenen Zurschaustellung ihres Körpers.

»Ich bin eine berühmte Kurtisane, Ihr braucht keinen anderen Grund.«

»Nein, ich sage es Euch doch. Ich wollte nicht, daß Antonio von unserem Zusammentreffen erfährt.«

Soviel Klugheit besaß er zumindest. Und da sie sich ihm nicht ergeben hatte, konnte er auch nicht im Suff mit ihr prahlen. »Gut. Kommt nicht wieder her, bis unser Geschäft erledigt ist«, sagte sie.

»Und wann wird das sein?« fragte er. Sein Blick hing an ihrem Schoß.

»Dann werde ich Euch in den Genuß all meiner Künste kommen lassen, das verspreche ich Euch.« Sie zählte in obszönen Einzelheiten sämtliche Freuden auf, die ihm zu gewähren sie nicht die geringste Absicht hatte. Danach sah sie, wie seine *braghetta* sich über seinem Geschlecht spannte. Zufrieden ließ Bianca ihre Röcke sinken und entließ ihn. Wie betäubt von Wut und Lust ging er widerstrebend, murmelte Beschimpfungen.

Angespannt vor Erregung blieb Bianca allein im *salotto* sitzen, ein Plan formte sich bereits in ihren Gedanken. Sie hatte zu lange über ihre Rache gegrübelt. Derselbe Stolz, der Genugtuung forderte, hatte sie zu lange daran gehindert, zu handeln. Nun würde sie handeln. Das Geld rechtfertigte ihre Rache. Sie würde Antonio töten, wie es ihrem Auftrag entsprach, und sie würde das Mädchen töten. Sobald Luigi sie bezahlt hatte, würde sie auch ihn töten, konnte sie doch nicht im mindesten darauf vertrauen, daß er schwieg.

Sie wußte, daß Dimitri wartete, neugierig darauf, was Luigi von ihr wollte. Sie sollte ihn rufen, denn er würde ihre Ekstase teilen wollen. Aber sie tat es nicht.

In der Vergangenheit hatte sie ihre Morde gefeiert, mit Dimitri, mit Cesare. Das hätte sie heute abend auch mit Luigi tun können. Das Wissen, daß sie ihn ebenfalls töten würde, hätte ihre Lust nur gesteigert. Es gab viele Gründe, warum sie es nicht tun sollte, aber der wichtigste Grund war ihr heftiger körperlicher Widerwille. Luigi würde nichts als einen Dolchstoß von ihr bekommen. Die Vorfreude ließ heiße Lust durch ihren Körper strömen, doch sie rief Dimitri nicht, um sich Erlösung zu verschaffen. Er würde ebenfalls warten müssen.

Dieser Mord würde ihr letztes Liebesduett mit Antonio sein. Die Lust daran würde sie nur mit ihm teilen und mit niemandem sonst. Sie zitterte vor Spannung. Ob sie Antonio erregen konnte, bevor sie ihn tötete? Die Lust seines Körpers spüren, bevor sie ihm das Leben nahm? Wenn er sich ihr ergab, würde sie ihn im Augenblick seines Höhepunkts töten, die Zuckungen der sinnlichen Erfüllung in ihr wären zugleich sein Todeskampf. Veronica wäre aus seinen Gedanken verbannt. Biancas tödliche Leidenschaft, ihr Haß wären seine letzte Erinnerung – nicht seine Veronica. Sie schob die Hand unter ihre Röcke, schloß die Augen und gab sich ihrer Phantasie hin.

Dimitri trat zurück, betrachtete sein Werk im Spiegel, dann beugte er sich vor und legte noch etwas Farbe unter ihren Augen auf, unter ihren Wangenknochen.
»Nein, nein«, sagte Bianca. »Das ist zuviel.«
»Nicht aus der Ferne, wenn Ihr eine Kapuze tragt.«
»Wenn er sich mir nähert, wird er sehen, daß es nur Schminke ist. Ich glaube nicht, daß er es tun wird, aber ich muß vorsorgen.«
»Ein- oder zweimal könnt Ihr das Risiko eingehen. Wählt Eure Position sorgfältig. Laßt Euch nur kurz sehen, und dann verschwindet wieder«, sagte Dimitri. »Er muß den Tod in Eurem Gesicht sehen, wenn er an einen Selbstmordversuch glauben soll. Ihr müßt sein Mitleid erregen.«
Es war der beste Plan, den sie sich ausgedacht hatte, seit Luigi della Montagna ihr vor zwei Tagen den Auftrag erteilt hatte. Ein Mittel, um Antonio in Sicherheit zu wiegen und ihn zu ihr zu locken. Bianca entfernte sich vom Spiegel. Der Eunuch hatte recht – aus einiger Entfernung hatte es genau die Wirkung, auf die sie es anlegte. Das Bild einer Frau, hohläugig vor Verzweiflung, deren besessene Liebe sie von innen verzehrte. Eine Frau, die ihren Stolz vergaß, um flüchtige Blicke auf den Liebhaber zu erhaschen, der sie abgewiesen hatte.
Bianca fröstelte. Sie hatte sich immer wieder gesagt, daß dieser Plan nicht anders war als die Rolle der reuigen Sünderin, die sie gespielt hatte, um Priester zu verführen. Aber das traf nicht zu. In jener Maskerade hatte es keinen eiskalten Hauch von Wirklichkeit gegeben, keine lähmende Scham, die ihr Vergnügen an dem berechnenden Kom-

plott verminderte. Nur für Antonio nahm sie diese Demütigung auf sich.
Sie wandte sich wieder Dimitri und den praktischen Fragen zu. Antonios Wohnung war reich ausgestattet, jedoch klein. Dort war er sicher. Nachts standen nur seine Diener Wache. Die zusätzlichen Männer, die er bestellt hatte, stießen morgens zu ihm und begleiteten ihn nachts nach Hause. »Ich mache mir Sorgen, daß Luigis Anschlag unseren Plan durchkreuzen könnte. Selbst wenn er mich nicht verdächtigt, ist er doch argwöhnisch. Er könnte darauf bestehen, nach seinen Wachen zu schicken, bevor er hierherkommt. Wenn er das tut, können wir ihn nicht unbemerkt töten. Du wirst sehr überzeugend sein müssen, Dimitri, um ihn ohne Schutz hierherzulocken.«
»Macht Euch keine Gedanken. Ihr wißt, wie sehr er es haßt, sich mit ihnen zu umgeben, und er wird in dieser Situation keine Aufmerksamkeit erregen wollen. Ich werde ihn überzeugen, daß keine Zeit zu verlieren ist. Antonio wird mir glauben, Herrin. Er wird mir allein folgen oder höchstens seinen Kammerdiener mitnehmen. Wenn wir sie beseitigt haben, werfen wir die Leichen in den Fluß. Selbst wenn entdeckt wird, daß sie hier waren, wird man annehmen, daß er überfallen wurde, als er Euch verließ.«
Es würde klappen. Es mußte klappen. Sie wollte Antonio hierhaben. Wollte, daß er ihr ausgeliefert war.
»Bianca«, bettelte Dimitri, »laßt mich Antonio entmannen. Laßt mich ihn töten.«
»Nein!« Sie zwang sich zu Gelassenheit. »Du wirst ihn nicht anrühren. Sein Leben gehört mir. Du kannst den Kammerdiener und Luigi haben und mit ihnen machen, was du willst.«
Dimitri schmollte, seine Unterlippe zitterte, sein Blick war vorwurfsvoll. Bianca fragte sich verärgert, ob sie sich nicht doch hätte zwingen sollen, mit Luigi della Montagna zu schlafen. Dann hätte es Dimitri weit größeres Vergnügen bereitet, ihn zu töten. Wie es jetzt stand, fühlte er

sich betrogen. Gemeinsame körperliche Lust würde ihn besänftigen, aber sie hatte jetzt nicht die Geduld, ihm einen Gefallen zu tun. Sobald Antonio tot war, würde alles wieder werden wie früher. Dann würde sie Dimitri belohnen.

»Und wenn Antonio nicht kommt?« fragte Dimitri beleidigt.

»Dann entwerfen wir einen anderen Plan!« fuhr Bianca ihn an. Antonio mußte kommen, wenn er hörte, daß sie im Sterben lag. Ich werde ihn töten, wenn er es nicht tut, dachte sie, dann verbiß sie sich ein irres Lachen. Sie wandte sich Dimitri zu. »Was ist mit dem Gift?«

»Es ist alles bereit«, murmelte er immer noch mißmutig.

»Morgen gehe ich zu Danieles Haus, als Bettler verkleidet. Du weißt ja, es ist eine meiner besten Verkleidungen. Wenn ihre Köchin so religiös ist, wie du sagst, wird sie mir ein Stück Brot und einen Teller Suppe anbieten.«

»Nicht in der Küche«, wandte er ein. »Sie wird das Essen auf den Hof bringen. Und selbst wenn sie Euch in die Küche ließe, würde sie bei Euch bleiben.«

»Du selbst hast mir gesagt, daß sie eine Anhängerin Savonarolas ist. Der Eunuch einer berühmten Kurtisane würde niemals über den Hof hinauskommen, gleichgültig wie beredt er ihr Gebäck priese.« Zumindest stimmten sie darin überein, daß der Zucker vergiftet werden sollte. »Dein Auftauchen würde sogleich Verdacht erregen.«

»Ich kann doch den Bettler spielen«, sagte er.

»Unsinn.« Dimitri war zu wohlgenährt, um Mitleid zu erregen. Nicht einmal geschickte Schminke konnte das verdecken. Und wenn er eine Krankheit als Grund seiner Armut vorheuchelte, würde man ihn gewiß nicht in die Küche lassen. Es sah Dimitri nicht ähnlich, sich Vernunftsgründen zu verweigern, aber er war pikiert, weil seine Rolle so klein war.

Deshalb wagte er noch einen Versuch. »Dann spiele ich einen Mönch. Einen demütigen Mönch auf Pilgerfahrt, um Savonarola zu besuchen. Ich werde um Almosen bitten, einen Kanten Brot. Dann werde ich sie bitten, mir alles zu erzählen, was sie von dem heiligen Mönch weiß.«

Bianca starrte ihn an. Dieser neue Einfall hatte seinen Reiz, besonders wenn er die Köchin dazu bewegen konnte, das große Wort zu schwingen. Bianca merkte, daß sie zögerte, auch nur einen Teil des Komplotts aus den Händen zu geben, doch die Stimmung zwischen ihnen war zu gespannt. Sie würde Dimitri dieses Zugeständnis machen. »Nun gut«, willigte sie ein und sah, wie ein Lächeln auf seinem Gesicht erschien.

»Es ist der beste Plan überhaupt, Herrin. Einen Mönch könnte sie sogar in der Küche allein lassen. Wenn ich den Zucker vergiften kann, während sie nicht hinsieht, um so besser. Wenn nicht, werde ich mir zumindest die Abläufe im Haus einprägen, und wir können einen Einbruch planen, während sie schlafen. So oder so wird der Zucker vergiftet, und das ganze Haus wird von einer auszehrenden Krankheit befallen.« Dimitri kicherte, zumindest im Augenblick besänftigt. Er vollführte für sie eine grausige Pantomine.

Bianca hatte mehrere Todesarten für Veronica phantasiert. Die ersten waren mit viel Blut und großen Schmerzen verbunden und wurden stets vor Antonios Augen durchgeführt. Doch sie wollte keine Störung bei ihrer letzten Begegnung mit Antonio, nicht Veronicas Tod und nicht einmal das Wissen um ihren möglichen Tod. Danach hatte sie eine immer ausgefeiltere Phantasie entwickelt, in der Veronica vergewaltigt wurde. Zuerst ein *trentuno reale*, neunundsiebzig Männer, die sich über den Körper ihrer Rivalin hermachten. Der beste Plan war, sie zu entführen und an das Bordell der Ponte Sisto zu verkaufen, das schlimmste Dreckloch von Rom. Jahrelange Erniedrigung und Mißhandlung wären eine gerechte Strafe dafür, daß sie ihr Antonio gestohlen hatte.

Diese kunstvollen Phantasien waren angenehm, aber dumm. Bianca wußte, daß ein stiller Tod die einfachste und unverdächtigste Lösung war, Gift, das eine schleichende Krankheit vortäuschte. Sie würde das Wissen genießen, daß Veronica langsam, unter Schmerzen dahinstarb, ohne etwas zu ahnen. Wenn sie Glück hatte, würde Veronicas Sterben schon morgen beginnen.

Aber Antonio wäre schon lange vor ihr tot.

29. Kapitel

FALLSTRICKE

Es war nach Mitternacht, als Giacomo ihn weckte. »Dieser verrückte Eunuch steht vor der Tür.«

»Dimitri?« fragte Antonio, obwohl ihm nicht das Bild des Eunuchen vor Augen stand, sondern Bianca, wie er sie zuletzt gesehen hatte.

»Er möchte Euch sprechen, Herr.« Giacomo wand sich unbehaglich. »Ich wollte ihn fortschicken, war mir aber nicht sicher. Außerdem dachte ich, wenn Ihr ihn nicht empfangt, schreit er noch die ganze Straße zusammen.«

»Am besten frage ich ihn erst einmal, was er will«, sagte Antonio. »Wie spät ist es?«

»Zwei Uhr früh.«

Giacomo brachte ihm ein Tuch und Wasser. Die kühle Feuchtigkeit auf Antonios Gesicht und Nacken vertrieb den Rest seiner Schläfrigkeit. Er zog den gefütterten Seidenmorgenmantel an, den Giacomo ihm hinhielt, und band die Schärpe in dem absurden Gefühl zu, sich für die Schlacht mit dem Schwert zu umgürten. Giacomo folgte dicht hinter ihm, als Antonio in den mit Gobelins geschmückten *salotto* hinunterging, wo Biancas Eunuch wartete. Dimitri war erregt, sein Gesicht war blaß und feucht von Schweiß, er rang die Hände wie in verzweifeltem Gebet.

»Können wir nicht allein sprechen, Herr?« bat er.

Antonio gab Giacomo ein Zeichen, sich unauffällig in den Korridor zurückzuziehen, und wußte genau, daß sein Kammerdiener das Gespräch belauschen würde. Dimitri warf Giacomo einen haßerfüllten Blick zu, sah jedoch, daß er kein weiteres Zugeständnis erlangen würde. Der Eunuch leckte über seine Lippen, ging

näher an Antonio heran und flüsterte eindringlich: »Bitte, Herr, Ihr müßt mit mir kommen. Zu meiner Herrin. Sie ist sehr krank.«
»Die Verbindung zwischen deiner Herrin und mir ist beendet«, sagte Antonio. Er sprach reserviert, doch er empfand einen Anflug von Beklemmung. Er hoffte, daß dies nicht mehr als ein aufdringlicher Versuch war, seine Aufmerksamkeit zu erringen. Dennoch stutzte er, konnte nicht glauben, daß ausgerechnet Bianca zu solch primitiven Mitteln greifen würde. »Wenn sie krank ist, solltest du einen Arzt rufen, nicht mich.«
»Sie will keinen Arzt. Ihr seid alles, was sie will.« Dimitri warf einen verzweifelten Blick in den Korridor, dann keuchte er: »Sie stirbt.«
»Sie stirbt?« wiederholte Antonio ungläubig.
»Gift, sie hat Gift genommen. Sie leidet große Qualen, Herr. Habt Mitleid. Kommt mit mir.«
Antonio schüttelte den Kopf, verweigerte sich nicht der Bitte Dimitris, sondern der Vorstellung an sich. Aber er konnte es nicht leugnen. Er erinnerte sich an Bianca, in einen Umhang gehüllt, blaß und hohläugig, wie sie sich in einer schattigen Gasse in der Nähe seiner Wohnung herumdrückte. Dreimal hatte er sie dort gesehen, das letzte Mal erst gestern. Jedesmal hatte er sich abgewandt, sich geweigert, Notiz von ihr zu nehmen. Das theatralische Heischen um Mitleid erzürnte ihn und ihn stieß ab, daß sie sich derart bloßstellte. Bianca, die Stolze. War dies nicht allein ein Beweis dafür, daß sie nicht bei Verstand war und durchaus einen Selbstmordversuch begehen könnte? Konnte sie ihn wirklich so sehr lieben, daß sein Verlust sie am Leben verzweifeln ließ? Vor diesen seltsamen Auftritten hätte er es weit von sich gewiesen. Aber er hätte sich auch nie träumen lassen, daß sie sich in ihn verliebte. Er erinnerte sich an die Leidenschaft, die in ihren Augen brannte, als sie in der Allee stand, verzweifelt, verschlingend, und begriff im gleichen Augenblick, daß ihre gespenstische Erscheinung nicht nur Wut in ihm geweckt hatte, sondern auch Furcht.

»Ihr müßt kommen.« Dimitri zitterte, Schweißperlen standen auf seiner Stirn. »Es ist zu spät, als daß ein Arzt sie retten könnte. Ihr allein könnt ihren Todeskampf erleichtern. Was machen Euch ein paar Minuten schon aus, wenn sie erst tot ist? Laßt sie Euer Gesicht sehen. Sagt ein paar liebe Worte zu ihr. Wenn Ihr sie auch nie geliebt habt, so war sie doch schön, begehrenswert. Ihr hattet Eure Lust an ihr. Sie leidet nur Euretwegen.« Dimitri kniete vor ihm nieder, Tränen strömten über sein Gesicht, er legte die dicken Hände auf Antonios Knie. »Habt Ihr nie geliebt, nie gelitten? Wollt Ihr sie ohne ein Wort des Trostes sterben lassen?«

Das Schauspiel widerte Antonio an und beunruhigte ihn zugleich. Könnte Dimitri derart außer sich sein, wenn es nicht um Leben und Tod ginge? Antonio vermutete, daß er Bianca selbst liebte, soweit er dazu fähig war. Als er zögerte, schrie Dimitri: »Sie stirbt! Stirbt aus Liebe zu Euch!« Dann brach er weinend vor seinen Füßen zusammen.

Antonio wandte sich ab und ging zum Kamin hinüber, obwohl dort kein Feuer brannte, das ihm Wärme spenden konnte. Er lehnte sich an das Kaminsims, dachte an Beatrice und ihre Täuschungen, an Lucrezia Borgias Machenschaften, an Laudomias glühenden Haß. Dachte wieder einmal an seine anfängliche Grausamkeit Veronica gegenüber, wie er sie gequält hatte, weil sie ihm ihre Liebe schenkte – und wie sehr sie ihn liebte, so sehr, daß sie es ertragen hatte. »Nun gut, ich komme mit dir«, sagte er leise.

Sogleich kam Giacomo hereingeeilt. »Die Straßen sind nachts nicht sicher. Laßt mich nach den Wachen schicken, Herr.«

»Dafür ist keine Zeit mehr!« schrie Dimitri und schlug mit den Fäusten auf den Boden. »Dafür ist keine Zeit mehr!«

»Laß nur, Giacomo«, sagte Antonio. »Es ist nicht weit von hier. Ich bezweifle, daß jemand uns belästigen wird.« Er haßte es, immer mit dem ganzen Haufen unterwegs zu sein, und die Möglichkeit eines Überfalls war gering. Niemand würde damit rechnen, daß er so spät in der Nacht

seine Wohnung verließ. Giacomo war keine Wache, aber er war erfindungsreich im Kampf und witterte Ärger. Dimitri verfügte ebenfalls über große Kräfte, fiel ihm ein. Er musterte den Eunuchen mißtrauisch. Es war nicht unmöglich, daß Bianca mit seinen Feinden konspirierte. Aber irgendwie konnte er sich nicht vorstellen, daß sie ihren Stolz im Dienste eines anderen opfern würde. Wenn es eine Falle war, dann hatte die Kurtisane sie vermutlich allein ausgeheckt.
»Beeilt Euch«, bettelte Dimitri. »Beeilt Euch, oder sie wird vorher sterben.«
»Dimitri, warte unten. Giacomo, zieh dich an. Ich komme allein zurecht«, sagte Antonio, dann ging er in sein Schlafzimmer, froh, dem Eunuchen einen Augenblick zu entkommen. Dimitri war mitleiderregend, aber er hatte auch etwas Abstoßendes, war von einer Abnormität, die über seinen körperlichen Zustand hinausging. Antonio kleidete sich rasch an, dann mußte er Giacomo zurechtweisen, der ganz offensichtlich auf Zeit spielte. Endlich nahmen sie ihre Waffen und eilten zu Biancas Haus, Dimitri, der die Fackel trug, an der Spitze. Sie gingen schnell und vorsichtig, hielten nach einem Hinterhalt Ausschau, aber niemand wartete auf sie. Als sie an ihrem Ziel angelangt waren, zog Antonio sein Schwert, und Giacomo folgte seinem Beispiel. Sein Kammerdiener bestand darauf, vorauszugehen, den *salotto* und die anderen Räume im Erdgeschoß zu überprüfen.
Als Giacomo auf die Treppe zusteuerte, versperrte Dimitri ihm hastig den Weg und stimmte wieder sein empörtes Geheul an. »Was tut Ihr da? Dieser Mann darf meine Herrin nicht sehen. Das ist eine Kränkung!«
»Giacomo begleitet mich bis zur Tür. Er kann nach unten gehen, wenn ich sicher bin, daß keine Gefahr besteht.«
Dimitri warf ihm einen Blick unverhüllten Abscheus zu. Er schob sich an Giacomo vorbei und führte sie zur Tür von Biancas Schlafzimmer. Er verlangte, als erster hineingehen zu dürfen, und Antonio nickte zustimmend. Dimitri öffnete die Tür und trat ein. Das Zimmer war nur vom

Schein des Feuers erhellt, und Antonio befahl dem Eunuchen, alle Kerzen anzuzünden. Ein Chaos wurde sichtbar. Der gewöhnlich makellose Raum war unordentlich, überall waren Kleider verstreut, der Duft verschütteten Parfüms mischte sich mit dem scharfen Geruch von medizinischem Alkohol. Der Eunuch ging durchs Zimmer, öffnete umständlich Schränke und zog Vorhänge auf. Antonio versicherte sich, daß niemand sich im Zimmer versteckt hielt. Er kam sich lächerlich vor und schämte sich, weil er immer noch mißtrauisch war, verbannte seine Furcht und konzentrierte sich auf die Gestalt in der seidigen Pracht des Bettes.

»Hol einen Arzt«, befahl er Dimitri.

»Nein«, flüsterte Bianca. Ihre Stimme klang schwach und heiser.

»Tu es, oder ich schicke Giacomo«, sagte Antonio zu ihm. Vielleicht war es hoffnungslos, aber er konnte nicht verstehen, warum der Eunuch es zugelassen hatte, daß Biancas Wünsche jeden gesunden Menschenverstand außer Kraft setzten.

»Ich gehe, Herr. Sofort.« Aber Dimitri blieb.

»*Presto*«, drängte Antonio. »Geh allein, oder nimm Giacomo mit, falls du dich dann sicherer fühlst.«

»Danke. Wir gehen also. Ich lasse Euch allein mit meiner Herrin«, sagte Dimitri leise und schloß die Tür hinter sich. Antonio steckte sein Schwert in die Scheide und näherte sich dem Bett, entsetzt über die Verwandlung der Kurtisane. Bianca hob den Arm und bedeutete ihm, stehenzubleiben. »Kommt nicht näher«, bat sie. »Laßt mich Euch ansehen.«

Die Bitte setzte Antonio in Verlegenheit, doch er tat wie geheißen und nutzte die Zeit, um sich von dem ersten Schreck zu erholen und sich für die Kraftprobe zu wappnen, die ihm noch bevorstand. Im flackernden Licht der dünnen Kerzen sah die Kurtisane bereits wie ein Leichnam aus, wie eine bemitleidenswerte Kreatur, die ertrunken war und die man aus dem Fluß gefischt hatte. Ihr Haar war feucht und verfilzt, klebte an Gesicht und Schultern wie blasse, schleimige Schlingpflanzen. Ihre brennenden Augen lagen tief in ihren Höhlen, auf der Haut lag ein grünlicher Schimmer.

»Warum?« fragte er.

»Ihr wißt, warum!« schrie sie.

Bianca war so eitel gewesen, so stolz auf ihre erotischen Künste. Ihr hätte jeder Mann in Florenz zu Füßen gelegen, wenn sie gewollt hätte – fast jeder Mann. Antonio hatte sie früher für unfähig gehalten, Liebe zu empfinden – vielleicht, weil die Liebe sie zuvor nie gefunden hatte und somit keine Spuren ihrer Freuden und Leiden an ihr hinterlassen hatte. Wußte sie vielleicht nicht, daß man den Verlust der Liebe überleben konnte, weil sie die Liebe nie gekannt hatte? Oder weil die Liebe sie nicht interessiert hatte? Dieses Gefühl kannte er nur zu gut. Ärgerlich, voll bitterer Traurigkeit, ging er zu ihr. Als er näher kam, wandte sie das Gesicht ab und verbarg es in den Kissen. Scham oder Eitelkeit? fragte sich Antonio. Glaubte sie wirklich, aus der Nähe sähe sie schlimmer aus? Oder daß es jetzt noch von Bedeutung war?

Bianca stöhnte, als Antonio sich neben sie aufs Bett setzte. Als er sanft ihren Namen sagte und die Hand auf ihre Schulter legte, spürte er, daß irgend etwas an der Szene nicht stimmte. Der Geruch nach Alkohol und Kräutern schuf die Atmosphäre eines Krankenzimmers, aber es roch nicht nach Erbrochenem. Vielleicht hatte das Gift, das sie eingenommen hatte, nicht diese Wirkung, oder Dimitri hatte alles aufgewischt, doch ihr wächsernes, grünliches Gesicht deutete auf ständige Übelkeit hin. Dann, als er Bianca das Haar aus der Stirn strich, bemerkte er etwas. Unter den feuchten, wirren Strähnen glänzte ihre Haut in dem gewohnten rosigen Elfenbeinton.

Antonio erstarrte, als sich plötzlich alles zusammenfügte. Das Chaos im Zimmer wirkte jetzt kunstvoll inszeniert. Bianca stieß seinen Namen hervor, als er sie zu sich drehte. Sie klammerte sich mit flehendem Blick an ihn, setzte das Spiel fort, aber aus unmittelbarer Nähe betrachtet war

ihre Gesichtsfarbe nichts weiter als geschickte Schminke. Angewidert schob er sie weg. Die Kurtisane vergrub sich wieder in den Kissen, schluchzte, flehte ihn an, sie nicht zu verlassen. War all das ein billiger Trick, oder steckte etwas Schlimmeres dahinter? In jedem Fall mußte er gehen, und zwar mit mehr Vorsicht als bei seiner Ankunft. Antonio zog sein Schwert.
Alles Weitere geschah innerhalb weniger Sekunden. Irgendwo unter ihm ertönte ein Schrei, gefolgt von einem unheilverkündenden Aufprall. Giacomo. Noch während er herumfuhr, wußte Antonio, daß er einen Fehler gemacht hatte. Er spürte, daß Bianca sprang, doch er war nicht schnell genug. Etwas traf seinen Kopf, und er stürzte zu Boden. Zorn über seine eigene Dummheit war das letzte, was er empfand, bevor Dunkelheit ihn einhüllte.

Als Antonio das Bewußtsein wiedererlangte, merkte er, daß er an Händen und Füßen gefesselt auf Biancas Bett lag, die Kleider hatte man ihm ausgezogen. Vorsichtig sah er sich im Zimmer um, entdeckte nur Bianca. Sie warf ein Bündel auf einen Stuhl. Seine Kleider – und sein Schwert. War sie die Auftraggeberin oder nur der Lockvogel? Antonio erinnerte sich an den Schrei, den er gehört hatte, bevor sie ihn niederschlug, und fragte sich, ob Giacomo wohl noch am Leben war. Er riß an den Fesseln, um ihre Festigkeit zu prüfen, mußte jedoch feststellen, daß er sie nicht würde lösen können. Mit welch ohnmächtigem Zorn seine Lage ihn auch erfüllte, er wollte seiner Gefangenenwärterin nicht die Genugtuung geben, dagegen anzukämpfen, sondern fügte sich.
Bianca trat zu ihm. Ein Blick in die Augen der Kurtisane sagte Antonio, daß sie seinen Tod wollte. Mehr noch als Luigi und mehr noch als sein Vater. Nur Laudomia hatte ihn mit solch vernichtender, haßerfüllter Leidenschaft angesehen. Aber in Laudomias Haß mischte sich keine Lust, während Bianca davon beherrscht war.
Sie lächelte. »Also seid Ihr wach.«
»Ja.«

Bianca hatte sich das Gesicht gewaschen und Lippen und Augen geschminkt. Ihr Haar war immer noch verklebt, aber sie hatte es zusammengebunden. Das Satinhemd, das sie trug, floß wie flüssiges Silber an ihrem Körper herab, schimmerte kühl und giftig wie Quecksilber. Als Antonio sie musterte, stellte er fest, daß der Eindruck, den sie zuvor auf ihn gemacht hatte, nicht nur das Werk von Kosmetik gewesen war. Bianca wirkte dünner, ihre Wangenknochen ausgeprägter. Sie verliehen ihrem Gesicht eine ungewohnte Strenge. Mehr noch als früher sah sie wie eine Eiskönigin aus. Und das Eis loderte heller denn je.

»Ich bin Euch sehr dankbar, daß Ihr meinem Ruf gefolgt seid«, murmelte sie, als sie sich aufs Bett setzte. »Ihr habt mir gefehlt. Wir haben uns noch nicht richtig voneinander verabschiedet.« Sie küßte ihn auf die Lippen, dann liebkoste sie seinen Körper mit ihren Händen, ihrem Mund, der Klinge, die sie so liebevoll hielt.

Keuchend glitt Veronica aus einem Alptraum in eine Vision. Antonio war in Gefahr. Der Geruch des Todes vernebelte ihren Verstand wie ein übelriechendes Parfüm, und durch diese schwarze Wolke wirbelten schreckliche Bilder. Ein funkelndes Messer zog feine Linien des Schmerzes über seine Brust. Helles Blut rann über seine Haut und befleckte die langen, hellen Finger, die mit seinem Geschlecht spielten. Ein spöttisches, neugieriges Gesicht neigte sich über ihn, schön und böse ... Die Königin der Schwerter war nicht Laudomia gewesen.

Mit einem erstickten Aufschrei warf Veronica die Bettdecke zurück und stolperte zum Kleiderschrank, holte die Männerkleider heraus, die sie aus dem Zigeunerlager mitgenommen hatte. Panisch, in Schweiß gebadet, schlüpfte sie in Strumpfhosen und Wams und streifte die Stiefel über. Während sie ihren Messergurt umschnallte, rannte sie in Danieles Zimmer und stieß die Tür auf.

»Wach auf!« rief sie. »Daniele, wach auf!«

Er schreckte auf, sprang nackt aus dem Bett. »Was ist los? Wo brennt's?«

»Antonio ist in Gefahr.« Es gelang ihr, klar und deutlich zu sprechen. »Hol eine Stadtwache und bring den Mann zu Biancas Haus.«
»Bianca?«
»Ja. Beeil dich, beeil dich.« Veronica machte kehrt und stürzte die Treppe hinunter. Sie hörte, wie Daniele rief, sie solle auf ihn warten, doch sie rannte blindlings aus dem Haus auf die Straße, lief zum Arno und über die nächste Brücke. Sie kannte die Straße, in der Bianca wohnte. Daniele hatte ihr das Haus einmal gezeigt. Die Häuser in diesem Viertel waren anders als die Häuser im Stadtzentrum angeordnet. Aber sie konnte sich an kein besonderes Merkmal erinnern. Eine Hängelaterne, ein schmiedeeisernes Tor wie alle anderen Häuser in dieser Gegend. Ob sie es in der Dunkelheit wiederfinden konnte? Sie mußte es finden. Ob sie das Haus wiedererkannte oder nicht, ihre Angst würde sie führen.
Als Veronica die Straße erreichte, zwang sie sich stehenzubleiben, Atem zu holen und langsam weiterzugehen. Sie mußte vorsichtig sein. Es konnten Wachen in der Nähe sein, oder Biancas berüchtigter Eunuch konnte auf der Lauer liegen. Sie erkannte das Haus auf Anhieb, ihr Herz klopfte wild. Leise ging sie an der Mauer entlang zum Tor. Niemand bewachte die Vorderfront, und das Tor war nicht verschlossen. Vorsichtig, damit niemand im Haus sie hörte, versuchte Veronica die Eingangstür zu öffnen. Sie war verriegelt. Die Vorderfenster waren mit Eisenstäben vergittert, die Vorhänge zugezogen, kein Lichtschimmer drang nach außen.
Oben. Es war kein Gedanke, sondern ihre eigene Stimme sprach zu ihr. Als Veronica nach oben blickte, sah sie Fenster, die nicht vergittert, sondern mit Zierbalkonen aus eisernen Schnörkeln versehen waren. Über ihr war Licht, das sie nicht nur mit den Augen wahrnahm, sondern in ihrem Herzen pochen fühlte. Er lebte. Antonio lebte.
Sie schlich zur Hintertür, die ebenfalls verschlossen war, auch hier waren die unteren Fenster vergittert. Hinter einem Fenster, das mit Läden und nicht mit Vorhängen ver-

sehen war, vermutete sie die Küche. Aus diesem Fenster fielen schmale Lichtstreifen, und schwache Geräusche drangen nach draußen. Der Eunuch, eine Wache, Giacomo? Sie wußte es nicht, und sie mußte nach oben gelangen. Damit blieb nur noch die Mauer. Wenn sie von dort aus sprang, könnte sie wahrscheinlich einen der winzigen Balkone erreichen. Veronica fand keine Ranke, an der sie hätte hinaufklettern können, keinen Baum, der dicht genug stand, um ihr von Nutzen zu sein. Sie lief zum Tor zurück und fand dort genug Halt, um an der Mauer hochzuklettern und von dort zu dem Fenster, durch dessen Vorhänge ein blasser Lichtschimmer drang. Sie wählte den günstigsten Winkel, sprang und packte die Eisenstäbe, fluchte leise, als sie über den Stein kratzten. Niemand eilte auf das Geräusch herbei, also hatte man es wohl nicht gehört. Vorsichtig stützte Veronica sich mit dem Fuß ab, zog sich über den Balkon auf das breite untere Sims. Sie konnte sich am oberen Sims festhalten, um die Scheibe einzutreten. Doch zuerst spähte sie durch den schmalen Spalt zwischen den Vorhängen – Biancas Schlafzimmer.

»*Inferno*«, fluchte sie leise, und ihr Herz schien doppelt so schnell zu schlagen, hämmerte gegen ihre Brust. Antonio war dort, er lebte. Er war ans Bett gefesselt, Bianca saß neben ihm und fuhr mit den Händen, dem Messer über seinen Körper. Aber sie waren nicht allein. Der Eunuch stand in der Tür hinter ihnen.

Antonio verweigerte sich ihr. Reagierte nicht Biancas Wünschen entsprechend. Angesichts seiner gewohnten Reaktion auf Gefahr hätte es ihn nicht überrascht, wenn ihre Bemühungen ihn erregt hätten. Früher einmal hatte er sich von ihrer Dunkelheit angezogen gefühlt, doch jetzt stieß sie ihn nur ab. Seine Sinne waren geschärft, doch in seiner Wut war keine Hitze, nichts Verlockendes in dem leichten Schmerz, den sie ihm zufügte, nichts Erregendes in ihren geschickten Liebkosungen. Sein Ekel erstickte jede erotische Empfindung, die sie in ihm wachzurufen suchte. Antonio war froh, daß er ihr diese Genugtuung

nicht verschaffte. Doch als sie sich von seinem schlaffen Geschlecht zurückzog, sah er, daß ihre Wut sich allmählich zu Raserei steigerte, der Tod näher rückte. Der Tod nach der einleitenden Folter.
Ja. Jetzt schnitt das Messer tiefer ein. Auch darauf zeigte Antonio keine Reaktion. Diesmal noch. Er konnte den Schmerz eine Zeitlang ertragen, aber er bezweifelte nicht, daß sie ihn über dieses Stadium hinaustreiben konnte. Seine Weigerung, auf Bianca zu reagieren, würde ihn weit mehr als das Leben kosten. Vermutlich würde man ihm auch seine Männlichkeit nehmen. Als er Dimitri wie ein Gespenst hinter ihr lauern sah, war er davon überzeugt. Er erwiderte seinen lüsternen Blick ebenso verächtlich wie den Biancas.
Dimitri war geräuschlos eingetreten. Erst Antonios veränderte Blickrichtung machte Bianca darauf aufmerksam. Sie fuhr herum, ihr Gesicht war plötzlich entstellt, ihre Stimme ein drohendes Zischen: »Ich habe dir gesagt, du sollst mich nicht stören. Er gehört mir. Du kannst seinen Diener haben.«
»Ihr wißt, daß das nicht dasselbe ist«, jammerte Dimitri. »Ihr wißt, daß es besser ist, wenn wir sie gemeinsam töten.«
Sie. Wenn wir sie gemeinsam töten. Eine Idee formte sich in seinem Kopf, zu bizarr, um glaubhaft zu sein, und doch fügte sich dadurch alles zusammen. Jetzt wußte er, warum Juans maskierter Freund ihm so vertraut erschienen war.
»Nicht diesmal«, flüsterte sie aufgeregt. »Antonio teile ich mit niemandem, nicht einmal mit dir. Also, geh wieder hinunter und gib dich mit dem zufrieden, was ich dir überlassen habe. Es sei denn, du bist schon mit ihm fertig.«
»Nein«, murmelte Dimitri. »Ich habe noch gar nicht angefangen.«
Giacomo lebte. Im Augenblick zumindest noch. Antonios Lippen verzogen sich zu einem grimmigen kleinen Lächeln. Der Eunuch war ein Narr, ihn allein zu lassen. Giacomo konnte sich aus fast jeder Fessel befreien.

»Du meinst, du bist statt dessen hier hereingeschlichen, um mir zuzusehen?«
»Herrin, bitte«, flehte Dimitri.
»Raus«, befahl Bianca. »Hinaus mit dir!«
»Ja, Herrin«, flüsterte Dimitri. Sein Gesicht zog sich zu einem kummervollen Schmollen zusammen, doch er ging zur Tür. Dort wandte er sich noch einmal um, und der Blick, den er Antonio zuwarf, war pures Gift.
Bianca verlor die Geduld. Sie schritt zur Tür, und der Eunuch eilte die Treppe hinunter. Sie schloß die Tür und schob den geschnitzten Holzriegel vor, dann horchte sie und wartete, bis Dimitri hinuntergegangen war. Als er fort war, kam sie zum Bett zurück. Antonio sah, daß die Auseinandersetzung an ihrer Stimmung nichts geändert hatte. Ihre Geduld war zu Ende, nicht nur mit Dimitri, sondern auch mit ihm. Bianca lächelte, und dieses Lächeln verhieß nichts Gutes.
»Ihr könnt schreien, soviel Ihr wollt«, sagte sie. »Meine Beschützer schreien oft in der Ekstase.«
Plötzlich ertönte von einem Fenster das Splittern von Glas. Bianca wirbelte herum. Das Messer ausgestreckt, ging die Kurtisane am Fuß des Bettes in die Knie, als eine Gestalt durch die Vorhänge sprang. Veronica, dachte Antonio. Freude und Angst nahmen ihm den Atem.
Auf Biancas Gesicht malte sich Erstaunen, doch nur einen Augenblick lang. Dann lachte sie. »Die Hündin hat ihren Herrn erschnüffelt. Wie habt Ihr ihn gefunden? Habt Ihr sein Blut gerochen?«
Antonio keuchte, als Biancas Messer über seine Fußsohlen fuhr. Veronica schrie auf, als sie das helle Rot seines Blutes sah. Die Kurtisane schnellte vorwärts, vollführte ihren ersten tödlichen Stoß. Veronica sprang zurück, das Messer hatte sie nur um wenige Zentimeter verfehlt. Antonio biß die Zähne zusammen, verwünschte sich im stillen. Er hätte den Schmerz ertragen können, aber diesmal hatte Bianca ihn überrascht.
Neue Gefahr drohte. Der Eunuch hatte den Lärm gehört und polterte die Stufen herauf. Er versuchte die Tür zu

öffnen, fand sie aber verrammelt vor. Doch Riegel und Tür waren nicht massiv, und Antonio wußte, daß Dimitri sie rasch aufbrechen konnte, wenn er sich mit seinem ganzen Gewicht dagegen stemmte. Noch hämmerte er nur mit der Faust gegen das Holz und schrie: »Was ist los, Herrin? Was ist geschehen?«
»Bleib, wo du bist«, rief Bianca, ohne den Blick von ihrer Beute abzuwenden. »Unsere hübsche Veronica ist zu uns gestoßen. Sie ist im Begriff, herauszufinden, was mit ungebetenen Gästen geschieht.«
Antonio beobachtete, wie Bianca seitwärts tänzelte, ein boshaftes Lächeln auf den Lippen, und mit dem Messer rasche Finten vollführte. Veronica war auf der Hut, schaffte es, ihr auszuweichen, doch trotz ihrer Ausbildung bei den Zigeunern sah man deutlich, daß die Kurtisane erfahrener war. Antonios Verdacht, daß sie Mordaufträge ausführte, bestätigte sich. Die einzige Hoffnung war, daß Bianca ihre Fähigkeiten überschätzte und sorglos wurde. Die Kurtisane stieß zu und tänzelte wieder zurück. Veronica stieß ebenfalls vor, doch Bianca konterte, dann machte sie plötzlich einen Ausfall, und ihre Klinge fuhr über Veronicas linken Arm.
»Das erste Blut geht an mich, Hündin«, stieß sie hervor, dann stach sie blitzschnell zu. Veronica parierte den neuen Stoß, doch Bianca hatte wieder getroffen, an ihrer rechten Hand. »Das zweite Blut«, höhnte sie. »Wenn ich mit Euch fertig bin, werdet Ihr nur noch aus hübschen roten Fetzen bestehen, mit denen ich Antonio umwickeln kann.«
Bianca tänzelte nach links, wechselte blitzschnelle Stöße mit Finten ab, versuchte Veronica zu sich zu locken. Antonio sah die Wut in Veronicas Augen, sah, wie sie dagegen ankämpfte, einen tollkühnen Angriff zu wagen. Sie blieb zurück, tänzelte, wartete auf eine Gelegenheit, zuzuschlagen. In Angst um sie zwang Antonio sich, still, reglos dazuliegen, doch Veronica warf ihm einen verzweifelten Blick zu. Als Bianca sah, daß sie kurz abgelenkt war, stieß sie zu. Veronica sprang zurück und stol-

perte. Sie verlor das Gleichgewicht und stürzte. Antonio war überzeugt, daß dies das Ende war. Eiskaltes Entsetzen überkam ihn. Dann, als Bianca sich auf sie stürzte, merkte er, daß das ganze Manöver nur eine Finte war. Veronica packte Biancas Arm und trat zu. Sie traf die Kurtisane mitten im Sprung und schleuderte sie weit von sich. Bianca prallte gegen die Tür und blieb benommen liegen. Sie war nicht bewußtlos, machte einen schwachen Versuch, sich aufzurichten, sank jedoch wieder zurück.
»Ist es vorüber, Herrin?« rief Dimitri, dann, nach einer Pause, in wachsender Panik: »Herrin? Bianca? Bianca!« Als er keine Antwort erhielt, warf er sich gegen die Tür.
Veronica war bereits aufgestanden und zu Antonio geeilt, machte sich mit ihrem Messer an dem Seil zu schaffen, mit dem sein rechtes Handgelenk ans Bett gefesselt war. Sie warf einen Blick über die Schulter, um zu sehen, ob Bianca sich erholt hatte und die Tür noch standhielt. Das erste Seil gab nach, und sie setzte sich rittlings auf Antonio, weil dies der einfachste Weg war, um auch die andere Handfessel zu erreichen. Sein Körper reagierte sogleich, die Erregung, die Bianca vergeblich in ihm zu wecken versucht hatte, rann heiß durch seine Adern. Als Veronica es spürte, sah sie ihn empört an.
»Daniele holt Hilfe«, sagte sie, während sie sich weiterhin mit der zweiten Fessel abmühte.
Plötzlich war ein lautes Krachen und Poltern zu hören, das nicht von der Tür, sondern vom unteren Stockwerk kam, als würde das ganze Haus auf den Kopf gestellt.
»Giacomo regt sich auch, glaube ich«, sagte Antonio. Dann sah er, daß Bianca aufgestanden war, sie stürzte zum Bett, hob einen vergoldeten Stuhl über ihren Kopf.
»Hinter dir!« schrie er.
Veronica fuhr herum, aber es war zu spät. Bianca schwang den Stuhl, und das Holz zersplitterte auf Veronicas Kopf. Antonio spürte, wie sie erschlaffte, sie rutschte vom Bett auf den Boden. Das Hämmern an der Tür brach ab, und Dimitri rief: »Bianca! Bianca, ist alles in Ordnung?«

»Ja«, fuhr sie ihn an, und der Eunuch verstummte. Die Kurtisane stand schwankend am Fuß des Bettes, ihre Augen wanderten irr von seinem Gesicht zu seinem aufgerichteten Geschlecht. Veronica stöhnte. Bianca warf kurz einen Blick auf sie. »Also wird sie doch noch vor Euch sterben«, zischte sie. »Und Ihr werdet dabei zusehen.«
Sie nahm einen Seidenschal von einem Haufen Kleider, straffte ihn, kniete sich hinter Veronica und wickelte den Schal um ihren Hals. Veronica erwachte und wehrte sich, doch Bianca zog die seidene Garotte bereits zu. »Paßt gut auf«, sagte sie zu Antonio.
Neben seinem Fuß entdeckte er Veronicas Messer. Er reckte den Arm und versuchte es zu erreichen, konnte es jedoch nicht fassen. Bianca lachte, als er an der halb zerschnittenen Fessel riß, mit der seine Hand am Bett befestigt war, doch das Lachen verging ihr, als die Schnüre nachgaben. Die Kurtisane schleifte ihr Opfer weg. Dann verfing sich ihr Fuß in ihrem Hemd, sie stolperte und mußte einen Augenblick loslassen. Veronica verdoppelte ihre Bemühungen, sich zu befreien. Bianca griff wieder nach ihr und schrie um Hilfe. »Dimitri! Dimitri!«
»Bianca!« erscholl es von draußen. Das Hämmern setzte wieder ein.
Veronica rang nach Luft, sie wand sich verzweifelt, als Bianca den Schal immer fester zuzog. Antonio streifte seine Fessel ab, ergriff das Messer und versuchte das Seil an seinem linken Fuß zu zerschneiden. Er fluchte wegen der Schwäche seines betäubten Handgelenks. Dann zerbarst mit ohrenbetäubendem Krachen die Tür, Holz splitterte, und Dimitri stürzte in den Raum. Ein Peitschenknall war zu hören, und Antonio spürte einen brennenden Schmerz an der Hand. Das Messer flog ihm aus der Hand und landete neben Bianca. Dimitri schlug erneut zu, zielte auf seine Augen. Antonio riß den Arm hoch, um sich zu schützen, zerrte mit dem linken Bein an der zerfransten Fessel. Dimitri holte aus, die Peitsche sauste durch die Luft. Diesmal wich Antonio nicht aus. Das Leder streifte seinen Arm,

aber es gelang ihm, die Peitsche zu packen, und er versuchte sie dem Eunuchen zu entreißen. Überrascht umfaßte Dimitri den Griff mit beiden Händen und zerrte daran. Antonio konnte sie festhalten, doch in diesem Augenblick gab die Fessel nach, und er fiel vornüber. Die Peitsche wurde ihm aus der Hand gerissen. Ehe er sich aufrichten konnte, hatte Dimitri seine Haare gepackt und riß ihn nach hinten. Antonio wehrte sich, hing jedoch immer noch mit einem Fuß fest.

»Ja! Halte ihn, halte ihn!« rief Bianca. »Laß ihn zusehen!«

Aber Dimitri hatte eigene Pläne. Antonio spürte, wie die Peitsche sich um seinen Hals schlang. Es gelang ihm, eine Hand unter die Schnur zu schieben, doch der Eunuch zog fester, und die Peitsche schnürte ihm die Kehle zu. »Gleichzeitig«, sagte er zu Bianca. »Wir töten sie gleichzeitig.«

»Nein!« Der durchdringende Schrei kam von Bianca.

»Ja! Gleichzeitig!« rief Dimitri.

Einen Augenblick herrschte völlige Stille. Bianca war wie gelähmt, sie starrte auf seinen Hals. Antonio sah, daß sie ihren Griff lockerte, während Dimitri an der Peitsche riß. Er kämpfte gegen den Druck, sah, daß Veronica noch lebte, obwohl ihre Bewegungen schwächer wurden. Das Messer lag neben Bianca auf dem Fußboden. Wenn Veronica es nur erreichen könnte ... Ächzend holte Antonio mit seinem freien Arm aus und schlug Dimitri mit der Faust ins Gesicht. Es nützte nichts. Dimitri grunzte vor Schmerz, aber sein Griff ließ nicht nach. Antonio keuchte, rang verzweifelt nach Luft, seine Lunge brannte.

»Nein!« kreischte Bianca. Sie hob das Messer auf und stürzte los.

Eine Blutfontäne ergoß sich über Antonio, als Dimitri aufschrie, ein schriller Schrei, der jäh in ein Gurgeln überging. Bianca sprang mit leeren Händen zurück. Die Peitsche entglitt dem Eunuchen, und Antonio befreite sich von der Lederschnur und von Dimitris Gewicht. Der Eunuch schwankte, seine Hände umklammerten das Heft

des Messers, das in seiner Kehle steckte. Er blickte entsetzt auf die Frau, die ihm diesen tödlichen Stoß versetzt hatte.
»Er gehört mir!« schrie Bianca wieder und wieder. »Ich habe dir gesagt, er gehört mir!«
Antonio sah, wie Veronica unbemerkt zur Seite rollte. Schnell blickte er wieder Bianca an. Sie war jetzt still, sah mit irrem Blick zu, wie Dimitri auf den Knien zu ihr kroch. An seinem eigenen Blut erstickend, kniete er einen Augenblick lang vor dem Bett, dann brach er zusammen. Bianca verfolgte den Sturz. Als er keinen Laut mehr von sich gab, nicht mehr zuckte, hob sie den Blick zu Antonio, der immer noch mit einem Fuß festgebunden war. Er hatte jetzt die Peitsche, doch sie merkte es nicht, oder es war ihr gleichgültig.
»Ihr gehört mir«, sagte sie, ein Flüstern nur, doch ebenso wahnsinnig wie die Schreie.
»Nein«, sagte Veronica und erhob sich. Ihre Stimme war ebenfalls ein heiseres Flüstern. »Nein, er ist mein.«
Sie hielt sein Schwert in der Hand und richtete die Spitze auf Biancas Herz. Der Blick der Kurtisane hing gebannt an der Waffe, und Antonio sah, wie fiebernder Wahnsinn kühler Berechnung wich. Veronica war ihr nahe genug. Ein gezielter Ausfall würde reichen, doch sie stand auf unsicheren Beinen. Langsam kam sie näher, Bianca wich vor ihr zurück, entfernte sich von der tödlichen Klinge. Schnell beugte Antonio sich vor, versuchte die Knoten mit den Fingern zu lösen. Sie waren zu fest! Er sah sich um, versuchte das andere Messer ausfindig zu machen. Er brauchte es, doch er wollte nicht, daß Veronica abgelenkt wurde.
Bianca stand fast mit dem Rücken an der Wand. Noch ein paar Schritte, und sie saß in der Falle. Blitzschnell drehte sich die Kurtisane um und riß den Kerzenleuchter vom Tisch, warf die brennenden Kerzen auf die Seidenvorhänge am Kopf des Bettes. Der zarte Stoff ging sofort in Flammen auf. Bianca wich aus, als Veronica einen Satz machte, so daß sie nur ihren Rücken streifte. Dann warf Bianca den Kandelaber auf Veronica zu und stürzte zur Tür.

»Verfolgt mich, oder rettet Euren Liebhaber«, rief sie, dann floh sie die Treppe hinunter.
Der Betthimmel brannte lichterloh, die Vorhänge hatten sich in ein Flammenmeer verwandelt. Flammen züngelten aus Kissen und Matratze. Veronica rannte zum Bett und hieb Antonios letzte Fessel durch. Er stand unsicher vom Bett auf, zuckte ärgerlich zusammen, als seine verletzten Füße auf den Boden trafen, und blickte sich um. Das Feuer hatte bereits auf die Wandbehänge übergegriffen. Jetzt quoll es auch aus den Kleiderstapeln auf dem Boden. »Das können wir nicht mehr löschen«, sagte Antonio. Er entdeckte seine eigenen Kleider unversehrt in einer Ecke, griff danach und lief zur Treppe. »Wir müssen Giacomo finden.«
»Bianca wird entkommen«, sagte Veronica, als sie hinunterstürzten. »Wir werden sie nicht mehr einholen.«
»Wenn sie klug ist, wird sie sich so weit wie möglich von Florenz entfernen. Sie ist wahnsinnig, aber ihr Überleben wird ihr wichtiger sein als Rache. Ich weiß nur nicht, ob sie heute gänzlich aus eigenem Antrieb gehandelt hat, oder ob jemand sie bezahlt.«
»Sie bezahlt?«
»Du bist nicht die einzige, die Männerkleider trägt, *selvaggia*. Nach der heutigen Vorstellung bin ich überzeugt, daß Bianca den Anschlag auf Juan Borgia verübt hat. Das werde ich nicht mehr beweisen können«, sagte er und sah sich nach den Flammen um, die bereits an der Tür zum Schlafzimmer leckten. Er lächelte ironisch. »Nicht, daß Beweise etwas genützt hätten, selbst wenn ich welche gefunden hätte.«
Giacomo erschien in der Küchentür, zerfranste Fesseln hingen von seinen Handgelenken und Knöcheln. In der einen Hand hielt er eine zerbrochene Flasche, in der anderen ein Messer. Er blickte zum Feuer hoch. »Wenn Ihr noch eine Minute gewartet hättet, wäre ich Euch zu Hilfe geeilt«, erklärte er beleidigt.
Aus dem Vorgarten waren Rufe zu hören. »Da ist Daniele mit der Stadtwache«, sagte Veronica.

»Wenn es keinen Skandal geben soll, Herr«, sagte Giacomo mit einem Blick auf Antonios Nacktheit, »solltet Ihr wenigstens Euren Umhang anlegen.«

Sie saßen in Danieles Atelier, tranken *tisane* und aßen Gebäck. Antonio, der sich nicht viel aus Näschereien machte, war in die neue Bücherlieferung aus der Druckerei vertieft. Roberto machte einen Spaziergang mit Bombol und Benito, doch Marco Polo war bei ihnen und spielte mit einer Feder. Es hätte ein vollkommener Morgen sein können, aber Veronica fühlte sich wieder matt; ihr tat alles weh. War es erst einen Monat her, seit sie durch die Straßen gelaufen war, um Antonio zu retten? Heute fiel es ihr sogar schwer, aufrecht zu sitzen. Veronica seufzte. Sie wollte, daß *Pluto und Persephone* vollendet wurde, hoffte jedoch, daß Daniele sie nicht bitten würde, heute nachmittag zu posieren. Er sah ebenfalls nicht gut aus und war sogar in noch gereizterer Stimmung als sie.

»Hoffentlich war das gestrige Feuer der Eitelkeiten Savonarolas letztes«, klagte er. »Überall stinkt es nach Rauch, selbst im Haus.«

»Ich glaube, heute wird es noch regnen. Dann wird die Luft von dem Gestank gereinigt«, sagte Veronica. Um ihren Vetter zu besänftigen, bot sie ihm ihr letztes Mandeltörtchen an.

Daniele nahm es und knabberte den blütenförmigen Rand ab, bevor er in die süße Füllung biß. Mit vollem Mund murmelte er: »Man sollte meinen, die Exkommunikation hätte größere Wirkung gezeigt.«

»Stefano sagte, die Stimmung sei weit gedämpfter gewesen, noch ehe die *compagnacci* versuchten, die Zeremonie zu stören«, erwiderte Antonio. »Sie haben Kindern die Kruzifixe aus der Hand gerissen.«

»Ich bin froh, daß ich nicht mitgegangen bin«, erklärte Daniele. »Das erste Mal war es schlimm genug.« Niemand aus dem Haushalt war hingegangen, mit Ausnahme von Roberto, begleitet von Benito und Simona, der Köchin.

»Entschuldigt mich«, sagte Veronica, der plötzlich übel war. Sie schaffte es würdevoll bis zur Tür, dann rannte sie, um noch rechtzeitig zur *latrina* zu gelangen. Als sie herauskam, wartete Antonio auf dem Balkon. »Es geht mir gut. Du brauchst dir keine Sorgen zu machen.«
»Bist du schwanger, *dolcezza*? Ich war vorsichtig, aber nicht so vorsichtig, wie ich sein sollte?«
»Nein, ich bin nicht schwanger. Es sei denn, Daniele und Roberto sind es auch«, versicherte sie ihm und lächelte dann trotz ihrer Übelkeit über die Mischung aus Erleichterung und Enttäuschung in seinem Blick. »Ich glaube, ich habe mich von ihnen angesteckt, oder sie sich von mir. Oder vielleicht habe ich mir nur den Magen verdorben, weil Simona in dieser Woche mein Lieblingsgebäck gemacht hat und ich wieder mal zuviel davon zum Frühstück verspeist habe.«
Antonio wollte etwas sagen, schwieg jedoch. Er führte sie zur Balustrade, drehte ihr Gesicht der Sonne zu und betrachtete sie mit einer Aufmerksamkeit, die nichts mit Leidenschaft zu tun hatte. »Was ist denn?« fragte sie erschrocken.
»Zeig mir deine Hände«, befahl er. Sie reichte sie ihm, er musterte ihre Fingernägel. Sie sah, daß er blaß wurde.
»Ihr werdet alle vergiftet«, sagte er rauh. »Wenn ihr nichts mehr von dem Gift zu euch nehmt, werdet ihr überleben. Wir müssen nur die Quelle finden und, wenn wir können, herausfinden, ob Bianca dahintersteckt oder jemand anders.«
»Das Gebäck!« Veronica lief ins Atelier zurück, wo sich Daniele gerade den letzten Bissen des Törtchens in den Mund schob. »Eßt es nicht!« schrie sie.
»Warum hast du es mir gegeben, wenn ...?« begann er verblüfft. Antonio kam herein, und Daniele sah von einem zum andern. Er wurde aschfahl und ließ das Törtchen auf den Boden fallen. Marco Polo stürzte sich darauf und war empört, als es ihm wieder entrissen wurde.
»Bombol würde es fressen«, sagte Veronica. »Marco Polo will nur damit spielen.«

»Und wird sich hinterher die Pfoten ablecken«, bemerkte Antonio düster.
»Entschuldigt mich, ich muß mich übergeben«, sagte Daniele und verschwand eilig.
»Wie lange fühlst du dich schon krank?« fragte Antonio Veronica.
»Ein oder zwei Wochen.« Dann dachte sie nach und sagte: »Nein, drei Wochen.«
»Wird dir immer von dem Gebäck übel?«
»Ich weiß es nicht!« rief sie, versuchte die Panik zu unterdrücken, die in ihr aufstieg, das Entsetzen über diese unsichtbare Inbesitznahme ihres Körpers, wie eine heimtückische Vergewaltigung. Antonio legte die Arme um sie, er war äußerlich beherrscht, obwohl sie die Anspannung in seinen Muskeln spürte. Veronica stützte sich auf ihn, bis sie sich wieder gefaßt hatte, dann sah sie ihn an. »Es muß etwas sein, das wir immerzu essen, nicht wahr, weil es ganz allmählich schlimmer wird? Und zwar etwas, das nur wir essen, nicht die Diener, da niemand von ihnen krank ist.«
»Dann ist es nicht das Wasser aus dem Brunnen«, sagte Antonio. »Teilt ihr das Mehl mit ihnen?«
»Ja, und das Salz und die Kräuter für unseren *tisane.*«
»Der Zucker«, sagte Antonio unvermittelt. »Es ist im Zucker.«
Sie nickte. »Es kann nichts anderes sein. Nur Zucker wird nicht so oft ersetzt und oft genug benutzt, um die Wirkung zu garantieren.«
»Es sei denn, Simona ist die Giftmischerin und gibt es wahllos in irgendwelche Speisen.«
Veronica schüttelte den Kopf. »Das würde sie nicht tun.«
»Nicht für Geld vielleicht. Aber man könnte ihre Familie bedroht haben.«
»Falls es so wäre, hätte sie ihre Angst, ihr Schuldbewußtsein nicht vor uns verbergen können.«
Veronica sah in seine dunklen, geweiteten Augen und erkannte Furcht und Schuld in seinem Blick. »Bianca sagte, sie wolle nicht nur mich, sondern auch dich töten, aber an so etwas hatte ich nicht gedacht.«

»Nein«, flüsterte sie, als sie sah, daß er sich dafür haßte, weil er in seinen Augen ihr gegenüber versagt hatte. »Woher solltest du es wissen?«
»Weil ich ihre Bosheit und ihren Wahnsinn gesehen habe. Ich wußte, wenn sie könnte, würde sie einen Weg finden, uns zu schaden. Aber ich dachte, wir wären sicher vor ihr.«
»Du hast von ihr gehört?«
»Nicht lange nach ihrem Verschwinden berichtete mir ein Informant aus Rom von einer schönen Frau im Bordell der Ponte Sisto. Man nenne sie ›die Weiße‹. Nach seiner Beschreibung ihres Gesichts, ihres Körpers ist es Bianca. Ich glaube, sie war verzweifelt genug, Cesare Borgia um Hilfe zu bitten, und er erkannte wohl sogleich, daß sie jetzt eine Gefahr für ihn ist. Mir kommt es ganz wie die Art Rache vor, die Cesare belustigend finden würde.«
»Und du hattest Mitleid mit ihr, als du es hörtest«, sagte Veronica.
»Ich dachte, der Tod wäre ein leichteres Schicksal«, erwiderte Antonio. »Aber ich versuchte nicht, diese Gnade für sie zu erwirken. Jetzt bin ich froh, daß ich es nicht tat.«
Daniele kam zurück, und Antonio erzählte ihm von ihrem Verdacht. »Herr Jesus«, stöhnte Daniele. »Alle meine Freunde schleichen sich in die Küche und stibitzen etwas von Simonas Gebäck.«
»Ich glaube nicht, daß jemand von ein oder zwei Gebäckteilchen erkrankt. Das Gift sollte schleichend wirken, eine normale Krankheit vortäuschen«, sagte Antonio.
»Laßt uns erst mal sehen, was Simona dazu zu sagen hat«, schlug Daniele vor.
Sie fanden die Köchin in der Küche, wo sie eine Kräuterpasta zubereitete. Bildete sie es sich nur ein, überlegte Veronica, oder war Simona unruhig? Eher lag es wohl an ihrem eigenen merkwürdigen Verhalten, daß sie verstört war. Daniele tat gelassen und fragte sie, ob im Laufe der letzten vier Wochen jemand anders als die Angehörigen des Haushalts in ihrer Küche gewesen sei.

»Besucher? Es gibt immer irgendwelche Besucher.«
»Keine befreundeten Besucher, Simona. Fremde. Ein Hausierer? Ein Bettler? Irgendein Bote?«
»Boten kommen zur Eingangstür, und Hausierer oder Bettler lasse ich nicht in meine Küche – Eure Küche, Herr. Es war niemand hier außer Euren Freunden, niemand«, beteuerte sie, dann hielt sie inne und fügte hinzu: »Außer dem heiligen Mönch.«
»Savonarola? Savonarola ißt mein Gebäck?« rief Daniele aus. Er sah empört aus, und dann einen Augenblick lang beinahe erfreut.
»Nicht Fra Girolamo, Herr, sondern ein Mönch aus dem Süden, auf der Pilgerfahrt, um unseren großen Propheten zu sehen.«
»Wie sah er aus?« fragte Antonio. »Erzähle uns alles, woran du dich erinnern kannst.«
»Er war sehr groß und kräftig, Herr, ein Mann, der gutes Essen zu schätzen wußte. Jetzt erinnere ich mich, es war der Tag, an dem ich mein *marzapane* machte, und er war sehr hilfsbereit. Wie er aussah, nun, er hatte seine Kapuze aufgesetzt, aber sein Haar war dunkel und lockig. Seine Augen waren auch dunkel. Er hatte ein unschuldiges Gesicht, wie ein Cherubim, mit Pausbacken und einem weichen kleinen Mund. Seine Haut war glatt wie die eines Mädchens.«
»Und seine Stimme?«
Simona runzelte die Stirn. »Eine hohe Stimme, Herr, und er hatte einen Akzent, den ich nicht kannte.«
»Da haben wir unsere Quelle«, sagte Antonio bitter.
»Fra Dimitri«, versuchte Veronica zu scherzen.
Daniele wandte sich wieder an Simona. »Ich möchte, daß du mir sämtlichen vorrätigen Zucker bringst.«
»Den Zucker?« Simona klang so schuldbewußt, daß Veronica plötzlich Zweifel kamen. Sie sah, wie Antonios Augen schmal wurden und Daniele überrascht die Brauen hochzog. Plötzlich rief Simona: »Verzeiht mir, Herr. Ich wollte es nicht tun! Ich konnte nicht anders! Jetzt sehe ich ein, daß es eine schlimme Sünde war.«

»Was?« rief Daniele entsetzt aus.
»Verzeiht mir, Herr, bitte. Ich verspreche Euch, daß ich Euch das Geld zurückzahle, und ich werde nie wieder etwas von Euch nehmen.«
»Du hast den Zucker genommen?« fragte Antonio.
»Wieviel hast du gegessen?« rief Veronica.
»Ich habe nichts davon gegessen. Ich habe alles Signore Roberto gegeben«, sagte Simona, halb reuig, halb in ihrer Ehre gekränkt. »Er ist kostbar, ein Luxus, der ihm viel bedeutet. Er wollte Gott ein Opfer bringen, also habe ich ihm den Zucker gegeben und gesagt, er solle ihn nur Benito nicht zeigen. Verzeiht mir, Herr. Ich habe ihn den Zucker in das Feuer der Eitelkeiten werfen lassen.«

30. Kapitel

BESCHULDIGUNGEN

Feuer ist ein seltsames Element, und ich bin dagegen, es zu verwenden«, sagte Filippo Giugni zu den Gästen des Zirkels, die sich im Atelier versammelt hatten. »Ich habe der Signoria gesagt, wir sollten Savonarola statt dessen bitten, ins Wasser zu steigen. Wenn er nicht naß wird, bin ich der erste, der Abbitte bei ihm leistet.«

Veronica mußte lächeln bei der Vorstellung, wie Savonarola tropfnaß aus dem Wasser stieg. Aber es war eine Feuerprobe vorgesehen, keine Wasserprobe, und dieser Gedanke vertrieb ihr Lächeln. Seltsam, es war stets Savonarola, den sie vor sich sah, Savonarola, von dem die anderen sprachen, obwohl nicht er, sondern Fra Domenico da Pescia in die Feuerprobe eingewilligt hatte.

Nachdem Savonarola erklärt hatte, daß er nicht von Christus exkommuniziert worden sei, war er im Februar wieder auf die Kanzel zurückgekehrt. Aus Angst vor einer päpstlichen Bulle hatte die Signoria ihm kaum einen Monat später verboten, zu predigen. Er hatte den Bann akzeptiert. »Der Glaube meiner Florentiner ist wie Wachs«, hatte der Mönch bemerkt. »Ein wenig Hitze, und schon schmilzt er.«

Jetzt, der März näherte sich allmählich seinem Ende, hatte Savonarolas Erzrivale, Fra Francesco di Puglia, jeden zu einer Feuerprobe herausgefordert, der an die Wahrheit von Savonarolas Lehren glaubte und die Gültigkeit der Exkommunikation in Frage stellte. Fra Domenico da Pescia, der an Savonarolas Statt predigte, hatte die Herausforderung angenommen. Die Signoria hatte die Probe auf den siebten April angesetzt, und nur wenige Gäste von Danieles heutiger Gesprächsrunde sprachen von etwas anderem. Selbst die jüngst einge-

troffene Bestätigung der Annullierung von Antonios Ehe war ein alter Hut.
»Inzwischen sind drei Orden in die Sache verwickelt, die Minoriten ebenso wie die Dominikaner und die Franziskaner«, sagte Stefano. »Fra Mariano Ughi hat die Herausforderung angenommen und angefragt, ob nicht einer der Brüder von den Minoriten gegen ihn antreten wolle. Sie sind ebenfalls gegen Savonarola und haben eingewilligt.«
»Aber Savonarola selbst verweigert sich nach wie vor der Probe?« fragte Daniele.
»Er soll gesagt haben, es sei eine Versuchung Gottes, aber was sonst hat er in den vergangenen zehn Jahren getan?« erwiderte Machiavelli verächtlich.
»Jetzt gibt es kein Entkommen mehr für ihn«, sagte Antonio. »Seine Gegner wollen die Probe in der Hoffnung, daß ein Fehlschlag ihn vernichtet. Seine Anhänger wollen ein Wunder, um ihren Glauben an ihn zu bestätigen. Wenn er auch gegen diese Probe ist, er wollte zumindest die Art Glaube, die derlei Schauspiele verlangt.«
»Jetzt hat er keine andere Wahl, als seine gläubigen Brüder zu unterstützen und zuzusehen, wie sie den Tod in den Flammen finden«, stimmte Machiavelli zu.
»Wenn er auf die Macht des Glaubens vertraut, glaubt er vielleicht, daß der ihre im Augenblick stärker ist als der seine.« Stefanos Stimme klang traurig.
»Stärker als der der Franziskaner auf jeden Fall«, bemerkte Filippo Giugni. »Fra Francesco hat die Teilnahme von drei oder vier seiner Mönche in Aussicht gestellt, aber niemand hat sich gemeldet. Als die Signoria ihn unter Druck setzte, hat er ihnen Fra Giuliano Rondinelli versprochen, der nicht anwesend war, um zu protestieren.«
»Als er davon hörte, hat er laut genug protestiert«, warf Antonio ein.
»Dennoch hat er die Vereinbarung unterzeichnet.«
»Ich habe gehört, man soll Fra Francesco zugesichert haben, er müsse den Scheiterhaufen nicht besteigen«, sagte Filippo vertraulich.

Antonio war skeptisch. »Wer denn, die Führer der *compagnacci?* Was wollen diese Leute gegen die große Masse ausrichten, die dort zugegen sein wird? Die Menge zündet ihn vielleicht selbst an, wenn er sich weigert.«
»Gleichgültig, welches Ergebnis die Probe haben wird, die *arrabbiati* werden Florenz von Fra Girolamo befreien«, sagte Machiavelli zufrieden. »Sie beherrschen jetzt die Signoria. Es wurde bereits angekündigt, daß man, wenn Fra Domenico verbrennt, Savonarola zum Rebellen erklären wird und er binnen drei Stunden die Stadt verlassen muß. Selbst wenn beide Mönche ein Opfer der Flammen werden, wird nur Savonarola verbannt, obwohl die Franziskaner die Herausforderung ausgesprochen haben. Fra Girolamo kann jetzt nur noch beten, daß Fra Domenico unversehrt bleibt. Wenn Gott auf ihn hört, wie er behauptet, sollte es ihm nicht schwerfallen, solch ein Wunder zu wirken.«
»Ich wünsche es mir beinahe«, sagte Daniele. »Ich will, daß Florenz von Savonarola befreit ist, aber nicht um den Preis verbrannter Menschen.«
»Erweist diesem Mann Gnade, und Ihr werdet es sein, der den Flammen überantwortet wird, Daniele«, entgegnete Machiavelli. »Er ist Euer Feind und der Feind von ganz Florenz. Es wird uns allen nur nützen, ihn loszuwerden.«

Veronica erwachte von ihrem eigenen Schluchzen. Antonio hatte die Arme um sie gelegt, er sprach leise, jedoch eindringlich. »Was ist los? Erzähl mir, was du geträumt hast.«
Schaudernd schmiegte Veronica sich an ihn, als die Bilder, die Gefühle wieder auf sie einstürmten. »Von dem Tag, als Mamma Lucia angegriffen wurde. Ich ritt zu ihr. Ich spürte, wie die Steine sie trafen, als träfen sie mich selbst.«
Sie setzte sich auf, preßte die Finger an ihre Schläfen, versuchte sich an die Einzelheiten des Alptraums zu erinnern, doch waren sie ihr bereits entglitten. »Hoffentlich war es keine Warnung, daß Mamma Lucia in Gefahr schwebt. Ich kann es nicht sagen.«

»Vielleicht lag es nur an all dem Gerede des Zirkels über Savonarola«, sagte Antonio sanft.
»Mag sein, aber es ist zu lange her, seit ich sie das letzte Mal gesehen habe. Ich mache mir Sorgen.« Veronica schmiegte sich wieder in seine Arme. Das Entsetzen ihres Traums ließ nach, zurück blieb nur Beklommenheit.
»Ich schicke einen Boten zu unserem Kontaktmann in Siena. Sobald er weiß, wo der *voivode* jetzt sein Lager aufgeschlagen hat, können wir sie besuchen.«
»Ja. Bald.« Morgen würde sie zum Kloster gehen. Wenn sie sich dort um die Kranken kümmerte, würde sie sich Mamma Lucia näher fühlen.
»Würdest du gern wieder in Siena leben, Veronica?« fragte Antonio. »Jetzt, da die Annullierung ausgesprochen ist, sollten wir uns entscheiden, wo wir leben wollen, wenn nicht für immer, so doch zumindest im nächsten Jahr.«
Veronica war froh über den Themenwechsel, mit dem er sie abzulenken versuchte. »Könnten wir nicht einfach reisen? Wenigstens für einige Monate? Ich habe so wenig von der Welt gesehen.«
»Willst du die Wasserstraßen von Venedig sehen, wenn der Sonnenuntergang sie vergoldet? Über das grüne Wasser des Guarda fahren, im violetten Schatten der Alpen? Frankreich im Frühling besuchen, wenn die Obstbäume blühen und die Felder scharlachrot von Mohn sind?«
Während er leise von verzauberten Orten erzählte, begann Antonio sie sanft zu streicheln. Mit den Lippen liebkoste er ihren Nacken, ihre Schultern, wanderte langsam zu ihren Brüsten hinunter. Er empfand Verlangen, wollte jedoch auch ihre Furcht vertreiben. Veronica seufzte lustvoll, dankbar, bog sich seinen Händen entgegen. Verträumt strich er durch ihr seidiges Haar, während er ihre Rippen küßte, ihren Bauch. Er schob ihre Beine auseinander, und sie öffnete sich ihm, stöhnte, als sein warmer Mund, seine Zunge sie langsam, beharrlich in Verzückung versetzten. Ihr leises, stoßweises Atmen klang in einem bebenden Seufzer der Erfüllung aus.

»Du schmeckst nach edlen Gewürzen«, flüsterte er und küßte sie, ihre Lippen, ihre Zunge, teilte den Geschmack mit ihr.

Veronica spürte, daß sich sein Geschlecht an ihren Schenkel drängte. Lächelnd zog sie ihn in sich, hieß ihn mit ihrer Feuchtigkeit willkommen. In dem gleichen Zauber gefangen, den er über sie gewirkt hatte, bewegte Antonio sich in ihr, bis er kam, mit einem leisen, gebrochenen Schrei, als könne er die süße Lust nicht länger ertragen.

Getröstet von ihrer Lust, schlief Veronica schließlich ein. Kurz vorher tauchte eine Erinnerung auf ... die Steine, die höhnischen Stimmen. Ich hatte diesen Traum schon einmal, dachte sie. Aber es war zu spät, schon hüllte sie Dunkelheit ein.

»Hexe!« Von allen Seiten drang der Schrei auf Veronica ein. Steine flogen durch die Luft.

Es war ihr Alptraum, aber er war Wirklichkeit geworden. Sie sah, wie ihre Wache stürzte, sein Schwert fiel klirrend aufs Pflaster, Blut strömte ihm übers Gesicht. Sie versuchte wegzurennen, doch die Jugendlichen schlossen ihre Reihen, schnitten ihr den Fluchtweg ab. Sie wich zurück – hinter ihr war die Mauer. Erneut hatten die jugendlichen Anhänger Savonarolas auf ihr Opfer gelauert, doch diesmal galten die Steine ihr, nicht Mamma Lucia.

»Hexe! Hexe!« Die Steine trafen sie, der Schmerz war viel stärker als im Traum. Würde sie sterben, ohne daß sie eine deutlichere Warnung erhalten hatte? Wut erfüllte sie – auf ihre eigene unvollkommene Gabe, auf diese boshaften, höhnenden Jungen mit dem Tod in den Händen. Sie kauerte sich gegen die Mauer, machte sich so klein wie möglich, hielt schützend die Arme vor Gesicht und Kopf.

»Aufhören!« rief jemand. »Im Namen Gottes befehle ich Euch, aufzuhören.«

Das Hohngeschrei verstummte. Kurz darauf ließ Veronica die Arme sinken. Ein Stein traf sie an der Stirn, und sie sank bewußtlos zusammen.

»Wie fühlt Ihr Euch?« fragte eine Stimme, besorgt und unruhig. Veronica öffnete die Augen und erkannte Fra Domenico da Pescia, eben jenen Mönch, der die Jugend Savonarolas organisiert hatte. Ein Energiestoß durchfuhr sie, drängte sie, aufzuspringen und loszulaufen, aber sie zwang sich, ruhig liegenzubleiben. Seine Hände waren sanft, als er sie verarztete, aber er wirkte furchtsam, als mache sie ihm angst. Während der Seuche mußte er andere Frauen behandelt haben, also konnte es nicht an ihrem Geschlecht liegen. Nein, es war der Schimpfname, den die Jugendlichen ihr gegeben hatten. *Hexe, Hexe.* Veronica schauderte. Als der Mönch sich von ihr entfernte, bewegte sie probehalber Arme und Beine. Ihr ganzer Körper tat weh, aber gebrochen schien nichts zu sein.

»Wo bin ich?«

»Innerhalb der Mauern von San Marco«, erwiderte Fra Domenico. »In der Krankenstube.«

»Wo ist meine Wache? Geht es dem Mann gut?«

»Ja. Wir haben ihn bereits entlassen.«

Entlassen? »Ich möchte nach Hause. Dort kann man sich um mich kümmern.«

»Später vielleicht«, erwiderte er, und das vielleicht weckte erneut Furcht in ihr. »Fra Girolamo möchte Euch befragen.«

Hexe. Sie saß in der Falle. War es dieselbe Gruppe gewesen, die Mamma Lucia gesteinigt hatte? War es ihre eigene Idee, oder hatte jemand sie dazu angestiftet? Es mußte Luigi gewesen sein. Dorotea hatte kürzlich die Nachricht geschickt, daß sie den Schleier genommen hatte, und Luigi mußte seinen Rachefeldzug eröffnet haben.

Die Tür ging auf. Veronica versteifte sich, als Savonarola die Zelle betrat. Er betrachtete sie einen Augenblick lang, sein Gesicht war eine undurchdringliche Maske, sein Blick forschend. Fra Domenico trat zu ihm, flüsterte ihm etwas zu, dann ging er hinaus, ließ sie allein. »Wir begegnen uns erneut, Madonna Veronica«, sagte Fra Girolamo mit seiner leisen Stimme. »Ich wußte, daß es so kommen würde.«

»Ich möchte nach Hause«, wiederholte sie. Es war keine Forderung, sie stellte ihn nur auf die Probe.
»Man hat gewisse Beschuldigungen gegen Euch erhoben.«
Sie holte tief Luft. »Sie sind nicht wahr. Und ich glaube auch nicht, daß die Jugendlichen, die mich gesteinigt haben, aus eigenem Antrieb handelten. Befragt sie, und Ihr werdet erfahren, daß man sie bestochen hat, mich anzugreifen.«
»Luigi della Montagna«, sagte Savonarola. »Einige von ihnen gehörten früher zu uns, aber sie haben sich von unseren Lehren abgewandt. Einer aus der Gruppe, der Zweifel hatte, warnte Fra Domenico. Er hat mit den Jungen gesprochen, die Euch steinigten. Einige haben sich geschämt und die Beichte abgelegt.«
»Dazu haben sie auch allen Grund. Sie haben versucht, mich zu ermorden.«
»›Du sollst eine Hexe nicht am Leben lassen‹«, zitierte er.
»Ich bin keine Hexe. Ihr wißt bereits, daß Luigi meine Angreifer bezahlt hat. Es war ein Mittel zum Zweck für ihn, mich töten zu lassen, ohne daß die Schuld auf ihn oder seine Familie fällt.«
»Doch die Beschuldigungen bleiben.«
»Luigi wird sie zurückziehen. Er wird mich niemals offen beschuldigen.«
»Er weigert sich, der Signoria den Fall vorzutragen, aber seine Feigheit spricht Euch nicht frei. Es ist nicht das erste Mal, daß man mich auf Euch aufmerksam gemacht hat. Im Sommer habt Ihr Eure Urgroßmutter aus Florenz weggeschafft – eine Zigeunerin, die sich gegen Gott versündigt, indem sie mit den Spielkarten des Teufels die Zukunft vorhersagt.«
»Mamma Lucia ist weise und großherzig. Sie will niemandem etwas Böses. Fragt im Spital des Klosters. Die Nonnen werden Euch von Ihrer Güte berichten.«
»Ich weiß, daß Ihr und Eure Urgroßmutter früher die Kranken versorgtet. Die Schwestern loben Eure Fürsorglichkeit. Es mag sein, daß Ihr eher fehlgeleitet seid als

böse. Benutzt auch Ihr diese Karten, um die Zukunft vorherzusagen?«
»Ich habe ihre Bedeutung studiert, aber noch nie jemandem geweissagt«, erwiderte sie, zum ersten Mal froh darüber, daß Daniele das *tarocco*-Spiel noch nicht fertiggestellt hatte.
»Dennoch halte ich es für besser, Euch den Behörden zum Verhör zu übergeben.«
Entsetzen erfüllte sie. Zitternd, ohne recht zu wissen, was sie tat, kniete Veronica wie eine Bittstellerin vor ihm nieder. Sein Mitgefühl und seine Gnade galten den Schwachen. »Vater, ich flehe Euch an, befragt mich selbst, und laßt mich gehen, wenn Ihr von meiner Unschuld überzeugt seid.«
»Ich werde ein strenger Richter sein«, warnte er sie.
»Ich fürchte Eure Strenge weniger als die Gier der anderen unbekannten Richter. Ich will nicht, daß das Gewicht von Luigi della Montagnas Geldbörse über meine Schuld oder Unschuld entscheidet.«
Savonarola betrachtete sie, seine moosgrünen Augen funkelten im trüben Licht der Zelle. »Nun gut, ich werde Euch befragen.«
Was hatte sie da getan, ihr Leben in die Hände eines unerbittlichen Fanatikers zu legen, der Böses sehen würde, wo sie Gutes sah, das Werk des Teufels, wo sie das Geheimnis des Lebens erkannte? Sie zitterte, hatte Angst zu sprechen und sich dadurch zu verurteilen. Doch Veronica wußte, daß sie unter seinem bannenden Blick nicht würde lügen können. Lügen würden sie in ein Netz verstricken, aus dem es kein Entrinnen mehr gab.
Als habe er ihre Gedanken gelesen, sagte Savonarola: »Wenn Ihr unschuldig seid, braucht Ihr die Wahrheit nicht zu fürchten.«
»Ich glaube nicht, daß Eure und meine Wahrheit die gleiche ist.«
»Es gibt nur eine Wahrheit.«
»Und kann man nicht über mehr als einen Weg zu ihr gelangen?«

Er musterte sie, dann sagte er leise: »Dann müßt Ihr mir Eure Wahrheit schildern, so wie Ihr sie kennt.«
»Ich weiß nicht, was ich Euch sagen soll. Ich weiß, daß Ihr mich nicht für gut halten werdet, aber ich versuche es zu sein.«
»Das ist schwer zu glauben, Ihr lebt inmitten von Sittenlosigkeit und Unzucht.«
»Ich lebe bei meinem Vetter, und er ist sanftmütig und sorgt sich um mein Wohlergehen. In Luigi della Montagnas Palazzo waren meine Tugend und meine Seele in weit größerer Gefahr.«
»Euer Schwiegervater sagt, Ihr seid eine Dirne – und daß Ihr Schwarze Magie betreibt.«
»Ich bin weder eine Hexe noch eine Dirne, nur eine Frau, die sich gegen Luigi della Montagnas Lüsternheit gewehrt hat. Zweimal habe ich es verhindert, als er versuchte, mir Gewalt anzutun. Zweimal hätte ich ihn töten können und habe darauf verzichtet.«
»Er behauptet, Ihr hättet ihn behext, aber er habe sich gefürchtet und Euch widerstanden. Um Rache zu nehmen, hättet Ihr seinen Schwiegersohn, Antonio di Fabiani, verzaubert.«
Von Furcht erstickt, flüsterte sie: »Uns verbindet kein Zauber, sondern Liebe.«
»Ihr sprecht von Lust. Lust ist das Werkzeug des Teufels, sie verlockt die Schwachen, das Sakrament der Ehe zu brechen.«
»Ich spreche von Liebe, ebenso wie von Verlangen«, beharrte sie. »Was seine und meine Ehe betrifft, wurden sie beide nicht vollzogen. Roberto wird keiner Frau jemals ein Gatte sein, und Dorotea ist jetzt die Braut Christi.«
»Wenn, wie Ihr behauptet, Roberto Euch nicht Gatte sein kann, warum suchtet Ihr nicht um Annullierung nach, als Ihr neuvermählt wart? Die Kirche hätte sie Euch auf dieser Grundlage gewährt.«
»In meinem Herzen liebte ich Antonio bereits«, sagte sie, wagte es jedoch nicht, den *Prinzen der Kelche* zu erwähnen. »Ich kannte ihn nicht, und doch wußte ich, daß ich keinen

anderen Gatten haben wollte. Ich dachte, Roberto bewahre mich vor einem schlimmeren Schicksal, ebenso wie ich ihn vor den Mißhandlungen seines Vaters bewahrte. Wenn ich jetzt um meine Freiheit nachsuchte, würde Luigi ihn an meiner Stelle bestrafen.«

Er preßte grimmig die Lippen aufeinander. »Euer Schwiegervater behauptet, Ihr plant die Ermordung seines Sohnes, damit Ihr Euren Liebhaber heiraten könnt. Er deutete an, es sei nicht die Seuche gewesen, sondern Gift, an dem Roberto im Sommer beinahe starb.«

Veronica schwankte, Wut und Übelkeit stiegen in ihr auf. »Das ist nicht wahr! Ihr habt mich bei Roberto gesehen, Ihr habt gesehen, wie ich ihn pflegte – für ihn betete. Ihr habt meine Arzneien geprüft. Ich habe mir nie seinen Tod gewünscht. Roberto ist mir so teuer wie ein Bruder.«

»Nach Gottes Gesetz ist er nach wie vor Euer Gatte. Und Ihr streitet nicht ab, daß Antonio di Fabiani Euer Liebhaber ist. Ihr seid eine Ehebrecherin.«

»Ehebruch ist nicht Hexerei.« Sie konnte es gestehen, aber nicht bereuen und auch nicht glauben, daß ihre Liebe zu Antonio eine Sünde war.

»Hat Fabiani Euretwegen seine Ehe aufgelöst?«

»Ich weiß nicht, was er getan hätte, wenn er mir nicht begegnet wäre. Aber er hat nicht nur aus Liebe zu mir um die Annullierung ersucht. Als er zu diesem Zweck nach Rom ging, zürnte er mir und wollte nicht zurückkehren. Zwischen ihm und seinem Vater liegt eine tiefe Kluft. Allein deswegen hätte Antonio seine Eheschließung rückgängig gemacht und auf sein Erbe verzichtet.«

»Und wie ist diese Kluft entstanden?«

»Es gebührt nicht mir, von diesem Geheimnis zu sprechen«, sagte Veronica. Dann sah sie ihm in die Augen, konnte sich nicht enthalten, hinzuzufügen: »Aber Ihr kennt es.«

»Woher sollte ich es kennen?« wollte er wissen. Sein funkensprühender Blick bohrte sich in sie, zwang sie zu spre-

chen. Sie spürte jetzt die Macht, mit der er seinen Orden, ganz Florenz beherrschte.
»Nicht von seinem Vater – er würde zu niemandem davon sprechen. Seine Mutter hat es Euch vor ihrem Tod gebeichtet.«
»Woher wißt Ihr das?«
»Ich sah es in Euren Augen«, erwiderte sie und wußte, daß sie sich schließlich selbst ans Messer geliefert hatte.
»Was seht Ihr sonst noch?«
Die Funken in seinen Augen entzündeten sich. Feuer wallte auf, ein Flammenmeer, das alles andere verhüllte. Dann erschien Savonarola in seiner Mitte, verzehrt von den Flammen, dann nur noch eine verkohlte Masse. Veronica keuchte, sie erkannte, daß sie in seiner Gegenwart die ganze Zeit nicht ihren eigenen Flammentod erspürt hatte, sondern den seinen.
»Ihr seht es auch«, sagte er.
»Ja.« Befangen von den machtvollen Strömungen, die zwischen ihnen vibrierten, konnte sie nicht anders antworten.
»Das Feuer«, flüsterte er, und in seiner Angst schwang glühendes Verlangen. »Wird es ein freudevoller Opfergang sein, mein Martyrium? Oder nur die Befriedigung meines Stolzes?«
»Das ist eine Sache zwischen Euch und Gott.«
»Ist es die Feuerprobe? Soll ich mich der Probe stellen?«
»Ich weiß es nicht!«
»Ihr lügt!«
»Ich lüge nicht. Ihr sagt selbst, daß Ihr das Feuer seht, und Ihr wißt es nicht.«
»Ihr müßt mir sagen, was Ihr seht«, befahl er.
»Ich glaube nicht, daß es die Feuerprobe ist. Aber ich kann es nicht mit Gewißheit sagen. Ihr steht in den Flammen, Ihr geht nicht durch sie hindurch. Mehr kann ich Euch nicht sagen.«
Er fuhr zu ihr herum. Seine Augen waren schmal. »Ihr sagt, Ihr hättet die Karten studiert. Ich bringe Euch ein *tarocco*-Spiel, und Ihr werdet mir die Karten legen.«

»Nein!« rief sie. »Nein, das werde ich nicht tun!«
»Ihr wollt mir Eure Wahrheit zeigen, das ist die Gelegenheit dazu. Ihr behauptet, in diesen Karten liege nichts Böses.«
»Ich glaube es nicht, aber Ihr glaubt es. Ihr werdet mir und ihnen nicht trauen! Wenn das *tarocco* Euch sagte, was Ihr hören wollt, würdet Ihr fürchten, es narre Euch mit falschen Hoffnungen. Wenn nicht, würdet Ihr behaupten, es wolle Euch versuchen, Euch an Eurem Glauben zweifeln lassen. Selbst wenn alles genauso käme, wie es in den Karten steht, würdet Ihr sagen, der Teufel habe durch sie gesprochen.«
»Und so wäre es.«
Es war eine Probe gewesen, um sie in die Falle zu locken.
»Dann seht Ihr also, daß ich Euch nicht versuchen will, zu tun, was Ihr für böse haltet.«
»Und Ihr wollt Euch nicht als Hexe entlarven. Aber es geht nicht nur um das *tarocco*«, klagte er sie an. »Was Ihr gesehen habt, geht über Intuition hinaus. Ihr besitzt übernatürliche Kräfte.«
»Nicht, wie Ihr meint.«
»Wie dann?«
»Manchmal«, sagte sie erstickt, »manchmal sehe ich die Zukunft. Ich habe Visionen.«
»Visionen«, wiederholte er gefährlich leise.
»Ich behaupte nicht, daß sie von Gott kommen. Ich behaupte auch nicht, daß es nicht so ist. Ich weiß nicht, woher sie kommen, außer daß es nicht der Teufel ist, der sie mir schickt.«
»Wie könnt Ihr das wissen?«
»Sie haben sich nie als falsch erwiesen. Sie haben mich nie zum Bösen verleitet. Im schlimmsten Fall mußte ich sie ertragen, ohne etwas tun zu können. Im besten Falle konnte ich denen, die ich liebe, in der Gefahr beistehen.«
»Aber wer weiß, zu welcher Schlechtigkeit sie Euch noch führen werden? Sie könnten Teil eines hinterhältigen Plans sein.«
Sie schüttelte hilflos den Kopf. »So kann ich es nicht se-

hen. Es ist schwierig genug, damit umzugehen, wenn die Visionen über mich hereinbrechen.«
»Ihr seid nur eine schwache Frau. Ihr könnt darüber nicht urteilen.«
»Ich kann darüber nicht urteilen? Ich kann Gut und Böse unterscheiden. Ich kann Güte und Grausamkeit auseinanderhalten. Wenn Satan mir Fallstricke gelegt hat, dann bekenne ich, sie nicht erkannt zu haben, es sei denn, ich soll zu Unrecht verdammt werden.«
»Zu Eurer Rettung müßt Ihr Euch der Kirche unterwerfen.«
»Wessen Kirche soll ich mich unterwerfen?« forderte Veronica ihn heraus. Ihre Wut überwog endlich ihre Angst. »Der Euren oder der des Papstes?« Seine Augen flammten wütend auf, aber sie fuhr kühn fort: »Ihr kämpft für Euren Glauben, aber ich muß mich für einen von Euch entscheiden und werde von dem anderen verdammt. Ich muß die rechte Wahl treffen, und doch werde ich von allen verdammt, wenn ich die Wahrheit selbst zu erkennen versuche. Ihr herrscht durch Angst, und Angst ist eine Waffe, die jeder benutzen kann. Was ist mit Weisheit? Was ist mit Liebe?« Sie brach keuchend ab und bedeckte das Gesicht mit den Händen.
Als Savonarola antwortete, war seine Stimme beherrscht. »Was ich von beidem besitze, habe ich im Dienste Gottes dieser Stadt und ihren Bewohnern gegeben.«
Als Veronica den Kopf hob, sah sie, daß sein Gesicht streng, jedoch auch nachdenklich war. Der Pfad, den er beschritt, war schmal, so schmal, daß er sie immer noch in den Abgrund stürzen konnte, wenn er glaubte, daß sie ihm den Weg verstellte. Aber nicht aus Haß. »Das weiß ich. Vergebt mir. Ich habe nur Angst.«
»Und Ihr seid zornig«, sagte Fra Girolamo. »Aber ich habe Euch gesagt, Ihr sollt die Wahrheit sprechen, wie Ihr sie seht, und Ihr sagtet, Ihr wolltet Euch meinem Urteil unterwerfen.«
»Ja. Aber meine Visionen kann ich nicht verbannen und

auch nicht nach meinem Willen lenken. Wenn sie mir zeigen, daß ein geliebter Mensch in Gefahr ist, werde ich handeln müssen ... so wie Ihr nach Euren gehandelt habt.«

»Wie ich nach meinen gehandelt habe«, wiederholte er.

Sie sah plötzlich, wie müde er war. Und von welchen Zweifeln erfüllt.

»Ihr müßt eine Botin sein, aber ob von Gott oder des Teufels, weiß ich nicht.« Sein Blick streifte sie, aber Veronica merkte, daß er in sein Inneres schaute, als er sprach. »Ich sah Gottes Herrlichkeit in Florenz erblühen und dachte, ich wäre es, der sie nähren sollte. Ich dachte, ich beschritte den Pfad der Rechtschaffenheit, doch jetzt irre ich in der Wildnis umher. Ich glaubte, ich wollte die Macht, um Gutes zu tun. Jetzt frage ich mich, ob ich die Macht inzwischen nicht um meinetwillen suche statt um seinetwillen. Warum sollte er sonst plötzlich schweigen, wenn ich so verzweifelt nach seiner Stimme verlange? Ich horche auf ihn und höre nur das Echo meiner eigenen Stimme, die der Menge predigt. Ich wollte in ihm leben und sterben«, flüsterte Savonarola gequält. »Jetzt ist diese Probe angesetzt, aber er hat mich nicht gerufen. Vielleicht stellt Gott meine Demut auf die Probe, indem ich meine Brüder herbeirufen muß, um an meiner Stelle zu gehen. Ich fürchte um sie, aber wenn ich zu laut protestiere, schwäche ich vielleicht die Kraft des Glaubens, die sie brauchen, um durch das Inferno zu gelangen. Sie opfern sich in Reinheit seiner Herrlichkeit. Gewiß wird er sie unbeschadet durch das Feuer führen.«

Savonarola drehte sich um und nahm sie wieder wahr, obwohl er nach wie vor wie zu sich selbst sprach. »Wie Ihr glaube ich nicht, daß das morgige Feuer dasjenige ist, dem ich mich stellen soll, obwohl dieser Scheiterhaufen den anderen entzünden könnte. Da er mich noch nicht gerufen hat, muß ich abseits stehen und kann die Erwählten nur durch meine Gebete unterstützen. Sein Wille geschehe, amen.«

Er stand kurz schweigend da, mit gebeugtem Kopf, dann

ging er zu ihr und half ihr auf. »Welche Zweifel ich auch an Euch hegen mag, ich bezweifle nicht, daß Luigi della Montagna falsches Zeugnis ablegt. Ihr seid eine fehlgeleitete Sünderin, die den Versuchungen des Fleisches nachgegeben hat, aber ich spüre nicht die Bosheit in Euch, derer Ihr beschuldigt wurdet. Ich weiß nicht, ob Ihr eine Hexe seid, aber ich kann Euch nicht verdammen, ohne mich selbst zu verdammen. Heute sage ich Euch, geht in Frieden und sündigt nicht mehr. Ich weiß jedoch nicht, was geschehen wird, wenn Ihr noch einmal zu mir gebracht werdet.«

Einer der jüngeren Mönche wurde damit betraut, sie nach Hause zu begleiten. Vor San Marco erschien Antonio und sagte dem Mönch, er könne ins Kloster zurückkehren. Eingeschüchtert eilte der Mönch von dannen. Antonio starrte sie an, immer noch stritten Erleichterung und Sorge in seinem Gesicht. Er berührte flüchtig den Kratzer an ihrer Stirn. »Du bist verletzt?«
»Nur harmlose Kratzer.«
»Und Savonarola hat dich freigelassen?«
»Ja. Du wußtest, daß er mich befragte?«
»Wir durften nicht zu dir. Da Pescia sagte, der heilige Mönch müsse erst mit dir sprechen.« Antonios Stimme war rauh vor Zorn. Er nahm ihren Arm und führte sie die Straße hinunter. »War es schwierig?«
»Es war schwierig, aber ich bin nicht mehr in Gefahr.«
Trotz seiner letzten Worte empfand sie keinerlei Furcht mehr um sich, sondern nur um Savonarola.
»Du bist immer noch in Gefahr.« Antonios Gesicht verhärtete sich. »Ich habe einige der Jugendlichen befragt. Sie haben nicht aus eigenem Antrieb gehandelt.«
»Luigi gefiel Doroteas Nachricht nicht.«
»Das ist Pech. Für ihn.«
Als Veronica in seine unerbittlichen schwarzen Augen sah, fragte sie sich, ob sie Antonio davon abbringen konnte, Luigis Tod herbeizuführen, und ob sie es überhaupt versuchen sollte. Sie wollte nicht, daß er sein Leben ris-

kierte, ebensowenig wie er ihr Leben riskieren wollte. Bevor sie sprechen konnte, stießen Daniele und Benito zu ihnen. Als sie in die Straße blickte, aus der sie kamen, sah Veronica ihre Wachen und noch drei weitere. »Stefano ist vorausgeritten, mit einem halben Dutzend Männern«, sagte Daniele. »Wir dachten, sie wollten dich vielleicht unter Bewachung in den *bargello* schaffen.«

Wenn sie bei dem Versuch ihrer Rettung nicht ums Leben gekommen wären, hätte man sie geächtet und exkommuniziert. Die Wachen hätten sich in die Anonymität retten können, die Edelleute nicht. »Ihr hättet niemals soviel riskieren dürfen.«

»Wir lieben dich«, sagte Antonio. »Für dich gehen wir jedes Risiko ein.«

31. Kapitel

FEUER UND REGEN

Auf der Piazza della Signoria war ein großes Podest errichtet worden. Neunzig Fuß lang, sechzehn Fuß breit und sieben Fuß hoch, war dies die Bühne, der Kampfplatz, auf dem die Gegner ihre Feuerprobe würden bestehen müssen. Um zu verhindern, daß der Boden Feuer fing, hatte man die Oberfläche mit Ziegelsteinen abgedeckt und Erde darübergebreitet. Von dieser Oberfläche war nur noch ein schmaler Durchgang übrig, zu dessen Seiten sich Holzstapel auftürmten. Zu Beginn der Probe sollten die Mönche an seinem Ende einander gegenüberstehen. Der Scheiterhaufen würde in Brand gesetzt, und die Teilnehmer würden in das Inferno gehen.

»Das Holz ist mit Öl, Harz und Schießpulver getränkt«, sagte Antonio. »Es wird schnell und heiß brennen.«

»Und die Mönche mit ihm«, fügte Machiavelli hinzu. »Wie viele in dieser ungeheuren Menge, glaubt Ihr, erwarten wirklich, daß einer von ihnen überlebt?«

»Mehr als die Hälfte«, schätzte Antonio.

»Vorausgesetzt natürlich, daß irgendeiner der heiligen Orden außer den Minoriten heute erscheint«, stichelte Machiavelli. »Sie wirken ängstlich, wie sie da allein in der Loggia della Signoria warten und auf den Scheiterhaufen blicken, nicht wahr?«

»Ich bin sicher, Savonarola und die anderen Dominikaner werden erscheinen, nachdem er die Morgenandacht gehalten hat. Ob die Franziskaner aus dem Palazzo kommen, ist eine ganz andere Frage.«

Plötzlich senkte sich Schweigen über die Menge. Gesang wurde angestimmt. Antonio und Niccolò sahen, wie zweihundertfünfzig Dominikaner ihren Einzug auf den

Platz hielten. Sie gingen in Zweiergruppen, sangen Psalmen, während sie dahinschritten. Hinter ihnen kam Fra Domenico, in ein Puviale von der Farbe des Feuers gehüllt, und dann Savonarola, der die Hostie in einer silbernen Monstranz vor sich hertrug. Der geordneten Prozession der Mönche folgte eine weitere, viel größere – Tausende von Männern, Frauen und Kindern, die alle brennende Fackeln oder Kerzen trugen. Singend näherten sich Fra Girolamo und seine Brüder der Loggia. Die Minoriten warteten bereits auf sie, sie saßen auf ihrer Seite der Trennwand vor ihrem eigenen Altar. Die Menge, die Savonarola gefolgt war, mischte sich unter die Zuschauer auf der Piazza.

»Er ist phänomenal, nicht wahr?« fragte Niccolò rhetorisch. »Savonarola weiß stets, wie er genau die Wirkung erzielen kann, die er anstrebt.«

»Beeindruckend fürwahr«, stimmte Antonio zu, »aber ich bezweifle, daß die Menge für ihn durchs Feuer gehen wird – gleichgültig, was sie gesagt haben, als er in San Marco predigte.«

»Es ist Savonarolas Eitelkeit, die zu diesem Feuer geführt hat«, sagte Machiavelli verächtlich.

»Wenn Fra Domenico unversehrt durchs Feuer gelangt, wird die Menge ihm vielleicht folgen. Wenn er solch ein Wunder zuwege bringt, in Gottes oder in Savonarolas Namen, werde sogar ich mich vom Glauben mitreißen lassen.« Antonio lachte. »Allerdings ist sein Herausforderer noch nicht zu der Probe erschienen.«

»Fra Francesco ist ein Feigling. Ich denke, sein Plan war, daß Savonarola auf seine Herausforderung eingeht. Dann wollte er einen Rückzieher machen, so wie heute, und Savonarola sollte sich der Probe allein unterziehen. Es spielt keine Rolle mehr, daß Francesco die Sache initiiert hat, hier werden die Ansprüche des Mönchs auf die Probe gestellt.«

»Aber der Franziskaner hat die Herausforderung an jedermann gerichtet, und er hat da Pescia bekommen. Fra Domenico mag glauben, daß Savonarola die Stimme Got-

tes ist, aber er hat dergleichen nicht von sich behauptet, und auf ihm lastet nicht der gleiche Druck«, wandte Antonio ein. »Wie gern er sich auch im Namen des Mönchs der Probe stellen mag, Savonarola will es nicht, und er wird die Rechte da Pescias verteidigen wie seine eigenen.«
»Also?« fragte Niccolò.
»Also warten wir ab. Der nächste Zug gehört den Franziskanern.«

»Was ist denn diesmal?« sagte Niccolò gereizt, als Antonio sich wieder durch die Menge zu ihm gezwängt hatte. »Wir stehen seit Stunden hier.«
»Weitere Proteste der Minoriten. Fra Domenico hat sich jetzt bereit erklärt, auf sein angeblich verhextes Kreuz zu verzichten, aber er hat die Monstranz, die Savonarola in der Prozession trug. Das Geschrei ist lauter denn je.«
Der erste Stein des Anstoßes war das scharlachrote Puviale gewesen. Die Minoriten hatten eingewendet, das Gewand könne mit Zaubersprüchen verhext sein, die es vor dem Feuer schützten. Fra Domenico willigte ein, in den Palast zu gehen, sich nackt auszuziehen und die Kleider anzulegen, die die Minoriten als angemessen empfanden. Er verschwand und kehrte einige Zeit darauf in einem Meßgewand aus der Palastkapelle zurück. Dann richteten sich die Klagen gegen das Kruzifix und jetzt gegen die Monstranz.
»Das ist doch lächerlich!« rief Machiavelli aus. »Die Franziskaner verkriechen sich immer noch in der Kapelle, und die Minoriten machen sich mit ihrer Krittelei zum Narren.«
»Lieber ein Narr als ein verkohlter Leichnam«, sagte Antonio kalt. »Verzögerung ist ihre einzige Hoffnung, und vielleicht wirkt es. Seht Euch den Himmel an.«
»Vor einer halben Stunde war er noch klar«, beschwerte sich Niccolò, als er die dunklen Wolken betrachtete, die über der Piazza aufzogen. Gleich darauf ertönte das erste

Donnergrollen, der erste Blitz zuckte auf. Machiavelli zeigte zur Loggia. »Seht. Die Signoria entläßt die Minoriten.«
Erstaunlicherweise gab es keine Proteste aus der Menge, als die Mönche sich schnell und leise verzogen. Dann gingen auch Savonarola und seine Anhänger. Man wollte ihn aufhalten, doch seine Eskorte geleitete ihn wohlbehalten von der Piazza. Ohne Vorwarnung gingen plötzlich wütender Regen und Hagel auf die Versammlung nieder und überfluteten die Menge und die Vorbereitungen zur Feuerprobe.
»Wieder ein Fiasko!« rief Machiavelli, als der Regen sie bis auf die Haut durchnäßte. »Meint Ihr, Savonarolas Anhänger werden dieses Unwetter zum Fingerzeig Gottes erklären?«
»Das werden sie gewiß sagen. Wenn er Glück hat, hält der Regen an. Sollte der Regen nachlassen, werden die Menschen Zeit haben, unzufrieden zu werden. Dann wird man Savonarola die Schuld daran geben, daß sie um ihr Schauspiel betrogen wurden.«
»Die Glocken von San Marco läuten«, sagte Daniele und blickte von seinem Skizzenblock auf.
Es ist seine Totenglocke, dachte Veronica, sagte jedoch nichts; sie blieb reglos in dem schwindenden Licht sitzen. Die Glocke hallte in ihrem Herzen nach, ein dumpfer, pochender Schmerz.
»Stefano sagte, in der Messe heute morgen habe Savonarola sich Gott als Opfer angeboten, er habe erklärt, er sei bereit, für seine Herde zu sterben. Vielleicht wird er endlich aufgefordert, seine Versprechungen zu erfüllen.«
»Ja, er weiß es«, murmelte Veronica. »Er verkündete, der gestrige Scheiterhaufen werde den seinen entzünden.«
»Sag ja nicht, daß du auch an ihn glaubst!« Daniele sprang auf, sein Gesicht war plötzlich wutverzerrt. Veronica sah ihn erschrocken an. Wortlos schüttelte sie den Kopf. Er ließ sich wieder in seinen Stuhl fallen, fuhr sich mit den Händen durchs Haar. »Es tut mir leid.«
»Ich glaube nur, daß er die Fähigkeit hat, in die Zukunft

zu sehen, so wie ich«, sagte sie leise. »Und was er sah oder hörte, ging in seinen strengen, fordernden Glauben ein und wurde als göttliche Prophezeiung aufgefaßt. Oder wenn es die Stimme Gottes war, hörte Savonarola sie, wie es allen Menschen ergeht – unvollkommen.«

»Du weinst«, bemerkte Daniele.

»Wirklich?« Sie wischte sich die Tränen ab.

»Man kann auch über den Tod eines Feindes weinen«, sagte Daniele. »Siehst du seinen Tod?«

Sie fing seinen Blick auf. »Ja. Er wird sterben. Durch das Feuer. Er weiß, was ihn erwartet, und diesmal wird er sich ihm stellen.«

Sie saßen schweigend da, im schwindenden Licht, und das gedämpfte Läuten der Glocke von San Marco war das einzige Geräusch im Zimmer. Dann hörte man Hufgeklapper, eine Tür schlug zu, und jemand kam die Treppe heraufgerannt. Antonio erschien in der Tür zum Atelier und blieb dort stehen. »Es hat begonnen«, sagte er grimmig, hellwach, wie immer, wenn er der Gefahr begegnete. »Es herrscht Aufruhr in den Straßen.«

Zu grimmig, dachte Veronica. »Was ist geschehen?«

Er lächelte bei dieser Frage, ein freudloses Lächeln, das sofort wieder erlosch. Er kam herein, ging jedoch nicht zu ihr, sondern zu ihrem Vetter. »Ja. Es ist etwas geschehen. Stefano ist verwundet. Setzt Euch, Daniele. Jemand hat ihm ein Messer in den Rücken gebohrt, aber er wird sich wieder erholen. Insofern hat er Glück – er ist einer der wenigen, die dem Mob die Stirn geboten und es überlebt haben, um später davon zu erzählen.«

»Wie ist es dazu gekommen?« fragte Daniele und unterdrückte seine Erschütterung. »Wart Ihr bei ihm?«

»Wir sahen, wie es geschah. Ich machte einen Rundgang durch Florenz – um mir ein Bild von dem bevorstehenden Chaos zu machen. Giacomo war bei mir und eine der Wachen. Schon den ganzen Tag hat es Übergriffe auf die Anhänger Savonarolas gegeben, sie mußten Hohn, Mißhandlungen, Prügeleien ertragen. Die *piagnoni* sind äußerst unbeliebt, nachdem ihr Herr sich geweigert hat, das Feuer zu durchschreiten. Der Aufruhr begann in Santa Maria del Fiore, zur Abendandacht. Anscheinend hämmerten einige *compagnacci* auf die Bänke, beschimpften die *piagnoni*, dann vertrieben sie sie aus der Kirche. Draußen warteten Jugendliche. Sie steinigten jeden, der zu fliehen versuchte.«

»Es war geplant«, sagte Veronica ausdruckslos. Sie hatte keinen Zweifel daran.

»O ja, es war geplant. Die *arrabbiati* und die *compagnacci* haben die Unzufriedenheit in der Stadt genährt und ihre Anhänger gesammelt. Der Zeitpunkt ist günstig, um gegen Savonarola loszuschlagen.«

»Was ist passiert?« Danieles Stimme war heiser.

»Entschuldigt«, sagte Antonio. »Ich versichere Euch, Stefano schwebt nicht in Lebensgefahr. Er war in der Kirche. Als er herauskam, versuchte er mit einigen der Männer zu reden.«

»Sanftmütig ist er«, murmelte Daniele, »aber nicht dumm.«

»Er hatte sein Schwert gezogen«, erklärte Antonio, »doch er wurde von hinten angegriffen. Wir waren nahe genug, um einzuschreiten, bevor Schlimmeres passieren konnte. Wir haben ihn nach Hause gebracht, dann kam ich sofort hierher. Giacomo habe ich dagelassen, er soll uns später berichten, wie es steht.«

»Danke«, sagte Daniele.

Antonio deutete mit dem Kopf in die Richtung des Klosters, dessen Glocke immer noch schlug. »Die meisten Angreifer versammeln sich vor San Marco. Es hat bereits zwei Morde gegeben. Ein Mann wurde vor den Türen von San Marco erstochen, und ein Junge war so dumm, auf offener Straße zu beten. Der Mob jagte ihn durch die Stadt. Als man ihn fing, wurde er von einer Lanze durchbohrt.«

»Tiere«, flüsterte Daniele.

»Ja, der Mob ist ein blindwütiges, blutrünstiges Tier. Aber ich zweifle nicht daran, daß es heute nacht auch geplante Morde geben wird. Trotz seines gestrigen Sturzes hat Savonarola immer noch zu viele hochgestellte Anhänger. Sie

müssen ebenfalls zu Fall gebracht werden. Der heutige Tag ist das Ende von Savonarolas Herrschaft über Florenz.«
»Veronica meint, daß Savonarola durch das Feuer sterben wird«, sagte Daniele.
Antonio drehte sich zu ihr um, seine Augen schimmerten schwarz, bohrend. »Heute nacht?«
»Ich weiß es nicht.«
»Falls es so ist, wird er seinem Wunsch gemäß sterben. Seinetwegen hoffe ich, daß er nicht enttäuscht werden wird.«
»Was ist das für ein Geräusch?« fragte Veronica plötzlich. »Weint da jemand?« Einen Augenblick lang schien es, als habe sie sich geirrt, dann war ein ersticktes Schluchzen zu hören. Veronica erstarrte, kalte Schauer liefen ihr über den Rücken, ließen ihren Körper erzittern. Dann rannte sie zur Tür, Antonio und Daniele folgten ihr. Auf der Treppe zum Atelier entdeckten sie Simona, sie preßte ihre Schürze an den Mund, um ihr Schluchzen zu ersticken. »Simona, was ist los? Bist du verletzt?«
Simona starrte sie entsetzt an, dann brach sie in lautes Wehklagen aus. Sie bekreuzigte sich und kniete vor Veronica nieder. »Madonna, es ist furchtbar. Ich bin zur Vesper nach San Marco gegangen. Ich wollte dem heiligen Mönch meinen Respekt erweisen.«
»Ist er tot? Tut mir leid, Simona«, sagte Daniele.
»Nein, es ist etwas anderes«, rief Veronica, und erneut überliefen sie Schauer. Im Augenblick kümmerte es sie nicht, ob Simona sie für eine Hexe hielt. »Erzähl uns, was geschehen ist.«
Der Schrecken in den Augen der Köchin galt eher einem Racheengel als einem Teufel. »Ich ging allein, Madonna. Ich ging allein nach San Marco, aber Roberto wußte, daß ich gehen wollte, und folgte mir dorthin.«
»Wo ist er?« Sie hatte Roberto zuletzt in seinem Zimmer gesehen, als er sich schlafen legte. Er hatte die halbe Nacht und fast den ganzen Morgen geweint. Gestern hatten sie sich geweigert, ihn zur Feuerprobe gehen zu lassen. Niemand wollte, daß er sah, wie Savonarola in Flammen aufging.

»Wir haben gebetet, tausend Menschen«, schluchzte Simona, »in der Kirche gebetet. Dann kam der Mob. Sie bewarfen die Kirche mit Steinen. Einer der Männer ging hinaus. Er sprach zu ihnen, sagte, sie beleidigten das Haus Gottes. Sie fielen über ihn her, Madonna, und rissen ihn in Stücke.«
»Wo ist Roberto?« schrie Veronica.
»Er ist noch in San Marco. Sie zwangen mich zu gehen. Alle Frauen mußten gehen. Die guten Mönche geleiteten uns durch eine Hinterpforte aus dem Kloster. Roberto wollte nicht mit mir kommen. Ich konnte ihn nicht überreden. Ich sah Fra Federigo und bat ihn, Roberto zu suchen und ihn nach draußen zu bringen. Einige der Männer kamen hinter uns hinaus, zu feige, um bei dem heiligen Mönch zu bleiben, aber Roberto war nicht unter ihnen.«
»Federigo wird Robertos Sicherheit nicht vor die Savonarolas setzen«, sagte Veronica. »Ich muß ihn suchen.«
Sie wollte gehen, doch Antonio packte ihren Arm. »Ich gehe. Du bleibst hier bei Daniele.«
»Ich muß mitkommen. Er wird auf mich hören.«
»Nein. Du bleibst hier«, sagte Antonio mit solcher Entschlossenheit, daß Veronica wußte, er würde keinen Widerspruch dulden. Es spielte keine Rolle, daß sie ihr Geschick bewiesen hatte, als sie ihm das Leben rettete. Er würde nicht zulassen, daß sie ihres riskierte, wenn er es verhindern konnte. Wortlos befreite sie sich und verließ das Atelier. Sie ging in ihr Zimmer und legte sich aufs Bett. Kurz darauf erschien Antonio. Er kam zu ihr und küßte sie.
»Ich werde ihn finden.«
Veronica nickte. Als sie nichts sagte, wandte er sich ab und ging. Sobald sie sicher war, daß er das Haus verlassen hatte, stand Veronica auf und ging zum Schrank hinüber. Sie holte ihre Männerkleider heraus, zog schnell Wams und Strumpfhose an, stieg in die Stiefel und stopfte ihr Haar unter die Mütze. Dann nahm sie ihr Messer, steckte es in ihren Stiefel und machte sich auf den Weg zum Kloster von San Marco.

32. Kapitel

ZERSTÖRUNG

Als Antonio auf den Platz vor San Marco gelangte, standen die Menschen dicht gedrängt. Die Menge wurde immer größer, von den triumphierenden *compagnacci* oder ihrer eigenen fiebrigen Zerstörungswut angetrieben, sich an den Übergriffen zu beteiligen. Antonio erzwang sich den Weg durch das Gewühl zu der freien Fläche rund um die Klostermauern. Über ihm erscholl die große Messingglocke, rief Hilfe herbei, die nicht kam. Der Wind hatte sich gedreht, wehte Savonarola jetzt ins Gesicht, und nur wenige seiner Anhänger wollten ihren Hals riskieren, um ihr gestürztes Idol zu retten. Das Kloster würde mit den wenigen Beschützern auskommen müssen, die bereits da waren. Antonio schätzte, daß etwa zwanzig Männer auf den Mauern postiert waren, die sie so gut es ging vor der wimmelnden Menge der Angreifer verteidigten. Trotz ihrer Bemühungen hatte man einen Haufen Stroh vor dem Hauptportal aufgeschichtet und angezündet. Das Feuer brannte in der Dunkelheit scharlachrot und orangefarben, die Rauchsäule drehte sich mit dem Wind. Antonio ging um die Menge herum, sah eine Öffnung und versuchte rasch die Mauer zu erklimmen, wurde jedoch entdeckt und von einem Steinhagel vertrieben. Er zog sich unverletzt zurück und machte sich auf die Suche nach einem günstigeren Zugang.

Als er an einer Gasse vorbeikam, hörte er einen erstickten Laut. Er betrat den engen Durchgang und erblickte in einem Türeingang einen weinenden Mann. Der Mann duckte sich, als er ihn ergriff, fürchtete, daß die Feinde des Mönchs ihn entdeckt hatten. Wie Antonio vermutet hatte, war er aus San Marco entkommen, hatte es jedoch nicht

über sich gebracht, den Platz zu verlassen. Da er nicht wußte, welche Neuigkeit ihm nützen würde, ließ Antonio ihn von den Ereignissen berichten, die seiner Flucht vorangegangen waren.
»Zuerst hörten wir, die Signoria habe angeordnet, Savonarola müsse Florenz binnen zwölf Stunden verlassen, als ob er und nicht seine Herausforderer gestern bei der Feuerprobe versagt hätten. Wir konnten es nicht glauben. Wir dachten, es wäre eine List, um den heiligen Mönch in einen Hinterhalt zu locken. Viele der Mönche gerieten in Zorn und wollten sich bewaffnen. Savonarola entdeckte, was sie vorhatten, und verbot es ihnen. Er sagte, sie sollten die Waffen weglegen und statt dessen ein Kreuz nehmen.«
»Er unternimmt nichts, um sie zu schützen?«
»Fra Girolamo betete für sie. Er spendete das Sakrament und führte eine Prozession durch San Marco an, alle sangen Psalmen«, erwiderte der Mann zitternd.
In Antonio stieg Wut auf. Der Mob würde die unbewaffneten Mönche abschlachten. Aber wenn Savonarola der war, als der er sich ausgab, würde er sein Gelübde, sich nicht zu verteidigen, nicht brechen, und die Mönche würden den Angriff ebenfalls als eine Probe ihres Glaubens betrachten.
»Der heilige Mönch war sehr erschüttert«, fuhr der Mann fort. »Er sagte zu uns, nur seinetwegen sei dieser furchtbare Sturm in der Stadt losgebrochen. Er nahm sein Kreuz und wollte sich der Menge stellen. Aber wir baten ihn, nicht zu gehen, denn was sollten wir ohne ihn tun? Er sagte, wir verstießen gegen den Willen Gottes, aber er verließ uns nicht. Wir warteten, horchten auf den Lärm, rochen den Rauch des Feuers vor dem Portal. Dann kam ein neuer Befehl, alle gewöhnlichen Bürger sollten San Marco verlassen oder sie würden zu Rebellen erklärt. Daraufhin ging ungefähr die Hälfte der Männer, sie verließen die Kapelle und die Mauer.« Der Mann brach in Tränen aus. »Auch ich bin ein Judas. Ich hätte ihn nicht verlassen dürfen, aber ich könnte es nicht ertragen, aus Florenz ver-

bannt zu werden. Ich glaubte, Gott werde Savonarola beschützen. Ich glaubte, er würde mich beschützen, weil ich ihm diente.«

Antonio sagte nichts. Er dachte, daß der Mann die richtige Wahl getroffen hatte, aber er glaubte nicht an Savonarolas Heiligkeit, so wie dieser Mann es tat oder früher einmal getan hatte.

»Alle, die geblieben sind, werden sterben«, stöhnte der Mann. Er wollte sich losmachen, doch Antonio verstärkte seinen Griff, bis er ihm sagte, wo er am besten die Mauer erklimmen konnte. Der Mann zögerte, wollte sein Gewissen nicht mit einem weiteren Verrat belasten, war jedoch zu verängstigt, um zu widerstehen.

»Ich will dem Mönch nichts Böses, niemandem in San Marco«, versicherte Antonio ungeduldig.

»Am Kreuzgang«, erwiderte der Mann widerstrebend. Antonio ließ ihn frei und ging um die Mauer zu der Stelle, die der Mann ihm gewiesen hatte. Es schien wirklich der beste Zugang zu sein, und er war nur einer von vielen, die sich dort an der Mauer versuchten. Auch hier regnete ein Hagel von Steinen und Dachziegeln auf die Angreifer nieder, aber der Winkel war ungünstig, und mehreren gelang der Aufstieg. Als Antonio sein weiteres Vorgehen plante, sah er eine vertraute Gestalt zur Mauer laufen und hochklettern – Veronica. Für einen Augenblick stand er wie erstarrt da, ungläubig, dann fluchte er wütend und lief ihr nach. Er wich dem Steinhagel aus und fand genügend Halt, um ihr über die Mauer auf das Klostergelände zu folgen.

Als sie jemanden hinter sich hörte, fuhr Veronica mit dem Messer in der Hand herum. Antonio funkelte sie an. »Du hast versprochen, bei Daniele zu bleiben.«

»Nein, das habe ich nicht. Ich sagte nichts, und du glaubtest, was du glauben wolltest.«

Antonio schäumte vor Wut, doch zu klären, wer wen in die Irre geführt hatte, schien sinnlos. Jetzt war es zu spät, um etwas zu ändern. Er fürchtete sich ebenso, sie zu dem Mob hinauszuschicken, wie sie bei sich zu behalten, und vermutlich würde er ohnehin nichts ausrichten. »Versprichst du, nicht ohne Vorwarnung einfach zu verschwinden?« fragte er.

»Ich verspreche es – solange du in der Nähe bist.«

Diese Antwort gefiel ihm nicht sonderlich, doch zumindest war sie ehrlich. »Dann komm.«

Er führte sie über das Gelände von San Marco. Die meisten Angreifer, die es über die Mauer geschafft hatten, plünderten die Kreuzwege und die Krankenstube, aber einige hatten die Sakristei erreicht und wollten die Türen zur Kapelle einrammen. Der Gesang der Mönche in der Kapelle übertönte den Lärm. Manchmal stockte der Gesang, wurde jedoch immer wiederaufgenommen. Antonio sah vor sich, wie Savonarola seine Brüder bat, in ihren Bitten an den Herrn nicht nachzulassen.

Dann endete der Gesang, und auch die Stöße gegen die Tür brachen ab. Kurz darauf öffneten sich die Türen, und die Menge wich zurück. Ein Mönch, den Antonio nicht kannte, erschien, sein Gesicht war streng und seine Stimme fest, als er sagte: »Savonarola bittet Euch, still zu sein. Geht und laßt ab davon, diesen heiligen Ort zu stören.«

Die Stille hielt einen Atemzug an, dann brach lautes Geschrei los, und der Mob stürzte zur Tür, schleuderte den Mönch zur Seite und stürmte die Kapelle. Antonio griff nach Veronica, als sie mitgerissen wurden. In der Kapelle stieß er sie hinter sich in die dunkelste Nische, die er finden konnte, und beobachtete, wie die menschliche Heuschreckenplage ausschwärmte. Viele der Mönche lagen auf den Knien und sangen wieder, andere jedoch erhoben sich und kämpften. Manche setzten sich mit bloßen Händen gegen die Angreifer zur Wehr, andere griffen nach Kreuzen, Fackeln und anderen Gegenständen, um den Feind in die Flucht zu schlagen. Antonio sah, wie ein Mönch sich mitten ins Getümmel stürzte und einem der Angreifer eine Arkebuse entriß. Er stieg auf Savonarolas Kanzel, feuerte auf seine Feinde und sang bei jedem Schuß: *»Salvum fac populum tuum, domine.«*

Binnen weniger Minuten war San Marco ein kleines Inferno. Überall brachen Brände aus, und die Kapelle war mit beißenden grauen Rauchwolken erfüllt. Über ihnen im Chor, noch unerreicht von dem Mob, fuhren Savonarola und eine Handvoll Mönche in ihrem Gesang fort. Die melancholische Weise, immer wieder zerrissen vom Schreien und Stöhnen der Verwundeten, dem Klirren von Waffen, lieferte einen schaurigen Hintergrund für die Szene. Er hatte schlimmere Blutorgien auf dem Schlachtfeld gesehen, aber nie hatte Antonio diese irre, alptraumhafte Atmosphäre erlebt. Vielleicht steigerte nur seine Sorge um Veronica seine Wahrnehmung, erfüllte seinen Mund mit dem metallenen Geschmack der Furcht. Als er sich in den Rauchschwaden umsah, schätzte er, daß bereits an die hundert Tote in der Kapelle lagen.

»Kannst du Roberto entdecken?« fragte Veronica neben ihm.

»Noch nicht. Könnte er auf dem Dach sein, um mit Ziegeln zu werfen?« Gewalt sah ihm nicht ähnlich, aber wer konnte wissen, was Roberto tun würde, um seinen geliebten Mönch zu verteidigen.

»Ich glaube eher, daß er sich versteckt«, erwiderte Veronica, ebenso unsicher wie er.

»Sieh mal, Savonarola verläßt die Kapelle.«

Die Steine und Pfeile, die im Chor gelandet waren, hatten keinen sichtbaren Schaden angerichtet, anders als das Gemetzel unten. Die Mönche trugen keine Verwundeten, als sie hinausgingen. Antonio und Veronica erkannten Fra Federigo unter ihnen, wagten sich vor und riefen seinen Namen. Sie wußten nicht, ob der Mönch sie inmitten des Getümmels gehört hatte oder ihre Bewegungen ihn aufmerksam machte, doch er blieb stehen, erkannte sie und winkte sie zu einer Tür. Obwohl die Tür verborgen war, wurde sie bereits belagert, zwei Männer schlugen mit Werkzeugen auf sie ein. Mit gezücktem Schwert schlug Antonio sie in die Flucht. Bevor sie zurückkamen, hatte Fra Federigo sie eingelassen und die Tür hinter ihnen verrammelt.

»Roberto ...«, keuchte Veronica.

Aus seinem erschrockenen Blick schloß Antonio, daß Federigo nur ihn, nicht jedoch Veronica erkannt hatte. Seine Mißbilligung ihrer Verkleidung war ihm deutlich anzumerken. »Wißt Ihr, wo Roberto ist?« fragte Antonio.
Fra Federigo sah ihn abfällig an. »Steckt Eure Waffe ein«, befahl er. Als Antonio widerstrebend gehorchte, sagte er: »Roberto ist in Sicherheit. Er ist in meiner Zelle eingeschlossen. Ich bringe Euch zu ihm, aber nicht Veronica. Sie muß hier warten. Frauen haben keinen Zutritt.«
»Sie kommt mit uns«, sagte Antonio.
»Federigo«, bat sie, »Ihr wißt, daß Roberto auf mich hören wird. Ihr müßt mich mitnehmen.«
Fra Federigo sah sie wütend an, doch schließlich nickte er und bedeutete ihnen, ihm nach oben zu folgen. Er hielt sie in diskretem Abstand zu der Prozession, die Savonarola durch den Korridor führte. Im Gegensatz zum kunstvollen Inneren der Kirche war der Zellentrakt, den sie jetzt betraten, nüchtern und wahrte trotz des ringsum herrschenden Chaos eine Atmosphäre der Strenge. Einige Zellentüren standen offen, man sah die Fresken Fra Angelicos an den Wänden; ihre Strenge und Anmut waren eins mit der Architektur des Gebäudes. Federigo blieb vor der Tür zu seiner Zelle stehen. Leises Weinen war zu hören.
»Ist Roberto verletzt?« fragte Veronica.
»Nein, nur verstört von den Ereignissen.« Fra Federigo schloß die Tür auf. »Ich gehe zu Fra Girolamo. Er führt uns in die Bibliothek, wo wir Trost inmitten dieses Wahnsinns suchen werden.«
Sie sahen ihm nach, als er wegging, um sich wieder der Prozession anzuschließen, dann öffneten sie die Tür zu Federigos Zelle. Antonio ließ Veronica allein hineingehen. Er hörte, wie sie leise zu Roberto sprach, doch das Weinen brach nicht ab, und plötzlich glaubte Antonio wieder das Schluchzen des Mannes in der Gasse zu vernehmen, und diese Erinnerung vermischte sich mit all den ungesehenen, ungehörten Tränen, die in diesem Augenblick in zahllosen Häusern in Florenz vergossen wurden. Die Gläubigen trauerten um das Zerbrechen ihrer Hoffnung.

»Savonarola hat es sich selbst zuzuschreiben«, murmelte Antonio leise, verärgert über das Mitgefühl, das in seinen inneren Panzer drang. Er wollte nicht, daß ein Fanatiker wie Fra Girolamo über Florenz herrschte, aber er vermochte sich auch nicht über seinen Sturz zu freuen. Fra Girolamo hatte ebenso nach dem Guten wie nach der Macht gestrebt. Wenn er nur nicht so rigide, so besessen gewesen wäre – Antonio seufzte müde auf. Wäre Savonarola der Heilige gewesen, den so viele in ihm sahen, hätte er vermutlich schon eher den Märtyrertod gefunden und aus weit geringerem Anlaß.

Endlich brachte Veronica Roberto aus der Zelle. Da sie nicht wußten, ob der Weg, auf dem sie hierhergelangt waren, auch der sicherste Rückweg war, schlug Antonio vor, Fra Federigo zu suchen. An der Biegung des Korridors hörten sie Stimmen, die sie zu der geöffneten Tür der Bibliothek führten, einem großen, luftigen, mit zwei Säulenreihen geschmückten Raum. Ihr Eintreten wurde bemerkt, aber Fra Federigo sprach schnell mit seinen Oberen, und so schickte niemand sie weg. Sie gingen so unauffällig wie möglich zum anderen Ende des Raums. Das war nicht schwierig, da bereits zwei Vertreter der Signoria anwesend waren. Sie verkündeten Savonarola, er müsse mit ihnen in den Palazzo kommen. Fra Domenico trat vor und verlangte einen schriftlichen Befehl und sicheres Geleit. Die Abgesandten berieten sich kurz, willigten dann in die Bedingungen ein und sagten, sie würden in Kürze zurückkommen.

»Wir sollten ihnen folgen. Sie sind vermutlich unsere sicherste Eskorte«, schlug Antonio vor, doch Roberto hatte Savonarola entdeckt und weigerte sich zu gehen.

»Niemand hat uns bisher weggeschickt«, flüsterte Veronica. »Warten wir noch ein wenig.«

»Dann bleiben wir, bis sie wiederkommen«, sagte Antonio, der spürte, daß die Signoria die Ordnung wiederherstellen wollte. Neugierig auf die Reaktionen der Anwesenden, wandte er sich den Mönchen zu, die sich untereinander besprachen.

»Wir sollten eine geschützte Stelle suchen und Euch von der Mauer hinunterlassen, Fra Girolamo. Ihr müßt aus der Stadt fliehen«, sagte einer der Mönche zu Savonarola.
Ein anderer Mönch wandte ein: »Sollte der Hirte nicht sein Leben für die Herde riskieren?«
Savonarola umarmte den Mann, dann wandte er sich an die übrigen. »Es ist die Essenz christlichen Lebens, Gutes zu tun und Böses zu empfangen. Ich werde mein Kreuz frohen Herzens auf mich nehmen.« Dann küßte er jeden seiner Anhänger.
Fra Domenico erwiderte seinen Kuß und sagte: »Ich möchte auch an diesem Fest teilnehmen.«
Savonarola erlaubte, daß er sich ihm anschloß, doch als ein weiterer Mönch bat, mitkommen zu dürfen, sagte er: »Bruder, wenn du mir gehorchst, komm nicht mit, denn Fra Domenico und ich werden um der Liebe Christi willen sterben.«
Antonio gab Veronica ein Zeichen, als die Abgesandten der Signoria mit dem schriftlichen Befehl zurückkamen. Roberto war bereit, sich Savonarola anzuschließen, also folgten die drei den Mönchen und ihrer Eskorte durch die zerstörte Kapelle. Das Feuer war gelöscht, und sie öffneten die Türen auf die Piazza. Draußen warteten der Mob und Hunderte bewaffneter Soldaten der Signoria mit Artillerie. Die Mönche ergaben sich den Wachen der Signoria, die sie fesselten und auf den Platz führten. Bei ihrem Erscheinen erhob sich lautes Geschrei in der Menge. Mit haßerfüllten Gesichtern verhöhnten und beschimpften die Umstehenden Savonarola, bespien ihn. Aus dem Heiligen war ein Paria geworden. Als man Fra Girolamo die Treppe hinunterführte, stürzte sich ein Mann auf ihn und stieß ihm eine brennende Fackel ins Gesicht. Ein anderer trat ihn von hinten und höhnte: »Von dort kommen die Prophezeiungen des Mönchs.« Die Wachen gewährten ihm offenbar nur so viel Schutz, daß er lebend in den Palazzo gelangte.
Roberto war beim Anblick des Mobs in betäubtes Schwei-

gen verfallen, doch jetzt brach er erneut in Tränen aus und ignorierte Veronicas Versuche, ihn zu beruhigen, Er wollte sich losreißen und den verhafteten Mönchen folgen. Sein Protest konnte ihn, sie alle, leicht zur Zielscheibe der Wachen wie auch des Mobs machen. Schnell schleuste Antonio sie in eine der ruhigeren Seitenstraßen. Als sie San Marco nicht mehr sahen, konnte Veronica Roberto endlich ein wenig beruhigen. Er wehrte sich nicht mehr, doch die Tränen strömten ihm weiterhin übers Gesicht. Selbst in dieser geringen Entfernung zum Kloster waren sie viel sicherer, denn die Masse folgte Savonarolas Gang zum Palazzo.

»Wenn wir Glück haben, gelangen wir ohne weitere Zwischenfälle zu Danieles Haus«, sagte Antonio zu Veronica, als sie den Heimweg antraten.

Sie schüttelte den Kopf, ihr Körper vibrierte vor Anspannung. »Wir sind immer noch in Gefahr. Ich spüre es. Vorher hatte ich keine Angst, aber jetzt ist es anders.«

Antonio überlief es kalt bei ihrer Warnung. Hastig suchte er nach einem bekannten Gesicht unter den Passanten. An der Straßenecke vor ihnen strich ein magerer, dunkelhäutiger Mann herum. Der Blick des Fremden streifte sie betont ziellos, dann machte er kehrt und ging die Straße hinauf. Seine Gelassenheit war einstudiert – das allein hätte Antonio zur Warnung gereicht –, aber das schmale, verbitterte Gesicht kam ihm bekannt vor. Die Kälte kehrte wieder, ein Vorgefühl von Gefahr. Er machte seinen Kopf frei und ließ das Bild aufsteigen. Canino, dachte er. Der Sizilianer war ein berüchtigter Auftragsmörder und als gefährlicher Schwertkämpfer bekannt. Der Bravo trieb überwiegend in Süditalien sein Unwesen, doch das nötige Geld zog ihn überall hin. Canino konnte viele Gründe haben, sich in Florenz aufzuhalten, aber ein Mordauftrag war der wahrscheinlichste. Heute nacht würde es viele ungeklärte Todesfälle geben. Der gedungene Mörder würde jedem, der diese Gelegenheit nutzen wollte, um seine Feinde loszuwerden, äußerst nützlich sein.

»Was ist los?« fragte Veronica.
»Ein sizilianischer Hund, der Blut schnüffelt«, erwiderte er.
»Unser Blut?«
»Er ist hier, und wir sind hier. Dieser Zufall gefällt mir nicht.« Er blieb kurz im Schatten einer Weinhandlung stehen und untersuchte zum Schein seinen Stiefelabsatz, dann fragte er sie: »Siehst du ein bekanntes Gesicht?«
Veronica sah sich unauffällig um, als sei sie nur neugierig. Sie ließ sich nicht anmerken, ob sie jemanden entdeckte, doch schon ihre gesenkte Stimme ließ auf anderes schließen. »Hinter uns. Es ist zu dunkel, als daß ich sicher sein kann, aber ich glaube, der Mann in der Gasse ist Luca, Luigis Wachmann.«
Antonio kannte den Mann – schütteres rötliches Haar, Pockennarben, brutales Gesicht –, aber als er sich umsah, konnte er niemanden entdecken. Das beruhigte ihn keineswegs, denn es bedeutete, daß er wahrscheinlich in die Gasse abgetaucht war. Antonio zog sein *estoc* und führte Veronica und Roberto langsam durch die engen Straßen, sah sich an jeder Kreuzung aufmerksam um, bevor sie sie passierten. Dabei beschrieb er kleine Kreise mit dem Schwert, um seinen Arm, sein Handgelenk zu lockern.
Veronica blieb stehen und löste einen Holzstock aus der behelfsmäßigen Markise eines Ladens, eine zweite Waffe neben ihrem Messer. Antonio wollte nicht, daß sie etwas riskierte, obwohl er nur zu gut wußte, daß Veronicas Instinkt sie alle beschützen würde, während er nur versuchen konnte, sie zu beschützen. »Wenn es zum Kampf kommt, halte Roberto so ruhig, wie du kannst«, sagte er.
Eine Sackgasse schien der Ausweg. Wenn sie sich dorthin zurückzogen, konnte sie niemand aus dem Hinterhalt angreifen. Aber er wußte nicht, mit wie vielen Männern er es zu tun haben würde. Wenn er getötet würde, säßen Veronica und Roberto in der Falle. Sonst bot sich keine Möglichkeit, weit und breit nichts als verlassene Straßen mit hohen Mauern und verrammelten Fenstern zu beiden Seiten. Sie waren ungeschützt, mußten weitergehen.

Vor ihnen beschrieb die Straße eine unübersichtliche Kurve. Antonio führte sie vorsichtig um die Biegung. Plötzlich stürzten drei Männer mit gezückten Schwertern auf sie zu: Canino, ein zweiter Mann neben ihm, und hinter ihnen Luigi. Roberto schrie auf, als Veronica ihn gegen die Mauer stieß und schnell Antonios Rücken deckte. »Luca kommt von hinten«, warnte sie ihn.

Antonio hoffte, daß sie mit Luca fertig wurde, und konzentrierte sich auf die drei nahenden Angreifer. Luigi hielt sich hinter den beiden anderen, und Antonio segnete seine Feigheit. Schnell vollführte er einen Scheinangriff gegen Canino. Der Sizilianer wich zurück, hielt sein Schwert vor sich, um sich zu decken. Der andere Mann sah seine Chance, Antonio von der Seite anzugreifen, und sprang, wagte sich jedoch zu weit vor. In einem Zweikampf hätte Antonio diesen Mann erst in eine ungünstigere Position manövriert, aber es war keine Zeit – dies war vielleicht die einzige Gelegenheit. Ohne Canino aus den Augen zu lassen, vollführte Antonio eine halbe Drehung und griff den zweiten Mann an. Die Unübersichtlichkeit eines Schwertkampfs verwirrte die meisten Männer, doch Antonio war dazu ausgebildet, alles auf einmal zu beachten. Er sah die Lücke in der Stoßrichtung des Schwerts, das der Mann heftig, jedoch ungeschickt führte. Antonio nutzte sie und traf ihn ins Herz.

Dann sah er, daß Canino näher kam. Einen Herzschlag lang fürchtete er, das Schwert nicht schnell genug aus dem Leichnam ziehen zu können. Doch mit einem kräftigen Ruck riß er es an sich. Er sprang zurück. Caninos Schwert verfehlte um Haaresbreite seinen Kopf und traf seine Schulter. Antonio konterte, doch er hatte das Gleichgewicht verloren, und der Sizilianer konnte ihm ausweichen.

»Klug von Euch, Antonio, erst die leichtere Aufgabe zu lösen, bevor Ihr Euch der wahren Bedrohung stellt«, höhnte er, während er Luigi heranwinkte. »Aber es wird Euch nichts nützen. Ihr seid Canino nicht gewachsen.«

»Allen anderen Hunden, die della Montagna auf mich ge-

hetzt hat, bin ich entkommen«, sagte Antonio zu dem Sizilianer. »Hunden und Hündinnen«, fügte er hinzu und sah zu Luigi hinüber, fing seinen Blick auf. Er hatte richtig vermutet. Bianca war ebenfalls von ihm bezahlt worden.
Antonio hörte Füßescharren hinter sich, dem ein tiefes Ächzen folgte. Er wagte nicht, sich umzusehen, vermutete jedoch, daß Veronica Luca mit ihrem Stock getroffen hatte. Völlig verängstigt von dem Kampf, schrie Roberto noch lauter.
»Hör mit dem Geheul auf«, brüllte Luigi, und Roberto verfiel in eingeschüchtertes Schweigen.
Hinter Antonio ging der Kampf weiter. Er hörte Veronicas mühsames Atmen, wollte sich umdrehen und den rothaarigen Wachmann unschädlich machen, doch er sah, daß Canino genau auf diese Gelegenheit lauerte, länger als nötig zögerte, um Antonio dazu zu bewegen, Veronica beizustehen. Sobald Canino erkannte, daß er dieser Versuchung nicht nachgeben würde, griff er wieder an, sein Schwert sauste durch die Luft wie eine Peitsche. Antonio parierte seine Schläge und wich zurück – leider war nur noch wenig Spielraum übrig. Veronica und Roberto waren zu dicht hinter ihm.
Antonio behauptete sich, parierte jeden der schnellen, machtvollen Schläge, doch er spürte, daß Canino mit seinen Kräften haushielt. Aus den Augenwinkeln sah er, wie Luigi näher kam und einen wunden Punkt an seiner Flanke ausfindig zu machen versuchte. Er sprang zur Seite, nahm Blickkontakt mit Luigi auf und verscheuchte ihn. Antonio wußte, daß Canino eine Wiederholung seiner Reaktion von vorhin erwartet hatte; er sollte den schwächeren Gegner auszuschalten versuchen, um seine Position zu stärken. Allerdings hatte der gedungene Mörder damit gerechnet, daß Luigi seinem Angriff standhalten würde. Wäre Luigi mutiger gewesen, dann hätte der Sizilianer Antonio vielleicht schon getötet. Hätte er es nur mit Canino zu tun, dann wäre der Sizilianer bereits tot. Er war nicht so gut, wie er von sich dachte. Geschickt und schnell mochte er sein, doch seine Taktik war fehlerhaft. Er ver-

ließ sich zu sehr auf seine Berechnung. Canino setzte auf Strategie, wenn ein kühner Vorstoß ihm sein Blutgeld längst eingebracht hätte.
Antonio vertraute auf seinen Instinkt, schaltete den Verstand aus, nutzte seine Kraft ausschließlich für den Kampf. Stieß zu, parierte, machte einen Ausfall, wich zurück. Sein Gegenangriff überraschte ihn selbst, er stand plötzlich unmittelbar vor Canino. Der Sizilianer sprang zur Seite und stolperte. Als Antonio zum entscheidenden Schlag ausholte, hörte er Veronica vor Schmerz aufschreien; der Stock, mit dem sie Luca abgewehrt hatte, landete auf dem Pflaster. Er ließ die Chance gegen Canino ungenutzt und sah sich um. Der Anblick ließ ihn erstarren. Veronica stand ohne Waffe da, mit blutüberströmtem Arm, und Luca zielte mit dem Schwert auf ihr Herz.
»Nein!« Antonio dachte es lediglich, doch Roberto schrie es laut heraus. Er warf sich schützend vor Veronica und streckte abwehrend beide Arme aus. Der Stoß traf ihn in den Bauch. Tödlich verletzt, schreiend, umklammerte Roberto das Handgelenk des Wachmanns. Veronica zog ihr Messer aus dem Stiefel.
Antonio fuhr herum und parierte gerade noch rechtzeitig den Schlag; Caninos Schwert streifte seinen Hals. Nachdem sich der Sizilianer erholt hatte, griff er erbittert an, seine Schläge kamen immer schneller. Antonio konterte. Hinter ihm erscholl wieder ein Schrei, diesmal von Luca. Antonio konnte nicht hinsehen, doch er empfand eine Woge von Dankbarkeit und Stolz, weil er wußte, daß Veronica ihm den Todesstoß versetzt hatte. Dadurch hielt sie ihm den Rücken frei. Er konnte sich endlich auf die Gefahr vor ihm konzentrieren. Luigi, der sah, daß das Blatt sich wendete, faßte wieder Mut und griff ebenfalls an. Antonio wehrte die Schläge beider Männer ab und versuchte sie von Veronica abzudrängen. Er hatte sich seine Erleichterung zu deutlich anmerken lassen. »Überlaßt ihn mir«, befahl Canino seinem Auftraggeber und grinste Antonio zu. »Ihr tötet die Frau.«
Luigi wich zurück. Antonio wußte, daß Caninos Anwei-

sung ihn verwirren sollte. Der Sizilianer erwartete, daß er einen verzweifelten Ausfall machte und anschließend Luigi angriff. Canino würde diese Gelegenheit nutzen, Antonio nachsetzen und ihn seitlich angreifen. Von eiskalter Wut ergriffen, gab Antonio ihm die erwartete Finte, wandte sich danach jedoch nicht Luigi zu. Canino sprang. Antonio parierte und stieß zu. Der Sizilianer versuchte noch zu kontern, hatte sich mit seiner Strategie jedoch sein eigenes Grab geschaufelt. Antonio traf ihn. Canino starrte auf das Schwert, das ihn durchbohrte, dann stürzte er ohne einen Laut zu Boden.

Antonio wirbelte herum. Luigi bedrängte Veronica, doch sie hatte ihren Stock aufgehoben und wehrte ihn trotz ihres verletzten Arms ab. Die plötzliche Stille warnte Luigi. Er drehte sich um und erkannte, daß er in der Falle saß – seine Wachen, sein gedungener Mörder waren tot. Er stöhnte bestürzt auf und wich langsam über die Straße zurück. Antonio folgte ihm unerbittlich. Solange Luigi lebte, war Veronicas Leben in Gefahr. Luigi heftete einen flehenden Blick auf sie, suchte Gnade, wo er keine gewährt hatte. Antonio hätte ihn niemals verschont – aber sie machte nicht einmal den Versuch, ihn aufzuhalten. Roberto war tot. In seiner Verzweiflung warf Luigi sein Schwert auf den Boden.

»Hebt es auf«, befahl Antonio, und sein Widerwille war ebenso kalt, ebenso unbarmherzig wie sein Haß. »Hebt es auf, oder ich töte Euch unbewaffnet.«

»Nein!« schrie Luigi, seine Augen weiteten sich vor Entsetzen. Er schüttelte den Kopf, sank auf die Knie und stammelte: »Nein, nein, nein.«

Antonio bohrte ihm das Schwert ins Herz und brachte ihn so für immer zum Schweigen.

Dann zog er die Klinge heraus, wischte sie ab und steckte das Schwert in die Scheide. Als er sich umwandte, sah er, daß Veronica ihn beobachtet hatte, ihr Gesicht war völlig ausdruckslos. Sie fing seinen Blick auf, dann ging sie langsam zu Robertos Leichnam und kniete neben ihm nieder. Tränen rannen über ihre Wangen, aber es war, als sehe er

eine weinende Maske vor sich. Ohne ihn anzusehen, sagte sie: »Hätte ich den Mut gehabt, Luigi zu erschlagen, dann wäre Roberto noch am Leben.«
»Du bist keine Mörderin.«
»Ich habe dich die Arbeit tun lassen. Wollte, daß du es tust. Zu spät.«
Antonio spürte ihre Verzweiflung. Er wußte nicht, was er sagen sollte, um ihr die Schuld zu nehmen. »Du konntest nicht wissen, was geschehen würde. Daher nahmst du Luigi nicht das Leben – du wolltest nicht die Folgen dieser Tat riskieren. Die Welt ist voll von Menschen, die einander rücksichtslos erschlagen. Roberto liebte dich deiner Sanftmut wegen, Veronica, so wie wir alle.«
»Meine Sanftmut kostete ihn das Leben.«
»Du hättest das deine gegeben, um ihn zu retten«, entgegnete er und dankte Gott, daß es nicht so gekommen war. »Roberto wußte es. Statt dessen gab er sein Leben, um dich zu retten. Es war sein Recht, das Recht der Liebe.«
»Er hat es nicht verstanden«, sagte sie steif. »Er war der einzige wahrhaft Unschuldige von uns.«
»Er verstand es sehr gut. Ich glaube nicht, daß er sein Opfer bereuen würde. Er mag unschuldig gewesen sein wie ein Kind, aber er wählte den Tod eines Mannes. Das müssen wir ihm zugestehen.«
Veronica schluchzte auf. Die Maske unterdrückten Schmerzes zersprang, und der Kummer, der ihr Gesicht zeichnete, traf Antonio tief ins Herz. Er kniete neben Veronica nieder, schloß sie in seine Arme und hielt sie, solange sie weinte.

33. Kapitel

FEUER UND ASCHE

Erneut hatte sich auf der Piazza della Signoria eine gewaltige Menge versammelt, um einem Feuer zuzusehen. Diesmal bestand kein Zweifel an dem Ergebnis des Schauspiels. Heute würde das wartende Publikum bekommen, was es wollte. Natürlich würde Savonarola in der Mitte stehen, zu seiner Rechten Fra Domenico und zu seiner Linken der nach ihm ranghöchste Mönch, Fra Silvestro, den man am Morgen nach der Verhaftung der beiden anderen in San Marco aufgestöbert hatte. Von der Terrasse des Palazzo della Signoria erstreckte sich diagonal ein sechs Fuß hohes, langes hölzernes Podest über den Platz zu dem Scheiterhaufen. Aus dem riesigen Holzstoß ragte ein hoher Pfahl empor. Eine Leiter führte zu seiner Spitze, an der eine Querlatte befestigt war. Von dieser hingen drei Schlingen und drei Eisenketten mit Ringen herab, die die Leichen aufrecht halten sollten, wenn die Stricke erst verbrannt waren.

»Es sieht aus wie eine Kreuzigung«, sagte Veronica.

Antonio hörte die Anspannung in ihrer Stimme und trat näher. Er redete ihr nicht zu, diesen Ort zu verlassen, weil er wußte, daß es nichts nützen würde. Veronica war vor der Feuerprobe zurückgeschreckt, die Savonarolas Vernichtung eingeleitet hatte, und Antonio war erschrocken, als sie ankündigte, sie werde der Hinrichtung beiwohnen. Als er sie nach dem Grund fragte, erwiderte sie, daß sie die Schrecken der Wirklichkeit weniger fürchte als die Schrecken ihrer Visionen. Veronica war überzeugt, daß sie Savonarola auf jeden Fall brennen sehen würde. Ob diese Überzeugung eine Vorahnung war oder nur ein Phantom ihrer Angst – Antonio akzeptierte ihren Wunsch. Er stand neben ihr, bot ihr seinen Trost und seinen Schutz.

»Du bist nicht die einzige, der diese Ähnlichkeit auffällt«, erwiderte er bewußt gelassen auf ihre Bemerkung. »Die Signoria hat die Querlatte verkürzen lassen, um diesem Eindruck entgegenzuwirken, aber es hat nicht viel genützt.«

»Sie werden doch noch einen Heiligen aus Savonarola machen«, meinte Machiavelli angewidert.

»Ob Heiliger oder nicht, er ist jedenfalls ein Märtyrer seines Glaubens«, warf Stefano ein. Sein Gesicht war aschfahl, doch er strahlte Entschlossenheit aus. Sie waren nur zu viert erschienen; Daniele hatte sich gleichermaßen entschlossen geweigert, sie zu begleiten.

»Sie könnten die Dominikaner doch einfach an Pfähle fesseln«, sagte Machiavelli und überging Stefanos Bemerkung. »Um der Barmherzigkeit willen sollten sie erdrosselt werden statt erhängt, bevor man sie dem Feuer übergibt.«

»Barmherzigkeit?« fragte Stefano bitter. »Welche Barmherzigkeit hat die Signoria Savonarola denn überhaupt erwiesen? Der Prozeß war eine Farce. Ich habe schlimme Dinge in Florenz gesehen, aber noch nie habe ich mich derart für meine Stadt geschämt.«

»Er war vom Augenblick seiner Festnahme an zum Tode verurteilt, Stefano«, fuhr Machiavelli ihn an. »Nachdem die Signoria ihn ergriffen hatte, mußte sie ihn schuldig sprechen, oder sie hätte die Herrschaft über Florenz eingebüßt. Immerhin gab es fast einen Aufstand.«

»Ja, ich weiß. Ich war in San Marco, als sie kamen und uns vor die Wahl stellten, uns zurückzuziehen oder zu Rebellen erklärt zu werden.«

»Und Ihr seid gegangen, nicht wahr?«

»Ja. Ich war nicht bereit, meine Rechte als Bürger von Florenz aufzugeben, um dem Mönch beizustehen.«

»Ihr habt Savonarola genau wie der Rest von Florenz verlassen, als sein Gott ihn verlassen hat.«

»Ihr mögt ein brillanter Kenner der politischen Landschaft dieser Stadt sein, Niccolò, aber ich bezweifle, daß Ihr die Gedanken Gottes kennt«, entgegnete Stefano scharf.

Antonio wünschte, seine beiden Freunde verstünden sich besser, obwohl dies das erste Mal war, daß ihre Meinungsverschiedenheiten so deutlich zutage traten. Machiavelli hielt Stefano für frivol. Er ließ sich nicht von Stefanos Fröhlichkeit bezaubern und hatte keinen Begriff von seiner Herzensgüte und Großzügigkeit. Ebensowenig konnte Machiavelli sehen, daß sein Gegenüber durchaus Sinn für die politischen Realitäten hatte. Stefano war kein Narr, er war nur idealistisch, und er mußte seiner moralischen Empörung Ausdruck verleihen. Stefano seinerseits wußte nicht, daß sich hinter Machiavellis Zynismus uneingestandener Zorn über die eklatante Ungerechtigkeit des Prozesses gegen den Mönch verbarg. Aber diesen Zorn würde Niccolò ihm gewiß nicht mitteilen. In seiner Sorge um Veronica fielen Antonio sowohl der Zynismus des einen wie auch der Idealismus des anderen auf die Nerven, aber wenn er die Beherrschung verlor, würde das niemandem nützen. Daher sagte er nur: »So häßlich es auch ist, dies ist der Tod, den der Mönch sich erwählt hat, Stefano.«
»Die Signoria hat Gründe gefunden, wo es keine gab. Die wenigen Eingeständnisse, die man Savonarola unter der Folter abgerungen hat, können seinen Tod nicht rechtfertigen. Sie haben ihn wochenlang jeden Tag der Folter unterzogen, haben ihn an den Seilen des *strappado* aufgezogen und ihn immer wieder aus großer Höhe fallen lassen. Fra Girolamo hat alle Falschaussagen widerrufen, die man ihm durch diese Qualen abgepreßt hat.«
»Wenn er, wie Ihr sagt, ein Märtyrer ist, spielt es keine große Rolle, ob man Savonarola zu Unrecht beschuldigt hat. So wie Sokrates zieht er es natürlich vor, unschuldig zu sein«, sagte Machiavelli. »Außerdem hat der Mönch zugegeben, daß er inzwischen bezweifelt, ob seine Visionen von Gott kamen.«
»Ja«, erwiderte Stefano. »Aber selbst Christus hatte Zweifel, als er am Kreuz hing. Was haben sie denn sonst noch, außer den Zweifeln eines Gefolterten?«
»Savonarola hat verschiedene ketzerische Ansichten gestanden ...«, begann Machiavelli.

»Wie zum Beispiel den Glauben, daß der Papst sich keine Konkubinen halten sollte und daß die Sakramente nicht gekauft und verkauft werden sollten wie auf dem Marktplatz«, bemerkte Antonio sarkastisch.
Ausnahmsweise wirkte Machiavelli zerknirscht. »Ich weiß, es ist dürftig. Der Verlauf des Prozesses widert mich an, aber er war notwendig. Savonarola hat alle Eigenschaften eines Despoten. Er muß vernichtet werden, wenn Florenz wieder eine blühende Republik werden soll.«
Antonio schüttelte den Kopf. »Savonarola war ebenso der Anführer der *popolari* wie das Haupt seiner religiösen Kampagne zur Reinigung der Stadt von der Sünde. Sein Tod wird der freiheitlichen Bewegung einen schweren Schlag versetzen. Jetzt werden die *arrabbiati* über die Stadt herrschen.«
»Euer Vater müßte sich über dieses Ergebnis freuen«, bemerkte Machiavelli und fiel in seinen Sarkasmus zurück.
»Zweifellos«, erwiderte Antonio, der nicht in diese Falle tappte.
In der Menge erhob sich beklommenes Gemurmel, und die vier wandten sich dem Palazzo zu. Nicht Savonarola und seine Ordensbrüder erschienen, sondern Resolino, der gehaßte Abgesandte des Papstes. Er beabsichtigte, die Befragung zu beenden, mit der die Signoria begonnen hatte, und im Namen der Kirche das Urteil zu bestätigen.
»Die Signoria hatte Glück, daß der Papst sich bereit erklärte, Resolino zu entsenden, als sie sich weigerte, Savonarola auszuliefern«, sagte Machiavelli. »Als Laien hatten sie nicht das Recht, die Mönche zu verhören. Wenn Alexander VI. nicht so froh darüber wäre, den Mönch endlich loszuwerden, hätte er sie alle exkommunizieren können. Er hatte bereits gedroht, die ganze Stadt mit seinem Bann zu belegen.«
Antonio lächelte grimmig. »Die Signoria konnte es sich nicht erlauben, ihn an Rom zu übergeben. Der heilige Mönch kannte zu viele der unheiligen Geheimnisse von Florenz.«

»Renolino ist eine Schande für die Kirche«, sagte Stefano, der beobachtete, wie der Emissär über die Terrasse stolzierte. »Er hat sich nicht einmal die Mühe gemacht, über seine Befehle Stillschweigen zu bewahren – er prahlte damit, daß er das Urteil in seinem Wams bei sich trage. Er sagte, der Papst habe erklärt, Savonarola müsse brennen, als wäre er ein zweiter Johannes der Täufer.«
»Und das wird er«, bekräftigte Machiavelli.
Veronica fröstelte, und Antonio musterte sie besorgt. Er hörte Stefano nur mit halbem Ohr zu, der sich immer noch nicht beruhigen wollte. »Ganz Florenz weiß, daß das Geständnis, das vor Gericht verlesen wurde, eine Fälschung war. Man wollte Savonarolas Anwesenheit nicht zulassen, weil man befürchtete, er werde es entlarven, so wie alle vorangegangenen. Die Folter hatte man aufgegeben, weil man ihn nicht mürbe machen konnte.«
»Der Mönch hat viele Fehler«, sagte Veronica leise, »aber Feigheit zählt nicht dazu.«
Machiavelli fuhr zu ihr herum, doch ihre Miene nötigte ihm eine maßvolle Erwiderung ab. »Fra Girolamo ist ein Fanatiker und somit trotz all seiner Klugheit ein Narr. Aber er ist tapfer. Ich hatte unrecht seinetwegen, und Antonio hatte recht. Savonarola hätte überleben können, wenn er der politische Taktierer gewesen wäre, für den ich ihn hielt.«
Eine Welle der Erregung lief durch die Menge, als die drei Mönche unter Bewachung auf den Platz gebracht wurden. In weiße Gewänder gehüllt, standen sie auf der Terrasse. Sie wirkten gelassen, obwohl an ihren Gesichtern, ihren Körpern Spuren der Mißhandlungen zu sehen waren, denen man sie unterworfen hatte. Die Gewänder wurden ihnen ausgezogen, und einen Augenblick lang hielt Savonarola seines fest, sein letzter Talisman der Kirche, der er gedient hatte; dann ließ er das Gewand los. Ein Mönch trat vor; er hatte früher San Marco angehört, und man hatte ihm die Aufgabe übertragen, die endgültige Exkommunikation vorzunehmen. Er sah nicht aus, als sei ihm diese Aufgabe angenehm, als er erklärte: »Ich verban-

ne Euch aus dem Schoß der kämpfenden und triumphierenden Mutter Kirche.«
Savonarola hob den Kopf, seine Stimme war klar und fest. »Nein, nicht der triumphierenden Kirche, das steht nicht in Eurer Macht.«
Dann verkündete der Vertreter des Papstes, Resolino, das Urteil: Die Verurteilten seien zu erhängen und ihre Leichname zu verbrennen. Lächelnd fügte er hinzu: »In seiner Großmut erspart Seine Heiligkeit Euch die Schmerzen des Fegefeuers. Er erteilt Euch die Absolution von Euren Sünden und versetzt Euch in den Stand der Unschuld zurück. Nehmt Ihr diese Gnade aus seinen Händen an?«
Was sie auch von der Großmut des Papstes halten mochten, die drei Dominikaner nahmen an. Auf Resolinos Befehl traten sie ihren Weg in den Tod an. Einige Jugendliche lösten sich aus der Menge und krochen unter das Podest. Mit ihren Messern stachen sie durch die Ritzen zwischen den Holzplanken nach den Füßen der drei Mönche, folgten ihnen auf dem Gang über das Podest zum Kreuz. Still kämpften die Mönche um ihre Würde, selbst als die Schmerzen sie taumeln ließen. Mit blutigen Messern tauchten die Jugendlichen wieder in der Menge unter, um weiter zuzusehen.
»Jetzt ist es Zeit für ein Wunder!« Der Spottruf erscholl von verschiedenen Stellen in der Menge.
Als die Verurteilten den Fuß des hohen Galgens erreichten, stimmte Fra Domenico einen Psalm der Danksagung an. Der Henker ergriff Fra Silvestro als ersten. Obwohl man ihm seine Furcht anmerkte, leistete er keine Gegenwehr und ließ sich die Schlinge um den Hals legen, ließ sich die Kette anlegen. Dann stieß der Henker ihn vom Podest. Der Stoß war nicht heftig genug, um ihm das Genick zu brechen, und er erstickte qualvoll, bat Christus um Gnade. Als er tot war, trat Fra Domenico vor, er sang immer noch. Als er die Leiter halb erklommen hatte, rief er der Menge zu, daß Savonarolas Prophezeiungen der Wahrheit entsprachen. Dann steckte er den Kopf in die Schlinge, und der Henker stieß ihn hinunter. Sein Todes-

kampf war kurz. Schließlich trat auch Savonarola gefaßt vor. Der Scharfrichter schlang das Seil um seinen Hals und stieß ihn vom Podest. Noch während seines Todeskampfes griff der Henker nach der bereitstehenden Fackel und versuchte sie auf den Scheiterhaufen zu schleudern. In der Eile strauchelte er. Antonio hoffte, daß der Mönch tot war, als der Henker wieder auf die Beine kam, denn das Stroh fing sogleich Feuer. In wenigen Augenblicken stand der Scheiterhaufen in hellen Flammen.
Plötzlich blies ein kräftiger Windstoß die Flammen von den erhängten Mönchen fort. Überall auf dem Platz ertönte der Ruf »Ein Wunder!«, und Hunderte flohen. Doch die Flammen kehrten schnell zurück, und die meisten Zuschauer mit ihnen. Sekundenlang war Savonarola in ihren scharlachroten Schein gehüllt. Der heiße Atem des Feuers hob seinen rechten Arm, zwei Finger waren abgespreizt und segneten zum letzten Mal seine Herde. Die Zuschauer keuchten wie ein Mann, doch es währte nicht lange. Ein Dutzend Jugendliche liefen nach vorn und warfen mit Steinen nach der schaurigen Erscheinung, bis der Arm herabfiel und die Flammen den Mönch verschlangen. Das Feuer verbrannte Fleisch und Seile. Die Ketten hielten die Leichname noch eine Zeitlang aufrecht, doch schließlich waren nur noch verkohlte Knochen übrig.

Antonio und Veronica kehrten langsam nach Hause zurück. »War es wirklich weniger entsetzlich, es auf diese Weise zu sehen, als in deinen Visionen?« fragte Antonio sanft, versuchte ihre Gabe zu verstehen.
Sie wandte sich ihm zu, ihr Gesicht war blaß vor Kummer. »Ja«, sagte sie. »Hätte ich ihn in meinen Visionen brennen sehen, hätte mich der Wunsch, ihm zu helfen, unerträglich gequält. So jedoch wußte ich trotz all meines Mitgefühls, daß ich nichts tun konnte.« Sie lächelte matt. »Das klingt selbstsüchtig, nicht wahr? Ich will mir diese Qual ersparen.«
»Nur, weil du ihn nicht retten konntest«, erwiderte er.

Dann fragte er: »Hättest du es getan, wenn es in deiner Macht stünde?«
Ihre Augen waren dunkel und verschleiert. »Ich weiß es nicht. Ich glaube nicht, daß er gerettet werden wollte. Wie du sagtest, Savonarola hat seinen Tod selbst gewählt. Ob sein Tod seine Hoffnungen erfüllt hat, kann nur er selbst wissen.«
»Es geht das Gerücht, daß man Savonarolas Herz unversehrt in der Asche gefunden hat.« Machiavelli lachte.
Federigo della Montagna, der neben ihnen in der Weinhandlung saß, prustete verächtlich. »Ja, die Geschichte habe ich auch gehört. Meine Mutter ist tief enttäuscht. Sie hat sich als eine der Dienstmägde verkleidet, die die Asche auffegten, um in den Überbleibseln suchen zu können. Natürlich haben die Soldaten sie vertrieben, aber erst nachdem sie einen geschwärzten Fingerknochen entdeckt hatte. Er liegt jetzt in einem silbernen Reliquienschrein, eingefaßt mit Juwelen.«
»Spottet nicht, Federigo«, zog Machiavelli ihn auf. »Denkt daran, welch unschätzbares Erbstück es für Eure Enkel sein wird.«
Antonio hatte sich mit Machiavelli in ihrer Lieblingsweinhandlung getroffen, um die Ernennung seines Freundes zum Kanzler von Florenz zu feiern. Niccolò sollte sein Amt im nächsten Monat antreten, und er war in großzügiger Laune. Selbst Federigo della Montagnas ungebetenes Erscheinen an ihrem Tisch konnte ihre Stimmung nicht dämpfen.
Fra Federigos Glaube hatte Savonarolas Tod nicht überlebt. Er hatte ein Wunder von seinem Idol erwartet, und als keines eintrat, um Befreiung von seinen Gelübden ersucht, überzeugt, daß der Papst sie ihm gewähren würde. Federigo verließ das Kloster und kehrte nach Hause zurück, um die Herrschaft über den Besitz der della Montagna anzutreten – offenbar nur wenige Tage bevor Maria das gesamte Vermögen den Dominikanern überschreiben wollte. Federigo hatte diesen Plan durchkreuzt, und er hielt bereits Ausschau nach einer Braut, deren Mitgift seinen Be-

sitz mehren würde. Er würde heiraten und durch einen von ihm gezeugten Erben dafür sorgen, daß Luigis Familie nicht ausstarb. Antonio stellte überrascht fest, daß er den Eiferer dem Skeptiker vorzog. Es schien, als sei jedes Gefühl, über das Federigo verfügte, mit Savonarola in den Flammen aufgegangen.

Zögernd beschloß Antonio, seine eigene Neuigkeit zu verkünden. Federigo war anwesend, und er mußte es den della Montagna früher oder später mitteilen. Er lächelte ironisch, da es eine freudige Nachricht war, wenn er sie seinem ehemaligen Verwandten auch widerstrebend zukommen ließ. »Ich habe auch eine Ankündigung zu machen«, sagte er zu den beiden Männern, »Veronica und ich haben beschlossen, Ende Juli zu heiraten.«

Lächelnd beugte Niccolò sich vor, um ihm Glück zu wünschen. Federigo lehnte sich zurück, auf sein Gesicht trat die gewohnte Mißbilligung. »Nur drei Monate nach Robertos Tod? Das ist respektlos.« Anscheinend hatte seine religiöse Enttäuschung seinen Charakter nicht grundlegend geändert.

»Das ist nicht unsere Absicht«, erwiderte Antonio. Luigis Name war nicht gefallen. Niemand vermißte ihn oder wollte Genaueres über die Umstände seines geheimnisvollen Todes erfahren. Veronica trauerte immer noch um Roberto, aber nicht als seine Gattin. Nach der Dunkelheit und Gewalt der letzten Monate wollten sie und Antonio sich endlich auch öffentlich miteinander verbinden.

»Meine Mutter wird empört sein. Florenz wird es als Skandal empfinden.«

»Ein weiterer Skandal kann uns hier auch nichts mehr anhaben«, sagte Antonio trocken, »außerdem verlassen wir Florenz gleich nach der Vermählung.«

Pikiert verabschiedete sich Federigo und ging. Antonio unterhielt sich noch eine Zeitlang mit Niccolò, dann brach er ebenfalls auf. Er fand Giacomo im Hof mit den Pferden, wo er auf seine geöffneten Handflächen starrte. Als er Antonio sah, streckte er ihm eine Hand hin. »Seht mal, was ich gefunden habe.«

Antonio sah hin. »Eine Raupe?«
»Nicht irgendeine Raupe. Diese hier ist überaus eigenartig. Seht Euch die Muster an.«
Antonio nahm das Insekt auf seine Hand, wo es sich wand, blindlings den Weg in die Freiheit suchte. Aus der Nähe erkannte er, daß die Raupe das Zeichen des Kreuzes trug. Noch seltsamer war, daß sie ein winziges Gesicht zu haben schien, das von einem winzigen Heiligenschein umrahmt war.
»Savonarolas Anhänger – die wenigen, die sich noch zu ihm bekennen – behaupten, daß es diese Raupen niemals zuvor gegeben hat und auch nie wieder geben wird, weil sie nicht zu Schmetterlingen werden.«
»Sie sind kurios«, stimmte Antonio zu und gab sie Giacomo zurück, der sie in ein Blatt eingewickelt in seine Tasche steckte. Antonio fand es traurig, daß dieses arme Insekt sich niemals verwandeln, niemals in die Luft aufschwingen sollte. So bedeutungslos das Leben und sinnlose Sterben einer Raupe auch sein mochte, es schien ein böses Omen für seinen bevorstehenden Besuch zu sein.

Antonio verließ Florenz und schlug die Straße zum Gut der Fabiani ein. Giacomo folgte ihm als sein treuer Schatten. Nachdem er Niccolò und Federigo von der Hochzeit erzählt hatte, würde sich die Nachricht in Windeseile verbreiten. Antonio wußte nicht, ob sein Vater ihn empfangen würde, wollte aber auch nicht, daß dieser durch Klatsch von der Heirat erfuhr. Als er sich seinem Ziel näherte, stiegen bei dem Gedanken an die bevorstehende Auseinandersetzung die widersprüchlichsten Gefühle in ihm auf. Er erkannte Wut, Furcht und – er lächelte freudlos – Hoffnung. Trotz allem, was zwischen ihnen vorgefallen war, sehnte sich ein Teil von ihm immer noch nach der Vergebung seines Vaters.
Um einer Zurückweisung zuvorzukommen, sagte Antonio dem Diener, der ihn im Hof empfing, er habe wichtige Nachrichten zu überbringen. Der Mann bat ihn, draußen

zu warten, und verschwand im Haus. Kurz darauf kam er zurück und führte ihn in den *salotto*, wo Giorgio di Fabiani in einem Stuhl in der Sonne saß. Antonio erschrak. Sein Vater war um zehn Jahre gealtert, seit er ihn das letzte Mal gesehen hatte. Er schien abgemagert, seine Haut sah welk aus. Antonio fragte sich, wie lange er seine Mutter noch überleben würde.
»Teile mir deine Nachrichten mit, und dann geh«, sagte sein Vater gereizt. »Ich will, daß du das Gut wieder verläßt.«
»Ich werde mich Ende des kommenden Monats vermählen. Mit Veronica della Montagna.«
Sein Vater starrte ihn verblüfft an. »Mit der *selvaggia*?«
Gegen seinen Willen mußte Antonio lächeln. »Ja, mit der *selvaggia*.«
»Ich weiß nicht, warum ich mich darüber wundere.« Die Stimme seines Vaters klang sarkastisch. »Dein Geschmack war immer ...«
»Sagt es nicht«, unterbrach Antonio ihn. Sein Vater verstummte, und sie starrten einander an. Sein Vater gab als erster nach, besiegt, jedoch unerbittlich. Antonios Herz schlug einen Moment lang schneller, dann beruhigte er sich wieder. »Ich bin gekommen, um Euch die Nachricht zu überbringen und Euch zur Hochzeit einzuladen.«
»Erwartest du tatsächlich, daß ich komme?«
»Nein«, erwiderte er leise.
»Das ist gut so.«
»Dennoch wollte ich Euch wissen lassen, daß Ihr bei der Zeremonie willkommen seid. Sie wird sehr schlicht sein, und kurz darauf werden wir Florenz verlassen.«
»Also hast du mir wichtige Nachrichten gebracht.«
»Ja, das habe ich.«
»Ich schlage vor, daß du deine Reise sogleich antrittst«, sagte sein Vater.
Es gab nichts mehr zu sagen; nichts konnte die Kluft zwischen ihnen überbrücken, aber Antonio zögerte dennoch.
»Geh, und wenn du fort bist, komm nie wieder. Aus welchem Grund auch immer.« Um keinen Zweifel an der Be-

deutung seiner Worte zu lassen, fügte sein Vater hinzu: »Ich kann mir nichts Schlimmeres vorstellen als dein Erscheinen an meinem Totenbett.«
»Wenn ich es weiß, werde ich kommen. Wenn Ihr mir schon nicht vergeben könnt, werdet Ihr zumindest die Genugtuung haben, mich erneut zu verbannen«, entgegnete Antonio leise, dann verließ er das Zimmer.

Auf dem Weg nach draußen passierte Antonio den Korridor, der zum Zimmer seiner Mutter führte. Es war keineswegs seine Absicht, es aufzusuchen. Er hatte Abschied von ihr genommen, und das Zimmer würde nicht die Erinnerungen wecken, die ihm teuer waren. Aber er sah den alten Paolo mit einem Tablett herauskommen, und Neugier ergriff ihn. Also ging er zur Tür, die von außen verschlossen war. Er hörte den Diener rufen, achtete jedoch nicht auf ihn. Als er den Schlüssel im Schloß drehte und die Tür öffnete, wußte er bereits, wen er dort vorfinden würde.
Laudomia saß mit gesenktem Kopf auf einem Stuhl. Antonio wartete, daß sie aufsah und ihn erkannte, doch ihre Haltung veränderte sich nicht. Vorsichtig ging er weiter, bis er vor seiner letzten Feindin stand, dann kniete er. Ihre Augen flackerten, ihr Gesicht, ihr Körper zuckte unaufhörlich. Während ihre Finger an der Seide ihrer Röcke zupften, murmelte Laudomia eine unhörbare Litanei. Er verstand nicht, was sie sagte, erkannte aber sogleich, daß sie ihm nie mehr gedungene Mörder schicken würde.
Als er Schritte hörte, drehte er sich um. Sein Vater und Paolo erschienen in der Tür. Der Diener blieb dort stehen, doch sein Vater kam mit wutverzerrtem Gesicht herein. »Hinaus mit dir«, zischte er. »Hast du uns unser Leben nicht schon genug zur Hölle gemacht, Antonio?«
Beim Klang seines Namens begann Laudomia zu kreischen. Er wandte sich zu ihr um, doch sein Vater stieß ihn beiseite und schloß sie in seine Arme. Laudomia haßte ihn anscheinend immer noch, allerdings war sie nun voll-

kommen dem Wahnsinn verfallen und erkannte ihn nicht mehr. Sie schlug ihre Nägel nicht in ihn, sondern in ihre eigenen Wangen, ihre Brüste und in die Hände seines Vaters, als er sie zu beruhigen versuchte. Antonio wollte ihm helfen.

»Rühr sie nicht an!« rief sein Vater aus. »Geh. Laß uns allein. Laß uns in Frieden.«

Paolo trat zu ihm, flüsterte ihm zu: »Euer Vater kann sie als einziger besänftigen, Signore Antonio. Er hält sie und spricht zu ihr über ihren toten Gatten.«

Antonio war übel vor Mitleid, als er sie allein ließ. Giacomo wartete im Hof und machte große Augen, als er das Gesicht seines Herrn sah. Als Antonio Ombra bestieg, sagte er: »Von Laudomia haben wir nichts mehr zu befürchten.«

Schweigend ritten sie nach Florenz zurück, Antonio grübelte über die traurige Szene, deren Zeuge er geworden war. Giorgio di Fabiani hatte seine Mutter wegen ihres mitfühlenden Herzens, ihrer Güte geliebt, er hatte Alessandro wegen seines Feuers, seiner Lebhaftigkeit geliebt. Jetzt hatte er sich Laudomia zugewandt, ihrem Wahnsinn, ihrer Boshaftigkeit, und machte sie zum gefühlsmäßigen Mittelpunkt seines Lebens, schob seinen Sohn weiter von sich fort denn je. Sein Vater würde seinen Haß nähren, um seine Furcht zu leugnen. Er würde Antonio niemals vergeben – das zu tun würde die Möglichkeit der Liebe eröffnen, und diesen Schmerz wollte sein Vater nie wieder riskieren.

Antonio zog jäh die Zügel an, blieb mitten auf der Straße stehen. Diese Einsicht war der Tod seiner Hoffnung, und mit ihr erstarb der letzte Funke seines Zorns, seine Glut war zu Asche erkaltet. Er holte zitternd Luft und trieb Ombra an, von einem seltsamen Gefühl der Freiheit erfüllt, dem auch Kummer beigemischt war. Er akzeptierte endlich, daß sein Vater durch seine Bitterkeit für ihn verloren war, so wie er seine Mutter durch ihren Tod verloren hatte. Die einzige Vergebung, die es jemals zwischen ihnen geben würde, war die seine. Er

vergab seinem Vater jetzt, ohne jede Hoffnung auf Erwiderung.
Seine Mutter hatte gesagt, er gleiche seinem Vater zu sehr. Antonio begriff. Sie liebten beide nicht sehr schnell, und wenn sie es taten, ergriff die Liebe ganz und gar Besitz von ihnen. Seine Leidenschaft für Beatrice hatte ihn viele Jahre nicht losgelassen, so wie die Liebe seines Vaters zu Alessandro ihn immer noch gefangenhielt. Die Liebe verschmolz mit Haß und Furcht, ihre Gefühle waren schließlich völlig entstellt, bis sie beide nicht mehr lieben konnten. Wie sein Vater hatte Antonio einen Weg gewählt, der in die Dunkelheit führte. Hätte er Veronica nicht gefunden, wäre sein Herz verdorrt. Oder er hätte sich Biancas Wahnsinn ergeben, wie sein Vater sich Laudomia ergeben hatte.
Aber das war nicht geschehen. Er hatte Veronica gefunden, ihr Licht und ihre Liebe. Er würde diesem Weg folgen, solange er lebte.

34. Kapitel

DIE LIEBENDEN

Nun, alles in allem war Florenz doch keine solche Katastrophe, Füße«, sagte Giacomo, während er in sein Nachtgewand schlüpfte. Es war ein Tag hektischer Vorbereitungen gewesen, und seine Füße wollten nur noch von ihrer Last befreit werden. Giacomo setzte sich auf einen Stuhl am Fenster und legte sie auf einen Hocker, damit sie den Wind spürten, während er seinen Wein trank. Er glaubte zu hören, wie sie wonniglich seufzten.
»Ich würde sagen, Madonna Veronica war die ganze Mühe wert. Ist sie nicht genau die Art Dame, die ich dem Herrn verschrieben habe?« begann Giacomo und brach ab, als sich plötzlich die Tür öffnete.
Antonio blieb auf der Schwelle stehen und blickte ihn erstaunt an. »Mit wem redest du?«
Giacomo schluckte. »Mit meinen Füßen.«
»Deinen Füßen?« wiederholte Antonio ungläubig.
Giacomo war gekränkt. »Nun ja, sie hören wenigstens zu. Und sie unterbrechen auch keine vertraulichen Unterredungen.«
»Ich versichere dir, wenn ich gewußt hätte, daß du eine Unterredung mit deinen Füßen hast, hätte ich dich nicht unterbrochen.«
Giacomo folgte dem Blick seines Herrn zu seinen Zehen, die sich verlegen wanden. »Ihr habt sie verstört«, sagte er vorwurfsvoll.
»Ich bitte um Verzeihung.« Antonio legte die Hand aufs Herz und verneigte sich leicht. »Ich wollte sie nicht beleidigen.«
»Wenn es nicht noch mal vorkommt«, lenkte Giacomo ein. Da morgen Antonios Vermählung stattfand, konnte er sich diese Großzügigkeit erlauben. »Was wolltet Ihr?«

»Ich kann mein Wams nicht finden«, sagte Antonio, als er die veränderte Miene seines Kammerdieners bemerkte. »Was hast du damit gemacht?«
»Es gerettet«, erwiderte Giacomo würdevoll. »Marco Polo hat zwei der großen grauen Perlen abgerissen, aber nur eine verschluckt. Eine Zofe näht die gerettete Perle wieder an und versetzt eine andere von der Schulter nach vorn. Über die Lücke zieht sie welche von den Silbertressen. Niemand wird es bemerken.«
»Niemand wird es bemerken ...?«
»Man kann nicht mal die Zahnabdrücke sehen – es sei denn, man guckt genau hin«, versicherte Giacomo.
Der Kammerdiener sah, wie sein Herr offensichtlich langsam in Wut geriet. Doch plötzlich begannen seine Lippen zu zittern, und er lachte statt dessen los.
Giacomos Zehen prickelten vor Vergnügen. Grinsend zeigte er auf einen zweiten Weinkelch, der auf dem Tisch stand. Antonio nahm das Angebot an, setzte sich aufs Bett und hielt ihm den Kelch hin. Giacomo füllte ihn bis zum Rand mit dem köstlichen Rotwein, dann hob er seinen Kelch: »Auf die Liebe.«

»Auf die Ehe.« Giacomo saß auf dem Weidenbaum und prostete dem Mond mit dem Rest seines Weins zu. Im Augenblick war er allein, und im Augenblick war es ihm auch ganz recht so. Er streifte seine feinen Schuhe ab und stellte sie auf einen höher gelegenen Ast.
»Die Hochzeit war vollkommen, Füße, wenn ich das sagen darf, was ich natürlich tue. Sie war alles andere als traditionsgemäß, zumindest was die Fabiani betrifft, kein Wirbel, keine Fanfaren, keine Parade zu Pferd durch die Straßen, keine Blüten wurden ausgestreut, keine *zanni* tollten hinterdrein. Eine große, ausgelassene Feier wäre ohnehin nicht angebracht gewesen, aber ich glaube, der Herr ist derartiges auch leid. Nur die Menschen waren da, die ihr Eheversprechen wirklich hören wollten: Stefano, Niccolò, außerdem Mamma Lucia und der *voivode*, die eigens aus dem Zi-

geunerlager gekommen sind. Benito mit Elisabetta und ihrem Sohn.
Aber es war sehr hübsch, Füße. Wir haben die Zeremonie draußen an dem kleinen Brunnen im Garten abgehalten und den Balkon mit Girlanden aus Rosen und silbernen Bändern geschmückt. Daniele war der Brautführer. Und sie sah wunderschön aus, leuchtete förmlich in dem Kleid, das sie schon für das Gemälde getragen hatte, wie Wellen blaßvioletten Wassers, das sie umfloß, und ihr Haar schimmerte wie Feuer unter ihrem silbernen Schleier. Wußtet ihr, daß Antonio sie eigens gebeten hat, dieses Kleid zu tragen? Er trug das malvenfarbene und silberne Wams und sah sehr jung aus, wie immer, wenn er glücklich ist. Und wenn man es nicht wußte, Füße, hätte man nie geahnt, daß an Stelle der Silbertressen eigentlich eine graue Perle sein sollte.
Nach der Zeremonie gab es Musik, gutes Essen und Wein. Der Herr und seine Dame haben den ganzen Nachmittag mit uns gefeiert. Wir haben zusammen dem Sonnenuntergang zugesehen, einer der schönsten, die ich je erlebt habe, Füße – jammerschade, daß ihr da noch in euren Schuhen stecktet. Die Wolken blühten wie riesige Blumen am Horizont, rosarot, golden, korallenrot. Danach überließ uns das Hochzeitspaar unseren Lustbarkeiten und gab sich den seinen hin. Das tun sie immer noch, Füße, und ich wünsche ihnen viel Freude.«
»Giacomo?« Ein weibliches Lachen stieg von unten her zu ihm auf. »Ich kann dich da oben hören, du schwatzt wie ein Eichhörnchen mit dem Mond.«
Zum zweiten Mal innerhalb von zwei Tagen ertappt. Doch er war zu glücklich, um sich darüber zu grämen. »Schwatzen Eichhörnchen mit dem Mond?«
»Du jedenfalls«, lautete die freche Antwort. »Giacomo, ich bringe dir noch Wein. Du mußt mir aber hinaufhelfen.«
»Sofort, *carina.*« Er trank seinen Kelch leer und half Danieles neuer Dienstmagd zu sich auf den Baum. Er lächelte sie an, und sie erwiderte sein Lächeln, holte ei-

ne Flasche und einen zweiten Becher aus ihrer Schürze. Sie saßen zufrieden in den Ästen und tranken ihren Wein. Sie war sehr hübsch, und sie hatte gleich bemerkt, daß er hübsche braune Augen hatte. Sie war auch klug, denn sie lachte über alle seine Scherze. Übrigens lachte sie auch über alle seine Klagen. Giacomo beugte sich vor und küßte sie. Sie küßte ihn ebenfalls. Er seufzte. Sie seufzte.

»Sind Hochzeiten nicht wunderbar?« fragte sie.

Ehe er darüber nachdenken konnte, ob es gefährlich war, ihr zuzustimmen, küßte sie ihn wieder.

Dämmerung, ein fast unsichtbarer Schleier aus mit Diamanten gesprenkelter Dunkelheit, breitete sich über den leuchtend aquamarinblauen Himmel. Hand in Hand gingen Antonio und Veronica durch den Garten und verabschiedeten sich von ihren Gästen. Dann brachte er sie nach oben ins Schlafzimmer und schloß die Tür hinter ihnen. Im Zimmer lag der berauschende Duft von Sommerrosen, und die zarten Klänge von Blockflöte und Laute wehten durch die Luft. Lächelnd sahen sie einander an, benommen vom Wein und ihrem Glück. Veronica spürte noch einen Hauch von Kummer, aber er trug noch zu dem Wunder dieses Tages bei.

Liebende, Freunde ... und jetzt Gatte und Gattin. Sie hatten sich einander im Angesicht der Welt versprochen, in friedlicher, strahlender Sicherheit, ihre Heirat war beides, Feier und Kommunion. Jetzt, da sie allein waren, umarmten sie sich mit der gleichen gelassenen Freude, der gleichen stillen Erwartung. Sie küßten sich, erkundeten das weiche Innere ihres Mundes, bevor ihre Zungen eintauchten und den Geschmack von Honig und Wein einsogen. Schwindelig vor Lust blickte Veronica in seine Augen.

»Laß mich nur noch die Kerzen anzünden«, sagte sie leise.

Das blaue Licht der Dämmerung verblaßte, die durchscheinende Seide wurde zu dichtem, glänzend schwarzem Samt. Als die Nacht sie umfing, ging Veronica durchs Zimmer und zündete die zahllosen Kerzen an, die sie dort aufgestellt hatte. Sie wollte Antonio sehen. Wollte die Schönheit seines Körpers im flackernden Kerzenschein bewundern. Wollte sehen, wie die Erfüllung der Leidenschaft sein Gesicht erleuchtete. Antonio stand nur da, zufrieden damit, ihr zuzusehen. Als sie fertig war, schimmerte das Zimmer in goldenem Kerzenlicht. Sie kehrte in die Arme ihres Gatten zurück, zu seinen köstlichen Küssen, der sanften, lebendigen Macht seiner Gegenwart.

Er zog ihr den Silberschleier vom Haar, dann griff er nach dem Ausschnitt ihres Kleides. »Ich liebe dich in diesem Kleid«, murmelte er. »Aber ich liebe dich noch mehr, wenn du es nicht trägst.«

Veronica griff nach seinen Händen. »Wir müssen mit dir anfangen«, schalt sie ihn lachend. »Deine Kleider sind mit dreimal so vielen Bändern verschnürt.«

Sie löste die Schlaufen und Ösen an seinem Wams und streifte es ihm ab, legte die kühle, schimmernde Seide seines Hemdes frei. Auch das zog sie ihm aus, suchte die Wärme seiner Haut. Ihre Hände glitten über seine gewölbten Muskeln, mit den Fingern fuhr sie durch das weiche Haar auf seiner Brust. Dann küßte sie seine roten Brustwarzen.

»Jetzt du«, sagte Antonio, bevor sie weitergehen konnte.

Veronica drehte sich um, hob ihre schweren Locken. Antonio preßte seine Lippen auf ihren Nacken, gleich unterhalb der Löckchen an ihrem Haaransatz. Sie neigte den Kopf, so daß seine Lippen der Biegung ihres Halses folgen konnten. Dann trat er zurück, löste geschickt die ersten zarten Bänder, die das Kleid an Hals und Rücken zusammenhielten, Er streifte die feingefältelte Seide von ihren Schultern, küßte ihre glatte Haut, entblößte ihre Arme, ihren Oberkörper.

Antonio hielt inne, umfaßte von hinten ihre Brüste mit den Händen, und ihre Brustwarzen wurden hart, als er sie streifte. Seufzend lehnte sich Veronica an ihn, umfaßte seinen Kopf, fuhr mit den Fingern durch sein dich-

tes, feines Haar. Sie seufzte erneut, als er eine Hand unter die Seide schob. Seine Hand glitt warm über ihren Bauch, über das krause Haar darunter, umfaßte den Venushügel. Seine Fingerspitzen wagten sich weiter vor, drangen in die weiche Spalte ein, suchten und fanden die feuchte, bereits geschwollene Knospe. Sie spürte, wie sie unter seinen Fingern vibrierte, ein kleiner Herzschlag des Verlangens.
Schließlich löste Antonio sich von ihr, doch nur um die letzten Bänder zu lösen, dann schob er das Kleid von ihren Hüften, und es breitete sich wie mondbeschienenes Wasser um ihre Füße. Er drehte sie zu sich um. Seine Augen waren dunkel, leuchteten, der goldene Schein der Kerzen spiegelte sich in seinem Blick. »Ich liebe dich«, sagte er.
»Ich liebe dich«, erwiderte Veronica. Sie küßte ihn, wieder und wieder. Antonio hatte sie mit seinen forschenden Fingerspitzen verzaubert. Jetzt kniete Veronica vor ihm nieder, um ihn zu locken. Sie streichelte seine Beine, zeichnete mit den Händen die Wölbungen seiner Waden und Schenkel nach, seine festen Hinterbacken, die schmalen Hüften. Dann, voll Verlangen, ohne Hast, zog Veronica seine Strumpfhosen herunter und befreite sein Geschlecht aus der *braghetta*. Träge liebkoste sie die sinnlichen Formen, die sie entblößt hatte. Seine Männlichkeit in ihrer samtenen Hülle. Die rosige, seidene Haut seines schwellenden Schafts, der sich unter ihrer Berührung hob. Der Lusttropfen schimmerte wie ein flüssiger Mondstein an der Spitze seines Glieds, weckte ihre erotische Neugier. Antonio keuchte, als sie ihn ableckte. Mit langsamen, verträumten Bewegungen fuhr sie mit der Zunge von der Spitze bis zur Wurzel, dann wieder zur Spitze. Antonio erschauerte und stöhnte bei jeder lustvollen Berührung. Dann wurde sein Stöhnen zu einem Schrei, als sie ihn mit ihrem heißen Mund umschloß. Er zog sie weg.
»Nicht mehr, oder ich sterbe vor Lust«, flüsterte er heiser. Er zog Veronica hoch und hob ihr Gesicht, sein Mund be-

deckte den ihren. Dann lächelte er. »Jetzt wieder du, *dolcezza*«, sagte er.
Er nahm Veronica auf die Arme, trug sie zum Bett und legte sich neben sie. Mit den Lippen, den Händen erkundete er ihren Körper, ebenso sanft, ebenso verführerisch, wie sie ihn erforscht hatte.
Zuerst schien es Veronica, als würde sie sich mehr etwas anderes wünschen als diese endlose Zärtlichkeit, diese schmelzenden Küsse, die langsamen, sicheren Berührungen seiner Hände, die all die geheimen Wunder ihres Körpers neu entdeckten. sie immer wieder neu empfinden ließen. Doch Antonio schürte die wachsende Hitze in ihren Adern zu einem hell lodernden Feuer.
Sie hatten einander auf dieser sinnlichen Reise abwechselnd geführt. Jetzt verlangte Veronica danach, eins mit Antonio zu sein. Sie zog ihn auf sich, spreizte die Beine, um ihn zu empfangen. Sie seufzte, als er in sie eindrang, sie erfüllte, als sie seine Kraft in sich spürte. Er murmelte ihren Namen, seine dunkle, samtene Stimme liebkoste sie. »Ja, Liebe«, flüsterte sie zur Antwort. »Ja, Antonio. Ja.«
Er zog sich langsam zurück, dann stieß er langsam wieder in sie. Wieder und wieder. Seine Stöße wurden immer schneller und heftiger, bis er in ihr Innerstes vordrang. Schluchzend vor Lust, schlang sie Arme und Beine um ihn, zog ihn immer tiefer in sich, bis ihre Körper miteinander verschmolzen. Mit jeder Bewegung wuchs ihre Leidenschaft. Ihr Verlangen führte sie zu einem schimmernden Gipfel der Lust, dann lösten sich ihre Körper in reiner Ekstase auf. Sie schrien gleichzeitig auf, versanken in ihrer trunkenen Freude.

Nacheinander drehte Veronica die Tarotkarten um. Die Farben hoben sich leuchtend von dem ultramarinblauen Samt ab. Als die Auslegung sichtbar wurde, spürte sie deutlich, daß Mamma Lucia, Daniele und Stefano hinter ihr standen und zusahen – und Antonio, der ihr ge-

genübersaß und wartete, was seine nächste Karte bringen würde.
»Die Hohepriesterin sieht aus wie du«, sagte er, als die Figur sichtbar wurde. »Ihr Gesicht ist älter, weiser, aber es sind deine Züge.«
Veronica fühlte sich geehrt, war jedoch auch beunruhigt, weil Daniele ihr Gesicht für eine solch mächtige Karte gewählt hatte – eine Karte der Großen Arcana. Auch andere vertraute Gesichter waren vertreten. Der *Prinz der Kelche* glich natürlich Antonio, und Veronica hatte an den verschiedensten Figuren Ähnlichkeiten mit Stefano, Benito und Giacomo entdeckt. Das machte ihr die Karten besonders teuer, und die Ähnlichkeiten schienen die Bedeutung der Karten nicht zu beeinträchtigen. Bis auf die Hohepriesterin vielleicht. Sie betrachtete sie kurz, dann drehte sie die restlichen Karten um.
Daniele hatte seine Bemühungen verdoppelt und Veronica ihre fertiggestellten *tarocco*-Karten eine Woche vor ihrer Hochzeit überreicht. Sie hatte sich eingehend mit den Karten beschäftigt, Schönheit und Geist jeder einzelnen auf sich wirken lassen. Sie waren verlockend, drängten sie förmlich, sie zu benutzen, und so hatte sie zwei Auslegungen für sich gemacht – um sich sogleich unmittelbar mit den Karten verbunden zu fühlen. Doch sie hatte nicht vorgehabt, so schnell schon eine Auslegung für eine andere Person zu machen …
Aber jetzt saßen sie zu fünft im Garten; es war ihr letzter Tag in Florenz. Daniele hatte nach den Karten gefragt, offenbar wünschte er, daß sie sein Geschenk benutzte. Antonio hatte sie sogleich um eine Auslegung gebeten. Veronica wandte sich an Mamma Lucia, erwartete, daß sie Einwände erheben würde, aber ihre Urgroßmutter wirkte nur neugierig. Also hatte sie die Karten geholt, die in ein Seidentuch gewickelt waren, ein Geschenk Antonios, mit Wolken und fliegenden Drachen bestickt. Bei ihrer Rückkehr hatte ihr auch Mamma Lucia ein Geschenk zu ihren neuen *tarocco*-Karten mitgebracht, ihr eigenes geliebtes blaues Samttuch. Als sie

es sah, hatte Veronica den Verdacht, daß alle sich gegen sie verschworen hatten, aber sie war zu gerührt, um es auszuschlagen.
»Du hast dein Leben in deine eigenen Hände genommen, bis auf diesen Bereich«, sagte Mamma Lucia, durchschaute sie wie stets. »Komm, Nestling, breite deine Schwingen aus.«
Veronica wußte, daß sie nicht über Mamma Lucias Kunst verfügte, ihre Weisheit. Höchstens dann, wenn sie genauso alt war wie ihre Urgroßmutter jetzt. Aber ohne Übung würde sie sich nicht weiterentwickeln. Sie durfte keine Vollkommenheit von sich verlangen, und auch niemand der anderen würde dergleichen von ihr erwarten. Es konnte keine angenehmere und liebevollere Einführung für sie und ihre Karten geben.
Und so wurde der Tisch aufgestellt, das Samttuch ausgebreitet. Ihre Familie, ihre Freunde versammelten sich um sie. Veronica hielt die Karten einen Augenblick still in den Händen, versuchte sich auf sie einzustimmen, Gelassenheit zu finden. Dann reichte sie die Karten Antonio, bat ihn, das gleiche zu tun. Er mischte auf ihr Geheiß und teilte sie in drei Stapel. Sie schichtete sie aufeinander und begann mit der Auslegung …
Die Auslegung leuchtete Veronica völlig ein, bis auf die Hohepriesterin. Sie verstand die Bedeutung der Karte, jedoch nicht in dieser Konstellation. Die Hohepriesterin war in beiden Auslegungen erschienen, die sie für sich gemacht hatte, und jetzt fragte sie sich, ob die Karten sich nicht auf sie bezogen statt auf Antonio. Vielleicht war es noch viel zu früh für den Versuch, anderen die Karten zu legen. Es war schwer zu sagen. Wenn man bedachte, wie eng ihrer beider Leben jetzt miteinander verflochten waren, erschien es einsichtig, daß die Auslegungen sich glichen, in den glückverheißenden Kelchen und der Reise, von der die Acht der Stäbe kündete. Aber nein, die Unternehmungslust der Zwei der Stäbe, die finanziellen Aussichten, für die die Münzen standen – diese Karten waren für Antonio

bestimmt. Also war die Hohepriesterin auch auf ihn bezogen. Doch die Konstellation verwirrte sie nach wie vor.
Nun, Mamma Lucia war ja jetzt noch da, um ihr bei diesem ersten Versuch zu helfen. »Alle anderen Karten weiß ich mir zu deuten, nur den Sinn der Hohenpriesterin kann ich in diesem Zusammenhang nicht enträtseln.«
Sie sprach zu ihrer Urgroßmutter, doch es war Daniele, der ihr antwortete. »Warum denkst du nicht an das Naheliegende, Veronica? Die Hohepriesterin steht für deinen Einfluß auf Antonios Leben.«
Erschrocken starrte Mamma Lucia ihn an. »Hmmf«, machte sie pikiert, »genau das hätte ich auch gesagt.«
Veronica erkannte, daß sie recht hatten. Wie unvollkommen und unzuverlässig ihre Gaben auch sein mochten, sie trugen zu Macht und Geheimnis bei, die von der Hohenpriesterin symbolisiert wurden. Es war höchste Zeit, daß sie aufhörte, diese Verbindung zu leugnen. Ihre Kräfte erblühten, stärker denn je, seit sie begonnen hatte, sich mit dem *tarocco* zu beschäftigen. Ihr Einfluß hatte auch Wirkung auf Antonio.
»Ja«, sagte sie, akzeptierte es. Sie betrachtete noch einmal die Auslegung, konzentrierte sich.
»Viele dieser Karten kommen mir vertraut vor«, sagte Antonio. »Völlig sicher bin ich nicht, da Danieles Illustrationen sich von denen auf Mamma Lucias Karten unterscheiden.«
»Ja, mehrere der Karten decken sich mit denen der letzten Auslegungen«, erwiderte Veronica, »doch der dunkle Schatten der Schwerter ist verschwunden. Keine Kämpfe sind mehr zu bestehen, keine Täuschung oder Gewalt drohen mehr.«
»Es ist sinnlos, nach Schwierigkeiten Ausschau zu halten, wo keine sind.« Mamma Lucia schnalzte mit der Zunge. »Euch wurde die Möglichkeit des Glücks verheißen, und Ihr habt es im Kampf gegen Euch selbst und gegen die Welt errungen. Jetzt ist es Euer.«
Veronica sah Antonios leises Lächeln, weil Mamma Lucia

ihre Kommentare abgab. Veronica lächelte offen, es störte sie nicht.

Sie zeigte auf die erste Karte der Auslegung. »Die Drei der Kelche war das verheißene Ergebnis in der Auslegung Mamma Lucias – eine Ehe, die dir Freude im Überfluß schenken wird. Das As der Kelche, deine zweite Karte – der Reichtum dieser Liebe hüllt dich ein. Und dann die Hohepriesterin ...«

»Deren Bedeutung uns offenbart wurde«, sagte Antonio und streichelte die Karte mit den Fingerspitzen.

»Es scheint, daß ich einen günstigen Einfluß auf dein künftiges Leben haben werde. Das Auftauchen der Hohenpriesterin verbindet die innere Fülle der Kelche und die von der nächsten Gruppe verheißenen Abenteuer und Unternehmungen miteinander.«

»Ich bin überzeugt, daß es so sein wird«, sagte Antonio, und seine Augen funkelten.

»Die Acht der Stäbe deutet auf eine Reise hin.« Eine Reise, dachte sie, nach Venedig, zu den Seen im Norden, nach Frankreich. »Auf die Acht folgt der feurige Erfindungsreichtum des Asses der Stäbe. Deine Reise wird dich zu neuen Unternehmungen führen, neuen Verbindungen, neuen Gelegenheiten. Und danach setzt sich die Gelegenheit, zum Erfolg zu gelangen, die sich in den Stäben zeigt, in der Acht und der Neun der Münzen fort.«

»Mit dem Parfümrezept, das ich Euch gab, werdet Ihr ein Vermögen machen«, sagte Mamma Lucia zu Antonio. »Ich habe es seit fünfzig Jahren, und Ihr seid der einzige, der sämtliche Ingredienzen beschaffen könnte.«

»Liebe, Abenteuer, Reichtum«, sagte Antonio lachend. »Ich kann nur hoffen, daß mich ein solches Schicksal nicht verdirbt.«

»Die Karten verneinen es. Der Erfolg, den die Münzen dir bringen, wird nicht dein Liebesglück beeinträchtigen. Die Zehn der Kelche verheißt dir die vollendete Liebeserfüllung.«

»Und was ist mit der Welt?« fragte Antonio. »Was kann ich sonst noch gewinnen?«

Diese Karte der Großen Arcana war die letzte der Auslegung. Veronica erkannte, daß sie ebenso am Anfang hätte stehen können. Die mystische Energie ihres Kreises umschloß alle übrigen Karten.

»Die Welt steht für die Beendigung eines Lebenszyklus. Eine beendete Suche, ein erreichtes Ziel. Eine vollzogene Vereinigung. Innerhalb dieses Kreises sind die Liebenden eins miteinander und mit der Schöpfung.« Veronica lächelte Antonio an. »Der ideale Abschluß – und Zeit für einen Neubeginn.«